Wenn es ein Glück ist

Liebesgeschichten
aus vier Jahrzehnten

Inhaltsverzeichnis

Atsuko soll heiraten

Atsukos Eltern wohnen am Rande Tokios in einem eigenen kleinen Haus, um das, dicht wie eine zweite Wand, eine immergrüne mannshohe Hecke läuft. Es gibt nur eine Lücke darin, und die ist geplant: durch sie kann man vom westlichen, europäisch eingerichteten Raum aus den Fuji sehen. Im Sommer nicht, aber an klaren Herbst- und Wintermorgen; selbst dann weiß man nicht immer, ob man recht sieht: eine von einer kleinen Wolke kaum zu unterscheidende Erhebung hinter den Hakone-Bergen, aus wenig anderem Stoff als der weiße Himmel, mit dem sie gegen Mittag verschwimmt. Atsukos Vater ist Professor für »Audio-visual Education« an einer kleinen, aber angesehenen Privatuniversität. Im Westzimmer steht der Fernsehempfänger. Abends sitzt der Vater gern davor, hält aber meist die Zeitung zwischen sich und den Bildschirm; nur bei seinem eigenen Auftritt, jeden Freitagabend, läßt er sie sinken. Dann setzt sich die Mutter hinten in der Ecke auf ihrem Stuhl zurecht, und die Kinder verlassen das Zimmer. Kinder sind sie nur noch in den Augen ihrer Eltern: Ichiro 30, Yoji 28, Atsuko 22. Solche Kinder heiraten.

Vor einem Jahr war es an Ichiro gekommen. Seine Verheiratung bot kein Problem, weil er selbst keines war. In seiner Bankbeamtenstelle, die ihn wenig mit passenden Mädchen zusammenführte, war er froh um die traditionellen Wege der Heiratsvermittlung, die eine Freundin der Familie mit Takt und Umsicht für ihn ging. Der Erfolg war vorauszusagen. Die jungen Leute trafen sich, fanden nichts gegeneinander einzuwenden und heirateten, nachdem die gehörigen Fristen, fast nur der Form zuliebe, verstrichen waren. Atsuko hätte es nicht verwundert, wenn Yoji, der zweite Bruder, den Anfang gemacht hätte, denn sonst war der für jeden Fürwitz zu haben – doch, in diesem Fall hätte es sie gewaltig verwundert. Yoji im Hochzeitsfrack; was hätten sie beide dazu für ein Gesicht gemacht?

Obwohl Yoji und Atsuko sechs Jahre auseinander sind, hatten sie das Gefühl, miteinander aufgewachsen zu sein – er gerade so weit voraus, daß er sich immer leisten konnte, ihr gegenüber der Großzügigere zu sein. Er hatte sich mit dem Studium Zeit gelassen, und obwohl er jetzt an einer städtischen Universität ein paar Stunden erteilte, studierte er eigentlich immer noch, wenn man seinen feinschmeckerischen Umgang mit französischen und italienischen Dichtern so nennen wollte. Er war ein vollendeter Reisekünstler: während seine Kollegen eine verschwitzte Sehnsucht nach Europa in ihrem Busen nährten und sich hungrig und nervös an Gastprofessoren heranmachten oder in französisch-japanischen Gesellschaften antichambrierten, da hatte Yoji von heute auf morgen eine Touristenbekanntschaft gemacht, die ihn übermorgen eben nach Paris führte. Oder er stellte sich als Reisebegleiter junger Leute zur Verfügung, die das Preisausschreiben einer Lebensmittelfabrik gewonnen hatten und auf eine Weltreise geschickt wurden. Oder eine italienische Industriellengruppe hatte seine Dolmetscherdienste in Tokio unentbehrlich gefunden und bot ihn zu einer internationalen Messe nach Mailand auf.

Das war Yoji, und er hatte sich auf seinen Streifzügen eine Gewandtheit und Freiheit des Tons zugelegt, die in Japan exotisch wirkte und doch wieder, da sie gutartig und mit Geschmack angebracht wurde, eine Quelle heimlichen Familienstolzes war. Atsuko benützte oft den Vorwand einer Tasse Tee, einer Schale Gebäck, auch einer Schulmädchenfrage, um den Bruder in seinem Zimmer zu überraschen. Sie fand ihn jedesmal scheinbar unbeschäftigt sitzen, in seinem schwarzen altjapanischen Habit, zu dem er zurückkehrte, wenn er zu Hause war. Er empfing sie aufgeräumt und sprungbereit, erkundigte sich mit humoristischer und etwas förmlicher Galanterie nach ihren Umständen, als ob er ihr zutraue, daß sich darin von einem Tag zum andern viel geändert habe, und bat sie zu plaudern. Sie gehorchte, indem sie ihn mit tausend Belanglosigkeiten zu strafen meinte, die ihn unmöglich interessieren konnten. Er hörte sie aber nicht nur respektvoll, sondern mit so unverhohlener Begeisterung an, daß sie sich am Ende doch wieder betrogen oder ausgebeutet vorkam und zu schmollen anfing. Worauf er sie in einen Ringkampf verwickelte, der schließlich in ein so lautes Gelächter ausging, daß Atsuko sogar vergaß, die Hand vor den Mund zu halten.

Ihr Verhältnis zu diesem Bruder hatte immer einen stark flirthaften Einschlag gehabt, gegen den sie sich mit gutem Instinkt wehrte, weil er hierzulande ganz ungebräuchlich war und das Gefühl in einer Richtung verwöhnte, wo es kaum Gelegenheit finden würde, sich zu betätigen. Dennoch entnahm sie Yojis kecken Augen wider Willen ein Maß dafür, wie der Mann beschaffen sein müßte, den zu lieben lockend sein könnte. Früher hatte sich Atsuko auf ihren Bruder rasch einen Vers gemacht, liebte es sogar, ihn gegenüber andern Leuten in einem Satz abzutun, obwohl sie sich eine gleichartige Antwort darauf deutlich verbat und erst recht jeden Einwand zugunsten Yojis als lächerlich unzuständig empfand. Heute, nach seinen Reisen, redeten nur noch seine Augen wie früher zu ihr, die rund und kindlich geblieben waren; über die schärferen Furchen in seinen Mundwinkeln getraute sie sich nichts mehr zu wissen.

Und doch hatte das mitgespielt, als sie, ohne es sich einzugestehen, vor allem nach ihm blickte, als ihre Zukunft, gerade herausgesagt: ihre Heirat auf dem Spiele stand. Aber ihre Verwirrung war nicht klein, als sie entdecken mußte, daß der Vater in diesem Punkte mit ihr zusammentraf. In aller Stille waren neulich die Gespräche von Vater und Sohn häufiger geworden und wendeten sich allzu betont ins Unverfängliche, wenn sie hinzukam. Sie wußte gut genug, daß der gemeinsame Wortschatz der beiden nicht ausreichte, lange Verhandlungen zu bestreiten. Und wenn sie die zwei Männer im gleichen altväterischen Habit, das so verschiedene Gründe hatte, zusammensitzen sah, seit Jahren zum ersten Mal einträchtig und manchmal bei Tische unversehens einer den

Blick des andern suchend, so wußte sie, daß nur ein Gegenstand die beiden so zusammengefügt haben konnte: sie.

Das schmeichelte ihr an derselben Stelle, wo es sie schmerzte, an ihrer Eitelkeit. Sie war kein Einsatz, den die beiden nach ihrem Gutdünken plazieren konnten. So fand sie sich sofort zur Abwehr gestimmt, als Yoji einen seiner Freunde vom Gymnasium her nach Hause brachte, einen gewissen Hideo, Kernphysiker, mit dem er seit Jahren kaum mehr verkehrt hatte, dessen stille Gediegenheit ihm aber, wie er laut verkündete, erst jetzt recht aufgegangen war. Atsuko war über beides nicht beglückt: die Anstalten und Ausflüchte, die Yoji fand, um ihre Gefühle zu schonen, sie scheinbar aus dem Spiel zu lassen – und über die Erwartung, die daran geknüpft war, sie würde sich täuschen lassen und das Verhältnis schließlich als ihrem eigenen Wunsch entsprungen empfinden. Es wurden ihr Vorwände geliefert, auf die einzugehen ihr Selbstgefühl kränkte, obwohl sie sich durchaus bewußt war, daß diese Skrupel in der Jugendzeit ihrer Mutter als Ziererei, ja als strafbar gegolten hätten und daß Skrupelhaftigkeit in dem Fall, in dem sie sich hier befand, ja auch wirklich nicht am Platz war; sie brauchte jetzt einen Mann, und damit basta. Nur: daß man dieses Basta nicht mehr klipp und klar auszusprechen wagte, sondern ihr schuldig zu sein glaubte, sich in allerlei delikate Unkosten zu stürzen – woran man freilich ganz recht tat, denn den hätte sie sehen wollen, der gewagt hätte, über ihre Gefühle mit seiner schlanken Hand hinwegzudisponieren! – wobei man es aber doch nicht fertigbrachte, das Simple des Anschlags zu verschleiern, sich auch deswegen nicht übermäßig anstrengte, weil man ihrer stillen Bundesgenossenschaft allzu sicher zu sein glaubte: das alles genierte und entmutigte sie, obwohl sie nicht sah, wie man es denn anders hätte anstellen sollen.

Sie traute es dem Vater ja wirklich nicht zu, daß er in dieser Sache für sie die Hebel richtig stelle. Aber daß er selbst es auch nicht tat, sondern sich von Anfang an hinter den Bruder verschanzte, störte sie gewaltig. Es nahm ihrem Schritt das fa-

miliäre Karat, entzog ihm den Schutz der Autorität und über-
antwortete ihn einer Freiheit, der sie sich nicht ganz gewachsen fühlte. Und die ja auch bloß ein Manöver war, denn die
Wahl war doch nicht in ihre, sondern einfach in andere, wohl
sensiblere, aber auch verspieltere Hände übergegangen. Was
Yoji betraf, so argwöhnte Atsuko, daß er allzuviel und nicht
den erlaubtesten Geschmack an seiner Rolle fand. Ausgerechnet er, der kleine Weltmann, sollte nun den traditionellen
Werber für seine Schwester machen; er sollte sich unter den
sauberen jungen Männern des Landes für sie umsehen und einen nach dem andern im Geiste neben sie halten, bis das Bild-
chen in seinen Augen stimmte. Kein Zweifel, er würde sich
seines Auftrags mit Delikatesse entledigen, aber gerade davor
hatte Atsuko Angst. Es würde bedeuten, daß sie und ihre Ehe
schließlich nichts anderes wären als Figuren seines lebhaften
und müßigen Kopfes, eine hübsche Nebenhandlung der Com-
media dell'arte, die er in aller Stille mit seiner Umgebung auf-
zuführen beliebte.

Atsuko erinnert sich noch allzu gut, wie Yoji ihr vor einigen Jahren, nach seiner zweiten Frankreichfahrt, über den
grünen Tee die Vorzüge einer japanischen arrangierten Heirat
erläutert hatte. Sie sei wie ein Topf kaltes Wasser, der sich über
kräftigem Feuer stetig erwärme, während er die westliche sogenannte Liebesheirat mit siedendem Wasser vergleichen
möchte, das man auf einen erloschenen Herd setze und das im
Zusehen erkalte. Und während er langsam die Seiten eines
Buches aufschnitt, forderte er sie auf, die Schönheit zu bedenken, die schon im japanischen Wort für den Ehevermittler
liege. *Gekka hyo jin*, Eismann unter dem Mond. Seine französischen Freunde hätten ihn um die Metapher beneidet, und
nicht weniger um die Einrichtung selbst, die aufräume mit
den billigen Ratlosigkeiten der Verliebtheit und diesem zufäl-
ligen Zustande eine verlässliche Form und einen Schatten von
Notwendigkeit gebe: am Ende laufe es in der Ehe doch alles
auf eins hinaus.

Das war starker Tabak gewesen für Atsuko, die eben selbst

von ihrem Amerika-Jahr zurückgekommen war und der noch der Sinn schwirrte von Behauptungen verantwortlicher Freiheit und weiblicher Initiative, von der naiven und gespannten Luft des kleinen mittelwestlichen Colleges, der sie ausgesetzt gewesen war. Und hier saß der Bruder, tat so, als ob jeder vernünftige Mensch dieses Stadium längst hinter sich habe, und empfahl ihr eine Lebensweise, über deren Rand sie erstmals vorsichtig hinausblickte. Leicht gereizt fragte sie, ob denn Yoji selbst die Dienste eines Eismanns in Anspruch nehmen würde? Darauf antwortete er nach kurzem Besinnen: Meine liebe Atchan, wenn der Fall für mich nicht so akademisch läge, weil ich nämlich nicht heiraten werde: Ja. Mein Eismann müßte aber schon aus besonderem Stoff sein. Er müßte wissen, auf welcher Seite ich schlafe, zu welcher Tageszeit ich kein Violett sehen kann und wie ich eine Orange schäle. Wenn du mir so einen findest, dann nehme ich dir auch die Frau, die dazugehört.

Denkt Atsuko jetzt an diese Unterhaltung zurück, so erschrickt sie erst recht. Ist es nicht Yoji selbst, der nun ihretwegen diese intime Umsicht walten läßt und sich zutraut zu wissen, was sie selbst nicht weiß, was ihm zu wissen nicht ansteht? Was bedeutet es, daß er sich bei ihr für das, was er Glück nennt, so beflissen einsetzt, während er für sich gar keins in Betracht zieht? Aus solchen Verwicklungen steigt ihr dann Hideos Gesicht auf, arglos und ein wenig gehetzt, überanstrengt durch die Miene von Unverfänglichkeit, die es sich fortwährend geben muß. Es ist ein beschlagener Spiegel, über den männliche Schatten wandern, und fast hofft sie jetzt, daß sie nicht alle nur Gedanken ihres Bruders sind.

Doch Atsukos Begabung zur Natürlichkeit ist groß und nicht leicht zu verbittern. Eigentlich glaubt sie, daß ihr nichts passieren kann, aus dem nicht sehr vernünftigen, aber kräftigen Grunde, weil es immer noch *ihr* passiert. Nicht daß sie ihrer selbst so sicher wäre, im Gegenteil, aber sie spürt in sich etwas, was sich schneller bewegt als ihre Probleme. Sie dürfte auch ruhig etwas eitel sein. Atsuko, gerade 22 geworden, ist hübsch, vielleicht eher nach dem westlichen Geschmack als nach dem einheimischen. Sie ist zierlich, aber ohne Dürftigkeit gebaut und hat unter ihrem ins Bläuliche spielenden schwarzen Schopf, der im Augenblick zum Roßschwanz gerafft ist, ein offenes, waches, zu großer Helligkeit fähiges Gesicht. Es ist flach in den Wangen und hat einen kräftigen, eine Idee zu breiten Mund, der ohne Hindernisse lachen und nicht ganz regelmäßige Zähne entblößen kann, während die Augen mit den starken Brauen fast ganz zugehen. Es ist etwas vom Bauernmädchen an ihr, das zum Trösten ermuntert, obwohl sie selbst das keineswegs tut, etwas leise Linkisches; ihr Kinn kann man mit den Jahren etwas zu voll werden sehen, und wenn man sie neckt, bewegt sie den Oberkörper hin und her und schüttelt übermäßig den Kopf.

Als sie nach Amerika ging, lernte sie den berühmten kulturellen Schock nicht kennen; was allenfalls Befremdung war, löste sich bald in Munterkeit auf, in Aufnahmebereitschaft. Die Familie, bei der sie lebte und sich ohne Umstände nützlich machte, rühmte ihr Anpassungsfähigkeit nach, nichts Geringeres als die amerikanische Nationaltugend, und bedauerte immer ausdrücklicher, daß sie keine Hiesige sei. Sie wurde es beinahe. Sie spielte die amerikanischen Gesellschaftsspiele vom Kirchenbazar bis zur Dinner Party mit und lief gern in Slacks und sonst Kurzem und Knappem herum. Aber auf damit zusammenhängende Avancen reagierte sie weder prüde noch kokett, sondern mit dem Unverständnis der Klugheit. Diese Art Gewicht wollte sie im andern Land nicht ansetzen. Dabei kam ihr das herzlich bigotte und auf Tatsachen des Lebens mit sanfter Hysterie reagierende Klima ihres Gastgeberhauses zu Hilfe. Atsuko bestand darauf, allabendlich den Versammlungen um das familiäre Harmonium beizuwohnen, und fand so Gelegenheit, die Ausfahrten mit einem gewissen kurz geschorenen Menschen abzukürzen. Sie fand es vielleicht ein bißchen seltsam, daß ihre Gastmutter, die jedesmal erschöpft aufatmete, wenn sie wieder im Hause war, sie doch gewissermaßen durch die Zähne einlud, den jungen Mann wieder zu treffen. Sie hätte sich, fand Atsuko, nicht zu erhitzen brauchen. Denn der junge Mann tat so offensichtlich nur seine Pflicht, wenn er sie im Wagen mitnahm, war so deutlich erleichtert, als sie beim ersten Mal seine Pfoten wegschob und er sich also nicht zu bewähren brauchte, daß sie fast gewünscht hätte, er hätte sich doch etwas mehr herausgenommen.

Daß Amerika doch nicht spurlos an ihr vorübergegangen war, merkte sie eigentlich erst nach ihrer Rückkehr. Ihr Englisch wurde übermäßig bewundert. Sogar die Fischhändlerinnen forderten Atsuko auf, einmal englisch zu sprechen, was sie mit erzwungenem Lachen ablehnte. Denn sie spürte gut genug hinter all dem Lob die Abwehr; wer so ausgestellt wird, den stößt man zugleich aus, er gehört nicht mehr dazu. Atsuko fing an, sich zu beobachten, zum Beispiel beim Tee mit Freundinnen. Es ging ihr auf, daß sie eine Spur rascher und weniger förmlich nach der Tasse griff als jene, daß sich ihre Ellbogen bei lebhaftem Sprechen vom Körper lösten, daß sie mit den Armen zu reden anfing statt nur mit den Handgelenken. Daß dafür ihr Hals etwas ungeschmeidiger geworden war, ihr Kopf sich abrupt bewegte. Wenn sie stand oder ging, hatte sie eine leicht breitbeinige Art angenommen, die drüben möglich war und zu den Slacks paßte, in Japan aber auf Befremden stieß. In diese Zeit fiel auch ihr Heiratsgespräch mit Yoji, der ihr am Schluß riet, eine Weile nur noch im Kimono herumzugehen. Dann würden sich die anerkannten Bewegungen von selbst wieder einstellen.

Er hatte recht. Obwohl es Sommer und das enge Futteral besonders in der Vorortbahn oder auf langen Einkäufen in der Stadt lästig war, unterwarf sich Atsuko seinem sanften Druck. Sie lernte wieder aus den Knien schleichen, den Bauch vorschieben und die Füße nachziehen. Das ernste Nicken bei schräggehaltenem Kopf kehrte zurück, mit dem ein Mädchen in Japan seine Rede halb bekräftigt, halb zurücknimmt, und ebenso die huschende Melodie, mit der man seine Sprache von der abgesetzten, stoßweisen der Männer zu unterscheiden hat. Die Anpassungsfähigkeit bewährte sich wieder, in entgegengesetzter Richtung. Atsuko machte sich kein Gewissen daraus – das wäre ein Luxus, den sie sich nicht *gegen* ihre Gesellschaft leisten kann. Ein bißchen genießt sie es sogar, weil sie sich zutraut, auch wieder anders zu können.

Trotzdem: Atsuko hat Schwierigkeiten. Wer ist dieser Hideo? Yojis Freund – sie will das einmal gelten lassen, obwohl die beiden ihre Harmonie ein wenig abrupt entdeckt und einander, wenn man hinhört, eigentlich nur alte Schulgeschichten zu erzählen haben. Sie machen also Konversation, möglichst in Atsukos Rufweite, wobei Yoji seinen Witz im Zaum hält und dem andern die guten Stichworte zuspielt, immer mehr, als Hideo davon brauchen kann oder will. So schlagen sie ihre Zeit tot wie die Angler am Teich, Yoji, der Ästhet, und Hideo, der Physiker, und sie bringt ihnen den Tee. Seit kurzem geht es unter der Hand etwas offizieller zu. Der Vater versäumt, wenn Hideo da ist, den einen oder andern Nachmittag zuhause, auch der ältere Bruder mit Frau und Kleinkind stieß am Sonntag zu ihnen, die Familie, die schon bestehende und die mögliche, stellte sich versuchsweise zu einem Gruppenbild zusammen, das sie gut finden sollte. Wie fand es Hideo?

Er war immer sehr still. Manchmal schien es Atsuko, als ob man ihn ein wenig nebenaus sitzen ließe, sei es, daß man den Eindruck vermeiden wollte, man reiße sich allzusehr um ihn, sei es, weil man ihn schon dazuzählte. Wahrscheinlich kam beides zusammen. So saß Hideo denn in der Sofaecke, tat kaum den Mund auf, saß gesammelt und doch leise abwesend, und tat Atsuko beinahe leid. Er hatte auf den zweiten Blick ein feingeschnittenes, meist etwas blasses Gesicht. Wenn man es darin arbeiten sah, glaubte man ihm seine Intelligenz, sonst ließ es wenig erraten. Er hatte es für seine Jahre weit gebracht – wie alt mochte er sein? Natürlich, er war ein Altersgenosse Yojis, aber man würde ihn fünf Jahre älter schätzen. Das mochte mit seiner rein japanischen Erziehung in rein japanischen Technikerschulen zusammenhängen, mit dem er-

barmungslosen, auf tägliche Bewährung gestellten Wettbe-
werbsbetrieb, der an ihnen herrschte. Hideo sah aus wie einer,
der es sich noch nicht hat leisten können, Gefühle zu haben,
und nicht recht weiß, wie er sich mit ihnen anstellen soll. Er
mochte ja ein guter Sohn sein, wie Atsukos Mutter gelegentlich, allzu gelegentlich, anmerkte. Sie rühmte die Sorge, die er
schon jetzt seinen Eltern angedeihen ließ, auch bezahle er
seiner jüngeren Schwester das Studium aus eigener Tasche.
Schön und gut. Die elektronische Firma, in deren For-
schungsabteilung er arbeitete, hält große Stücke auf ihn, denn
sie will ihn nächstes Jahr nach Frankreich schicken, zur Fortbildung auf irgendeinem heiklen Gebiet. Wird Atsuko mitge-
hen? Das ist es natürlich, was Yoji sich vorstellt. Atsuko vermutet stark, daß die Aussicht auf Frankreich ihn geradezu
bestimmt hat, diesen Hideo aus der Versenkung hervorzu-
zaubern.

Manchmal, zum Beispiel gestern beim Braten von Forellen
im Garten, glaubt Atsuko in Hideos Gesicht einen Anflug
von Spott zu bemerken. Es kann Verlegenheit sein. In Japan
tut man, als Mann, am besten verächtlich, wenn man verlegen
ist, als Mädchen kichert man. Aber es kann schon wirklich
Spott sein – Spott über Yoji, der zur Abwechslung Krachle-
derne angezogen hat, ein von irgendeinem deutschen Freund
geschenktes Hosenwerk, und darin seine Bocksprünge auf-
führt. Spott über die Umständlichkeit dieser Eheanbahnung,
wo es doch ihm, dem Techniker, allenfalls um etwas Klares,
rasch zu Bezeichnendes geht, je eher, je besser. Atsuko, eben
noch munter, spürt wieder einen Schleier Zweifel hinter ihrer
Stirn aufziehen, der dichter wird und von Tränen fast nicht
mehr zu unterscheiden ist. Da tanzt der Bruder in bayrischen
Hosen um die Bescherung herum, die er angerichtet hat, Yoji,
dem sie für ein geschmackvolles Arrangement eben recht gewesen war. Da steht der junge Mann steif im Gras, dem das
Arrangement zugedacht ist und dem es so offenbar leicht auf
die Nerven geht. Im Hause sitzen die Eltern mit gerührt nik-
kenden Köpfen. Die drei brauchen nur die ihren zu drehen,

um in ein kaum mehr zurückgehaltenes Einverständnis gezogen zu werden, vor dem Atsuko augenblicklich Reißaus nehmen möchte. Aber auf einmal, unerwartet, schlägt ihr Gefühl in Kameradschaft, ja fast Wärme für Hideo um.

Sie begreift ja, daß ihm das ungewisse, halb schiefe, halb sentimentale Licht lästig ist, in dem er sich hier bewegen muß. Sie ist wenigstens in ihrem Unbehagen ganz einig mit ihm, einig gegen die Akrobatik Yojis. Aber sie muß sich hüten, ihn ihr Mitgefühl für seine Lage allzusehr merken zu lassen. Es nähme in eben dieser Lage ein Gewicht an, das sie noch zögert hineinzulegen. Die Eltern sähen nur, was sie jetzt sehen wollen, daß Atsuko selber wünscht, die Sache möge ihren Gang nehmen. Hier gibt es den dritten Weg der Kameradschaft nicht – hier gibt es nur das klare Ja oder Nein.

Aber im Grunde weiß Atsuko ziemlich genau, daß ihr das Nein, nach dem Stand der Vorbereitungen, längst nicht mehr freisteht. Den jungen Mann so häufig sehen und ihn dann doch ausschlagen, das würde so viele Verwicklungen und stille verbissene Ehrenhändel, so viel Gesichtsverlust allerseits nach sich ziehen, daß Atsuko gar nicht daran denken darf. Eine wohlerzogene Japanerin, die sich beim ersten Heiratsantrag nicht zu benehmen wußte, gilt als kompromittiert. Es ist fast so undenkbar, wie wenn sie eine Affäre gehabt hätte. Die Reihe kommt schwerlich noch einmal an sie. Alles spricht dafür, daß sie sitzenbleibt, sogar das Schuldbewußtsein ihrer eigenen Familie, ein stiller, um die Tochter wachbleibender Gram, mit dem sie fortan zu leben haben wird.

Aber wie nahm sich Hideo als nicht mehr bloß wahrscheinlicher, sondern geradezu feststehender Ehemann aus? Leider kein bißchen anders – was nicht heißen soll, daß Atsuko ihn eben nicht mochte, sondern nur, daß jener Mechanismus der Konvention bei ihr nicht mehr glatt spielte, jenes Glück des Gehorsams sich nicht über Nacht einstellen wollte, das für die Japanerin vergangener Generationen schon das halbe Eheglück gewesen war – und wohl auch das ganze bleiben mußte. Atsuko hatte die Luft einer andern Zivilisation geatmet, auch im eigenen Land; und das reichte aus, den Frieden der Überlieferung zu stören und Atsukos Gefühl mit Trotz und Ungewißheit zu versuchen. Anderseits kam sie sich beinahe überlegen vor – beinahe, denn damit war in ihrem Fall nichts anzufangen. Oder doch? Würde sie Hideo etwas bieten können, wonach er im stillen verlangte – eine ebenbürtigere, freiere, unbefangenere Art der Gemeinsamkeit, als er sie bisher in seinem arbeitsamen, nur auf Weiterkommen gestellten Leben gekannt hatte?

Atsuko kannte durch Instinkt und Beobachtung die sorgsamen Umschweife, deren sich die japanische Frau bedienen muß, um den Mann ihr Besserwissen nicht fühlen zu lassen. Oder vielmehr, wie sie sich zu wenden hat, um es nicht als Besserwissen, überhaupt nicht als ihren Einfall, sondern als seinem eigenen unerforschlichen Ratschluß Entsprungenes darzustellen. Das ist kein schmählicher Notbehelf, sondern die Hohe Schule weiblichen Wesens, die Kunst des »sanften Wegs«, auf dem man sich nicht nur seine Rechte erwirbt, sondern auch Takt und Geschmack in ihrem Gebrauch. Die Welt des Mannes bleibt in der Ehe strenger von der weiblichen getrennt als in ledigen Jahren. Diese sind von den Erziehungsreformen der amerikanischen Okkupation geprägt, während mit dem Eintritt in die Gesellschaft diese ihr älteres und nie wirklich gebrochenes Recht geltend macht. Ein Mädchen wie Atsuko mag sich weniger als ihre männlichen Studiengefährten mit politisch eklatanten Gedankengängen befreundet haben und in dem, was sie ausdrücken kann, konservativer scheinen. In dem, was sie lebt, in ihrer Glückserwartung greift sie weiter, und die Möglichkeit besteht, daß sie sich allzusehr an die Hoffnung gewöhnt hat, am Leben ihres Mannes unmittelbar teilnehmen zu können, worauf, wie sie sich sagen kann, ihre ausgedehnte Erziehung schließlich angelegt gewesen war.

Aber eben: ein junger Mann, der wie, sagen wir, Hideo, einmal daran denken kann, sein eigenes Haus zu führen, und darüber seine dreißig Jahre alt geworden ist – ein junger Ehemann also findet sich schon tief in das ererbte System der Vor- und Rücksichten, der weit verzweigten Obligationen und Loyalitäten verstrickt, aus dem er sich schon darum nicht lösen kann, weil es der einzige Träger und Garant seines Lebenserfolgs ist. Er mag einer radikalen Studentengruppe angehört, für den Kaiser nur Spott übrig gehabt und seiner Gesellschaft die Zähne gezeigt haben wie er will (Hideo, denkt Atsuko mit einer Spur Verachtung, hat nichts von alldem getan) – wenn er diese Gesellschaft braucht, wenn er von ihr Brot oder gar Butter erwartet, unterwirft sie ihn unweigerlich ihrer stillen, aber unendlich wirksamen Disziplin. Er lernt im Zaum gehen und muß schließlich, um sich sein Opfer erträglich zu machen, selbst ein Teil jenes Establishments werden, das er hat erschüttern wollen. In dieser Lage eine Frau neben sich zu haben, die, und sei's unbewußt, an einem Wunschbild der Emanzipation und Selbstgeltung festhält, das er sich versagen lernen mußte; ein waches Eigenleben zu spüren, das zu fördern er sich hüten muß; sich seiner eigenen Frau gegenüber also im Dauerzustand schlechten Gewissens zu befinden: das übersteigt die seelische Leistungsfähigkeit des jungen Ehemanns bei weitem, ist eine Bedrohung seiner Sicherheit, auf die er mit einem Rückzug auf alte Denkmuster reagiert. Die Ehe wird nicht, wie die Jungen sich das so gedacht hatten, zu einem Abenteuer der Gemeinschaft, sondern wieder zur Ehrensache, erst zum familien- und erfolgspolitischen, dann zum wirtschaftlichen Unternehmen, in dem die Geschlechtertrennung aus Gründen der Kraftersparnis streng durchgeführt ist. In Japan vermag die Frau dem Mann über die Tatsache hinaus, daß sie der richtigen Familie angehört, unmittelbar im Beruf nicht fortzuhelfen, im Gegenteil, sie würde ihm schon durch den Versuch dazu sehr schaden. So trägt sie, so lange wie möglich, direkt zum Erwerb bei, gewöhnlich an einer Stelle, die ihrer Vorbildung nicht angemessen ist, und muß in dieser Zeit, wie in jeder späteren, vor allem um Rückendeckung für den schwer arbeitenden Ehemann besorgt sein. Das ist eine Dauerleistung persönlicher Zurückstellung und intimen Taktes – sie läßt, wie Atsuko wohl ahnt, wenig Raum für Schaustellungen weiblicher Persönlichkeit. Sie kann beinahe nur als Rolle, als tief eingeschliffene, aus den Schächten der Tradition zu schöpfende Rolle, gemeistert werden. Nur so darf Atsuko auf den Dank ihres Mannes hoffen. Daß sie sich ein wenig in der Welt umgesehen hat, ist kein Posten zu ihren Gunsten, der ohne weiteres als Gewinn in die Ehe eingeht, sondern eine zweifelhafte, unter Umständen irritierende Mitgift, die sie unter Verschluß halten muß. Um so mehr, je mehr Empfindung, und das heißt ja auch: Empfindlichkeit sie ihrem Mann zutraut.

Fragen wird man noch dürfen: kann sie ihn lieben, Hideo? So viel glaubt sie zu wissen, die große Liebe ist er nicht. Aber wie sähe das denn aus, die große Liebe? Atsuko hat in Amerika, wo Liebe so rasch und überall vorkommt, die Augen offen gehabt. Wenn sie sich erinnert – an diesen ziemlich mechanischen, dabei hungrigen und unbeholfenen Umgang mit dem Hauptwort –, hat sie Lust, Hideo dagegen in Schutz zu nehmen. Die Atmosphäre des halbkirchlichen College, das sie besuchte, war bei sonst drückender Apathie sexuell dauernd gereizt, was in einer bestimmten Art des Klassengelächters zum Ausdruck kam. Es wollte zwar wegwerfend sein, stellte sich aber unfehlbar ein, wartete auf die geringste Zweideutigkeit einer Äußerung, um loszupoltern – während der Lehrer in strafendes Schnalzen ausbrach, dem man zugleich eine Art Kompliment anhörte. Atsuko wußte nicht, was ihr fremder war, der eigentlich nicht schlüpfrige, sondern technische Jargon, der unter Altersgenossen auf diesem Gebiet herrschte, oder die gravitätische Munterkeit, die Berufserzieher und Sozialexperten darüber verbreiteten, in Beratungsvorträgen und kameradschaftlicher Gewissensforschung, die kein Ende nahm und Atsuko Konflikte zu lösen aufgab, die sie gar nicht gehabt hatte. Denn prüde war man bei ihr zu Lande keineswegs, und die Zunge brauchte einem nicht gelöst zu werden. Sie hatte auf japanisch einen unbefangenen Namen für das meiste, was einem unter dem Gürtel zustoßen

konnte, und bezeichnete es sogar mit einer ehrenden Vorsilbe
wie alles, was für die tägliche Lebens- und Glücksverwaltung
unentbehrlich und darum lobenswert ist. Gut, in Professors
Haus galt noch, daß man »wartete«; man wartete, wenn man
ein modernes Mädchen war, in Gottes Namen mit gewissen
Unzukömmlichkeiten. Aber man tat es mit einiger Ruhe,
denn die Sorge ums sinnliche Glück, die ja doch Selbstmiß-
trauen ist, Unglaube ans eigene Fleisch, das eben darum zur
Probe drängt und darüber sich und die Zeit versauert, – diese
Angst ist in Japan wenig verbreitet. Spiel bleibt Spiel und ist
als solches an einige Regeln gebunden, soziale, nicht moralische – man kennt in Japan jenes Versagen nicht, dem anderswo immer noch das metaphysische Zeichen anhaftet, das
Gewicht des Sündenfalls und Weltuntergangs. Allenfalls
kommt ein komisches Mißgeschick vor. Wenn Atsuko überhaupt in jener Richtung denkt, so denkt sie: wenn die Zeit da
ist, und der junge Mann gesund, wird er's wohl machen.

Und doch wünscht sie, Hideo hätte ihr einmal einen Kuß
gegeben. Auf dem Lande ist das noch ungewohnt, in den Ki-
nos grinst man, wenn die erwartete Stelle kommt – freilich,
man erwartet sie, auch von japanischen Schauspielern, offenbar gehört es dazu. Und für nichts möchte Atsuko schließlich
nicht in Amerika gewesen sein.

Was weiter? Atsuko tut etwas Plötzliches und doch in ihrer
Lage längst zum Gemeinplatz Gewordenes: sie reist. Nicht
allein, sondern mit einem dänischen Ehepaar, das an der Universität ihres Vaters unterrichtet, mit dem sie ihr Englisch
üben kann und das Hokkaido sehen möchte, die große nörd-
liche Insel, die sie gut kennt. Es ist Sommer und nirgends
kühler als dort oben – Gründe gibt es genug, nach Hokkaido
zu reisen, wenn Atsuko welche nötig hätte. Die Hauptsache:
sie zerstreut sich, gewinnt Zeit, möglichst unbeschwerte, feri-
enhafte, wenn man will: Bedenkzeit – Bedenkzeit, in der sie
für einmal nicht bedenken will, was ja im Grunde schon beschlossen ist, sondern die großgeformte Landschaft jener Insel, ihre Vulkanlinien vor gnädig bedecktem Himmel, die

Schluchten voll Birkengestrüpp und verschollener Ainu-Klage, die kochenden Wasser aus dem Fels. Aber das Paar, mit dem sie reist, weist sie ohne Worte immerfort auf ihr eigenes Problem zurück. Es stellt dar, was ihr bald blühen soll, freilich auf eine Art, die zugleich Atsukos Widerspruch und ihre Neugier reizt.

Es ergab sich, daß sie an einem drückenden Augusttag, während der Däne mit Kopfweh im Hotel blieb, auf einer Inselfahrt mit der Europäerin ins Gespräch kam und, von klugem Zuhören ermutigt, ihre Situation darstellte, zusammenhängender, als sie ihr selbst bewußt gewesen war. Da fragte die Dänin etwas Verblüffendes: ob Atsuko überhaupt heiraten *wolle*? In einem Jahr werde sie ihr Studium beendet haben, und bei ihrer Anlage und Sprachkenntnis könne es doch nicht fehlen, daß sie eine Stelle erhalte, die sie ausfülle – jedenfalls beruflich, und das andere müsse sich finden. Nämlich so: erst wenn sie ihr eigenes Leben gelebt und die Bedingungen geschaffen habe, ihre Wünsche und Bedürfnisse zu prüfen, ihre Grenzen genau kennenzulernen, dann möge sie auch den Mann finden, zu dem sie mit offenen Augen, das heiße: ohne Furcht und Illusion, Ja sagen könne. Und wenn nicht? Dann sei es richtig, allein zu leben. Jede Ehe, die nicht Ausdruck der Freiheit beider Teile sei und es bleiben dürfe, auf jede Gefahr und um jeden Preis, sei ein Mißverständnis, ja schon fast ein kleiner Mord, zu dem man nicht Hand bieten dürfe.

Hier lernte Atsuko eine neue Ehevariante kennen und spielte in Gedanken damit, wie man probeweise in einen Pelzmantel schlüpft, von dem man zum vornherein weiß, daß man sich ihn nicht leisten kann. Die schöne Dänenformel reizte sie, und so erklärte sie lachend, sie sei der Typ, der gern in Verhältnisse hineinschliddere, zum Beispiel in ihr pädagogisches Studium, zu dem sie eigentlich nicht die geringste Berufung in sich spüre. Sie habe es getan, weil sie Freude an Kinderbüchern habe und gern solche aus dem Englischen übersetzen würde; sogar dafür brauche man in Japan einen Universitätsabschluß. Im übrigen wäre es der größere Mord, wenn sie sich einfallen ließe, Karriere zu machen. Sie sei froh, wenn sie zur Hausfrau tauge. Und sie habe sich für japanische Verhältnisse dafür schon etwas reichlich Zeit genommen: eigentlich könne sie von Glück sagen, wenn sie nach sechs Jahren Universität noch in Betracht komme. Sie hätte auch gern bald Kinder für die Kinderbücher.

Im Fortgang der Reise war es dann an den Dänen, über Atsuko zu staunen. Sie knüpfte mit wohl einem Dutzend junger Leute, meist Studenten aus allen Ecken des Landes, auf unbefangene Weise Bekanntschaft an, unterhielt Gespräche, denen zum Flirt nichts fehlte als eine kokette Note, die Atsuko beharrlich durch eifrige Sachlichkeit ersetzte. Sie entwickelte dabei eine Energie, an der die ernsten Jungmänner sicher zuschanden geworden wären, wenn Atsuko nicht so viel schlaue Demut hätte walten lassen. Atsuko hielt Umschau – nur noch, versteht sich, unverbindlich und spaßeshalber, aber vielleicht eben darum nach allen Regeln der Kunst, mit einer so ruhigen und unverbildeten, die Dänen sagten: biologischen Abschätzung der Tatsachen, daß sie es durchaus bleibenließen, sie als das Opfer einer rückständigen Kultur zu bemitleiden. Man brauchte wohl doch nicht um sie zu bangen.

Sie allein tat es offenbar, nach einigen unruhigen und beinahe gewaltsamen Handlungen zu schließen, wie jener Vulkanbesteigung, zu der sie eines Nachts um elf Uhr mit einer Studentengruppe aus Osaka aufgebrochen war. Zum Frühstück kehrte sie erhitzt und durchnäßt zurück, zur Bestürzung der Dänen, die sie nicht eingeweiht hatte. Man versäumte den Zug, um sie, gegen ihr Sträuben, in ein heißes Bad zu stecken, mit dem die Dänen ein schreckliches Fieber abzuwenden hofften. Die Maßnahme stieß auf Schwierigkeiten, man hatte im Bezirk eines Schreins genächtigt, und der diensttuende Priester wollte durchaus nicht einsehen, was ein japanisches Mädchen um diese Zeit in seinem Bad zu suchen habe. Die Dänin mußte es schließlich als ihre eigene Kaprize hinstellen und Atsuko mit einschmuggeln, der das Ganze fürchterlich peinlich war. Da das Boot, mit dem man die nahe

Insel, eine berühmte Vogelfreistatt, hatte erreichen wollen, unterdessen verpaßt war, schlug man den Tag in diesem windigen Hafenort tot, über dem der Fischgestank dick und unentrinnbar lagerte. Schließlich fanden sie die Quelle: zwei mannshohe Berge verwesender Fischköpfe auf einem ebenso prächtigen wie leeren Sandstrand, von denen der Däne in seltsamer Laune Bild um Bild knipste, während die Frauen auf das erhoffte Meerbad verzichteten.

Hier war es, daß Atsuko, von den Schädelstätten weg auf die blasse Horizontlinie blickend, bemerkte: sie sehe nicht ein, warum sie immer sich selber prüfen müsse statt auch einmal Hideo. Sie wünschte nämlich sehr, er täte etwas ganz deutlich ihretwegen, aus keinem andern Grund. Was die Dänin von Folgendem halte. Hideo treibe so gut wie keinen Sport. Er könne nicht einmal radfahren. Wenn sie ihn nun bäte, ihretwegen radfahren zu lernen, damit sie im Herbst miteinander ausfahren könnten? Die Dänin sieht sie verblüfft an. Ein solcher Backfisch-Einfall, nachdem man sich ganzer Männergesellschaften so wohl und beinahe gerissen zu erwehren gewußt hat? Atsuko nimmt alles mit einem verlegenen Auflachen zurück. Und die Dänin hat Gelegenheit, sich über die Rätselhaftigkeit der östlichen Seele zu wundern.

Drei Wochen nach der Hokkaidofahrt kommt Atsuko zu den Dänen auf Besuch. Es ist eine *picture party*, man will die gegenseitigen Photographien betrachten. Und man hätte schon damit angefangen, wenn die Hausfrau nicht plötzlich den großen Opal entdeckt hätte, der an Atsukos Finger spielt. Großes Innehalten, man hebt die Augenbrauen. Ja, sie habe sich vorgestern verlobt. Sie sagt es mit einem kurzen Aufwerfen des Kopfes und läßt nach Landessitte ein längeres Kopfnicken folgen. Da könne man ja gratulieren! O bitte. Es könne ja noch so viel dazwischenkommen. Und so sieht man sich die Bilder an. Die beiden Frauen mit einem angeketteten Jungbären dazwischen vor jenem Souvenir-Shop. Atsuko mit dem Landwirtschaftsstudenten aus Sapporo – hier beeilt man sich ein bißchen. Atsuko vor einer gern photographierten

Felsgruppe. Immer wieder Atsuko am Rand des Wassers. Wo war denn das? fragt die Dänin, ich erinnere mich gar nicht. Doch doch, beteuert der Däne, da warst du dabei, da links wäre doch jenes Haus mit dem komischen Kamin. Natürlich, sagt seine Frau wägend, aber obschon ihr Mann rasch weitergeblättert hat, schiebt sich das Bild mit Atsuko wieder vor. Sie steht mit den bloßen Füßen im Wasser, mit gebauschtem Rock, und hält den ganzen runden Arm vor die Stirn; die Augen blicken zur Seite, die Schultern sind etwas abgedreht. Hätte der Däne seinen Gelbfilter genommen – warum hatte er keine Zeit dazu? –, könnte man die Wolken des Inselhimmels deutlich sehen. So ist Atsuko, wie ausgeschnitten, von kaum gegliederter Leere umgeben. Das vergrößern wir Ihnen zur Verlobung, sagt der Däne und zündet dazu seine ewige Pfeife an, während die Flamme einen roten Schein auf sein Gesicht wirft. Und da Atsuko gut erzogen ist, wagt sie nicht nein zu sagen.

Der Ring

»Enorm! Ihr wißt ja gar nicht, wie enorm das von euch ist!«
rief er noch unter der Tür. »Vollzählig zur Beerdigung! Und
sieh, es fehlt kein teures Haupt!«

Er breitete die Arme aus. Hinter seiner Schulter zeigte sich
das gedämpft lächelnde Gesicht einer jungen Frau. Auf seiner
Stirn, die von Hitze glänzte, standen ein paar Tropfen; sie verschwanden, als er sein Haar mit knappem Ruck zurückwarf.
Ein paar Strähnen machten den Ruck nicht mit, blieben im
Schläfenwinkel liegen. Man sah dem Haar an, daß es gern gestreichelt wurde. Jetzt wirkte es rötlich wie nach dem Schwimmen, rötlich auch die flaumige Schwärze des Mantels, auch die
Hände, die er spreizte und dann fallen ließ. Vielleicht lag es an
der Beleuchtung; die Lampen der Gaststube waren mit rotem
Chintz verkleidet.

»Es war ein Begräbnis mit vielen Blumen«, sagte er, während er seinen Mantel über den Bügel hängte. »Aber deswegen braucht ihr nicht gleich so stürmisch zu werden.« Die
Gruppe vor ihm rührte sich nicht; sie schien, wenn das möglich war, noch stiller geworden. Aber dann erhob sich mit einer gewissen Hast eine junge Frau von ihrem Tisch – sie trug,
wie die meisten, ein dunkles Kleid – und ging auf das Paar in
der Tür zu. Der Mann im gestreiften Anzug, dem sie rasch
beide Wangen hinhielt, wollte sie bei den Schultern fassen; da
trat sie einen Schritt zurück.

»Guten Abend, Robert«, sagte sie. »Wir gratulieren dir. Es
war ein phantastischer Erfolg. Wir haben davon gehört.«

Der Angeredete musterte sie. »Wir haben davon gehört«,
echote er in komischer Verzweiflung. »Das ist ja ganz wunderbar. Vielleicht durch mein Telegramm? Was für ein Glück,
daß ihr alle zufällig hier seid. So laßt uns jetzt eine Weile leise
zusammen weinen und dann auseinandergehn.«

»Wir danken dir für die Einladung«, sagte ein Mann mit
grauem Haar und bekümmertem Kindergesicht. Inzwischen

hatten sich die Männer erhoben. Das Paar schritt die Tische ab. Robert versäumte nicht, bei den Damen seinen Kuß einzuziehen, wachte aber auch aus den Augenwinkeln darüber, daß die Zeremonie bei seiner Frau beobachtet wurde. Sie trug ein hell rostfarbenes Kleid; es war leicht unter den dunklen herauszufinden. Man küßte sich damals in der Edelboheme unserer Heimatstadt. Aber seltsam: das Symbol gelockerter Lebensart blieb heute abend ohne Kraft.

»Kinder, übertreibt es nicht«, sagte Robert und verbarg jetzt seinen Mißmut nicht mehr. »Gebt's doch zu. Ihr habt gestern die Nacht durchgejubelt und heute nichts mehr als eure hohlen Augen zu bieten. Während ich in Berlin notgeschlachtet wurde. Ich muß sagen, ich muß schon sagen ...«

Allmählich wurde seine Stimme von den andern aufgefangen. Man begann jene Konversation zu machen – Roberts Frau schien es: etwas zu betont –, in der sich diese Art Gesellschaft wiedererkannte und zu spiegeln liebte. Man glänzte anekdotisch, fingierte ab und zu einen Gefühlsausbruch; man wich dem guten Ton haarscharf aus, war lieber zehnmal saftig als einmal fein, was als »tierisch« galt; man weidete seine Selbstironie, ohne ihr eine Schelle anzuhängen, und pflegte das Understatement; man durfte sich darauf verlassen, daß der andere dennoch registrierte, worin man wichtig war.

Der Augenblick kam, auf den Robert gewartet hatte, da er nicht mehr von seinem Stück zu sprechen brauchte, weil die andern es besorgten. Er streifte dagegen seinen Flug, beschrieb den Start, der nicht hatte werden wollen. »Ich sage euch, der Kasten *schlich* über die Piste, kriegte einfach keine Luft unter die Flügel, nicht wahr, Li, wir rollten *gemächlichst* auf einen Starkstrommast zu, ich denke, nanu, dann eben nicht, es soll also nicht sein, es war schön mit Li, da kriecht uns der Starkstrommast unterm Bauch durch – aber *gerade* noch.« Man beteuerte, daß Tempelhof zu eng sei für so viel Betrieb, jemand hatte die Frequenzzahlen bereit, wenigstens ist es ein *Gebrauchs*lufthafen, ein besserer Taxistand, ohne Knoll International und Passengers-please-Folklore, das mag ich an Tempelhof. Dagegen die Dauerverpflegung in der Luft zwischen Berlin und Frankfurt und hier dreimal Tee und zweimal Nachtessen, direkt hysterisch, eine Lutschtherapie, die armen Mädchen kommen ja überhaupt nicht zur Ruhe.

Die armen Mädchen waren schön und gut. Dennoch fehlte Robert etwas; die Stimmung blieb ergänzungsbedürftig. Vielleicht hatte er seinen Flug etwas überzogen, was sollte das, hier flog ja jedermann; man durfte jetzt ruhig wieder von seinem Stück anfangen. Olaf tat es, der Redaktor, die gute linke Seele, Robert empfand Dankbarkeit, durfte wieder sein abwesendes Gesicht aufziehen, erläuterte einen Charakter, aber wegwerfend. Er behielt seine Abwesenheit mühsam bei, als Olaf mit Entschuldigungen anfing, weshalb er nicht nach Berlin geflogen war. Das Interview mit M. F. hatte gedrängt, es war unaufschiebbar, und M. F. war nur gerade am Tag von Roberts Premiere ansprechbar gewesen. Aber bitte, bitte, hör mal, Olaf, ich will dich doch ruhig schlafen lassen, ich weiß doch, wer M. F. ist, klar, du konntest doch gar nicht anders. Robert empfand den Stich, aber gab sich Mühe, ihm mit Redlichkeit beizukommen; Kollegeneifersucht war als Gefühl endlich einmal etwas Handfestes, alles andere hier – ja, was war mit allem andern los, warum klang dieser Raum nicht recht?

»Li«, fragte er einmal zwischendurch halblaut, »hast du eine Ahnung, warum wir es heute nicht schaffen?«

»Ich weiß nicht«, sagte sie. »Du bist so voll von Berlin. Sie waren nicht in Berlin.«

»Du meinst, es riecht nach Freitisch«, flüsterte er, »für arme Verwandte …«

Sie lächelte ihn an.

»Also du empfindest es auch«, sagte er. »Ich bin froh, wenn ich es erfahre. Ich bin nicht sicher mit Stimmungen, ich hätte mich ja auch getäuscht haben können. Also ich habe mich nicht getäuscht. Aber sie mögen mich noch?«

»Natürlich«, sagte sie. »Wie kann man dich nicht mögen.«

Robert sah sich um. In der Tür stand »seine Freundin« Mo-

nika. Sie servierte, aber sie war besonders; es war unmißver-
ständlich, keine Anbiederung nach unten, wenn man sie duzte.

»Hei, Monika«, rief er hinüber. »Wir möchten etwas trinken. Habt ihr euren Weißherbst noch? den 59er? Dann bring
uns mal – warte – Flaschen. Weißt du nicht, wieviel das ist,
Flaschen? Wir zählen sie nachher. Herrgott, wie sie sich
gleich umdreht. Seht sie euch an. Von so einer Primaballerina
werden wir bedient. Was für ein Jammer, Raoul, daß du nicht
mehr figürlich bist. Lots Weib – aber die hätte ganz Sodom
zum Erstarren gebracht. Und etwas für die Finger, Monika.
Bündnerfleisch. Wenn die Bündner frisch geschlachtet sind.
Ferner, Monika, gemeine kleine Gurken und hie und da eine
Kristallzwiebel. Viel. Aber *so* viel.« Seine Arme schaufelten in
Brusthöhe eine schwelgerische Form in die Luft.

Man naschte von den flachen Holztellern, manipulierte
übertriebene Pfeffermühlen und wurde heiter. Karol wollte
von Li wissen, was sie denke. Er vergötterte Li, fraß sie mit
den Augen; da Karol als verfluchter Kerl galt, brachte es Robert Prestige, wenn seine Frau von Karol vergöttert wurde.
Er prüfte den Effekt mit raschem Blick. Aber jene zündenden
Lichter von Gegenwart, die er um sich gewohnt war, blieben
aus, das große Obenaufschwimmen fand nicht statt. Etwas
war hier zu schwer.

In der Ecke saß Roswitha für sich. Sie rauchte heute nicht.
Roswitha war die Frau von Roberts gutem Freund Jan, dem
Goldschmied; man erinnerte sich nicht, was sie früher gewesen war. Aber Jans Frau zu sein war hinreichend apart; niemand hatte ihm eine Ehe zugetraut. Robert erinnerte sich,
daß es zwischen ihm und Roswitha einen besonderen Ton gegeben hatte. Sie trug ein ärmelloses schwarzes Kleid, das nur
hinten ein wenig vom Hals fiel, Roswitha war eine Uferstelle,
ein eleganter Schutz gegen den Trotz, der in Robert um sich
griff, ein durchaus annehmbarer Aufenthalt. Mochte man
jetzt sehen, wie er in der Ecke saß und sich gut unterhielt. Li
hätte auch ruhig ein wenig heucheln dürfen. Sie sollte seine
Bestätigungsbedürfnisse allmählich kennen.

»Du hast ja deine Haare wieder lang, Ros«, sagte er und setzte sich neben sie, aber nicht nahe. Er liebte intime Gespräche auf Distanz.

»Wie damals. Wann war damals? Im März? Ausgeschlossen. Ich habe dich ja ewig nur mit dem Knoten gesehen. Dein Haar gerät einem ins Auge. Und wenn du erst langes Haar hast – schade, dazu fällt mir nichts ein. Wo hast du Jan gelassen?« Mit einem Finger legte er ihr eine Strähne hinter das Ohr zurück. »Ich fand ihn übrigens auch besonders richtig an dir. Den Knoten. Weil er so unglaubwürdig war. Da behauptete dein Kopf: das ist verheiratet. Und das Gesicht glaubt's immer nicht. Aber ich glaub's, ich hab's immer geglaubt. Credo quia absurdum. Wenn Jan einmal eine Frau hat, Ros, ein-mal, dann muß sie aussehen wie dein Gesicht. So still und erschreckend.«

Robert hatte getrunken; er trank wieder. Dann sagte er: »Und das alles sitzt hier in der Ecke und wird sich selbst überlassen. Wo Jan einmal aus dem Staub ist. Da lassen sich die hindern. Aber was habe ich gesagt: erschreckend. Das Schöne ist nichts als des Schrecklichen Anfang, und du bist – du bist schöner gewesen, Ros, aber nie so apart. Ich hab' bloß keine Angst vor dir, weil ich ein so hervorragendes Stück geschrieben habe.«

»Erzähl«, sagte sie.

»Keine Spur«, sagte er. »Ich frag' dich auch nicht nach Jan. Der Drückeberger. Ich habe meine große Minute, und er ist nicht da. Du bist übrigens ein bißchen blaß.«

»Das liegt an der Beleuchtung«, sagte sie.

»Und am Wetter«, sagte er. »Wer kann bei eurem Wetter aussehen wie er selbst. Da hatten wir in Berlin anderes.«

»Und du willst mir nichts erzählen«, sagte sie.

»Erst wenn du was ißt, du ißt ja gar nicht«, sagte er und strich ihr vorsichtig mit einem gerollten Trockenfleischblatt über die Lippen. Sie schnappte danach; er war angetrunken, aber es überraschte ihn dennoch, er zog ungeschickt den Arm zurück. Sie kaute. Dabei kamen ihr Tränen.

»Siehst du«, sagte er, »wenn man ein großes Mädchen werden will. – Was hast du? Ist was?«

»Ich verschlucke mich in letzter Zeit manchmal«, sagte sie.

»Das Motiv habe ich auch verwendet«, sagte er. »Aber man muß es auf der Bühne sehen, um zu glauben, wie stark das ist. Ganz groß, was Möller-Strozzi daraus machte. In Berlin. Er steht auf der Bühne, breitbeinig und *schluckt* – einmal, zweimal, ein drittes Mal. Beim dritten Mal wird er gefleckt im Gesicht und scheußlich ruhig. ›Das war es‹, flüstert er. ›Da war es wieder. Seht ihr, es würgt. Es würgt ganz leise. Aber so muß es sein. So steht es in den Fachbüchern. Das Carcinom. Ich lasse euch die Wahl zwischen Kehlkopfkrebs und Speiseröhrenkrebs. Oesophagus-Carcinom. Es tut nur ganz fein weh. Am Anfang ist der Schmerz unauffällig. Ein schwaches örtliches Würgen. Ganz schwach. Vorläufig. Nur ruhig: es wird sich verstärken. Genauso steht es in der Literatur. Dreimal schlucken – dann ist es da. Aber wenn es da ist, wenn man *das* spürt – das Würgen –, dann ist das Ganze schon fortgeschritten. Zu fortgeschritten. Kein Halten mehr. Man kann noch ein wenig bestrahlen, nicht wahr, aber das sind Affentänze, Hinhaltemanöver. Operieren ist sinnlos. Das würde die Qual nur verlängern. Die *Metastasen* sind längst unterwegs. Seht ihr. Ich werde nicht mehr lange schlucken können.‹ Und dann, Ros, weißt du: diese schmerzliche Herzlichkeit, Möller-Strozzi stellte das umwerfend hin, diese vollendete Erpressung: ›Oh, ihr. Es ist so schön zu sehen, wie ihr *lebt*. Seien wir noch eine Weile *lieb* zueinander. Diese kurze Strecke Wegs. Denkt an mich. Und jetzt – kein Wort mehr darüber.‹ Und dann *schluckt* er nochmals – gedehnt, demonstrativ, man könnte die Nadel fallen hören. Und beim drittenmal bildet das Gesicht dieses Fetzen – er ist ein Fetzen, körperlich ein Athlet – was sagte ich? bildet also schlagartig Schmerz ab, und dann blickt es verklärt, widerlich verklärt. Und was das beste ist, Ros. Die Zuschauer wissen die ganze Zeit: wer den Krebs wirklich hat, wer es ganz für sich behält, um dem Mann seine Show nicht zu verderben, das ist seine Frau. Dem Fetzen fehlt nichts, nicht das geringste, aber seine Umgebung geht ein, er verschleißt die ganze Familie mit seinem Schlukken, seine Wehleidigkeit tyrannisiert sie unter den Boden. Er wäre niemand, könnte er der Welt nicht vor Augen führen: ich sterbe; ich weiß, ihr sterbt auch einmal, aber davon sehen wir jetzt ab, ich sterbe ganz besonders hinterhältig, seht nur, wie ihr mich sterben laßt. Und da steht er und schluckt. Er schluckt genußvoll, während sie krepieren, und er merkt nichts. Er merkt einfach nichts.«

»Das ist gut«, sagte Roswitha.

»Ja, es war gut«, sagte Robert und fuhr sich durchs Haar. »Du weißt, ich bilde mir nicht oft was auf mich ein, aber das hat hingehauen.«

»Ich werde es lesen«, sagte Roswitha.

»Oh, du wirst es sehen«, erwiderte Robert vergnügt, »das Stück kommt hierher. Ich mag's ihnen gönnen, den Herren vom Schauspielhaus. Vor einem Jahr hätten sie es haben können, für ein Butterbrot, mit Handkuß. Aber nein. Was kann aus Nazareth Gutes kommen. Jetzt müssen sie mir erst schön was vorwedeln, bis sie's kriegen. Aber es kommt, keine Sorge.«

»Wie kurzsichtig von ihnen«, sagte Roswitha.

»Was hast du für einen schönen Ring, Ros«, sagte Robert und beugte sich über ihre Hand, »reden wir doch von ernsthaften Versäumnissen. Da seid ihr ein Jahr verheiratet, und es ist möglich, daß ich deinen Ring noch nie betrachtet habe. Kann ich mir doch gar nicht leisten. Selbstgeschmiedet, von Jan? Sieht man doch gleich. Was für eine Pracht.«

Roswitha zog den Ring vom Finger und reichte ihn hinüber. Er drehte ihn einmal um und betrachtete sie dann durch den Ring, während er das andere Auge zukniff. Dann nahm er ihre Hand am Gelenk, das ganz locker blieb, und streifte ihr den Ring wieder über den Finger.

»Nachtrauung«, sagte er, »ein bißchen darf ich nämlich. Im Sommer vor einem Jahr saßen wir in der ›Kronenhalle‹, Jan und ich. ›Soll man denn, Robert, geht denn so was?‹ Und ich:

›Jetzt hör mal genau zu, Jan. Wenn das mit dir und Ros was wird, hörst du, dann wird das keine ungefähre Ehe, sondern du kriegst eine *Frau.* Und wenn du diese Frau deiner Lebensangst opfern willst oder deiner Ideologie, dann ist das zwar deine Sache, aber mit unserer Freundschaft ist es aus, denn ich verkehre nicht mit dummen Menschen.‹ Voilà. Ich wußte, wovon ich redete.«

»Das war freundlich von dir«, sagte Roswitha.

»Lehre du mich Jan kennen«, sagte Robert. »Er ist ein phantastischer Goldschmied, das weiß der Himmel, aber im Grunde ist er ein Teddybär. Er will, mitsamt seiner ungeheuren Sensibilität, auf den Arm genommen sein.«

Roswitha lächelte.

»Du bist seine erste Frau, Roswitha«, sagte Robert feierlich mit unsicherer Zunge. »Daran ist gar kein Zweifel. Du hast den Teddybären erlöst. Er grinst jetzt mit beiden Mundwinkeln, immer noch scheu, in Gottes Namen, aber soweit er glücklich sein kann, ist er glücklich. Du hast ihm seine Steine gelassen, du hast ihn gefaßt wie einen Stein, und er weiß es.«

»Danke, daß du das gesagt hast«, sagte Roswitha.

Robert starrte sie an.

»Du hast diesen Abend gerettet, Ros«, sagte er etwas zu laut, »er wollte ja gar nicht auf Touren kommen, das ist dir nicht entgangen. Wie wärst du an einem anständigen Abend in diese Ecke geraten. Was ich sagen wollte: du hast Jan das Leben gerettet. Ich sehe noch, wie er vorher umherlief. Weißt du, was er mir eine Woche nach eurer Hochzeit gesagt hat?«

Roswitha schüttelte den Kopf. »Du gibst dir solche Mühe, Robert«, sagte sie.

»Quatsch«, ereiferte sich Robert. »Er sagte: ›Robert, ich fürchte mich. Was ich für sie empfinde, hat keine Reserve mehr. Ich habe Angst, sie kommt unter ein Auto, oder sie fällt über einen Felsen. Ich habe wahnsinnige Angst vor einem Zufall. Aber ich habe keine Angst mehr um sie und um mich. Das gibt es doch nicht, Robert, ich habe Angst, weil es so stimmt.‹

»Ich bin nie über einen Felsen gefallen«, sagte Roswitha langsam und trank.

»Siehst du«, strahlte Robert, »siehst du.« Und dann schob er sich neben sie auf die Bank und küßte sie hinters Ohr, das sie ihm hinhielt, als lauschte sie auf etwas. Dann nahm sie seinen Kopf zwischen die Hände und rückte ihn freundlich zurecht. Als ihm seine Frau die Hand auf den Rücken legte, sprach er schon mit geschlossenen Augen, während sein Kopf schwankte. Seine Faust rollte über den Tisch; Roswitha hatte die Gläser etwas beiseite gestellt.

»Was meinst du«, sagte Li, sagte es aber eigentlich zu Roswitha. Im Hintergrund stand man schon mit Mänteln da; durch die offene Tür sah man Monika, die Freundin, Stühle auf die Tische heben.

Robert blickte empor; dann erhob er sich. »Call it a night«, ächzte er ärgerlich zufrieden, »gut, Roswitha, ich meine Li, es sollte nicht sein, wir wollen rollen und uns einschlafen. Wir – uns. Uns zusammenrollen, will ich sagen, und gehen.« Er riß angestrengt die Augen auf, fiel leicht gegen seine Frau und hielt sich an ihren Schulterblättern fest, die er massierte. »Wenn ich dich nicht hätte, Li. Ich habe nämlich nur dich.«

Li lächelte rasch zu Roswitha hinüber, die ihre Sachen zusammenräumte. Dann drehte sie den Dramatiker zur Tür und half ihm, ohne daß es auffiel, den Mantel überziehen; auch seine Knöpfe schloß sie zu. Schon auf der Straße drehte sich Robert um.

»Halt!« brüllte er. »Monika! Wir haben gar nicht richtig Abschied genommen! Ich bezahle alles!«

»Wie sich das ein junger Bühnenkünstler so denkt«, sagte Olaf, der linke Redaktor. »O nein. Ihr steht jetzt alle bei meinem Weltblatt in der Kreide.« Damit nahm er Roswithas Arm, ganz von unten, wie den Arm einer Verletzten. Robert starrte.

»Li«, sagte er, »sie nehmen mir alle Frauen weg.«

Wo Karol dieses gequälte Lächeln aufgeschnappt hat, dachte er noch. Und während er sich überlegte, wen er zu küssen vergessen hatte, schob ihn seine Frau sanft ins Taxi; hinter dem Glas warf er den Arm hoch und winkte noch durch die halbe Stadt. –

»Du liest meine Kritiken und weckst mich nicht«, sagte er unter der Tür. »Du hörst nicht einmal, wenn ich komme.«

»Ich warte bloß, bis ich dich im Türrahmen sehe«, sagte Li und legte die Zeitschrift weg. »Der Rahmen steht dir so gut.«

»Man schleicht sich einfach von meinem Lager«, maulte Robert. Er stand in einem giftig schimmernden Morgenrock unter der Tür und war absichtsvoll ungekämmt. »Man wartet nicht ab, ob die Morgenstund vielleicht Gold im Mund hat. Die guten alten Bräuche verkommen.«

»Erstens muffle ich am frühen Morgen«, sagte sie, stand auf und nahm ihn in die Arme, »und zweitens kenn ich deine Wünsche besser. Du möchtest nämlich Kaffee.«

»Erst wenn du sagst, daß alle Kritiken glänzend sind«, sagte er und legte die Arme auf dem Rücken zusammen.

»Sie sind glänzend«, sagte Li, »bloß sind sie noch nicht da. Ich lese die ›Funkuhr‹. Der Briefkasten ist wieder ganz bedeutend.«

»Das ist alles sehr kränkend«, sagte er.

»Setz dich, dann überblickst du es besser«, antwortete sie und verschwand in der Küche. Er betrachtete ihre Bewegungen durch den Türspalt. Mit den gleichen Bewegungen breitete sie sein Frühstück vor ihm aus. Er schaute durchs Fenster.

»Ein aschfahler Morgen«, sagte er.

»Ja, die Sonne scheint«, erwiderte sie. »Aber es kann noch ganz scheußlich werden. Es ist erst ein Uhr.«

»Früh?«

»Früh.«

»*Nie* hab' ich Probleme mit dir«, klagte er und hatte Eigelb an der Nase.

»*Nie* liebst du mich«, erwiderte sie.

»Dein Einfluß ist zerstörerisch. Mir fallen nur noch Boulevardstücke ein. Du hast aber Glück, daß das Ei heute wieder zu weich ist.«

»Siehst du. Schon wieder eine Tragödie.«

Nachdem er ihr die Zigarette angebrannt und in den Mundwinkel gesteckt hatte – hartnäckig in den linken Mundwinkel, sie kriegte Rauch ins Auge und dann Rauch in den Hals und mußte beklopft werden –, fragte er: »Und wie war ich denn gestern abend?«

Als sie wieder sprechen konnte, sagte sie rauh: »Süß.«

»Ich hatte meine Absenzen, glaube ich –« In diesem Augenblick läutete das Telefon. Mit einer Grimasse nahm er den Hörer ab. Während er redete, betrachtete er ernsthaft seine Frau. Wie gut geraten sie war. Die dichte braune Haarkappe bis hart über die Augen, und wie den Augen die Rauchröte stand.

»Ja, Olaf«, sagte er. »Ich habe meine Frau grade dasselbe gefragt. Aber sie antwortete unzulänglich, und sie muß sich an Wiederholungen gewöhnen. Ich finde das überhaupt kleinbürgerlich, diese Angst vor Wiederholungen. Wie war ich gestern? Eben. Was meinst du? Was für eine Sache mit was für einem Ring? Was ging ein wenig weit?

Aber hör mal. Ich habe keine Ringe getauscht. Du bist ein ungenügender Voyeur.

Gezeigt. Gezeigt hat sie mir den Ring. Weil er von Jan war.

Was heißt makaber? Warum bin ich makaber, und warum nur ein bißchen?

Was soll ich wissen? Sag's deinem Kinde –

Was sagst du?«

Mit Robert ging eine Veränderung vor. Seine Augen, die den Augen Lis zugelächelt hatten, drehten sich plötzlich einwärts; dann begannen sie zu flattern. Robert straffte sich und wurde weiß.

»Nein«, sagte er.

Dann sagte er nichts mehr, schluckte wiederholt, klammerte sich mit angezogenen Schultern an den Hörer und beugte sich mit ihm weit vor. Man hörte Hallo-Rufe aus der

Muschel, fern und schrill wie die Schreie eines Papageis. Robert legte den Hörer auf. Seine Hand war unsicher. Li hatte sich erhoben. Robert ging zum Fenster. Daß ein Kirschlorbeer so deutlich sein kann. Die Fotografie eines Kirschlorbeers.

»Jan hat sich erschossen«, sagte er. »Vor einer Woche. Vorgestern haben sie ihn kremiert.«

Li sagte nach einer Weile: »Du bist noch nicht angezogen.«

»Ja«, sagte er. »Ich gehe. Ich muß doch? Natürlich.«

Li begann aufzuräumen.

Er griff neben die Klinke, aber die grüne Tür öffnete sich trotzdem. Sie war nur angelehnt gewesen.

Roswitha beugte sich über geöffnete Schubladen. Sie hatte ihn nicht bemerkt. Bündel von Zahlungsquittungen lagen verschossen grün auf dem moosgrünen Filz des Schreibtisches. Daneben einzelne Steine auf beschrifteten Papierstreifen. Vor dem vergitterten Fenster das zartere Gitter eines winterlichen Gesträuchs. Sie trug ein kaffeebraunes Arbeitskleid, unter dem, etwas bedrängt, ein schwarzes Stück Rock hervorsah. So gebückt sah sie aus wie ein Vogel, geplustert und sehr bedürftig.

»Grüß dich«, sagte sie nach einer Weile.

Er trat einen Schritt näher. Als sie sich aufrichtete, blieb er stehen. Ihr Gesicht war müde, die Wangen flach, jung.

»Das Kaffeewasser siedet gleich«, sagte sie. »Du trinkst doch einen Kaffee? Ich habe nicht geheizt.«

»Entschuldige. Entschuldige bitte«, sagte er und blickte sie an.

»Jan wollte nicht, daß ich dir telegraphiere. Es stand auf dem Zettel«, sagte sie und zog den Stecker des Tauchsieders aus der Wand. Feingliedrig wie ein Geschmeide wucherte eine freie Wolke Dampf gegen das Fenster hin.

»Du warst in Berlin. Er wollte die Vorbereitung deiner Premiere nicht stören.«

»O ja«, sagte er.

»Und an dem Tag war dann deine Premiere«, sagte sie und goß das Wasser in die Tassen. Es lag nur ein geringes Häufchen Kaffeepulver darin; es geriet in kurzen Aufruhr und sättigte die Flüssigkeit mit Mühe. Sie blieb hell, Roswitha hielt beide Hände über den Kaffeedampf.

»Ich dachte, du habest es gewußt, gestern«, sagte sie.

»Das wäre noch schöner gewesen.«

»Vielleicht«, sagte sie. »Vielleicht wäre das *noch* schöner gewesen.«

Vorsichtig nahm sie dem Tassenrand den ersten Schluck ab; als sie den Kopf dazu senkte, fielen ihr die Strähnen hart neben das Auge.

»Ich bewundere dich«, sagte sie und blies dazwischen. Für dich war Jan noch da. Du warst der einzige an diesem Abend, für den Jan noch lebte. Ich spürte aus jedem Wort, wie sehr du mit ihm rechnetest. Du gabst ihm seinen Körper zurück. Für dich war er nicht verbrannt. So hat mir an diesem Abend keiner geholfen wie du.«

Er legte die Finger, die auf seine Knie geklopft hatten, auf den Tisch und glättete wiederholt die glatte Kante.

»Also so siehst du es an«, sagte er.

»Ja«, sagte sie. Sie schwiegen eine gewisse Zeit.

»Willst du nicht deinen Kaffee trinken?« fragte sie. –

Zu Hause blieb er unter der Tür stehen. Er stellte sich, noch im Mantel, gleich ans Fenster und blickte hinaus. Er spürte Lis Blick auf seinen Schultern.

»Li«, sagte er abwesend, »ich bin ein elender Stückeschreiber. Ein Stümper.«

Li sagte. »Das werden die anderen nie merken. Sie werden das immer bedeutend finden, was du machst.«

Nach einer Pause erkundigte er sich: »Du meinst, man könne jetzt weiterschreiben?«

»Natürlich«, sagte sie. »Schreiben ist doch nicht wichtig.«

Er blickte weiter zum Fenster hinaus. Der Kirschlorbeer vor seinen Augen wurde zusehends unscharf.

Schluß mit der Tierquälerei

Weiter geht es nicht, meine Herrschaften. Ich liege jetzt am
äußersten Rand meines Bettes, halte das Mikrophon in die
nackte Spitalluft hinaus, sehe scharf unter mir die Tonspulen
kreisen. Noch eine falsche Bewegung, und ich müßte auf den
teuren Apparat stürzen, wenn mein Bruder Jakob mich nicht
hielte. Es gab eine Zeit, sie liegt jetzt etwa zehn Minuten zurück, da fing ich an, Mikrophon in der linken Hand, die längst
durch Übung meine rechte geworden ist, von meinem Bruder
Jakob abzurücken. Nicht, daß ich Angst hätte, er könnte
mich hören, denn obwohl er stöhnt, liegt er seit zwölf Stunden in jenem Zustand, den man medizinisch das Koma nennt.
Sein Stöhnen entfährt ihm, ohne daß er etwas davon weiß; es
hat nichts zu bedeuten. Aber das Koma meines Bruders Jakob
hindert ihn nicht daran, mir nachzurücken, wenn ich mit meinem Mikrophon in der Hand von ihm abrücke. Er scheint etwas zu vermissen, wenn sich irgendwo eine freie Stelle zwischen uns bildet, der Hauch einer freien Stelle, und dann
drückt er nach, selbstverständlich, wie ein Kätzchen die be-
quemste Wärme sucht; und obwohl sein Stöhnen, wie die
Ärzte versichern, bewußtlos ist, wird es immer dann laut,
wenn ich neuerdings abrücke; mein Bruder Jakob gibt mir
noch in der Tiefe seines Komas zu verstehen, daß er meinetwegen stöhnt. Nun bin ich, im vergeblichen Versuch, mich
von seinem Stöhnen, seiner kranken Katzenwärme abzusetzen, an die Kante gelangt; jetzt kann ich meinen linken Arm
nicht mehr aufstützen, sondern muß ihn mit dem Mikrophon
in die Luft halten, was unter allen Umständen ermüdend ist,
wieviel mehr jetzt, wo die Krankheit meines Bruders Jakob in
meine Adern einzuwandern beginnt, mein Blut versetzt und
meine Gelenke weich macht wie Brei. Das einzige Stück, über
das ich noch verfügen kann, ist mein Kopf, mein in siebzehn
Jahren greisenhaft gewordener Kopf, den ich von meinem
Bruder Jakob wegdrehe, so weit es geht; es geht nicht sehr

weit, und doch muß ich in dieser Lage, wenn mich jemand von außen betrachten könnte, theatralisch aussehen, ein Opfer, dessen Genick gebrochen wurde. Ich drehe diesen Kopf, der gerade noch mir gehört, über den Abgrund, der achtzig Zentimeter hoch ist wie unser gemeinsames Krankenbett; bei leichter Drehung kann ich noch ziemlich mühelos das einzige Fensterkreuz sehen und daneben einen Wandschirm, wie man ihn um die Betten Sterbender stellt, ferner einen Rolltisch mit allerlei Tuben, Flaschen, Ampullen und geordneten Spritzen, in die man die Ampullen entleert, um dann wiederum die vollen, bald bläulich, bald farblos gefüllten Spritzen abwechselnd in Jakobs oder meinen Körper zu entleeren. Die einzigen Farben, die es in diesem Zimmer gibt, sind die Markenschilder auf den Medikamenten; wir erhalten täglich Spritzen aus drei hellblau und zwei grün beschilderten Ampullen. Das Grau, das sich in die oberen Winkel des Krankenzimmers eingenistet hat, ist selbst ohne Drehung des Kopfes einzusehen; ich möchte es nicht gern eine Farbe nennen. Dennoch ruhen meine Augen, wenn die Kopfdrehung zu anstrengend war, wenn auch widerwillig auf den sanften, von keinem Krankenhausmop je erreichten Gespinsten aus. Es ist qualvoll, den Kopf so weit zu drehen, wie ich es tun muß, um das Tonbandgerät schnurren zu sehen, das neben unserem Bett auf dem grau marmorierten Boden steht und die Höhe meines Falls etwas mildern würde, wenn ich aus dem Bett fallen könnte, wenn mein Bruder Jakob mich ließe. Dennoch gönne ich mir diesen umständlichen Blick auf die mühelos drehenden Spulen von Zeit zu Zeit. Das Zittern meines Genicks sagt mir dann, daß ich noch lebe, und außerdem sind die Spulen, die meine Worte eins ums andere aufrollen, das einzige Stück in diesem Raum, das sich bewegt; auch genieße ich es, mit den Schwankungen meines Stimmstroms das Licht, das den Empfang meiner Worte auf dem Band anzeigt, flackern zu lassen. So liege ich eigentlich schon halb in der Luft auf der Bettkante, gebe meine Stimme in der Schwebe ab; ich kann nicht weiterrücken, aber ich kann auch nicht auf das Tonbandgerät fallen. Mein Bruder Jakob hält mich; er hat aufgehört zu stöhnen, so sicher ist er jetzt, daß ich mich nicht mehr rühren kann und daß er mich hält.

Das ist seit siebzehn Jahren so; vor siebzehn Jahren wurden wir geboren, zur Verblüffung der Ärzte an einem einzigen Stück, übrigens in diesem nämlichen Spital. Natürlich war es der erste Gedanke der Ärzte, die rasch aus dem ganzen Spital, sogar Notfälle im Stich lassend, zusammenliefen, daß man uns trennen müsse; aber eine nähere Prüfung unserer Körperverhältnisse ergab, daß dies nicht anging. Zwar war jeder von uns für sich vollständig ausgebildet, jeder hatte einen Kopf und vier Gliedmaßen und die meisten wesentlichen Eingeweide wie Herz, Nieren, Gedärme für sich, auch alle Körperein- und -ausgänge kamen in doppelter Ausfertigung vor, ja, man konnte uns sogar ganz wohlgebildet finden; aber die Leber, dieses einzige Organ, gab es in unseren doppelten Organismen nur einmal, wir würden uns in sie zu teilen haben; eine einzige, nicht einmal große Stelle an unseren Bäuchen verband uns für immer. Es hätte unter diesen Umständen wenig geholfen, wenn einer von uns gestorben wäre, denn er hätte dem andern damit nicht geholfen; die Wissenschaft war damals noch nicht in der Lage, den Übergriff der Nekrose von einem Körper auf den andern zu verhindern. Ich weiß nicht, welchem Mißgriff unserer Eltern wir Brüder unsere innige Verbindung zu verdanken haben; meine Informationen gehen dahin, daß die Ehe unserer Eltern, die wir nicht kennenlernten, eine besonders glückliche war, was sie freilich, wenn ich die Andeutungen der Wärter recht verstanden habe, nach unserer Geburt nicht geblieben ist. Sie sollen sich getrennt haben; mein Bruder Jakob und ich aber, wir blieben beisammen.

Es war, da man sich nun entschließen mußte, uns soweit wie möglich aufzuziehen, die Wissenschaft selbst, die Mutter- und Vaterstelle an uns vertrat; sie verkörperte sich in ärztlichen Forschern aller Größen, Kapazitäten und Hautfarben, die uns in ihrem weißen Berufskleid entgegentraten, und in meist sehr geduldigen, ja menschlichen Wärtern, die uns lesen und schreiben lehrten und bei unsern ersten gemeinsamen Gehversuchen hilfreich zur Seite standen. Wir wuchsen im medizinischen Institut auf, nicht immer im selben, und genossen die Sommer zusammen meist in Pflegeheimen auf dem Lande. Ich darf unsere Erziehung eine sorgfältige nennen. Nie setzte man uns der gewöhnlichen Schaulust aus; daß ab und zu Reportagen in Illustrierten und auch lebensmutigeren Frauenheften über uns erschienen, tat uns nicht weh. Die einzigen gesellschaftlichen Anlässe, bei denen wir in Erscheinung traten, waren internationale Kongresse, doch auch hier umgab uns die weiche Stimmung der Diskretion. Die berühmtesten Kinderärzte der Welt beugten sich mit uns über unsere Spielzeugautos, Nobelpreisträger ließen es sich nicht nehmen, über unsere ersten Versuche mit Fingerfarben zu schreiben, und unvergeßlich bleibt mir – und ich denke, auch Jakob – der babylonische Turm, den ein sowjetischer Verhaltensforscher in stundenlanger Mühe aus Lego-Steinen mit uns aufrichtete. Ich darf wiederholen: von einer bald selbstverständlichen Körperbehinderung abgesehen, verlebten wir eine schöne Jugend, die um so behüteter wurde, je länger sie sich hinzog und die Prognose der Fachkundigen, die auf geringe Lebenserwartung gelautet hatte, Lügen strafte. Als gar die ersten unmißverständlichen Zeichen männlicher Entfaltung bei uns auftraten; als ich – mit einem mir von Jakob nie verziehenen Vorsprung – sekundäre Geschlechtsmerkmale entwickelte, darf ich die Aufmerksamkeit unserer Ärzte ohne Übertreibung eine bebende nennen. Man sparte nicht an Injektionen, um uns über heiklere Phasen, über jähe Auf- und Abschwünge des Gemüts wegzuhelfen, nachdem diese sorgfältig registriert waren.

Es lag gewiß nicht an irgendeinem äußeren Versäumnis, es lag an einem bisher schlummernden Mißverhältnis unserer Naturen, einer durch äußere Reife zur Reife gebrachten Unversöhnlichkeit der Temperamente, daß nun in unseren so eng verbundenen Systemen ein Zwist ausbrach und sich weigerte, durch die Tröstungen immer neuer Chemikalien geschlichtet zu werden. Unsere enge Verbindung verhinderte nicht, daß wir von unserem vierzehnten Jahr an verschiedene Wege gingen. Leider spreche ich bildlich: denn wie sehr hinderte sie uns tatsächlich daran! Wohin sich der eine auch wandte, er prallte an den Körper, und das hieß jetzt immer mehr: an den abgeneigten Willen des andern. Zwar gelang es immer noch, dank langer kindheitlicher Übung, die gemeinsame Verwaltung unserer ja keineswegs synchronen Leibesfunktionen reibungslos zu erhalten; aber das galt nur für ihren niederen Bereich. In dem Maße, als in jedem von uns jene höheren Triebe erwachten, die für die Pubertät kennzeichnend sind, wurde es schwieriger mit uns. Ich drängte ins Kino, Jakob in die Kirche; selbst die naheliegende Lösung, daß wir unsere Bedürfnisse abwechselnd berücksichtigten, blieb nicht lange ohne Stachel, denn die leidende Stummheit, mit der bald der eine, bald der andere seiner Kompromißpflicht nachkam, pflegte dem jeweils Begünstigten den angestrebten Genuß wirksamer zu vergällen als eine schlichte Weigerung. Dieses Verhaltensmodell, von unsern Ärzten beschrieben und studiert, schuf uns viel Betrübnis. Aber es war konstruktiv zu nennen im Vergleich mit dem andern, das unsern Umgang immer stärker beherrschte und allmählich zur schrecklichen Regel wurde: es genügte bald, daß der eine einen Wunsch nur äußerte, um den andern eben dadurch zur Ablehnung zu stimmen; der einfache, zu Anfang noch durchaus denkbare Fall, daß es einmal uns beide ins Kino hätte ziehen können, wurde so hintertrieben, war bestenfalls noch durch ein fein gesponnenes Netz von Intrigen, vorgetäuschten Positionen und geheucheltem Widerspruch zu erwirken, das der andere immer besser durchschauen lernte, und so kamen wir regelmäßig auf den Punkt, wo wir uns völlig blockierten. Keiner wußte mehr etwas über seine Gefühle, außer dem einen, dies aber ganz entschieden: daß sie den Gefühlen des andern entgegengesetzt waren. Nichts verband uns mehr als unsere Leber.

Ich habe mein Beispiel – Kino und Kirche – nicht willkürlich gewählt. Wenn das Wort in dieser Verbindung am Platze ist, so war ich von uns beiden zweifellos das sonnigere, für so etwas wie Lebensgenuß besser ausgestattete Gemüt. Jakob entschloß sich, unter meiner Anlage zu leiden, und gestattete sich bald in diesem Gefühl kein Halten mehr. Es war ja ohnehin keine Rede davon, daß ich etwa hätte verreisen, die Welt außerhalb unserer Institutsgärten hätte kennenlernen können; aber niemals verkniff er sich, wenn ich den Wunsch nach dergleichen träumerisch äußerte, den Hinweis darauf, daß er das würde zu verhindern wissen. Den Weingenuß, den ich mäßig suchte, verbot er mit dem Hinweis auf die Empfindlichkeit unserer Leber: er sorgte dafür, daß sie empfindlich wurde. Eine Windenblüte, die sich über eine unserer Mauern rankte, konnte ich nicht pflücken; er hätte mich zu ihr begleiten müssen, und das tat er nicht, unter dem Vorwand, der Naturschutz liege ihm am Herzen. Es genügte, daß ich mich leicht von ihm abwandte, um ihn sofort prüfend über meine Schulter blicken zu lassen; unsere Verflechtung gab ihm dazu jede nur wünschbare Gelegenheit. Wen wundert es, daß auch ich mich zu verdüstern begann; daß ich mich allmählich seinem Kirchenbesuch verweigerte, den er nur suchte, um mir zuleide zu leben, nachdem er es glücklich und ganz ohne Not dahin gebracht hatte, daß mir jener hohe Raum ein Greuel geworden war; denn ursprünglich waren auch mir religiöse Bedürfnisse nicht fremd gewesen. Unser Leben wurde eintönig auf ingrimmige Art. Es ließ mir eben noch Raum genug, unter Jakobs Augen Gleichungen mit mehreren Unbekannten zu lösen, während er mich, dicht neben meinem Ohr flüsternd, durch das Memorieren chinesischer Sätze in meiner Konzentration beeinträchtigte. Ohne diese Aussicht wäre es ihm bestimmt nicht eingefallen, Chinesisch zu lernen. Dagegen wußte er es zu verhindern, daß ich mich, was von unsern Kindsbeinen an mein Wunsch gewesen war, am Spinett versuchte; er behauptete, auf unseren Doppelstühlchen zu meinem Spiel stillzuhalten belaste sein neurovegetatives System. Zur Vierhändigkeit konnte er sich natürlich nicht entschließen.

Unsere hohen Pfleger, die wir aus entwicklungspsychologischen Gründen fallweise »Vater« nannten, sahen mit Kummer, daß wir uns auseinanderlebten, ohne praktisch dazu in der Lage zu sein. Zwar gelang es ihnen immer wieder, uns durch Verabreichung einer neuen Hormonkombination gleichzustimmen, so daß wir uns wenigstens an ihren hauptsächlichsten Kongressen Seite an Seite zeigen konnten, nicht nur ohnehin, sondern auch im brüderlichen Sinne. Aber solche Atempausen hielten nicht länger vor als die Spritzen, die sie bewirkten, und mußten mit um so schrecklicheren Rückschlägen in unseren Systemen bezahlt werden, einem Starrkrampf des Hasses, den die jüngeren unserer Ärzte in ihrer launigen Art den »siamesischen Kater« nannten. Schließlich verfielen sie auf ein Lockerungsmittel, das sie für unwiderstehlich hielten: sie suchten uns eine Frau. Ich weiß nicht, welche Motive ein wild lebendes Mädchen bewegen können, Jakobs und mein sonderangefertigtes Lager mit uns zu teilen; es mögen außer den wissenschaftlichen auch andere, ja menschliche Motive gewesen sein, aber ich weiß darüber nichts; die Umstände unserer Zwillingsgegenwart erlaubten es nicht, daß man sich kennenlernte. Ich will bei dieser schrecklichsten unter unsern Szenen, die auch kein anfeuernder Zuruf aus Zuschauerkreisen zu lockern vermochte, nicht länger verweilen. Ich sage nur so viel: das vielleicht gutgemeinte Experiment schlug fehl. Weit entfernt, unserem Leben, wie uns die jungen Ärzte verheißen hatten, eine fröhliche Richtung zu geben, durchscheuerte es das letzte bißchen Isolation, das die Kreise unserer Feindschaft noch auseinandergehalten hatte. Das Mädchen entzog sich unseren Armen; Jakob und ich aber wurden erst jetzt so recht ein Fleisch.

Ich weiß nicht, was er mir eigentlich vorzuwerfen hatte; aber seit jener ganz unzulänglichen Schäferstunde kündigte er sein Teil an unserem Leben auf, ließ seinen Gram sozusagen gezielt auf unsere Leber schlagen und verlegte sich auf ein Schweigen, das er nie mehr gebrochen hat. Sein Stöhnen heute ist der erste menschliche Laut, den ich von ihm höre, wie ich es auch seiner physiologischen Abwesenheit, seiner Agonie verdanke, daß ich mich ungestraft, unbewacht und zusammenhängend äußern kann. Wir zählten noch keine siebzehn Lenze damals; damals begannen wir, von seiner Seite her, einzugehen.

Jakob schlief nicht mehr. Er behielt an meiner Seite, bei Tag und bei Nacht, wortlos die Augen offen. Wer es nicht erlebt hat, würde diesem Verfahren niemals die Wirkung zutrauen, die es auf den Nächsten – und wie nahe waren wir uns! – zu entfalten vermag. Immer wieder begann ich zu dösen, und immer wieder schreckte ich im Gefühl seines offenen Auges, das er aus dem Winkel auf mich gerichtet hielt, wieder empor. Die Posaunen von Jericho sind ein menschliches Weckmittel im Vergleich zu dieser unerbittlichen Stille, dieser wortlosen Wachheit, die mich zu fixieren begann, sobald mich die Erschöpfung wieder einmal übermannt hatte. War der erwünschte Erfolg da, riß es mich in die Höhe, so lag Jakob regungslos mit auf der Brust gefalteten Händen, ließ sein eines Auge gedehnt zurückwandern und schlug es sogar nieder, wie zum Zeichen, ich möge mich beruhigen; tat ich es wirklich, so war das Auge sofort wieder da und bohrte sich wie eine Sonde in die empfindlichen Unterschichten meines Bewußtseins. Ohne wesentliche Übertreibung darf ich sagen, daß ich diese letzten Monate unseres gemeinsamen Lebens nicht mehr geschlafen habe.

Wir alterten rasch. Mit stiller, aber unübersehbarer Genugtuung stellte Jakob fest, daß hie und da einer seiner Zähne im Brot zurückblieb; er durfte sich darauf verlassen, daß keine Woche später auch die meinigen zu wanken begannen. Die Fotografie, die zu unserem siebzehnten Geburtsfeste entstand, zeigt zwei greisenhafte Köpfe, ein entfleischtes Profil dicht neben dem andern, die sich mit Mühe über die Bettkante heben. Es war nicht leicht, uns auseinanderzuhalten, nur Kenner der Verhältnisse werden mich als den Bruder mit den Haarresten identifizieren. Jakob nannte damals schon kein Haar mehr sein eigen; ich dagegen möchte mich auch heute noch nicht völlig kahl nennen. Man wird fragen, warum unsere Ärzte dem offensichtlichen Verfall nicht Einhalt geboten. Sie hätten es ja durchaus in der Hand gehabt, uns mit einer Spritze jenen Schlaf zu verschaffen, den uns Jakob so beharrlich vorenthielt. Hierauf ist schwer antworten. Aber der Verdacht liegt nahe, daß die Anziehungskraft unseres Falles auf die Fachwelt in dem Maße zu schwinden begann, wie wir uns gegenseitig, Jakob und ich, in unseren Lebensäußerungen aufhoben. Schon die Sache mit der Liebe war wohl eher ein Jux gewesen und deshalb in die Hände jüngerer Fachkräfte gelegt worden. Wir bedeuteten keine Herausforderung an die Elternliebe der Wissenschaft mehr. Man führte zwar noch Buch über uns, aber man tat es lustlos und sparte am Nötigsten. Die Farbenpracht unserer Medikamente schwand dahin: wir erhielten drei hellblau beschilderte Ampullen am Morgen und zwei grüne zu Abend, ich sagte es schon. Sonst sahen wir nichts Grünes mehr.

Es ist nahezu erreicht. Die kranke Leber, mit der mein Bruder Jakob sich an mich klammert, gibt nicht nach; er ist meiner so sicher, daß er sogar aufgehört hat zu stöhnen. Endlich hat er mich ja in seiner Ecke. Ich kann dem Druck seines mageren Körpers in diesem Augenblick fast etwas wie Zärtlichkeit entnehmen. Er hat recht bekommen. Jetzt gönnt er mir noch eine Stunde Frist, eine Stunde, die keine Uhr mehr anzeigt, um mich auszusprechen und einzusehen, daß es zu uns nichts mehr zu sagen gibt. Ich werde zu schweigen anfangen, bevor das Tonband ausgelaufen ist, die eine Spule langsam, die andere immer schneller; bald werde ich das grüne Licht in Ruhe leuchten lassen. Als Jakob heute morgen die Augen schloß und sich in sein Koma vertiefte, bat ich den Arzt um das Gerät. Er mußte sich, mit etwas verzerrtem Gesicht, zu mir niederbeugen, während die Frühstücksspritze in meine Ader lief. Er konnte mir den Wunsch, den er als einen meiner letzten betrachten durfte, nicht wohl abschlagen, dennoch wurde die Installation von zwei Schwestern ohne technische Vorkenntnisse und ohne jenes Minimum an Geräusch vorge-

nommen, auf das ich in meiner Lage vielleicht Anspruch gehabt hätte. Ja, sie warfen mir das Mikrophon geradezu ins
Bett nach; es war ein Glück, daß meine unsicheren Hände es
noch am Kabel erwischten. Jetzt erweist sich die Annahme,
ich habe noch etwas zu sagen, als irrig. Ich lasse nur noch ein
wenig mein Auge wandern, zum Fenster hinüber, das von einem farblosen Himmel verhängt ist; wenn ich meinen Aug-
apfel anstrenge, sehe ich auch die spanische Wand wieder, die
niemand an unser Bett zu rücken braucht, denn wir dürfen im
Einzelzimmer sterben. Ich betrachte Fenster und Bett mit
dem schiefen Blick meines Bruders, der sonst auf mir ruhte,
jetzt aber verschlossen und mit der Kälte aus Jakobs Körper
auf mich übergegangen ist. Dieses Zimmer wird nicht mehr
betreten werden. Unser Tod kann die Einsichten unserer
Pfleger nicht vermehren; ein Monstrum stirbt nicht grundsätzlich anders als ein Mensch. Ich denke doch, mein Bruder
Jakob, ich werde noch etwas spüren von deinem Tod; es gibt
da gewisse untrügliche Zeichen. Vielleicht wirst du nochmals
ein wenig stöhnen. Ich aber werde vorher das Mikrophon fallen lassen; sie sollen dich nur von weitem stöhnen hören,
wenn sie unsern Tod abspielen. Aber ich werde nicht mitfal-
len; ich bleibe jetzt auf der Kante liegen, bei dir.

Ob es von selbst abstellen wird, das Tonband? Ob ich den
Knack höre? Wetten, Jakob, daß ich den Knack noch höre?

Besuch in der Schweiz

Als erstes nahm sie, schon unter der Tür, den Geruch wahr, einen eigentümlich angestrengten, etwas süßlichen Geruch, der die ganze Wohnung erfüllte; in diesem Zimmer war er am intensivsten. Dann sah sie ihr Photo. Es stand auf seinem Schreibtisch, an der Stelle, wohin seine Augen von selbst fallen mußten, wenn sie sich von den Büchern erhoben, etwas schräg links, zwischen zwei Kerzen. Er hatte ihr von den zwei Kerzen geschrieben, aber hier waren sie wirklich, zwei gedrechselte Wachskerzen. Sie waren ganz, hatten weiße Dochte; die niedergebrannten waren ersetzt worden, bevor sie kam. Die Farbaufnahme war etwas zu weißlich geraten. Um so luftiger nahm sich Franziskas Stellung darauf aus, Drehung aus der Hüfte einer dünnen Birkengruppe entgegen, deren Äste vor blassem Himmel retuschiert wirkten. Die Linie des Halses, auf dem sich ein mit viel Haar beschwerter Kinderkopf schräg ins Laub hob, war schwach konvex, wiederholte undeutlicher die Erhebung des Kleidbusens, von dem der Stoff ins Weite schwang, vom Wind teils gebauscht, teils zart angedrückt.

Sie musterte sich mit gekniffenen Augen. Dann strich ihr Blick über Reagenzkästen und Bücherregale, auf deren einem ein Schädel mit Scharnieren und numerierten Knochenteilen saß. Über Heinzens Bett hing eine Art Heiligenbild, ein tiefgeschwärztes hungriges Männerantlitz mit Bart und regelmäßigen Stirnornamenten.

Ihre Haut glänzte von der Reise; sie hatte die Taxifahrt nicht sehr gut vertragen. Die Knöchel der Hand, mit der sie ihr Täschchen hielt, waren weiß. Aber das Gefühl, wie sie in den Augen der andern im Türrahmen stand, gab ihr etwas Frisches zurück.

»Phantastisch«, sagte sie, »diese Aussicht.« Sie ging zum Fenster, das der dichte Tüll verhüllte, und spähte durch die Maschen, während der hochgezogene Rock ihre fest eingepflanzten und kindlich sehnigen Oberschenkel sehen ließ. Dann drehte sie sich mit einem Schwung um und hielt sich mit den Händen am Sims; der Sims war etwas hoch, hob ihre Schultern an.

»Hier arbeitest du also«, sagte sie, »wie gemütlich. Können wir nachher eine gute Platte hören?«

Die beiden Figuren standen im Türrahmen, ohne einzutreten. Vorn Heinz, groß und etwas verdrückt; seine leicht beschlagenen kurzsichtigen Augen im gelblich gebräunten Gesicht beinahe vorwurfsvoll vor Entzücken auf sie gerichtet, immer noch etwas von unten blickend, wie vor vier Monaten beim Klinikerfest in Bochum:

Der Schweizer. Er hatte nicht getanzt, auch nicht mit ihr, als sie ihn, von der Bowle übermütig, dazu aufforderte, aber er hatte gelächelt auf seine mühselige Art, und bei den folgenden Tänzen hatte er ihr zugesehen mit einem brennenden Wohlwollen, das sie genierte, so daß sie sich am frühen Morgen nochmals an seinen Tisch setzte. Sein Blick war aus der Nähe harmloser, leichter zu ertragen; man konnte zusehen, wie er sich räusperte, seine Wangen die Wörter bildeten; so war er eigentlich rührend. Als er sie beim Auseinandergehen aufforderte, bei ihm einmal Musik zu hören, war sie ein paar Tage später auf sein Zimmer gekommen, aus Neugier, und weil es an ihrem Wege lag. Schon damals war ihr der Geruch aufgefallen. Er hatte wenig geredet; sie erinnerte sich nur, daß er sie einmal nach ihrem Alter gefragt hatte. Aber er legte Platten auf, eine nach der andern, Bach, Debussy, Schostakowitsch. Seine ganze Sorgfalt galt der Nadel, ob er sie ohne Zittern aufsetzte; oft lief das Gerät dann mehrere Sekunden leer, während sie einander nicht ansahen. Er hatte sie in den einzigen, mit einem lappigen Lammfell belegten Sessel genötigt; er aber blieb in einer Ecke stehen, blickte sie immer noch nicht an, während die Musik dauerte. Zwar gab es keinen Stuhl mehr, aber er hätte sich auf seine Couch setzen können; daran schien er nicht zu denken. In den Pausen machte er sich zu schaffen, brachte einen Zitronensaft und kleines Backzeug, entschuldigte sich, daß er kein Eis habe. Lief die Musik wieder, so getraute sie sich nicht zu kauen, hatte das Gefühl, daß ihr verstohlen arbeitender Mund dumm aussah, das Schlukken peinlich und aufwandreich; aber er sah ja nicht her. Als sie ging, hielt er ihre Hand nicht lange. Seine Musik schien ihn noch zu beschäftigen, der mühsam geteilte Schatz; er war blaß. Nichts hatte auf die Art Brief schließen lassen, den er ihr dann nach seiner Rückkehr von der Schweiz aus schrieb, zehn Maschinenseiten während der Examensvorbereitung, eine Art Lebensbeichte. Sie enthielt auch ausführliche Erklärungen für alles, was er an jenem Tanzabend oder jenem Musiknachmittag versäumt hatte zu sagen oder zu tun, weswegen er sich die ganze Zeit Vorwürfe gemacht habe. Viele Entschuldigungen. Den Buchstaben ß schien es in seiner Schule nicht gegeben zu haben, aber sonst war sein Wortschatz tadellos. Sie antwortete; nicht ganz ungewählt, hoffte sie; während sie den Patienten ihres Chefs Blutproben aus dem Ohr sog oder die Senkungen maß, fielen ihr immer wieder Formulierungen ein, die sie nebenbei in ein Notizbuch eintrug, um sie am Feierabend bereit zu haben. Ihre Briefe in kleiner blauer Schrift blieben dennoch viel kürzer als die seinen. Manchmal legte er vielstrophige Lieder und Gebete ein, in denen einzelne Wendungen unterstrichen waren. Sie wußte nie genau, ob er die Lieder selbst gedichtet hatte oder ob sie von einem chinesischen oder persischen Weisen stammten; sie getraute sich nicht, danach zu fragen. Im Anschluß an ein solches Lied, in dem viele direkte Anreden vorkamen, fing er an, sie zu duzen; er entschuldigte sich zwar, aber hielt daran fest. Sie ging nicht sogleich darauf ein; erst als sie die Kürze seines nächsten Briefes reizte und nachträglich von seiner Erkrankung die Rede war, bedauerte sie ihn auf du und du. Sein nächster Brief war wieder sehr lang, erschien mit hohen Markenwerten; ihr kleiner Bruder Helmut war immer scharf auf die Marken. Als Heinz irgendein Examen bestanden hatte, war, wenn sie ihn richtig verstand, von einer Verlobung die Rede. Und nun war sie hier.

»Gern«, sagte er und meinte die gute Platte, »sehr gern.« Er konnte ja lächeln auf seine Art, sie hatte es vergessen; es lag jetzt etwas Gastgeberisches in seinem Lächeln, eine ziemlich hohe, bisher unbekannte Stufe der Entspanntheit; sie prüfte, ob sie es mochte. Bevor sie damit fertig war, schritt sie auf ihn zu und krabbelte ihn, während er die Tür freigab, zweimal an der Schulter. Im Flur stand seine Mutter. Franziska war sich bewußt, die ganze Zeit von Heinzens Mutter aus dem Flur-dunkel betrachtet worden zu sein. Zugleich empfand sie, daß sie von diesem anmutig zurückgebliebenen Blick nichts zu fürchten hatte, dem Mutterblick einer behüteten Frau, die nur das Glück ihres einzigen Sohnes im rasch gerührten Auge hatte. Es konnte Franziska nicht schwerfallen, sich wie das Glück zu benehmen.

»Wollen Sie sich frisch machen, Franziska?« fragte Hein-zens Mutter mit ihrer tiefen Stimme in schweizerisch gedehn-tem Hochdeutsch, einer artigen Mundart, die Franziska zu-gleich schüchtern und zuverlässig vorkam.

»Das wäre Ihr Zimmer«, sagte die Frau und öffnete die nächste Tür. Das Zimmer war hell, ohne Bücher bis auf ein paar Kunstbände, die auf einem geschnitzten Brett standen. Der Bettumbau war ebenfalls geschnitzt, das einzige Massive im Zimmer; darauf standen ein Strauß gelber Rosen und ein Radio. Ein weiterer Strauß mattbunter, pedantisch gemalter Pflanzen hing an der Wand: auf dem pedantisch gemalten Tischtuch lagen, lose hingestreut, einige Früchte und Gemü-sebüschel um ein geschlachtetes Perlhuhn. Den steif gestreck-ten Füßen fehlte keine Schuppe, kein Krällchen.

»Schick«, sagte Franziska, »schick.«

Heinz hatte ihren Koffer aus dem Flur geholt und stellte ihn ins Zimmer. Dann legte er die Hände auf dem Rücken zu-sammen.

»Machen Sie sich's bequem«, sagte seine Mutter. »Sie sagen es uns einfach, wenn Sie noch etwas brauchen. Sie können Ihre Sachen dort in den Kasten legen.«

Sie meinte: in den Schrank.

»Im Kasten ist auch noch eine Decke, wenn Sie nachts kühl haben«, sagte Heinzens Mutter herzlich. »Und wenn Sie fertig sind, freuen wir uns, wenn Sie zum Tee zu uns hinüberkommen. Aber nehmen Sie sich Zeit. Sie sind ja so lange gereist. Wir freuen uns sehr. Heinz konnte es fast nicht erwarten.«

»Besten Dank«, sagte Franziska.

Sie war allein in der grauen Helle mit den zwei dunklen Flecken – dem Bettkomplex und dem Bild – und dem sehr hellen Streifen Nachmittagssonne, der sich durch Fenster und Fenstertür geschoben hatte, vom Tüll gerippt und vollständig bewegungslos. Die Fahrt summte jetzt in Franziskas Gliedern. Sie legte die Hand auf das geschnitzte Brett; als es eine Spur nachgab, zog sie die Hand sofort zurück. Einen Augenblick sah sie ratlos auf ihre Hand. Dann drehte sie den Knopf des Radios. Sie erkannte die Stimmen: Dave Dee, Dozy, Beaky, Mick und Tich. Franziska stellte sie gleich ab. Dann horchte sie und drehte den Knopf wieder zurück, ganz leise. Sie trat zu den Fenstern, öffnete die Glastüre; hinten war die Aussicht, sogar auf einige Schneeberge. Die Brüstung, über die sie blickte, gehörte zu einem schmalen, mit Plättchen belegten Balkon, der nach Heinzens Seite hinüber durchgehend war. Auf beiden Seiten war ein Aluminiumhaken in die Mauer eingelassen; drüben hing ein dunkelblauer Männeranzug. Der Haken auf ihrer Seite war leer. Sie spürte keinen Wind; dennoch drehte sich der Anzug auf der anderen Seite schwach hin und her. Franziska schloß die Tür und wusch sich am Waschbecken Hände und Gesicht. In der Nähe Dave Dees räumte sie ihren Koffer aus; sie entfernte sich ungern von den geschlossenen Stimmen, den Stößen des Schlagzeugs. Aber dann drehte sie das Radio ab, fuhr sich mit der Bürste durchs Haar, zog die Lippen nach und betupfte sich die Achselhöhlen. Als ihr der Luftzug der Tür, die sie öffnete, den Geruch des vertrauten Produkts zutrug, fühlte sie sich sicher.

Heinz erhob sich, als sie den Salon betrat. Seine Mutter

streckte ihr ihre weiche Kinderhand entgegen und zog sie daran in den Sessel. Franziska blickte sich vorsichtig um. Der Flügel war zu erwarten gewesen. Der Teppich bestand wohl aus Seide, hellblauer, grau schimmernder Seide mit flachen gelben Ranken und Vögeln. Die schwärzlichen Heiligenbilder traten in Gruppen auf.

»Heinz restauriert sie selbst«, sagte die Mutter, »er ist so unglaublich geschickt. Gelt, Heinz.«

Heinz räusperte sich. »Nur das Nachdunkeln«, sagte er, »das Nachdunkeln hat seine Tücken.«

»Und der Goldgrund«, sagte die Mutter, »der Goldgrund, Heinz, gelt.«

Heinz räusperte sich wieder.

Es gab kleine, ornamental belegte Brote und einen Kuchen, bei dem Franziska noch rechtzeitig einfiel, daß er selbstgemacht und also zu rühmen sei. Er schmeckte ihr auch wirklich.

»Lecker«, sagte sie.

Diesmal war ihr Heinzens Räuspern unverständlich. Aber seine Mutter lächelte ihr intensiv zu.

»Möge Ihr Eingang gesegnet sein in dieses Haus, liebes Kind«, sagte sie, »bleiben Sie, solange es Ihnen gefällt.«

»Solange ich Urlaub habe«, sagte Franziska.

»Sie haben Ferien«, sagte Heinzens Mutter, »wie gut, nicht wahr. Der Mensch hat sie so sehr nötig, diese Zeiten der Stille. Die Arbeit in einer Praxis muß streng sein. Jetzt, wo Heinz Medizin studiert, kann ich mir davon ein Bild machen.«

»Darf ich rauchen?« fragte Franziska.

»Wir haben irgendwo einen Aschenbecher«, sagte die Frau sanft. »Bleib nur sitzen, Heinz, bei deinem Bräutchen. Ich finde ihn schneller.«

Es war der letzte Moment, die Asche abzustreifen; sie hatte sich schon gekrümmt, als die Mutter mit einer kleinen Schale zurückkam.

Da der Salon so still war, sagte Franziska: »Wir reden gerade von Heinzens Briefen. Ich mag sie.«

»Das ist schön«, sagte seine Mutter sanft. »Mich hat er damit auch immer ganz glücklich gemacht. Ich zehrte jeweils eine ganze Woche davon, als er in Bochum war. Er schrieb aber auch jede Woche. Er ist ein guter Sohn.«

Franziska redete von ihren Freunden in Bochum. Von Jutta, mit der sie im letzten Sommer nach Norderney gereist war, und von Flöhchen, die eine Brille trägt und ein häßliches Entlein ist, aber ein Kamerad. Flöhchen heißt sie, weil sie die Beine nie ruhig halten kann. Und von Hein, der dazugehört, obwohl er keinen Lärm macht, aber komisch, alle Gespräche landen immer wieder bei Hein. Man hat keine Ahnung, warum Hein einen beschäftigt, aber es ist Tatsache. Uwe ist ganz anders, eigentlich ein Angeber mit seinem hellblauen Porsche, den er abstottern muß, aber sie mögen ihn trotzdem. An sich ist er nämlich hilflos.

»Hilflose Menschen brauchen besonders viel Liebe«, sagte Heinzens Mutter mit Nachdruck.

»Ja, er gehört dazu«, sagte Franziska eifrig. »Meta gehört auch dazu, obwohl sie viel Pech gehabt hat. Sie erwartet ein Kind. Am dreiundzwanzigsten Oktober.«

»Oh«, sagte Heinzens Mutter.

»Verzählt«, sagte Franziska. »Wenn es ein Mädchen wird, hat es ja noch Schwein gehabt. Dann wird es eine Waage. Waage ist gut für Mädchen.«

»Kennt man den Vater?« fragte Heinzens Mutter bekümmert.

»Sie rückt den Namen nicht heraus«, sagte Franziska. »Da ist Meta nämlich ganz hart. Er soll ja lässig sein. Von wegen lässig. Man muß sich auch was aufsparen, finde ich. Das ist wenigstens meine persönliche Ansicht.«

»Viele junge Mädchen hängen heute zu sehr am Äußerlichen, gelt Heinz«, sagte die Mutter und schenkte Tee nach. »Und dann werden sie eben unglücklich. Das Gefühl für wahre Werte ist heute bei so vielen verlorengegangen. Und oft steht ein zerstörtes Familienleben dahinter.«

»Also bei Karlheinz nicht«, sagte Franziska, »also da funktioniert die Ehe der Eltern geradezu reibungslos, und Karlheinz ist doch ganz schön übel. Mit seiner geblümten Hose. Eine richtige Type. Karlheinz ist vielleicht eine Type«, lachte sie und zündete sich eine neue Zigarette an. Während sie zog, sagte sie und blies mit ihrem Schnauber die Flamme aus, aber es machte nichts, die Zigarette brannte schon: »Aber Karlheinz gehört auch nicht richtig dazu.«

Dann redeten sie von Rom. Heinz und seine Mutter waren im März dort; man muß nämlich im März dort gewesen sein, wo es noch nicht voll ist und die Renaissance diesen besonderen Schmelz hat.

»Geh' ich auch mal hin«, sagte Franziska, »aber nicht, bevor ich zwanzig bin. Diese Papagallis. Man kann ja nicht allein über die Straße gehen.«

»Bis dahin kann sich ja noch etwas ändern, Kind«, sagte Heinzens Mutter und drückte mit sorgfältiger Gabel eine Ecke ihres Kuchens ab. Nachdem sie geschluckt hatte, fragte sie: »Sind Sie schon einmal da gewesen, Franziska?«

»In Rom?« fragte Franziska.

»Nein, da bei uns.«

»Ach, hier«, sagte Franziska, »in Zürich. Bis zu diesem Zeitpunkt nicht, leider.«

»Heinz will Ihnen so viel zeigen«, sagte seine Mutter ergriffen.

Erst nach dem Abendbrot, als sie eine Weile gesessen und für alle Fälle nochmals von Rom geredet hatten, bot Heinzens Mutter Franziska das Du an. Das schien hier schnell zu gehen. Heinz holte eine Flasche Sekt – man nannte sie Champagner; beim Entkorken ging es nicht gut, der Pfropfen flog unerwartet früh. Heinz vergaß, die Flasche nach oben zu halten, dachte vor Schreck, während der Schaum strömte, nicht ans Einschenken; sie drängen mit ihren Gläsern heran und lachen. Heinzens Mutter holt rasch einen Lappen und »macht den Schaden gut«; der Rest reicht immer noch zum Anstoßen. Franziska hat schon eine Mutti; jetzt bekommt sie eine Mama, auf der ersten Silbe zu betonen, wie zu Hause. Sie hat das gestreifte Kleid angezogen, dasselbe wie auf dem Photo.

»Er ist nicht immer so ungeschickt, gelt Heinz«, sagte seine Mutter, »das könntest du einmal beim Operieren nicht brauchen.«

»Wir zünden noch kein Licht an«, sagt Mama. »Ich finde es so stimmungsvoll, wenn es dämmert. Ihr auch, ihr zwei?« –

Sie hatte sich sorgfältig gewaschen, bevor sie sich den Pyjama überzog. Baden mochte sie hier nicht schon am ersten Abend, obwohl Mama es ihr angeboten hatte. Sie wußte nicht, wie lange man in diesem Lande badete. Eingekremt hatte sie sich nicht, aber ein wenig Parfüm aufgetragen. Vielleicht würde ihr Heinz morgen ein Parfüm kaufen; sie nahm sich vor, ihn darum zu bitten. Hier verwöhnte man einander; das war vornehm, und sie gehörte jetzt dazu. Der Gedanke machte ihr, sie wußte nicht, weswegen, Hunger. Leise stand sie nochmals auf, öffnete den Schrank und zog die von der Reise her angebrochene Schokolade hervor. Sie verschlang zwei Riegel; dann sah sie sich nach der Fenstertür um, brach noch einen dritten ab und schloß den Schrank rasch wieder zu. Noch während sie kaute, drückte sie Zahnpasta auf die Zahnbürste. Es war das dritte Mal, daß sie sich an diesem Abend die Zähne putzte. Sie bleckte prüfend ihr Gebiß; dann lockerte sie sich das Haar im Nacken. Für alle Fälle nahm sie den Mundspray ans Bett. Eine Weile lag sie, die Hände hinter dem Kopf, bei brennendem Licht. Dann holte sie einen Bildband vom Regal, »Icons of Russia«; der Text war englisch, es bereitete ihr Mühe, zu folgen. Die hohlwangigen Gestalten, die gleichen, die hier an den Wänden hingen, gefielen ihr nicht; auch mit dem Goldgrund war die Reproduktionstechnik nicht fertiggeworden, er zeigte ein fahles Ocker. Sie blickte auf die Uhr: es war elf; schon eine Viertelstunde hatte sie jetzt Kunst betrachtet. Drüben war es totenstill; die Wohnung gab keinen Laut. Nur manchmal drang das Geräusch eines Durchfahrers durch die angelehnte Fenstertür. Die Luft duftete nach einem unbekannten Zierstrauch. Sie dachte an

Uwes blauen Porsche: draculablau hieß der neue Ton. Dann stand sie zum zweitenmal auf und holte Heinzens Briefe aus der Tasche. Erst als sie neben dem Kissen auf einem Häufchen lagen, stellte sie das Buch »Icons of Russia« weg. So durfte sie sich finden lassen. Sie lag eine ganze Weile, Kopf auf dem Oberarm. Dann nahm sie doch einen Brief auf, versuchte ihn zu lesen, genau, wie eine Betriebsanleitung. Ihr Kopf gab mehrmals nach. Bevor sie dazu kam das Blatt umzuwenden, blieb er endgültig liegen. Das Licht brannte weiter, den ganzen Rest der Nacht. –

»Prima«, sagte sie und wippte mit dem Fuß. Er hatte sie gefragt, ob ihr das Landesmuseum gut gefallen habe. Ausstellungstechnisch war darin viel Neues versucht worden, etwa in der prähistorischen Abteilung. Die Exponate, bearbeitete Steine, einst glatte Krummhölzer, Armringe, Urnen, wirkten wie Vergrößerungen unter dem vielen Glas. Das dichte Kastaniendach der Anlage, in der sie saßen, ließ nur einzelne Tropfen pulsierenden Sonnenlichts durch; die Spaziergänger gingen mit heiter grünen Gesichtern, als blickten sie in ein erleuchtetes Aquarium; die warme Gedämpftheit eines Gewächshauses lag über den starken Farben der Blumenrabatten: Canna, Salvien, Levkojen.

»Klar«, sagte Franziska. »Ich habe ja auch schon das andere gesehen, in München, das richtige.«

Sie schwiegen eine Weile. Dann krabbelte sie ihn an der Schulter. Er lächelte etwas.

»Es ist merkwürdig«, sagte er, »wenn du in Zürich keinen Menschen treffen willst, brauchst du nur ins Landesmuseum zu gehen.«

»Warum willst du keinen treffen?« fragte sie. »Du hast mir noch gar niemand von deinen Freunden gezeigt.«

Ein kleines Mädchen deutete mit dem Finger auf sie und rief: »Bä, bä.« Seine Mutter nahm es bei der Hand und wies es zurecht; sie lächelte dazu. Als es nicht aufhörte, zerrte sie es weiter. Das Bä-bä war jetzt ein Sport geworden, ein Durchhaltetest. Das hellgrüne, immer unkenntlicher werdende Gesicht warf sich immer wieder nach ihnen herum und riß ein Loch auf. Man hörte den Laut bis fast zur Tramstation, eine verschwindende Kindertrompete. Heinz sah ihr nach.

»Rolf macht ein Praktikum in Neßlau«, sagte er, »und Marcel ist in sein Haus gefahren. Nach Griechenland.«

»Und sonst?«

»Sonst?« fragte er. »Sonst habe ich keine Freunde.«

»Aha«, nickte sie und sah ihn an, beinahe ehrerbietig.

»Aber das sind besonders gute Freunde«, fragte sie, »Rolf und der andere?«

»Ich glaube schon«, sagte er. »Rolf zum Reden und Marcel zum – zum Schweigen.«

Sie nickte wieder, mehrere Male hintereinander.

»Deine Mutter hängt wohl sehr an dir?« fragte sie.

»Das tut doch jede«, sagte er.

»Klar«, sagte sie.

Sie saßen weiter.

»Wollen wir gehen«, sagte er und rückte schon.

»Gleich«, sagte sie.

Er sah sie an.

»Ich möchte erst wissen, was du denkst.«

Er zwinkerte mit den Augen; wie schon oft hatte sie das Gefühl, daß er nicht höher zu blicken wagte als bis zu ihrem Mund.

»Du denkst etwas«, beharrte sie.

»Jetzt nicht«, sagte er. »Bestimmt nicht.«

»Dann vorhin.«

»Als das Kind schrie?«

»Zum Beispiel.«

Er setzte sich jetzt zurecht.

»Siehst du«, sagte sie, »da hast du dir was gedacht.«

»Nein«, sagte er.

»Hast du vor mir viele Freundinnen gehabt?« Er wird ja tatsächlich rot. Er läuft ja an. Wie einfach es ist, ihm Schwierigkeiten zu machen.

»Einige«, sagte er dann. »Zwei oder drei. Drei«, verbesserte er sich entschieden und biß sich dann auf die Lippen. »Ich denke – ich denke nicht in solchen Zahlen.«

»Waren sie hübsch?«

»Darauf kommt es wohl weniger an als ... Mir kamen sie so vor.«

»Worauf kommt es an?«

Er schwieg.

»Auch eine richtig?« fragte sie.

»Was?« fragte er, aber sie sah ihm an, daß er sofort verstand. Seine Nasenspitze war weiß. Seine Fingernägel auch.

»Ob du auch eine richtig gehabt hast«, fragte sie.

»Nein«, antwortete er ganz ruhig. Seine Hände lagen plötzlich glatt.

»Aha«, sagte sie wieder, achtungsvoll nachdenklich wie eine Schülerin.

»Siehst du die Bank dort drüben?« fragte er.

»Die mit den beiden Großmüttern?«

»Dort hat ein Österreicher einen jungen Mann erstochen. Von hinten. Auf der Bank, wo der junge Mann mit seiner Freundin saß.«

»Einfach so?« fragte sie interessiert.

»Man kennt das Motiv nicht.«

»Perversling«, sagte sie. »Aber es gibt solche Leutchen. Gehen wir.«

Es wurde spät, bis sie aus dem Theater heimkamen.

»Du bist aufgeblieben, Mama?« sagte Franziska, während sie den Regenmantel über dem Bügel glattstrich. Sie hatte nicht daran gedacht, sich von Heinz helfen zu lassen.

»Nicht, damit ihr noch zu erzählen braucht«, sagte Mama. Sie hatte einen violetten Wattekimono an und sah jung aus, wie sie die schmalen Arme aus den Ärmelflügeln hob. »Ich habe euch nur noch eine Kleinigkeit warmgestellt.«

»Wir sind durch den Wald gegangen«, sagte Franziska, während sie kaute. »Was für ein schöner Wald.«

»Habt ihr gut durchgeatmet?« fragte Mama und streckte

die Unterarme in die Ärmel. »Aber nicht durch den Mund? Nachtluft greift an.«

»Es ist Juli, Mama«, sagte Heinz kühl.

»Du bist der Arzt«, sagte Mama, »du mußt es wissen.«

»Ihr möchtet viel lieber in Rom sein, nicht wahr«, sagte Franziska.

»Aber wo denkst du hin, Kind«, antwortete Mama, »bei der Hitze.«

»Und wo ich hier bin«, fügte Franziska hinzu.

»Eben«, sagte Mama und blickte sie kurz an. Dann stand sie auf. »Habt ihr euch lustig gemacht?« fragte sie noch.

»Wieso?« fragte Franziska und schaute Heinz an.

»Mama meint, ob wir uns amüsiert haben«, sagte Heinz höhnisch.

»Und ob!« lachte Franziska. »Patente Oper.«

»Knappertsbusch«, sagte Heinz. »Salome wie letztes Mal. Aber O'Hara als Jochanaan.«

»Oh«, sagte Mama anerkennend. »Aber ihr müßt müde sein. Trinkt aus, aber schön langsam, und dann schlaft gut miteinander.«

Als sie draußen war, sagte Franziska: »Wie war das? Schlaft gut miteinander?«

»Sagt man bei uns nur so«, sagte Heinz; er wird nicht mehr rot. »Hat nichts zu bedeuten.«

Sie nickte wieder, vorsichtig.

»Hätte bei Metta auch nichts zu bedeuten«, sagte sie langsam. »Metta kann dir Sachen sagen, da denkst du bloß immer, igitt, habe ich recht gehört, das ist ja dicke, für'n Mädel. Sind aber gar nicht so doll gemeint. An sich ist Metta ein Unschuldslamm, mußt du wissen, ein richtiger Engel. An sich. Und ein Kamerad. Nein, nein, Metta ist richtig.«

»Metta«, sagte er. »Bisher hieß sie Meta.«

»Hier täuschst du dich«, sagte Franziska, »hier irrst du, Heinz. Metta ist ganz wer anderes. Metta hat Sommersprossen und einen Komplex, außerdem ist sie mit Hein befreundet, bloß: das klappt nicht mehr so richtig.«

»Meta gehört dazu, und Metta gehört nicht dazu!« sagte er scharf.

»Das kann man nicht so sagen«, erwiderte sie nachdenklich, »das ist komplizierter. Metta gehört auch dazu, bloß anders. Sie gleicht ein bißchen Mama. Hat auch so was von 'ner Madonna.«

»Laß meine Mutter aus dem Spiel«, sagte Heinz leise. Dann ging er hinaus.

Als sie am andern Tag mit Mama frühstückte – Mama wirkte etwas abwesend heute –, war Heinz schon weg; Mama sagte: im Institut. Zum Mittagbrot kam er nicht nach Hause; auch zum Nachtessen entschuldigte er sich telephonisch. Es war ein schöner Tag. Franziska sonnte sich bei offener Zimmertür auf einer Camping-Liege und ließ Arme und Beine braun werden, dazwischen immer wieder, vorsichtiger, Arme und Gesicht. Am Nachmittag schlief sie ein paar Stunden. Spätabends schien ihr, sie habe draußen gedämpfte Stimmen gehört. Aber sie war müde von der Sonne und konnte nicht lange aufpassen.

Am nächsten Tag blätterte sie einen halben Jahrgang Schweizer Frauenzeitschriften durch und hatte dazu die Beine in der Sonne. Heinz zeigte sich auch heute nicht. Aber Mama trat einmal neben sie auf den schmalen Balkon.

»Willst du nicht schreiben, Franziska?« fragte sie.

»Prima Idee«, sagte Franziska, »aber wem?«

»Nun...« sagte Mama, »ich denke, deiner Mutter. Sie sorgt sich bestimmt um dich.«

»Keine Spur«, sagte Franziska und versuchte vergeblich, hochzublinzeln; die Helligkeit war in dieser Richtung zu stark. »O.K., ich kann ja trotzdem schreiben.«

»Ich bringe dir Papier«, sagte die Mama.

»Nicht nötig«, sagte Franziska. »Karte genügt.«

»Ich werde Heinz bitten, daß er Ansichtskarten nach Hause bringt«, sagte Mama ernst.

Franziska blätterte weiter. Am Abend fand sie fünf Ansichtskarten auf ihrem Nachttisch. Kulturdenkmäler: das Großmünster, ein Detail vom Portal, ein schmiedeeisernes Gittertor, das Rennwegtor nach einem alten Stich, da es längst nicht mehr steht. Auch etwas Natur: ein Alpenblick mit Schwänen im Vordergrund. Aber keine einzige farbige.

Während die Creme auf ihrem Gesicht schmolz, schrieb sie auf die Rückseite des Großmünsters: »Liebe Mutti, ich bin gut angekommen und unterhalte mich großartig. Wir haben bisher erst einmal ein bißchen Regen gehabt. Braunwerden ist überhaupt kein Problem. Ich danke Dir für den Tip wegen Ambra 69, es bewährt sich. In der Schweiz ist übrigens alles schöner und besser. Viele Grüße und Küsse, auch an Helmut, Deine Franziska.«

Auf die Karte mit den Schwänen schrieb sie: »Liebe Jutta, hier ist alles ganz prima. Ich fahre mit Heinz jeden Tag aus, in einem Simca Sport. Er ist bloß sehr beschäftigt mit seiner Praxis. Am Himmel ist keine Wolke zu sehen, und ich frage mich, ob es bei Euch auch so heiß ist. Zürich ist kleiner als Bochum, aber die Leute trinken ihren Martini auf der Straße. Ich habe ein gelbes Kleid mit dunklen Blumen und schwingender Weite gesehen. Die Preise sind wahnsinnig. Heinz will es mir trotzdem kaufen. Weiteres mündlich. Grüß Meta, Jochen und die ganze Klicke. Deine F.«

»Soll Heinz sie morgen mitnehmen, Franziska?« fragte Mama.

»Ich trag sie schon selber zum Kasten«, sagte Franziska, »ich mache das lieber persönlich. Bloß, ich habe keine Marken.«

Mama brachte ihr auch die Marken.

Auch abends war es jetzt still. Es schien, daß Heinz ausgezogen war, in die Wohung seines Freundes. Wahrscheinlich desjenigen mit dem französischen Namen, der in Griechenland ein Haus hatte. Das machte vieles einfacher. Nach den Mahlzeiten mit Mama zog sich Franziska gleich in ihr Zimmer zurück. Mama hatte ja eine Geschirrwaschmaschine. Am Nachmittag ging sie fast immer aus, vielleicht um Heinz zu treffen;

dann hatte Franziska die ganze leere Wohnung für sich und Zeit, die Möbel zu betrachten, die Vorhänge, die Bilder und den Seidenteppich. Jemand in Heinzens Familie schien Bildhauer gewesen zu sein. Jedenfalls standen an verschiedenen Orten, auf dem Flügel, auf den Regalen, Tonköpfe herum. Es war immer derselbe Kopf, ein Kinderkopf; wahrscheinlich derjenige von Heinz. Ein flotter, auf rundem Hals in muntere Weite blickender Matrosenkopf, zu gut gescheitelt; vielleicht kam sie darauf, weil ein Matrosenkragen mitmodelliert war. Vielleicht hatte eine Tante die Köpfe geschaffen, oder Mama selbst? Franziska nahm sich vor, Mama danach zu fragen. Einmal wollte sie wieder Marken holen aus dem kleinen verglasten Schrank neben dem Flügel, aber der Schlüssel war abgezogen. Das konnte Franziska nicht erschüttern. Sie legte sich wieder auf ihr Sonnenbett, diesmal im Bikini. Wenn sie sich im Spiegel anschaute, hätte sie ganz gut in St. Tropez gewesen sein können. Den Büstenhalter löste sie nicht, denn es waren über ihr noch zwei Balkone, und es gibt immer Perverslinge, die durch die Ritzen spähen.

Hie und da brachte ihr Mama auch einen Teller mit Gebäck. Ob sie sich normalerweise neben sie gesetzt hätte? Ach was, Mama hatte doch selbst einen größeren Balkon.

»Ob sich deine Mutter nicht um dich ängstigt, Franziska?«

Franziska trank den Rest vom Orangensaft aus. Dann sagte sie: »Quatsch. Nicht, wenn ich im Urlaub bin.«

Mama räumte das Glas weg. Dann kam sie nochmals auf den Balkon.

»Weiß deine Mutter überhaupt, wo du bist?«

Gleich würde sie fragen: Hast du überhaupt eine Mutter, dachte Franziska.

Sie blinzelte zu den Bergen hinüber.

»Klar«, sagte sie. »Ich habe ihr doch die Karte geschrieben.«

An einem andern Tag war Mama freundlicher.

»Ihr habt viel durchgemacht«, sagte sie, »nicht wahr.«

Franziska trug heute ihr grünes Strandkleid, mit den

Shorts; das Röckchen hatte sie über die Hüfte zurückgelegt. Sie stellte fest, daß sie das riskante Grün jetzt tragen konnte; ihre Beine waren braun genug. Dann legte sie wieder den Kopf in die Sonne zurück. Hinter den Lidern brannte es lichterloh, aber das mußte ertragen werden. Sie konnte diese elenden Sonnenbrillenringe um die Augen nicht leiden.

»Ich nicht«, sagte sie mit geschlossenen Augen.

»Ich weiß doch nicht«, sagte Mama. »Es steckt so tief in euch. Wie soll ich sagen: das Gefühl, daß man sich etwas herausnehmen muß, um überhaupt leben zu können. Ganz gleichgültig, wie sich die andern Menschen dabei befinden. Diese typische Nachkriegsmentalität, nicht wahr. An euch ist viel, viel gesündigt worden.«

»Vielleicht«, sagte Franziska. Sie hielt von diesen hochgestochenen Betrachtungen nicht viel. Wie sie lag, spürte sie, daß sie zugenommen hatte. Sie hatte es schon an den Kleidern gemerkt, und hier auf der Liege: sie breitete sich etwas weiter aus. Egal, dachte sie, ich bin im Urlaub, und hier ist sowieso nichts los. Zuhause krieg ich das wieder hin.

»Heinz sollte sich jetzt etwas schonen können«, sagte Mama, »nach dem strengen Examen. Seine Gesundheit ist immer ein wenig labil gewesen ...«

»So was habe ich mir gedacht«, sagte Franziska.

»Heinz«, sagte Mama, »ist jemand, der viel Liebe gebraucht hätte, sehr viel Liebe und Einfühlungsvermögen. Eine Liebe, die nicht das Ihre sucht.«

»Du kennst ihn natürlich schon viel länger«, sagte Franziska. »Ist er eigentlich da?«

»Nein«, sagte Mama still, »er findet, daß das jetzt nicht mehr gut möglich sei.«

Dann konnte Franziska ja den Büstenhalter abnehmen. Sie tat es, Perversling hin oder her. Sie mochte auch diese idiotischen Ränder am Leibe nicht.

»Du hast nichts dagegen«, sagte sie.

»Ich kann dir den Weg ins Strandbad zeigen«, sagte Mama. »Da findest du sicher passende Leute deines Alters.«

»Danke«, sagte Franziska mißtrauisch, »es gefällt mir hier ausgezeichnet.«

Mama gab sich mit den Mahlzeiten jetzt keine Mühe mehr. Sie las die Zeitung beim Essen. Es gab nur noch Wasser zu trinken. Das Schweigen genierte Franziska nicht im geringsten.

»Erzähl mir was von Rom«, sagte sie eines Tages.

Aber Mama gab keine Antwort. Erst am Schluß sagte sie: »Morgen fahren Heinz und ich noch eine Woche ins Engadin, damit er von seinen Ferien noch etwas hat.«

»Fein«, sagte Franziska. »Leider kann ich nicht mitkommen. Ich fahre auch.«

»Ich habe Frau Doktor Fröhlich gefragt«, sagte Mama. »Wenn du noch ein Jahr in der Schweiz bleiben willst, sie hat gerade eine Hilfe nötig.«

»Ist ihr das Mädchen davongelaufen?« fragte Franziska. »Ich habe das kommen sehen.« Vom Balkon hatte man einen guten Blick in die Küche von Frau Dr. Fröhlich. Es war eine tadellos eingerichtete Küche.

»Kannst du kochen?« fragte Mama.

»Jetzt, wo man alles fertig kaufen kann?« lachte Franziska.

»Kannst du nähen?« fragte Mama.

Franziska blinzelte in die Sonne. Sie spürte, wie sie sich ein wenig streckte.

»Kannst du bügeln? flicken?« fragte Mama und hatte jetzt eine höhere Stimme.

»Morgen muß ich leider fahren«, sagte Franziska. »Um neun zwanzig geht mein Zug. Ohne Anhalt bis Basel.«

Mama trat an die Brüstung und atmete. Wenn Franziska hinschielte, konnte sie sehen, wie Mamas Kopf zitterte.

»Ich habe noch einen Wunsch«, sagte Franziska.

»Und das wäre?« fragte Mama und sah nicht hin.

»Einen Eiken«, sagte Franziska.

»Einen was?« fragte Mama scharf und drehte sich jetzt nach ihr um.

»Einen Eicken«, wiederholte Franziska mit unsicherer Stimme.

»Wo hast du denn das Wort her?« fragte Mama.

»Aus dem Band«, sagte Franziska. »Aus dem englischen Kunstband, mit den Wiedergaben.«

Mama drehte sich wieder weg. Ihr Kopf zitterte stärker, aber sie schien überhaupt nicht mehr zu atmen.

»Ikonen« sagte sie. »Ikonen sind Kunstwerke und sehr selten.«

»Das ist mir klar«, sagte Franziska, »und ich gehe morgen.«

»Das muß ich mit Heinz besprechen«, sagte Mama und verließ den Balkon. –

»Haben Sie etwas zu verzollen?« fragte der deutsche Beamte.

Franziska blickte von ihrem Buch auf, das sie im Bahnhof von Zürich gekauft hatte. Es hieß: »Die Clique«.

»Nein«, sagte sie, »ich war nur kurz in der Schweiz zu Besuch.«

Der Zöllner ging weiter. Erst nachdem der Zug eine halbe Stunde in die Rheinebene hinausgerattert war, holte sie den Koffer herunter, riegelte ihn auf und holte das flache Paket zwischen den Kleidern hervor. Dann schälte sie eine kleine dunkle Holzplatte aus dem Papier, auf der Spuren eines bärtigen Männergesichts zu erkennen waren; rechts vor das Gesicht hielt der Mann zwei Finger erhoben. Das eine aufgerissene Auge war etwas angekratzt. In den Ecken hafteten noch einige Goldspuren. Sie betrachtete das Bild. Goldbronze hatte sie noch zu Hause, ein halbes Töpfchen, von den Weihnachtsnüssen her. Und ein Rahmen konnte nicht alle Welt kosten. »Gut«, sagte sie und räumte das Bild, das sie nur flüchtig verpackte, wieder in den Koffer. Scharfe, unterbrochene Regensträhnen zitterten über die Scheiben. Der Wind warf immer neue dazu; die Berge hinter der Ebene waren nur noch schlecht zu sehen. In der Schweiz hatte Franziska nur einen einzigen Regentag gehabt.

Ein ungetreuer Prokurist

Er hatte sich manchmal eine Geliebte gewünscht, nicht weil andere im Geschäft auch eine hatten, das Geschäft hatte damit gar nichts zu tun, sondern weil er auch gern einmal ein Mensch gewesen wäre mit allem, was dazugehört. Natürlich nahm er an, daß eine Geliebte in so geregelten Verhältnissen wie den seinen Komplikationen schaffen würde, aber wenn man leben wollte, mußte man auch bereit sein, hier vielleicht etwas zu investieren, dort etwas abzuschreiben. Er erwartete nur, daß es einmal mit ihm persönlich etwas zu tun hatte; so viel darf man vom Leben verlangen.

Es ergab sich dann so. Bei einer Werbeveranstaltung, um die neue automatische Saftpresse der Firma vorzustellen, kam er mit einer Journalistin ins Gespräch, die, wie sie ihm bald erzählt hatte, wieder in ihrem alten Beruf arbeitete, nachdem ihre Kinder halbwüchsig geworden waren und sie nicht mehr täglich nötig hatten. Freilich hatte sie sich früher, als Zwanzigjährige, eher mit kulturellen Ereignissen befaßt.

Als die Saftpresse vorgestellt und nicht mehr allzuviel darüber zu reden war – das Reden besorgte ohnehin eine jüngere Kraft der Firma, ein zuversichtlicher Typ im lila Jackett, während er, der Prokurist, sich zurückhielt, noch betonter vielleicht, seit er erfahren hatte, daß seine Gesprächspartnerin früher über kulturelle Ereignisse berichtet habe –, um etwa halb zehn Uhr also nahm er zu seinem Erstaunen den Rand ihres Ellbogens und führte sie daran zur Tür hinaus. Ich bin hier nicht nötig, sagte er ihr. Daraus, daß sie ohne weiteres mitkam, folgerte er noch nichts.

Er hatte nicht einmal Lust auf eine Fortsetzung des Gesprächs oder einen Drink; das gab es ja auch hier, im Überfluß, er hatte die Bestellung selbst überwacht. Es schien nur plötzlich richtig, er sagte sogar: nötig, hier wegzugehen, fünf Minuten vor dem Auspendeln der Veranstaltung zu zeigen: man war noch sein eigener Herr. Ganz zwischendurch, gar nicht elektrisierend, ging ihm durch den Kopf, daß man auch mit ihr schlafen könnte, ohne daß sie viel dagegen einzuwenden hätte. Sie war ja die Mutter mehrerer Kinder usw., würde es nicht so genau nehmen; damit meinte er gleich zu Beginn nichts Verwegenes, eher eine gewisse Sicherheit: was soll da viel kaputtgehen.

Sie war eigentlich nicht hübsch genug für Gedanken daran, aus der Nähe besehen. Vielleicht war sie sogar etwas älter als er. Das erlaubte ihm, am Ecktisch drüben im »Excellence« unaufdringlich nett zu sein, fast bis zum Eingeständnis seiner Müdigkeit zu gehen; sie nahm ihm nicht übel, daß er in einer Haushaltfabrik arbeitete, wirklich nicht, sie sagte es nicht nur so. Das Leben schien sie bescheiden gemacht zu haben, zur Teilnahme fähig. Öfters blieben ihre braunen, etwas kurzsichtigen Augen in seinen Augen hängen. Er brauchte kaum zu betonen, daß er in seinem Saftladen etwas Gehobenes sei, sie wußte es schon, es machte keinen Unterschied für sie. Hier sitzt ja doch ein Mensch, dachte er.

Er erzählte von sich und Familie, die Familie brachte er in den ersten Sätzen herein. Es sollte alles in Ordnung gehen, er war nicht dafür, etwas zu unterschlagen (unterdrücken etc.). Was er so äußerte über Haus und Garten, klang heute abend mühelos, unschwierig; so kannte er sich gern. Der Alkohol hatte nichts damit zu tun, sie hatten nur Bier bestellt, allerdings ein dänisches. Zu Whisky etc. wollte sie sich nicht einladen lassen, übrigens aus keinem besonderen Grund; da waren nirgends besondere Gründe, das war einfach so. Er brauchte seine Asche nicht kurzfristig abzuklopfen, durfte ruhig rauchen und sie ansehen, wenn er ihr den Rauch nicht gerade ins Gesicht blies. Ein paar Mal lachten sie; zum Schweigen war es noch zu früh. Sie hatte einen kleinen Kummer im Gesicht, aber der war wohl meistens dort, er brauchte wahrscheinlich nicht zu stören. Manchmal fehlte ihm ein Wort; dann wieder gelang ihm ein lustiger Satz, ohne daß er gelingen mußte. Sie bestrafte ihn für nichts. Das gefiel ihm, und sie schien sich dabei nicht zu langweilen.

Manchmal strich er ihr mit den Augen eine Haarsträhne hinter ihr Ohr zurück, dachte daran, wie es wäre, mit einem Menschen wie diesem zu schlafen; dann vergaß er es wieder. Wenn sie die Schultern zusammenzog, dachte er wieder stärker daran, aber so, wie man an ein Fest im Kalender denkt; es hatte nichts Diebisches.

Als es elf Uhr war, begleitete er sie in ihr Hotel zurück, ein Hotel der mittleren Klasse, wo der Portier auch im Restaurant nebenan aushelfen muß. Sie gingen an der leeren Loge vorbei über ein paar Treppen auf ihr Zimmer; er hatte wieder ihren Ellbogen in der Hand, aber mit einem schwächeren Griff. Das Zimmer, dessen Tür sie rasch zuzog, war eng und eckig und nur mausgrau zu beleuchten; er löschte das Licht wieder, und sie lehnte sich im Dunkel mit einem kleinen stummen Aufschnupfen gegen seine Stirn. Dann zogen sie sich aus, daß es knisterte, ohne zu eilen; erst die letzte Bewegung, mit der sie in das gerade noch erkennbare, dann elend knappe Bett krochen, hatte etwas Linkisches; sie stießen an ein paar falschen Stellen zusammen; er hatte sich die ganze Minute leisten können, teils an etwas anderes, teils an gar nichts zu denken. Wild wurde es nicht, aber doch so, daß sie heftiger klammerte, als er vorausgesehen hatte, und plötzlich, in den spürbarsten Erfolg hinein, denken mußte, es sei am Ende nicht bloß ein Mensch in seinen Armen, sondern ein bedürftiges Wesen.

Während sie eine Zigarette rauchten und zum ersten Mal rundum schwiegen, kam ihm der Verdacht, es sei doch wieder zuviel geredet worden, doch war er entschlossen, das Ganze gelten zu lassen; erst einen Augenblick später, dessen Vorbeigehen ihm auffiel, meldete sich etwas Unbequemes, das seinen Griff an ihrer Schulter hart werden ließ. Sie lächelte und drückte ihr Haar an seinen Griff; dabei gelang ihm ein Blick auf seine Uhr, die Leuchtziffern fluoreszierten gerade noch: schon nahe zwölf Uhr, und er hatte zu Hause nicht angerufen. Er spürte die Feuchtigkeit auf seinem Rücken stärker. Viel später durfte es nicht werden, und jetzt hatte er keinen

Mut, ihr das zu sagen. Er griff wieder fester zu, und sie lächelte wieder.

Es fand dann irgendeine kleine Schauspielerei statt, die den Zweck hatte, sie an seine Müdigkeit zu erinnern, keine erhebliche, die sie beide betraf, nur die allgemeine von vorhin. Er log ein wenig, fast nur in Gedanken, aber es genügte schon zu einem Vorwurf gegen sie: warum durfte er nicht müde sein? Sie bemerkte anscheinend nicht, daß er nicht mehr aufrichtig war, sie war zu bedürftig oder zu glücklich dazu, das erfüllte ihn mit Angst, er dachte jetzt schon, in ihr zufrieden geöffnetes schattenhaftes Gesicht hinein, daß diesem Verhältnis, dem ersten neben einer durchaus geordneten Ehe, der rechte Grund fehlte. Sie fuhr ihm mit dem Finger über seine offenbar zusammengezogenen Brauen, wußte nicht, daß dies schon eine kleine Abschiedsbewegung war; plötzlich sah er seinen Gedanken an Trennung wieder von der andern Seite, wo er noch, oder schon wieder, mit der Herzlichkeit dieses neuen schmalen Körpers zusammenhing, der ihm, halb verraten schon, wieder wie sein eigener vorkam, plötzlich fühlte er sein Fleisch wieder im andern Fleisch, und nun fand, wie er mit ihren Krallen in seinem Rücken spürte, hemmungslose Abhängigkeit statt. Offenbar hatte sie lange nicht mehr geliebt, er war zu sicher gewesen, daß an ihm nicht viel zu lieben war, jedenfalls nicht beängstigend viel.

Die Tür war dünn, oft hörte man Schritte vorbeigehen, zögern, zu rasch weitergehen. Sie atmete viel zu laut, er suchte dieses sanfte Jammern, für das er nicht verantwortlich sein wollte, mit seinem Leib zuzudecken, bedeckte ihr Gesicht mit seiner Brust, der Himmel wußte, was er damit bei ihr anrichtete, sie schien ja sterben zu wollen, verschluckte sich einmal ums andere. Er bekam Angst und blieb höhnisch stark dabei, es war schon halb eins gewesen, er biß in seine Uhr, vermutlich sah ihn seine Frau, zu Hause wach, in einen unaufhörlichen Zusammensturz verwickelt, es hörte alles überhaupt nicht mehr auf, und er sehnte sich nach einer Toilette mit einem guten Buch.

Nach vielen Augenblicken wütender Pflicht hatte er sie so weit, daß sie ruhig war und er seinen Wunsch, ohne das Buch selbstverständlich, melden durfte. Sie nahm es, bis zu den Schultern strahlend, als einen ungeheuren Scherz, ein untrügliches Zeichen von Vertrautheit, jagte ihn nach einem kurzen Schauer von Kinderküssen in seine Kleider, munter, munter. Er dachte daran, die Unterhose im Dunkel nicht verkehrt herum anzuziehen, er wollte seiner Frau nicht durch solche Dinge weh tun; da ging das Licht an, eine plötzlich schneidende Helle aus der Biedermeierfunzel, er stand, seine Unterhose wendend, blinzelnd in ihrem Lachen, das leise und getröstet klang. Es blieb ihm nichts übrig, als sie in ihrer Blöße zu betrachten, die sie leuchten ließ, als hätte sie gerade ihren eigenen Körper zur Welt gebracht; er empfand weder Zärtlichkeit noch Abneigung dabei, das beruhigte ihn über sich, und er ließ ein scherzhaftes Schnalzen hören, während er seine Hose endgültig festzog. Er sagte noch, daß er viel zu dick sei für sie; im übrigen eilte es jetzt wirklich, fort mit mir, da gibt man die heftigsten Küsse, und keiner schmeckt nach Wiedersehen.

Auf dem fast verlassenen Parkplatz, im Schatten seines Wagens, wurde er endlich sein Wasser los und hörte dazu mehrere Uhren ein Uhr schlagen.

Man macht sich immer die falschen Sorgen. Sein Eigenheim, das er mit beklommener Rührung ins Auge faßte, war lichtlos, er konnte sich das fremde Salz mit den Duftresten von der Haut waschen. Alles war in Ordnung und verlockte dazu, weniger streng über ein Wiedersehen zu denken. Seine Frau schlief längst, sie hatte keine Sorgen um ihn, sie kannte ihn ja, bestätigte sein Dazukriechen mit einem halben lieben Laut: da schenkte er sich den Rest seiner Gedanken, und eingekuschelt in die endlich erlaubte und haltbare Müdigkeit, ließ ihn, von einem Atemzug zum folgenden, auch die Erinnerung in Ruhe.

Ein paar Briefe, natürlich; sie zwangen ihn, den Postboten schon bei der Tür abzufangen. Er überflog sie nur flüchtig, tastete die ihm unsympathischen runden Schriftzüge auf Solides ab, Daten, mögliche Rendezvous; diese trug er chiffriert in seine Agenda ein, um die Briefe dann sorgsam in kleinste Fetzchen zerrissen in die Toilette zu werfen und ihr Verschwinden zu überwachen. Er schickte Rosen ins Hotel, wenn er wußte, daß sie da war; aber er kam auch selbst. Es reichte, wenn er das Büro früh genug verließ, wenigstens zu einem kleinen Nachtessen, bevor sie ins Hotel gingen; der Portier sah sie natürlich vorbeigehen, wußte Bescheid und bekam in Abständen ein sehr hohes Trinkgeld; zu einem Augenzwinkern war er nicht zu bewegen. So wurde diese Liebe zur nie recht kompletten Gewohnheit, die man sich gönnte, weil einen die verzettelten Mühen einer Woche immer wieder vergessen ließen, daß man ihr sieben Tage zuvor abgeschworen hatte. Der Grund für diese Zuneigung, die so wenig Gedächtnis besaß, lag wohl etwas flach; dafür konnte er auch leichter überschwemmt werden. Etwas läpperte sich da immer wieder zusammen, wuchs auf ein paar Augenblicke weit ins Land hinein und beschwichtigte einen Reiz, den es selbst erzeugt hatte; sein Element war es nicht. Wenn es sich mit ihren Fingern zurückzog, erleichterte ihn die Nähe des wohlverdienten Abschieds so, daß er seine Trockenheit kaum mehr beherrschen konnte, sie schlug einfach durch, stellte sich ungeduldig, ja gewaltsam wieder her und verzehrte die Erinnerung an die Liebe oft noch vor deren Augen. Das genierte ihn; es hatte ihm ja wohlgetan, daß sich ihre Finger wie Wasser angefühlt hatten. Aber es kam ihm doch sehr seltsam vor, daß er offenbar gebraucht wurde; selbst wenn sie an seinem Haar und an seiner Haut zerrte, glaubte er zu wissen, es handle sich um ein Mißverständnis; er kannte sich einfach nicht so. Was half es, wenn sie beteuerte, er solle immer der bleiben, der er sei; zu viel Ehre, dachte er, so viel, wie du denkst, hat deine Liebe nicht aus mir gemacht. Leider.

Gar nichts war es aber auch nicht.

Oft unterhielt er sich, wenn sie zusammen waren, damit, daß er sich beobachtete. Das war schon etwas Neues. Neu war diese Distanz, die er nicht nur zu ihrem, auch zu seinem eigenen Körper aufbrachte und die ihn offenbar männlich machte, oder männlich wirken ließ; dagegen waren alle Geschichten aus viel früherer Zeit wirklich nichts – an seine Ehe weigerte er sich in diesem Zusammenhang zu denken. Was hätte er nicht vor zwanzig Jahren für solche halben Nächte gegeben! Damals gab es nur den Gedanken daran, der noch in der Erinnerung so rasend sein konnte, daß er sich, diese Frau umarmend, vergegenwärtigte: das wäre es also gewesen, wenn man als Kind eine Geliebte gehabt hätte. Und die Wut über alles Versäumte befähigte ihn zu solcher Zärtlichkeit, daß sie denken konnte – jedenfalls stand es, wenn er nicht irrte, in einem ihrer Briefe –: sie habe ihm neues Leben gegeben.

Wohin damit.

Wenn sie, ein paar Städte weiter, mit ihren Söhnen spazierengehe, habe sie wieder Wind im Gesicht, zum ersten Mal seit Jahren Wind, er hatte es nicht mehr ganz genau im Kopf. Aber er nahm bei Gelegenheit Bezug darauf; er war ja kein unartiger Mensch.

Sie sorgte sich, weil seine Klagen über sich selbst häufiger und rücksichtsloser wurden; so lasse ich nicht über meinen Liebsten reden, sagte sie ihm. Sie nahm es als Spiel, Ausdruck seiner schon bekannten Müdigkeit etc., aber es war ihm ernst. Wenn er sich gering machte, sollte das heißen: was hast du auch immer mit mir. Er machte sich klein, um zu entschlüpfen. Das merkte sie nicht.

Wenn sie von ihrem Mann redete, nicht wegwerfend, nur nachdenklich, nickte er vielleicht, aber redete nie von seiner Frau. Das gehörte nicht hierher.

Einmal sagte er, während er auf der Bettkante saß: schau einmal, was ich für häßliche dicke Beine habe. Sie warf sich sogleich mit ihren Lippen darauf, und niemals war ihm eine Berührung unangenehmer gewesen. Aus Schuldgefühl streichelte er die Spitzen ihres Haars.

Immer deine Sorgenfalten, sagte er. Um was sorgst du dich eigentlich. Und zeichnete übertriebene Wellen auf ihre Stirn.

Da lachten sie, und er wollte die müde Stelle bei ihrem Auge nicht sehen. Man altert auch, wenn man sich höchstens jede Woche einmal sieht.

Sie glaubte, es ihm leichtzumachen (was eigentlich?), wenn sie beteuerte, daß sie nur seinen Körper nötig habe. Darauf war er aber nicht mehr stolz. Er entnahm ihren Bewegungen nur, daß das viel war, schon zu viel, Wasser in irgendeine Wüste. Er konnte nicht Wasser spielen. Er wollte auch keine Lebensarbeit mehr, er hatte seine Prokura und eine nette Familie, seine Frau stellte etwas vor, auch wenn die Leidenschaft nachgelassen hatte, so ist das, er lebte ja zufriedenstellend. Er schämte sich über die Erschütterung des kleinen fremden Körpers, den er mit ein paar Atemzügen seines eigenen reicher machte, als ihm bequem war. Das haben die Kollegen mit ihren Freundinnen nicht, dachte er, so viel Niveau.

Sorg dich nicht um mich, zum Teufel sorg dich nicht immer, sagte er bei ihren Rendezvous, weil man diesen Satz auch lieblos sagen kann; er fällt nicht auf.

Er träumte auch von ihr, nämlich: daß sie unter ein Auto gekommen war und er ihren Körper, der nicht zerstört war, mit ehrlichem Gefühl streicheln durfte; jetzt wußte sie endlich keine Antwort mehr darauf. Er erschrak nicht einmal über diesen Traum.

Bald war er Mitte Vierzig, die Saftpresse war ein großer Verkaufserfolg, und ab und zu gingen sie jetzt in einen guten Film statt immer ins Bett. Wenn sie auf ihn zukam, als wäre es Sommer, spürte er: die andere Stadt war die Ausnahme für sie. Er aber mußte hier leben, die Nachbarn, die forschend geblickt hatten, wiedersehen. – Dafür ließ er sie büßen, wenn sie wieder im Hotelzimmer waren, aber das hielt sie für Leidenschaft, die gewohnte Leidenschaft, und gab ihm immer neue Namen, sogar solche aus dem Alten Testament. Wenigstens schickte sie ihre Briefe nicht mehr mit der Post, sondern steckte sie ihm bei ihren Abschieden zu, dicke Umschläge, er las sie, um das hinter sich zu haben, beim Innenlicht seines Wagens und warf sie dann ins immer gleiche Gully. Aber so etwas wird keine Gewohnheit, die Fetzchen wirbelten ihm in den Schlaf nach, und am Morgen erschrak er zuerst, als er den Vorplatz mit Kirschblütenblättern bedeckt sah.

Sie respektierte, als müßte sie für andere Zeiten vorsorgen, jetzt sogar seine Fluchtbedürfnisse und Kleinherzigkeiten, begann auch das Gewöhnliche an ihm zu pflegen oder zu verzehren, weil sie, wie es schien, auch das brauchte; und er hatte ja selbst einmal mit einem Menschen ein Verhältnis haben wollen. Allmählich kam sie ihm wie eine Mutter vor, besonders im Schlaf; in ihren zwei, höchstens zweieinhalb Stunden kam es ja doch einmal vor, daß sie an seiner Schulter oder auf seiner Brust einnickte. Dann hörte ihr Gesicht zu glänzen auf und wurde kummervoll wie das einer Mutter, aber nicht derjenigen, die er gehabt hatte. So etwas konnte ihn nochmals erregen. Er war froh, wenn ihn sein Fleisch gelegentlich überlistete; ganz ehrlich sein mochte er ja nicht, weil er es nicht konnte, sonst wäre von seiner Liebe nichts übriggeblieben, das verdiente sie nicht.

Seine Sekretärin instruierte er: wenn sich Frau Soundso meldet, bin ich in einer Sitzung, von jetzt an. Einmal fügte er sogar hinzu: es ist immer dieselbe Person, und machte eine Bewegung gegen die Stirn. Niemand hatte ihn dazu gezwungen. Die Sekretärin, Doris hieß sie, kicherte und sagte: Sie sind mir einer. – Doris kam nicht in Frage. – Plötzlich war er wieder ein wenig stolz auf sich. So eine Liebe.

Du hast viele Sitzungen, sagte sie.

Quartalsabschluß, es geht nicht alles glatt, sagte er, du verstehst, wir exportieren, und das ganze Währungssystem ist aus den Fugen. Irgend etwas begleitete ihn heute aus dem Büro, das nicht zu ihnen gehörte; er strich ihr mit dem Finger über die Lippen.

Du, ich habe heute so Kopfweh, sagte sie, schon die dritte Tablette, es hilft alles nicht. Das werden wir gleich haben, sagte er und legte ihr die Hand aufs Knie. Bitte nicht, sagte sie, ich muß mich einfach hinlegen. Dabei hatten sie sich vier Wochen nicht mehr gesehen. Aber es war ja Liebe, sollte Liebe bleiben.

Er blieb sitzen, fühlte sich betrogen, so oft machte er ja keine Sprünge mehr, und heute wäre ein guter Abend gewesen, so etwas spürt man in den Kniekehlen. Aber bitte, dachte er. Bitte sehr.

Er hatte einen Menschen gefunden.

Gegen Ende sagte sie einmal: ich habe gerade in einem Buch etwas Schreckliches gelesen, von Goethe. Da wird von einer Frau gesagt, wenn sie liebte, war sie nicht liebenswürdig. Das muß schrecklich sein.

Nimms dir nicht zu Herzen, sagte er, der Goethe ist auch nicht alles.

Sie sah ihn bestürzt an, aber kaum wegen Goethe, so viel merkte er auch. In Gottes Namen, sie mußte doch wissen, wie er es meinte. Wenn man einander jedes Wort vorrechnen wollte.

Später träumte er wieder, nämlich von einer Versetzung. Die Direktion für München wurde frei. Er erwachte mit nasser Stirn. Um Himmels willen, dachte er, ich habe hier mein Haus, ich kann doch die Kinder nicht verpflanzen, sie haben ihre kleinen Freunde, und meine Frau würde sich in München nie wohl fühlen. Dann erwachte er ganz und wußte: jetzt muß etwas geschehen.

Und es geschah, daß er krank wurde; nichts Gravierendes, nur ein zunehmend empfindlicher Blinddarm mit etwas Fieber. Also Operation. Er schrieb ihr nichts davon, hatte trotzdem immer Angst vor einem Besuch, oder noch schlimmer, einem Brief an die falsche Adresse; also schrieb er, sobald ihm die Wunde erlaubte etwas aufzusitzen, selbst einen Brief. Es ging ihm gut, nur sein Bleistift zitterte. Er schrieb, er sei gesundheitlich am Rande, habe Raubbau getrieben, auch seelisch. Er habe es sich und ihr lange zu verbergen gesucht, aber jetzt sei es am Tage, daß ihr Verhältnis alle Sicherungen durchzuschlagen drohe, er müsse die Notbremse ziehen, auch um ihretwillen, und sie bitten, ihn nicht wiederzusehen. Gedanken blieben ja frei, das sei sein Trost, jeden weiteren müsse er sich versagen.

Die Schwestern in diesem Spital waren lustig, ließen ihn den Schwesternmangel nie fühlen, brachten ihm auf einen Klingeldruck alles, was er begehrte, Tee und Blutverdünner. Schwester Monika, die lustigste, versprach ihm, den Brief von der Nachtwache mitzunehmen, dann komme er heute noch an. Aber sicher? fragte er. Ganz sicher, sagte sie, Monsieur. Sie war besser als Doris.

Seine Frau besuchte ihn fast täglich, auch abends, dafür lag er schließlich privat. Er genas jeden Tag deutlicher, das Reißen in der rechten Bauchhälfte ging allmählich in ein Kribbeln über, das ihn kratzlustig machte, aber gerade das durfte man nicht, es war streng verboten. Er hatte Angst vor ihrer Antwort, aber eigentlich nur davor, daß er den Brief zu ungelegener Zeit erhielt, er hatte ja immer Besuchszeit.

Er durfte die ersten kleinen Schritte im Korridor tun, erst auf eine Schwester gestützt, dann auf seine Frau.

Am zehnten Tag konnten die Fäden herausgenommen werden.

Es kam kein Brief mehr, auch nach Hause nicht, und er dachte mit so viel Erleichterung an sie, daß es sich manchmal wie Wärme anfühlte. Ein Mensch war sie schon gewesen, er war stolz, nicht auf sich, sondern auf sie, das war ihm geblieben und konnte ihm keiner nehmen.

Der Zusenn oder das Heimat

Vielleicht ist es dem Untersuchungsgericht nicht bewußt, daß ich mit meiner Frau Elisabeth sel. 15 Jahre auf dem Fröschbrunnen gewirtschaftet habe und dabei gut beleumdet war, auch zu leben hatte, bis derselbe anno einundfünfzig aus zweifelhaften Gründen mit unserem damals zweijährigen Christian abbrannte und ich auch unser sämtliches Vieh sowie Fahrhabe verlor, weil das Feuer zu schnell um sich griff, auch der Löschzug nicht rechtzeitig zur Stelle war. Der Fröschbrunnen war Familienbesitz seit mehr als 100 Jahren und hat schon mein Großvater zur Zufriedenheit darauf gewirtschaftet. Infolgedessen wurde mein Vater sel. sogar in die Schulpflege gewählt und darf ich von mir sagen, daß ich die Sekundarschule in Krummbach besuchen konnte, weil meine Mutter sel. kein Opfer scheute. Man hätte das Wasser aus der Feuerrose beim Gießhübel beziehen können, aber der Feuerwehrhauptmann blieb bei seiner Auffassung, derselbe sei zugefroren gewesen, was auch ganz richtig war, man jedoch nur das dünne Eis zerschlagen gemußt hätte. So verging mehr als 1 Stunde, bis die Leitung vom Hasenrain herüber gelegt war und auch das Wohnhaus nicht gerettet werden konnte. Der Tod unseres Christians hat zu vielen bösen Gerüchten geführt, obwohl er noch ganz klein gewesen ist und wir immer gut zu ihm geschaut hatten. Das versetzte uns damals einen schweren Stoß. Da das Schadengeld nirgends hinreichte und wir zuerst in der Schattenhalde einquartiert wurden, führte auch dieses zu starken Reibereien, und meine liebe Frau überlebte es nur 1 Jahr, weil sie sich während der Brunst erkältet hatte, welches sich aber als Krebs herausstellte. Auch darunter haben wir viel zu leiden, wo doch jeder wußte, daß wir gut ausgekommen sind und sowieso gestraft genug, auch unsern Zins regelmäßig bezahlt hatten. Aber das Schadengeld wurde uns bösartig herabgesetzt, auch kostete die Operation 5000 Franken, die ich fast nicht aufnehmen konnte, und der Schattenhaldenbäuerin wurde es zuviel, wegen meinen Töchtern, wobei Lina schon 22 Jahre alt war und überall mithalf, auch ich auf dem Feld, während man sagte, ich mache die Kühe scheu und deshalb nicht melken durfte. Daß Barbara erst drei Jahre alt war, dafür konnte sie nichts, machte freilich viel Mühe, welche ich als Mann nicht genug unterstützen konnte und die Schattenhaldenbäuerin selbst in Erwartung war. So mußten wir ausziehen und die Torggelalp von der Gemeinde in Pacht nehmen, wofür ich noch dankbar sein durfte, weil der vorherige Pächter mit Tod abgegangen war, nachdem er abgewirtschaftet und sich erhängt hatte. Es war ihm eben auch zu einsam dort oben.

Daher war auf der Torggelalp seit vier Jahren nichts mehr gemacht worden, aber Lina und ich brachten das Heimat so weit wieder in Ordnung und gelang es uns auch, Barbara günstig aufzuziehen, so daß sie gesund blieb. Nur der Schulweg war so weit, daß sie ihn im Winter nicht immer gehen konnte, deswegen zurückfiel und viel Freude verlor, obwohl ich den Weg jeden Morgen frei machte und dies nicht einmal im Vertrag festgehalten war.

Ich bahnte den Weg bis zur Sennerei, wo ich mich aber nicht aufhielt, auch im Dorf nicht, wegen der Leute, nicht einmal wegen dem Milchgeld. Wenn auch deswegen wieder Gerüchte aufkamen, so ist das typisch, schuld war aber die große Abgelegenheit des Heimat, die durch den Schnee oft schon Mitte Oktober einsetzte.

Auch mußte ich ganz auf Milchwirtschaft umstellen, was ich mir im Fröschbrunnen nie hätte träumen lassen, aber trotz widriger Umstände durchsetzte.

Auch war der Zins so hoch, daß wir beim besten Willen wieder Schulden aufnehmen mußten. Zuerst war es mir vergönnt, jedes Jahr 15-20 Rinder zu sömmern, von privat, aber dann nahmen dieselben undurchsichtig ab, obwohl ich nur verlangte, was recht ist, die Rinder auch in gutem Zustand wieder ins Tal kamen, wo ich mich aber leider nie so lange aufhielt, um den Gerüchten zuvorzukommen. Ferner war meine ältere Tochter Lina oftmals krank, worunter die Wirtschaft aber nicht gelitten hat, da ich sie trotzdem zu Mühe und Arbeit anhielt und unsere Jüngere früh hatte lernen müssen, derselben unter die Arme zu greifen, dann freilich am Schulbesuch gehindert war. Muß ich auch sagen, daß mir sonst Lina ohne Worte und trotz ihrer Beschwerden, die sie im Bauch hatte, eine lebhafte Stütze war und immer noch wäre, wenn man sie jetzt nicht versorgt hätte, woran sie keine Schuld betrifft, und hoffe nur, daß man ihr heute ärztliche Pflege zukommen läßt, weil sie dieselbe verdient hat. Es war ein Schlag für uns, als die Gemeinde wegen Unregelmäßigkeiten, an denen kein wahres Wort war, oder die nur in den gesamten Umständen ihren Grund hatten, und weil ich mich nicht jeden Augenblick rechtfertigte, keine Rinder mehr zur Sömmerung zukommen ließ, so daß ich auf meinen geringen Bestand zurückgeworfen war.

Ist es doch eine Verleumdung, ich sei nicht mehr bei Troste gewesen, nur weil es mir nicht mehr gelang, ein Zucken in meiner Backe zu unterdrücken, und bin ich deswegen gewiß niemandem lästig gefallen, sondern habe kein ungutes Wort aus dem Mund gelassen, was der Pfarrer bestätigen kann, solange er noch kam, später bekanntlich nicht mehr, bis es zu spät war. Als ich wegen des Zuckens nicht mehr gern gesehen war, schickte ich ja Barbara mit der Milch, was ihr gewiß nicht geschadet hätte, hat auch im Laden nur das Notwendigste gekauft, weil gar nicht mehr dagewesen wäre, und wenn sie im Laden manchmal stehengeblieben ist, so nur, weil sie warten mußte und die andern Leute jetzt mehr kaufen können als zu meiner Zeit.

Und wenn gesagt wird, meine Milch sei nicht 100 % gewesen, so hat mir das niemand bewiesen und keiner der Herren zugesehen, wie ich mein Vieh versorgte, das kam immer vor uns Menschen dran, und von wegen kranken Kühen, ich hatte ja kein Telephon, um eine solche allfällig zu melden, damit der Viehdoktor rechtzeitig gekommen wäre, und ist dem doch von der Gemeinde ein Jeep zur Verfügung gestellt worden.

Ich bin auch Bürger der Gemeinde, aber das heißt nicht, daß man meine Töchter einfach versorgen kann, nur weil sie keine Schuld trifft. Es heißt auch immer, ich sei ja nicht einmal mehr zur Kirche gegangen oder in die Beichte, da möchte ich aber bitte bedenken, daß ich schon gegangen wäre, als die Not da war, aber es war zu weit weg, und da sind wir eben mit der Not selber fertig geworden. Wenn das Sünde ist, so können meine Töchter sicher nichts dafür, das müssen auch Sie vom Gericht zugeben, einmal wegen der Jugend, ferner wegen der Armut, und ist zu bedenken, daß Barbara bei alldem vielleicht etwas zurückgeblieben ist. Trotzdem ist dann, als es passiert war, keine Verwilderung eingetreten, ja eine Verbesserung des Haushalts, lebten wir doch endlich im Frieden zusammen und konnten auch den Zins wieder aufbringen, was wie ein Wunder war, auch Gott dafür dankte, bis dann der Pfarrer kam und hinterher der Friedensrichter, alles der Verleumdung wegen. Habe nämlich die Meinung, wenn man eine Familie so lange allein läßt, muß man ihr auch erlauben, wie sie damit fertig wird. Da sie jetzt halt versorgt ist, will ich aber dem Glück meiner Tochter auch nicht im Weg stehen, hoffe nur, daß es sich darum handelt und nicht um den Profit von irgendeinem, weil meine Tochter arbeiten gelernt hat, möchte auch bitten, von Nachstellungen abzusehen, da ich sie nämlich nicht verdorben habe, obwohl es bekanntlich zu unzücht. Handl. kam. Diese waren nur der Ruhe wegen, was Barbara bestätigen kann, wenn sie will, und vergebe ich ihr darum von Herzen, sie soll sich nicht hintersinnen, weil sie mich ins Gefängnis gebracht hat, weil es so unser Schicksal war, wie es scheint, und wir haben jetzt genug davon. Will darum Gott danken, daß sie von der Torggelalp herunterkam, und bitte das verehrte Gericht nur um einige Sorgfalt, damit sie es überlebt. Ich hatte sie eben auch gern, konnte in der Folge nicht gut anders und wüßte auch heute noch nicht was tun. Und hätte sogar meine Frau sel. nichts dagegen, das weiß ich, habe ja ihr gutes Herz fast 24 Jahre mitansehen dürfen und hat sich auch über den späten Kindersegen gefreut, zuerst die Barbara, dann den Christian, der dann ja auch im Feuer geblieben ist. Darum ist sie auch heimgegangen und hat die Familie ganz uns selbst überlassen, das war etwas viel auf ein Mal, wenn man dazu noch gepfändet wird und auf die Torggelalp muß. Wenn meine ältere Tochter Lina der Mutter sel. nicht nachgeschlagen wäre wie aus dem Gesicht geschnitten, weiß ich nicht, was dort oben aus uns geworden wäre.

Man muß aber nicht vergessen, daß ein Mädchen noch etwas anderes im Kopf hat als den Haushalt, auch ein älteres.

Jedenfalls war Lina nicht mehr krank, als Sie uns auseinandernahmen, das mag dem Herrn Pfarrer nicht in den Kram gepaßt haben, weil ihm der Verstand stillstand, aber er war ja geistlich und über die Jahre hinaus, wo man geplagt ist.

Sollte Lina aber jetzt wieder beschwerlich geworden sein, dann haben die Leute das fertiggebracht, denn meine Tochter hat eine starke Natur und wird überall gesund, wo sie gebraucht wird. Ich wußte es ja selbst nicht, daß ich als 57 Jähriger nochmals geplagt würde, und war es auch ein kalter Morgen. Ich wollte zum Füttern und sah, daß sie noch kein Feuer gemacht hatte, sondern die Küche leer war, und der Atem blieb Ihnen vor der Nase stehen. Ich war erschrocken, liebes Untersuchungsgericht, denn kann nur sagen, daß so etwas in 10 Jahren noch nicht passiert war, auch wenn sie Bauchweh hatte, sie schleppte sich hinunter und stellte den Kaffee auf den Herd. Alle Fenster waren gefroren und alles wie in einem Friedhof, da hätte ich Sie sehen sollen, denn so still war es seit dem Tod meiner Frau nie mehr gewesen. Aber daran dachte ich nicht in diesem Augenblick, ich verspreche es Ihnen, das kam erst später über mich.

Ging die Treppe hinauf zur Kammer, die Kleine schlief ja noch, was nicht auffiel, denn wir hatten sie immer schlafen lassen, wenn es zu kalt war, hatte ja auch nur einen Verschlag dazu, aber ein warmes Bett, da war sie am wohlsten, was sollte sie anderswo. Ich dachte einzig, daß wir wieder Eins weniger sein könnten und klapperte aus diesem Grund vor Angst, klopfte nicht einmal an Linas Tür, sondern riß dieselbe ohne weiteres auf. Ich schreibe das nur, damit Sie die Umstände wissen, und nicht, damit Sie dabei wieder etwas Schmutziges denken. Denn da in der kalten Kammer saß meine Frau im Hemd, im bloßen Hemd, verehrtes Untersuchungsgericht, drehte sich gar nicht um, sondern machte ihre Sache wie zuvor, war etwas nach vorn gebogen, um sich im Spiegel zu sehen, der nur ein kleiner Spiegel war, und fuhr sich mit ihrer Bürste über die Haare. Dieses tat sie aber so langsam, daß diese Langsamkeit, mit dem bloßen Hemd zusammen und dem Atem, der den Spiegel beschlug, so daß sie mit der freien Hand darüber wischen mußte, mir ins Herz schnitt und mich ganz schauerlich machte, ich kann es nicht sagen, und war meine Frau doch viele Jahre tot. Was machst du, fragte ich, hör doch auf, du erkältest dich ja. Sie sagte, und drehte sich gar nicht um: Warum nicht, sagte sie, ganz ruhig und komisch. Hinterher sagte sie, daß sie von der Mutter geträumt hatte, und erst da, ich verspreche es Ihnen, merkte ich, daß ich auch von der Mutter geträumt hatte, aber dann war es schon zu spät.

Solange ich noch dort stand in der Tür, sah ich nur, daß sie sich nicht einmal umdrehte, und infolgedessen, daß ihr Haar schon an mehreren Stellen grau geworden war. Bedenken Sie, daß Lina ins Siebenunddreißigste ging, was normal ist, nur daß ich bisher als Vater nie darauf aufgepaßt hatte, ferner die Kälte, und daß ich mich vom Schrecken her in einem abnormalen Zustand befand. Deshalb spielte sich alles so schnell ab, daß ich mich nicht mehr erinnern kann, wie es dazu kam, da habe ich nicht gelogen, obwohl Sie es ja genauer wissen wollen, aber wem hilft so etwas jetzt. Ich weiß auf Ehre und Seligkeit nur noch, daß mir plötzlich leichter wurde und das Gesicht Linas mit einem rosigen und müden Ausdruck, den sie seit Kindesbeinen nie mehr gehabt hatte, neben mir auf dem Kissen lag, und wir beide atmeten. Es tut mir leid, daß ich Ihnen nicht mehr sagen kann, außer daß es eben vorkam, das war auch alles, und Sie sind doch schließlich erwachsene Leute, auch der Unrechtmäßigkeit des Tatbestandes im Moment nicht bewußt, aber das Alter war es nicht, sondern im Gegenteil, 57 sind ja leider noch kein Alter. Item, ging dann die Tiere füttern, und als ich zurückkam, stand Lina ohne weiteres am Herd und summte ein Lied und war der Kaffee schon fertig. Dabei blieb es bis zum Abend, außer daß ich nicht einschlafen konnte, sondern grausam geplagt wurde. Trank mehrere Gläser Branntwein, läßt dich vollaufen, sagte ich mir, dann spürst es nicht mehr so. Dieses war aber nicht der Fall, auch die ganze Stimmung im Haus verändert, wie Weihnachten, weshalb ich mich zurückzog zwecks Selbstbefleckung, wie schon all die Jahre, wenn ich geplagt war. Die Stimmung ließ aber nicht locker, Sie müssen auch nicht denken, daß solches oft geschah, war nur ca. 4-5 Jahre nach dem Tod meiner Frau täglich geplagt, später vielleicht 1 Mal per Monat und dann hörte es ganz auf und lebte wie ein anständiger Witwer. Ich sagte mir, was ist da los, dir gehört doch kein Weihnachten mehr, nicht einmal müde, und ging infolgedessen auf einen Gang hinüber zu den Tieren, was mir fast immer geholfen hat.

Obwohl ich damals nur noch zwei eigene Tiere hatte und 6 Geißen, auch einem der Atem an der Nase gefror, kam ich ins Schwitzen, wenn ich nur hinsah, hatte dasselbe doch schon 1000 Mal gesehen, drehten sich auch mit den Köpfen nach mir um, als wollten sie mir etwas, wie verhext, so ging ich wieder hinaus und immer durch den Schnee, bis dahin, wo mir in den Sinn kam, jetzt legst dich hin, dann wird dir schon besser. Dachte dann aber in der Kälte, daß meine Töchter das Geld zur Beerdigung nicht aufbringen würden, sondern dem Gespött ausgeliefert, wenn auch hinter vorgehaltener Hand wie immer, das gönnte ich ihnen nicht, mußte überhaupt immer an meine Töchter denken, aber nicht wie Sie meinen, und kroch wieder auf die Beine. Stand daher plötzlich wieder vor dem Heimat, mußte in einem Bogen gegangen sein, das kommt vor im Schnee. War ja nicht mein eigenes Heimat, das hatte ich immer gewußt, aber wenn Sie müde sind und Obiges vorgefallen, sehen Sie es wie zum ersten Mal. Stand also wie fremd vor diesem Heimat und wußte nicht mehr, was, fürchtete mich, hineinzugehen. Ich dachte, etwas passiert dann schon, wenn du da stehen bleibst lange genug, einmal ist die Musik, ich hörte nämlich die ganze Nacht Musik, zu Ende, und die Sterne waren draußen, es wurde rasch kälter, dem Morgen zu. Weil aber schon der Schnee alles hell machte, sah ich, daß oben ein Fenster offenstand, bitte nicht, lieber Gott, sagte ich dazu, aber es half alles nichts, also rief ich, mach doch zu, mach doch zu du Schwein, ja das rief ich, weiß aber nicht, ob es erhört wurde, hatte auch nicht viel Stimme und blieb alles wie zuvor.

Wenn ich den Kopf etwas wegdrehte, sah ichs deutlicher, konnte aber immer nicht sicher sagen was, wenn ich grade hinschaute, war es bald da und bald wieder nicht, aber etwas Weißes war es immerzu.

Man will doch wissen, Ihr Herren, ob da etwas Eigenes bei einer solchen Kälte so lange am offenen Fenster steht und sich den Tod holt, ging also ins Haus hinauf, aber die Plage war es nicht, spürte ja nicht einmal meine Füße mehr. In Linas Kammer war alles offen und das Fenster auch, aber da stand niemand, und hatte schon wieder Angst, was sie sich angetan hat. Streckte die Hand aus bis dahin, wo es am dunkelsten war, denn da war das Bett, bis ich etwas Warmes spürte, etwas Lebendiges, welches da war. Sagte Gott sei Dank, ohne daß sie es hören konnte, weil sie unter der Decke lag und ich sie trösten wollte. Da hielt sie aber meine Hand fest und sagte Komm doch du Idiot, komm doch du Schlappschwanz, sagte es ganz deutlich, und schlug ich darauf ein, weil ich plötzlich nichts mehr von mir wußte, und muß es dabei zum zweiten Mal geschehen sein, denn plötzlich war da wieder Friede und keine Musik mehr. Den Schlappschwanz dürfen Sie meiner Tochter nicht übelnehmen, das war offenbar eine Art Scherz, ich hatte ja auch Schwein gerufen und es nicht so gemeint. Sie können das Sünde nennen, aber immer diese Kälte, und ein Schlappschwanz bin ich nicht, leider, deshalb blieb ich, bis es warm war. Es dankt es uns ja doch niemand, wenn wir uns mit der Kälte plagen, und ist die Not zu groß, als daß sie uns vergeben werden kann, wie der Pfarrer sagte, ob wir nun wie Mann und Frau leben oder nicht.

Infolgedessen hatte Lina kein Bauchweh mehr, wir waren auch freundlicher zueinander und kümmerten uns, konnte auch dieses Jahr meinen Zins pünktlich zahlen, weil ein Segen darauf lag. Konnte zwei Kühe dazukaufen und alle vier führen, welche Kuhkälber warfen und übers Jahr prämiiert wurden, was ermöglicht wurde, weil die Preisrichter in Krummbach meine Lage nicht so kannten, und wurde augenscheinlich, daß ich ohne Vorurteile recht wirtschaftete, auch ein Darlehen der Kleinbauernhilfe bezog, welches gestattete, das Dach neu zu decken und ein lange ersehntes Klärbecken zu mauern, aber wieder böses Blut machte im Dorf. Denn hohes Gericht es ist heilig wahr, daß man sich auf den Kopf stellen kann, das böse Blut läßt sich nicht belehren, besonders wenn das Dorf klein ist.

Es ist auch wahr, daß ich meinen Töchtern je 1 neues Kleid kaufen lassen konnte, was heutzutage sogar in abgelegenen Gegenden kein Luxus ist, habe dafür auch den Ausverkauf abgewartet und gewiß nicht herrlich und in Freuden gelebt. Hatten wir doch nur so viel, daß wir uns an unsern Zustand etwas gewöhnen konnten.

Mich betreffend kann ich nur beifügen, daß ich seit dem Tod meiner Frau sel. nie mehr in einer Familie gelebt habe, dieses aber jetzt vermehrt der Fall war. Wurde auch beim Weißen des Stalls von unserer Jüngeren beim Singen überrascht! So viel kam mir gewiß nicht zu, mochte es einzig meinen lb. Töchtern gönnen.

Nach Erledigung ihrer Schulpflicht wollte Barbara ja keine Stelle antreten, da sie von den Hänseleien genug hatte, das Reißen im Gesicht auch stärker wurde, welches sie geerbt haben muß, obwohl ich es an mir selbst nicht immer kannte. Konnte auch der Viehdoktor keine vernünftige Ursache davon angeben, außer daß es nervös sei und hätte ihm doch seine Pillen bezahlt bei Heller und Pfennig. So ergab sich, daß

Barbara bei uns blieb, auch selbst keine Begierde nach einer Lehre äußerte, welcher ich gewiß nachgegeben hätte, will meinen Töchtern vor nichts stehen, da ich beide gern habe, wenn auch nicht wie Sie meinen. Wußte auch kein Wort davon, daß sie in der Hütte regelmäßigen Verfolgungen von Seiten des Zusenns ausgesetzt war, dem Ihnen wohlbekannten Füllemann, der ihre Notlage ausnützte, weil sie nie dazu Stellung nahm in der Öffentlichkeit, vielleicht dachte, wir hätten schon Kummer genug. Wäre aber besser gewesen, dann hätte ich beizeiten dem Zusenn ruhig den Schädel eingeschlagen. Was man mir aber vorwirft, weil es der Zusenn aus ihr herausgeholt hat, das hatte eine andere Bewandtnis, als wie es herumgeschwätzt wurde und weswegen ich jetzt im Gefängnis bin. Nämlich weil ich meine jüngere Tochter gern hatte, konnte ich nicht widerstehen aus Sorge um deren Gesundheit, was ich nicht besser verstand, da sich ja nicht einmal ein Viehdoktor die Mühe nahm, habe ihr deswegen aber geschweige keinen Hochmut ins Herz gepflanzt, daß sie sich beim Zusenn dessen rühmen sollte, was bestimmt aus Notwehr geschehen ist und allzu großer Verfolgung, war ja noch ein halbes Kind, welches sie heute noch ist.

Denn, hohes Gericht, Sie hätten auch nichts anderes tun können, wenn Ihre Tochter so schwer darum gebettelt hätte und Sie es nicht mitansehen können, nur weil das Mädchen nicht Bescheid weiß, aber körperlich reif war und darunter zu leiden hatte wieder wegen der Abgelegenheit des Heimat, was nur auf der Torggelalp geschehen konnte. Der Fröschbrunnen ist eben abgebrannt, meine Frau heimgegangen und ich mit den Töchtern allein, von denen eine jetzt 37 und die andere 21, was ein großer Abstand ist, aber doch nicht in Betrachtung des weiblichen Körpers, da ist es schwierig, keine Liebe zu zeigen, wenn es Lina plötzlich besser geht, die Jüngere aber gleich hinter der dünnen Wand schläft und geplagt wird auf ihre Art.

Da sie keinen tiefen Schlaf hatte, wollte ich ihr das abnehmen, das ist der ganze Grund, und fand je länger, je weniger

jemand etwas dabei, wenn der Zusenn es nicht aus ihr herausgeholt hätte, wird schon gewußt haben warum. Und wenn
gesagt wird, daß sie in Tränen ausbrauch, so hätte ich Sie sehen wollen, wenn Sie als halbes Kind unter den Füllemann
geraten wären, was ja erst 7 Monate später war, die Tränen
auch wieder kamen wegen des Pfarrers, der spät genug erschien, bei mir war dasselbe nie vorgekommen.

Der Tatbestand war vielmehr dieser, daß meine jüngere
Tochter mir im Frühjahr damit kam, ich wisse sie nicht zu
schätzen, weil Lina es besser habe, die auch nur ihre Schwester sei. Ich habe dasselbe zuerst in den Wind geschlagen, bis
meine Jüngere sich krank ins Bett legte und nicht mehr aufstehen wollte, auch das Reißen in ihrem Gesicht so kräftig
wurde, daß das Meinige wieder hervortrat und um ihren Verstand fürchtete, sang auch so laut, wenn ich bei Lina war, daß
ich dachte, es würde eine Sau gestochen, traute sich aber niemals herein, weil sie ein anständiges Mädchen ist. Im Märzen
trat aber solches Bauchweh bei ihr ein, daß ich dachte O weh,
es ist wohl besser, du machst ihr Frieden, mich deswegen mit
Lina besprach, die ein richtiges Hausmütterchen geworden
war. Aber es trifft nicht zu, daß sie mir dazu geraten hat, sie
wußte nur, was sein mußte, mußte sein. Daher, als Lina mit
der Milch zur Hütte gegangen war, brachte ich Barbara eine
Kachel kuhwarm in die Kammer, mußte ihr ja alles nachtragen, was beschwerlich wurde, und war es der 23. März. Nahm
auch sofort meine Hand, daß ich fühlen mußte, ob da keine
Geschwulst sei, und als ich fühlte, begann wieder dieses grau-
same Geschrei samt Krämpfen, welche ihr von Auge sichtbar
über den ganzen Leib liefen und dauerte mich so, daß ich mir
nicht mehr zu helfen wußte, sondern das Folgende geschehen
ließ. Dann stand sie ganz freundlich auf und lächelte wie ein
Schelm, hatte aber die Tochter zu gern, als daß ich ihr etwas
nachtragen sollte, bat sie nur aufrichtig, daß es nie wieder vorkommen sollte. Worauf sie die Milch, welches sie zuvor weit
von sich gewiesen, ohne Schwierigkeit zu sich nahm, ging
dann voller Vernunft in die Küche und rüstete ein Nacht-

mahl, welches sie lange Zeit nicht mehr getan, ja sott und briet, daß mir angst und bange wurde und wir uns an diesem Abend recht ernährten, in großer Vergessenheit auch Branntwein zu uns nahmen, bis es zu weiteren Handlungen kam und ich sogar der treibende Teil war, was ich meinen Töchtern heute anzurechnen bitte. Das war der 23. März. Ich muß nämlich beifügen, daß ich wegen beständiger körperlicher Arbeit immer noch im Saft bin, wider Erwarten, auch kein Mittel dagegen gewußt habe, bis Lina die Angelegenheit in die Hand nahm, dies aber aus gutem Willen beiderseits geschah, wie auch der Verkehr mit meiner Jüngeren, den ich ja nicht mehr nötig hatte.

Soll mir aber das verehrte Gericht einen Weg sagen, wie man einer armen Person wie Barbara von ihrer Sache helfen kann, wenn die Wände dünn sind und keine Aussicht, daß sie einen rechten Mann bekommt, weil sie schon in der Schule nicht nachkam, aber nur wegen der Torggelalp, wo man aus unserer Lage kein Geheimnis machen kann wie andere Leute. Denn, liebes Gericht, die Armut war vorher, das muß ich ganz deutlich sagen, die hat viele Beschwerden im Gefolge, wovon man nur das Gröbste lindern kann, wenn einem sonst keiner hilft.

Es wäre darum das erste Mal gewesen, daß ich eine Tochter der andern vorgezogen hätte, drum mußte ich sie drannehmen, und nicht, weil ich geplagt war. Nachher war Ordnung bei uns, da können Sie jeden fragen, und wenn es Sünde war und jetzt keiner mehr etwas von uns wissen will, so bitte ich Sie doch, aus dem geschl. Verkehr kein übertriebenes Wesen zu machen, welches wir auch nicht taten, sondern der Frieden war die Hauptsache, und haben wir ja keinen Menschen gestört, sondern sind nie auf Rosen gebettet gewesen. Und verspreche Ihnen, daß die Unzucht keine reine Freude war, weil eine solche auf der Torggelalp gar nicht vorkommt, sondern nur etwas Trost.

Früher hatten wir uns wohl auch ein Gewissen gemacht, aber das hörte auf, weil meine Töchter nicht mehr am Bauchweh litten und dies besser war als viele Gedanken, uns im Winter sogar manchmal fröhlich machte. Es gibt immer Leute, die sich ein Gewissen machen und sagen einem dann doch nicht, was man gegen die Kälte vorkehren soll oder die Schmerzen, wenigstens hat es uns keiner gesagt. Als der Pfarrer endlich kam, hatten wir dieses nicht mehr erwartet und wußten auch nicht recht, was damit anfangen, und er auch nicht. Denn er kam ganz langsam, Lina sah es von weitem und sagte O mein Gott. Darum, als er keine Worte fand, nur fragte, wollen Sie nicht beichten, da konnte ich ihn nicht unterstützen und antwortete rechtmäßig, ich wüßte nicht, was beichten, und er entgegnete, er glaube doch, und konnte mich nicht einmal grade ansehen. Jahrelang hätte er beobachten können, wie es mich oder Barbara im Gesicht riß, auch das Bauchweh meiner Tochter Lina, aber das war alles nichts gewesen, erst jetzt, wo alles gutging, wenn auch ohne seinen Segen. Ich ließ ihn diese Gedanken wissen. Er sagte, daß er nie auf die Leute höre, aber sei verantwortlich, daß der Bazillus sich nicht ausbreite und die halbe Gemeinde beim Gedanken an uns krank würde, und könne ich es erst recht nicht verantworten, weder vor Gott noch meinen Töchtern. Ich sagte, ich könne vieles verantworten, solang der Mensch Hilfe brauche und die Wege nicht immer deutlich seien, weigerte mich kurz und gut, deswegen zu beichten, wo er mich immer noch nicht ansehen durfte, sondern nur mit der einen Hand seine Hüfte streichelte.

Bot ihm dann einen Schnaps, worauf er nicht eintrat, sondern sagte: wenn Sie das Beichtgeheimnis nicht beanspruchen, muß ich Sie als Mitbürger auffordern, sich zu stellen, weil Sie sonst Scherereien bekommen, Sie machen das Dorf unglücklich mit Ihren Zuständen, oder wollen Sie lieber, daß Ihnen eines Nachts das Dach über dem Kopf angezündet wird? Hohes Gericht, da erschrak ich, als ich das mit der Feuersbrunst hörte, war mir doch schon früher ein Kind in einer solchen umgekommen, auch da die Ursache dunkel gewesen, obwohl ich niemals Grund zur Klage gegeben hatte. Worauf meine Tochter Barbara ins Zimmer fuhr und das Unglück sehr groß machte, indem sie schrie, daß der Pfarrer ein schmieriger Fink sei und sich die Nase wischen solle vor lauter Topfgucken, wenn es ihn nichts angehe, und ob der Zusenn auch gebeichtet habe, was er ihr angetan? Da war es endlich heraus mit dem Zusenn, und ergab sich in der Folge, daß derselbe ihr wiederholt abgepaßt hatte, wenn sie unbeholfen war wegen der schweren Tanse, sie dabei angefaßt, was sie ihm widerraten. Schließlich aber Ende Juni so weit gegangen, daß er ihr bald nach der Hütte den Kopf auf einen Stein geschlagen, daß sie nicht mehr konnte, und sie gebraucht, weil sie keinen Beistand in der Nähe, darauf noch höhnisch gesagt, wie gut das Wieslein gemäht gewesen, ob er ihr denn nicht weh getan? Infolgedessen meine Tochter in Besinnungslosigkeit geschrieen, mit seinem elenden Stummel könne er keiner Person weh tun, geschweige denn wohl. Worauf derselbe nur seine Hose zugeknöpft und gesagt, wohl, das freue ihn aber für unsern Bock, daß er die Geißen wieder ganz für sich habe, nachdem der Bauer mit seinen Töchtern einig geworden sei, und solle sie nur ja die ganze saubere Wirtschaft grüßen, setzte sich aber den Hut auf und ging. Das war eine traurige Rede, wie es denn wohl bekannt ist, daß einsame Männer sich an das Getier halten müssen, wenn ihnen jahrelang kein lebendiger Mensch mehr zur Hand ist, welches ich aber auch in der größten Not nicht getan, sondern erst um meinen Töchtern Frieden zu machen vom geraden Weg abgewichen, wessen sich die Jüngere freilich nicht hätte überheben dürfen, habe ihr auch nie so etwas ins Herz gepflanzt.

Ist aber zu bedenken, hohes Gericht, daß sie von dem Zusenn gebraucht worden, und dies ohne jede Verständigung.

Ich habe immer gemeint, es müsse da ein Einvernehmen sein und gehören zwei dazu, auch bei armen Leuten, und etwas Freude, woran es nicht einmal das Vieh fehlen läßt auf seine Art. Dieses aber war erfüllt zwischen meinen Töchtern und mir, da wir es wegen der Wärme begingen und nicht das Wichtigste war, sondern damit die Familie beisammenblieb, und ist dabei niemals Gewalt gebraucht worden. Der Zusenn aber beichtete die Untat dem Pfarrer und wurde seine Sünde los, indem er das Gericht über unser Heimat herabzog und wir alle die geringe Hoffart Barbaras grimmig zu büßen haben. Nun wollen Sie mehr wissen, als ich aufwarten kann, ist doch der rechte Schreck erst eingetreten und das Verderben, nachdem sich alle des Handels so inbrünstig angenommen haben.

Der Zusenn kam leicht davon weg, weil er jung ist und saudumm, aber einem älteren Fleisch wird niemals verziehen, wenn es geplagt wird, und hat es doch viel schwerer damit als irgendein Schnösel und Lumpenhund. Wäre meine Tochter Lina aber jünger gewesen und die Angst nicht, ich hätte mich niemals an derselben vergriffen, sondern weil ich ihre grauen Haare sah und mich das Erbarmen packte wie eine Wut, daß diese Tochter nicht richtig genommen werden sollte, sondern ihr Bauchweh stumm mit sich schleppen ein Leben lang, welches mich bis heute viel tierischer bedünkt als alles andere. Und auch dieses war nicht wegen dem Fleisch, sondern weil das Fleisch mit einer Seele geplagt ist und nichts mehr zu hoffen hat, wenn es keine Wärme findet, was ich infolgedessen nicht länger mitansehen konnte.

Das andere wiederum, wie ich ausgeführt habe, knüpfte sich logisch daran, weil ich Barbara nicht verkürzen durfte und den Verkehr niemals als solchen betrieb, sondern damit die Mädchen etwas Freundliches hatten im Leben.

Und soll es mir ganz recht sein, wenn mich nun die ganze Schuld trifft, weil Männer es immer besser wissen müssen. Ich wußte es nicht besser, habe mir nur bei den strafbaren Handlungen Mühe gegeben, das Richtige zu treffen.

Indem Sie meine Töchter versorgt haben und einen Vormund bestellt, werden Sie es wohl besser wissen, und bitte ich nur, daß den Töchtern, da sie Mädchen sind, die Schande weitgehend erspart bleibe, ev. in einem andern Tal, wo sie neu sind. Ist uns ja niemals im Leben so viel Aufmerksamkeit zuteil geworden wie nach dem Besuch des Pfarrers, worunter ich nur den Friedensrichter nenne, hierauf den alten Lehrer von Lina, zweimal den Landjäger und dann ein regelrechtes Polizeiaufgebot sogar mit Hunden, als ob wir daran gedacht hätten, auszureißen, wo wir nicht einmal gewußt hätten wohin. Sind die Netze ja überall so dicht gesponnen. Habe seither meine Töchter nie mehr gesehen und genug von den Verhören, wenn ich so sagen darf, weiß nicht, ob sie dieselben auch unterzogen und ob es genützt, werden kaum alle Ihre Worte begriffen haben, wenn auch sicher zu Herzen genommen. Bitte deswegen schon an dieser Stelle um Entschuldigung. Will auch nie mehr einen Brief meiner Töchter bekommen, wenn das schaden kann, möchte nur gern wissen, ob sie den Umständen entsprechend verbeiständet sind, und wäre sehr entgegenkommend, Ihrerseits diesbezüglich eine Beruhigung zu erfahren. Ersuche auch um Belehrung, wie ich mich bei den Verhören ein für allemal ausdrücken soll, da ich wohl sehe, mit meiner Redensart die Herren keineswegs befriedigt zu haben, sondern womöglich alles nur schlimmer gemacht, wenn auch wahrheitsgemäß.

Einzelheiten der strafbaren Handlung machen mich leider verlegen, da der Vorgang erwachsenen Menschen ja wohlbekannt ist, möchte nur bemerken, daß diese denselben in der Regel unter günstigeren Umständen abwickeln können, glaube auch nicht, daß von meinen Töchtern mehr darüber zu erfahren wäre, als jede rechte Frau weiß.

Geben Sie da endlich Ruhe, verehrtes Gericht, weil Sie es besser haben, ich könnte sonst sagen, was mich reut, will meine Töchter gern zur Unzucht verführt haben, wenn Sie darauf bestehen und ich das Los der Mädchen dadurch erleichtere.

Vielleicht ist es auch möglich, den Vormund meiner Töchter so zu wählen, daß es kein geistlicher Mann ist. Diese machen sich leider oft falsche Vorstellungen, welche die Bevormundeten dann ausfressen müssen, aber nicht immer können, was zu Tragödien führt.

Jeder Mensch ist geplagt auf seine Art, und habe ich gelernt, daß der Stärkere dann einen andern deswegen drücken muß, wobei ich den guten Willen nicht in Abrede stelle und gar nichts gesagt haben möchte.

Ich habe Ihnen nur geschrieben, weil meine mündlichen Worte zu Ihrer Zufriedenstellung nicht ausreichen und weil Sie vielleicht trotzdem Gelegenheit nehmen, meinen Töchtern einen Gruß zu bestellen, welchen ich hiermit niedersetze, aber auch dieses nicht meinetwegen, sondern weil sich die Mädchen in diesen Jahren wieder etwas Wärme gewohnt waren.

Bitte auszurichten, ich dächte Tag und Nacht an meine Töchter, aber nicht, wie das hohe Gericht meint.

Der blaue Mann

Ich bin nicht geizig. Ich habe nur Angst davor, Geld auszugeben. Genauer wäre es wohl zu sagen, daß ich überhaupt Angst vor dem Geld habe, vor seiner Unberechenbarkeit gegenüber denjenigen, die rechnen müssen, die sich um es kümmern müssen. Ich habe diese Eigenschaft des Geldes als Kind im Hause meiner Eltern so deutlich erlebt, als wäre sie ein Bestandteil der Luft gewesen, die ich atmete, oder ein schwacher alltäglicher Schmerz in der Brust, den man nicht tragisch zu nehmen brauchte, solange er nicht stärker wurde. Meine Eltern arbeiteten beide, aber ich wußte, ohne daß sie es mir sagten, daß das Geld, das sie mit ihrer Arbeit verdienten, für uns kaum eben zum Leben reichte. Wir Geschwister wuchsen hinter Obstbäumen in einer noch ländlichen Gemeinde auf, es blieben immer Äpfel für uns liegen, aber das Beängstigende war, daß es offenbar der dauernd angespannten Kräfte beider Eltern bedurfte, um den Druck der Not von unseren Wänden fernzuhalten, die sich in meinen Träumen auch schon etwas bogen. Die Mutter brauchte nur eines Tages einen Knöchel zu brechen, und wie zerbrechlich wirkten ihre Knöchel, dann gab etwas nach, und ich glaubte zu wissen, daß dann kein Halten mehr sei, daß das bißchen Kinderhelle, in der ich aufwuchs, mit einer fürchterlichen Bewegung, deren Art ich mir nicht vorstellen konnte, weggewischt sein würde. Zwischen uns und der Katastrophe stand nur noch das Geld, aber ich spürte, daß die paar hundert Franken im Monat durch die höhnische Sparsamkeit, mit der sie sich herbeiließen, mit der Katastrophe heimlich verbündet waren, ein böser Spott, der nicht verdiente, daß meine Eltern sich seinetwegen abarbeiteten, und der ihnen doch keine andere Wahl ließ.

Wie anders ging es in den Häusern einiger meiner Freunde zu! Da redete man mit dem Geld offenbar von gleich zu gleich, ja, es brauchte von ihm nicht einmal die Rede zu sein. Es war geschmeidig geworden, zahm, es hatte sich mit der

Mutter meines Freundes Hugo in die Sofaecke gesetzt und plauderte so liebenswürdig durch ihren Mund, als wäre ich zu retten und nicht der Sohn ihrer Putzfrau. Es versprach, was es bei uns nie tat, Sicherheit, ja Sicherheit gegen den Tod. Kinder haben ein empfindliches Gefühl dafür, wie schmal die Decke ist, nach der sie sich strecken müssen. Sie gewöhnen sich daran, keine Bewegung zu tun, die der Finsternis, dieser ewig jungen Katze, verraten könnte: hier rührt sich noch etwas, hier schlag zu. Ich zwang mich zu einer vorsichtigen Lebensweise, denn ich war mir früh bewußt, welche Herausforderung an ein spielerisches Schicksal mein Wesen bedeuten mußte, das dünn mit angezogener Schulter herumlief und ihm keinerlei Humor entgegenzusetzen hatte. Ich wußte es so gut, weil ich mich an den Quälereien eines Schulkameraden, auf den diese Beschreibung körperlich zutraf, selber gern beteiligt hatte. Und wenn ich dabei vor der äußersten Grausamkeit zurückschreckte und mich nicht getraute, ihn ganz fühlen zu lassen, was ich selber fürchtete, so nur, weil ich mich noch weniger getraute, aufzufallen und die Aufmerksamkeit der Gewalt, die ich in den Augen der Rädelsführer glitzern sah, auf mich zu ziehen. Es erstaunte mich nicht, daß jener Schulkamerad, Bruno hieß er, eines Tages im See ertrank, obwohl er, wie man betonte, schwimmen konnte. Ich wußte genau, wie sehr das unvernünftige Element darauf gewartet hatte, ihn zu verschlingen, und wie es schon in unsern Fingerspitzen gezuckt hatte, als sie sich um Brunos Hals legten. Die Armut, die in Brunos bleichem, süßlichem Gesicht geschrieben stand, war ein schreckliches Lockmittel für seinen Tod. Da seine Mutter, wie die meine, Treppenhäuser anderer Leute gereinigt hatte, bildete ich mir ein, er sei an meiner Stelle ertrunken, und es brauche mich jetzt nicht mehr zu treffen.

Ich richtete mich im Leben ein, weder laut noch leise, ich besuchte, wie meine Geschwister, die dritte Klasse der Sekundarschule. Weiter wagte ich mich, trotz meiner guten Zeugnisse, nicht vor. Ich hätte den Schritt an die Kantonsschule, zu der mir mein Klassenlehrer riet (was blitzte dazu in seinen

Brillengläsern? ich kannte es, es konnte mich nicht täuschen), nur mit geschlossenen Augen tun können, und das wäre gerade die Gelegenheit gewesen, auf die mein Glück wartete, um mich endgültig fallenzulassen. In der großen Masse junger Lehrlinge fühlte ich mich zwar nicht sicher, aber etwas besser getarnt. Was da zugreifen wollte, konnte sich unter so vielen leichter vergreifen, wie im Falle Brunos, und so lief ich weder an der Spitze noch am Ende mit und sah nur zu, daß ich geduldet blieb und ein schlechtes, jedenfalls bewegliches Ziel.

Freilich ließ mich die Ironie, die das Netz aller Verhältnisse spinnt, vielleicht meiner ängstlichen Gewissenhaftigkeit wegen auf die Buchhalter-Laufbahn geraten, also in die größte, ja betäubende Nähe des Geldes. Aber mir schien, ich hätte es eben so überlistet, wie ein Stierkämpfer (ich sah einen Stierkampf in meinen letzten Ferien, ich komme darauf zu sprechen) sich ja auch gefahrlos an die Flanke des Ungeheuers preßt, wenn dessen Hörner an ihm vorbei sind. Dieser mörderische Winkel war, genau berechnet, der sicherste. Das Geld mußte mich schonen, ja ich genoß, an meinem Schreibtisch still vor mich hinarbeitend, den Schein seiner Beherrschung. Es ließ sich von mir, ohne daß ich es zu berühren brauchte, in Kolonnen einordnen, deren schwindelerregende Höhe mich nicht zu kümmern brauchte, es gab sich die Miene, unter meiner Hand *aufzugehen,* und wenn ich von den Abfällen eines so großmütigen Spieles zu leben hatte, war es mir genug. Ich hatte sehr wohl getan, mich beizeiten sicherzustellen. Als meine Eltern starben, womit sie uns immer gedroht hatten, manchmal mit Worten, öfter durch ihre wortlose Müdigkeit, da waren wir Kinder bereits im Trockenen, jedes hatte sein Auskommen, und der Wirbel, der sich um ein Grab bildet und der schon aus meiner Kindheit alles Feste gesogen hatte, brauchte uns nicht mehr zu verschlingen.

Daraus, daß ich mir dieses Jahr Ferien in einem südlichen Land geleistet habe, wird man schließen, ich habe mein Verhängnis abgeschüttelt oder es sei über mir eingenickt. Es wäre schön gewesen. Aber ich habe mich zu früh bewegt. Ich habe mich in die Sonne locken lassen und dabei vergessen, welchen Schatten ich warf, einen Schatten, der von meiner Sicherheit nichts wußte und die Gestalt des blauen Mannes hatte. Ja, ich hatte mich so verbessert, daß ich darüber mein Gedächtnis verlor, meine Angst, die meine einzige Hoffnung ist und vielleicht meine Rettung gewesen wäre.

Es fing alles so gut an. Ich liebte meine Frau; wenn solche Worte zu mir paßten, würde ich sagen, ich liebe sie noch. Meine Frau brachte ein kleines Vermögen in die Ehe, das ich, dank meiner Verbindungen in der Bank, mündelsicher anlegen konnte. Als meine Frau guter Hoffnung war, schien mir der Abschluß einer Lebensversicherung geboten, deren Höhe zwischen uns Gegenstand häufiger Neckereien war – ich dachte damals, sie habe sich gern daran beteiligt; heute bin ich mir nicht mehr sicher. Damals empfand ich nur den Zuwachs einer ungeheuren Freiheit, die ich gern mit einem Teil meines Gehalts bezahlte. Sie ging so weit, daß ich mich sogar über die Versicherung lustig zu machen wagte, diesen wunderlichen Bund mit der Zukunft gegen ihre eigene Ungewißheit. Was ist es denn, was wir mehr fürchten als unseren eigenen Tod? Wogegen glauben wir uns noch über das Grab hinaus schützen zu müssen? So merkwürdig es klingt, bei mir war es immer noch die Armut, die Angst davor, ausgesetzt zu sein, ich weiß nicht welcher übermenschlichen Not und Beraubung, eine Angst, die offenbar das Zeug dazu hat, mein Leben zu überleben. Denn daß die Früchte meiner Vorsorge einst meiner Familie zugute kommen würden, war schon damals nur der sichtbare Grund meiner Beruhigung, der heimliche war es nicht. Was ich mir dabei dachte, ist nur bildlich auszudrücken und wird mich dem Spott ausliefern: ich sah mich, in mein Versicherungspapier gepackt wie die reichen Toten Ägyptens in ihre Bänder, wohlbehalten und traumlos am andern Ufer landen, ja traumlos vor allem. In dieser zarten Rüstung hoffte ich selbst gegen die Berührung der Ewigkeit, die ich mir nicht anders als nachtragend denken konnte, geschützt zu sein.

Aber auch die Erde war mir leichter geworden. In Irenes

Begleitung wagte ich mich, wie ein Genesender, jeden Tag ein paar Schritte weiter aus meinem absichtlich eng gezogenen Kreis hinaus, und im vergangenen Sommer, ich habe es schon angedeutet, ließ ich mich zum ersten Mal in meinem Leben unter Palmen sehen. Ich konnte den Eindruck mit meinen eigenen Augen nachprüfen, denn Irene hatte ja fleißig photographiert; ich gefiel mir, wenn ich so sagen darf, nicht auf ihren Bildern. Ich wirkte durchsichtig inmitten der fremden Vegetation oder so, als könnte man mich mit zwei Fingern leicht herausklauben und der Palmenhintergrund rücke schweigend wie ein Vorhang wieder zusammen. Aber damals war mir auch schon der blaue Mann erschienen, hatte meine Angst wieder aufgeweckt und aus meiner nur halb geschlossenen Hand mit sich fortgenommen, ins Unabsehbare. So war es: in dem Boden, den ich durch mein leises Auftreten festgeworden glaubte, öffnete sich strahlend vor Schadenfreude eine Lücke, in welcher der gestochen scharfe Umriß dieser kleinen, scheinbar so machtlosen Figur sich erhob. Tatsächlich saß er die ganze Zeit, saß in grausamer Demut und fast grau von Wirklichkeit so nahe bei unserem Tisch, daß ich ihn hätte photographieren können; er hätte gewiß keine Einwendungen gehabt, sie kamen ihm, dem geduldeten Musikanten, gar nicht zu. Hätte ich es nur getan! Dann brauchte ich ihn jetzt nicht zu beschreiben, eine schwache Geste gegenüber dem endlosen Hinterhalt, in den er mir entkommen ist, leere südliche Straßen, wo er, in einen Winkel gedrückt, das Ende meiner Ehe gekocht hat, wo er lauert, um nochmals zuzustoßen, endgültig, in einen Geier von Engel verwandelt, und mir den letzten Anhaltspunkt meiner Angst raubt, damit sie wieder ins Bodenlose falle. Denn wer dem Leben so wenig Angst entgegenzusetzen hat wie dieser Mensch, muß über ungeheuerliche Verbindungen verfügen, er muß mit der Angst im Bunde sein, und ich weiß, er wird sie mir eines Tages zu Ende präsentieren, wie eine zu hohe Rechnung oder wie ein Gewehr. Ich bin sicher, es kostet ihn nur zwei Griffe, seine singende Säge in ein Mordwerkzeug zu verwandeln. Wäre es mir nur gelungen, ihn zu entlöhnen! Oder hätte ich nie daran gedacht, ihn zu entlöhnen! Jetzt läuft er mit meinem ungebrachten Opfer frei in der Welt herum, und wie ich ihre Einrichtung kenne, wird er eines Tages wie jetzt im November wiederkommen und mir ein Opfer abfordern, das ich nicht zu bringen vermag, weil ich nicht weiß, was ich noch verlieren soll. Dann wird der geringe Damm, den ich zwischen mir und meiner Angst aufgerichtet habe, nachgeben, unter diesem Gewicht, und dann werden meine Augen blind, und die Träume beginnen, die ich am meisten fürchte.

Die Szene ist einfach, auch wenn sie für uns beide neu war. Es war ja unser erster Urlaub im Süden, überhaupt unser erster zusammen (die Hochzeitsreise hatte wegen der Jahresabschlußrechnung vertagt werden müssen) und wohl auch der letzte für längere Zeit – ich dachte dabei nur an den Zustand meiner Frau. Irene und ich waren eben vom Besuch der Stierkampf-Arena zurückgekommen. Es war eine fürchterliche Unterhaltung gewesen, aber Irene hatte sie sich, meinen Einwänden zum Trotz, nicht nehmen lassen wollen. Nun waren wir, das darf ich sagen, beide froh, der blutigen Sonne (Schattenplätze waren ja unerschwinglich) entronnen zu sein. Wir hatten uns, es war ein staubiger Tag, kurz frisch gemacht und saßen nun unten im Patio des Hotels beim Tee. Es war ein Lokal, das Natur und Geschichte gleichermaßen geschmückt hatten. Man sagte, unser Hotel sei in seinen vornehmen Tagen Absteigeplatz der Granden gewesen, wenn sie dem Vizekönig ihre Aufwartung machten, und etwas von ihrem finster verwöhnten Geist wehte in den Bögen nach, die das Geviert wie hochgezogene Brauen umliefen. Das Gewicht dieser Bögen wurde gemildert durch lockeres Grün, das sich in Töpfen über die Bodenfliesen zerstreute und da und dort aus gebrechlichem Blätterwerk riesenhaft herausblühte. In der Mitte aber spielte eine Wasserkunst, die ihre Erschöpfung in zarten hüpfenden Stößen immer wieder aufzufangen und in der Schwebe zu halten wußte, gegen ein viereckiges Stück Himmel an, das die Abendfrische wieder blau zu färben anfing; den ganzen Tag war der Himmel weiß gewesen wie geschmolzener Stahl und hatte sich dumpf in der Arena gespiegelt. Außer uns saßen vielleicht noch zwei, drei Paare an den Tischen, darunter das englische, dem wir zunickten. Eine dreiköpfige Kapelle, alles Gitarren, glaube ich, spielte uns ziemlich lustlos auf und suchte die Farbe, die ihrer Darbietung fehlte, durch aufdringliche Kostüme wettzumachen. Ich will auch die Palme nicht vergessen, die sich ein paar Schritt von unseren Plätzen entfernt erhob. Sie war eine merkwürdige Kreatur, deren kleine in den Himmel gestürzte Wedel wie gelötet schienen und sich mit einem scheuernden Geräusch an der Abendbrise rieben, während der überhohe Stamm, nach unten verjüngt und in der Mitte grausam ausgedehnt, an glatten Beton erinnerte und einer im Bogen aufgerichteten Schlange glich, die nach Verschlingen eines Beutetiers von Erstarrung überrascht wurde. Dies war die Szene, und wir rührten im Tee, zufrieden, einer noch schlimmeren entronnen zu sein.

Es gab mir gleich einen Stich, als ich ihn, mit einem gehauchten Laut der Entschuldigung, seinen Stuhl näher, das heißt etwas in den freien Raum neben der Palme, hinausziehen sah, und ich griff ohne Besinnung nach meiner Brieftasche. Er war ein Straßenmusikant, jedenfalls beugte er sich, als wäre dies schon das Wunder, über den schwarzen kindersargähnlichen Kasten, den er sich im Sitzen quer über die Knie gelegt hatte, schien mit beiden Händen den glatten, an den Kanten bräunlich durchgescheuerten Lack noch glatter streichen zu wollen und klaubte dann die drei silberfarbenen Verschlüsse auf, die ihrerseits den gelben Messing durchscheinen ließen. Ich folgte den zögernden Bewegungen dieser Hände, weil ich den Leuten, zumal fremden, ungern voreilig ins Gesicht sehe. Schon aus einem Blick hinüber und herüber erwachsen oft Verpflichtungen, deren Ende nicht abzusehen ist. Aber allmählich wurde mir bewußt, daß die Betrachtung dieser Hände, wenn ich damit fortfuhr, mich ebenfalls verwickeln konnte, denn es waren Hände, die das Gewicht, ja das

Ansehen selbständiger Geschöpfe besaßen, beinahe hätte ich gesagt, von Menschen; aber Menschen eines wenn auch schrecklichen, so doch zarteren Geschlechts. Nicht daß sie zart gebaut gewesen wären, sie trugen im Gegenteil Spuren einer niederen Herkunft an sich, Schwielen, Knoten, brüchiges Geäder, eine gewisse Gichtigkeit, aber diese Merkmale waren ihrer Bewegungsart untergeordnet, die nun allerdings die zarteste war, und gaben ihr, diesem Öffnen der Schlösser, dem Herauslösen des Instruments aus seiner samtenen Hohlform, das Einleuchtende großer Demut oder Grausamkeit. Der blaue Samt war hell aufgerauht, abgestoßen wie die Manschettenärmel, welche die Bewegung der Hände schüchtern mitmachten, und als der Kasten sorgsam auf die Fliesen gestellt war und das Instrument auf den Knien des Mannes lag, da war es eine Säge, nichts weiter als ein Sägeblatt an einem Holzgriff, dessen Inneres glatt schimmerte. Ich erschrak, denn ich hatte vorausgesetzt, daß es eine Geige sein müsse, weil mein erster Blick auf den Geigenbogen im Gehäuse gefallen war, dessen Schmalheit freilich auf eine besonders kümmerliche, ja fast klanglose Geige schließen ließ, aber eine solche hätte mich bei der Beschaffenheit dieser Hände und ihrer Bewegungen auch nicht erstaunt, obwohl ich mir bei wachen Sinnen hätte sagen können, daß es ein solches Instrument nicht gab. Aber ich war schlaff, der Stierkampf hatte seinen Zoll von mir gefordert, außerdem herrschte, denn die Kapelle hatte ihr Spiel eingestellt, eine plötzliche Stille, in der sogar das Rühren des Löffels im Glas meiner Frau zu hören war, wieviel mehr irgendeine Musik, und wäre es die dürftigste. Ich hatte, da bei der Langsamkeit dieses Musikanten an eine rasche Erledigung nicht zu denken war, meine Hand wieder vom Portefeuille zurückgezogen, aber in meiner Brustgegend blieb ein ungutes Gefühl über die Gegenwart dieses Menschen zurück, der sich für seine Produktion gerade unsere Nähe hatte aussuchen müssen, wo ihm doch die Nähe anderer, gegen solche Überfälle mit Lustigkeit gewappneter Gäste ebensogut, ja viel besser zur Verfügung gestanden hätte.

Als die Säge nun auf seinen Knien lag, zögerte er nicht länger, sondern begann zu spielen. Er hielt das Instrument mit der Linken etwas von sich weg auf seinem Schoß und strich mit dem Bogen über die glatte hintere Seite des Sägeblattes. Unter dem Zug des Bogens bildete sich ein Ton, der die Stumpfheit der straffen Fasern durch seine seltsame, wenn auch etwas hohle Glasklarheit Lügen strafte und mit dem Nachdruck der linken Hand, die das Metall rasch nachfassend krümmte, in das berühmte Weinen abgebogen wurde, das dieser Kunst eigentümlich ist und das ich nicht zu beschreiben brauche, weil es jedermann von irgendeinem Jahrmarkt oder einem bescheidenen Varieté her im Ohre hat. Ich hörte gefaßt zu und wünschte nur, daß die Darbietung, da sie in Gottes Namen begonnen hatte, bald vorübergehen und mein Trinkgeld, auf das es dabei ja abgesehen war, seinen Weg nehmen möge. Beim Versuch, mich über die Höhe desselben mit meiner Frau zu verständigen, stieß ich allerdings auf ihre Unaufmerksamkeit, die, als ich hartnäckig blieb, einem Ausdruck so unverhohlener Abneigung Platz machte, daß ich wohl oder übel ihrem starren Blick folgte und mich meinerseits in die Erscheinung des fremden Musikanten vertiefte.

Ich brauchte nicht mehr zu fürchten, daß er meinen Blick erwidere. Er war vollkommen in sein Spiel vertieft, ja in einem fast belustigenden Grad, bedachte man die Art seiner Töne, zu deren Gefangenem geworden. Er brachte sie mit einem leidend gespannten Gesicht hervor, auf dem, wenn die Höhe des Aufweinens erreicht war, eine Spur Helligkeit erschien, fast ein Lächeln; aber er nahm es sogleich zurück, verdunkelte es mit der nächsten Neigung seines Kopfes, der einer neuen Figur nachlauschte, als wäre sie nicht das Werk seiner eigenen Hände. So setzte sich sein Spiel aus halben Erhebungen und halben Verzweiflungen zusammen, kleinen Rucken, die es durchsichtig durchwanderten wie Muskelschatten die Bewegungen eines niederen Meerestieres. Seine Melodie bestand aus Versuchungen, es bei einer kleinen, einmal erreichten Schönheit bewenden zu lassen, von denen er sich dann mit einem neuen Griff seiner linken Hand trennte, ja losriß, als wäre es nicht das bekannte Singen der Säge, sondern die Einflüsterung eines bösen Geistes gewesen. Dabei hielt er die dünnen, aber genau gezeichneten Brauen streng zusammengezogen, die Lider aber, die größten, die mir in irgendeinem wirklichen, nicht gemalten Gesicht vorgekommen sind, blieben so ruhig, als wären sie geöffnet.

Man darf nicht glauben, daß seine Melodien originell oder auch nur die neuesten gewesen wären. Es waren Schlager der dreißiger oder vierziger Jahre, die dem Mann wohl aus seiner Jugend geläufig, mir aber nur noch ohne die zugehörigen Wörter bekannt waren. Der Mann konnte fünfunddreißig oder sechzig sein, ja manchmal zeichnete sich in der Arbeit seines gelben Gesichts die Möglichkeit eines noch viel höheren Alters ab, oder einer Krankheit. Die Haut war bis nahe zum Reißen über den Schädel gespannt, und an den Kanten, wo er sie durchzuscheuern drohte, an den Jochbeinen und beim Kinn, wirkte sie besonders ruhig, lag ein Glanz auf ihr wie auf der Schneide eines Messers. So eigensinnig war dieses Gesicht, daß es keine Angst zu kennen schien; mir graute vor der Sorgfalt, mit der dieser Mann sein Instrument strich, das selber zum Schneiden, ja eigentlich zum Mord am grünen Leben bestimmt war, sie erschütterte mich wie Zärtlichkeit zu einem Verbrecher.

Daß der Mann ein blauer Mann war, ging mir erst mit der Zeit auf. Ich hatte mich gegen Irenes Laune dadurch zu schützen gesucht, daß ich in den blauen Himmel blickte und dazu mit den Fingern auf unsern Blechtisch klopfte; ich unterließ es erst, als mir bewußt wurde, daß ich es im Takt der singenden Säge tat, und jetzt sah ich: auch der Mann war blau. Sein Blau hatte mit dem Spätnachmittagsblau, das jetzt auch im Becken der Fontäne erschien, nichts zu tun, es war undurchsichtig und mürbe, es war eigentlich nur noch ein Grau, taubenblau nannte ich es bei mir, damit ich meiner Frau später ein treffendes Wort entgegenhalten konnte. Es war nichts weiter als das vergilbte Blau seines Nadelstreifenanzugs, der altmodisch weit geschnitten und mit ausladenden Revers versehen war, die an Uniform denken ließen und daran, daß der Mann mit Bestimmtheit keinen andern Anzug besaß. Er war gerade noch ganz, angestrengt ganz, möchte ich sagen, und wurde wahrscheinlich jede Nacht zwischen Matratze und Gestell irgendeines ärmlichen Bettes wieder in seine unsicher gewordenen Falten gepreßt. Die rostrote Seidenkrawatte wölbte sich etwas aus dem gelb geriffelten Hemd, und die hohen Knöpfschuhe ruhten auseinandergestellt auf dem Boden, als genössen sie eine Wohltat. Ich konnte mir nicht denken, wie der blaue Mann auch diese Schuhe in einem solchen Land hatte schonen können, aber so wirkten sie, sehr alt und immer geschont. Die Hosenaufschläge waren viel zu weit und schaukelten hoch über den dünnen Knöcheln. Gewiß hatten die Schmerzen, wenn dieser Mann Schmerzen litt, ihn allmählich etwas unempfindlich gemacht. Die Münzen, die ich mit meiner linken Hand in der Tasche gelockert hatte, brauchten nicht für alle seine Entbehrungen aufzukommen.

Fast hätte ich gesagt: dann setzte er sich zu uns. Aber das wäre nicht ganz richtig. Als er sein Stück beendet hatte, stellte er die Säge auf der Stuhlkante zwischen seinen Beinen auf, legte den Bogen über seine Knie und rückte mit dem ganzen Stuhl etwas in unsere Richtung, ohne näher zu rücken. Es war nur eine winzige, aber unübersehbare Geste der Zuwendung. Ich gestehe, daß ich darüber erschrak, denn ich sah voraus, daß es jetzt mit dem Trinkgeld, das in meiner Hand schwitzte, nicht getan sein würde, und darüber hörte ich kaum, daß er zu reden angefangen hatte; zwar redete er für sich, aber für sich mit uns. Er hatte jetzt die Augen offen, ohne sie zu mir oder gar zu meiner Frau zu erheben, aber er nickte häufig. Er nickte sich Mut zu, weil er offenbar fühlte, daß er störe, wie er überhaupt die Annahme gewohnt schien, eine Störung zu bedeuten, die er durch seine Musik ein wenig wettzumachen suchte, obwohl er doch wissen mußte, daß er sie dadurch vertiefte. Ich war so überzeugt, daß er spanisch rede, eine Sprache, die ich, besonders in ihrer hiesigen Mundart, kaum verstehe, daß ich meine Augen in die Höhe gleiten ließ, um ihn nicht durch eine trügerische Aufmerksamkeit zu beschämen. Erst als ich meine Frau, die errötet war, ihrerseits nicken sah, war ich gezwungen, genauer hinzuhören, und entdeckte, daß der kleine Mann französisch sprach, oder was er für Französisch hielt. Es war, wenn man von der durchaus fehlerhaften Aussprache absah, ein recht korrektes, ja förmliches Französisch, es gebrauchte Wendungen, die mir aus der geschäftlichen Korrespondenz vertraut waren und die nichts bedeuten als ein Geräusch von Papier, ein höfliches Füllen der Leere, die zwischen fremden Personen besteht. Ich habe Irene später gefragt, was der blaue Mann eigentlich gesprochen habe, denn es war mir nicht gelungen, die Wörter zusammenzusetzen, auch nachdem ich gemerkt hatte, daß sie französisch waren, aber sie sagte »Geh mir weg«, sagte sie.

Mit der größten Anstrengung meines Gedächtnisses gelingt es mir nur, jetzt, wo Irene mit dem Kind mich verlassen hat, weil ich ja nicht wußte, daß sie mich damals schon im Ernst aufgefordert hatte, zu gehen – es gelingt mir nur, an Dinge zu denken, von denen der blaue Mann mit Bestimmtheit *nicht* gesprochen hat. Er hat nicht von seinem Leben gesprochen, keine Geschichte erzählt, nicht seinen Namen genannt, er hat um nichts gebeten. Mir schien damals, er habe mich zu meiner Gattin beglückwünscht, habe mir zugeflüstert, in wie beispiellos glücklichen Umständen ich mich befinde, denn so viel war unverkennbar: obwohl es meine Frau war, die nickte, sprach er doch eher mit mir. Nur verstehe ich dann eigentlich nicht, wie meine Frau dazu kam, zu nicken, denn zu Komplimenten, die einem selber gelten, nickt man nicht. Nun gehen Artigkeiten südlichen Menschen leicht vom Mund, wenn sie etwas Schönes sehen, ob es ihnen erreichbar sei oder nicht. Doch ahnte ich auf der Stelle, daß mich die Einmischung dieses Musikanten teuer zu stehen kommen würde, auch wenn ich ihren ganzen Preis unmöglich voraussehen konnte, die Entzauberung meiner Ehe und meiner Sicherheit, den Verlust meiner Gewohnheiten. Ja wenig fehlte, daß mir auch im Geschäft gekündigt worden wäre, denn von einem, den sein Glück verlassen hat, fällt auch alles andere ab. Ich habe diesen letzten Schrecken durch ein völliges, fast blindes Aufgehen in meinem Beruf bisher abzuwenden vermocht, mir aber wohl eben dadurch jede Aussicht auf Beförderung verscherzt. Wer so arbeitet wie ich in diesen letzten Wochen, so werden sich meine Vorgesetzten sagen, kann es nur mit schlechtem Gewissen tun, er verdient Mißtrauen und muß genau beobachtet werden; ich aber weiß, daß ich von genauer Beobachtung alles zu fürchten habe.

Als der blaue Mann seine Rede beendet hatte, machte er eine Zugabe, meiner Frau zuliebe, wie ich ihn verstand; und das Einvernehmen, in das er uns Hotelgäste offensichtlich zu ziehen gewußt hatte, bewirkte, daß, auf einen Wink des Patrons, zu meiner äußersten Bestürzung, die dreiköpfige Kapelle bei unserem Tisch Aufstellung nahm und sich anschickte, mit südlicher Gönnermiene das nächste Stücklein der Säge zu begleiten. Der blaue Mann, der nur an Duldung in diesem Lokal gewöhnt schien, spielte blaß vor Verlegenheit und Hingabe, »Cucurucucu« hieß das Stück, glaube ich. Wenn der eine Gitarrist diese Silbenfolge mit brechendem, ins Falsett schnappendem Tenor hervortrillerte, zog sich die Miene des blauen Mannes zusammen, als leide er im Namen einer Vollkommenheit, die ihm durch den Eingriff dieser gedankenlosen Stimme zerbrochen war, ohne daß er sich dafür wehren durfte. Um so inständiger stieß er mit buchstäblich zuckendem Bogen dem Sägeblatt entlang nach ihr, wenn ihm die drei Kostümierten mehr schalkhaft als höflich ein Solo überließen, wozu sie sogar einen Schritt zurücktraten und ihre dicken Finger auf den Saiten leiser stimmten. Ich saß wehrlos, in Schweiß gebadet, wünschte das Ende herbei und fürchtete mich vor ihm, denn was sollte ich hier noch mit meinem Kleingeld, die singende Säge hatte schon zu tief geschnitten.

Er wollte das Geld erst nicht nehmen, das ich, ihm einige Schritte entgegengehend, in seine Hand zu drücken ver-

suchte. Ich mußte warten, bis er sein Gerät mit einer Umständlichkeit, die mir ausgesucht grausam vorkam, in den
Samtkasten zurückgebettet hatte. Ich sehe mich noch immer
in diesem Garten stehen, der mir plötzlich leer erscheint, obwohl ich viele Augen auf mich gerichtet fühle. Etwas vorge-
beugt stehe ich neben der Palme, gegen die ich abwartend
meine Hand zu stützen versuche, ohne selbst diese unschul-
dige und unter diesen Umständen doch großspurige Bewegung durchhalten zu können, während ich die andere, in der
ein paar Noten knacken, dem ruhig beschäftigten Mann ent-
gegenhalte. Habe ich mich wohl gar einmal umgedreht und
jemandem zugelacht? Nie mehr, seit meiner Kinderzeit, bin
ich mir so müßig, so von Nichts umgeben vorgekommen wie
in dieser Ewigkeit von Nichtbeachtung, die in Wirklichkeit
nicht mehr als einige Sekunden dauerte, Sekunden der vollkommenen Sichtbarkeit meiner Blöße.

Dann nahm er das Geld, ja beeilte sich, es zu nehmen – ich
hätte stutzig werden dürfen, denn es war von einer Höhe, die
man sich nicht wortlos bieten läßt, aber er nahm es wohl so
und nicht anders, um die Verlegenheit meiner Frau abzukürzen. Er verbeugte sich tief, wobei ich auf sein schwarzes, in
Strähnen nach hinten gekämmtes Haar niedersah, das die
gelbe, polierte Kopfhaut nicht zu bedecken vermochte. Er
verharrte sogar etwas in dieser Stellung, als wäre er mir schuldig, meiner Armseligkeit ein Stück der seinen entgegenzuhal-
ten. Dann flüsterte er etwas, nahm seinen Kasten auf, verbeugte sich nochmals gegen meine Frau und trippelte dann
mit angezogenen Schultern und gesenktem Kopf zwischen
den Tischen hinaus in den Schatten der Halle, der ihn sofort
verschluckte.

Ich hatte mich wieder gesetzt. Wir sprachen nichts. Ich
wartete auf ein Wort von meiner Frau. Ich getraute mich nicht
einmal, dazu im Tee zu rühren, so beschädigt war ich, so ein
Tier war ich geworden. Ich sagte mir, daß ich aus dem Munde
roch und daß die Dinge draußen nicht die geringste Mühe
hatten, ohne mich vorzugehen. Darin lag freilich auch ein

merkwürdiger Trost. Wozu hatte ich diesen Urlaub genommen, wozu war ich in dieses Land gefahren? An meine Frau, die neben mir saß, wagte ich gar nicht mehr zu denken. Ich mußte mich entschließen, ob jetzt schon alles vorüber sein sollte oder erst etwas später.

Dann erhob ich mich, nickte ihr schnell zu und stürzte dem Hotelausgang entgegen. Bevor ich auf die Straße trat, die wüstenhaft durch das Bogengewölbe leuchtete, wandte ich mich an den Portier und fragte ihn schon atemlos – zehn schnelle Schritte machten mich atemlos – nach dem Namen des blauen Mannes, nach seinem mutmaßlichen Weg, nach seinem gewöhnlichen Aufenthalt. Gonzalez hieß er, weiter konnte sich der Portier nicht äußern, wies nur ins Offene der Straße hinaus, wo er ihn hatte verschwinden sehen, aufgetrunken vom Stillstand der Helligkeit. Als ich zu laufen begann, um es zum Äußersten kommen zu lassen, fiel mir die Leere der Welt in die Brust, die nicht mehr weit genug war, sich an der Luft scheuerte, als wäre die Luft etwas Festes, und doch nie genug davon bekommen konnte. Ich lief die Straße hinauf und hinunter, die Häuser rückten immer weiter auseinander, meine Schritte wurden kleiner, die Schritte waren laut, und die Häuser schwiegen. Einige Leute kamen mir entgegen oder wurden von mir überholt, sie waren lachhaft körperlich, aber die Hitze meiner Erwartung verschlang sie auf der Stelle, sie verschwanden mit einem Kichern, das wie Zischen klang, vielleicht hatte ich jemand angestoßen, es kümmerte mich nicht. Ich war seit Jahren nicht mehr so gelaufen, konnte es eigentlich gar nicht, mein Herz sagte mir bei jedem Schritt, daß es nicht könne, sondern bersten müsse, und ich sagte ihm, es möge bersten, und so liefen wir weiter. Mein Herz lief schneller als ich, und das war keine Kunst, denn eigentlich lief ich gar nicht mehr, schleppte mich nur noch, meine Beine hinderten mich am Stürzen, und in der Hand hielt ich meine Brieftasche, es blieb jetzt gar nichts anderes mehr übrig, ich mußte ihm alles geben. Es waren umgerechnet mehr als tausend Franken, ein Vermögen für den blauen Mann, mehr Geld, als er in seinem Leben gesehen hatte. Ich behielt nichts zurück, nur die Flugkarten, das Hotelgeld nicht, da mußte uns etwas einfallen, und wenn uns nichts einfiel, so war dies eben das Ende, Irene hatte es ja nicht anders gewollt. Tausend Franken für den blauen Mann, ich sah die Figur seiner großen Armut vor mir, die sich von seinem Leib getrennt hatte und eine Figur meines Untergangs geworden war, diese Figur konnte ich auslöschen mit einer einzigen Bewegung meiner Hand, die das Portefeuille umklammerte, weil ich es jetzt, jetzt in meinem Leben, noch nicht verlieren durfte. Blind vor Aufmerksamkeit, vor pochender Anstrengung weideten meine Augen kahle Wände, leere Gassen ab, in denen schon die Dämmerung nistete, blau, ohne daß es das richtige Blau war. Überall fragte ich nach Gonzalez, immer wieder brachte ich, kaum innehaltend, diese drei Silben über die Lippen, auf denen der Speichel geronnen war, ja, ich roch aus dem Mund, jetzt roch ich es ja selbst. Aber jedermann hieß hier Gonzalez, wenn ich nichts Näheres wußte, konnte mir keiner helfen, und ich wußte nicht einmal, was singende Säge in der Landessprache hieß, man schickte mich hintereinander zu einem Werkzeugmacher, zu einem Automechaniker, in ein Nachtlokal, einen Schallplattenladen, aber Singen und Säge wollte niemand zusammenbringen, und überall hieß jemand Gonzalez, trug ein Schnäuzchen oder zog die Brauen hoch, ohne der einzige zu sein, den ich suchte. Endlich verstand eine höfliche ältere Dame etwas Französisch, verstand immer besser, hatte die Säge eben singen hören und wies mich in die nächste Straße: dort stand ein Haus, ein Hotel, dessen Name mir sofort entfiel, dessen Fassade mir nicht entgehen konnte, in diesem Hotel saß der kleine Mann jeden Nachmittag und unterhielt die Gäste mit seiner Kunst, eben war sie vorbeigegangen, eben hatte sie ihn gehört. Ich war fast ruhig geworden, oder mein Herz ging ohne mein Zutun, ich dankte, drehte mich um und machte mich auf den Weg. Ich fand die Fassade, die zu einem der Hotels gehörte, wo Einheimische absteigen, Kenner der Verhältnisse, die nicht durch Reklame und Aushang gelockt werden müssen. Es war das Hotel, in dem Irene und ich hätten absteigen sollen, wo der blaue Mann ohne Zwischenfälle spielte, fast hörte ich schon seine Säge singen und ging mit erhobenem Kopf, als käme ich von einem Spaziergang zurück, durch das Tor hinein. Es war ein Patio wie der unsere, sogar die paar Gäste, die an den Tischen saßen und auf meine Brieftasche starrten, glichen Gästen unseres Hotels, die Betonpalme gedieh auch hier, nur bog sie sich nach der anderen Seite. Hier war auch die Wasserkunst. Sie war abgestellt. Die englische Familie nickte mir zu, die französische musterte mich. Ich hatte mein eigenes Hotel durch den Hintereingang betreten.

Ich ging langsam zu dem Tisch, wo wir gesessen hatten. Der Garçon räumte Gläser weg, aber wir hatten gar nicht aus Gläsern getrunken. Da er mich stehen sah, lud er mich mit einer Bewegung seines Arms, über den ein Tuch geschlagen war, zum Sitzen ein. Ich schüttelte den Kopf. Die Palme war nach der richtigen Seite gebogen. Ich versuchte, etwas zu hören.

Es klapperte von der Küche her. Drinnen im Eßsaal wurde gedeckt. Eine Flotte von Serviettenschiffchen sammelte sich auf der bläulichen Helligkeit der Tische.

War er wiedergekommen? Der Portier verneinte. Ich steckte die Brieftasche ein.

Morgen, jeden Tag, sagte der Portier.

Im Zimmer fand ich meine Frau. Sie entschuldigte sich, daß sie nicht gewartet hatte. Sie war sehr aufgeregt. Sie hatte sich aus dem Andenkengeschäft des Hotels ein paar Taschen zur Ansicht mitgeben lassen, preiswerte und formschöne Taschen, eine Spezialität des Landes, und ich mußte ihr auswählen helfen. – Meine Frau bedurfte jetzt der Schonung. – Später in der Nacht sagte sie: »Du hast schlecht geträumt, ich habe dich wecken müssen.«

Nach dem Frühstück entschloß sie sich, doch die andere Tasche zu nehmen. Ich bezahlte die andere Tasche. Nun war das Geld nicht mehr ganz. Man konnte nicht mehr das Ganze fortgeben. Aber es war nicht meine Schuld. Am Nachmittag machten wir einen Ausflug. Er war preiswert, aber etwas ging natürlich auch da wieder weg. Dann tranken wir Tee. Der blaue Mann blieb weg. Meine Frau hatte Freude an ihrer Tasche. Es war unser letzter ganzer Tag. Am anderen Morgen beglich ich die Hotelrechnung. Wir mußten vor dem Mittagessen aufbrechen. Der Flug war ganz ruhig. Heute lebe ich in einem kleinen möblierten Zimmer. Manchmal sehe ich meine Frau von weitem. Sie stößt den Kinderwagen, und an ihrem Arm hängt die Tasche, für die sie sich am Ende entschieden hat. Sie geht meistens schneller als ich. Ich sage mir jeden Tag, daß mir jetzt nichts mehr geschehen kann. Aber ich glaube es nicht. Ich weiß ja nicht einmal, was jetzt aus meiner Lebensversicherung werden soll.

Playmate

Knöcheltief im gefallenen Laub, das die ersten Frostnächte geröstet haben. Noch hängen einzelne Händchen oder Wimpel oben, in denen sich das dünn gewordene Licht fängt, stärker scheint, als es eigentlich sein kann, Bernstein, Albumblätter. Die Flotten der Wälder haben Sommer und Herbst gelöscht, neigen sich, an den Rändern hell, der kommenden Leere entgegen. Hinter mir strickt eine unsichere Sonne an den Maschen des Rotwildgeheges, läßt immer wieder eine fallen, die glänzt, in einem Stück Spinnweb, während dahinter die Rücken der Herde stumpf bleiben, die Flecken der Kitze ruhig im Winterfell nisten. Die Tiere in ihrer schütteren Dekkung, ich schon fast draußen, Schutz suchend gegen zwei, drei Schauer in den Taschen meines dünnen Samtanzuges, aus dem sich die Wärme einer langen Autofahrt stiehlt.

Die Aussicht, mit der ich mich beschäftige, reicht über den Kindergarten (Bungalowstil) über das leere Rot zweier Tennisplätze bis zu einem nahen Eisfeld und taucht dahinter in einen Novembertag, dessen zarteres Meer das Häusermeer eindeckt, während der Himmel schon eine Art Mittag hat; eine einzelne Glocke bestätigt ihn, setzt dem Läuten des entfernten Verkehrs elf harte Schläge auf, so daß es nun elf Uhr ist, während der Klangbrei über dem Eisfeld seine trügerische Nähe behält und sich, als füttere er statt meiner Ohren die Gänge eines alten Versäumnisses, unmittelbar in meine Erinnerung schleicht: ich bin ewig auf keinem Eis mehr gewesen, Maat, ich könnte dir doch Schlittschuhe kaufen.

Vielleicht nur Bedürfnis nach Bewegung: eigentlich friere ich ja nur noch, friere jetzt hemmungslos, auf die Art, die durch tiefes Atmen ärger wird, weil man nie so lange durchhält, bis sich der überschüssige Sauerstoff in Wärme verwandelt. Immer schlecht in Chemie. Habe pfiffigerweise den Mantel im Wagen gelassen, dachte wohl, ich müsse dann mit halboffener Jacke neben dem Maat hergehen können, bereit für Dinge, bei denen ein Mantel nur stört, hohe Lagen, zum Beispiel. Früher habe ich ihn hochgeworfen und ihm so viel freien Fall zu kosten gegeben, daß ihm sogar das Gebrüll im Hals steckenblieb. Wenn du dann doch aufgefangen wurdest, fehlte deinem Jubel etwas, und meinem Lächeln auch.

Es rumort hinter dem Fenster des einen Sälchens, das mit Papiertannen verklebt ist; wenn das sein Sälchen ist, kann er mich gesehen haben, etwas unter Bäumen, einen Mann, vor dem man Kinder warnt. Die ersten rennen heraus, einer davon mit einem ultrabraunen fetten Prokuristengesicht, rennen bis vor meine Füße und scharren dort im Laub einen Prügel hervor. Ich rücke höflich beiseite. Eine weitere Gruppe; der Maat ist nicht dabei, der Zeitschinder, letztes Mal rannte er. Stopp, sagt der kleine Prokurist und steckt seinen Prügel in eine Mädchengruppe, du Hurensau. Ein Mädchen, Brillenträgerin, ist zwischen Prügel und Hag gefangen. Ich komme ja gleich, sagt es halblaut, aber die andern sind schon weggelaufen, ohne sich umzusehen. Jetzt mußt du einmal sehen, sagt der Gebräunte zu seinem Kumpan und drückt das Mädchen gegen den Hag. Dann schlägt er ihm den Prügel mit aller Kraft über den Rücken. Er zerbricht. Er schlägt ihm den Prügelstumpf mit aller Kraft gegen den Bauch. Sie läuft gar nicht richtig weg, schreit auch nicht, als hätten die Prügel sie blöde gemacht. Jetzt reichts aber, sagt der Mann, vor dem man Kinder eigentlich warnt, tritt zwei Schritte vor und greift nach dem Prokuristen. Ist *mir* doch gleich, sagt der, duckt sich weg und bleibt stehen. Macht mir doch nichts. Weder nützt das Mädchen die Gelegenheit, wegzulaufen, noch in meiner Nähe Schutz zu suchen. Auch der kleine Prokurist wahrt nicht mehr als fünf Schritte Abstand. Es ist, als hätte ich Katzen im Februar gestört. Wir stehen sprachlos herum, diese Eingeborenen und ich, dann wird es dem Prokuristen zu dumm, und er schlendert weg, summend, indem er den Prügelrest auf seiner Handfläche tanzen läßt. Jetzt erst stiehlt sich das kleine Mädchen mit einem schäbigen Blick in seinen Brillenaugen näher und beginnt zu plappern. Ich blicke über den Zwergenhag.

Kennst du Michael? frage ich schließlich, ich bin nicht gern ein stummer fremder Mann, außerdem verläßt mich die Geduld: was ist mit dem Maat, er weiß doch, daß ich warte. Ich sage: Michael, nehme an, daß es nicht gelungen ist, eine Abkürzung für ihn zu finden, oder daß die sogenannte Tante keine gebraucht. Hier genießen die Kinder alle Silben, die ihre Mütter den Hofberichten abgelauscht haben oder einem Kosmetik-Spot: Daniela, Raphael, Petra und natürlich, aus anderen Gründen, den einen oder andern Attilio oder Luigi; ist der kleine Prokurist einer? dann weiß er vielleicht, warum er zurückprügelt. Das kleine Mädchen scheint Fragen nicht zu hören, es faßt mich bei der Tasche, ich kann es seinem faden lauen Griff gleich anfühlen, warum es so leicht geprügelt wird. Es plappert von einer Kreuzung, an der die drei Farben immer zu rasch wechseln, ich soll mitkommen und selbst sehen. Natürlich fürchtet es sich doch nur vor Luigi, der hinter der Ecke wartet, um seine Eingeborenenhandlung fortzusetzen; vielleicht zerkratzt er so lange meinen Wagen. Das Mädchen behandelt mich weder als Retter noch als Mann, vor dem man Kinder warnt, eher als eine Art nützliches Sperrgut. Auch wenn es keine Hurensau ist, lästig ist es ganz bestimmt. Neue Zwergvölker drängen aus der Tür. Jetzt kommt auch der Maat.

Er drückt sich so in seiner Gruppe herum, daß er nie vorn ist; ich hebe leicht die Hand. Er rennt einen sinnlosen Bogen, Wegverlängerung, ruft etwas, aber von mir weg. Es ist deutlich, daß die Gruppe ihn nicht aufnimmt. Ich löse die Finger des Mädchens ab und stoße es daran ein Stück weiter. Der Maat ist etwas magerer als die andern, sein kummervoll schmales Gesicht bewacht mich aus blauen Augenwinkeln voll Verdacht, aber er kommt näher, von seiner Gruppe, zu der er nicht gehört, mitgetrieben. Ich rühre mich nicht, spiele Baum unter Bäumen, das reine Dasein einer Futterkrippe, die man anlaufen oder passieren kann je nach Hungergefühl. Ein letzter schwacher Umweg von mir weg dann zu mir.

Grüß dich, sag ich.

Wo habt Ihr den Kreisler?

Ein Stück weiter. – Ich nicke mit dem Kinn stadtwärts.

Fahrt Ihr zum Seeteufel? fragt er.

Da waren wir doch letztes Mal.

Dann zum See.

Ich habe mir geschworen, diesmal kein einziges Mal Weißtu Michael zu sagen. Ich sage: wir haben nicht so viel Zeit. Warum zeigst du mir nicht die Tiere da hinten? Die Wildschweine. Ich habe sie jahrelang nicht mehr gesehen.

Ich schon, sagt er.

Wir gehen nebeneinander her durch das dicke Laub, das er aufpflügt. Wenn wir auf ebenen Weg kommen, setzt er diesen übertriebenen, weit ausgreifenden Schritt fort. Ich blicke über die Schulter; das Mädchen ist nicht mitgenommen worden, steht immer noch am Hag. Vielleicht müßte man es wirklich über die nächste Kreuzung führen, weil es farbenblind ist, oder langsam, oder auch eine Art Waise.

Kennst du das Mädchen?

Nein, sagt er ohne umzusehen. Kauft Ihr mir dann einen Kaugummi?

Ich gebe mir Mühe, bequem neben ihm herzugehen, zuverlässig brummend bei jedem Schritt, in mich selbst versunken, aber nicht genug, um ein Gespräch abzuweisen. Als er noch kleiner war, die Abstände meiner Besuche für ihn größer, fing er immer mit Sie an, fuhr mit Ihr weiter, das Du kam erst, wenn er mich im Eifer mit seinem Großvater verwechselte, was ihm gar nicht auffiel: das Du galt seinem Eifer. Damals nahm er gleich meine Hand, jetzt nicht.

Die Rehe sind, wäre das Gitter nicht, fast in Reichweite gerückt. Er denkt nicht daran, stehenzubleiben, der witternd geraffte Samt der Mäuler streift mit einem Hauch verdauten Heus an uns vorbei. Er schlägt mit der Hand, ohne hinzusehen, gegen die Drahtmaschen, einige Tiere hüpfen hölzern beiseite.

Hast du das Messer noch? frage ich.

Das ist weg, sagt er.

Einfach verloren?

Er nickt. Gehen wir zum Kreisler, sagt er.

Wir fahren dann damit nach Hause.

Und vorher?

Essen.

Essen wir dann am See?

Er ist hartnäckig. Der See ist eine Autostunde entfernt, und ich habe nur drei Stunden Zeit, dann muß ich in eine andere Stadt, um eine Rede zu halten, in der politische Delikatessen vorkommen. Außerdem dürften die Boote Mitte November längst eingezogen sein.

Jedenfalls am Wasser, sage ich und deute zum Fluß.

Vor dem Käfig, in dem ein Goldfasan hysterisch hin- und herrennt, geht ein freier Goldfasan und zieht bei jedem Schritt seine heikel geraffte Hühnerkralle nach. Es sind wirklich nur Hühner, sage ich, du siehst es deutlich.

Mit dem Satz kann er nichts anfangen.

Ich erkläre ihm die Ibisse, und daß sie einmal heilig waren. Mir gefallen *die,* sagt er. Es sind welche mit metallisch glänzenden Hälsen und tieforange Ringen um die Pupillen. Maat, du fällst auf Nutten-Effekte herein. Wir suchen die Namen zu den Vögeln. Es kommt nicht alles zusammen. Namenlose Vögel wohnen an falschen Adressen. Was steht da? fragt er. Dabei kann er lesen, es geht ihm nur zu langsam. Ich betrachte ihn respektvoll: wo hat er das her, daß er nicht glänzen will?

Die Italiener fressen sie sowieso, sagt er.

Den verschlossenen Teil des Parks erreicht man durch das Volieren-Gebäude. Das Fräulein an der Kasse hält außer Billetts und Futterkörnern auch Toblerone feil. Nachher, sage ich, sonst ißt du nichts. In zehn Minuten schließen wir, sagt die Kassendame, nachdem sie uns Karten und Toblerone verkauft hat. Komm, sage ich, gehen wir rasch, und ergreife seine Hand. Er läßt sie mir. Ich versuche sein Gesicht durch lange Schritte zu röten. Wo hast du die Schokolade, fragt er ohne Frageton, steck sie nicht in die Tasche, ich habe sie nicht gern weich.

Sie schaut noch heraus.

Dann wart mal hier.

Er bleibt vor dem Mauskäfig stehen. Es ist eine Art Bild an der Wand, ein kleines verglastes Rechteck, in das ein Zementklotz mit Furchen eingelassen ist, die als Gänge dienen, ein Spielzeuglabyrinth. Es erweitert sich in der Mitte zu einem Nest, in dem zusammengeschmiegt vier rasch atmende weiße Mäuse hocken, Schlangenfutter wahrscheinlich, das hier nochmals als Ausstellungsgruppe dient: so hat man sich einen Mausbau im Aufriß zu denken, die Glasplatte führt einen Schnitt durch versteinerte Erde. Michael legt die Hände auf beide Seiten des Bildes und dazwischen seinen Kopf mit der Nase aufs Glas, nur zwei Millimeter von den Mäusen entfernt, die nun Dämmerung haben.

Wollen wir drüben wieder hinaus? frage ich. Die Wildkatzen ansehen? Für was, sagt er und versucht die Verdunkelung der Mäuse zu verbessern. Komm, sage ich, wo es draußen viel schöner ist.

Dann gehe ich allein, sage ich und gehe, soll er die teuren sieben Minuten bei seinen Mäusen vertrödeln.

Der Maat hat mich eingeholt, poltert ein paar Meter entfernt durchs Laub.

Daß du aber auch das Messer nicht mehr hast, sage ich. Das war ein Messer, so eins verliert man doch nicht. Besonders, wenn man es sich so sehr gewünscht hat.

Die sind nämlich auch weg, sagt er und deutet mit dem Kopf zu den Katzenkäfigen hinüber. Ein Baum fiel ihnen auf den Käfig, machte ihn kaputt, und dann sind sie weg. Warum läufst du so.

Aber da sind sie doch, sage ich und streichle mit hochgezogenen Augen den bösen prallen Plüsch, der faul und gesammelt auf irgendeinen Sprung wartet, der ihn durchzucken könnte, die Schlitze einen Blickbruchteil lange geöffnet hat und dazu die Ohren von außen nach innen dreht, so daß sich die feinen Ohrhaare im Hauch einer großen Abwesenheit rühren. Zwei haben sie wieder, sagt er, nur zwei. Die dritte ist immer noch weg. Ganz langsam verhungert die. Die verhungert mit der Zeit.

Ich antworte nicht, schaue gradaus auf die Katzen, spüre aber im Augenwinkel seinen lauernden Blick.

Ich finde sie *zu klein,* sagt er. Dort ist schon der Mann. Wir müssen raus.

Er hat recht. Vor den Pelikanen, beim Ausgang, ist ein Gärtner erschienen und legt in unserer Richtung die Hand an die Stirn. Offenbar stehen wir in der Sonne, tatsächlich, jetzt ist Sonne im leeren Wald.

Ich kehre mich um, nehme seine Hand, gehe schnell. Ich kann einer Aufforderung zum Verlassen des Areals immer noch nicht ausreichend widerstehen.

Jetzt hast du die Wölfe nicht gesehen, sagt Michael an meiner Hand, atemlos vor Schadenfreude, und die Luchse nicht, und nicht einmal die Biber. Die sind alle *größer* als die Katzen.

Du zeigst mir dafür die Wildschweine.

Wenn du nachher zu mir kommst, zeige ich dir den Raffi.

Wer ist das, frage ich.

Das sage ich nicht. Ra-fa-el.

Der Mann fragt: Ist noch jemand drinnen?

Wir haben niemand gesehen.

Bevor er die Tür zuziehen kann, drehe ich mich nochmals um. Der Wald trägt seinen November so hell, als wärs ein Vorfrühling. Ruhig und blaß liegen die Inseln einiger Wolken im Geäder der Kronen.

Da ist der Fluß. Blauschwarz und unerschöpflich wie Indianerhaar schwimmt er heran und rutscht schräg über flache Schwellen ab, die seinen Lauf dichter und träge machen. Aus der nahen Kläranlage treiben Flecken wie Schimmel vorbei, aufbereitetes Eiweiß, von dem sich, schmutziger weiß und in unmerklichen Stößen, ein paar Schwäne absetzen. Die kunstvolleren Wasservögel, die noch zum Park gehören, haben einen eigenen Kanal für sich, mit Rispenzeug vergittert. Dahinter sehen die Pekingenten noch chinesischer aus, und die Störche ähneln denen im Bilderbuch.

Am Tisch, er sitzt jetzt richtig am Tisch, in der Strickjacke mit dem großen Reißverschlußring, der selbstausgezogene Overall hängt an der Lehnenecke (ich hänge ihn ordentlicher), versucht mich mein Sohn einzuordnen. Wo ich hingehe? – Schon gesagt. – Woher ich komme? – Das weißtu doch Maat. – Wer sonst noch da ist? Außer mir? – Meine Frau. Alexander. Dazu suche ich für uns beide auf der Karte was aus. Himbeereis, so viel weiß er. Königinpastete vielleicht? Kunstvoller geschlachtete Tierarten sagen ihm nichts. Er läßt sich von der Königin, die er aus Büchern kennt, ködern. Ich ein Rehschnitzel, Fräulein. Sie sind doch frisch? Als ob diese Frage in einem Gasthaus der Welt verneint würde. Bitte sehr, dort oben standen die Rehe, taufrisch. Wir sehen den Fluß durch die Fenster. Er ist noch teeriger geworden und blendet doch. Wenn man wüßte, wo man die Storen herunterläßt, brauchte das Blinzeln nicht weiterzugehen.

Endlich gehen die verdammten Storen von selbst nieder, die ganze verglaste Front lang. Das Blinzeln ist plötzlich weggewischt, die Umrisse an den andern Tischen werden plastisch, man sieht die Gesichter zu den breiten Lauten, die sie bilden. Es ist auch die Sprache Michaels geworden, mittlerweile.

Jetzt wüßte ich aber gern, wer Raffi ist.

Rat einmal.

Er heißt fast wie du.

Wer heißt sonst noch so?

Ein Engel.

Der Maat staunt. Heiße ich auch wie ein Engel?

Michael und Raphael sind die Namen von Erzengeln.

Es gibt gar keine.

Nein.

Aber Raffi gibt es.

Ist Raffi ein Tier?

Der Maat zuckt die Achseln und ziert sich fürchterlich.

Ein Goldhamster?

Ach was, ein Goldhamster, die sind doch viel zu klein.

Ein Esel.

Ich bekomme doch nie einen Esel. Weil wir nicht genug Platz haben.

Die Königinpastete kommt zuerst, ein braunes Dächlein über dem Saucenberg. Ich nehme die Gabel und arbeite das Ganze wieder zu Urbrei zusammen. Michael weiß keine Einwände, Essen bleibt Arbeit für ihn, so oder so, wenn es nicht Dessert ist. Er habe nie Hunger, sagt seine Mutter, er nasche zuviel.

Hier respektiert er die Situation Restaurant, bewahrt Haltung, die ihm der große Stuhl, das komplette Besteck und der fremde Vater abverlangen und für die ihn das Fräulein rühmt. Die Gabel mitten am Stiel haltend, trägt er den Urbrei in seinen Mund ab; immer häufiger läßt er sie darin liegen, wartet auf das Wunder, daß sich der Brei von selbst verzehrt, und greift mit beiden Händen nach dem Glas, an dessen Rand sich Monde aus Brei absetzen. Es ist das zweite Mal geleert; das reicht, um auch die Pastete, von der noch fast alles übrig ist, abzuschieben. Zwei Gabeln Salat füttert ihm der Alte eigenhändig nach, wie früher, als er noch klein und die Welt in großer Unordnung war. Deswegen hättest du nicht blaß zu bleiben brauchen, Maat. Noch eine Gabel? Nein? Also her mit dem Himbeereis.

Er ißt es langsamer, als ich dachte, nascht offenbar professionell; ich kann mit dem Rehschnitzel bequem aufholen. So wird es Crème, sagt er und zeichnet mit dem Löffel Marmorschlieren auf den Schalenboden, Himbeer und Pistache. Das Grüne habe ich ihm angedreht, obwohl er lieber Schokoladeeis gehabt hätte. Aber erstens habe ich noch richtige Schokolade in der Tasche, und dann, warum soll er nicht das Unbekannte versuchen, wenn sein Vater das so gerne will. Raffael ist übrigens ein Kaninchen. Er hat es seit gestern und hält es auf seinem Zimmer.

Gibt es auch Pistasch in Biel, wo du hingehst? – Ja, Maat, in Biel wird es auch Pistasch geben. – Und wo du herkommst? – Auch. – Bekomme ich einmal Pistasch bei dir zu Hause? Wer ißt dann auch noch Pistasch, wenn wir essen? – Wer wohl, muß ich nochmals die Wahrheit sagen? – Meine Frau. – Und Alexander? – Noch nicht, viel zu klein. – Kann er nicht einmal das? – Nicht einmal das. – Weiter will er nichts von uns wissen. Den Kaffee schenke ich mir, ein Opfer, aber was hat er davon, zu meinem Kaffee stillzuhalten, wenn sein Pistache erschöpft ist. Ich ziehe die Puppe aus der Tasche, fahre ihr mit dem Mittelfinger in den Kopf, mit dem Daumen in den linken Arm und dem Ringfinger in den rechten Arm. Es ist eine kunstgewerbliche Puppe, mit einem Regen weißen Haares, das über zwei grüne Augenknöpfe und den ledernen Schnabel fällt. Sie hat einen rotweiß gestreiften Leib und hält sich etwas gichtig und verschroben, wie meine Hand darin, der gekrümmte Zeigefinger hat hinter ihrer Brust wenig Raum. Aber Kopf und Arme bewegen sich, knicken ein, das ist die Hauptsache, nicht wahr, Maat.

Wo hast du den her? – Aus Schweden. – Wem gehört er? – Er gehört dir. Er ist aus dem Geschichtenbuch, das ich dir letztes Mal gebracht habe. Erinnerst du dich? An Mumin und Mumrick?

Er erinnert sich nicht. Seine Mutter hätte ihm ruhig daraus vorlesen dürfen. Nur weil ich es mag, wird es kein uninteressantes Buch.

Wie heißt das?

Es steht da innen, sage ich, drehe den Rocksaum der Puppe um und lese einen fremden Namen.

Gib einmal.

Es ist ein Geist, sage ich und weiß nicht, ob das eine gute Idee ist.

Ein Geist? fragt er und schlüpft mit der Hand hinein. Ein guter?

Wo der herkommt, da ist der Winter so lange, da brauchen sie viele gute Geister.

Aber der ist der beste von allen?

Guck doch sein Haar an.

Er schüttelt es. Dann rutscht er vom Stuhl und fackelt mit

seiner verkleideten Hand, mit Schnabel und Armstummel im Saal herum. Ich bin ein Geist, ruft er. Er ruft es schamlos laut, er ist es ja nicht selbst, der so schreit. Die Leute gucken erst erstaunt, dann lächeln sie, die Schafsköpfe. Die halten ein Kind mit einem Geist an der Hand allen Ernstes für nett. Wenigstens leise ist er nicht. Er macht ihnen die Nachsicht sauer. Wenn sie zu mir, dem Verantwortlichen, hinüberblicken, nimmt es jenen kleinen scharfen Zug um den Mundwinkel an. Er behandelt die wehende Puppe als Flugzeug, macht Motorengeräusch und zieht Kreise, hart an Tellern, Mänteln, an jenen kleinen Zügen um den Mund vorbei; er überholt sie spielend. Der Lärm wächst, die Kreise werden enger, suchen einen Punkt, um den sie sich zusammenziehen können, fast habe ich ihn vorhergesehen, es ist mein Hals, der Geist springt meinen Hals von hinten an und hat mich beim Kragen. Ich ziehe den Kragen ein, da rutscht der Geist, jetzt geräuschlos, seine getarnte Körperwärme mitführend, gegen mein Haar dem Wirbel zu, einmal, und dann noch einmal. Die Gestörten haben sich wieder ihren Plättchen zugewandt, der Geist torkelt sanft von meinem Kopf weg in eine besonders leere Leere. Gehen wir, sagt Michael. Zum Kreisler. – Er ist unheilbar.

Es ist zu spät für die Wildschweine, sagt er.

Warum, wo sind die?

Viel weiter vorn, ich habe gemeint, du wüßtest das. Wir müssen zum Kreisler, sonst kommst du zu spät.

Aber den Raffael bekomme ich noch zu sehen, rufe ich ihm nach, denn er rennt schon voraus, bergauf.

Er steht schon lange beim Chrysler und fährt mit dem Finger über die Rostnähte im weißen Lack.

Da fällt es auseinander, sagt er, ich habe noch nie ein so kaputtes Auto gesehen.

Das kommt vom vielen Waschen, sage ich und schnappe nach Luft. Vorn oder hinten?

Vorn. Dann muß er sich anschnallen lassen. Aber erst alle Knöpfe drücken. Innen ist der Chrysler schön, er sieht aus, als hätte eine Jukebox Weihnachten. Hupen. Nochmals hupen. Ich sehe mich nach den Rehen um, aber nur die Fußgänger stellen die Köpfe. Schluß, Maat. N wie Neutral, gut, erst anlassen, aber dann wirst du gefesselt. Es geht um dein Leben, Maat, da muß mir Gewalt erlaubt sein. Ich drücke auf den Zahn D. Der Chrysler schwimmt an, verschluckt sich zart und murkelt tiefer.

Wozu habt ihr das? fragt er die Kopfstützen. Ich erkläre ihm die Geschichte vom Auffahrunfall, rede, die Augen hart am Verkehr, von Fliehkraft und Trägheit. Michael besteht darauf, daß es einen bei Unfällen *immer* nach vorn wirft. Mama hat es selbst gesagt. Darum schnallt man sich doch an. – Wenn du vorn anstößt, wirft es dich nach vorn, und wenn dir einer hinten reinfährt, klappst du nach hinten.

Mich wirft es *immer* nach vorn. Gut, hab du deine eigene Physik, Maat. Deine Schokolade ist alle, ich versteh ja, daß du jetzt recht haben mußt. Ihr habt also nicht mal Kopfstützen in eurem Auto, sage ich.

Weil wir keine brauchen, sagt er. Wir haben alles, was du hast, und noch viel mehr, außerdem hupt der Simca besser. Er greift mir ins Steuer und drückt die Hupstange. Frieden, du Ungeheuer, sage ich. Wenn du das im Verkehr machst, schlag ich ganz hart zu. Übrigens stellen sie das alles in der gleichen Fabrik her, den Simca und den Chrysler.

Deinen haben sie *früher* gemacht, sagt er. Jetzt machen sie unsern.

Ich hätte auch lieber einen Simca.

Er sieht mich von der Seite an: das kann ja nicht wahr sein. Ich bringe den Chrysler mit einem wiegenden Schweben zum Stehen. Der Maat bemerkt so etwas natürlich nicht. Er ist schon aus den Gurten.

Jetzt spielen wir mit Raffi.

Frag erst Raffi, sage ich und begrüße seine Mutter.

Gut, sage ich. Er verändert sich alle vierzehn Tage, du glaubst es nicht. Sie hat ein neues Hosenkleid an. Nur eine Zigarettenlänge, bitte, sage ich, ich bin eigentlich schon längst weg.

Der Maat stürzt ins Haus. Wir kommen langsamer nach. Drinnen legt sie eine Platte auf. Atlantis, eine schlechte Kopie von Hey Jude, aber ich sage nichts; Hey Jude ist auch schon eine Weile her, wir streiten nicht mehr um Nuancen, das ist abgetan. Michael kommt nicht zurück, gräbt wohl oben in seinem Zimmer nach dem Kaninchen. Donovan überläßt sein Geflüster einem Chor zur besseren Stereophonie, der Rauch steigt wortlos und nicht ungastlich.

So, sage ich und drücke die Zigarette aus. Der Maat steht ohne Laut in der Tür. Wie wir vorbei wollen, packt er die Hand seiner Mutter, mit der andern mich an der Tasche, und zieht uns nach draußen. Schau, der hat Nackenstützen, sagt er. Wegen der Auffahrunfälle. Ich muß nur schnell probieren, ob sie beim Simca auch passen. Er reißt die Stützen von den Lehnen und schießt damit blindwütig der Straße zu. Bevor ich ihn zu fassen kriege, rutscht er und fällt; ich sehe ihn unter einem Lastwagen verschwinden. In Wirklichkeit hat er nur die Kopfstützen fallen lassen, zwei riesige Boxfäustlinge, und den Schlag des Simca aufgezerrt. Dann kriecht er hinein, wirft allerlei Kram, Zeitungen, Bücher, über die Vordersitze nach hinten, beugt sich zurück und zieht die Stützen hinein. Ein paar heftige Bewegungen, dann sitzen sie, wo sie nicht hingehören, nicht gebraucht werden, zwei kopfähnliche Gespenster.

Ich beuge mich hinein.

Sie passen, sagt er. Kommt.

Die passen doch überall, sagt seine Mutter, dafür sind sie gemacht.

Hup einmal, sage ich.

Für was, sagt er.

Ich ziehe die Nackenstützen sanft wieder weg, es eilt jetzt wirklich.

Sag Konsum, sagt er.

Konsum.

's Füdli voll Schuum, sagt er und blickt steif gradeaus.

Ich sage: Hör, Michael, jetzt zeigst du mir noch den Raffi, aber schnell, dann muß ich einfach weg.

Für was, sagt er, immer noch steif.

Aber hör einmal. Ich will doch den Raffi noch sehen, das ist doch klar.

Er ist oben, sagt er.

Ich gehe, erst zögernd, dann schneller ins Haus, werfe im Vorbeigehen die Stützen in den Chrysler zurück. Die Treppe hinauf renne ich und blicke dabei auf die Uhr.

Im Zimmer herrscht jede Unordnung. Teile von Metall-baukästen, Kasperlepuppen (andere), Autos, eine kleine Tankstelle, Reste eines Weckers, und überall Spuren von Kleie oder Häcksel. Richtig, in der Ecke steht der kleine Stall, offen. Ich stoße die Tür ganz auf, schiebe einen schwachen Wider-stand weg; da liegt das Kaninchen auf der Seite, die Augen of-fen, etwas Blut an der Schnauze. Man kann auf dem gelben Fell die Ränder sehen, wo er hingetrampelt hat. Dicht dane-ben das hellere Fell der Indianerweste, die ich ihm vorletztes Mal mitgebracht habe. Ich hebe den Kopf des Kaninchens an. Er ist schlaff und noch warm. Ich nehme einen Karton (zum Spielzeug Aufräumen), lege das Tier hinein, nehme ihn unter den Arm, gehe die Stufen hinunter. Ich stelle das Paket auf den Rücksitz des Chryslers.

Neben der Tür steht Michaels Mutter und schreit zum Straßenrand hinüber: Hör auf! Der Simca hupt, kurz und lang, der Verkehr macht einen Bogen um ihn. Sie will gerade hinlaufen und den Lärmer, den Mörder holen, als ich sie beim Arm erwische. He's killed the animal, sage ich, please don't make a fuss. I am taking it away. Just put his room in order. Ich weiß nicht, warum ich englisch rede, er kann uns nicht hören, er hupt zum Steinerweichen.

Meine Frau, meine frühere Frau steht ohne eine einzige Be-wegung. Ich springe in meinen Wagen, lasse ihn anlaufen und fahre rückwärts hinaus. Neben dem Simca, der jetzt ver-stummt ist, lege ich an und drehe die Scheibe herunter. Er tut desgleichen.

Prima Hupe, sage ich. Ich komme bald wieder, Maat. Machs gut.

Das Kaninchen war nämlich zu klein, sagt er.

Eben. Wir suchen uns etwas Größeres.

Ein Wildschwein? fragt er.

Einen Erzengel, sage ich. Tschau.

Und fahre los. Wir hupen beide, ich kurz, er länger. Im Rückspiegel sehe ich noch, wie seine Mutter ihn aus dem Auto hebt.

Und jetzt los wie der Satan, den Braten auf dem Rücksitz, nach Biel, zu den übrigen Delikatessen.

Großvaters kleine Freude

Großvater erzählt nicht gern von seinem Besuch im Bordell, aber wenn wir ihn artig bitten, läßt er sich erweichen. Er ist ohnehin der Gesündeste in unserer Familie. Wenn wir vormittags alle liegenbleiben, setzt er sich in seiner tadellosen Uniform aus den siebziger Jahren an unser Bett. Erzähl, Großvater, sagen wir dann. Er lebt bei uns, dafür erzählt er uns etwas. Wir passen jedesmal auf, ob die Geschichte dieselbe bleibt. Die folgende Geschichte ist eine Zusammenfassung aller Geschichten, die uns der Großvater, an unserem Bett sitzend, von seinem Besuch im Bordell erzählt hat.

Eines Morgens in seinen mittleren Mannesjahren sei der Großvater, seinen Musterkoffer mit fünf Stück Kunstrasen an der Hand, im entfernten Knotenpunkt Njesa angekommen. Es sei 10.34 h gewesen; um 15.00 h habe der Treff mit dem Präsidenten des Turnsportvereins stattfinden sollen. Um Njesa habe sich noch immer eine breite, von Fachwerkkirchen und Wacholderbüschen gesäumte Marktlücke geöffnet. Großvater habe den Schlafwagen im Wald-Heide-Expreß genommen, um als Erster Reisender das Terrain in Njesa, das bis in die durchfahrenden Züge hinein nach Flieder duftete, für den Kunstrasen vorzubereiten. Hier gedieh ja, selbst auf Sportplätzen, immer noch das alte, mürbe und empfindliche Grün.

Aber als er um 10.34 h und auch um 10.35 h auf dem bereits harte Schlagschatten werfenden Bahnhofsplatz Njesas stand, habe er, die mehrstöckigen Häuser von oben bis unten betrachtend, nichts weiter feststellen können, als daß es zum Essen noch zu früh gewesen sei. Mit trockenem Mund habe er vor dem klinkerfarbenen Weichbild Njesas gestanden und vergebens nach Appetit gesucht. Plötzlich habe ihm die Lust gefehlt, eine Stadt zu betreten, wo die Küche noch weitgehend tierisch gewesen sei.

Schmorbraten mit Remouladensoße! rufen wir aus dem Bett.

Kurz und gut, der Großvater sei ohne Ziel aus dem Bahnhof in die Luft hinausgetreten, der Musterkoffer habe so leicht gewogen, daß er einem Spaziergang keinen Widerstand geleistet habe, und so sei er über die Straße in deren Schattenseite hineingegangen und habe sich, den offenen Platz vermeidend, von der ersten besten Häuserzeile führen lassen. Diese sei parallel zu den Geleisen gelaufen, in die Richtung, aus der sein Zug gekommen sei. So schmal sei der Bürgersteig gewesen, daß er ihm nicht erlaubt habe, sich von den schattigen Gebäuden, die er fast mit der Schulter gestreift habe, ein Bild zu machen. Freilich habe er den Eindruck gehabt, eine Gegend zu betreten, in der nur Dienstleistungsbetriebe der gröberen oder lärmigen Art gediehen, Autoreparaturstätten, deren Windrädchen sich träge gedreht hätten, weil kaum Wind geherrscht habe, eine Bierbrauerei mit verwahrlosten, schlecht gepflasterten Vorplätzen, Lagergebäude für Gürtelreifen und Ähnliches, auch halb zugenagelte Unterkünfte für Gastarbeiter.

Weiter, Großvater, sagen wir.

Und immer die Züge im linken Augenwinkel, die schwerfällig rangierten, unter gedehnten Pfiffen zusammenstießen, während die Hitze über den Schienen geflimmert habe. Allmählich seien die Geleiselandschaften weiter und öder geworden, auch auf seiner Seite hätten die Gebäude abgenommen, Schuppen nur mehr, bis auf ein einzelnes hohes Bauwerk, dessen Brandmauer eine Kakaoreklame mit entblößten weißen Zähnen getragen und dadurch die Einsamkeit vermehrt habe.

Eine Kakaoreklame! lachen wir.

Unter diesen Umständen seien natürlich die Sonnenlücken zwischen den Schlagschatten immer weitläufiger geworden, und im selben Maße habe sich der Himmel, dessen Helligkeit für die Augen fast finster wirkte, vergrößert.

Spannend macht ers, sagen wir und wickeln uns in die Decken.

Jetzt sei er alt geworden, sagt der Großvater, aber schon damals sei er nicht mehr ganz jung gewesen. Darum habe er plötzlich seine Beine gespürt und Schweiß auf der Stirn. Jedenfalls habe er sich vorgenommen, auf der Höhe jenes einzelnen Hauses mit der Kakaoreklame umzukehren. Man müsse sich im Leben immer ein Ziel setzen. Vor diesem Haus angelangt sei er, um seinen Entschluß umzukehren, in die Tat umzusetzen, oder einfach: umzusetzen, einen Augenblick stehengeblieben. Von vorne betrachtet sei es ein Wohnhaus im Stil französischer Mietskasernen gewesen, die ihrerseits, wenn auch nur schwach, französischen Schlössern nachempfunden gewesen seien (oho! sagen wir an dieser Stelle), mit einem hier ungebräuchlichen grauen facettierten Dach, das die Reklametafel vorher zugedeckt habe; jetzt habe man auch die Gerüste sehen können, welche die Reklame von den Mansarden her gestützt hätten. Fensterläden freilich hätten gefehlt, dafür seien die meist kaputten Fensterrahmen und Simse rosarot auf gelb nachgemalt gewesen. Diese Spuren von Vornehmheit hätten eine Wirkung gehabt, die durch die Vereinzelung des Hauses merkwürdig gesteigert worden sei; und zu dieser Wirkung habe auch ein verblaßtes, braun gewesenes, offenbar ungültiges Schriftbild auf der Fassade gehört, das zwischen dem ersten und zweiten Stock in gotischer Schrift auf einen Hartmuth Müller, Kohlen, gelautet habe. Zur Entzifferung habe er ein paar Schritte wegtreten müssen, was das breite, ja uferlos gewordene Trottoir hier erlaubt habe. Das unnatürlich ferne Getöse der Züge im Rücken, die sich noch weiter entfernenden und immer hemmungsloser werdenden Dampfstoße einer Lokomotive, sowie die Überanstrengung seiner in die Sonne blinzelnden Augen und der plötzlich fühlbar gewordene Koffer hätten ihn dann wieder bewogen, den Hausschatten aufzusuchen, um darin umzukehren, und in diesem Augenblick habe sich ein alter, zuvor nicht dagewesener Portier aus diesem Schatten gelöst und ihm mit höflich vorgehaltenem Arm keine Wahl gelassen, als einzutreten.

Jetzt kommts, sagen wir und stopfen uns die Fäuste in den Mund.

Der Hausgang, in den er eingetreten sei, sei mehrere Sekunden völlig leer gewesen. Nur die Sensation, in eine Klinik geraten zu sein, habe ihn diese Sekunden verstreichen lassen, auch wohl die Kühle, die von den pastellfarbigen Wänden und Türen, dem teils Tapeten, teils Holz imitierenden Plastik sozusagen atemlos – Kunststoff atme nicht – ausgegangen sei. Tür an Tür habe er vor sich gesehen, wie in einem Taubenschlag, Leichenheim oder Kindergarten, etwas hoffnungslos Niedliches habe in der Luft gelegen, die ihn an nichts, durchaus nichts erinnert habe, vielleicht an einen unbekannten Verlust.

Dann aber sei sofort mit herzlichem Lächeln ein kaum bekleidetes Mädchen auf ihn zugetreten, habe den Mund zum Sprechen geöffnet, sei aber von einer zweiten, sich in Positur schiebenden Frauensperson, die für ein altmodisches Fest gekleidet gewesen sei und mit würdevoll bemaltem Gesicht zu ihm aufgeblickt habe, etwas zurückgedrängt worden. Er habe sich an diese gewendet und mit schwachem Lächeln gefragt, ob es hier etwas zu trinken gäbe, er habe eigentlich kein Bedürfnis, als in *intelligenter* Gesellschaft eine ruhige Stunde zu verbringen. Mit gleichem Lächeln und einem Blick auf seinen Koffer habe die Dame versichert, daß es hier jeder Gast nach seinen Wünschen halten könne, nur sei ihnen, habe sie gesagt, der Ausschank starker Getränke verboten. Im übrigen, habe sie sich zu dem kaum bekleideten Mädchen gewandt, werde er, was das Köpfchen betreffe, mit dieser hier sicherlich auf seine Kosten kommen, und habe den Raum zwischen ihnen andeutungsweise frei gegeben. Mit welchen Kosten er denn außerdem würde rechnen müssen, habe er gefragt und zur Antwort bekommen, das werde er mit dem Mädchen direkt regeln. Er habe seinen Wunsch wiederholt, daß er nur ein stilles Gespräch bei einem Getränk suche, worauf sich aber die Dame mit dem scharf ausgemalten Gesicht bereits weitergewandt habe und er, genau besehen, dem Mädchen bereits auf die ersten Treppenstufen gefolgt sei. Was er von ihrem Gesicht habe erhaschen können, sei weder unangenehm noch verlockend gewesen, eine Erinnerung an niemand, den er ge-

kannt habe, am ehesten vielleicht an die Frau eines Jugend-
freundes, mit dem er seit vielen Jahren nicht mehr verkehrt
habe, und auch mit dieser Frau habe ihn damals nichts Ge-
naues verbunden, kaum ein bestimmtes Gespräch. Treppe um
Treppe sei er hinter dem Mädchen so hergegangen, daß sich
der Abstand zwischen ihnen vergrößert habe. Auch das Trep-
penhaus sei auf den ersten Blick abwaschbar gewesen, Ober-
flächen, die sich staubfrei verbunden hätten und, obwohl sie
räumlich gewesen seien, alles Perspektivische verloren hätten.
Er sei diesem Mädchen in seinem roten, mehrfach gebänder-
ten Höschen und Büstenhalter durch reine *Flächen* nachge-
stiegen und habe plötzlich gemerkt, daß es in diesen Nicht-
Räumen auch nicht einen Schimmer von Tageslicht gegeben
habe. Die Helle der Birnen in ihrem Ziergitter, die gleichmäßig über die Treppenhausdecken verteilt gewesen seien, hätte
jede Ecke glattgestrichen. Vermutlich seien die Tüllvorhänge,
die er von draußen gesehen habe, drapierte Bretter gewesen.
Er habe nun doch eine Zunahme der Temperatur gefühlt, die
der Wärme draußen völlig entfremdet gewesen sei und deren
Ölhauch, je höher sie stiegen, das Haus sei von innen unver-
gleichlich höher gewesen als von außen, mit einem Stich Toi-
lettenwasser versetzt gewesen sei; eine *alte* Wärme sei es gewesen, die ihn an Notzeiten erinnert habe. Endlich habe das
Mädchen, wobei sie Schatzi gesagt habe, in einem hellgrünen
Winkel eine rosa Tür geöffnet und ihn in eine nun wirklich
sehr kräftige Wärme eintreten lassen. Dann habe sie sich, wie
auf Befehl, sofort auf einen Stuhl an der Wand gesetzt, eine
Zigarette aus der Packung geklopft und angezündet, während
er stehengeblieben sei, unsicher, wo er Platz nehmen sollte.
    Jetzt hören wir dem Großvater aber atemlos zu.
    Es habe in diesem kleinen, künstlich, aber nicht unfreund-
lich beleuchteten Raum ein Bett gegeben, das die der Tür ge-
genüberliegende Ecke eingenommen habe und von einem
hölzernen Aufbau umlaufen gewesen sei, auf dem sich, wie in
einer Schießbude, die Andenken gedrängt hätten. Das Bett
selbst habe nicht so ausgesehen, als ob es zum Gebrauch oder

auch nur zur Ruhe bestimmt gewesen wäre; es sei durch mehrere schwere Wolldecken gleichsam abgedichtet und durch ein ungeheures Bambi gesichert gewesen.

Ein Bambi? fragen wir.

Ein Reh, sagt der Großvater.

Aha, sagen wir und verstehen kein Wort.

Schon der Gedanke, sagt der Großvater, mit diesem Bett etwas anzustellen, sei von Anstrengung begleitet gewesen. Hinter dem Kopfende habe sich der Umbau zur Tür fortgesetzt, indem er zum Tablar eines etwas höheren Schränkleins geworden sei, auf dem zwei Kopfformen mit flachen Augenmulden aus weißem Kunststoff gestanden und vermutlich zum Anprobieren von Perücken gedient hätten. Über diesem Schränklein habe eine eingerahmte Verordnung gehangen, die an einen Räumungsplan bei Feuerausbruch erinnert habe. Den Abschluß hinter der Tür habe ein Heizungsradiator gemacht. Unmittelbar ans Fußende des Bettes habe ein Tisch mit brauner Fransendecke angeschlossen, auf dem einige bunte Magazine gelegen hätten, eines davon habe »Kurier« geheißen. An der entfernteren Seite des Tisches habe das Mädchen gesessen und heftig geraucht. Dem Mädchen genau gegenüber neben der Tür habe sich ein flaches Gestell befunden, das über und über mit Dosen, Tuben und Flaschen angefüllt gewesen sei. Die größten Spraydosen auf dem obersten Brett hätten sich in einem Spiegel gespiegelt, der aber nicht ihre ganze Buntheit aufgenommen habe; dabei sei er weder getönt noch staubig gewesen. Daneben am verschlossenen Fenster, dem Bett diagonal gegenüber, habe sich eine Liege mit aufgeworfenem Kopfteil befunden, deren Fußende mit weißlichem, offenbar gegen Schuhspuren schützendem Plastic verpackt gewesen sei, dahinter, auf der Mitte der Liege, sei ein länglich gefaltetes Frottiertuch hingebreitet gewesen.

Er hätte, sagte das Mädchen, das Haus sehen sollen, bevor es die gegenwärtige Besitzerin übernommen und in Ordnung gebracht habe. Eine Lotterbude sei es gewesen, schämen habe man sich müssen. Aber das sei vor ihrer Zeit gewesen.

Der Großvater habe genickt und sich immer noch nach einer geeigneten Sitzfläche umgesehen. Es sei deutlich gewesen, daß jedes Niederlassen in diesem Zimmer schon die Einleitung zu Tathandlungen bedeutet habe. Um dem Mädchen am Tisch wenigstens notdürftig Gesellschaft zu leisten, habe er die Kante des Bettes benützen müssen, wo allerdings für seine Beine unter dem Tisch selbst kein Platz geblieben sei, so daß er sie gerade vor sich, übereinandergeschlagen, in den kleinen Raum hinaus habe strecken müssen. Dann erst habe er das Köfferchen abgestellt. Er habe nun doch mit dem Mädchen an der gleichen Wand gesessen; wenn er sich angelehnt hätte, sagt der Großvater, hätte er allerdings die Andenken auf dem Bettumbau in Unordnung gebracht. Er habe seine Bitte um ein Getränk wiederholt, worauf sie das Wort Schatzi, auch Schatzelein, wiederholt und den Raum wieder sehr schnell verlassen habe. Nach einigen Augenblicken habe sie, die Zigarette mit derselben Hand haltend, ein Glas vor ihn hingestellt und in der halboffenen Tür das Limonadefläschchen, indem sie es beidhändig gegen den Schloßkasten gestemmt und die Augen, unter denen die Zigarette baumelte, zugekniffen habe, geöffnet. Nachdem sie eingeschenkt habe, habe er sich überlegt, ob es geraten sei, aus dem Glas zu trinken, habe es aber später doch getan. Für sich selbst habe sie kein Glas gebracht. Darauf habe er sie, wie zu leise schon auf der Treppe, gebeten, ihn nicht Schatzi zu nennen. Er müsse schon entschuldigen, habe sie gesagt, das laufe so mit in ihrem Beruf. Später habe sie übrigens ergänzt, die Anrede sei ihr selbst anfangs schwer genug gefallen, aber da sie viel verlangt werde, sitze sie bei ihr jetzt ziemlich fest. Der Großvater habe manchmal das Glas an die Lippen geführt, ohne damit dessen eigentlichen Rand zu berühren; dabei sei ihm einiges auf die Hose geflossen.

Ein Blick auf die vielen Kinderbilder auf der Bettumrandung habe ihm Gelegenheit gegeben, sich nach ihren Familienumständen zu erkundigen. Es habe sich gezeigt, daß das kleine Mädchen nicht sie selbst in früheren Jahren, sondern ihre eigene, jetzt fünfjährige Tochter gewesen sei; die Bilder aus verschiedenen Jahren hätten immer das gleiche Kind gezeigt. Auf einem Farbfoto habe er sie aber auch selbst erkannt, an den Kotflügel eines Personenwagens gelehnt und einen Arm gelegt um den Führer desselben, der seinerseits das Lenkrad in beiden Händen gehalten habe. Er sei hellblond gewesen und habe dürftig, aber nett wie auf einer Fotografie gelächelt. Ferner sei noch ein gemeinsamer Bekannter, vom Rand etwas angeschnitten, dabeigewesen.

Um die Bilder zu betrachten, habe er sich wieder erheben müssen, mühelos übrigens, da man auf dem Bett nicht eingesunken sei. Er sei ein wenig im Zimmer herumgegangen, habe gebeten, ihr Alter schätzen zu dürfen, und es habe sich gezeigt, daß er sie drei Jahre zu alt geschätzt habe.

Sie habe aber keine Kränkung zu erkennen gegeben. Nach ihrer Herkunft befragt, habe sie gesagt, daß sie in dieser Stadt geboren und in einer Gegend jenseits der Geleise aufgewachsen sei, und, wieder auf Anfrage, ergänzt, daß sie seit zwei Jahren hier arbeite. Es sei nicht leicht gewesen, einen freien Platz zu erhalten, die Besitzerin sei wählerisch, da sie studiert habe, auch nehme es die Stadt mit der Unbescholtenheit der Kandidatinnen sehr genau. In zwei Jahren hoffe sie, habe sie gesagt, sagt der Großvater, das Geld für einen eigenen Frisiersalon beisammen zu haben. In diesem Augenblick sei im Haus ein fürchterlicher Schrei zu hören gewesen. Nach einer fragenden Kopfbewegung des immer noch ziellos herumgehenden Großvaters habe das Mädchen erklärt, die Schreiende sei die Älteste im Haus, schon bei 45. Es rapple ihr, und sie könne leider absolut nichts anderes arbeiten. Dabei besitze sie zwei aufwendig eingerichtete Wohnungen mit vielen Apparaten, von denen sie kaum einen bedienen könne, nicht einmal ein Spiegelei braten könne sie sich. Wenn das Telefon bei ihr läute, stelle sie vor lauter Schreck den Fernsehapparat ab und drehe alle Lichter aus, weil sie hoffe, für den Anrufenden dann weniger vorhanden zu sein. Auch nachdem das Telefon verstummt sei, sitze sie zur Sicherheit noch eine ganze Weile im Finstern.

Haha, sagen wir, und der Großvater hält das für Lachen.

Zum Lachen sei das nicht gewesen, und der Großvater habe das Mädchen gefragt, ob es ihrem Frisiersalon gegebenenfalls nicht schade, wenn jedermann in der Stadt wüßte, daß sie hier gearbeitet habe. Er würde es, entgegnete sie, nicht glauben, wie wenige Leute Bescheid wüßten. Außer ihren Eltern und ihrem Freund nur noch ihre Schwester; und die hätten sich alle, wenn auch nicht eben bereitwillig, damit abgefunden. Ob sie viel auswärtige, etwa amerikanische Gäste habe, habe der Großvater gefragt, und zur Antwort bekommen, daß dies nicht der Fall sei, eigentlich nicht. Hier habe er einen Widerspruch zu bemerken geglaubt, aber aus Takt unterlassen, sie darauf hinzuweisen. Die Lektüre der Bordellordnung an der Wand, in der die in diesem Hause zugelassenen Einzelheiten des Verkehrs festgehalten und die gesundheitspolizeilichen Pflichten der Mädchen sowie ihre Tarife geregelt waren, habe ihn an einen zeitgenössischen Zeichner erinnert, der ein ähnliches Dokument aus einer andern Stadt mit eher heiteren als pikanten Bildern illustriert habe. Um das Gespräch zu vertiefen, wozu er, da ihm ihr nervöses Rauchen in verschränkter Stellung auf dem Stuhl unbehaglich geworden sei, eine Art Verpflichtung gefühlt habe, habe er sie gefragt, ob sie ihm in einer familiären Sache einen kleinen Rat geben könne.

Ist das wirklich wahr, Großvater? lachen wir alle.

Niemals pflegt der Großvater, der ein Herr alter Schule ist, an dieser Stelle zu reagieren, sondern fährt etwa fort: das Mädchen habe ohne jede Reserve geantwortet, daß er mit dieser Bitte an die Falsche geraten sei. Sie habe es selber noch nie gehabt, weder bei ihrem Freund noch bei irgendeiner andern Gelegenheit. Manchmal spiele sie mit dem Gedanken an einen Arztbesuch, aber das koste sie zuviel, außerdem vermisse sie nichts und sehe nicht ein, wozu sie das haben müsse. Sie sei nun einmal ein eigener Mensch. Daß sie ein eigener Mensch sei, habe sie noch an mehreren Stellen dieses Vormittags wiederholt, aber eingeräumt, im Haus gäbe es welche, die es hätten, wenn es sich so gäbe. Die sagten dann: wenn es Spaß macht, warum sollten sie es nicht laufen lassen, aber die seien hier in der Minderzahl. Ob es sie störe, mit ihm einfach eine Weile zu plaudern, habe der Großvater dann gefragt und zur Antwort bekommen, es störe sie durchaus nicht.

Als er sich neben sie gelegt und ihren Perückenkopf wie ein dürres Gesträuch mit den Armen eingefaßt habe, habe sie ein paarmal über seinen Rücken gestrichen, was ihm vorgekommen sei, als beschrifte jemand ohne hinzusehen ein Brett, mit Fingern, denen das zu kleine Stück Kreide zu entschlüpfen drohte, so daß auch die Nägel etwas mitkratzten.

Moment, sagen wir. Hast du hier nicht etwas ausgelassen? Das sagen wir jedesmal, aber noch nie ist es gelungen, seinen Erinnerungssprung zu verkürzen. Durchaus nicht, sagt er jedesmal, er habe durchaus nichts ausgelassen, sagt er, stopft sich seine Pfeife und errötet im Schein des Streichholzes.

Da gibt es Stellen, die hast du unterschlagen, sagen wir. Großvater, es ist eine Liebesgeschichte.

Er liebe uns ja, sagt der Großvater und zieht wie wild.

Schon recht Großvater, sagen wir streng durch all den Rauch. Bis hierher warst du präzise, nur zu ausführlich, Großvater, aber jetzt kommst du ins Schleudern. Man ist im Bild über die Kakaoreklamen zu deiner Zeit, auch Bahnhöfe kann man sich zur Not vorstellen, und den Kunstrasen haben wir noch selber erlebt. Im Dunkeln tappt man dagegen über weite Gebiete des Privatlebens zu deiner Zeit, und vergiß nicht, du bist eine Quelle.

Der Großvater beginnt zu weinen.

Das nehmen wir dir nicht ab Großvater, sagen wir, deine Erinnerungen in Ehren, aber jetzt steht unsere Neugier auf dem Spiel, die eine wissenschaftliche ist. Es gab damals bei euch diese Kopplungsmanöver, und dabei hast du noch mitgemacht. Heraus damit.

Der Großvater gibt sich Mühe lautlos zu weinen, aber uns schlägt er kein Schnippchen, dieser alte Mensch.

Heute keine Erdnußbutter, morgen keine Rudi-Ungewitter-Show, sagen wir, denn wir haben auch unsere Mittel.

Der Großvater trocknet seine Tränen. Damals habe er keine Stelle ausgelassen, sagt er. Er habe diesen Körper zu bewegen, zu *erreichen* versucht, der nur noch mit zwei kleinen Kettchen verschnürt gewesen sei, eins um den Hals, eins um die Hüften, woran ein Medaillon geklingelt habe.

Ein Medaillon, Großvater? fragen wir, denn oft führen unscheinbare Funde zur Entdeckung ganzer Epochen.

Mit einem Kopf drauf, sagt der Großvater, der Kopf eines Kaisers sei auf dem Medaillon zu sehen gewesen.

Ausgeschlossen, sagen wir, so alt kann das Mädchen nicht gewesen sein.

Er habe sie auch gefragt, ob sie katholisch sei, sagt der Großvater, was sie heftig bestritten habe.

Katholisch, nicht katholisch, sagen wir, wo hattest du dein Gesicht, Großvater?

An ihrem Ohr, sagt der Großvater.

Widerspruch! Widerspruch! rufen wir. Wenn du dein Gesicht an ihrem Ohr gehabt hast, hast du das Medaillon nicht sehen können, denn, Großvater, es hing an ihren Hüften, dein sogenannter Kaiser spielte mit ihrem Schamhaar, ja oder nein? Das Schamhaar kennen wir aus dem Wörterbuch.

Er habe das Medaillon *fühlen* können, sagte der Großvater, damals habe man ja noch einen empfindlichen Bauch gehabt. Außerdem habe er in der Zwischenzeit Gelegenheit genug gehabt, es zu betrachten.

In der Zwischenzeit? fragen wir mit gespielter Verwunderung. Sieh an, von der hören wir ja zum ersten Mal. Wo ist denn diese Zwischenzeit hingekommen, Großvater?

Das hätte er sich damals auch gefragt, und das könnten wir nicht mehr verstehen, sagt der Großvater, weil ihr nur noch kleine bunte Klötzchen seid, harte Klötzchen in euren Kinderbetten. So direkt kann der Großvater werden, wenn man ihn in die Enge treibt. Man kann seine Pfeife schnarchen hören.

Du hast das Mädchen also zu bewegen versucht, Großvater, sagen wir großmütig, denn seine Ansicht über uns tut nichts zur Sache. Und dann?

Das Mädchen habe, nimmt der Großvater seinen Faden wieder auf, immerzu gebebt, es sei ein einförmiges unterschwelliges Beben gewesen offenbar nervöser Art, denn es habe sich weder unterdrücken noch steigern lassen. Es habe sich mitgeteilt als ein dem Frösteln verwandtes Ergebnis gespannter Hoffnungslosigkeit oder einer Erwartung, die mit Gewalt irgendwo eingerastet und auch mit Höflichkeit nicht mehr zu lockern gewesen sei.

Und da weint der Großvater schon wieder und nimmt dazu nicht einmal die Pfeife aus dem Mund.

Zut, zut, Großvater, schnalzen wir, immer mit deiner Höflichkeit, das hast du doch nicht nötig.

Das sei es ja gewesen, schluckt der Großvater, er habe es nicht nötig gehabt, es habe für ihn keine Notwendigkeit gegeben hier zu sein, darum habe er dieses unnatürlich bebende Mädchen nicht erlösen können, er meine: losreißen. Es habe wenigstens einen Frisiersalon vorzuweisen gehabt, und er? Außer ein paar Stück Kunstrasen nichts als den matt gewordenen Wunsch, vor diesem Hause umzukehren. Ein bißchen Hitze über den Geleisen sei doch kein Grund gewesen. Nichts habe ihn beschwert als der Zufall, als er hier eingetreten sei, er habe, mit einem Wort, der Liebe nicht gehabt, und darum habe es für ihn hier nichts zu vögeln gegeben.

Das war ein Wort, rufen wir, wir haben es im Lexikon gefunden, aber jetzt weiter im Text, drauf, Großvater, sagen wir und klatschen rhythmisch in die Hände, um dem Großvater Beine zu machen, wir wollen ihn endlich zappeln sehen, den feinen alten Mann. Aber er schweigt, nickt höchstens ein wenig in unserm Takt, er will ja kein Spielverderber sein. Er wartet nur, bis wir müde werden, wir werden rasch müde, das weiß er. Wir könnten dem Großvater die Erdnußbutter nicht sperren, wenn wir noch wollten, denn er ist es, der sie uns ans Bett bringt, wir haben sonst niemanden. Unterwegs kann er sich die Finger ablecken, wie er will. Das ist das Elend unserer Periode, sie beruht immer noch auf den älteren Leuten. Aber es kommt selten vor, daß Großvater uns das fühlen läßt, er ist noch ein Gentleman. Nur beim Erzählen macht er mit uns, was er will.

Stellen gebe es bei ihm nicht, sagt er. Wenn wir Stellen wollten, so sollten wir sie in unseren alten schmutzigen Büchern nachschlagen.

Erstens sind es deine Bücher, Großvater, sagen wir, zweitens schließt du sie weg, wo du kannst, und drittens stehen dort die Stellen nur so im allgemeinen, und Liebe ist damals was Besonderes gewesen. Sagst du selbst, Großvater, sagen wir.

Sie sei nichts Besonderes gewesen, sagt der Großvater, da habe alles Zureden nichts geholfen. Das Mädchen habe mit immer derselben störrischen Geistesgegenwart geantwortet und dazu ihre Augen fest auf die Zimmerdecke geheftet gehabt. Einmal habe er sie angefaßt und ihr Gewicht zu schätzen versucht, wieder zu hoch, und wieder habe sie das nicht übelgenommen, nicht einmal übelgenommen habe sie, Fett wiege eben leicht, habe sie gesagt. Dann sei sie, als habe er irgendwo einen Groschen eingeworfen, plötzlich ins Wackeln gekommen –

Siehst du, Großvater! triumphieren wir; warm, Großvater, nicht nachlassen, Großvater –

– aber dann habe er ihr augenblicklich die Hand weggeschlagen, und nie haben wir erfahren, wo sie damals ihre Hand gehabt hat. Dann habe sie die Arme hinter dem Kopf verschränkt zum Beweis, daß sie ihm keine *Falle* habe stellen wollen, das war wieder eine unklare Wendung im Bericht des Großvaters. Seine Empfindlichkeit habe ihn leider gehindert, diese kleine moralische Schönheit zu würdigen. Statt dessen habe er ihr Ohr gesucht, um da hineinzusprechen, erst mit den Lippen, dann mit den Zähnen. Er habe einfach *spielen* wollen, brach es aus dem Großvater hervor.

Dafür hast du jetzt uns, sagen wir schadenfroh, uns kleine bunte harte Klötzchen.

Das sei wahr, sagt der Großvater traurig.

Wir sind Forscher und keine Unmenschen, deshalb fragen wir: was wolltest du dem Mädchen denn ins Ohr sagen?

Nichts, sagt der Großvater und wird wieder rot. Etwas Freundliches über ihre kleine Tochter vielleicht, über das Wetter in Njesa. Aber von ihm habe sie sich nicht rühren lassen. Dann, wie gesagt, habe er ihr Ohr mit den Zähnen gepackt.

Und dann? fragen wir, denn das ist jedesmal eine schöne Stelle.

****, ****, ****, ****! ****, ****, ****! ****, ****! ****!! schreit der Großvater völlig haltlos, aber so leicht lassen wir uns nicht abspeisen.

Steht alles in unserem Wörterbuch, sagen wir, wir wollen wissen, wie es *wirklich* war.

Wirklich, wirklich, mault der Großvater, damals sei die Wirklichkeit schon etwas ins Schwimmen geraten, man habe es daran gemerkt, daß Kinder wie wir zur Welt gekommen seien und sich sprunghaft vermehrt hätten, sauerstoffarme Geschöpfe. Früher habe es noch riesige Aufgebote von Liebe gegeben, sagt er, ganze Jugenden seien darüber hingeschmolzen. Ein anständiger Mensch habe sich noch geweigert zu glauben, daß die menschliche Krankheit aus einem Punkt zu kurieren sei. Aber schon in Großvaters frühen Mannesjahren seien gewisse Spielarten von Gefühlen verlorengegangen, deren Notwendigkeit man erst hinterher empfunden habe, aber dann habe man naturgemäß aufgehört, sie zu empfinden.

Spurenelemente, nicken wir.

Man habe nur noch aus einem dumpfen Mangel heraus gehandelt, zum Beispiel ein Bordell aufgesucht, von denen es nur noch wenige gegeben habe, Erinnerungsstücke sozusagen, an Zeiten, wo die Liebe noch etwas Besonderes gewesen sei. Aber er langweile uns bestimmt, sagt der Großvater bei dieser Stelle, die er manchmal stärker, manchmal weniger stark formuliert.

Das macht nichts, Großvater, sagen wir. Fasse dich. Was hast du nun mit dem Ohr des Mädchens angefangen?

Er habe es ihr zurückgegeben, sagt der Großvater und kommt allmählich wieder ins Erzählen hinein, wir lassen ihn, es ist doch nichts zu erfahren. Zunächst habe es sich ja so an-gefühlt, als lasse sich aus diesem Ohr ein Lebenszeichen her-ausziehen, sogar geflüstert habe sie jetzt: nein, bitte nein, und nochmals nein, verdammt. Das habe einen echten Klang ge-habt, aber nur, weil er ihr jetzt *wirklich* lästig gewesen sei, das habe sie durch ein gehässiges Hin- und Herwerfen ihres Kop-fes bezeugt. Als ob das Ohr mit dem Roßhaar rundum ein rei-nes Vergnügen gewesen wäre. Er aber, immerhin glücklich über den Anfang einer Bewegung, ohne wissen zu wollen, wohin sie führte, ob es überhaupt eine Bewegung war und nicht vielmehr der Kampf gegen eine solche, ein längst zur Routine erstarrter Kampf vermutlich, denn was habe sie von ihm zu erhoffen gehabt, da er ja aus Zufall hierher geraten sei und sie sich wohl überhaupt das Unverständnis von Hoff-nungen zur Lebensregel gemacht habe – wo er geblieben sei?

Du aber, sagten wir. Er weiß die Wörter, aber wir verstehen uns auf Grammatik.

Er aber habe sich, richtig, an diesem Fleisch, das in seiner Hoffnungslosigkeit ertaubt war, ein paar Augenblicke so fest-gehalten, als gäbe es hier noch Leben zu zeugen, oder die Ver-säumnis eines solchen einzuholen.

Orgasmus? fragen wir an dieser Stelle.

Warum nicht, sagt der Großvater und wird nicht mehr rot. Das hätte damals schon nichts mehr zu bedeuten gehabt.

Erzähl zu Ende, Großvater, sagen wir. Wir kennen ihn doch, der Mann gibt nichts mehr her.

Ihr Körper habe sich unter ihm, aber von ihm weg, obwohl er darauf gelegen habe, der Eindruck also sicher täuschte, zu einer unnachgiebigen Kugel geschlossen, die ihm nirgends Halt gegeben, oder auch nur nachgegeben habe; so daß er, um nicht abzurutschen, sich immerfort auf seine eigenen Arme habe stützen müssen. In dieser Lage, nur sehr stark vorge-neigt, habe er ihr Ohr mit einem Laut zu erfüllen gesucht, der sanft genug gewesen wäre, um nicht gleich herausgeschüttelt zu werden. Aber sie habe auch ihr Ohr in die Kugel hineinge-drückt, die ihr Fleisch gegen ihn gebildet habe. Da habe er

denn fahrenlassen und den Rest in ihre Brüste hineinge-
schrien; diese Brüste seien von einer erschöpften Spitzigkeit
gewesen, die ihn an zu Hause erinnert habe, an etwas von seiner Mutter Gestricktes; der Oberkörper des Mädchens habe
mit diesen Brüsten eigentümlich, wenn auch armselig, *bekleidet* gewirkt; als ob hier etwas zu schonen gewesen sei. Als er
sich schließlich höher aufgestützt habe, um ihr Gelegenheit
zu geben, aus ihrer Kugelform herauszukriechen, eine ganz
unmißverständliche Gelegenheit, habe sie einen Seufzer der
Erleichterung ausgestoßen und, ohne ihm einen Blick zu geben, wiederholt, er solle sich die Mühe sparen, so sei es nun,
sie sei nun einmal ein eigener Mensch. Schatzi, habe sie nach
einer Pause beigefügt. Und: Entschuldigung.

Dann hätten sie sich augenblicklich erhoben, wobei es endlich zu keiner unnötigen Bewegung mehr gekommen sei.

Von der Liege?

Von der Liege.

Wie schade, sagen wir. Eigentlich lieben wir solche Geschichten gar nicht, als Geschichten; und als Forschungsbe-
richte bleiben sie zu dünn.

Während er sich langsam angekleidet habe, habe der Großvater zugesehen, wie sie sich den Schoß erst einsprühte, dann
mit einem rassigen Nachfeilen des Handtuches abtrocknete.
Das Häusliche dieser Verrichtungen habe ihm eingegeben, ihr
nochmals, seinen Hemdärmel durchstoßend, mit noch unge-
knöpfter Brust über das steife, wie verglaste Haar zu streichen, worauf sie Schatzi gesagt und sich nicht mehr entschuldigt habe. Während er auf die Uhr geblickt habe, fast sei es
schon Mittag gewesen, habe er sich noch erkundigt, ob sie jeden Gast bedienen müsse. Grundsätzlich jeden, habe sie geantwortet, außer wenn er schmutzig oder betrunken sei, aber
Türken und Italiener erhielten grundsätzlich keine Erlaubnis,
sich ganz zu entkleiden. Er habe die Brieftasche geöffnet und
sich nach seiner Schuldigkeit erkundigt, zweihundertfünfzig
seien es gewesen, die sie in einer kleinen Kassette auf ihrem
Bettumbau verstaut habe; diese Kassette habe sie übrigens

während ihrer zweimaligen Abwesenheit offen stehen lassen. Dann habe er den Griff seines Koffers in die Hand genommen, er sei wieder leicht gewesen. Sie habe ihn, sagt der Großvater, trotz seiner Gegenvorstellungen, all die Treppen wieder hinunter zum Ausgang begleitet; das gehöre, habe sie erklärt, zu den Usancen dieses Hauses. Zum letzten Mal habe er, als er sie vorausgehen ließ, die undeutliche Festigkeit ihres Fleisches vor Augen gehabt, das die Höschen und der Büstenhalter mit ihren straffen Rändern angeschnitten hätten. Die Besitzerin habe sich nicht mehr gezeigt, zum Zeichen offenbar, daß an seinem Wiederkommen niemandem gelegen war.

Da hast du dich gewiß getäuscht, Großvater, sagen wir, aber er will keinen Trost.

Er sei hineingegangen, weil er zwanzig Jahre früher, als Jüngling, mit dem Gedanken gespielt habe, hineinzugehen; als bald Vierzigjähriger habe er sich endlich darüber beruhigen können, daß er damals nicht hineingegangen sei. Unter der Tür habe er sich überlegt, ob er sich von dem Mädchen mit einer Verbeugung verabschieden solle, und dann habe er es auch getan.

Und in diesem Augenblick habe es zwölf Uhr geschlagen. Zwölf Uhr mittags.

Hu, sagen wir und schreien vor Schreck.

So also war es damals in den Bordellen, sagen wir.

Nein, sagt der Großvater, so war es bei mir, und das wird an mir gelegen haben.

Und der Kunstrasen, Großvater, fragen wir. Und Njesa? Der Turnsportverein?

Der Großvater schweigt. Wenn er seine Geschichte fertig erzählt hat, seiner Ansicht nach, will er von seinem Kunstrasen nichts mehr wissen, den rollt er nur für die ersten Spielzüge aus. Was war dieser ewige Rasen, auf dem der 1. FC Njesa siegte oder verlor, neben diesem 0:0 im Haus mit der Kakaoreklame, in Geleisenähe und nahe der Mittagszeit. Lange her war das gewesen, nichts war es gewesen oder so gut wie nichts, aber etwas für sich.

Wir mögen unsern Großvater. Er wird noch rot, er ist nicht aus unserer Zeit. Aber er erzählt noch, er ist noch ein Erzähler.

Der Wiedergutmacher

Es gibt im Deutschen nicht viele Wörter mit einem doppelten
»d«. Armin Bleuler aber, 52 und ein unauffälliger Mann,
wurde kürzlich von einem hiesigen Gericht der Leichenfledderei angeklagt. Er war voll geständig. Der Prozeß wäre noch
kürzer gewesen, wenn das Gericht nicht geschwankt hätte,
ob es auf Diebstahl oder auf Veruntreuung erkennen sollte.
Schon daraus erhellt, daß es sich bei der Leichenfledderei um
ein ungebräuchlich gewordenes, hochspezialisiertes Delikt
handelt – die Zeiten für üppige Grabbeigaben sind vorbei, ja
die Zeit der Gräber neigt sich ihrem Ende zu –; allenfalls
kommt ein Funktionär dafür in Frage, ein Beamter des Krematoriums vielleicht, der die Bereitschaft der Toten für ihren
letzten, nun ja: Gang zu überprüfen hat; und man darf doch
hoffen, daß gerade diese Leute sorgfältig ausgesucht sind.
Nun, Armin Bleuler, unauffällig, kahl bis auf einen rötlichen
Schnurrbart, der auf seinem glatten Kopf kaum zu haften
schien und wie ein kleines Wunder wirkte – Armin war eben
ein solcher Beamter und Vertrauensmann, und man muß sich
fragen, ob es klug von ihm war, ein Delikt zu begehen, das
kein anderer begangen haben konnte, und wegen 219 Franken 50 Rappen schuldig zu werden, denn darauf belief sich
der Deliktbetrag.
   Moralisch und rechnerisch ist das natürlich keine Frage.
Und doch muß daran erinnert werden, daß Leichenfledderei,
trotz des unsympathischen Klangs, nur ein Wort ist. Es sitzt
schlecht auf lebendigem Fleisch, wie fast alle Wörter; es verbirgt ein Problem, das durch Sprache – auch durch den gnädi-
gen Spruch eines Gerichts, vier Monate auf Bewährung – ab-
schließend nicht zu regeln ist. Ein gewissenhafter Beamter
wie Armin tut nichts Sinnloses; es kann aber geschehen, daß
ein in sich stimmiges System von Handlungen sich zur Bedrohung des größeren Systems auswächst, von dem es sich
genährt hat; dann wird ein eifriges Organ zum Krebsübel und

ein ehrlicher Täter über Nacht zum Kriminellen, sogar zum Opfer seiner Tat. Das ist wirklich eine Systemfrage. Aber mit dem Begriff der doppelten Moral soll hier nicht operiert werden, auch von Sozialkritik sind wir weit entfernt. Armin hätte weder das eine noch das andere zugegeben. Daß er wie der Ochs am Hag vor seiner eigenen Tat steht, malerisch sozusagen, nimmt, was ihn betrifft, von ihrer Strafwürdigkeit nichts weg. Kein Mensch in der Stadt kennt, wo es um die Moral geht, weniger Spaß als er, und von Sozialkritik weiß er nicht nur nichts, er will auch nichts davon wissen. Er bekennt sich zu seiner Schuld, er schließt mit eigentümlichem Nachdruck auch seine Ehefrau darin ein – richtig, sie wurde, wegen Hehlerei, zu drei Wochen verurteilt, ebenfalls bedingt; er hatte danach keinen Ehrgeiz mehr, als ein Armer zu sein.

Das Gericht ließ ihn denn auch als Opfer gelten, zumal es, streng genommen, keine anderen Opfer gab. Armin hatte die Toten zwar gefleddert, ihnen aber – dafür waren sie schließlich tot – im Grunde nichts wegnehmen können, so wenig wie den Angehörigen, die auf das entfremdete Gut bereits schriftlich verzichtet hatten. Allerdings hatten sie es dazu bestimmt, mit den lieben Abgeschiedenen zusammen vom Feuer verzehrt zu werden; insofern hatte Armin letzten Wünschen und damit der Pietät zuwidergehandelt. Die Gerechtigkeit mußte ihren Lauf nehmen, so gut sies verstand, und Armin trug das wie ein Mann. Zumal er jemand hatte, dem ers nachtragen konnte, so schwarz und schweigsam, wie Männer hierzulande ein Schicksal nachtragen.

Armin war das erste von sieben Kindern – ist es heute noch, um genau zu sein, denn seine Eltern und die Geschwister, bis auf zwei, leben noch, sie haben es noch erleben müssen. Der Vater war Gießer, in den Krisen der zwanziger und frühen dreißiger Jahre mehrfach brotlos, mehrfach in Versuchung, den Unternehmern, denen die Krise nicht so viel auszumachen schien, seine Arbeitskraft vor die Füße zu werfen, wenn er nur außerdem etwas besessen hätte. Aber er mußte erfahren, daß er als Person – auch von dieser blieben in schwarzen

Tagen nur starke Worte übrig, die ihm seine Frau verwies – ganz und gar an dieser Arbeitskraft hing. Man konnte ihn einfach dadurch erledigen, daß man sie ihm nicht abnahm. Sich verkaufen zu müssen und unverkäuflich zu sein ist eine Lektion, von der nur starke Charaktere etwas profitieren, die aber auch auf den Stolz der schwachen drückt.

Da es für diesen Stolz jahrelang kein anderes Betätigungsfeld gab als das Ehebett, darf man sich nicht wundern, wenn Gott eine solche Verbindung segnet. Das war wenigstens die Überzeugung der Ehefrau. Sie hielt ihren Mann nach Kräften aufrecht, auch wenn der Segen, den sein verletzter Stolz in diesem Zustand anrichtete, erdrückend wurde. Sie rettete ihn vor Verzweiflung, indem sie seiner Verzweiflung eine andere Richtung und von Geburt zu Geburt einen höheren Sinn gab. Gott nahm ja auch das eine oder andere wieder zu sich, bevor es sich gegen ihn versündigen konnte, und Armin, ein anstelliger Junge, war seit seinem sechsten Jahr zum Wickeln und Belehren der andern zu gebrauchen.

Lange war Vater Bleuler in Gefahr, im Schnaps unterzugehen, verfehlte dafür, wenn er nüchtern war, selten, seinen Kindern vorzuwerfen, daß sie »Rauschkinder« seien. Dann aber erlaubten ihm die Verhältnisse wieder, ein brauchbarer Arbeiter zu sein, sie erlaubten es über Erwarten, als die Wirtschaft, von den Wünschen der Generäle getrieben und den Gebeten der Mütter begleitet, Treue und Tüchtigkeit wieder mit harter Währung vergalt. Vater Bleuler goß wieder, daß es rauchte, wurde seine Arbeitskraft los und damit jeden Hang zu Alkohol, Beischlaf oder Rebellion. Er sorgte dafür, daß die Lehren, die er aus seinem Leben gezogen hatte, den Kindern anschlugen, und half gerne mit eigener Hand nach; er züchtigte sein Fleisch, wo er es fand, und bog es gerade an Leib und Seele. Die Kinder lernten bald, und der Älteste zuerst, daß es nur einen Weg gibt, dem Gröbsten zu entrinnen, den Weg nach oben – die Mutter hatte das immer gesagt und etwas Frommes gemeint, aber auch das Finanzielle ließ sie gelten. Daß so viel Schule des Lebens Armin auch geschädigt haben

könnte, versuchte der Verteidiger dem Gericht vorsichtig beizubringen; vorsichtig darum, weil an der Lebensschule als
solcher, die dem Gericht teuer blieb, nicht gerüttelt werden
durfte. Er verwendete daher Bauern- oder Klassikersprüche,
deren Weisheit unbedenklich ist, etwa: Allzu scharf macht
schartig, oder: Allzu straff gespannt zerspringt der Bogen.

Man könnte über Armins Triebkräfte vieles sagen und
hätte doch nichts gesagt, was nicht besser in modernen Lehr-
büchern steht, auch wenn es dort den wahrhaft Bedürftigen
kaum je erreichbar ist. Kurz gefaßt dürfte Armins Lebensplan
gelautet haben: Nur kein Arbeiter. Er begann als Gärtnerlehr-
ling; dann fand er eine Stelle bei der Stadt, die ihn zuerst zur
Pflege öffentlicher Anlagen, später bei der sogenannten Lan-
desausstellung und nach Kriegsausbruch im Friedhofsdienst
verwendete. Noch als Angestellter spähte er nach jeder
Lücke, die sich bei der eigentlichen Krematoriumsmann-
schaft auftat, und im April 1943 war es soweit: der Verwalter
des Zentralfriedhofs lud ihn zum Übertritt in die Beamtenklasse ein, und Armin durfte seinem Vorgänger, der am Verbrennungsofen tätig gewesen war, eigenhändig den letzten
Dienst leisten. Ja, er sah das Verglühen des Platzräumers, seines Wohltäters, mit eigenen Augen durch das Kontrollglas,
und das Gericht hätte sich einen Augenblick überlegen können, was dabei durch seine Seele ging. Schuldgefühle? Schadenfreude? Pietät? Von allem etwas? Armin hatte selbst einen strengen Vater gehabt, hier brannte ihm eine Vaterfigur
zur Asche nieder, und er wurde sogar fürs Zuschauen bezahlt;
so etwas bringt die Seele zum Schwitzen, und Armin behalf
sich davor mit einer Mischung aus Respekt und Schnödigkeit,
ohne die sein Delikt nicht verständlich wäre.

Der Respekt gehört voran:

Hier ist Armin an einem Berufsmorgen aus seinen besten
Tagen. An solchen pflegen zehn, oft ein Dutzend Leichen an-
zufallen, unbekannte Gesichter alle. Aber Armin behandelt
sie nicht als solche. Wie ein guter Wirt geht er jedem ein paar
Schritt vor die Tür entgegen – es ist ein Diensteingang, die nur

noch in Andeutungen byzantinisch erhöhte Nebenpforte des Krematoriums – und nimmt dazu die Hände aus den Taschen. Richtig, da kommt einer, Armin hat ein Gefühl dafür. Der Leichenwagen biegt eben weit vorn in die Zypressenallee ein. Schon der Leichenwagen! Armin kann auch nach vielen Dienstjahren ein Stirnrunzeln nicht unterdrücken. Das ist ja weder Fisch noch Vogel, dieser schwarze Lieferwagen, eine Konstruktion schlechten Gewissens ist das; seine funktionelle Kastenform verhöhnt die Pietät, die ihm, in Gestalt gekreuzter Palmwedel, auf die Hintertür klischiert ist (bei älteren Modellen: ins gestreifte Milchglas gekerbt). Keine Troddeln mehr, keine Rappen mit schwerem Schritt, kein offen getragener Blumenschmuck und keine entblößten Häupter. Armin versucht seinem Gesicht aus Respekt vor dem Tod so wenig Leben wie möglich zu geben. Ein Totenwagen, der sich im Verkehr wie ein gewöhnliches Auto benimmt! Bis auf die ewig brennenden Scheinwerfer: hier gilt anderes Recht! soll das heißen und ist doch eine rein dekorative Geste, der sich keine Verkehrsampel beugt. Daher das unanständige Tempo, mit dem der Wagen jetzt die Zypressenallee hinter sich legt, als wär das eine Versuchsstrecke und als müßte der Fahrer ausgerechnet im Friedhof wieder einbringen, was er auf der Straße versäumt hat. Auch ist, wie an allen Freitagen, der schwarze Lack, wie Armin von weitem feststellt, mit einer Staubschicht bedeckt, denn er wird nur einmal wöchentlich gewaschen, gewöhnlich samstags. Das ist Armin nicht genug; gleich wird er mit vorwurfsvollem Finger über den Kotflügel wischen, der hart vor ihm zum Stehen kommt, und nicht auf die Sprüche des Fahrers und seines Gehilfen achten, die aussteigen und den hintern Schlag aufreißen, als brächten sie irgendein Stückgut. Und genau so wird der Sarg aus seiner Halterung gerissen, an Armin vorbei durch die Tür geschleppt und dahinter hörbar abgesetzt; in diesem Augenblick schließt Armin die Augen und wünscht sich, auf dem Lande zu sterben.

Armin weiß noch um die Würde des Todes, und »wissen

um« ist mehr als wissen, es ist eine Form des Leidens. Darum leidet Armin unter dem Quantum, mit dem ihm seine Beamtenpflicht fertig zu werden gebietet; darum tut er mehr als seine Pflicht und setzt dem Quantum eine kleine symbolische Grenze. Er stattet das Leichenmagazin mit Blumen und älteren Farbdrucken (»Antonius predigt den Fischen«) zu einem echten Aufenthaltsraum aus, nach dem Vorbild der amerikanischen Funeral Homes, über die er sich Literatur besorgt hat. Bei solcher Liebesmüh kommt ihm freilich der große Anfall an Totengut wieder zustatten, indem für unbemittelte Tote von besseren Kremationen her immer ein Blumenüberschuß zur Verfügung steht. Der Chauffeur und sein Helfer achten nicht auf solche Dinge, wenn sie den Sarg mehr abwerfen als hinstellen, aber die Leidtragenden wissen es zu schätzen, wenn sie bei Armin zur Besprechung allerletzter Dinge vorsprechen, auch zu einem letzten langen Blick auf den Heimgegangenen. Armin läßt dann die Tür zu seinem Büro – er hat ein eigenes Büro, anstoßend an den »Aufenthaltsraum« – nur angelehnt. Er weiß, daß der Leidtragende in diesem Augenblick allein sein will, aber nicht völlig allein. Das Papiergeräusch im Nebenraum hält, ohne zu stören, die Verbindung zum Reich der Lebendigen aufrecht. Diese Papiere aber sind nötig, um, wenn der Angehörige sich tränensatt gesehen hat, noch einige Formalitäten zu erledigen, für die Armin als Beamter zuständig ist. Etwa: ist es der Wille der Leidtragenden, daß der/die liebe Dahingegangene auch den Ehering/den persönlichen Schmuck mitnehme, den Armin auf ihm/ihr festgestellt hat? Wenn ja, wäre es dem Hinterbliebenen gefällig, dies durch seine Unterschrift zu bezeugen? Wenn nein – es gibt ja gute, auch gefühlsmäßige Gründe, ein kostbares Andenken vor dem Feuer zu bewahren –, würde er auch dies aktenkundig machen, aber auf dem gelben Formular? Armin würde dann nochmals den Andachtsraum betreten und die gewünschten Dinge behändigen. Dabei nimmt er, ohne daß der oder die rechtmäßig Hinterbliebene dies zu bemerken braucht, ein Stück Seife mit: Eheringe sind nicht immer leicht zu entfernen. Niemals ist es vorgekommen – dies zu den Gerichtsakten –, daß Armin das Vorhandensein eines Wertstückes auf der Leiche unterschlagen hätte. Wer sich als Erbe ausgewiesen hatte, wurde bedient. Wenn aber auch die Seife nichts half, das gibt es, gebrauchte Armin keine Gewalt. Er ging dann in sein Büro zurück und sagte wörtlich – Zeugenaussagen haben diesen schönen Satz erhärtet –: der oder die Heimgegangene wolle den Ring nicht hergeben, sondern die Treue halten durchs Feuer und übers Grab hinaus. Bei Unverständnis des Hinterbliebenen neigte Armin seinerseits bedauernd das Haupt. Vor allem aber – und dieser Fall allein beschäftigte das Gericht –: auch wenn der Ring wegbedungen war, aber allzufest im Fleisch saß, ging Armin niemals hin und gönnte sich selbst, was er dem Leidtragenden verweigerte. Er honorierte Treue unter allen Umständen und sagte: so ein Ring ist niemals bei Bedarf ins Westentäschchen gewandert. Er soll ihm / er soll ihr / bleiben.

Daß man auch mit dem Ring am Finger treulos sein kann, wollte Armin nicht wissen. So weit ging seine Unschuld.

Genug vom Respekt. Und die Schnödigkeit? Für das geübtere Auge mag sie schon in der Bitterkeit lauern, mit der Armin für die eheliche Treue ihm gänzlich fremder Leichen demonstrierte. Zuvor muß noch angedeutet werden, daß er den Respekt noch viel weiter trieb – für den Geschmack mancher Laien, auch des Gerichts, einen Schritt zu weit. Leider bekam kein Psychiater Gelegenheit, sich dazu zu äußern, daß Armin, das Auge am feuerfesten Glas, der Verklärung seiner Toten öfter als nötig beiwohnte – so oft, als es ihm der rege Betrieb erlaubte, den er durch seine weit getriebene Pietät ab und zu ins Stocken brachte. Es ist übrigens unwahr, daß der Sarg sich unter Hitzeeinwirkung regelmäßig mit einem Knall öffnet und der Tote, vom Haar buchstäblich umlodert, sich ein letztes Mal darin aufrichtet; das geschieht in einem Dutzend Fällen höchstens einmal, und Armin wartete nicht extra darauf. Aber irgend etwas Unentbehrliches muß ihn wohl angeflogen haben, wenn er in dieses röhrende und pfeifende Inferno starrte – besonders vom Pfeifen macht sich der Laie nicht leicht einen Begriff! –, sonst hätte er kaum so sehr an dieser Kontrollpflicht gehangen und jedesmal tief aufgeatmet, wenn das fremde Menschenbild, treu oder untreu, in Glut und Asche zusammengesunken war und das Feuer sozusagen im Leeren röhrte. Da mußte etwas abgedankt, erledigt und zu Ende gepfiffen werden, alle Arbeitstage wieder, aber da der Psychiater dazu keine Stellung genommen hat, kann man nur ahnen, was.

Ahnen kann man und betritt dabei ein nicht weniger heikles Gebiet. Dabei hoffte der schwerhändig erzogene Armin endlich auf Boden unter den Füßen, als er sich, das war im Herbst 41, nach Hitlers Einfall in die Sowjetunion, mit einem braven Mädchen verlobte. Hier ist ein Wort zu der nachmaligen Hehlerin, Frau Sabine Bleuler, fällig. Armin hatte sie als geborene Oggenfuß in einem reichen Haus des Westens kennengelernt, wo er, um seinen damaligen Totengräberlohn aufzupolieren, nach Feierabend den Garten besorgte. Der Garten war schon fast ein Park zu nennen und beherbergte Rosenbosketts, einen Felsengarten und sogar – angebaut an einen Pavillon aus dem 18. Jahrhundert – eine kleine Orangerie. Da die Reserven an Arbeitskraft so gut wie ausgetrocknet waren, sah man den kräftigen und ernsten Junggärtner gern und hielt ihn so familiär, wie es der Abstand der Lebensart zuließ, den Armin durch Körpereinsatz, die Höflichkeit der Unbemittelten, zu verkürzen sich bemühte. Sein Umgang mit dem Dienstmädchen Sabine, das im Krieg zum Kinderfräulein erhoben wurde, begegnete der größten Duldung, die Armin keineswegs mißbrauchte. Er hätte ja gar nicht gewußt, wie! Kleine Schwestern wickeln und kommandieren, das ja. Aber wenn man selbst dazu angehalten wird, nichts Böses zu denken, so denkt man sich, da mans nicht hindern kann, das Falsche, schwüle Dinge, die man mit dem sicheren Betragen erwachsener Frauenspersonen, dem Dahinschweben ihrer eng geschnürten Hinterteile, unmöglich vereinbaren kann, weil mans nicht darf, da hilft alles Kommandieren nicht mehr und auf die Dauer nicht einmal die Selbstbefleckung. Armin war denn auch so befangen, daß sich selbst eine so einfache Verlobte wie Sabine vor ihm sicher fühlte, sicher und ein wenig geniert, denn männliche Unschuld ist bekanntlich ein explosives, ein unzuverlässiges Material. So plagte sich Armin mit dem Kreuz der ersten Liebe, welche die abscheulichste Form von Vereinsamung ist, die einem streng erzogenen Menschen zustoßen kann, getraut er sich doch nie, dem andern die Wünsche zu unterstellen, die er bei sich selber nährt und über denen der väterliche Schmutz- und Schuldspruch zentnerschwer hängt: die Drohung der Sünde, die Leben gab, aber vom Leben im vollen Sinn nichts wissen darf (ökonomische Gründe) und deshalb nichts wissen will (moralische Gründe). Armin tat mit Sabine nichts, wessen er sich zu schämen brauchte, aber auch nichts, wessen er sich nicht geschämt hätte. Er hatte eine unruhige Nacht um die andere, da half alles Gärtnern nicht, drei Stunden und an langen Sommerabenden noch mehr. Nun, er gewöhnte sich daran, seine Unschuld, und die Verlegenheit, die sie ihm und Sabine bereitete, als Unterpfand des Aufstiegs zu betrachten, des höheren Lebens, das ihm vorschwebte und das sich im Stil des Herrenhauses ahnungsvoll verkörperte. Armin bezog für seine Rosenpflege, Dornen inbegriffen, zweihundert Franken extra im Monat; das war damals eine Summe, die einen Arbeiter ehrte, ihn seinem Arbeitgeber nicht nur menschlich, sondern schon fast kulturell verband.

Trotzdem wunderte sich Armin, als er an einem Monatsletzten im Frühjahr 1943 ins Büro des Herrn gebeten wurde – ein großer Mann im Baugewerbe, sein Name tut nichts zur Sache. Auf dem ganzen Weg fragte er sich, was wohl ruchbar geworden sei, wer ihn verleumdet oder gar die Wahrheit ausgebracht habe, soweit sie seine erdrückend gewordene Phantasie betraf; denn ohne schlechtes Gewissen konnte Armin nicht mehr sein. Mit zittrigem Gewissen also trat Armin vor den Bauherrn und hatte nicht Muße zu bemerken, daß dessen diplomatische Gesten heute ebenfalls etwas eckiger ausfielen

als sonst. Aus den Augenwinkeln betrachtete er das Herrenzimmer, wo er noch nie gewesen war, die Bücherborde voll
Jahresberichte und Klassiker; selbst die Abendsonne hatte
hier einen feineren Schein als im Garten. Für die Stille im
Haus gab es auch gewöhnliche Gründe, denn der Herr hatte
Frau und Kinder in die Berge geschickt, an den Thunersee,
wo er ein Chalet besaß, die Luft besser und die Schlagsahne
markenfrei war; er ersparte sich einen großen Umzug, wenn
die Deutschen einfielen, war auch jederzeit bereit, in diesem
Notfall sofort zu seinen Lieben zu stoßen. Der Chauffeur
hielt denn auch das Cabriolet täglich fahrbereit und war zu
diesem Zweck, der Herr wußte wie, sogar vom Militärdienst
freigestellt, wie übrigens auch Armin selbst, der als Totengräber ein kriegswichtiges Amt versah und im übrigen eine gelbe
Armbinde besaß, die ihn zur Evakuation zweier Häuserblocks ermächtigte. Der Herr seinerseits war Oberst; er hatte
seinem Baugewerbe irgendeinen militärischen Anstrich zu
geben gewußt und fuhr an einigen Wochentagen seine Uniform spazieren. Manche freilich müssen drunten sterben,
hatte es im Lesebuch der letzten Sekundarklasse geheißen, die
Armin hatte besuchen dürfen, andern sind die Stühle gerichtet, bei den Sibyllen, den Königinnen; und dann war, soviel
Armin noch auswendig wußte, von leichten Händen die
Rede. Ein schönes Gedicht, das eine ganze Weltordnung enthielt; das ferne Chalet in Sigriswil war so ein Sibyllensitz,
auch wenn die Frau Oberst Cordelia hieß. Wörtlich war das
nicht zu nehmen, sondern im höheren Sinn, aber nachzufüh-
len war es, Armin leistete Schwerarbeit beim Nachfühlen,
und der Garten des Herrn fuhr prächtig dabei.

Der Herr dankte ihm dafür. Und doch war dies, wie Armin
trotz seiner frohen Scham immer deutlicher wurde, nicht der
Hauptgrund, weswegen er zum Herrn bestellt war. Nach einer Viertelstunde echten Gesprächs kam der Herr, auf seine
Fingernägel blickend, zur Sache. Ein Mißgeschick, sagte er
achselzuckend, wachse im Haus, das leicht zum Ärgernis
werden konnte und das für den Frieden, auch für den häusli-

chen Frieden, unbrauchbar war. Es wuchs, näher besehen, im Leib der Sabine, und darum bitte er, Herr, seinen Gärtner von Mann zu Mann um Rat. Armin entgegnete entgeistert, solches sei ausgeschlossen, da er Sabine nicht berührt habe, nur allenfalls geknutscht, wie es zwischen Brautleuten manchmal vorkomme, aber auch dieses mit Maß und Ziel. Das Übrige habe er sich bemüht in den Boden zu stampfen. Worauf der Herr, fein lächelnd, entgegnete, daß er persönlich dies wohl glaube, der Glaube an so viel Zurückhaltung sonst aber eher im Schwinden begriffen sei. Ob Armin dem Gerücht, das sich so oder so, ohne bei Leuten von Welt ehrenrührig zu sein, verbreiten würde, nicht durch eine beschleunigte Heirat zuvorkommen wolle? Es solle Armins Schade nicht sein. Er, Herr, verpflichte sich, dem zu erwartenden Kind ein Taufgeld in der Höhe von Fr. 10000 auf den Lebensweg mitzugeben, über das die Eltern natürlich zu ihrem eigenen Wohl, das vom Wohl des Kindes nicht zu trennen sei, verfügen könnten. Ferne aber sei es von ihm, Herrn, Armin zu einem Schritt zu drängen, den er nicht aus Überzeugung tun könne. Die Bitte um Bedenkzeit, die er in Armins Augen lese, sei im voraus gewährt, er möge sich jetzt in Ruhe mit Sabine besprechen. Und im übrigen würde sich der Herr über weitere Zusammenarbeit mit dem ihm teuren Paar freuen und auf Erleichterung des Lebens sinnen, Krieg hin oder her. Er wäre sogar bereit, den Pavillon beim Rosengarten räumen zu lassen und als Dienstwohnung und warmes Ehenestchen einzurichten, ohne daß Armin deshalb seiner Stelle bei der Stadt – auch als Totengräber diene man ja dem Leben untreu zu werden brauche.

Die Stille im Herrenhaus war nun so tief geworden, daß Armin hätte schreien mögen. Was der Herr in seinen Augen lesen konnte, war keineswegs eine Bitte, sondern das blanke Verständnis, das abwechselnd mit Erschütterung und Mordlust kämpfte. Aber beides hintereinander rang er nieder, gab seinem Herrn keinen einzigen Blick mehr und keinen Gruß, sondern entfernte sich mit schwerem Schritt, um die Stille des

Hauses nach Sabine abzusuchen. Treppauf, treppab zog der Rächer seine ungesäuberten Schuhe über tiefe Teppiche, als wären sie zum Abwischen verlegt, machte vor dem Ehe-schlafzimmer nicht halt, spuckte auf den Damast, kroch in gefangene Winkel und ging unterm Dach um. Schließlich fand er sie im Keller. Sie hatte sich nicht versteckt, sie bügelte nur, wie immer um diese Zeit. Diese falsche Ordentlichkeit erbitterte Armin mehr als alles andere.

Wortlos zerrte er sie vom Bügelbrett und dann in den freien Raum hinaus, den er brauchte, um sie ins Gesicht zu schlagen. Merkwürdigerweise fielen auch die kräftigsten Schläge in tiefster Stille beiderseits, von heftigem Atmen abgesehen. Durch diese Behandlung hörte Sabine natürlich nicht auf, schwanger zu sein, gewissermaßen im Gegenteil, die Erregung des Gärtners nahm während der Prügelei allmählich eine ihm ganz unerwartete Farbe an und führte zu Tätlichkeiten, deren Vollendung auf einem Wäschekorb immer weniger im Wege stand, bis die Prügelei von einer ingrimmigen Hochzeit und das Atmen von einer Art Jauchzen nicht mehr zu unterschei-den war. Diese Wendung, die mit Armin auch seine Wut er-schöpfte, nahm seiner Verachtung natürlich nichts weg, ja, wie der Mann einmal erzogen war, bestärkte sie ihn darin. Aber mit dem Frösteln kam seine Besinnung wieder, und auch diese hatte eine ganz neue Farbe, einen Stich ins grausam Praktische. Freilich war es ehrlos, wenn er auf das Angebot des Herrn ein-trat, aber was galt ihm diese Ehre jetzt noch, was half sie ihm? Der Zusammensturz hatte seine Augen geöffnet: sie roch nach Selbstbetrug und frommer Idiotie, diese mühselige Ehrbar-keit, nach den Treppenhäusern seiner Kindheit, nach Kohl, Steckrüben und schlechtem Bohnerwachs. Zum ersten Leit-satz des frommen Aufsteigers: Nur kein Arbeiter! kam jetzt ein zweiter hinzu, der mit der Frömmigkeit aufräumte und übersetzt werden konnte: Wenn schon, dann schon! Dieser Tag im Mai hatte in Armin nur noch den Aufsteiger übriggelas-sen. Und wer im Glashaus reif werden durfte statt auf der Hin-tertreppe, der werfe den ersten Stein auf ihn.

Im übrigen hatte Armin zum Thema Lebensklugheit nicht nur im Herrenzimmer, sondern auch auf dem Wäschekorb weitere relevante Data gesammelt. Dieses vor allem: daß man einen Menschen, der ein noch schlechteres Gewissen hat als man selber, Schuld mit Gewinn fühlen lassen kann, zahlbar in barer Münze oder aber immateriell, in einer schönen Abfindung beim Herrn, in lebenslänglicher Unterwürfigkeit bei der Magd. Kam hinzu, daß Sabine ihrem Armin noch auf dem Wäschekorb auf peinliche Befragung unter Tränen versichert hatte, daß neben seiner, des Gärtners, Leistung diejenige des Herrn nicht in Betracht komme. Froh wurde Armin dieser Trophäe nur halb, denn für seine behütete Nase roch sie nach Dirnenweisheit; immerhin, zum Vorzeigen beim Herrn war sie gerade recht. So zynisch er konnte, trat Armin vor ihn hin und erklärte den Handel für abgemacht, aber zu Armins Konditionen: 15 000 für die Frau, und jede weitere Zusammenarbeit wegbedungen.

Da hatte es der Herr, und der Herr mußte es schlucken. Sein Pavillon blieb leer, die Rosen litten, und der Baumtropfen breitete sich aus. Das stellte Armin noch Jahre später, wenn er mit seiner Frau am verwilderten Garten des Herrn vorbeispazierte, mit Genugtuung fest; der Blick seiner Frau aber trübte sich schuldbewußt wie am ersten Tag. Richtig: das Kind kam tot zur Welt, Armin hatte seine 15 000 ohne Gegenleistung. Das erleichterte ihn nicht einmal; er warf seiner Frau mangelndes Vertrauen, sogar Egoismus vor: sie habe das Kind nur nicht hergeben wollen. Dabei wäre er ihm ein guter Vater gewesen.

Darauf blieb die Ehe kinderlos. Sie richtete sich, nachdem Armin Beamter geworden war, in einem Milieu wohlgepolsterter, aber unverscheuchbarer Verdüsterung ein, einer Art ewiger Hochnebelgegend, in der es nie recht wettert und nie recht leuchtet. Fernerstehende brauchtes nichts zu bemerken, denn Armin glich seine verschwiegene Depression durch Lebhaftigkeit und Leistung aus. Er pflegte seine Toten und ließ sie bis ins Feuer nicht aus den Augen. Nur scharfe oder teilnehmende Blicke hätten das Flatternde und Dünne seiner Tüchtigkeit zu durchdringen vermocht. Aber er hatte nur Vorgesetzte, denen er zur Schärfe keinen Anlaß gab, und niemanden, den er zur Teilnahme einlud. Seine Haare fielen ihm aus. Unrespektabel war das nicht, es geht vielen so.

Eine Kleinigkeit nicht zu vergessen: damals auf dem Wäschekorb hatte er seiner Verlobten den Ring vom Finger gerissen. Mit meinem Ring am Finger hast du es getan! sagte er in unbeschreiblichem Neid und Entsetzen. Zu seinem noch größeren Entsetzen befähigte ihn seine Erregung dazu, die Treulose ein zweites Mal heimzusuchen. Er verstand es nicht, aber er tat es, sie ließ es unter Tränen geschehen, und so schön war es später in der Ehe niemals mehr. Widersprüche des Lebens. Wenn Armin darüber nachdachte – er tat es selten, aber jahrelang immer wieder, meist kurz vor dem Erwachen, ja vielleicht erwachte er am Stachel des Widerspruchs –, dann mußte er auch dann noch mit der Erregung kämpfen und kam an kein Ende damit. Zu seiner Frau führte sie ihn nicht mehr – die schlief ja auch im andern Zimmer –, sondern schleunigst unter die Dusche und dann eine Stunde früher zur Arbeit. Richtig: der Ring wollte sich nicht mehr finden, es war wie verhext. Dabei suchte Armin den Keller des Herrn ab, Zoll für Zoll. Er verdächtigte seine Frau, als habe sie ihn verschluckt, was ganz unsinnig war, aber dazu führte, daß diese Ehe ohne Ringe geschlossen wurde. Bleulers trugen auch später keine Ringe, was in ihren Kreisen eine Seltenheit ist. Armin hat seine Frau deswegen nie betrogen, nicht einmal im Militärdienst, und – fast überflüssig zu sagen – sie ihn auch nicht. Es blieb bei dem einen Mal. Auf diesem Wäschekorb erlebten Bleulers ihre Jugend; auf demselben Wäschekorb wurden sie ihre Jugend los.

Wenn schon, dann schon. Man sieht, das Dann hielt Armin Bleuler kaum, was er sich vom Wenn versprochen hatte. Armins Bäumchen gedieh, zwar nicht in den Himmel, nur von einer Beamtenklasse in die nächsthöhere, aber der Wurm nagte an der Wurzel; mit jeder Zunahme des Pensionsan-

spruchs wuchs die unausgesprochene Frage: Wozu eigentlich? mit. Er arbeitete so hart, als müßte er damit sein bißchen
Gegenwart beiseite schaffen. Aber auf die Zukunft, die man
sich auf diese Weise erwirbt, vermochte er sich nicht zu
freuen, und die böse Vergangenheit wurde auch nicht weniger
dadurch, nur leicht zugeschüttet. Armins Salär erlaubte Frau
Bleuler bald, auf eigene Arbeit zu verzichten; genauer besehen: er erlaubte ihr nicht mehr, einer solchen nachzugehen.
Sie sollte sich zu Hause wohlfühlen, mit der Pflege des leeren
Nests vollauf beschäftigt sein, und sie war es auch, koste es
was es wolle (man konnte sich ja mehr leisten). Aber die
Frage: Wozu? stand auch in der neuen Vierzimmerwohnung
unsichtbar an jede Wand geschrieben, da halfen all die Gäste
nicht, die man so angestrengt bewirtete, daß sie nicht wiederkamen, da half kein Philodendron und kein alter Stich. Das
Leben hatte sich verbessert, aber ein Leben war es eigentlich
für niemand.

Zurück zu den Toten. Armin beneidete sie einerseits, weil
sie es hinter sich hatten und so aussahen, als ob der Ausdruck
des Friedens in ihren Gesichtern ehrlich erworben wäre,
während ihm nur die Ehrlichkeit blieb und der Frieden fehlte.
Als Beamter bemühte er sich, ihnen mit Respekt zu begegnen,
ja sie gegen die Sachlichkeit der Leichenwärter und Verwer-
tungsumstände in Schutz zu nehmen. Daher der Blumenschmuck in der »Kapelle«, daher die Erinnerungen an Blei-
bendes, mit denen er die kahl gewesenen Wände schmückte:
Farbdrucke von Reni oder Ciseri, aber auch Zeitgemäßeres,
von Hunziker etwa. Er glich diesen letzten Aufenthaltsort
vor dem Verbrennungsofen unbewußt seinen eigenen vier
Wänden an. Aber wenn die Toten dazu grinsten – und sie
grinsen meistens ein paar Tage nach dem Übertritt, es geschieht nicht absichtlich und hat mit dem ungleichmäßigen
Verfall des Hautuntergewebes zu tun –, wenn sie ihn aus den
Blumen, die er ihnen beilegte, angrinsten, dann verbitterte
sich etwas in Armins Tiefen, und man versteht, daß er sie
zwar nicht mit Vergnügen, aber doch mit erregter Genugtu-

ung hoch auflodern und zu Asche werden sah. Und man versteht wohl endlich auch, weshalb er ihnen zuvor ihre Ringe abnahm, dann nämlich, wenn sich dieselben leicht lösen ließen, was immer ein ungutes Zeichen ist. Das hieß: ich kenne euch! warum sollt ihr es besser haben als ich! und hatte mit Bereicherungsabsicht nicht das Geringste zu tun. Der Verteidiger, ein Mann mit sozialer Phantasie, hatte sich lange überlegt, ob er diese Gesichtspunkte dem Gericht vortragen sollte. Aber dann sagte er sich, daß sie den Richtern weit hergeholt, an den Haaren herbeigezogen scheinen und schon darum kaum zugunsten seines Mandanten sprechen würden. Dem Verteidiger, seinerseits ein Mann im vollen Aufstieg, lag auch nichts daran, sich lächerlich zu machen und seinem noch ungefestigten Profil zu schaden. Am Ende war er Jurist und kein Psychiater; wenn man einen solchen hätte beiziehen wollen, hätte man es getan, und er selbst hätte es befürwortet, wenn Armin sich nicht augenblicklich gesträubt hätte. Er wolle ein sauberes Urteil, sagte er.

Nun, sauber oder gar klar war sehr wenig an Armins Verhalten, auch wenn er am Ende nichts dafür konnte. Eine vergleichsweise saubere Sache wäre es gewesen, wenn er die gefledderten Eheringe – anderes Wertgut nahm er nie – entweder hätte verschwinden lassen, wie damals (unabsichtlich) den Verlobungsring im Keller des Herrn, oder wenn er sie selbst versilbert und sich dem Risiko ausgesetzt hätte. Aber das tat er nicht. Er beauftragte seine gutbürgerlich gewordene Ehefrau damit und ging also ein so viel höheres Risiko ein, daß man es einfach als kalkuliert betrachten oder an allen guten Geistern des Angeklagten irrewerden muß. Nicht bewußt kalkuliert, gewiß nicht. Aber wenn etwas an Armin diebisch genannt zu werden verdient, so muß es die durchaus unbewußte, dafür um so nahrhaftere Schadenfreude gewesen sein, mit der er seine Frau in ihr leicht abzusehendes Verderben schickte. Denn die geborene Oggenfuß, das ist aktenkundig und führte unmittelbar zur Verhaftung des Paares, stellte sich in jedem Trödelladen, den sie betrat, so ungeschickt an, daß schon der erste Abnehmer hätte Lunte riechen müssen. Es ist ein Wunder zu nennen und wirft geradezu ein trauriges Licht auf die ganze Branche, daß sich erst der neunte oder zehnte entschloß, angesichts der keineswegs routiniert gewordenen, sondern hochrot daherstotternden Sabine stutzig zu werden, hintenherum die Polizei zu verständigen und die Stotternde so lange zappeln zu lassen, bis sie der erste beste Wachtmeister im Griff hatte. Es war gelungen; sie war jetzt endlich über dem ihr vorenthaltenen Symbol der Treue, die sie einmal unerfahren und außerdem im Abhängigkeitsverhältnis gebrochen hatte, so zu Fall gekommen, wie sie es in Armins Augen schon damals verdient hätte.

Aber sie zog an diesen ca. 17 Eheringen – 219 Franken fünfzig! – ja auch ihren Armin ins Verderben nach? Nun, das hatte ihr Armin eben so eingerichtet, bewußt nicht, aber um so pfiffiger; darin zeigte sich der zweite und wichtigere Teil seines Kalküls. Denn man wird doch nicht glauben, ein Mann wie Armin Bleuler könne sich rächen, ohne gleichzeitig dafür büßen zu müssen und sich Strafe einzubrocken – das Ziel war ja sogar, nicht nur zum Schuldigen, sondern schlechterdings zum Armen zu werden, und das schloß selbstverständlich auch den Verlust der Altersversorgung ein. Das mit dem Aufstieg ist nämlich bei gedrückten Leuten wie Armin nie eine so eindeutige Sache, auch wenn sie ihr Leben lang dafür arbeiten; dieses Leben ist dann doch der Güter höchstes nicht. Daß er mit seiner Fledderei die unterdessen ganz unselbständig gewordene Sabine – anders hätte sie sich kaum zur Hehlerin hergegeben – am Ende doch noch härter traf als sich selbst, war ein nicht unerwünschter Nebenertrag der unbewußten Veranstaltung. Sabine war jetzt schon wieder schuld, mehr, als sie je gutmachen konnte. Selbstverständlich duldete er nicht, daß man ihn um diesen Gewinn zu prellen suchte, indem man diese Veranstaltung oder gar seine Ehe analytisch ableuchtete, daher sein Widerstand gegen den Seelendoktor. Er bestand auf der kaum begreiflichen Einmaligkeit seines dummen Streichs, auf dessen tragischem Lapsus-Charakter,

und hatte auf seine Weise recht damit. Ein einmaliges Vor-
kommnis in seinem grundanständigen und freudlosen Leben
lag dieser Straftat ja auch zugrunde, nur hatte es im Keller des
Herrn stattgefunden und nicht erst im Totenhaus. Als un-
schuldig Schuldiger, als rätselhaft schuldig Gewordener,
kurz: als Armer präsentierte er sich seinen Richtern und
wollte verurteilt werden. Für seine Grundanständigkeit
sprach ja schon der Deliktbetrag: 219,50!; dafür sprach auch
die Heftigkeit, mit der er vor den Schranken seine schluch-
zende Gattin in Schutz nahm. Daß sich hinter dieser Parade
so etwas wie eine Dirnenrettung verbarg, eine Wiedergutma-
chung von weit her – schon von der Mutter her, genau besehen! –, die dem Retter um so leichter fällt, je tiefer er dabei
das Gerettete im Gefühl seiner Unwürdigkeit schmoren lassen kann, brauchte der Retter selbst nicht zu wissen. Und das
Gericht wußte auch nichts davon, es war mit seiner eigenen
Rührung beschäftigt. Es verurteilte Armin, weil es in Gottes
Namen mußte, und erwies ihm zugleich die Wohltat des be-
dingten Strafvollzugs. Armin sollte seine zweite Chance haben.

Und er bekam sie. Die Stelle am Krematorium war zwar
verfallen – das denn doch, im Namen der Pietät! –, aber der
Gerichtspräsident persönlich hatte sich den Mann gemerkt,
der da so aufrecht vor ihm in der Schranke stand und seine
Verurteilung mit einem mannhaften Lächeln quittierte. Seine
Führung vor Gericht hatte ihn als Charakter empfohlen. Gerade die Einmaligkeit seines Delikts schien ihn besser als irgendeinen Unbescholtenen vor Wiederholung zu sichern, ja
fast besser als eine gute Tat, die vom Täter weniger verrät, als
bei einer peinlichen Gerichtsverhandlung notgedrungen her-
auskommt: nur Positives, in Armins Fall, von jener Dummheit abgesehen. Der Gerichtspräsident hatte sich von seinen
Organen auch berichten lassen, in welchen Verhältnissen Armin lebte. Der Philodendron war dabei ebenso zur Sprache
gekommen wie die blitzsaubere Küche.

Bedenkt man daneben, unter welchem ernsthaften, ange-

sichts der Arglist der Zeit schon fast bedrohlichen Personal-
mangel unsere städtische Polizei-Streitmacht leidet, so kann
der weitere Weg Armins fast nicht mehr zweifelhaft sein.

Aber der Polizeivorsteher, der einen Tip seines Duzfreun-
des vom Gericht erhalten hatte, überstürzte nichts. Er ließ
Armin diskret beobachten, verhängte sozusagen, ohne daß
der etwas ahnte, eine Art Probezeit über ihn. Armin führte
sich ausgezeichnet. Er war auf Abruf zum Straßenräumen bereit – es war ein schneereicher Februar – und stand jeden Tag
schon um drei oder vier Uhr klaglos zum Salzen und Sanden
auf den Beinen. Keine Miene in seinem Gesicht verriet, daß er
für diese Arbeit eigentlich zu gut war. Er war einfach der
Tüchtigste, wie immer schon, schon beim Wickeln seiner Geschwister, beim Totengraben und Rosenschneiden, ja selbst
auf dem rotgewürfelten Wäschekorb, aber schweigen wir
jetzt davon. Nach einem Vierteljahr stand seinem Eintritt ins
Polizeikorps nichts mehr im Wege. Eine seiner ersten Amts-
handlungen führte ihn – man überschätzt die Bürokratie,
wenn man ihr dabei Absichten unterstellt – ins Krematorium.
Er hatte die Beseitigung gewisser Asservate zu überwachen,
jener 17 Ringe, die das Gericht nach langem Hin und Her –
denn die rechtmäßigen Erben hatten sich einfach nicht gemeldet und waren nicht zu eruieren – dem reinigenden Feuer zu
überantworten beschlossen hatte. Der Einfachheit halber waren sie einem Sarg beizugeben. Es traf sich, daß es der
schmucklose Sarg einer 83jährigen Diakonisse war. Armins
Amtsnachfolger legte das versiegelte Paket unter den wachsa-
men Augen des Polizeimannes in die gefalteten Hände der
Entschlafenen, die dazu grinste. Armin in seiner neuen Uniform verzog keine Miene. Die Kontrolle der eigentlichen
Kremation schenkte er sich. Das war endgültig vorbei.

Armin erklomm jeweils in der kürzesten möglichen Frist
den nächsten Dienstgrad. Sein Vater, der erst das andere hatte
erleben müssen, durfte nun dieses erleben und freute sich still
vor sich hin. Bald erreichte Armins Pensionsanspruch die
Höhe des früheren. Seine Frau hatte nichts mehr davon. In-

nerhalb eines Jahres segnete sie das Zeitliche, erst 47jährig. Die Operation kam zu spät, Armin hatte in jener Nacht Ordnungsdienst. Es soll Unterleibskrebs gewesen sein, eine typische Frauensache. Da kann man nichts machen.

Brämis Aussicht

Sein Bild hängt noch an meiner Wand, ein rundes, bräunliches Foto aus den ersten Jahren unseres Jahrhunderts. Der Kopf sieht straff und gerade aus dem Rahmen, aber die Augen richten sich nicht auf den Betrachter, sondern etwas rechts vorbei, mit einem Ausdruck, als gehöre Tapferkeit dazu; er ist aber wohl der Anstrengung zuzuschreiben, eine Weile auf nichts als diese Fotografenhand zu starren, die sich unter dem schwarzen Tuch hervorreckt und wedelt: hierher die Augen. Immer noch hierher bitte. So wurde schon damals die Vorstellung erzeugt, der Porträtierte habe ein Ziel hart voraus, auf das es sich lohne die Augen zu richten, die wasserhellen Augen der Familie Rüesch. Schon Kinder mußten damals, für die Erinnerung der Großen, später für ihre eigene, kleine Seemänner darstellen. Von den Erwachsenen erwartete man wenigstens den Blick, der dazu gehörte, auch wenn sie vom Lande waren – so sehr vom Land wie die Rüesch, Oberländer Bauern wie gemalt, wenn man meine Mutter reden hört.

Ich hätte nie gedacht, daß er als erster gehen würde, sagte sie von dem Mann auf dem Bild. Er war ihr Onkel Abraham, Brämi genannt, den sie als Kind noch kennengelernt hatte, in den Ferien auf dem Bauernhof. Ich habe den Mann für unsterblich gehalten, sagte sie, wie er daherkam und sich stellte. Sie habe, sagt sie, damals zum ersten Mal über den Tod nachdenken müssen und Onkel Brämi angesehen, von dem sie nur eines wußte: den trifft es nie. Er neben meinem Vater, der Bauer neben dem Angestellten, das war ein Bild wie Tag und Nacht, sagte sie. Und ich hatte damals Angst um meinen Vater, ich wußte nicht recht, warum. Ich glaube, es kam vom Zittern in seiner Hand, wenn er mir übers Haar strich. Er streichelte mich gar nicht recht, sagte sie, er wischte was weg. Und seine Hand erinnerte an das Papier, das er in seinem engen Büro beschrieb. Ich glaube, ich wünschte ihn fort, sagte sie, darum hatte ich solche Angst um ihn. Ich dachte, ich müsse sterben, weil ich diese Hand auf meinem Haar nicht leiden konnte. Ich hätte mir wohl Onkel Brämi zum Vater gewünscht, der warf meinen Vater jedesmal gegen die Scheunentür, wenn er von der Handelsschule nach Hause kam.

Aber ich habe ihn nicht deswegen gern gehabt, sagte meine Mutter, das habe ich ja auch nicht mehr erlebt. Damals war mein Vater noch Schüler. Er erzählte selbst mit Stolz davon, wie Brämi ihn an die Wand schmiß, und ich verachtete ihn auch für diesen Stolz. Mein Vater hatte immer noch den Trost, der Feinere zu bleiben, wenn er Brämis Scherzen nicht gewachsen war. Hatte Brämi die Verhältnisse klargestellt, so konnte man wieder mit ihm reden. Er hatte Humor auf seine Art, einen Humor, den ich nie wieder angetroffen habe. Er drehte die Wörter einmal um und ließ sie fallen oder warf sie hin und ging dann weiter, als wäre nichts gewesen. Siehst du, sagte meine Mutter, das war so, als schnippe dir jemand im Vorbeigehen ohne ein Wort einen Strohhalm vom Kleid, und doch kam es mir wie ein Streicheln vor, viel mehr, als der Vater jemals konnte mit seiner ganzen Hand, die er liegen ließ, und sie zitterte doch weiter von seiner Schreibarbeit. Brämis Griff aber war ein Zeichen des Daseins. Ich glaube, deswegen habe ich ihn für unsterblich gehalten. Er hatte hellere Augen als wir alle, ich bin froh, daß du sie auch hast, etwas davon. – Und dann war er der erste, der ging, und *so*.

Ich war schon sechzehn, als mir meine Mutter von Brämi erzählte, man müsse alt genug sein, um es zu verstehen, sagte sie. Aber ich wartete umsonst auf ihre Erklärung. Es schien keine zu geben, die meine Mutter mit ihrem Andenken zusammenbrachte, der sparsamen Erinnerung an einen mächtigen, humorvollen Bauern, der sie nie auf den Arm genommen hatte, aber während zweier Wochen Schulferien dagewesen war, wie meine Mutter nie mehr einen Menschen hatte dasein sehen. Ich war zu jung dafür, es zu verstehen, sagte sie, es gab ihn auf einmal nicht mehr. Keiner wollte mir sagen, wie und warum, es wurde mir einfach dieses Loch in die Welt gerissen.

Ich weiß nicht, ob es die Frauen gewesen sind, sagte sie mit leiser Stimme, als wäre sie selbst keine Frau.

Heute, sagte sie, kann ich mir nicht vorstellen, was dieser Mann von Frauen zu fürchten gehabt haben soll. Aber wie er mich berührt hat, sagte sie und zögerte dann: ich weiß nicht einmal, ob er es getan hat, vielleicht habe ich es mir nur mein Leben lang eingebildet. Wenn er mich berührt hätte, so wäre es wie zum Abschied gewesen, und vielleicht ist es mir darum später so nahegegangen.

Ich habe meine Mutter vorher nie so sprechen gehört, hatte kaum gewußt, daß es diesen Großonkel gegeben hatte, den letzten Rüesch, der noch Bauer gewesen war wie seine Vorfahren. Später gab es keine Gelegenheit mehr, darauf zurückzukommen, denn meine Mutter lebte nicht mehr lange. Sie hatte seit längerer Zeit die Gewohnheit angenommen, sich beim Reden zu unterbrechen und zu atmen. Ich hielt es für Nachdenklichkeit, eine Mode gar; aber es war der Anfang der Krankheit, einer Atemnot, die plötzlich zum Ende führte.

Jetzt lebe ich schon lange allein, mit einigen Erinnerungen, die sich im Lauf der Jahre um die Erinnerungen meiner Mutter erweitert haben. Ein anderer hätte wohl nur von Vermutungen gesprochen, aber für mich haben sie eine sehr starke Realität. Seit mir die Verantwortung für meine Frau und die Kinder genommen ist, habe ich Zeit und empfinde das Bedürfnis, mich mit Menschen zu beschäftigen, die nicht mehr gegenwärtig sind; sei es, daß sie ohne mich zu leben fortfahren, sei es, daß sie nicht mehr leben und mir, wie meine Mutter, die fast körperliche Empfindung hinterlassen, es sei bei ihnen etwas offengeblieben und bedürfe einer sorgfältigen Wiederherstellung. Manchmal wage ich zu denken, daß diese Mühe sich lohnt und eine leer gebliebene Stelle füllt; als wäre jedem Menschen mit seiner Geburt ein Gedanke mitgegeben, den er, wenn er stirbt, stehenlassen muß und der zu Ende gedacht werden möchte, oder wenigstens etwas ausgemalt, um das Versäumnis weniger hart zu machen. Da ich bei mir selbst einen solchen Gedanken nicht finden kann, oder denselben im Lauf meiner letzten Jahre verloren habe, und da mein Beruf nur meine äußere Zeit beansprucht, halte ich mich gerne an Orten auf, wo ein deutlicher und heftiger Verlust zurückgeblieben ist, von meinem eigenen abgesehen; und so habe ich allmählich die Erinnerungen meiner Mutter zu meinen eigenen gemacht.

In ihrer Hinterlassenschaft habe ich Brämis Bild gefunden – es ist von ihrer Hand auf der Rückseite beschriftet –, das bräunlich blasse Bild eines damals Dreißigjährigen, der dann noch ein Jahrzehnt zu leben hatte. In einem schien sich meine Mutter ganz sicher zu sein: sie weigerte sich, Brämis Ende für eine Schande zu halten. Diese Weigerung, von deren Kühnheit ich zu ihren Lebzeiten nichts wissen konnte, habe ich dann durch eigene Forschungen zu stützen versucht. Denn die Bedürfnisse meiner Mutter sind mir heute weniger gleichgültig als in den Jahren, wo ich zu jung war, sie ernst zu nehmen; auch ich habe damals meine Mutter für unsterblich gehalten.

Ich bin, wenn ich mein Äußeres betrachte – beim Zähneputzen oder Waschen kommt es vor –, mit jedem Jahr unverkennbarer der Sohn meiner Mutter geworden, habe ihre Züge zu tragen und mitzuverantworten. Ich bin mehr als ein halber Rüesch und glaube mich dieser Seite auch innerlich angenähert zu haben, im vollen Bewußtsein der Schrecken, die sich damit verbinden. Ohne diese Schrecken hätte ich, so seltsam es klingen mag, nicht den Mut zum Weiterleben gefunden, denn es ist vieles von mir abgefallen, was ich für das Allernächste hielt, was aber ohne mich ganz offensichtlich sorgloser zu existieren vermag. Um also etwas von mir weitergeben zu können, muß ich *annehmen*, was mir hinterlassen wurde. Ihren Vaternamen konnte mir meine Mutter nicht vererben, so gern sie ihn von Anfang an, und in ihrer langen Witwenzeit erst recht, hinter den Namen ihres Mannes, meines Vaters, geschrieben hat; ich heiße Bruppacher, nichts weiter. Aber seit ich weiß, daß sich für meine Mutter das Bild alles dessen, was ihr verlorengegangen ist, im Bild ihres Onkels Abraham zusammengezogen hat, und seit ich instand gesetzt worden bin, die Empfindung eines völligen Verlustes zu teilen, habe ich mir vorgenommen, das Bild über meinem Schreibtisch gleichsam zu öffnen und dem Kopf, der da allein steht in seinem schmalen Rahmen, wieder einen Körper zu geben.

Ich habe das Dorf besucht, wo meine mütterlichen Väter zu Hause gewesen sind und ihr Land bestellt haben. Ich habe dieses Land abgeschritten und die Siedlung, die es nun überbaut, wegdenken gelernt. Ich habe mir Einlaß verschafft in das Haus, das Abraham als letztes bewohnt hat, was mir unter Berufung auf meine entfernte Verwandtschaft ohne weiteres möglich war, auch wenn die jetzigen Bauern ein gewisses Befremden nicht unterdrücken konnten. So lange weht das Grauen nach, das damals über die Örtlichkeit gefallen ist, auch wenn es sich unterdessen zu einem fahlen Gerücht, einem Stück Dorfgeschichte gedämpft hat. Man hat mich an jenem Fenster stehen lassen, das einst dem Elternschlafzimmer gehörte, und ich habe mit meiner Einbildungskraft alle Baukörper und Hindernisse weggewischt, welche die letzten fünfzig Jahre zwischen meinen Blick und denjenigen Brämis gelegt haben. Ich habe gesehen, was er sah. Ich stellte fest, daß ich für diesen Blick reif geworden bin, daß all die Zeit, auch meine unersetzliche Lebenszeit, vergehen mußte, bis jemand, ich selbst, wieder an diesem Punkt stand, um die Wiederkehr jener verlorenen Minuten zu erleben. Und wenn ich davon berichte, so möchte ich keine alten Schauder neu verbreiten. Im Gegenteil, ich wünschte, die Finsternis jenes hellen Julitages aufzulösen in gleicher Art, wie Brämi, da er meine Mutter als Kind berührte, ihr die Angst vor dem Tode zu nehmen verstand. Ich weiß, daß meinen Wörtern die Kraft der Unsterblichkeit nicht gegeben ist. Möge ihnen dafür die Teilnahme anzumerken sein, mit der, wenn ich sie früher aufgebracht hätte, meine Mutter vielleicht länger hätte leben können; länger oder doch zufriedener mit sich selbst. Ich muß den Leser bitten, seine eigene Güte dazuzutun.

Du siehst als Dreißigjähriger aus meinem Bild; zwölf Jahre später blicktest du aus deinem Fenster, das sind jetzt mehr als fünfzig Jahre her, um die Mittagszeit, ein Viertel nach ein Uhr. Die Zeit deines Todes stand in der Zeitung: ein Viertel vor zwei, am 4. Juli. Hast du es schon gewußt, als du dich neben deinen Sekretär stelltest, um durchs Fenster zu blicken, halb verborgen vom Vorhang, unsichtbar für jeden, der sich etwa nach dem Haus umgesehen hätte? Du hast nur noch geschaut. Deine Augen waren offen, die du ein wenig hättest zumachen sollen, wenn es nach deiner Frau gegangen wäre; sie glaubte dir anzusehen, daß du Ruhe nötig habest, darum war sie mit den Töchtern schon vorausgegangen. Du warst liegengeblieben, bis du das Scheunentor gehn hörtest. Sie waren zu dritt, aber du vernahmst keinen Ton außer dem Knarren der Türangeln; die hätten längst etwas Öl gebraucht. Du hörtest, daß sie nicht sprachen, vielleicht um dich nicht zu stören. Du hättest ja schon eingeschlafen sein können. Erst als du auch bei größter Anstrengung *nichts* mehr erhorchen konntest, auch keinen *unterdrückten* Laut mehr, keinen Schritt – oder gab es vielleicht in der Ferne ein Gebell, auf einmal das schwache Surren einer Flugmaschine am Himmel, oder spielten dir deine Ohren einen Streich? – da hieltest du den Druck der Wolldecke nicht mehr aus und gingst zum Fenster.

Fiel es dir ein, ihnen etwas nachzurufen? Sie waren noch nahe genug. Deine Frau, die beiden Töchter gingen, ihre Geräte auf der Schulter, fast unter deinen Augen ins Land hinaus. – Du wußtest genau wohin, das war ja besprochen worden. Auch jenes Stück Wiese hinter dem Waldsaum hieß einfach das »Land«. Du wußtest, wie viel es zu tun gab: nicht allzu viel heute. Du hattest den Platz vorgestern früh gemäht, als er noch naß war. Seither hatte der Hochsommer angefangen. Der Tag war hell, aber dunstig, das Wetter würde halten. Man brauchte nur das Heu zu wenden und wieder liegen zu lassen, leichte Arbeit, Arbeit für Frauen. Du wußtest auch, wann sie zurücksein konnten. Sie erwarteten, daß du nachkommen würdest, in einer Stunde vielleicht, ausgeruht, um selbst noch etwas zuzugreifen mit der Gabel, um ihnen zu zeigen, wie gut dir auch leichte Arbeit von der Hand ging.

Aber als du am Fenster standest in der Stille des Hauses, nicht ausgeruht, im Ernst auch keiner Ruhe bedürftig, konntest du auf einmal nur das Eine sehen: *sie gingen.*

Sie gingen mit leichten Schritten, die ältere, immer noch junge Frau, und die zwei jungen Mädchen. Sie gingen vom Hause weg, wo sie dich hatten ruhen heißen. Nach dem Essen, als du vor dich hinblicktest, waren sie auf einmal einig gewesen, du habest Ruhe nötig. Sie hatten es beiläufig gesagt. Und etwas aufgeschreckt, dann mit einem Witz, hattest du dich einverstanden erklärt, dich noch etwas hinzulegen. Du tatest sonst nichts dergleichen. Aber warum nicht an diesem heißen Tag, wo es wenig zu versäumen gab. Warum nicht so lange, bis die Frauen mit dem Aufräumen fertig waren, dem Waschen und Abtrocknen des Geschirrs. Vielleicht las auch eine die Zeitung, die du grade abgelegt hattest. Der Briefträger hatte sie vor Mittag gebracht, und du hattest, wie jeden Tag, deine Frau mit dem Briefträger geneckt. Es war ein überraschender, aber nicht unwohliger Gedanke, dich jetzt etwas hinzulegen. Es hatte nichts mit dem Älterwerden zu tun, sondern mit der Möglichkeit, eines warmen Tages eine neue Gewohnheit anzufangen.

Vielleicht hast du deiner Frau noch gesagt: dir täte es auch gut. Vielleicht hat sie gelacht. Vielleicht ist dir dabei durch die Eingeweide gefahren: ich könnte ja gehen, und sie könnte auch kommen. Man hatte nie an etwas dergleichen gedacht, bei hellem Tag, aber warum sollte man nicht plötzlich das Unerwartete denken, und die Töchter waren alt genug, sie hätten sich nicht gestoßen. Lag nicht plötzlich etwas Festliches und Vergessenes in der Luft, eine gespannte, dabei behagliche Unruhe; als wären die Kinder gar nicht da; als wäre es ein Tag aus verschollenen Tagen, der mit dem Surren der Fliegen wieder wach geworden war? Vielleicht hatte es diesen frischen Tag gar nie gegeben, nur die Angst davor, und die

Witze darüber; hatte es Jahre der Gewohnheit gebraucht, um ihn vorstellbar zu machen in diesem Augenblick, und die Angst zu verlieren? – Du hast gesehen, was die Fliegen trieben, es hat dich nicht gestört; du hast sie nicht, wie sonst immer, beim stärksten Surren totgeschlagen; der mürrische Ausdruck deines Gesichts *täuschte* plötzlich; jemand, der dich gut kannte, mußte es sehen. Das Zündholz hast du aus dem Mund genommen, mit Schmatzen aufgehört. Hattest du nicht schon einmal, mitten im Kauen, das Gefühl gehabt, die Bewegung deiner Kiefer sei eine Zumutung; nicht das Kauen, aber seine Gedankenlosigkeit? Auf einmal bist du befangen gewesen. Du bist aufgestanden, hast den Stuhl weggerückt, nicht viel leiser als immer, und gesagt: ›Wenn ihr's nicht anders tut, dann gehe ich ein wenig am Kissen horchen.‹

Und als er stand und sich schon wegdrehte, hörte er seine Frau zu den Töchtern sagen: ›Dann gehen wir schon voraus.‹

Er beherrschte sich so weit, um nicht stehenzubleiben, weiterzugehen, nun also ins Schlafzimmer. Er ging die Treppe hinauf in eine vollkommen helle Leere hinein. Seine Füße trugen ihn von selbst, aber er hörte seinen Atem wie etwas Lästiges, Überflüssiges. Es war nichts geschehen, aber als er die Treppe hinaufging, wußte er, es war alles vorbei, und erkannte, es war nie etwas gewesen. Es war ein umfangreicher, dabei vollkommen lautloser und immer weiterdauernder Zusammenbruch; er spürte nicht einmal, daß er fiel. Aber was sich um ihn ausbreitete, war nur noch der nachklingende Spott und glanzlose Schein der Dinge. Er fand sich wie erwacht aus vierzigjähriger Erschöpfung, aber wozu; da war nichts mehr.

›Dann gehen wir schon voraus.‹ In dem Fall, daß er sich endlich hinlegte, gingen sie also schon voraus. Daß er sich hinlegte, war ein Grund, schon vorauszugehen und mit der Arbeit anzufangen. Sie hatten ihn also wirklich für müde gehalten. Sie hatten ihn keineswegs im Ernst für müde gehal-

ten. Es war nur bequemer für sie, ohne ihn schon vorauszugehen, auf sein Land. – Wenn er »sie« dachte, dachte er an mehr
als eine. Er dachte an sie alle, wie er nie an sie gedacht hatte:
als Verlorener. Es war ihnen recht, ihn nicht mitzunehmen,
der hier geboren, der Stärkste seiner Klasse gewesen war, Vater geworden, drei Mal; der einzige Sohn war nicht zur Welt
gekommen, er hatte ihn seiner Frau weggenommen und ver-
graben unter dem Holunder, sie würde nie wissen, wo. Er war
hier zwanzig Jahre Bauer gewesen und hatte nie etwas gemerkt, in seinem Humor nichts wissen und merken wollen.
Jetzt wußte er es, es war nie etwas gewesen, und sie gingen
schon voraus.

Ins Bett, das gemeinsam gewesene, zur Gewohnheit gewordene Bett, legte er sich noch und zog auch die Wolldecke
bis zum Kinn. Juli und plötzlich kalt. Es waren Bewegungen,
bei denen er sich zusehen konnte. Er kannte den nicht mehr,
der sie ausführte, und es lohnte die Mühe nicht, ihn zu kennen. Sie gingen schon voraus.

An Rache dachte er nur einen Augenblick; es war ein Augenblick der schmerzhaftesten Sehnsucht, an Rache denken
zu können, er ließ ihn vorübergehen und lag wieder still.

Der Briefträger kam ihm in den Sinn; von jetzt an konnte es
der Briefträger sein, jeder konnte es sein.

Dann dachte er an Schwimmen; er hatte nie schwimmen
gelernt –

Das Bild des Dreißigjährigen läßt schon deutlich die drei
Schnitte im Gesicht der Rüesch hervortreten:

Der erste läuft von der Nasenwurzel in die Wange hinein.
Bei Leuten, die nicht Rüesch heißen, rundet er sich und fängt
den sogenannten Tränensack auf. Bei den Rüesch zieht er sich
gerade in die Wange hinunter. Das wäre der natürliche Weg
des Augenwassers. Aber bei den Rüesch findet sich nur die
trockene Spur dafür. Wir können nicht weinen. In der Wange
endet sie, die Wangen höhlen sich bei uns mit den Jahren und
lassen die Augen weiter und heller erscheinen. Den »Gottes-

blick« hat man die Erscheinung genannt. Sie findet sich auch bei zwei, drei andern Geschlechtern, die vor vierhundert Jahren aus den südlichen Alpen eingewandert sind und sich im Oberland, nicht gerade an den günstigsten Plätzen, niederlassen durften. Der Herr, dem zuliebe sie ihr römisches Diensthaus verlassen hatten, würde es ihnen wohl auch am Schatten gelingen lassen, fanden die Einheimischen. Sie wußten der Verheißung, daß die fremdländischen Glaubensbrüder ein großes Volk werden sollten, einen Riegel zu schieben. Und, die Neuen paßten sich an. Sie ließen sich ihre Namen mundgerecht biegen – die Rüesch sollen Rusca geheißen haben – und empfahlen sich durch Fleiß und Stille. Die Rüesch hatten ein paar Zelgen sauren Boden und ein Stück Wildnis zugeteilt bekommen und schufen sie mit Gottes Hilfe in einen Garten um, aber der Name Gfenn – Sumpf – blieb daran haften bis heute. Ein Sprachforscher der zwanziger Jahre hat die Mundart Brämis als »auffällig rein« und sein Gesicht als »oberländisch ohne Fehl« beschrieben. Das Sektenwesen legte sich mit den Generationen. Brämis Großvater soll dem Pfarrer noch freundlich die Tür gewiesen haben, weil er einen eigenen und klareren Zugang zur Offenbarung besaß. Brämis Vater war bereits Kirchgänger, damit auch der einzige seines Geschlechts, denn von Brämi, dem Sohn, ist kein Zug dieser Art mehr überliefert. Im Gegenteil, von meiner Mutter weiß ich, daß er »gespöttelt« haben soll. Damit hatten seine Nachbarn eine Erklärung – sie fanden noch viele andere hinterher –, warum es mit ihm nicht anders ausgehen konnte. – Daß mein Vater, der Bruppacher, fromm gewesen ist, gehört nicht zur Geschichte der Rüesch, und meine Mutter hat es ihm auch nie abgenommen.

Einmal dachte Brämi an Holunder; dann nur noch an das Wort »Holunder«. Er lag in seiner Stille. Die Luft, oder was an unmerklicher Bewegung die Luft im Sommer durchzieht, war wie abgedreht, auch seine Ohren rauschten nicht. Er hörte dennoch, mit dem Wort »Holunder« zusammen und in einer Klarheit, für die es keinen Raum mehr zu geben schien, Schritte im Haus, andere Wörter, die er nicht entziffern konnte. Es kam aus der Küche, aber nicht lange. Die Leute schienen sich zu beeilen wegzukommen, es gab eine Geschäftigkeit hinter den Wänden und Böden, die auf beschleunigtes Verstummen und völlige Stille hinarbeitete, wie die Geschäftigkeit über einem Grab, das zugeschüttet wird. Brämi hörte, als wäre es aus der Tiefe, sein Haus sich leeren von Menschen.

Der zweite Zug im Gesicht des jungen Mannes Brämi führt, wie bei allen Rüesch, von den Nüstern zu den Mundwinkeln links und rechts, aber links etwas weniger scharf. Das bewirkt eine Verzerrung der Miene, die man mit einem männlichen Lächeln verwechseln kann, der Weigerung, sich imponieren zu lassen. Brämi zeigt sie deutlich auf dem Foto und läßt erkennen, wo sein Humor sitzt, oder was meine Mutter dafür zu halten liebte. Eigentümlich bleibt, daß diese Lächelfalten von den Mundwinkeln niemals erreicht werden, sondern ihnen ausweichen, den Abstand vergrößern, bei heftiger Lustigkeit bis weit in die hohlen Wangen hinein. So kommt es, daß das Lächeln oder Lachen der Rüesch ihr Gesicht nie ergreifen kann, sondern wie eingesperrt erscheint; die ganze Mundpartie eine scharf ausgeschnittene Grube. Ich kann mir vorstellen, wie dieser Mund in guten Stunden mit Wörtern gespielt, sie hin- und hergeschoben und verdreht hat. Und doch bleibt der Gedanke wach, daß von diesem Gesicht Wärme ausgehen konnte und daß sie, wenn sonst niemand, das Kind berührt hat, das meine Mutter gewesen ist. – Daß Brämi, wie sie selbst, eine große, scharf geschnittene, gleichsam beflügelte sogenannte »Adler«-Nase gehabt hat, verbirgt er auf der Fotografie, indem er sein Gesicht von vorne zeigt. Es sei für sie nicht leicht gewesen, mit ihrer Nase einen Mann zu finden, hat meine Mutter einmal gesagt, und ich weiß noch, wie mir dieser Satz weh getan hat, nicht um meinetwillen, ich trage an dieser Nase nicht schwer, sondern um ihrer Ehe willen. Mein Vater, der schon lange tot war, wurde durch diese Bemerkung noch mehr entwertet. Aber ich habe nie mit ihm zu leiden vermocht. Ich dachte nur an die Wahl, die meine Mutter im Leben nicht gehabt hat und deren Frucht ich bin.

Hier habe ich meine Erzählung schon einmal begonnen. Hier war es, daß Brämi, dreiundvierzig, die Scheunentür gehen hörte und daran dachte, daß er sie nicht geölt hatte. Wäre die Spannung, die ohnmächtige Spannung dessen nicht gewesen, dem gerade die Augen aufgegangen sind über seinem Tod, er hätte einen unsinnigen Schmerz empfunden bei diesem Versäumnis; jenen Schmerz, der uns nur über Einzelheiten, nie über großen Dingen ankommt; über das Unerträgliche, daß sie nicht mehr zählen, und über die für immer entzogene Vorstellung, sie könnten es noch einmal tun.

Für die Augen eines Außenstehenden, der jetzt ins Schlafzimmer getreten wäre, müßte Brämi in dieser Minute noch immer wie ein charaktervoller Oberländer Bauer ausgesehen haben. Dieser Gedanke ist von einer so entsetzlichen, dabei erleichternden Komik, daß ich mir auch schon vorgestellt habe: wenn es nun geschehen wäre? Wenn in diesem Augenblick ein fremder Mensch von der Straße das Unnatürliche getan und dieses Haus betreten hätte, wenn er die Treppe erstiegen hätte mit dem hörbaren Tritt lebendiger Füße –, wenn er vielleicht gar ein Einbrecher gewesen und beinahe so atemlos gewesen wäre wie Brämi auf seinem Bett –: ob er ihn hätte zurückholen können? Ob ein Wort gefallen wäre, ein Aufschrei meinetwegen, unter dem der mächtige Mann zusammengezuckt und in sein voriges Leben zurückgefallen wäre? Die Regung, in diesem letzten Moment instinktiv zu verteidigen, was sein eigen gewesen und ja immer noch war, wenn er sich nur einen Ruck gab? – Es ist eine Hoffnung gegen Zeit und Wahrscheinlichkeit, fast möchte ich sie eine Versuchung nennen. Ein *Hilfe*ruf vielleicht – es ist mir schon im Traum vorgekommen, daß ich Brämi angebettelt habe, diesen Hilferuf selbst auszustoßen, ohne weitern Grund. *Etwas* hätte dann ja noch passieren können. – Aber Brämi hielt den Mund. Er mußte wissen, daß es schon keine Hilfe mehr gab, daß er keine mehr wollte, nein: keine mehr wollen konnte. Denn sie hätte kommen müssen aus einem zu tiefen, unerschwinglichen Grund: weil es Brämi gab; weil er da war; weil man ihn *deswegen* suchte, nicht etwa aus Erbarmen, Rücksicht, Respekt oder Angst; auch nicht aus der Angst, er könnte wahnsinnig geworden sein. Keinen Augenblick mehr hat er mit diesem Gedanken gespielt, das weiß ich. Es war entschieden, vorbei. Nichts mehr hätte ihn dazu gebracht, sich noch einmal auffällig zu verhalten. Was ihn betraf, so waren seine Leute einmal für immer »vorausgegangen«.

Der dritte Schnitt im Gesicht der Rüesch läuft links und rechts von den Mundwinkeln zum Kinn nieder und darum herum, läßt es hervortreten wie einen kleinen unbeweglichen Ball. Es hat Rüeschs gegeben, Brämis Vater etwa, die dieses kugelige Kinn von einem Vollbart zuwachsen ließen. – Ich selbst habe Kinn und Nase meines Gesichts zum ersten Mal in einem Kleidergeschäft von der Seite zu sehen bekommen. Ich stand fünfzehnjährig in einem neuen hellen Anzug zwischen den Spiegeln wie in einem Zaubersaal; ich betrachtete mein Gesicht, ohne mich dabei direkt anzusehen, und erschrak beim Gedanken, daß aus diesem Gesicht etwas werden müsse. Gegen den Willen meiner Mutter bestand ich auf dem hellen Anzug, obwohl es doch für die Konfirmation war. Ich dachte, daß ich für die Feste der kommenden Jahre meiner Jugend einen hellen Anzug haben müsse. – Dann bin ich bei der Konfirmation tatsächlich der einzige gewesen, der mit einem hellen Anzug antrat und sich deswegen schämen mußte; es schien nun auch, als vermöchte meine Familie dem allgemeinen Brauch nicht Genüge zu tun. Und zu den Festen ist es dann kaum mehr gekommen. Das lag wohl an meiner Art und der überspannten Erwartung auf solche Anlässe, aber auch daran, daß der Konfirmationsanzug konservativ geschnitten war und für die Feste, die die andern feierten, hoffnungslos aus der Mode gewesen wäre. Vielleicht war ich aber auch froh, einen solchen Grund zu haben, um mich der Freude und ihrer Offenheit und Zweideutigkeit nicht aussetzen zu müssen. Heute tut es nicht mehr so weh. Und doch ist es das Einzige, was ich meiner Mutter kaum vergeben kann, daß sie damals nicht darauf bestanden hat, ich müsse auf alle Fälle einen jugendlich geschnittenen Anzug bekommen, auch wenn er mich etwas gedrückt hätte, hell oder dunkel.

Mit drei Schritten ist man am Fenster in diesen Bauernkammern. Hätte Brämi sich erschossen, er hätte von selbst auf das Bett zurückfallen müssen, von dem er jetzt, die Decke weglegend, aufstand. Die drei Schritte tat er ruhig. Er dachte nichts mehr, es trieb ihn nur noch, zu *sehen*, die Leute weggehen zu sehen. Dort wanderten sie hin auf dem Weg, der zu den Weiden ging, und dann um eine schwache Biegung, die sie eine Weile verbergen würde, dem Walde zu. Der Weg zum »Land« führte damals durch einen Gehölzstreifen, der dem Wasserlauf entlang hatte stehenbleiben dürfen, als hier gerodet worden war. Hinter jenen Bäumen war auch der Platz, wo man an heißen Tagen Mittag machte. Es sind keine fünfhundert Meter bis zu den Weiden, den ersten, verwachsenen Ausläufern des Waldes. Die Weidenstümpfe schienen auf einem Streifen fahleren Grüns, der Sumpfboden anzeigte, den drei Personen entgegenzukommen, sie zu erwarten, um sie dann um den Hügel herum und aus Brämis Blick zu leiten, bis zu jenem letzten Moment, wo er sie vor dem Waldrand noch ein Mal, hoffnungslos verkleinert, würde sehen können. – Sie trugen auf den Schultern Gabeln und Rechen, die etwas schwankten, wenn sie sich einander, im Gehen zudrehten. Wahrhaftig, Scherzworte tauschten die, jetzt redeten sie erleichtert, denn er war nicht mehr dabei. Sein Blick ging neben ihren Füßen her, die eine seltsame Arbeit leisteten; sie kam ihm wie ein spöttisches, tänzelndes Scharren vor, bei dem sie ihm immer wieder schnell ihre Sohlen zeigten. Wie ein Hund liefen seine

Augen um ihre Figuren herum, witterten rechts und links, kannten jeden Fleck dieser entfernten Erde. Hier um die Weiden herum trieben Gewächse, die es sonst nirgends gab und die er beim Mähen immer stehengelassen hatte, Trollblumen, Wollgras, Knabenkraut, Bienensaug und an einer einzigen Stelle der fleischfressende Sonnentau. Er hatte den Töchtern die Plätze gezeigt, aber sie interessierten sich nicht dafür. Am liebsten war ihm der kleine Bestand von spitzem, hartem Riedgras und Schilf gewesen, der die Weidenreihe abschloß und schon mitten im Hellen und Freien stand. In dieser kleinen Senke versickerte das Wasser, das vom Wald herkommend die Weiden begleitete und eine Furche in die satte Wiese gezogen hatte. Diesem Einschnitt, der an die vergangene Moorlandschaft erinnerte, führte der Weg der Frauen entlang.

Brämi konnte das Land wie im Bilde sehen, das Fensterkreuz erleichterte ihm diesen Eindruck. Wald und Wiese füllten den größten Teil davon, für den Himmel blieb in dem ansteigenden Gelände nicht viel übrig, und doch genug, um eine unvorstellbare, blendend graue Leere hinter dem Waldhorizont aufziehen zu lassen und dessen obere Ränder so zu schärfen, daß sie schartig wirkten. Selbst der Mittagsdunst dämpfte sie weniger, als daß er sie in eine Ahnung von Rauch zu hüllen schien, der, von einem Wimpernschlag zum andern, offenließ, ob es sich da draußen um eine vollkommen strahlende oder vollkommen finstere Erscheinung handle.

Vielleicht war es der Einfall, daß dieser Tag schon in Flammen stand, der Brämis Hand führte. Er nahm mit der Rechten die rosa Sprengpatrone vom Sekretär, die er einmal im Überkleid mitgebracht und nach dem Umziehen vergessen hatte, und da man zum Anreißen eines Streichholzes beide Hände braucht, steckte er die Patrone so lange in den Mund. Seine Zunge fühlte die feste Rundung ab, die Pappe schmeckte fade, von der kurz geschnittenen Zündschnur stachen ihm Schwefel und Schärfe in die Nase.

Ich habe in der Schule einen Lehrer gehabt, der uns zum genauen Beobachten anhielt. Zu diesem Zweck ließ er uns das Entzünden eines Streichholzes beschreiben. Dieses allein sollte der Inhalt des ganzen Aufsatzes sein. Er gab uns, um uns die Genauigkeit zu erleichtern, ein paar treffende Ausdrücke in die Hand. »Führung« war eines, es bezeichnete den Teil der Schachtel, der mit einer sogenannten »Reibfläche« versehen war, und ich bekam ein Lob dafür, als ich den eigentlichen Behälter für die Hölzer mit einer kleinen Schublade verglich und später die Beobachtung machte, daß ein Schwefelkopf, der bereits alt geworden oder einmal feucht gewesen ist, beim Anreißen entweder bröckelt oder nur zögernd anbrennt; ich habe etwas von »Zischen« geschrieben. Dieses Wort wäre wohl eher bei einer Zündschnur angebracht gewesen, aber unser Lehrer hielt darauf, daß wir das Zündholzanstreichen ernsthaft ohne Nebengedanken behandelten und nicht etwa an Knallkörper dachten, wie wir sie am Schulsilvester abzubrennen pflegten; jenem frühen Morgen, an dem wir auch unsere ersten Rauchversuche machten. Unser Lehrer verlangte eine einzige, sorgfältig wahrgenommene Handlung, die in unserem Aufsatz stark vergrößert drei Heftseiten füllen mußte. Und im Widerspruch zu dieser Arbeit und der Feuerwarnung, die er daran knüpfte, ließ uns der gleiche Lehrer ein kleines Liedchen lernen, einen Kanon, der im Übungsteil des Schulliederbuches stand und folgendermaßen lautete: »Schwäfelhölzli, Schwäfelhölzli, Schwäfelhölzli mueß me ha, daß me-n-alli Augeblick es Füürli mache cha.«

Brämis Frau hat Lisette geheißen; seine Töchter Anna und Gretli. Seine Lippen bildeten die Namen, deren Träger sich immer weiter entfernten mit diesem vergnügten, wie befreiten Schritt, während seine Zähne den Sprengkörper nicht losließen. Erst als die Flamme das Hölzchen recht ergriffen hatte, richtete sie sich auf und wurde still. Er hob, ohne hinzusehen, die kleine Fackel etwas an, doch ohne ihr alle Nahrung zu entziehen; hier war noch etwas, dem er Sorge tragen

konnte. Sie gingen jetzt so unmerklich, als würde ihnen der
Weg unter den Füßen weggezogen; noch ein paar Augenblicke, dann deckte der Wiesenrand ihre Figuren zu. Brämi
spürte den Hauch von Hitze gegen Daumen und Zeigefinger
streichen. Dann taten seine Finger, was er ihnen nicht zu be-
fehlen brauchte. Sie reichten den Flammenrest weiter an die
brüchige schwarze Zündschnur unter seinen Augen. Er
mußte etwas zielen dabei, die Augen scharf einstellen; in solcher Nähe sah er nur noch verwaschen, wie das Schnurende
den Funken annahm und zu knistern begann. Er schleuderte
mit einer letzten ungeduldigen Bewegung das Zündholz beiseite. Indem er die Augen schloß, roch er seine versengte
Haut, so hatte es beim Schmied gerochen. »Hornspäne«,
dachte er und hörte, weit hinter dem Knacken der Zündschnur, wieder eine Flugmaschine surren. Von dem bissigen
Schmerz an seinen Fingern, die sich in der Luft geöffnet hatten, ging etwas wie Heiterkeit auf ihn aus, die ihm die einge-
klemmten Lippen auseinanderzog. Und hinter seinen Lidern
tauchte das Bild eines großen Herrn auf, der, wie jetzt er
selbst, die Fäuste auf den Fenstersims stützte.

Jetzt durfte er sich noch etwas wünschen. Er wünschte
sich, sie möchten sich jetzt, genau in dieser Sekunde, noch
einmal umdrehen nach diesem Haus; nicht seinetwegen, nur
um zu sehen, wie ruhig es stand. Er war bereit, die Erfüllung
seines Wunsches nicht zu sehen, die Augen verschlossen zu
halten. Er gönnte sich nur den Wunsch und gab ihm nach mit
ganzer Seele, die er auf einmal wieder spürte wie einen über-
mächtigen, erschöpften Körper; ja, bei diesem Wunsch war
seine Seele noch einmal in ihn zurückgekehrt und brachte ein
heftiges Heimweh mit. Er lehnte mit der Stirn, mit dem Gesicht gegen die Ferne, die ihn von seinen gewiß schon verschwundenen Leuten trennte; aber er tat es, ohne das Fensterglas zu verletzen, behutsam. Als er zum letzten Mal mit dem
Zug in die Stadt gefahren war, mitten im Winter, zum Arzt,
hatten sie ihn begleitet und sich in genau dem Augenblick abgewendet, als die Räder zu rollen begannen … er hätte hinter

seiner geschlossenen Tür ja nicht zurückwinken können, selbst wenn es ihnen eingefallen wäre zu winken … oder sie hätten nicht gesehen, wenn er gewinkt hätte, also fingen sie lieber gar nicht damit an. Was sollte es, sie dachten einfach nicht daran, mein Gott, eine Fahrt in die Stadt, wenn man sich am Abend wieder sah, wie immer, und der Arzt würde ihm ja nicht den Kopf abbeißen …

Brämi wartete … er war verrückt genug, in diesem Augenblick auf nichts anderes zu warten als jenes ausgebliebene Winken am Bahnhof. Und als er sich das eingestand, öffnete er die Augen einen Spalt und *sah*; sah kein Land mehr, sondern ein Gesicht im Fenster gespiegelt, ein verschmiertes Kindergesicht mit einem rosigen, rauchenden Zuckerstengel im Mund. Sein Gesicht; was für eine Täuschung zu glauben, er habe je ein anderes gehabt. Er schlug die Augen nieder. Moment, dachte er. Moment, ich muß noch dieses Warten sterben lassen. Es ist der falsche Wunsch gewesen. – Jetzt habe ich keinen mehr, ich habs überlebt.

Jetzt hatte er Zeit. Er ging einen Schritt ins Zimmer zurück; es war wie ein Schritt der Höflichkeit, mit dem man alles andere vortreten läßt, alle, die gehen wollten und schon gegangen waren. Er öffnete die Augen, das Räuchlein an seinem Mund strich seitwärts. Das Fenster spiegelte nicht mehr und faßte ein gedrängtes, zufälliges Stück Land ohne Himmel zusammen. Es war kein Mensch mehr darin zu sehen. Und indem er seine Augen festmachte auf dem kleinen Zug von Weiden, die im Bild geblieben waren, auf der Andeutung einer Weichheit, eines Versinkens des Landes im Land, das die Gestalt einer mürben, blind endenden Furche hatte, wartete er, mühelos ans Bettende gelehnt, auf gar nichts mehr. Jetzt war er nur noch da – DA!

Die Explosion habe die obere Fassade weggesprengt und einen Teil des Daches abgedeckt, die Ziegel seien einen halben Kilometer weit verstreut gewesen, erzählten die Leute, die den Hof jetzt bewohnen. Sie setzten voraus – und meine

Sachlichkeit bestärkte sie darin –, daß meine Verwandtschaft zu Brämi distanziert genug sei, um sie ohne falsche Pietät von seinem Ende sprechen zu lassen. »Sie haben ihn von den Wänden kratzen müssen«, sagte der Bauer, der eine landwirtschaftliche Fachschule besucht hat und eher wie ein junger, volksverbundener Unternehmer wirkt. Auch seine Frau ist nicht mehr, was sich alte Leute unter einer Oberländer Bäuerin vorstellen mögen. Sie stammt aus dem Bernischen, ist ihrem Dialekt treu geblieben und liest nicht selten ein anspruchsvolles Buch. Etwas Verlegenheit mochte es ihnen bereiten, ein Erbe zu verwalten, mit dem sie nichts zu tun hatten; aber nicht allzuviel Verlegenheit. Das Anwesen ist, neben alte Fotografien gehalten, nicht wiederzuerkennen, nach der einen Seite ausgebaut – das neue Wohnzimmer hat schon städtischen Charakter, es fehlt weder der Fernseher noch das Cheminée – und um ein Ökonomiegebäude erweitert, in dem sich nach den modernsten betriebswirtschaftlichen Grundsätzen arbeiten läßt. Die Töchter seien bald darauf weggegangen, sagten sie, die Frau habe noch einmal geheiratet, einen Wirt aus der March, und den Hof verkauft, sagte der junge Ökonom. Wir sind schon die Dritten seither. – Ich nickte abwesend, denn zum ersten Mal fiel mir auf, daß ich mich um Brämis Nachkommen, meine Kusinen entfernten Grades, nie gekümmert habe; demnach hat es auch die Mutter nie getan. Rüesch können jene Leute nicht mehr heißen, und ich denke, wenn sie noch leben, legen sie keinen Wert darauf, gesucht und an das Unglück erinnert zu werden.

Wissen Sie, sagte die junge Frau, ich glaube, es hat den Leuten damals auch an Kontakt gefehlt. Sie haben alles in sich hineingefressen und mit sich selbst ausgemacht, und wußten dann doch nicht, wie. Die redeten zwar viel von Nachbarschaft, aber sie hatten ihre Nachbarn nur für äußere Notfälle. Ich glaube, daß in den meisten Häusern früher so etwas wie Bürgerkrieg geherrscht hat, in dem sich die Leute geschlissen haben. Mir kommt vor, unsere Eltern – und jetzt redete sie auf einmal von ihren eigenen Eltern – hätten eigentlich nur von ihren Schuldgefühlen gelebt, und das konnten sie nicht. Und dann wunderten sie sich, wenn es auf einmal krachte. – Ich nickte zu diesen Worten, die gewiß etwas Richtiges enthielten und zu einem andern, leichteren Leben dienen können, das freilich auch heute noch nicht jedem gegeben ist, nicht einmal in städtischen Verhältnissen. Man kann da immer noch, und vielleicht gerade heute wieder, wie auf dem finsteren Lande leben. »Ja, die haben noch aus jeder Mücke einen Elefanten gemacht«, warf der junge Bauer ein, und ich war plötzlich nicht sicher, ob er seine Frau richtig verstanden hatte und ob das auf die Dauer gutgehen würde. Aber die junge Frau bemerkte nur, daß man eben Kontakte suchen müsse und daß es in jeder Lage darauf ankomme, positiv zu sein, das Positive zu sehen.

Heute weiß ich, daß es den ungeheuren Knall, den mir meine Mutter verschwiegen hat, in ihrem eigenen Leben nicht geben durfte. Ich verstehe sehr gut, warum sie sich weigert, Brämis Tod als Schande zu betrachten, denn die Schande sieht ganz anders aus. Ich wäre vielleicht nicht geboren, wenn meine Mutter die Kraft gefunden hätte, für ihr Glück zu leben. Dennoch weiß ich, daß es die Explosion, an der Brämi gestorben ist, in ihrem Leben hätte geben müssen. Um jeden Preis hätte es sie geben müssen. Wenn es wahr ist, daß sie sich Streit erspart hat um meinetwillen, dann will ich wenigstens den Preis beim Namen nennen; dann bin *ich* dieser Preis. Ich kann ihn nicht bezahlen. Für mich ist die Zeit großer Töne und Geräusche vorbei. Aber nennen will ich ihn, unnachgiebig und brauchbar wenigstens in diesem einzigen Punkt. Denn um diesen Punkt, den Punkt der vollkommenen Ehrlichkeit, muß die Erde gedreht werden, wenn auf ihr das, wozu sie geschaffen wurde, in Erfüllung gehen soll.

Für den Anfang auf jeden Fall

Jeden Tag in den Ferien, wenn es nicht ganz naß ist, gehen Lore und Yvonne einmal hin. Yvonne trägt gelbe Gummistiefel, deren Ränder an den Knien nachklappen, als schnappten sie nach dem Kind. Was macht Lore falsch, daß es nicht wächst? Jeden Morgen, wenn Hugo fertig ist mit Kaffee und Zeitung und schon weg sein müßte, sitzt das Kind immer noch da und ißt seine paar Bissen auch noch *langsam.* »Du mußt ja nicht warten, bis sie fertig ist«, sagte Lore. – »Es regnet schon wieder«, sagt Lore, wenn sie sein Auto nicht mehr hören und hinausschauen auf das nahe Waldstück, das verhängt daliegt, als wäre nicht immer noch Juli. »Wir gehen zu den Kaninchen«, sagt Yvonne, die Tasse, die nicht leer werden will, am Mund. Sie sagt es so, als habe Lore schon widersprochen.

Lore ist jedesmal zu den Kaninchen mitgegangen.

Kaninchen dürften für eine Siebenjährige kein so unwiderstehliches Ziel mehr sein. Doch Lore wußte ja, daß die Tiere ein Vorwand waren. Was lockte, war der rostige Bagger, die Dampfwalze, der Lastwagen.

Also ging Lore, wie gestern schon, zehn Schritt hinter den gelben Stiefeln her. Ihre Augen wanderten über die nasse Laubwand. Vielleicht gab es heute etwas zu sehen oder zu hören, ein Eichhörnchen oder den Ruf eines Hähers, mit dem man das Kind einen Augenblick aufhalten konnte.

Lore »dachte nach«. Plötzlich ärgerte sie, daß »Nachdenken« immer eine Floskel für etwas gewesen war, was man sich »vornahm«, was dann aber nie zustande kam. Lore versuchte es immer wieder. »Das Kind hat Schwierigkeiten«, dachte sie und erschrak über die Ungeduld, die sie dabei überfiel. Erschrecken konnte sie noch, das war fast ein Trost. Doch mit dem nächsten Satz, der sich so einfach dazudenken ließ: »Darum *macht* es auch Schwierigkeiten«, überschritt sie die Schwelle zur Übelkeit. Nicht deshalb, weil der Satz nicht stimmte. Yvonne machte ja gerade nicht, was die Leute »Schwierigkeiten« nannten, sie war ein »ruhiges« Kind. Sondern weil sich überhaupt solch ein Satz bilden konnte; weil man sich mit dergleichen zu verständigen glaubte. Und hinter der Ungeduld und Übelkeit traute sich, erleichternd, das wahre Gefühl hervor: Angst. Jetzt wußte sie, was ihr beim Gehen den Atem kurz gemacht hatte. Es gab wieder ein Wort dafür. Also: sie wußte es endgültig nicht.

Gestern ein Abend mit Lichtbildern, zu Hause, Gesellschaft. Erich und Lisa führten ihre Ferienbeute aus Korfu vor, am Ende stand nur noch das helle Viereck an der Wand, und niemand drehte das Deckenlicht an. Hugo sagte: und jetzt der Porno. Das mühsame Lachen, das ihm antwortete, vermochte das Schweigen nicht zu übertönen. Das Geschwirr des Ventilators hörte sich wie Ohrensausen an.

»Ja, wenn wir noch wären, was wir einmal gewesen sind«, sagte Erich ins Halbdunkel hinein, und jemand, eine Frauenstimme, antwortete: »Damals waren wir aber gerade nicht so.« Und an dieser Stelle hörte man auf einmal husten, ein kleines Husten aus einer anderen Kehle. –

Und es war Lore, die nichts zu sagen gewußt hatte, jetzt aber aufstand, um Licht zu machen. Da saß allein auf seinem Stuhl das Kind in seinem kanarienfarbigen Schlafanzug und blinzelte.

»Yvonne!« sagte jemand.

Sie konnte nichts mitgehört haben; es hatte nichts Besonderes mitzuhören gegeben. Darum war es schlimm, wie Lore sich benahm. Sie nahm das Kind nicht auf den Arm oder bei der Hand. Sie schüttelte die kleinen Schultern und schrie: »Du gehörst nicht hierher! Seit acht Uhr bist du im Bett!«

Und diesen letzten Satz, dem der Unsinn anzuhören war, wiederholte sie noch einmal.

Hugo lachte, der genierte Gastgeber, nahm Lore das Kind weg und trug es nach oben – nicht ohne es den Freunden noch einmal »gezeigt« zu haben. Beim Verschwinden durch die Tür hing Yvonnes Kopf vom Kopf ihres Vaters weg, als hätte das Kind jetzt einen Schaden. Jemand wußte zu sagen, daß Kinder nicht empfindlich seien, wenn nur der Rahmen stimme, die familiäre Geborgenheit, die Vertrauensbasis. Weinen war mißverständlich, Lore wußte es, aber sie konnte nichts dafür; das war jetzt so und warum sollten es die andern immer nicht sehen. Von »Streß« war die Rede.

Bald danach Autoblechschmettern im Licht des Vorgartens, hektisches Grün der Zierbäume. Ein Bühnenbild unter dem schwarzen Regenhimmel. Schaltgeräusch in der Ferne. Wie schwer würde das alles wieder zusammenzubringen sein, diese Leute, und was sie einem nicht mehr bedeuteten.

»Du hast doch Zeit, versuch dir etwas Eigenes aufzubauen«, sagte Hugo beim nächsten Frühstück oder übernächsten. »Ich meine, du kannst dir deine Zeit leichter einteilen.« Hugo war, so hatte er sich einmal ausgedrückt, »frauenbewußter« geworden.

Nichts Besonderes, Hugo. Müde. Mach dir keine Sorgen. (Was sollen mir deine Sorgen.)

Als sie jünger war, hatte Lore das Gehen im Regen geliebt.

»Das war eine Holztaube«, rief Lore. In der Steigung hatte sie Mühe. Immer gehabt, es war kein Alterszeichen. Vielleicht ein Zeichen ihres Widerstands gegen Bodenerhebungen, Horizontverkürzung. Hugo hatte sie geneckt: am liebsten würde sie alles *eben* haben. Das war nicht wahr, es war eben geneckt, wie so vieles übrige.

»Hast du's jetzt wieder gehört?« fragte Lore, die Anstrengung gab ihrer Stimme etwas Drängendes, darum lachte sie gleich danach. Sie benahm sich ja verlegen vor dem Kind.

Yvonne drehte sich rasch um, nickte, der Blick hieß vielleicht: was soll mir deine Holztaube, oder: gib dir nicht so viel Mühe.

Lore versuchte zu denken: wir müssen bald einmal wirklich Ferien machen. »Wirklich« – in dem Wort verbarg sich die Erwartung eines Wunders, also etwas Unwirkliches; es war erheiternd, sich als eine Person zu denken, die »wirklich« Ferien machte. Sie war ja froh, daß es dieses Jahr, während

Yvonnes ersten Schulferien, keinen gemeinsamen Urlaub geben konnte, Hugos Bakterienkultur wollte täglich gewartet sein, ein Assistent konnte es nicht tun. Und allein mit dem Kind, wie Hugo angeboten hatte, mochte sie nirgends hingehen, für die Lücke, die er ließ, wollte sie nicht einstehen, mit irgendwelchen Haltungen. Sie wußte nicht mehr, wie man das darstellte: die Abwesenheit eines Ehemannes. Und die Mühe, einen Ortswechsel zu organisieren. Die Erwartung, sich zu erholen; was hieß das, und wozu? – Die letzten gemeinsamen Ferien in einem gemieteten Chalet hatten sie selbst in witzigen Augenblicken einen Alp-Traum genannt. Zum Glück hatte es außer den Kühen auch einen neuen Supermarkt in der Nähe gegeben. Die Einbildung, man habe hier oben ganz anders zu leben, hatte sie alle ungenießbar gemacht (»ungenießbar«: wieder plötzliche Übelkeit durch ein einziges Wort). Eine Krise und ein Krach mit Scherben, auf den sie beinahe stolz waren, es war das erste Mal, hatte die Luft »geklärt«. Danach wurde es, zwischen Gesprächsversuchen, ungefähr die gesuchte Bergluft, in der sie ferienmäßig herumgingen und wenigstens braun wurden. Spaziergänge bis leichte Wanderungen, abends Spiele mit dem Kind, Domino, mehr Lesen, weniger Zigaretten.

Jetzt hatte der Ruf der Holztaube Lore bewegt, aber woher sollte das Kind das wissen und der Bewegung trauen.

Der Weg trennte sich vom Waldrand, er wäre eigentlich ein Aussichtsweg gewesen. Bevor er einbog ins Getreide und zwischen Hügeln halbreifen Weizens zum Hohlweg wurde, nahm Lore noch ein Stück Aussicht mit. Blick über die Siedlung in schwärzlichem Sommergrün auf den See, die Voralpen, Spuren höherer Landschaftsaufbauten in der Ferne. Lore streifte, als müsse sie sich losreißen, ein paar Blätter vom letzten Waldrandgebüsch. Sie blieben lose in ihrer Hand, die Finger rieben daran, sie roch an den Fingern. Sie kannte die Blätter nicht.

Im Getreide behielt sie den Tick des Abzupfens bei. Alle paar Schritt eine Ähre. Sie prüfte die Grannen gegen den

Strich. Weizen, das wußte sie. Bis zum Rand des Friedhofs dachte sie der »Holztaube« nach, die vermutlich nur eine Waldtaube war und ihr als solche nichts mehr sagte, sie war auch verstummt. Geblieben war ein Wort und hie und da ein Regentropfen auf die Lippe, den sie ableckte. Es tröstete sie, daß es auch im freien Feld etwas regnete.

Es gab noch alte Leute, die »Luft« sagten, wenn sie Wind meinten. Von der Luft als solcher hatten sie keinen Grund zu reden.

Gleich hinter dem Friedhof, noch von der Mauer verborgen, war das Ziel, dem Yvonne zwanzig Schritt voraus entgegenlief; der Anfang eines Seitenwegs, eine Schmutzspur, die hinter eine Bodenwelle (die alte Kehrichtdeponie der Gemeinde, jetzt begrünt) und zu einem Gebäude führte. Einem Komplex von Hütten eigentlich, gruppiert um eine Scheune mit gemauertem Wohnteil. Stöße von Brettern, Röhren, Backsteinen, Armatureisen bildeten mit dem Kaninchenstall zusammen eine Art Hof; der Kaninchenstall war das einzige Neue hier, wirkte in seiner Lackiertheit lachhaft bewohnbar. Der Schuppen, aus dem ein schildloser Lastwagen mit abgebauter Brücke Kühler und Kabine ragen ließ. Und die Baumaschinen, Bagger und Walze, die in einer Pfützenlandschaft gegeneinander Front machten, entfärbte Wracks. Es gab einen Bewohner da hinten. Manchmal ließ er sich blicken, ohne Gruß, ein Mann im blauen Arbeitsmantel, sechzig vielleicht, eingefallen, aber kaum gebeugt, eher klein, wohl zäh. Er hatte ein gelbes Gesicht mit Augenringen über dem Schifferbart und einer Zigarette im Mundwinkel, die nicht brannte. Lore hatte mit Yvonne gewettet, daß er eine Brille trage, und die Wette verloren.

Lore wäre nicht darauf gekommen, daß man an dieser Stelle von einem Spazierweg abbiegen könnte. Sie war das erste Mal Yvonne nur nachgegangen, um sie zurückzumahnen, denn dies war offenbar Privatgrund, schmutzig außerdem. Aber dann ließ sie das Kind beim Herumklettern auf den Maschinen gewähren, immer noch geniert, bereit, eine Entschuldigung anzubringen. Die Entschuldigung war erst beim dritten oder vierten Mal loszuwerden, doch der Mann schien sie kaum zu beachten, ging offenbar nicht störbar seinen undeutlichen Gängen nach. Danach blieb es dabei, daß man »zu den Kaninchen pilgerte«. So hieß das nun.

Yvonne war jetzt einzuholen; sie pflückte am Straßenrand Klee für die Kaninchen, den es hinten »bei dem Mann« nicht mehr gab. Dort gab es nur noch: Brennessel, Goldrute, Wermut – so weit reichte Lores Pflanzenkenntnis. Einmal hatte sie gelesen, daß es in Deutschland nach dem Krieg »Trümmerflora« gegeben habe; Gewächse, die früher oder später in diesen Breiten nicht mehr gediehen. Lore hatte sich »Trümmerflora« immer südlich vorgestellt. – Yvonne im Klee, den sie pflückte, als sollte das ein Strauß werden.

Lore blickte auf das Kind hinab, das im blauen Overall auf den zusammengeknautschten Stiefeln hockte. In diesen Tagen war es öfters geschehen, daß ihr Yvonne so weit weg vorgekommen war. Ein Traum: in ihrem Bauch das Kind, zusammengekauert, aber kein Embryo, es hielt die Arme um den Kopf; das Gefühl: ich verliere das Kind. Und die plötzliche *Erfahrung,* als sie Yvonnes Zähne putzte: dieses kleine, von Zunge und Speichel umspielte Gebiß, an dem sie herumfeilte, gehörte zu einem *Schädel.*

Yvonne rannte. Die Pfützen schütteten sich über ihre Stiefel aus; dafür hatte man Stiefel an. Lore mit ihren zarteren Stiefeln (Hirschleder) tastete an den Rändern entlang, mußte zurückbleiben. Als sie im »Hof« ankam, hatte es schon begonnen. Es begann immer beim großen Bagger, der seine blank gebliebenen Löffel in die Luft stehen ließ. Der Kleestrauß lag auf der Raupe. Früher hatte Lore noch nachhelfen, schieben müssen. Jetzt saß Yvonne schon hoch droben auf der Segeltuchbank, riß an den Hebeln, die einmal zur Bewegung der Maschine gedient hatten, dem Vorrücken und Zurücksetzen, dem Heben und Senken des Löffels, dem Einschlagen der Reißzähne, dem Hieven, dem Drehen an Ort, dem Kippen. Yvonne riß an den Stangen. Sie stieß Brumm-

und Kreischlaute aus, sie arbeitete mit dem toten Ungeheuer, sie beherrschte die Welt und brauchte sich selbst nicht mehr zu beherrschen.

Und Schluß. Yvonne wechselte auf die Straßenwalze, die kleiner war, der Phantasie nicht so viel bot. Wenn man im Sattel saß, konnte man nur ein schwerfälliges Brüllen hören lassen, mehr gab eine Walze nicht her.

Als Lore so klein gewesen war –

– hatte sie ihre Mutter gefragt, wie das heiße, wenn man vor sich hinsehe, ohne etwas genau zu sehen. Ihre Mutter hatte geantwortet, ohne sich zu besinnen: »Stieren«. Aber war es das? »Stierte« man nicht nach etwas Bestimmtem? »Träumen« konnte es nicht heißen; die Lehrerin nannte es so. »Stieren«, »träumen«. Sie wollten einem etwas nehmen, wenn sie solche Wörter gebrauchten; etwas, was sie selbst nicht mehr hatten. Sie hatten jetzt nur noch ein Wort dafür –

Lore machte ihre Augen nicht fest; dazu lächelte sie. So, genau so wäre sie als Kind gern fotografiert worden. Aber der Vater verlangte, daß man streng in den Apparat lächle, über den er sich beugte ... er machte immer nur ein Bild aufs Mal, das mußte gelingen, und es sollten möglichst viele drauf sein. Ein Bild extra von Lore, auf dem sie auch noch »stierte«, das wäre zu schade gewesen. Für »Schnappschüsse« hatte man kein Geld gehabt, oder keinen Sinn. Obwohl man die Bilder beim Herumzeigen als »Schnappschüsse« bezeichnete und lustig beschriftete. Wie sah man dann aus auf diesen Bildern mit seinem befohlenen Lächeln. Und wie anders hatte man im Spiegel ausgesehen, wenn man »gestiert« hatte. Unscharf, aber –

Lore hatte sich damals gewünscht, einmal »ertappt« zu werden von ihrem Vater, wenn er fotografierte: vielleicht beim Klettern auf den Haselbusch im Garteneck, mit den verbotenen Sonntagskleidern. Er hätte sie nicht fotografiert dabei, er hätte sie heruntergepfiffen. Um fotografiert zu werden, mußte man erst zusammenstehen und lächeln, und bei ihr war das Lächeln nie gut herausgekommen. Das konnten nur die, die es geübt hatten, Tante Hermine, Onkel Oskar, ein ganzes armes Leben lang –

Der »Selbstauslöser«. Manchmal hatte der Vater damit gearbeitet, ja: »gearbeitet«. Erst befahl er Unbeweglichkeit, dann rannte er, sich einmal umsehend (ob er das Stativ auch nicht verschoben hatte) auf seine Familie zu, als suche er Deckung. Er drängte sich unter die Seinen, die ihm hastig Platz machten, und ergriff zwei Hände oder legte gar den Arm um jemanden, der sich nicht mucksen durfte, und dabei surrte der Apparat, surrte ab wie ein gefangenes Insekt, und dann durfte man wieder atmen, die Mienen lösen. Und am Ende grinste der Vater auf dem Bild wie ein Sterbender, er fand nichts dabei, er gefiel sich, er probierte das Fotografieren immer wieder aus, an manchem schönen Sonntag.

Hier wäre Weinen beinahe möglich gewesen, aber erst jetzt. Zehn Jahre nach seinem Tod. Bald zehn Jahre mit Hugo. Ja, sie hatten das Trauerjahr noch abgewartet. »Das Trauerjahr«.

Das Motorengebrumm kam jetzt aus dem Schopf. Yvonne fuhr Lastwagen. Das Knacken der Schalthebel hier leiser, drohender. Schwacher Regen im Gesicht; vielleicht gaben auch nur die Blätter des Holunders Nässe ab. Wind. »Luft«. Der Vater hatte sie Eleonore getauft, weil ihm Goethe »über alles ging«, aber sie hatte ihn nie Goethe lesen sehen. Sie lächelte wieder; sie stellte ihre Augen scharf ein, etwas irritierte sie –

Jetzt sah sie und nahm das Lächeln zurück. Es war einem Blick begegnet, dem Blick des alten Mannes, der sich nun wandte und in sein Haus ging. Man hatte Lore zugesehen, wie lange schon?

Sie nahm den Kleestrauß vom Bagger und rief in den Lastwagen hinauf: »Komm, wir müssen zu den Kaninchen.«

Yvonne war sehr schnell da. Sie nahm Lore den Klee aus der Hand und drückte die einzelnen Pflanzen, Stiel voran, durch die Drahtmaschen den witternden, sich drängenden Schnauzen entgegen. Schräg, nicht besonders geschickt, versuchten die Zähne das Grün zu fassen. Wenn es sich sperrte, wurde es brutal durchgezerrt. Auch die Blütenköpfe wurden gefressen, nur ein großer Scheck, den Yvonne ohne Begründung den »Ungar« nannte, ließ sie fallen. Lore fütterte sparsam; ab und zu versuchte sie ein Zukurzkommendes mit einem Stielende in einen ruhigen Winkel des Gitters zu locken. Das mißlang fast immer. Die starken Fresser ließen lieber ihr angefangenes Zeug im Stich und folgten der neuen Spur.

Yvonne fütterte die Tiere unaufmerksam –

Noch nie hatte sie gewünscht, eins auf den Arm zu nehmen.

Diesmal wartete sie nicht einmal das Ende des Kleestraußes ab, sie lief wieder weg, zum Lastwagen. Der Regen war jetzt stärker. Lore schlüpfte in die Ärmel ihres Regenmantels, den sie nur um die Schultern gelegt hatte.

Sie hatte ihn wieder nicht kommen sehen. Sie hatte nicht einmal Zeit, sich umzudrehen, da hatte er sie schon berührt, vorne durch den Mantel, den sie nicht zugeknöpft hatte. »Darf ich Sie anfassen«, hörte sie fragen, »ich habe lange keine Frau mehr angefaßt.«

Sie blickte auf die Hand, die ihr über die Brust fuhr, auf der hellen Bluse, eine stockfleckige Hand. Dann in sein Gesicht. Sie las etwas darin, was sie auf der Stelle erkannte, was sich in diesem Gesicht ausprägte, seine Falten zu straffen begann.

Sie fütterte langsam weiter. Es mochte aussehen, als wären sie einander bei etwas behilflich, bei einer geringen Schwierigkeit oder Operation. Es geschah nichts, als daß seine Hand von ihrer Brust über ihren Bauch fuhr und dort einen Augenblick liegenblieb. Lore roch seinen Atem, fad, menschlich; er hatte nicht getrunken. Dann nahm der Mann seine Hand wieder zurück und steckte sie in die Tasche seines Arbeitskittels. »Erkälten Sie sich nicht«, sagte er. Er hatte nicht flüstern wollen, offenbar, denn er räusperte sich jetzt laut, fast grob, und ging weg.

Lore sah sich nach Yvonne um, sie saß oben im Maschinenhaus des Baggers, das geborstene Plexiglas des Seitenfensters zeigte ihre Figur nur getrübt. »Kommst du?« rief Lore, holte ihre Regenkappe aus der Tasche und zog sie sich über das Haar. Dann drehte sie sich um, ging am Bagger vorbei zum Weg, auf den Pfützen hüpften die Einschläge einzelner Tropfen. Das Kind blieb sitzen.

Dann kam es. Es blieb ein Stück hinter Lore zurück; sie hörte es in den Pfützen trampeln. Vorn auf dem Sträßchen ging Lore links, nicht gradeaus ins Weizenfeld. Hier holte Yvonne sie ein und faßte ihre Hand.

»Warum gehen wir hier?«

»Weil es auf dem Grasweg zu naß ist. Meine Stiefel sind nicht so gut wie deine.«

Allmählich kamen sie in die Nähe von Häusern, unter Leute, es war niemand dabei, den sie kannten. Die meisten trugen Schirme. Nicht viele junge Leute in dieser Gegend.

»Hast du mit dem Mann geredet?« fragte Yvonne.

»Er hat mich etwas gefragt.«

Sie gingen weiter, Lore hob eine frische Blüte vom Trottoir auf, die violette Dolde eines Zierstrauchs. War der Wind so stark gewesen? Vielleicht hatte eine Autoantenne sie abgeschlagen.

»Wie heißt der Mann?«

»Das hat er nicht gesagt.«

Der richtige Name für die Blütenform fiel Lore nicht ein. Wenn sie spitz zulief, nannte man sie nicht mehr »Dolde«.

»Fragst du ihn nächstes Mal?«

»Ich weiß nicht.«

Yvonne ließ ihre Hand los, um eine Schnecke aufzuheben.

»Eine Weinbergschnecke«, sagte Lore.

Yvonne schmetterte die Schnecke auf das Pflaster. Eine Masse von Kalksplittern, braunem und grauem Brei, die zögernd auseinanderquoll. Lore schloß die Augen. Sie strich mit den Fingern die »Dolde« glatt, während sie weiterging. Kurz vor der Haustür faßte Yvonne sie wieder an. Das Kind wußte doch, man mußte es loslassen, um die Haustür zu öffnen.

»Die Stiefel«, sagte Lore.

Hugo wollte an diesem Abend spät kommen. Lore aß mit dem Kind, erzählte ihm noch eine Geschichte, bestand nicht darauf, daß es badete, und ließ es wie immer noch eine Weile »bei Licht« spielen, nachdem die Läden geschlossen waren.

Als sie ihm gute Nacht wünschen wollte, sagte Yvonne: »Könntest du mir einmal den Rücken kratzen?« Lore gehorchte; die Handvoll Rücken, die wachsam und unerfahren stillhielt. Dann wollte sie ihm einen Kuß geben, aber das Kind sagte:

»Der Mann hat dich auch gekratzt.«

»Er hat mich gestreichelt. Er hat gefragt, ob er mich anfassen darf.«

»Wieso?«

»Er habe lange keinen Menschen mehr angefaßt.«

»Hat er keine Frau?«

»Vielleicht hat er früher eine gehabt, ich weiß es nicht.«

»Hat er dir das erzählt?«

»Nein.«

»Möchtest du wieder hingehen?«

»Ich glaube nicht.«

»Und wenn ich möchte?«

»Dann müssen wir uns das gut überlegen.«

»Sag mir jetzt gute Nacht«, sagte Yvonne. Aber bevor Lore sich bewegen konnte, sprang das Kind mit einem Satz von ihr weg in die hintere Bettecke. Das Bett fuhr hin und her.

»So hüpfen die Kaninchen.«

»Genau«, sagte Lore. »So hüpfen sie.«

»Ich glaub, ich möchte morgen wieder hin«, sagte Yvonne, und im gleichen Atemzug: »Bekomm ich morgen den Kola-Bär?«

Der Kola-Bär war ein teures Spielzeug aus einem echten Fell, Blickfang in einer Boutique, wo sie sich nach einem Beleuchtungskörper umgesehen hatten. Hugo bestand auf einem italienischen Design, aber er hatte keine Zeit, sich selbst darum zu kümmern. Er hatte ja eine Frau mit Geschmack.

Lore lächelte wider Willen. Ihre Tochter war eine Händlerin.

»In das Geschäft möchte ich nicht mehr gehen«, sagte Lore. »Ich finde es blöd, so etwas zu kaufen, nur weil wir es jetzt kaufen können.«

»Weil wir Geld haben, oder«, sagte Yvonne.

»Papa hat Geld, ich nicht.«

Das Kind schaute sie an. Dann sprang es wie wild im Bett herum, drückte plötzlich eine Backe gegen die Holzlatten und schnüffelte heftig durch den Spalt.

»Du mußt jetzt bald ein richtiges Bett haben.«

»Dann brauch ich den Kola-Bär nicht mehr.«

»Was soll ich dir heute singen?«

»Ach –«, sagte Yvonne mit dem wählerischen Tonfall der Großen, sie kniete jetzt, gerötet vom Toben, und wippte auf den Knien, »ach – laß das für heute. Sing mir dafür ein andermal wieder.«

In ihr eigenes Lächeln hinein drehte Lore die Lampe aus, damit ihre Tochter nicht sah, wie es sich veränderte.

»Schlaf wohl«, sagte sie, und ihre Tochter antwortete: »Klar.«

Unten setzte sich Lore auf das Sofa, ohne Licht zu machen. Der Abend war früh da, der Regennachmittag hatte sich mit Dunkelheit gesättigt, das schwere Grün draußen lebte. Ein Vogel schrillte, warnte unaufhörlich. Eine Katze? Castelli-Beleuchtung würde es hier also nicht mehr geben. Auch die Glühbirnengirlanden, die sie auf der Terrasse geplant hatten, für Gartenfeste, würde niemand mehr aufhängen, oder jemand anders –

War das alles schon so klar?

Seltsam nur, wie klar der Anfang dazu war.

Das Kind –

Das Kind durfte keine Ausrede mehr sein. Eine beanspruchte Mutter war in jedem Fall besser für Yvonne. Beansprucht? Damit, ihr Leben zu verdienen.

Sein Leben verdienen. Davor Angst zu haben, hatte man

sehr früh gelernt. Und gelernt hatte man auch die Gefälligkeit, die aus der Angst kommt und zu nichts weiter führt als
zum Lächeln der »Frau des Hauses«, in die sich die Hausfrau
bei Veranstaltungen verwandelt.

Keine Lust, eine Platte aufzulegen, wie sonst immer, wenn
der Tag oder Abend eine Lücke ließ.

Das dunkle Grün: vom Gärtner empfohlene, gepflanzte
und regelmäßig beschnittene Gebüsche, die in fünf Jahren
üppig geworden waren. Die Amsel, oder was immer es war,
zeterte laut. Auf dem Fenstersims die abgebrochene Zier-
strauch-Blüte steif in einem Einmachglas. Es sah provisorisch
aus, unzugehörig, ein Stück Leben aus einem Studentenzim-
mer. Sie wollte zu dieser Blüte stehen.

»Dolde« hieß es aber nicht; wie denn eigentlich? Sie stand
auf und wollte es wissen. Neben dem Einbaufernseher die
Bände zum Thema Gartenkunst und Schöner Wohnen. Sie
fand den gelben schmalen Band sofort, den sie in zehn Jahren
nie mehr angerührt hatte; eins von Vaters Büchern. Der Vater
hatte von einem eigenen Ziergarten nur geträumt, diesen hier
hatte er nicht mehr erlebt. Sie ging mit dem Bändchen zum
Fenster und hielt die Glanzpapierblätter nach außen. Der gemeine Oleander, die schönblühende Weigelie, der syrische Ei-
bisch, der drüsige Götterbaum, das gemeine ... was da alles
»gemein« war in diesen teuren Gärten. Sie dachte an einen Ju-
gendfreund, für den der Oleander gemein gewesen war, weil
er in Kübeln an der Straße stand und jeden Tag abgestaubt
werden mußte ... oder gewaschen? – Bruno? – Ein Wirts-
sohn jedenfalls, beneidet, weil bei ihm zu Hause die Kekse
nur so auf den Tischen herumstanden, und kein Mensch
glaubte ihm, daß er sie auch bezahlen mußte. – Der echte Sas-
safras, der war es auch nicht, schade. Aber diese war es. Sie
hatte gewußt, daß es die Blüte einmal in diesem Buch gegeben hatte. »Die veränderliche Buddleya, Buddléya variabilis
Hemsl., erst in den letzten Jahrzehnten aus China eingeführt,
ein in der Tracht sehr veränderlicher, bis ca. 3 m großer
Strauch« ... das war es nicht, was sie wissen wollte. »... es ...

die in eine … dichte, üppige Rispe endigen …« RISPE, was sonst.

Das Wort war schön. Es flüsterte noch. Als wäre die Buddleya mit Gras verwandt, hohem Gras.

Sie las weiter, daß der Strauch warme Lagen liebe, daß er in rauhen Gegenden Windschutz brauche, im botanischen Garten Karlsruhe seit Jahren vortrefflich gedeihe, wo die Abbildung »darnach gemalt« worden sei. »Eine vielsamig 2fächrige bei der Reife die bleibende Blumenkrone zerreißende Kapsel, deren wandspaltige, an der Spitze fachspaltige Klappen sich von den Samenleisten loslösen.« Am Rand neben der Abbildung hatte ein Kind mit Bleistift J E hingeschrieben, das mußte einmal sie gewesen sein, einem andern Kind hätte der Vater sein Buch nicht in die Hand gegeben. Und auch sie mußte dafür wohl krank gewesen sein. Lore mit einer Kinderkrankheit im Bett und diesem Blütenbuch zum Trost, den man nicht nötig hatte, denn wenn man krank war, wurde für einen gesorgt. So hatte es angefangen, so hatte vieles angefangen, und durfte nicht weitergehen … In dieses Buch hatte sie, von Krankheit geschützt, diese Buchstaben gemalt, an dieser verbotenen Stelle. Das Gefühl hinter den Augen, das einem die Sicherheit gab, Fieber zu haben. Jetzt gab es nichts mehr dergleichen, und man mußte aufhören, sich deswegen leid zu tun, man durfte es …: aufhören. – Danach hatte man immer noch drei Tage »ohne Temperatur« zu Hause bleiben müssen, die Mutter tat es nicht anders, ein wenig wurde die Krankheit wie eine Strafe behandelt, und man brauchte sich nur nicht anmerken zu lassen, daß es keine war … Die Mutter … im Grunde wollte sie wohl nur nicht schuld sein, wenn etwas passierte, sie wollte auf keinen Fall schuld sein, das war ihre Liebe. Eine andere hatte sie nicht kennenlernen – dürfen. Ihr Problem, ob sie diesem Hugo und seiner sehr guten Familie auch eine richtige Frau abliefere … sie sah diese Ehe als Examen ihrer guten Erziehung an, Lore hatte sich zu bewähren für ihre Mutter. Seinen Stolz hatte man immer, man brauchte nicht reich zu sein, um alles richtig zu machen … Die Mutter hatte gerade noch Yvonnes Geburt erlebt ... Lore hatte ihr keine Schande gemacht. Ein gutes Gefühl, um damit zu sterben –

Die veränderliche Buddleya, wie konnte man einen Strauch so nennen? Vielleicht hieß er nach einem Herrn Budd, oder Buddley. Wie die Gerbera nach einem Herrn Gerber? Wie die Gerbera aussahen, konnten sie nur von einem Herrn Gerber erfunden sein. Das Buch war ihr heruntergefallen, sie strich ihm über beide Deckel und stellte es zu den übrigen.

Dann setzte sie sich auf das Sofa, aufgerichtet wie für ein Gespräch. Sie nahm die leeren Hände zwischen die Knie, empfand, daß die Hände warm waren. Es war nicht sicher, ob Hugo eine Veränderung ertrug. Sie wollte ihm nichts zuleide tun. Aber darum ging es nicht. Es ging um ein Wort, das sie mit dieser Ehe gegeben hatte und nicht halten konnte, denn sie hatte es nicht nur Hugo gegeben. Die Warnung der Amsel aus dem Garten, die Wärme der Hände. Das Kind, das sie nie gewesen war. Das Kind, das jetzt oben schlief.

Ging es darum, Hugo zu verlassen? Es ging darum, ihm zu sagen, daß man sich nicht mehr ganz zu verlassen bereit war auf sich selbst. Dieses Selbst war tot, auf das man gebaut hatte, in so viel Jahren und mit welcher Anstrengung und doch: wie ungenau. Die Hand des Mannes dort draußen hatte nichts gefunden. Es war auch nichts gewesen, was erschrokken oder erstarrt wäre. Nur Staunen über Nichtanwesenheit; doch dieses Staunen fast tödlich. Es war mit ihr nach Hause gekommen, saß mit ihr an dieser Stelle; es war auszuhalten; es lebte. Eine seltsame, knappe Wohnlichkeit, nicht mit der Polstergarnitur zu verwechseln, die sie noch selbst ausgesucht hatte. In diesen Sachen war sie nicht mehr; sie war nur noch genau da, wo sie war. Hier fest zu bleiben und stillzuhalten ohne Musik, der Griff einer Hand zwischen die Finger der andern, das war möglich. Es war eine Arbeit, Lores erster Job. Sie freute sich darauf. Vielleicht ein gemeinsames Zimmer mit Yvonne, für den Anfang, für den Anfang auf jeden Fall.

Der Zweitsitz oder Unterlassene Anwesenheit

Als ich mich zum ersten Mal hier blicken ließ, hat sie mich entsetzlich ausgeschimpft. Jedenfalls verstand ich es so. Wenn ich mich dem Haus näherte – von welcher Seite immer –, stand sie da, vor ihrer abgeblätterten Tür, oder im gedeckten Zugang dort, und begann drohend zu reden. Es war unheimlich: immer stand sie richtig, als hätte sie nichts zu tun, außer auf mich zu warten. Der Gedanke verfolgte mich, daß ich auch um drei Uhr morgens nicht auf dieses Haus, diese alte Häusergruppe hätte zugehen können, ohne daß es im Dunkeln zu reden begonnen hätte. Überschritt ich die unsichtbare Schwelle zu einem Bezirk, der vielleicht zusammenfiel mit einem noch älteren Eigentum, oder dem Spielgebiet eines nun erwachsenen Großneffen, so löste ich diese Stimme aus, machte in dieser faltigen Kehle, die ich beim Vorbeigehen nur kurz und ungern ansah, Töne locker, einen heftigen, aber nicht lauten Protest, oder was ich dafür hielt. Denn zu verstehen war die alte Frau nicht. Sie ließ einen langen, von der Zunge unsicher zerarbeiteten Lautstrom aus ihrem Mund, der keineswegs alt wirkte, ja ins Neckische zu spielen schien, wenn man sich überwand, genau zuzusehen.

Ich hatte mir sagen lassen, daß sie taubstumm sei, und in der Tat, Grußworte, Zurufe von weitem bewirkten bei ihr nichts, sie musterte einen nur mit ihren merkwürdig hellen, beweglichen Augen, die ihrem Gesicht den Ausdruck unbehaglicher, beinahe boshafter Intelligenz gaben. Erst wenn eine bestimmte Nähe zum Haus überschritten war, begann es aus ihr zu reden, halb zu singen; ich hörte ihren Singsang als Drohung, fühlte mich verraten, als hätte ich etwas Frevelhaftes im Sinn gehabt. Wenn ich mit starrem Lächeln an ihr vorbei und auf das Haus, das ich haben wollte, zuging, kam ich mir plötzlich vor wie einer, der hier verbotenerweise herumschleicht. Und wenn ich mir die obere Tür öffnen ließ, die zu dem verkäuflichen Hausteil führte, hörte ich die alte Frau die

Stimme heben; es war, als hätte ich sie mit dem Niederdrük-
ken der Klinke *verletzt*.

Der Eigentümer, der mich führte, mit dem ich verhandelte,
ein noch junger Arbeiter, der durch einen Unfall am Schmelz-
ofen nahezu blind geworden und darum von seiner Absicht,
den geerbten Hausteil instand zu stellen und zu bewohnen,
abgekommen war, kümmerte sich so wenig um die alte Frau,
als wäre sie selbst ein Stück Einrichtung, Holz oder Mauer. Es
war damals noch keine Rede davon, daß ihr einzelnes Zimmer
mit dem separaten Eingang ebenfalls verkäuflich würde, sie
kam nur nebenbei in unseren bei dem örtlichen Dialekt ebenfalls nicht leichten Gesprächen vor. Harmlos sei sie, lebe ganz
für sich und tue keinem Menschen etwas; er hatte das Unbehagen bemerkt, das sie mir einflößte, und sorgte sich um
meine Kaufwilligkeit. Tatsächlich verstimmte mich die Vorstellung, mit einer Greisin, die ihrer Sinne nicht mächtig war,
unter einem Dach zu wohnen, und wäre es nur für die wenigen Wochen im Jahr, die ich in meinem Büro abkommen
konnte; hier zu leben ohne menschliche Berührung, ja ohne
die Möglichkeit dazu, und doch in hörbarster Nähe, auf welche die Alte, taubstumm oder nicht, so empfindlich reagierte.
Ich wünschte mir eine unbefangene Umgebung, in der ich
fremd bleiben durfte, ohne zu verletzen. Und dieser Frau, die
siebzig, vielleicht achtzig Jahre an dieser Stelle gehaust hatte,
tat ich schon durch mein Erscheinen weh.

Diese Sorge begann mir die erste Liebe zu dem Haus, dessen Alter bereits historisch, aber unauffällig war, zu verderben. Es war, bis auf den kleinen Teil, der sich im Besitz der
Greisin befand, seit vielen Jahren unbewohnt, und aus der
leeren, weitläufigen Stube im Obergeschoß, in der nichts
mehr stand als ein runder Specksteinofen mit der Jahrzahl
1637, hatte mich eine Ruhe angeblickt, die ich Heimweh
nannte. Nun stieß die anschließende Kammer, wohin ich mir,
fünf Schritte vom Ofen und, später, vom Schreibtisch entfernt, mein Bett gedacht hatte, Wand an Wand gegen den unbekannten Bezirk der alten Frau. Und als ich mich einmal, hin

und her gezogen vom Wunsch, hinter diesen ungeheuren Lärchenbalken und in den klaren Verhältnissen, die sie herstellten, selbst Ruhe zu finden, und dem Unbehagen über die taubstumme Nachbarschaft, ein paar Minuten allein in dieser Kammer verweilte, um ihr Schweigen zu prüfen: hörte ich es in der Wand *leben*, ein Knistern und Knacken, das mich den Atem anhalten ließ. Wenn das keine Ratten waren, war es die alte Frau. Und ich kämpfte umsonst mit dem Verdacht, daß sie, wenn nicht jetzt, so doch eines Nachts, nur eine Wand aus altem Holz von mir entfernt, Feuer lege.

Im Widerspruch zu meinen Ängsten tagsüber, wenn ich das Haus besichtigte, regten sich meine Träume. Nachts im nahen Motel, wo ich meinen Entschluß, das Haus, oder meinen Teil davon, zu kaufen, schon zum zweiten Mal überschlief, erschien mir die alte Frau, oder Züge von ihr, im Schein alleswissender Freundlichkeit. Und ich glaube meinen Kopf gegen das kleingeblümte Muster ihres dunklen Kleidrocks gedrückt, dahinter den Stallgeruch der Weihnachtskrippe gerochen und mein eigenes Herz, wie das eines Ungeborenen, schlagen gehört zu haben, fest wie eine Uhr.

Ihr Großneffe, der sich, mit anderen Dorfleuten, bei meinen Erkundungen wie zufällig eingefunden hatte, auch er übrigens ein Fabrikgeschädigter, der dank seiner Beinverletzung wieder zu einem halb müßiggängerischen Kleinbauernwesen zurückgekehrt war, begleitete mich zum Haus und redete seine Großtante an, die unfehlbar aus dem Schatten des Durchgangs, wo sie sich vielleicht schon stundenlang aufgehalten hatte, in unsern Weg getreten war. Er führte mir vor, daß man mit der Frau reden könne, gab auch an, sie zu verstehen. Obwohl die Stimmen, die mir halb zugängliche des nicht mehr jungen Großneffen, und die gurgelnde oder leiernde der alten Frau, in scheinbar geregeltem Wechsel hin und her gingen, hatte ich doch nicht den Eindruck eines Austauschs. Der Jüngere schien nur aufzunehmen, und mir in einer Art Hochdeutsch zu rapportieren, was er hatte hören wollen: daß die Tante gesund sei, daß sie gerade geruht habe, daß sie sich freue, weil ich gekommen sei. Ich hielt jeden dieser Sätze für unwahr, nicht nur, weil sie offensichtlich einer allgemeinen Höflichkeit, und im Grunde der Neugier des Neffen, entsprangen, sondern vor allem, weil es überhaupt Sätze waren. Wenn es Sprache war, was die Frau redete, so bestand sie nicht aus Sätzen, sondern aus Betonungen, aus eigenen gesungenen Lautgruppen, die sich noch nie jemand die Mühe genommen hatte zu entziffern, und offenbar rechnete sie auch seit Jahr und Tag nicht mehr damit. Sie hörte denn auch nicht darauf, was der andere aus ihrer Mitteilung, oder was als ihre Mitteilung ausgegeben wurde, zu machen pflegte. Sie beobachtete nur die Wirkung auf dem Gesicht des Unbekannten, der ich war, dies allerdings so eindringlich, mit so viel Mitarbeit ihres Gesichts, daß ich Mühe hatte, an ihre Beschränktheit, ja auch nur an ihre Behinderung zu glauben. Daß sie taubstumm war, kam mir auf einmal nur noch wie eine bequeme Formel vor für eine unbekannte Art, sich menschlich zu verhalten, mit welcher diese Frau, ein Fräulein übrigens, viele Jahrzehnte lang allein geblieben war.

Ich gab meine Auskünfte dennoch der Ordnung nach: ich sei Advokat, in einem Basler Büro, auf der Suche nach einem zweiten Arbeitsort, der ruhig, doch nicht abgelegen sein müsse. Familie hätte ich keine mehr, sei im Begriff, mir ein neues Leben aufzubauen usw. Inzwischen hatte sich auch der Eigentümer des leeren, viel größeren Hausteils wieder eingefunden. Trotz seiner Behinderung bewegte er sich rasch und dienstfertig, begrüßte den Neffen und begann nach einer Pause, in Gegenwart der alten Frau, über ihr beschwerliches Leben zu reden, das ihr, bei ihren Jahren, nicht mehr lange zuzumuten sei. Ich verstand, daß er den Neffen, offenbar nach einem vorausgegangenen Gespräch, daran erinnern wollte, daß ich natürlich am Kauf des gesamten Hauses interessiert wäre. Dieser nickte, wie abwesend, nach einem kurzen prüfenden Blick auf mein Gesicht, oder auf meinen Mund; die Leute hier schienen einander nie in die Augen, nur auf den Mund zu sehen. Ich hatte wohl ebenfalls genickt und erstarrte plötzlich im Gefühl der Scham. Denn die Augen der alten Frau waren unverwandt, und ganz offensichtlich im vollen Bewußtsein der Situation, auf mich gerichtet. Ich wandte mich ab, um im Gefolge der beiden Invaliden, die einander beim Vorausgehen ablösten, den leeren Hausteil zum vierten- oder fünftenmal zu besichtigen. Die große Stube mit dem Ofen lag in ihrem eigenen Licht, das wärmer schien und vertrauter als das Sonnenlicht in der feingegliederten Fensterreihe; die massiven, aber nicht erdrückenden Holzwände atmeten ein altes Wesen, das hier ungestört geblieben war. Die letzten Leute, die darin gewohnt hatten, die Familie eines entfernten Vetters, hätten nichts verändert, hörte ich; dazu habe auch das Geld gefehlt.

Zwischendurch wiederholte der Verkäufer, vielleicht um dem Eindruck von zu großer Geschäftüchtigkeit oder Gefühllosigkeit vorzubeugen, daß die alte Frau, solange sie da sei, kaum störe, sich über ein ausgebessertes Dach auch nur freuen könne. Man hörte und sah jetzt nichts mehr von ihr, als wir das Haus umschritten, weitere dazugehörende Baulichkeiten betrachteten, alle voll verstaubter und halbzerbrochener Geräte aus Weinbau und Schafhaltung, die im Kaufpreis eingeschlossen sein sollten. Auch die eine oder andere Antiquität, Truhen, handgeschmiedetes Werkzeug, Weinfässer, erklärten die Männer nicht zu beanspruchen, wenn ich dafür Verwendung habe. Sie hatten für nichts Verwendung, schien es, was alt war. Und doch beobachtete ich voller Scham, wie der Halbblinde, nachdem er seinen Verzicht bereits ausgesprochen hatte, sein Gesicht nahe vor eine solche Truhe brachte, die Jahreszahl zu entziffern suchte und das Holz mit den Fingern befühlte, als habe er ohnehin keinen rechten Anspruch auf Dinge, die ihm gehörten, oder als nehme er sich selbst, wenn auch mutlos, in den preisgegebenen Gegenständen zum ersten Male wahr.

Erst als wir uns einem Stallteil näherten, der durch ein kleines grünes Vorhängeschloß verriegelt war, trat uns die alte Frau wieder in den Weg – aber nein, eben dies tat sie nicht; es war mein eigener Schreck, der mich, bei ihrem immer wieder unverhofften Anblick, stocken machte. Sie trat nur eben einen Schritt aus dem jeweiligen Halbdunkel vor, ohne uns aufzuhalten, eher wie jemand, dessen Stichwort gefallen ist, noch leiser: der seine Gegenwart in Erinnerung ruft, ohne zu erwarten, daß damit etwas zu ändern sei. Wir, die beschäftigten Männer, gingen ja an ihr vorbei unsern Weg.

Bei dieser Gelegenheit gelang es mir, durch die offene Tür einen Blick in ihre Wohnung, oder den Vorraum derselben, zu werfen. Hier drängten sich die verbrauchten Dinge noch einmal, Kisten mit bunten Aufklebern, Blechkrüge, ein Stoß Briketts, nur wirkten sie hier zwar nicht ordentlich, doch ohne Staub; mit diesem Gerümpel wurde, wenn auch mühselig, gewirtschaftet und gelebt. Als wir auf engem Durchschlupf an ihr vorbeigingen, hob sie mit angedrückten Ellbogen ihre Röcke zurecht. Ihrem Eingang gegenüber, an den Stall angebaut, war der Verschlag für den Abtritt, vom Neffen grinsend *Gabiné* genannt, so hieß das hier, und man roch es auch, den mürben, nicht mehr ganz rohen Dunst eines alten Menschen.

Am nächsten Tag näherte ich mich dem Haus eigentlich nur noch, um von ihm Abschied zu nehmen. Ich stellte den Wagen beim Wasserfall ab, dessen stilles Geräusch mich einmal gelockt hatte, und ging durch nässendes Kraut, fast mannshohen Wermut, auf das Anwesen zu. Das Wetter hatte in der Nacht umgeschlagen. Es regnete zwar nicht mehr, aber der Himmel hing unsommerlich tief. Nichts regte sich um die zerrütteten Steindächer, die ich nun also nicht mehr neu zu decken brauchte. Ich betrat den Erdboden dennoch wie ein Dieb, immer gewärtig, beim nächsten Schritt die Gestalt der Frau sich aufrichten zu sehen. Der kalte Dunst ließ auch das Dorf wie unbewohnt scheinen, und meine Finger klammerten sich um den Schlüssel in der Tasche, als sei er eine Waffe. Aber diesmal war auch von der Frau keine Spur zu sehen.

Mitten unter dem Durchgang hielt ich inne, um, im Ausschnitt des Vordaches über mir, die schönen Abmessungen der übrigen Dächergruppe mit ihrem verschieden grauen, lebendigen Belag nochmals in Ruhe zu betrachten; hier also würde ich nun nicht wohnen. Ich dachte mir eigenen Rauch aus dem Kamintürmchen steigen, dessen südliche, verkleinerte Architektur mich berührte.

Im nächsten Augenblick erstarrte ich. Die rechte Seite meines Gesichts gefror vor Schreck: dicht bei mir, ich wagte nicht hinzusehen, hatte sich etwas Mächtiges bewegt. Es war die Taubstumme; sie saß auf einem alten Autosessel inmitten des Brennholzes, das einmal aufgeschichtet gewesen, jetzt aber, durch ungeschickte Abtragung, zu einem Haufen verkommen war. Sie saß in ihren immer gleichen dunklen Röcken mit der grauvioletten Schürze, das Gesicht von einem Kopftuch aus dem gleichen Stoff eingefaßt, beinahe behaglich zurückgelehnt, nur ihr Oberkörper war etwas aufgerichtet. Dazu hatte sie, leicht und ohne Nachdruck, die Finger einer Hand gehoben, als hätte sie etwas anzuzeigen. Als ich sie anstarrte, mein Grauen zu beherrschen suchte, verfolgte sie den Ausdruck meines Gesichts mit Ängstlichkeit; erst als ich spürte, daß meine Haut wieder Farbe annahm, begann sie ihren Mund breitzuziehen. Ich sah ihre Zahnleisten oben und unten, nein, sie greinte nicht, ihre Augen funkelten; sie lächelte, das mußte ein Lächeln sein. Und dann begann sie zu reden, Gurrlaute, die sich hoben und senkten; dazu versuchten ihre Lippen das Lächeln festzuhalten. Es wurde breiter, brachte, während sie fortschwätzte, ihr ganzes Gesicht in Bewegung, zog nicht nur die eingesunkenen Wangen, sondern auch die Stirn, die ziemlich glatt war, in Mitleidenschaft. Sie nickte mir zu, nicht nur mit dem Kopf, sie verwandelte ihren schweren Körper in eine einzige Geste der Einladung. Auch der immer noch erhobene Finger nickte mit, begann zu deuten, auf das Haus, ihr Haus zu deuten, nur ihre Augen blieben glänzend ruhig, forschten mein Gesicht aus. Ich weiß nicht, wie mir geschah: meine Spannung bewirkte, daß ich jetzt ebenfalls Laute zu bilden begann, Laute in einer Sprache, die mir selbst neu war. Einen Augenblick lang hemmte mich noch die Scham. Es konnte ja so aussehen, als ahme ich diese Behinderte nach, verspotte sie gar. Aber es war kein Dritter zugegen, der es hätte bemerken können, und sie selbst empfand es nicht so. Ihre Augen verkleinerten sich vor Freude, als ich ihr ins Wort fiel; das ganze Gesicht gab Zeichen der Wonne, verwandelte sich in einen Ausdruck von Ermutigung: endlich hatte ich das Richtige getroffen. Sie hörte mir nicht zu, jedenfalls zu Anfang nicht. Sie brabbelte, schnurrte und schnalzte weiter, feuerte mich an, nicht nachzulassen mit meinem Gerede. Wir quakten, schimpften, murrten und quietschten aufeinander ein, für Dritte hätte es sich wie ein verrücktes und kindisches Duett angehört. Aber wir waren zu zweit, die alte Frau und ich, und sangen uns zwischen Holzhaufen hinter aller Welt etwas vor.

Und sowenig ich Einzelheiten verstand, im ganzen war klar, was sie mir jetzt endlich sagen konnte. Daß wir allein waren, ich und sie, sie und ich. Daß wir gar nicht mehr allein waren, daß wir unter jenem Dach dort zusammen wohnen würden, daß wir einander dort nicht nur nicht stören, sondern es lustig haben würden; das war es, was sie mir ins Gesicht sang, aber nicht dies allein. Manchmal war die Arbeit ihres Gesichts stärker als ihr Lachen, schnitt es ab, die Augen gingen ihr wieder ganz auf, und es war Sorge in ihnen zu lesen, Kinderangst, ich, der Neue, würde dort nicht mit ihr wohnen wollen, sondern die Macht haben, sie zu vertreiben. Sie beschwor mich, das verstand ich sehr gut, es doch nicht zu tun, sondern einzusehen, wie vergnügt sie war, wie prächtig es sich in ihrer Nähe leben ließ, und daß sie dort in ihrem, in unserem Haus sterben möchte.

Wie es geschah, wußte ich nicht, aber meine Stimme nahm von selbst einen Ton von Beschwichtigung an, wurde ein lokkendes Krächzen, ein Wiegenlied will ich's nicht nennen. Aber sie begriff es, wollte es fassen, ließ ihre Stimme sinken dazu, aus der jetzt nur noch Wimmerlaute kamen, Schmerz, der sich endlich zeigen durfte, Behagen, daß er nicht mehr nötig war. Sie wollte mir glauben, daß ich nicht aus der Ferne gekommen sei, um sie wegzujagen mit meiner Macht, und so schwieg sie ab und zu, um der Stimme nachzulauschen, die da weiter und weiter beruhigte, meiner eigenen Stimme.

Es war ganz unvermeidlich, jetzt mußte ich das Haus kaufen, jetzt kaufte ich es mit Freuden, und von nun an stand die alte Frau gegen jedermann unter meinem Schutz, wie ich, rätselhafter, unter dem ihren. Die alte Frau machte sich jetzt die Mühe nicht mehr, den Strom ihrer Erleichterung zu unterbrechen, Kehle und Lippen zu schließen, scheinbare Wörter und Sätze zu bilden. Sie leierte ungehemmt und wiegte sich dazu vorwärts und zurück, hin und her; auch ich stimmte kräftig in das merkwürdige Gelöbnis ein. Wir hatten eine Sprache gewonnen, in der kein Wort mehr übrig war, das einer von uns hätte brechen können. Und als ich schließlich den Schlüssel aus der Tasche nahm, zum Haus hinüberdeutete, mich anschickte zu gehen, ja, ich verneigte mich dazu: sah ich sie nikken, das Wasser lief ihr aus den Augen, ohne daß sie die jetzt gefalteten Hände aus dem Schoß nahm, um es abzuwischen. Und ich ging zu ihr hin, bevor ich mich abwenden konnte, drückte ihr diese beiden Hände, ließ sie's nochmals fassen und hielt weiter fest, als der Rotz auf meinen Handrücken tropfte.

Am selben Nachmittag fuhr ich mit dem Halbblinden in die Stadt, um den Handel abzumachen, die Papiere aufsetzen zu lassen, die man im Tal »den Akt« nennt. Als mir der Verkäufer in Aussicht stellte, daß wohl auch der Hausteil der alten Frau nächstens frei würde, sie sei ja bald neunzig und mache es nicht mehr lange, widersprach ich mit Schärfe. Er bestätigte, daß sie ungefährlich sei, auch wenn die Kinder Angst vor ihr hätten, ihr deswegen auch böse Streiche spielten. Sie sei die einzige ihrer Generation, die noch im Elternhaus geblieben sei. Ihre Geschwister seien teils nach Übersee verschwunden, teils in die »Außerschweiz« verzogen, in der Mehrzahl aber gestorben, jung, wie die meisten Leute. Wie viele es denn gewesen seien? Zehn, glaube er, oder elf. Die hätten alle in jenem Hausteil gewohnt, ja, dreizehn Leute in einem Zimmer. Aber es habe natürlich noch die Küche gegeben, dort hätten die Kinder geschlafen, es sei auch wärmer gewesen. Jetzt sei die Alte allein, habe Platz genug, man habe sie wirtschaften lassen, so lang sie es könne. Der Hausteil, die zwei Räume, gehörten ihr zwar nicht, oder nur zu einem Sechstel oder Siebentel, so seien eben die Besitzverhältnisse hier im Tal; so viel er wisse, seien sie immer so gewesen, daher die Auswanderung. Aber die übrige Familie erhebe vorläufig keinen Anspruch auf den Hausteil, die hätten sich selbst inzwischen verbessert, »sich gemacht«, sagte der Mann. Sie sähen nicht nach der Tante, aber der Großneffe, den ich gesehen habe, und zwei verheiratete Nichten seien in der Nähe geblieben. Das sei der Vorteil großer Familien, jemanden treffe es immer, für die Alten zu sorgen, damit sie nicht ganz verloren seien. Das verbiete ja auch die Religion.

Es tat dem Invaliden leid zu hören, daß ich erst im Spätherbst wiederkommen könne, da ich bis dahin einige größere Prozesse habe. Ja, daß ich Advokat sei, habe sich der Blinde schon gedacht, sagte er, als er mich mit dem Notar habe diskutieren hören. Daß ich vom Fach sei, Bücher lese, höre man gut. Es sei eine Ehre für das Dorf, daß ein Fremder wie ich dort Ferien machen, fast Wohnsitz nehmen wolle, man könne sich später gegenseitig sicher diesen und jenen Dienst leisten. Der Spätherbst sei gewöhnlich eine sehr trockene Zeit hier, und die Reparaturen könne man im Winter, wenn die Landwirtschaft ruhe, günstiger erledigen lassen. Auch das Handwerk habe ja leider Flaute, und im Dorf sei kaum einer, der mir nach Feierabend nicht gern an die Hand ginge, um etwas dazuzuverdienen. Es musse ein gutes Gefühl sein, das Haus inzwischen »auf der Seite zu haben«, bequem sei es nicht gerade, aber für Liebhaber wie mich eben doch ein Objekt. Wenn es ihm nicht zu schwer geworden wäre, wegen der Augen, hätte er es auch behalten, und nun wünsche er mir Glück dazu.

Als ich im späteren Oktober wiederkam, stellte ich erst den Wagen beim Wasserfall ab, der kräftiger stürzte als im Sommer, betrachtete mein Haus von weitem, genoß, langsam darauf zugehend, jeden Schritt durch den schütter gewordenen Wermut, sah das Dach grau und behaglich durch das verfärbte Gebüsch schimmern. Im Durchgang stand der Autosessel verstaubt zwischen den Holzstößen. Das Haus gab kein Lebenszeichen, sämtliche Läden, auch die hellgrünen der alten Frau, waren geschlossen. Etwas wie Vorsicht hinderte mich daran, das Haus zu betreten; ich ging prüfend darum herum, entschloß mich dann, zuerst seinen Verkäufer, den jungen Invaliden, aufzusuchen. Auf dem kurzen Weg gesellte sich der Neffe zu mir; er schien irgendwo auf mich gewartet zu haben. Ist sie gestorben? fragte ich ihn. – Nein, es geht ihr aber gut, sagte er. Wir haben sie ins Bürgerheim getan, es wurde plötzlich ein Platz frei. – Warum das? fragte ich und blieb stehen. – Es wäre doch nicht mehr lange gegangen, sagte er. Und als Sie das übrige Haus gekauft hatten, war doch kein Platz mehr für die Tante. – Wer hat das gesagt? fragte ich scharf. – Sie wollen das Haus doch ganz, sagte er, sonst können Sie nichts Rechtes damit anfangen. Jetzt bekommen Sie es zu einem anständigen Preis, ich habe mich mit den Verwandten geeinigt, für sechstausend gehört es Ihnen, und der Keller dazu, dort können Sie jetzt Ihr Badezimmer einrichten. –

Tatsächlich, das hatte ich gesagt, am ersten Tag, als ich die Verhältnisse noch nicht überblickt, als ich der Alten noch nichts versprochen hatte. – Das war für später gedacht, sagte ich, Sie wissen, daß ich Ihre Tante um keinen Preis vertreiben will. – Es war aber ein Platz frei im Bürgerheim, sagte er, das kommt nicht alle Tage vor, es war eine Gelegenheit, und etwas Geld sieht sie auch noch. Wir haben ihre Wohnung schon ausgeräumt. – Ich sah ihn bestürzt an, er blieb ruhig, war ganz sicher, meine Bedürfnisse nach einem unbeschwerten Eigentum richtig eingeschätzt zu haben, und betrachtete meinen Schrecken als Förmlichkeit. – Was sagte sie denn dazu? fragte ich leise. – Ihr Vormund war einverstanden, sagte er. Wir nahmen sie auf ein Fährtchen mit (ich erfuhr, daß er einen Wagen angeschafft hatte), tranken unterwegs noch einen Kaffee mit ihr, und dann ließen wir sie im Heim. Es geht ihr gut, sagte er, sie hat ein Viererzimmer bekommen, wo sie nicht mehr selber heizen muß und jeden Tag das Essen bekommt, und man muß jetzt nicht mehr fürchten, daß sie sich etwas tut oder etwas anderes anstellt. – Das habe ich nicht gewollt, sagte ich und ging langsam weiter. Er folgte mir.

Es ist ja auch nicht Ihre Sache, sagte er. Es waren wir, die zu ihr schauen mußten, und meine Frau hat böse Beine, mit der Zeit wurde es zu viel. – Woher wissen Sie, daß sie gerne im Heim ist? fragte ich. – Wir haben mit ihr geredet, sagte er. Sie glaubt schon immer noch, sie könne noch einmal zurück, aber das soll nun nicht mehr sein.

Er war ein ruhiger Mann, er blieb nicht stehen, als er redete, er sah mich nicht an wie ich ihn, er hatte kein schlechtes Gewissen. Nur als er vom Glauben der Tante, noch einmal zurückzukommen, redete, warf er mir einen Blick zu, in dem etwas wie Nachdruck, oder Vorwurf, zu lesen war; aber kein Vorwurf an jemand Besonderen, vielleicht an den Lauf der Welt und ihren täglichen Untergang, für den niemand konnte, schon gar nicht jemand aus diesem Dorf. – Es hätte einmal etwas passieren können, sagte er, und Sie wären ja nicht immer dagewesen, und wir auch nicht. Gefährlich ist sie nicht, sagte er, aber sie weiß nicht mehr immer, was sie tut, und mit dem Heizen ist es so eine Sache geworden, die Frau hat es zwar in den letzten zwei Wintern gemacht, aber ihre Beine werden auch nicht besser. »Die Frau« war seine Frau.

Er selbst zog ein Bein nach, während er dies sagte, das Gehen strengte ihn an, obwohl wir uns nicht beeilten; wozu hätten wir Eile haben sollen, und wohin ging ich überhaupt. Sicher war nur, einer, der nicht hierher gehörte, von auswärts kam, und ging, wann es ihm paßte, hatte keine andere Lebensart einzuführen. Er war ein Liebhaber alter Steindächer und Öfen mit Jahreszahl, und wenn er gerne menschlich sein wollte, so richtete er sein finanzielles Angebot danach ein. – Es geht ihr gut, sagte der Neffe noch einmal.

Ich habe den Hausteil der alten Frau gekauft, zu einem Preis, der der verstreuten Familie mehr als recht war. Der

Umbau hat mich erheblich mehr gekostet als vorgesehen. Es bestand kein vernünftiger Grund mehr, wenigstens das Badezimmer im ehemaligen Keller der Alten nicht mit dem üblichen Komfort einzurichten. Das Dach war neu zu decken, mit grünlichen Platten, da der graue Stein nicht mehr gebrochen wird und das Zusammentragen unversehrter Platten aus Abbruchobjekten zu teuer geworden wäre. Im übrigen habe ich das Haus im alten Zustand gelassen, auch das Zimmer der alten Frau. Es ist der einzige nicht stilgerechte, wenn man will: häßliche Raum im Haus. Um ihn gegen die größte Kälte zu schützen, hat jemand eine Täfelung aus lackiertem Hartholz über die Lärchenbalken genagelt und einen kleinen Kanonenofen hineingestellt. Im Oktober war er bereits von Asche geräumt, und die paar alten Möbel der Frau hatte der Neffe teils übernommen, teils zu Brennholz zerkleinert und draußen auf die Holzbeige geworfen; eine Dienstleistung für mich, denn mein Ofen aus dem 17. Jahrhundert verträgt keine Kohlenhitze. Die Decke des Zimmers, in dem einmal eine zwölf- oder dreizehnköpfige Familie gelebt hat, ist, wie in andern ländlichen Gegenden, zinkgrün überstrichen. Ich habe ein Bett mit Stahlrohrgestell hineingetan und nenne es Gastzimmer; im Grunde habe ich keine Verwendung dafür und betrete es kaum. An seine letzte Bewohnerin erinnern noch schwarz gewordene Tuchfetzen, die sie von außen zwischen Türrahmen und Wand gestopft haben muß, um die Zugluft abzuhalten. An der Wand gegenüber hängt ein Poster von Magritte; der bekannte Baum, in dessen Stamm sich eine Tür mit Durchblick auf ein weit entferntes, nächtlich erleuchtetes Haus öffnet. Den kleinen Eisenherd, der an dieser Stelle stand, hat der Neffe, oder wer immer, nicht weit unter dem Wasserfall in den Bach gekippt; verschmutzen kann er ihn nicht, und die Vorschriften sind, was Ufergestaltung und dergleichen betrifft, hierzulande nicht streng. So erscheint mein Haus jetzt, dunkel gebeizt, mit blanker Fensterzeile und mächtigem Steindach, als das einzige heimatschutzwürdige Objekt im Ort.

Diskant

Meine Mutter will nicht ins Altersheim. Sie ist bald achtzig und wohnt immer noch zu Hause, ich will ihr Haus gar nicht, aber sie schafft es nicht mehr und hat kein Gefühl dafür. Sie hat das ganze Haus mit Läufern ausgelegt, auch über die alten Teppiche hinweg zum Schonen, sie sammelt Läufer und Brücken, es ist eine Manie. Sie hat jeden Quadratmeter Boden mit diesen Lappen bedeckt, sie behauptet, kalte Füße seien ihr einziger Feind. Wenn die kalten Füße nicht wären, würde sie sich wie fünfzig fühlen, und mit den Teppichen gehe es ja auch. Dabei stolpert sie über diese Lumpen, man kann es nicht mitansehn. Sie hebt nämlich auch die Füße nicht mehr richtig. Sie sagt ja selbst, daß sie kein Gefühl mehr darin hat. Seit ich sie kenne, hat sie nie richtig gehen können, sie hat einen Gleichgewichtssinn, daß Gott erbarm. Wenn ich sie am Arm führe, sehen wir wie zwei Betrunkene aus, sie zieht mich hin und her, daß es schon fast komisch ist. Das ist mit dem Alter nicht besser geworden.

Sie stößt sich jeden Tag etwas blau und wund, kürzlich mußte man ihr die Stirn nähen, als sie beim Bücken vornüberfiel, nur so beim Bücken, und sich die Schwarte aufriß, die Kopfschwarte. Jede Woche einmal fällt sie richtig hin, auch ohne die Teppiche, über die sie natürlich noch zusätzlich stolpert. Es passiert auch Jungen und Gesunden, es passiert sogar mir, die Ränder dieser Teppiche sind immer angeschlagen oder aufgeworfen, sie machen Ecken, die Brücken, und wenn sie einmal nicht darüber fällt, so schlägt sie bestimmt hin, wenn sie sich bückt, um die Ecken zu glätten. Vor einem Monat ist sie bewußtlos liegengeblieben, eine alte Frau in einem Haus allein, kein Mensch in der Nähe, sie ist einfach liegengeblieben, bis sie wieder zu sich kam. Und hinterher behauptet sie, sie habe sich nur ein wenig ausgeruht. Auf dem Boden? Mutter? frage ich. Ja, auf dem Boden, sagt sie, das macht ja nichts, wenn die Teppiche da sind, die schützen am besten.

Sie ist fortwährend in Bewegung, auch wenn sie das Haus praktisch nicht mehr verläßt. Sie bestellt ihre paar Lebensmittel telefonisch, das heißt, wenn sie die Brille findet, um die Nummer zu lesen. Sie schlägt die Nummer immer im Telefonbuch nach, obwohl ich sie ihr extra groß herausgeschrieben und neben dem Apparat aufgehängt habe. Aber da hilft alles nichts, sie will ihr Telefonbuch benützen. Und dann sucht sie einen Namen heraus, von dem sie sagt, ich hätte ihn gar nicht herausgeschrieben, Beranek, ich *habe* ihn auch nicht herausgeschrieben, es gibt ihn nämlich seit vierzig Jahren nicht mehr. Beranek, so hieß der Krämer, den es damals an der Bitterlistraße gab, der Krämer ist schon eine Ewigkeit verzogen, wahrscheinlich tot, aber sie sucht ihn immer wieder, sie glaubt es nicht oder vergißt es, mit dem Beranek.

Aber erst muß sie ja die Brille finden, um ihn zu suchen, und das ist schon ein Kapitel für sich, die Brille, ganze Vormittage bringt sie damit zu, diese Brille zu suchen. Sie kann sich niemals merken, wo sie sie hingelegt hat, und da sie ohne Brille kaum etwas sieht, findet sie die Brille natürlich auch dann nicht, wenn sie auf dem Tisch liegt. Und beim Suchen, beim Suchen durchs ganze Haus, blind wie ein Maulwurf, stolpert sie, sie hat Glück, wenn sie sich kein Bein bricht. Seit Jahren warte ich drauf, ich warte seit Jahren darauf. Aber wenn es geschähe, ich wüßte ja nicht einmal etwas davon.

Und ich habe Angst anzurufen, sie rennt dann immer so ans Telefon, daß sie fast zwangsläufig stolpert und hinfällt. Das Telefon ist noch was ganz Besonderes für sie, wie ein Telegramm. Sie meint immer noch, jedes Telefon bringe eine lebenswichtige Nachricht, eine Art Alarm. Wenn sie nicht innerhalb von fünf Sekunden abnehme, dann passiere ein Unglück. Dabei passiert es erst recht, wenn sie zum Telefon rennt. Sie hört noch gut, das Gehör ist noch das Beste an ihr. Zum Glück vergißt sie oft den Hörer zurückzulegen, dann hört sie auch nicht, wenn jemand anrufen will. Freilich ist das dann auch wieder schrecklich, wenn ich anrufe und es ist halbe Tage besetzt. Es ist schon vorgekommen, daß ich einfach hingefahren bin, um den Hörer einzuhängen, fünfzig Kilometer, um zu sehen, ob sie es noch macht. Aber wenn ich anrufe, auch wenn *ich* anrufe, dann höre ich sie in den Apparat keuchen, ich weiß, sie ist gerannt. Bist du hingefallen, Mutter, frag ich dann, keine Spur, sagt sie, wie kommst du drauf. Weil du so schnaufst, *ich* bin's doch nur, sage ich. Woher soll ich das wissen, sagt sie, und da hat sie natürlich recht. Renn doch nicht so zum Telefon, egal wer anruft, sage ich, die warten schon. Eben nicht, sagt sie, neuerdings lassen sie nur dreimal klingeln, und wenn ich abnehme, ist schon Schluß. Wenn es was Wichtiges ist, kommen die wieder, sage ich, das denkst du, sagt sie, ich bin eine alte Frau. Nur mit dem Telefon ist sie so aufgeregt, an der Tür könnt ihr lange klingeln, da läßt sie sich Zeit. Sie weiß ja, wenn einer schon da ist, kehrt er nicht gleich wieder um, außerdem hat es die Hausklingel in ihrer Jugend schon gegeben. Aber das Telefon nicht, nicht in ihren Kreisen.

Und wenn sie die Brille gefunden hat, ist es noch lange nicht sicher, daß sie die rechte Nummer wählt. Von Beranek abgesehen, den sie nicht mehr findet, aber immer wieder sucht, kann sie sich die Nummern im Buch keine drei Sekunden lang merken. Sie sagt sie dann vor sich hin, die Nummern, es ist nicht zum Zuhören. Man kann nur hoffen, daß sie nicht hingeht und versucht, sie aufzuschreiben, da müßte sie gleich wieder nachschlagen, und alles finge von vorn an. Schon beim auswendig Hersagen beginnt sie die Zahlen umzustellen, aber hüte dich, sie zu unterbrechen, dann gibt es den längsten Disput. Und am Ende sagt sie, jetzt hab ich die Nummer *wirklich* vergessen, du bringst mich ganz durcheinander. Wenn du ihre Telefonrechnungen ansiehst, hast du eine Ahnung, wie oft sie sich verwählt hat, ich möchte mal hören, was sie dann sagt. Aber im Entschuldigen ist sie immer groß gewesen, bei fremden Leuten. Es macht mir nichts aus, jemand Neues kennenzulernen, sagt sie dann, ein Gespräch ist ein Gespräch und besser als keins.

Sie könne es noch machen, sagt sie, es gehe ihr alles ja noch gut von der Hand. Aber wenn sie die Brille doch noch gefunden und endlich aufgesetzt hat, muß man doppelt Angst haben, daß sie hinfällt, denn sie *sieht* mit der Brille nicht mehr genug. Ich habe ihr beim Optiker vor ein paar Monaten eine neue anpassen lassen, das war ein Theater! Erst zum Augenarzt, dann zum Optiker und nachher wieder zum Augenarzt, weil er die Sehwerte verwechselt habe, sie habe ganz andere Sehwerte. Ich hab ihr die Brille zu Weihnachten geschenkt, aber sie hat sie in irgendeine Schublade versenkt, sie will sie schonen, sagt sie, sie sei viel zu schön für sie, aber sie weiß einfach nicht mehr, wohin sie diese neue Brille verlegt hat. Für alle Tage brauche sie lieber die alte, sie sehe doch eine Spur besser damit, sagt sie. Unterdessen hat ihr Augenlicht abgenommen, der Augenarzt hat ihr schon gesagt, sie habe den Star, und man müsse gelegentlich operieren. Gelegentlich heißt nicht auf der Stelle, sagt sie, das mit dem Star habe ich schon vor drei Jahren gehört, und seither ist es immer noch gegangen. Solange ich *sehen* kann, ist das hinausgeworfenes Geld, sagt sie, ein Star muß reif werden, bis man ihn operieren kann, und in meinen Jahren ist eine Operation immer ein Risiko. So häng dir wenigstens die Brille um den Hals, habe ich ihr gesagt, ich habe ihr eine Kette geschenkt zum Umhängen, vergoldet, aber die hat sie noch nie gebraucht und sicher schon für immer verlegt. Wenn sie die Brille umgehängt trüge, brauchte sie nur noch zu fallen, damit sie endgültig hin ist, die Brille. Vielleicht schneidet sie sich auch noch, dann ist es schon besser, sie kann die Kette gar nicht erst finden.

Krank könnte die Frau einen machen, wenn man's nicht schon wäre. Sie bestellt ihre ganzen Nahrungsmittel bei Migros, wenn sie es nicht wieder einmal mit dem verstorbenen Beranek versucht, sie hat sich eine Nummer notiert, von der sie behauptet, das sei die Nummer von Beranek, sie sei ihr wieder eingefallen. Die und eine Nummer behalten! Sie gehört einem gewissen Weideli, der wundert sich nicht schlecht, wenn die Frau ihn immer anruft. Aber er sei ein Netter, sagt sie, er werde nicht so ungeduldig wie ich. Was sie dann bei

Migros bestellt, das muß die Nachbarin abholen, die schaut jeden Tag einmal herein, ich bin zu weit weg. Gerste für Gerstensuppe, Hafer für Hafersuppe, aber das kann man doch *fertig* kaufen, diese Suppen, Fertigsuppen, Mutter, sage ich. Geh mir weg, sagt sie, das ist nicht das gleiche. Die Nachbarin ist ein Engel, sie hört sich das jeden Tag wieder an. Aber sie ist nicht mehr die Jüngste, es ist eine Zumutung, diese Frau jeden Tag zu Migros zu schicken, um eine Tagesration Lebensmittel abzuholen. Könntest du nicht wenigstens für eine Woche einkaufen, Mutter? Geh mir weg, sagt sie, die Ware muß frisch sein. Man kauft nicht mehr ein wie damals bei Beranek, sage ich, ja bei Beranek, sagt sie, das ist noch Qualität. Aber den Beranek gibt es nicht mehr, es gibt fast keine Krämer mehr, Mutter, und wenn du schon jeden Tag einkaufen lassen mußt, so bestell wenigstens im Reformhaus, oder bei Manz, der bringt dir die Sachen ins Haus, da mußt du nicht immer Frau Albrecht bemühen. Sie macht es *gern*, sagt die Mutter, sie geht gern, frag sie nur selbst. Sie muß sich sowieso mehr bewegen, und ich kann die Sachen nicht kommen lassen, ich höre doch nicht, wenn es klingelt. Du hörst noch gut, sage ich, du hörst *mich*, und Frau Albrecht hörst du auch. Ja, wenn ich die nicht hätte, sagt Mutter, aber die klingelt besonders, sagt sie, wir haben ein besonderes Klingelzeichen abgemacht, und von Manz habe ich nie was gehört, wenn du den an der Ecke meinst, der ist zu teuer und katholisch.

Jedenfalls ist die Ware frisch, sage ich, man kann auch am falschen Ort sparen, es kostet dich viel mehr, wenn du immer in diesem Haus herumstürmst und dir ein Bein brichst. – Das hat keinen Zusammenhang, sagt meine Mutter, das ist überhaupt nicht logisch, ich habe mir noch nie ein Bein gebrochen, und so redet man nicht mit seiner Mutter, ich stürme nicht, so hast jedenfalls *du* mich nie gekannt! – Ich habe Mühe, nicht in die Luft zu gehen, melde dich fürs Altersheim, Mutter, dann bist du die Sorgen los, dann fällst du auch nicht mehr so leicht hin, und wenn es doch einmal geschehen sollte, so merken es die andern gleich, und du wirst vermißt, wenn du nicht zum Essen erscheinst. Die andern, und vermißt, spottet meine Mutter, ich kenn diese andern, man braucht sie nicht, und wenn man sie braucht, ist kein Verlaß auf sie. Das Essen im Altersheim ist Massenkost, das muß rentieren, also machen sie auf billig, *Bauchspeicheldrüsen* tun sie in die Ravioli, ich hab's am Radio gehört, Bauchspeicheldrüsen, die Ravioli sind nicht mal selbstgemacht, sondern aus der Büchse, und in der Küche sind Italiener, die haben die Hände nicht gewaschen und spucken in die Töpfe. Geh mir weg, bei mir weiß ich, was ich habe, hier ist es immer gutgegangen, und es geht auch weiter gut, schau lieber für dich selbst. Ich bin jetzt sechzig Jahre in diesem Haus, hier habe ich meine Temperatur, im Altersheim ist es immer zu warm oder zu kalt, und du solltest weniger *rauchen*, wenn du schon krank bist. – Bis jetzt ist es gutgegangen, Mutter, sage ich, aber wenn es einmal nicht mehr so gutgehen sollte mit deinen achtzig Jahren, wenn man dann doch ans Altersheim denken muß, dann kann man nicht von heute auf morgen hinein, dann ist es besetzt. Denk an Frau Baumgartner, die an den Bodensee mußte, als es bei ihr soweit war, volle drei Jahre war sie in Mammern und unglücklich, vom Preis zu schweigen, bis sie hier einen Platz fand, wäre dir das etwa lieber? – Von heute auf morgen geht man sowieso nicht in ein Altersheim, sagt meine Mutter, so ein Schritt will überlegt sein, man muß auch ein wenig Vertrauen haben, du hast keins, aber ich habe Vertrauen, und die Baumgartner ist mir kein Vorbild. Gerade die Baumgartner nicht, sagt sie, die hat geraucht wie ein Schlot, sie hätte eben besser Sorge tragen müssen. Ich werde nicht krank, wozu soll ich krank werden, und überhaupt, wenn du krank wirst, dann behalten sie dich auch im Altersheim nicht, dann schieben sie dich ab ins Pflegeheim, das ist erst recht weit weg, und dann bist du geliefert, das ist dann das Letzte, das Allerletzte. – Mutter, sage ich, *jetzt* ist ein Platz frei im Altersheim, ein wunderbares Zimmer, ich habe es selbst angeschaut, und wenn du jetzt gehst, hast du auch noch was davon, du kannst lesen und basteln, es gibt da Bastelkurse für

Batik, Töpfern und Strohflechten. – Ja, solche Sachen haben sie früher im Bürgerheim auch gemacht, sagt sie, mit den Armen, Körbe geflochten für ein Hungergeld, da mußte auch noch was rausschauen, wenn eins keine Familie mehr hat, so machen sie mit ihm, was sie wollen. – Die Zeiten haben sich geändert, Mutter, sage ich, wir leben in einem Sozialstaat, man ist nicht armengenössig, wenn man ins Altersheim geht, man ist begünstigt, man hat einen Anspruch darauf, und du wirst sehen, in einem Jahr wirst du schon ganz zu Hause sein. – In einem Jahr wäre ich tot, sagt sie, und kannst du mir garantieren, was da für Leute sind, die Lienhard zum Beispiel? – Es sind viele Leute im Altersheim, sage ich, da werden sich die schon zusammenfinden, die sich was zu sagen haben, die zusammenpassen, sage ich. – Ja, die Lienhard, sagt meine Mutter, wenn du meinst, ich wohne mit der unter *einem* Dach zusammen, was die für ein Leben geführt hat, das möchte gemalt am Himmel stehen, sogar mit dem Elektriker hat sie es gehabt. – Ich kenne diese Frau Lienhard nicht, sage ich, aber wenn sie im Altersheim sein sollte, was du offenbar selbst nicht sicher weißt, dann wird das mit dem Elektriker jetzt auch vorbei sein, dann wird sie auch ihre siebzig Jahre auf dem Buckel haben, und du brauchst ihr ja nicht über den Weg zu laufen. – Je älter, je schlimmer, sagt meine Mutter, die Katze läßt das Mausen nicht, wer's gewöhnt ist, der treibt's weiter, und siehst du! jetzt hast du selbst zugegeben, daß die Lienhard im Altersheim ist! Was hab ich gesagt, nicht mit tausend Pferden. – Mutter, sag ich, du denkst an dich, das ist schön und gut, aber *wir* sind auch noch da.

Hoffentlich, sagt sie, hoffentlich seid ihr auch noch da, sagt meine Mutter, wenn man euch braucht, das ist das mindeste. – Meine Frau ist berufstätig, sage ich und kann mich kaum mehr beherrschen, ich bin auch berufstätig, soweit ich nicht behindert bin, niemand von uns kann alle Hennenschisse herüberkommen, du mußt begreifen, daß wir dich nicht pflegen können, es geht nicht. Jaja, sagt meine Mutter, du hättest diese Frau *nie* heiraten sollen, alle Hennenschisse, das hab ich von keinem verlangt, und wenn du einen Notfall einen Hennenschiß nennst, dann hab ich umsonst gelebt, dann weiß ich wirklich nicht, wo deine Erziehung hingekommen ist. Von Hennenschissen war nie keine Rede, solange ich noch da war, aber eben, es ernährt eher eine Mutter sieben Kinder als sieben Kinder eine Mutter, und du bist der Einzige, ihr habt nicht mal Kinder, und ich soll ins Altersheim.

Ja, ich bin der Einzige, sage ich und fang an zu schreien, aber ich habe jetzt *mein* Leben, verstehst du, und Judith hat ihres. – *Eben* hat sie ihres, sagt meine Mutter, sie denkt nur an *sich*, du hast den Schaden, und dafür schreist du deine alte Mutter an, das macht sich gut. – Ich habe Sorgen genug, Mutter, sage ich, *einmal* im Leben könntest du mir eine Sorge abnehmen! Wenn ich mir jeden Tag überlegen muß, ob du nicht hingefallen bist, dir etwas gebrochen hast, ob du dich überhaupt verpflegst, ob du zurechtkommst, dann werde ich wirklich krank. – Ja, du siehst schlecht aus, du solltest *Bärentraubentee* trinken, wenn du es auf der Niere hast, das ist das beste, sagt meine Mutter, jeden Morgen eine große Tasse Bärentraubentee vor dem Frühstück, und dann nicht so viel Kaffee, das ist auch gut für die Beine. – Mit meinen Beinen ist nichts, sage ich, *noch* ist nichts mit meinen Beinen, aber wenn du so weiterfährst, Mutter – ich rede von meinen Sorgen, Mutter, schreie ich, und du kommst mir mit Bärentraubentee, so hast du es immer gemacht! – Ja, du hast dich nie von mir pflegen lassen, sagt sie, du warst immer zu stolz dazu, und jetzt hast du die Bescherung, und um *mich* hast du dir jedenfalls noch nie Sorgen zu machen gebraucht, sagt sie, und du *hast* dir auch gar keine gemacht, weil es nämlich nicht nötig war, seit ich in diesem Haus lebe, ist mir noch nie etwas passiert, und wenn du einmal wissen willst, was los ist, gibt es das Telefon, das kostet nur zwanzig Rappen, du brauchst gar nicht zu kommen, wenn es dir zuviel ist. – Zwanzig Rappen, das war einmal, sage ich, bei unserer Distanz kostet ein Gespräch heute fünfzig Rappen, aber das ist nicht das Entscheidende. Es ist dir noch nie was passiert, sagst du, das kann doch nicht dein Ernst sein, es vergeht kein Tag, wo du dich nicht grün und blau schlägst, ich zittere oft, wenn ich nur daran denke. – Du mußt viel mehr an die *Luft*, sagt sie, und wenn du nicht aufhörst zu rauchen, so steh ich für gar nichts, das schreiben sie doch jetzt in allen Zeitungen, sogar am Fernsehen ist es gekommen. Ich mache mir für mich selbst keine Sorgen, die machst dir nur du, und das schadet dir dann. Und im Altersheim, wenn du glaubst, daß du dir dann keine Sorgen mehr zu machen brauchst, da täuschst du dich gewaltig, dort würde es mir richtig schlechtgehen. – Mutter, sag ich, ich werde krank, wenn wir so weiterreden, ich *bin* schon krank, ich habe Nierenbeckenentzündung, chronische, das kommt von der ständigen Aufregung, und wenn das so weitergeht, wird es unheilbar. – Du mußt mehr trinken, aber was Natürliches, sagt sie, auch Kamillentee kann Wunder wirken, wenn man ihn nüchtern trinkt, und einmal länger ausspannen solltest du auch und tief atmen, stillstehen und tief atmen, wenn ein *Wald* in der Nähe ist, und um mich brauchst du dir gar keine Sorgen zu machen. – Ich tue es aber, sage ich, und wenn ich krank bin, wer sieht dann nach dir, nimm mir doch diese *eine* Sorge ab, ich bitte dich, Mutter. – Siehst du, sagt sie, wer ist jetzt krank, du oder ich? Aber das kommt davon, daß Judith nie Zeit hat, Bibliothekarin, die kümmert sich um Bücher statt um Menschen, ich habe dich früher anders gepflegt, und wenn du krank wirst, dann ist es ganz gut, wenn ich zu Hause bleibe, dann will ich nämlich auch nicht mehr leben, sag dann nur ja nie mehr, daß ich nicht alles für dich getan habe, zehnmal mehr als manche andere Leute. – Laß bitte *Judith* aus dem Spiel, sage ich, du hast nichts getan, um zu Judith ein Vertrauensverhältnis herzustellen –. Da unterbricht sie mich und sagt, das wär noch schöner, wenn sie etwas will, soll sie erst ein Vertrauensverhältnis zu *mir* herstellen, schließlich ist sie zwanzig Jahre jünger. – *Vierzig* Jahre jünger ist sie, sage ich und versuche ruhig zu bleiben, wenn sie nicht arbeiten ginge, könnten wir den Arzt gar nicht bezahlen, und wenn du mir einen *letzten* Gefallen tun willst, dann gehst du jetzt ins Altersheim, es ist die Hölle so, ich wandere lieber aus, als mich jeden Tag hundertmal schuldig zu fühlen deinetwegen. – Das mußt du eben nicht, sagt sie, das verlangt kein Mensch von dir, aber davonlaufen, das könnte dir so passen. Schau dich doch um, wohin soll ich mit diesen Sachen im Altersheim, mit all den Sachen? Statt immer zu reklamieren, könntest du mir lieber bei der Steuererklärung helfen, sagt meine Mutter. – Um Gottes willen, sage ich.

Jedes Jahr, wenn die Steuererklärung kommt, legt sie sich vierzehn Tage ins Bett. Sie verzweifelt an der Steuererklärung, dabei ist nichts Besonderes dran, sie hat ihre paar Papiere beisammen. Aber nein: Wenn die Steuererklärung kommt, führt sie der Welt vor, was für eine einsame, schwer überforderte Frau sie ist, der niemand hilft, keine menschliche Seele. Aber wehe, ich lass' mich erweichen und steck die Nase in ihre Papiere, dann zeigt sie mir, daß ich *noch* weniger davon verstehe als sie, und sie bringt es auch so weit, daß ich am Schluß *gar* nichts mehr verstehe. Sie liest mir aus Wegleitungen, Merkblättern und Reglementen ganze Abschnitte vor, die sie nicht das geringste angehen, und dann sagt sie mir, das ginge doch jedermann an, wozu würde es sonst gedruckt. Und wenn ich nachprüfe, zeigt sich, daß sie den Absatz nicht nur nicht verstanden, sondern auch falsch vorgelesen hat, aber wehe, ich schieb's auf die Brille, dann beginnt ein Streit um ihre Sehschärfe, dem ich nicht gewachsen bin, über die Schleichwege der Augenmedizin, ich wünsche von Herzen, wir kämen auf die Steuererklärung zurück, obwohl sie weiter darauf besteht, mir *unzutreffende* Paragraphen *langsam* und *falsch* vorzulesen. Ich bin zu 70 Prozent invalid, mit Cortison zugedeckt, wahrscheinlich muß ich an die Dialyse, aber wenn meine Mutter ihre Steuererklärung bekommt, dann gibt's nichts. Dann muß ich an ihrem Bett sitzen, ihr beim Ausfalten, Zufalten, Auspacken, Einräumen und Durcheinanderwühlen der Papiere zusehen, beim versehentlichen Umpacken in falsche Kuverts, beim mühseligen Wiederausbreiten, ich sitze da, höre mir Merkblätter an, bücke mich hie und da, um eine dieser sogenannten Unterlagen wieder aufzuheben, sehe die Läufer ihre Ränder aufwerfen, die umgeschlagenen Ecken sehen wie herausgestreckte Zungen aus, über die meine Mutter, sobald sie das Bett verläßt, stolpern wird, über diese Ränder ist so oft gestolpert worden, daß sie sich gar nicht mehr flachkriegen lassen, und wo ein Läufer aufhört, beginnt eine Brücke, das ganze Haus liegt voller Brücken, die Wellen schlagen, wegen der kalten Füße.

Eigentlich muß ich froh sein, daß meine Mutter das Bett eine Weile nicht verläßt, um so recht von Herzen hilflos zu sein, sie will ja gar nicht, daß ich ihr helfe, sie will nur meine Hilflosigkeit erleben, das verbindet uns, das ist ein starkes Gefühl. Sie zeigt mir, daß ihr von einem solchen Sohn nicht zu helfen ist, dafür hat sie ihn ja gerufen, und da er ihr Einziger ist, kann ihr eben überhaupt nicht mehr geholfen werden, ist gar keine Hilfe mehr in der Welt. Also morgen mußt du wieder zum Arzt, sagt sie, ja, du siehst grau aus heute, komm aber nachher vorbei, wenn du kannst, gelt, du *mußt* nicht, aber ich finde hier nicht durch, ich möchte das nochmals mit dir besprechen, sagt das in einem Ton, ich Esel muß es glauben und komm wieder, um ihr beim Kramen in diesen Papieren zuzusehen und verrückt zu werden. Nach vierzehn Tagen wird sie sagen: ich muß doch Herrn Schmalenbach fragen, sagt sie, das ist schade, er hat immer so viel zu tun! Herr Schmalenbach ist ein pensionierter Steuerbeamter, der ihr die Steuererklärung ausfüllt, er braucht genau eine Viertelstunde dazu. Jedes Jahr endet die Geschichte damit, daß sie mühsam aufsteht, ihre Papiere in ein Köfferchen einschließt, sich anzieht, das Köfferchen mit einem Riemen am Handgelenk befestigt, damit es ihr nicht entrissen wird, dann geht sie zu Herrn Schmalenbach, aber erst, nachdem sie volle vierzehn Tage ihre und meine Hilflosigkeit genossen hat. Wehe, ich fange selbst von Herrn Schmalenbach an, dann dauert es eine Woche länger. Sie, sie allein, muß draufkommen. Wir finden doch nicht mehr durch, wir zwei, muß sie sagen, du kommst ja auch nicht draus, ich fürchte, ich werde doch wieder Herrn

Schmalenbach bemühen müssen. Der hat Zeit, Mutter, sage ich, und sie blickt mich über die Brille an, jaja, der hat Zeit, der hat Zeit, du machst es dir leicht, sagt sie, du nimmst immer gern den bequemsten Weg. Ich mit meinen Nieren den bequemsten Weg! irgendeinmal verjagt es mich dann noch, auch darauf wartet meine Mutter, es muß mich verjagen, damit unsere Hilflosigkeit nicht mehr zu überbieten ist. Bub, sagt sie dann, Bub, du benimmst dich wie ein Verrückter, und ich soll ins Altersheim. Ja, ich gehe zu Herrn Schmalenbach, das ist ein Mensch, der nimmt sich wenigstens Zeit.

Baß

Der Anfang war unbedeutend, ein Unwohlsein. Ich blieb einfach in der Kirche sitzen, als der Segen gesprochen war, Luft, dachte ich, nur Luft. Was kannst du bloß gegessen haben. Trockenfleisch, aber das hast du doch immer vertragen. Am liebsten hätte ich den Hut vors Gesicht genommen. Aber das paßt nicht zu mir, da hab ich die Leute lieber gleich ins Gesicht gegrüßt. Solang sie dich grüßen müssen, können sie die Mäuler nicht aufreißen. Warum soll einer nicht sitzen bleiben, wenn ihm die Predigt etwas geboten hat.

Fünf Minuten hab ich mir noch gegeben. Trockenfleisch, denk ich, kann's doch nicht sein. Hugo, das ist mein Sohn, sieht es nicht gern, wenn ich am Sonntag zu früh komme. Seine Frau, die Senta, sieht's erst recht nicht gern. Ich kann's verstehen. Sie steht in der Küche und kocht ihr Pot-au-feu, extra für mich. Aber die Kinder haben sich noch jedesmal gefreut. Denen könnt ich gar nicht früh genug kommen. Der Organist war schon fertig mit dem Nachspiel, sogar die Glokken hatten ausgeläutet, und ich saß immer noch in kaltem Schweiß. Ein Schmerz war's gar nicht, eher so ein Grimmen, da links von der Mitte. Der Küster klapperte schon mit der Kasse, wenn ich noch was geben wollte, mußte ich aufstehn. Für die Ostasienmission. Was sollen wir da noch zu missionieren haben. Erlöster müßten mir diese Christen aussehen, damit ich an ihren Erlöser glauben könnte, das hat der Nietzsche gesagt. Es war komisch draußen, so viel Helle, ich sah plötzlich die Zusammenhänge nicht mehr richtig und ging wie auf Wolken. Im Auto gibt sich das, hab ich gedacht. Außer meinem Opel stand nur noch der Simca des Pfarrers da.

Ich will rückwärts rausfahren, da seh ich ein Gesicht im hintern Fenster. Da drückt jemand die Nase an die Scheibe und hält sich beide Hände gegen die Schläfen. Ein Kind war's nicht. Ich trete im Leergang aufs Gas, aber die rührt sich nicht, die sieht sich nur weiter im Wagen um. Es war eine

Frau, eine alte Frau. Das hat mir noch gefehlt, daß ich aussteigen muß. Suchen Sie etwas? frage ich sie, und sie sagt: Können Sie mir bitte sagen, wo ich bin? Die tickt nicht richtig, ist mein erster Gedanke, oder soll das ein Scherz sein. Mager ist die Person, schwarz und grau, aber sie hat was Verschmitztes im Gesicht. Bei der Kirche Oberstraß, sag ich, gute Frau, das ist die reformierte Kirche Oberstraß. Bitte? sagt sie, sie hört nicht gut, und ich sag ihr nochmals vor, klar und deutlich, wo sie ist. Ja, da bin ich gewesen, da bin ich zur Predigt gewesen, sagt sie. – Und wo müssen Sie hin? frag ich, wir verkehren in lautem Ton auf dem Parkplatz, ein paar Spaziergänger drehen sich nach uns um, mir ist wieder elend, ich stütz mich auf die Wagentür. – Nach Hause, sagt sie. – Steigen Sie ein, sag ich. Nach Hause, das kann nicht weit sein, in ihrem Alter, und sie steigt auch ein, als wär ich ein Taxi. Vorsicht, sag ich, und angurten, bitte. Das hört sie nicht und erschrickt, als ich ihr den Gurt über die Brust zieh, mein Gott, sie hat ein Kleid an, wie es zur Zeit meiner Mutter bei Begräbnissen Brauch war, Moiré und schwarze Schleier, vornehm, nur zu kalt für einen Tag im April.

Ich hab ja Zeit, denk ich, Hugo sieht es nicht gern, wenn ich zu früh da bin, Senta schon gar nicht, da fahr ich noch beim Krankenhaus vorbei, für Blumen, es gibt da sonntags immer den Blumenstand. – Wo wohnen Sie? ruf ich. Sie nickt, sie kramt in ihrer schwarzen Strohtasche und bringt zwischen Brille und Gesangbuch ein Tramabonnement vom Vorschein, eine Dauerkarte für Rentner, mit einem Foto. Da steht auch die Adresse drauf, Arabellastraße 15. Arabellastraße, nur gut, daß ich meinen Stadtplan immer dabeihab. Richtig, Arabellastraße, mein Gott, das ist ja am andern Ende der Welt, im Wasserfeld, wie kommt eine alte Frau aus dem Wasserfeld hier den Berg hinauf, und wie komm *ich* nachher wieder über den Berg, zu Hugo und Senta. Fährst die alte Frau zur nächsten Tramstation und übergibst sie dem Schaffner, denk ich, aber ich tu's dann doch nicht, schließlich bin ich der Jüngere. Wie sie so dasitzt, angeschnallt und die Hände gefaltet auf ihrer Tasche, versteht ihr, da kehrt etwas wie Ruhe bei mir ein, oder eine Art Übermut. Deine gute Tat für heute, denk ich. Vielleicht bist du auch noch mal froh.

Hinterm Metropol hab ich mich dann verfahren, wegen der Umleitung, ich fuhr gut zehn Minuten in einer Genossenschaftssiedlung herum. Gelbe und rosa Blocks, kein Mensch auf der Straße, überall roch's nach Fleischsuppe, aber dann hatte ich Glück und kam beim Kyburger Platz wieder raus. Dahinter beginnt gleich das Wasserfeldquartier. Die Person fuhr mit ohne Lebenszeichen, als wäre für sie ein Weg so gut wie ein anderer. Was für ein Gottvertrauen, hab ich gedacht. Aber ich hatte ja Zeit, und Konversation brauchte ich auch nicht zu machen. Kurz, am Ende war da richtig die Arabellastraße. Gediegen wirkte die auf den ersten Blick, ein Mehrfamilienhaus hinter dem andern, Backstein und frisches Grün. Wenn man näher hinsah, waren es doch eher alte Kästen, vierstöckig und mit Dachmansarden, Schieferdächer, der französische Stil. Die Frau sagte kein Wort, als wir vor Nummer 15 hielten. Ich stellte den Motor ab und rief: Sind wir da? Jetzt blickte sie sich um, als ob *ich* das Reiseziel ausgesucht hätte. Und als ich ihr den Gurt löste, öffnete sie die Tür, kletterte vom Sitz, stellte sich auf die Straße und atmete tief. Irgendwas hinderte mich, sie einfach die Treppe raufgehen zu lassen und Gas zu geben. – Hier sind jetzt alle Häuser so gleich, sagte sie, man muß sich auskennen. – Aber da *wohnen* Sie? – Da wäre ich daheim. – Mit ein paar ungeduldigen Schritten ging ich voraus, die Treppe hinauf, und kriegte wieder Stiche in die Brust. – Ja, das ist es, sagte sie hinter mir, mehr als einmal, und als wir bei den Briefkästen angekommen waren, beugte sie sich runter, zu einem grünen, und sagte: Hier wären wir! – Ich bückte mich ebenfalls, ich brauchte ja Luft, auf dem Papierschild standen drei oder vier Namen, in Bleistift. – Wie heißen Sie, fragte ich, Bauert? – Brunschwiler, sagte sie, Lydia. – Hier steht aber Bauert, sagte ich, Howald und Kyncl. – Und wie? fragte sie. Ich lese: Kyncl, sagte ich. – Nein, nein, sagte sie, hier wohnt kein Künzli. Ich habe diesen Briefkasten anno 56 selbst gekauft, neu. – Geben Sie mir nochmals Ihr Abonnement, sagte ich. Brunschwiler, Lydia, Arabellastraße, und die Nummer, alles stimmte. – Trinken Sie noch einen Tee bei mir, sagte die Frau. Ich sah auf die Uhr, in zwanzig Minuten hätte ich bei Hugo sein müssen, und bei Senta. – Haben Sie ein Telefon? fragte ich. – Ich? sagte die Frau und lächelte, seit anno 27 habe ich ein Telefon, ich war die erste hier, die ein Telefon hatte. Sie haben noch einen weiten Weg, trinken Sie einen Tee mit mir, ich habe auch einen guten Sherry. – Es war kurios, die Frau Sherry sagen und lachen zu hören, sie hatte noch alle Zähne oder ein teures Gebiß. – Die Tür ist offen, sagte sie und ging voraus, eine Treppe, zwei Treppen, und die Stiche kamen schon wieder. – Sie lassen die Tür offen, unsere Leute, sagte sie, bei uns ist nämlich noch nie etwas fortgekommen. – Ich hörte auf einmal eine Musik im Haus, Rockmusik, und an den Wänden hingen Plakate aus der Jugendstilzeit, nachgemachte natürlich. Als wir im zweiten Stock auf dem Podest standen, kramte die Frau lange in ihrer Tasche. Zu dumm, sagte sie, es scheint, jetzt habe ich doch die Schlüssel bei Emmy vergessen, dann muß ich bei Herrn Schertenleib klopfen, hoffentlich ist er am Sonntag zu Hause, er geht immer noch gern zu seiner Mutter. – Neben der Wohnung gab es eine Einzeltür, zu einem gefangenen Raum vermutlich, an die klopfte sie. – Auf der Karte da steht Salerno, sage ich laut, Salerno, nicht Schertenleib, sind Sie sicher, daß wir in der richtigen Etage sind? – Plötzlich hör ich in der Wohnung einen Wasserkocher pfeifen, drinnen geht eine Tür, und ich seh eine Gestalt hinter dem Milchglas durchgehn. – Hier ist jemand, sage ich. – Bitte? sagt sie und horcht immer noch an der Nebentür. Oh, sagt sie, dann muß das Eva sein, Eva kommt manchmal aufräumen, wie gut, dann kann ich läuten. Ich seh mir die Visitenkarte an der Tür wieder an, Bauert, und darunter Howald, Kyncl, aber das Fräulein hat schon geklingelt, lang, kurz, lang, und wie lang! – Hee, hee, ruft eine Männerstimme von drinnen, im nächsten Augenblick geht die Tür auf, und ein halbnackter junger Mann steht darin, mit Bart.

Sie winschen? fragt er. Fräulein Brunschwiler sieht mich an, als erwarte sie von mir eine Erklärung. – Diese Dame, sage ich, meint, daß sie hier wohne. – Die Dame teischt sich, sagt der mit dem Bart, mocht nichts, kommen Sie herein. – Jetzt zögerte die Frau nicht mehr, sie ging durch die Tür nach links und wieder rechts, was sollte ich tun, ich ging hinterher. Im Korridor stand ein riesiger Busch aus dürrem Schilf, und an der Wand hingen winzige Bilder, ich dachte zuerst, Farbfotos, aber sie waren gemalt, Öl, winzige graugrüne Landschaften mit wenig drauf, höchstens einer Wegspur. Das Zimmer, in das die Frau vorausging, war hoch, ganz weiß gestrichen und leer, bis auf eine Stereo-Anlage, eine breite Matratze auf dem Boden, ein Stehpult und ein paar Kartons voll Bücher, die meisten in einer fremden Sprache, slawisch vermutlich. An der Wand hing ein rotes Plakat mit weißen chinesischen Zeichen, und in einer Ecke lag ein Satz Hanteln. Erst jetzt sah ich, daß der Mann selbst eine Hantel in der Hand hielt. – Auf dem Balkon sind Schtihle, sagte er, er hatte lange, gepflegte Haare, legte die Hantel auf den Boden und begann sie zu stemmen. Ich weiß nicht, warum ich tatsächlich auf den Balkon ging, vielleicht wegen der Luft, es war mir wieder nach Luft zumute, und setzen wollte ich mich auch. Zwischen den Häusern gegenüber hatte man einen Blick auf das Wasser, den Fluß, das Laub war noch dünn, und am andern Ufer spazierten Familien in den Anlagen. Die Rockmusik hatte aufgehört. Als ich zurücksah, stand das Fräulein immer noch an der weißen Wand, strich mit dem Finger über ein Stück Täfelung und schien den Anstrich zu prüfen. Dann kam sie zur Balkontür, schaute herum und sagte, ja, das ist mein Balkon, das sind meine Geranien. Sie ging an die Eisenbrüstung, beugte sich über die Geranienstöcke, die grade ausschlugen, und drückte den Finger in die Erde. Man muß sie gießen, sagte sie, da ist ja auch die Kanne, hier kommt nichts weg, sagte sie, zog ein altes rotes Blechkännchen aus der Balkonecke und verschwand nach hinten. Der junge Mann stemmte immer noch die Hantel, zählte dazu durch die Zähne und hielt die Augen geschlossen. Bald war das Fräulein wieder da und begoß die Geranienstümpfe, einen nach dem andern. Es ist etwas früh für draußen, sagte sie, aber bei der Sonne kann man es wagen. Dann setzte sie sich auf den zweiten Stuhl, einen Korbstuhl. Hier sitzt man immer noch gut, sagte sie. – Das ist Ihre Wohnung, sagte ich laut. – Nicht wahr, sagte sie und legte die Hände in den Schoß, es ist immer noch schön hier.

Jetzt stand eine junge Frau in der Tür, sie hatte helle Jeans an und ein Leibchen, auf dem University of Nebraska stand. Gehört ihr zu Andy? fragte sie. Ich schüttelte den Kopf, ich kenne keinen Andy. Sie betrachtete mich aufmerksam. Soll ich Ihnen ein Glas Wasser bringen? fragte sie. – Danke, es geht bestens, sagte ich. – Wir haben auch Sliwowitz, sagte sie. Als sie wiederkam, hatte sie ein Tablett bei sich mit einer Flasche ohne Etikett und vier Zahngläsern. Das Eis ist ausgegangen, sagte sie, sie haben uns den Strom abgestellt.

Der junge Mann drinnen hatte aufgehört zu hanteln, er schien jetzt zu turnen, Freiübungen oder so etwas, aber mit langsamen Bewegungen, und nach jeder hielt er einen Augenblick still. – Tai-chi, sagte das Mädchen zur alten Frau, die keinen Blick von dem jungen Mann wandte, das ist unheimlich gut für die Energie. – Nicht so viel, sagte das Fräulein, als ihr das Mädchen aus der Flasche eingoß, und blickte zufrieden zu ihr auf. – Sind Sie von der Verwaltung? fragte das Mädchen. Ich schüttelte den Kopf, ich hatte grade wieder etwas Mühe, und prostete der alten Frau zu, auch der jungen. Zufällig vorbeigekommen? fragte das Mädchen, sie war dunkelblond, etwas in ihrem Gesicht erinnerte mich an meine Tochter, aber Dorothee ist nicht so kräftig, sie ist für ein so freies Leben nicht gemacht. Ich konnte ihr die Mutter nicht ersetzen, ich war ja selbst schon über fünfzig, als sie auf die Welt kam. Sie hat im März ihre Stelle verlassen, Krankenschwester, um nach Indien zu trampen, nach Indien oder noch weiter, mit einer Freundin, ich kenne diese Freundin nicht, man liest so viel in der Zeitung. – Nicht *zufällig*, sagte ich, wir sind nicht zufällig vorbeigekommen, sondern ich habe diese Frau nach dem Gottesdienst hierhergefahren, sie sagt, sie gehöre hierher, und es steht auch auf ihrem Ausweis. – Das Mädchen betrachtete die alte Frau, die jetzt zu trinken begonnen hatte, sie beugte den Kopf über das Glas, sie hatte immer noch eine ruhige Hand. – Wie heißt du denn? fragte das Mädchen. – Sie hört nicht gut, sagte ich, und ich glaube, etwas verwirrt ist sie auch. – Hier gibt es keine älteren Leute mehr, sagte sie, die Häuser sollen abgerissen werden, da hat man den alten Mietern gekündigt, schon vor zwei oder drei Jahren. – Aber Sie wohnen jetzt hier, sagte ich. – Uns läßt man hier wohnen, bis die Bewilligung kommt, für den Abbruch, aber so leicht kriegen sie uns nicht raus. – Die alte Frau blickte über ihr Glas auf den Fluß hinab. – Andy, rief das Mädchen. Der Turner, oder Boxer, eigentlich war er klein und sehnig, holte das Bein zurück, das er nach hinten gestreckt hatte, zog die Arme wieder an, atmete mehrmals durch und kam auf den Balkon. Du könntest noch zwei Stühle holen, sagte das Mädchen, während sie ihm einschenkte. Er brachte zwei Küchenhocker, unterdessen hatte er sich auch was angezogen, einen lumpigen Trainingsanzug, und jetzt hatten alle gerade Platz auf dem Balkon. Cheers, sagte der junge Mann. – Kennst du sie? fragte das Mädchen und meinte die alte Frau. – Aus diesem Läben nicht, sagte Andy und lächelte. Ich kann den Akzent nicht nachmachen. – Sind Sie hier alle so gastfreundlich, fragte ich. – Wieso denn das, fragte Andy, gastfreundlich. – Ich sagte da lieber nicht mehr viel, ich war ja froh, daß ich sitzen konnte. – Freindlich sind wir, sagte Andy, Gäste auch, für was brauchen wir da noch gastfreindlich zu sein. – Ich fragte nicht weiter, was er arbeite, vielleicht war er Gymnastiklehrer oder gehörte zu einer Sekte, also fragte ich das Mädchen, wie sie heiße. – Monika, und ihr? fragte sie. Ich bin solche Formen nicht gewohnt, also sagte ich Weiß, Bruno, den Doktor ließ ich weg, ich bin Ingenieur, und die Papiere dieser Frau lauten auf Lydia Brunschwiler. – Bruno, sagte das Mädchen prüfend, du mußt Skorpion sein, der Name paßt zu dir, ihr seid also zum ersten Mal zusammen, ihr habt euch grade kennengelernt. – Nicht gerade, sage ich, *kennengelernt* nicht gerade, was ich darunter verstehe, sondern die Dame stand nach dem Gottesdienst in Oberstraß auf dem Kirchplatz herum und fand ihren Weg nicht mehr, sie hatte eine Absenz, und auf ihrem Abonnement stand, sie wohne Arabellastraße 15, und ich bin nicht Skorpion, sondern Krebs. – Du *hast* sie also doch kännengelärnt, sagte der junge Mann mit dem Bart, fir was währst du dich dagegen? Und als sie den Weg nicht mehr fand, hast du ihr etwas Liebäs getan. – Etwas Liebes, sage ich, ich habe sie gefahren, chauffiert, sage ich, aber die Adresse war doch nicht richtig, wie ich sehe, und ich müßte schon längst fort sein, ich werde erwartet. – Was du mußt, das willst du auch, sagt das Mädchen. – Habt ihr ein Telefon? frage ich. – Gechabt und nicht bezahlt, sagt Andy, also chat äs uns nicht mähr, das Telefon. – Einen Augenblick erschrak ich, beim Gedanken, daß Hugo und Senta mit dem Mittagessen warteten, vielleicht dachten sie, es sei mir etwas zugestoßen, jedenfalls war Senta böse, weil alles kalt wurde. – Fräulein Brunschwiler, sage ich laut, denn mir kommt eine Idee, wie war der Name Ihrer Schwester? – Schwester? sagte sie, da sind viele Schwestern, welche meinen Sie? – Die, bei der Sie Ihren Schlüssel vergessen haben, sage ich, den Schlüssel zu dieser Wohnung. – Das ist ja gar nicht mehr meine Wohnung, sagt sie, aber ich bin immer noch lieber hier als anderswo, nach bald fünfzig Jahren. – Hieß Ihre Schwester nicht Erika, sage ich, und wie noch? So heißt sie immer noch, sagt das Fräulein, aber nicht Erika, sondern Berta, wenn Sie die ältere meinen, und Emmy, das ist die kleine. – Richtig, Emmy, sage ich, Emmy heißt sie, Emmy Brunschwiler. – So hieß sie als Mädchen, sagt sie, daß Sie sich daran noch erinnern. Sie war ein Wildfang. – Und wie heißt sie jetzt, frage ich, Emmy, und wie noch? – Emmy ist verheiratet gewesen, ja, sagt das Fräulein, mit Oskar, aber das war ein kurzes Glück. – Und wie hieß Oskar? frage ich. Oskar war immer der gleiche, lacht das Fräulein, Maurer ist er gewesen, Maurermeister von Beruf, aus St. Gallen, ein braver Mann, geschont hat er sich nicht, das war sein Fehler, sie hatten schöne Zeiten miteinander, bevor die schweren kamen, wer hätte gedacht, daß Emmy so früh gehen mußte. – So viel war also klar, diese Emmy war tot, es hätte nichts geholfen, wenn ich ihren Familiennamen herausbekommen hätte, aber wohin das Fräulein gehörte, das war immer weniger klar. Plötzlich packte mich Müdigkeit, die mir nicht mal unangenehm war, nach der Fahrt und der heimlichen Angst, warum sollte ich hier nicht ebensogut sitzen bleiben wie an einem andern Ort, in der Sonne, die grade kräftiger schien. Und das Mädchen sagte, es sei gut, wenn man eines Tages den Weg nicht mehr wisse, damit habe es bei ihr auch angefangen. Ich erzählte, daß ich eine Tochter habe, Dorothee, vielleicht kannte sie sie sogar, Dorothee verkehrt ja in Wohngemeinschaften, und ich gab ihr den Familiennamen an, Weiß, aber es half nichts, sie kannte zwar eine Dorothee, aber es war eine andere. Erzähl doch weiter, sagte das Mädchen, und so redete ich, statt Hugo und Senta anzurufen, von Dorothee, wie still sie gewesen war, bis sie eines Tages Krach gemacht hatte, wie sie mich angeschrien hatte trotz unseres guten Verhältnisses und ausgezogen war, wie sie das Studium abgebrochen hatte, Romanistik, um Pflegerin zu werden, und wie sie dann auch mit Pflegen aufgehört hatte und verreist war, nach Indien oder noch weiter. – Du möchtest sie kennenlernen, sagte Monika. – Die Band, oder was es war, hatte wieder zu üben angefangen, der junge Mann verschwand und kam mit einem Teller voll Trockenfleisch wieder und geschnittenem Brot, dazu brachte er Mineralwasser. Das Trokkenfleisch war mir nicht bekommen, das sagte ich gleich, und Monika meinte, wenn ich keine Lust habe, brauche ich nicht zu essen. Das alte Fräulein belegte sich ein Brot mit Trockenfleisch und biß hinein wie eine Junge. Andy sagte: Bruno, damit meinte er mich, du brauchst sie nicht fästzuhalten, damit tut ihr euch nur wäh, er meinte Dorothee und mich. Wer sich fallen lassen kann, der geht nicht mehr verloren. In der Predigt war auch so etwas gesagt worden, aber plötzlich kamen mir die Tränen. Das alte Fräulein kaute und redete von ihren

Schwestern, jetzt hörte ich nicht mehr zu, ich saß in der Sonne und hörte diese laute Musik und sah die Aussicht auf den Fluß. Jedenfalls nahm ich dann von dem Trockenfleisch, es war mir jetzt egal, ich hatte auch Hunger. Der junge Mann legte mir die Hand auf den Arm.

Es gefällt dir nicht im Altersheim, sagte Monika, was habe ich mit dem Altersheim zu tun, dachte ich, aber dann sah ich, wie Lydia den Kopf schüttelte, es ist so weit weg von allem, sagte sie, und ich kenne niemand, und die Schwestern kennen mich nicht. Wie weit ist es denn weg, fragte Monika leise, in Oberstraß, sagte die alte Frau, auf einmal verstand sie jedes Wort, und jetzt weinte sie. – So bleib doch bei uns, sagte Monika. Margrit ist zwei Tage weg, wir haben ein Zimmer frei. Da hatte ich mich wieder gefangen, ich muß weiter, sagte ich und stand auf, ich muß wirklich weiter, Hugo, das ist mein Sohn, hat es nicht verdient, daß ich nichts von mir hören lasse, und Senta auch nicht, sie gibt sich immer solche Mühe, und sie haben nette Kinder. – Du bist frei, sagte der junge Mann fröhlich, zum Gehän oder Bleibän. – Dann hörte ich die alte Frau sagen, sie könne auch nicht länger bleiben, das letzte Mal habe die Polizei sie gesucht, und die Schwestern seien traurig gewesen, traurig wolle sie niemand machen, die gäben sich ja auch Mühe. – Ich setzte mich wieder, wir saßen schon eine Stunde, die alte Frau nahm noch ein zweites Stück Brot, diesmal zerriß sie es in kleine Stücke. Sie habe auch die Zahnbürste nicht da, sagte sie, und die Tabletten, eine vor jedem Essen, und wenn sie nicht zum Tee komme, dann werde geschimpft, sie gehe doch lieber mit diesem Herrn wieder fort. Wir tranken den Kaffee auf dem Balkon, Pulverkaffee natürlich, dann wurde es plötzlich kühl, ob die noch musizierten, weiß ich gar nicht mehr. Danke vielmals, sagte ich, kommen Sie, sagte ich zu der alten Frau, wenn das Altersheim in Oberstraß ist, werden wir es schon finden, da sind wir ja hergekommen. – Die jungen Leute haben uns nicht zum Auto begleitet. Wenn es euch Spaß macht, kommt ihr wieder, sagte das Mädchen.

Wir sagen nicht viel, die alte Frau und ich, als wir durch die ganze Stadt zurückfuhren, das heißt, sie redete in sich hinein. Dorothee, verstand ich, aber da hatte ich mich wohl verhört, sicher war sie wieder verwirrt. Was soll ich euch sagen, das Altersheim war keine zweihundert Schritt von der Kirche entfernt, wo ich die Frau aufgenommen hatte, ein feines Gebäude, im schwedischen Stil. Wo haben Sie sich denn herumgetrieben, fragte die Heimleiterin, sie schnitt ein freundliches Gesicht, schließlich habe ich mich als Doktor vorgestellt. Nur Ingenieur, sagte ich. Wir haben eine Spazierfahrt gemacht, ich bin ein Wüstling, wissen Sie. – Es ist das dritte Mal, daß wir Fräulein Brunschwiler vermissen, sagte die Dame, jetzt wird es krankhaft, und als ich ihr ein Zeichen machte, sagte sie, keine Angst, sie hört nicht mehr gut. – Sie hört noch sehr gut, sagte ich, aber da war die alte Frau schon ohne einen Gruß weiter ins Haus gegangen, es war da drinnen alles grün, Philodendron. – Bisher war sie ja harmlos, sagte die Dame, aber jetzt fängt sie an, sich selbst zu gefährden. – Ich glaube nicht, sagte ich, und wo ist ein Telefon, bitte. – Hier in der Kabine, sagte sie und drehte sich um, fragte nicht einmal, ob ich Kleingeld habe.

Ja, in der Kabine ist es dann passiert, als ich Sentas Stimme hörte, jetzt warten wir schon seit zwölf Uhr, sagte Senta, wir haben natürlich essen müssen, schon wegen der Kinder, was ist denn mit dir los. – Ich glaube, ein Herzinfarkt, sagte ich, und genau das war es, in der Kabine wurde mir plötzlich eng wie nie. So ist es gekommen, es war mir plötzlich zu viel geworden, aber mit dem Trockenfleisch hatte es nichts zu tun. Heute esse ich wieder Trockenfleisch wie nichts. Ich gebe das Haus nicht auf, ich hüte es, bis Dorothee zurückkommt, so weit ist das nicht, Indien ist nicht mehr so weit wie zu meiner Zeit. Aber ich fahr nicht mehr hin, ihr wißt ja, wie sie heute sind, die jungen Leute, sie brauchen uns nicht, und am Ende ist es besser so. Sie soll ja nicht für das Haus leben, oder nicht? Warum soll sie für das Haus leben? Wenn es ihr nur gutgeht, wenn sie nur lebt, dann kann sie machen, was sie will.

Ein Glockenspiel

Anno 1792, im späten August, empfing Amandus Breitkopf, Kaplan im linksrheinischen Bodenheim und kein junger Mann mehr, einen mit »Röse« gezeichneten Brief, dessen Verfasserin angab, seit einigen Wochen vom Teufel besucht zu werden. Da der Kaplan gleichen Tages seinen Visitator zu bewirten hatte, blieb ihm keine Ruhe, das fatale Schreiben, das er unter sein Kopfkissen schob, eines zweiten Blickes zu würdigen. Der Vorgesetzte fand an seiner Amtsführung und Haushaltung ohnedies genug auszusetzen. Die Pfarre sei verwildert, der Hirte lasse das gefährliche Wesen der Republikaner aus den Augen und diene seine Pflichten nur der Form nach ab, ohne durch tätige Mission, durch freundliches Hin- und Wiedergehen ein übriges zu tun. Wenn der viel jüngere Visitator, ein grämlicher Mensch, das Wort »Liebespflicht« gebrauchte, nahm sein Mund einen höhnischen Zug an; davon abgesehen, mußte der Kaplan die Berechtigung der Schelte zugeben, stellte nur bösen Willen in Abrede. Er hatte seine Eltern nie gekannt und hielt sich gewissermaßen für eine Waise von Natur, daran hatten die Jahre nichts geändert. Vor den Menschen trug er heimliche Scheu und staunte über jeden, der geläufig mit ihnen verkehrte. Es war ihm immer so vorgekommen, als sei ihre Zuneigung nur durch Gebrauch unsauberer Künste zu erwerben, und nachbarliche Worte kamen ihm bei solchen, die sie anwandten, wie eine Art Herablassung vor. Verdiente das Volk denn nichts Besseres? Da er im Waisenhaus seinem Fürstbischof, dem Vorgänger des gegenwärtigen, durch Bescheidenheit aufgefallen war, hatte er das Carolineum beziehen und zu seiner Zeit die heiligen Gelübde ablegen dürfen. Jetzt war sein Verhältnis zu den Menschen durch die Weihen und einen festen Rahmen geregelt, und er wußte nicht, warum ihm zu seinem Amt die rechte Liebe fehlen sollte. In seinen Schriften, die er seit Jahren verfaßte, zeigte er sich als mutiger Philanthrop.

Indessen war der Visitator kaum der Mann, bei dem persönliche Bekenntnisse gut aufgehoben waren, und so begnügte sich der Kaplan mit dem Hinweis, daß er immerhin mit seiner Feder im Volke gewirkt und dem sittlichen Fortschritt auf dem Lande Vorschub geleistet habe. Mit der Feder! entgegnete sein Besucher nicht ohne Schärfe, schon recht; nur sei die Zeit vorbei, da man sich mit solchen Federn habe schmücken dürfen. Keine Hausarbeit vermöge die inbrünstige und leibhaftige Seelsorge, deren das verwirrte Landvolk bedürfe, zu ersetzen; und wohin der Fortschritt geführt habe, zeige ja der flüchtigste Blick über die Grenze, an welcher das Unwesen nicht haltgemacht habe, wie der sogenannte Freiheitsbaum neben der Dorflinde überdeutlich zeige. Der Kaplan, der, einer hartnäckigen Erkältung wegen, seine Pfarre nicht mehr verlassen, aber ein Werklein über den Garten Eden gefördert hatte, hütete sich vor dem Geständnis, daß ihm der Freiheitsbaum unbekannt geblieben sei, erinnerte nur daran, daß er nicht vom Fortschritt schlechterdings, sondern vom sittlichen gehandelt habe. Worauf der Besucher, in seinen Landwein starrend, entgegnete: Was gestern noch Sitte gewesen sei, nenne sich heute Tugend und werde sich morgen nicht scheuen, als Gottlosigkeit hervorzutreten, wofür es in Paris Beispiele genug gebe. Er hoffe, fügte er nach einer Pause mit düsterem Spott hinzu, die Tugend sei mindestens in diesem Hause wohl aufgehoben, wozu allerdings, wenn man seine Köchin betrachte, kein sonderliches Verdienst gehöre. Der Kaplan erschrak über diese Verwandlung seines Besuchers, der ihm weiterhin Stücklein von Hofe zu berichten wußte, bei denen sein freier Geist und auch sein erotisches Zartgefühl in überraschendem Lichte erschien. Danach nahm er Urlaub; der Kaplan verneigte sich und bemerkte, ohne erkennbaren Zusammenhang, er habe Fieber.

Nach dem Abendessen, das er, wie gewohnt, allein einnahm, besann er sich wieder auf den merkwürdigen Brief, las ihn zu wiederholten Malen und blieb danach offenen Mundes – denn seine Nase war verstopft – vor dem schwachen

Kaminfeuer sitzen. Die Haushälterin hatte es zu besorgen versäumt, sie wollte nicht glauben, daß ein vorgerückter Sommerabend schon kühl sei. Man hätte den schweren Mann im halben Licht seines Wohngelasses für alt halten können, doch waren die Jahrzehnte fast ohne Spuren an seinem Gesicht vorbeigegangen. Die Haut war rein, der schwache Mund lag weich im runden Kinn, seine kurze himmelwärts deutende Nase hatte sich seit seinen Knabentagen nicht verändert, und seine Stirn war glatt geblieben. Nur sein Haar hatte sich gelichtet und hing ihm in gelben Strähnen über die Ohren. Auch das einwärts gekehrte Auge war dasjenige eines Knaben, der freilich schon zu seiner Zeit nicht eben kindlich geblickt haben mochte. Von seinem Besuch entlastet, und doch wie von Scham gebeugt, lag der Leib des Kaplans in seinem Lehnstuhl. Hinter ihm stand sein Schreibpult, reihten sich seine Bücher. Er hätte sein Leben lang gern eine Bibliothek besessen.

Wenn er den Brief dieser Röse richtig las – und er hatte ihn ja mehr als einmal gelesen –, so wollte sie nicht nur vom Teufel, und zwar zweimal wöchentlich, einmal am Mittwoch, einmal am Sonntag während der heiligen Messe, heimgesucht worden sein: sie erbot sich auch, dem Kaplan, der sich, wovon sie Kunde zu haben schien, durch einige Schriften zur Pflege deutscher Volksbräuche hervorgetan hatte, mit Nachrichten aus dem höllischen Reiche zu dienen, die sie aus erster Hand zu besitzen vorgab. Zum Beweis führte sie die Praktiken an, denen der Böse sie, wie sie schrieb, fleißig unterzog, wobei er nicht nur unermüdlich, sondern auch außerstande gewesen sei, seinen Redefluß im Zaum zu halten. Dabei sei, soviel sie verstanden habe, der wahre Gegenstand seines Interesses nicht ihr Fleisch, sondern seine persönliche Einsamkeit gewesen. Er habe, während er zu reiten fortfuhr, die Eroberung der Erde für sein Ziel ausgegeben, an dem er festzuhalten gezwungen sei, ohne Hoffnung, auf diese Weise auch seine Melancholie niederzuschlagen. Diese nämlich sei sein Teil seit Erschaffung der Welt, an welcher ihm doch nicht wenig Verdienst zukomme. Mit seiner Lust, der er heftig schreiend Ausdruck gegeben habe, so daß sie ihn, der Nachbarn wegen, zur Ruhe habe weisen müssen, sei er bis dato gezwungen, das fürchterlichste Unrecht zu büßen, Unrecht, das er keineswegs getan, sondern gelitten habe. – Dabei könne sie, Röse, nicht behaupten, der Teufel habe ihr im eigentlichen Sinne Gewalt getan. Immerhin bitte sie den Geistlichen, dem sie sich nicht zu erkennen geben dürfe, um einigen Rat, wie sie sich in diesem für eine Christin ungewöhnlichen Fall zu benehmen habe. Da das Geheimnis der Ohrenbeichte in dieser verwirrten Zeit nicht ausreichend geschützt sei und sie sich vor der kritischen Teilnahme, die der Beichtiger an ihr nehmen könnte, fürchte, schlage sie ihm einen Briefwechsel vor, dergestalt, daß er seine Antwort an der Mauer des Kirchhofs in einem Loch, das sie ihm genau bezeichne, niederlege, und zwar an jedem Mittwoch, worauf sie ihm ungesäumt mit gewöhnlicher Post antworten werde. Das werde sie erleichtern, und er habe Gelegenheit, sein Interesse an der Nachtseite der Natur zu befriedigen und vertiefen. Ihr sei, von häufigem Schwindel abgesehen, wohl, vielleicht nur zu wohl; höchstens besorge sie, daß ein gewisser strenger Geruch sie den Menschen verrate. Reden wolle sie nicht, aber schreiben möge sie gern. Der briefliche Austausch habe, seiner Umständlichkeit wegen, für sie immer etwas Feierliches gehabt, zumal mit einem Unbekannten wie ihm. Daß sie ihm bei ihrem Austausch die nämliche Vertraulichkeit zusichere, die sie selbst zu beanspruchen Anlaß habe, verstehe sich von selbst.

Kaplan Breitkopf war zu seiner Beschämung, und wohl zu seinem Schaden bei dem Visitator, den ganzen Tag im Schlafrock gewesen; daß er sich, um zur Beruhigung seiner Nerven die freie Luft zu gewinnen, ankleiden mußte, kam ihm wie eine lästige Störung vor. Weit draußen erst, im offenen, schon dämmernden Land, kam ihm seine Erkältung in den Sinn; da er geschnittenes Gras riechen konnte, mußte sie schon auf dem Rückzuge sein, und er bereute seine leichte Kleidung nicht, zumal ihn der kurze Atem immer wieder einzuhalten zwang. Während er da und dort, in Sinnen verloren, ein Blatt, oder auch einen ganzen Zweig, vom Busche brach und zwischen den Fingern zerrieb, beredete er sich, daß es sich bei dem Teufelsbrief um eine Mystifikation handeln müsse und daß womöglich ein neidischer Skribent einen Streich mit ihm vorhabe. Doch schien diese Vermutung, so heftig seine Vernunft an ihr festhielt, seinen Gefühlen nicht genugzutun. Da er, schon mitten im Walde, um seine Brust fürchtete, kehrte er um und gelangte auf Umwegen in sein stilles Pfarrhaus zurück. Es mochte Mitternacht sein, als er sich den Brief abermals vornahm, dessen Inhalt ihn verwirrte, dessen Bildung ihn entzückte. Je öfter er ihn überflog, je gewissenhafter er ihn las, desto heftiger wurden die Fragen, für deren Beantwortung er seine Menschenkenntnis bemühte. In welchen Umständen mochte die Schreiberin leben? In zauberhaften, hätte man fast denken können; kein Mensch (außer schattenhaften Nachbarn) tauchte in diesen bläulich getönten Papieren auf, die Lebensart und Wohlstand, vor allem aber Stilkunst, also Lektüre verrieten. Und in Kaplan Breitkopfs nächtlicher Seele stieg das Wunschbild eines schloßartigen, mitten im Walde gelegenen Gebäudes auf, in dem eine üppige Herrin wohnte, die das Haus nur verließ, um Blumen zu pflücken, und von Tauben oder Raben ernährt wurde. Wenn sie von weit her zur Messe läuten hörte, unterbrach sie die Lektüre eines Romans, der in blaues Saffianleder gebunden war, kniete sich auf den Boden und raffte ihr durchbrochenes Tag- und Nachtkleid, blickte über ihre Schulter zurück und ließ die Zunge spielen. Er hörte seufzen, er sah sie, überwältigt und doch unerschüttert, ihre Lektüre auf dem blauen Teppich fortsetzen; den Teufel, der sie ritt, vermochte er beim besten Willen nicht zu sehen. – Er hockte im geflickten Schlafrock vor seinem leeren Kamin, unerwartet stiegen ihm Tränen auf, und er empfand seine Verlassenheit; einen Augenblick war ihm die geträumte Person ähnlicher vorgekommen als er sich selbst.

Nachdem er sich getröstet hatte und kühleren Sinnes geworden war, begleitete ihn der Gedanke zu Bett, daß die Frechheit des Briefes eine ungeheure Störung der Seele anzeige; dann aber hatte seine Prüfung ihren guten Sinn, und die Schreiberin war, vielleicht absichtlich, an den rechten Mann gekommen. Denn er hatte bei seinem Buchhändler vor Zeiten eine Schrift zur menschlichen Behandlung der Geisteskranken drucken lassen, die weiter ging, kühner war als andere Zeugnisse des Jahrhunderts; nun war sie also doch nicht unbemerkt geblieben. Er hatte drucken lassen: wessen die Verwirrten am meisten bedürften, sei unbefangene Geselligkeit, sei die Phantasie der Mitgeborenen, die in der Krankheit eine Prüfung ihrer Gesundheit zu sehen imstande sein sollten; der gestörte Sinn, weit entfernt, unbegreiflich zu sein, sei etwas Ehrwürdiges, denn er zeige die Störung des Ganzen an. – Ganz offenbar wußte sich diese Seele, weil ihr die konventionellen Äußerungsmittel verschlossen waren oder nicht genügten, nur noch mit phantastischen zu helfen und schützte ihre Empfindlichkeit hinter einer im Wortsinn höllischen Verkleidung.

Die Nacht verging ohne Ruhe, kaum fand er sie mit dem ersten Vogelschrei und schlief in den Tag hinein. Die Besorgerin, die ihn für einen Krankengang hätte wecken müssen, war nicht zur Stelle und hatte auch versäumt, ihm ein Frühstück zu bereiten. Er setzte sich an seinen Tisch und konzipierte eine Antwort, in der eine nüchterne Analyse die wahre Teilnehmung nicht verbergen sollte und, je länger er schrieb, immer weniger verbarg. Gegen Mittag warf er die Feder hin, fand einen Rest Kohl im Küchenschrank sowie etwas Mürbegebackenes und kochte sich einen Kaffee. Dann brachte er den Nachmittag mit wiederholter Reinschrift zu, da die erste einen Fettfleck zeigte, die zweite von unerklärlichen Fehlern entstellt war. Er hörte die Köchin nicht wiederkommen und vergaß sie zu tadeln; für ihre Bemerkung, die junge R. sei verstorben, hatte er nur ein tiefsinniges Nicken übrig. Dann doch, durch den Lärm des Weibes genötigt, sich anzukleiden und den Versehgang zu tun, solange die abgeschiedene Seele die Wohltat der Ölung noch empfinden konnte, machte er sich auf den Weg und mußte die Verkommenheit der Menschen ganz erfahren. Der Ministrant nämlich, ein Böttcherjunge, weigerte sich zuerst, offensichtlich betrunken, ihn zu begleiten; danach zog er mit einer Kuhglocke vor ihm her, als wolle er das Dorf zusammenläuten, und die Pfarrkinder dachten nicht daran, vor dem Rauchfaß ins Knie zu gehen. Als er das abgelegene Sterbehaus in Schweiß und Schrecken erreicht und seine Begleitung weggewiesen hatte, wurde ihm zuerst nicht aufgetan, und dann mit so finsteren Mienen, daß er sich der heiligen Handlung nur kursorisch und ohne jeden Beistand von Vater und Geschwistern entledigte. Lange nachdem er auf Hinterwegen ins Pfarrhaus zurückgekehrt war, ging ihm das Bild der Toten, an der, trotz ihrer Kindheit, jede Spur von Jugend vertilgt war und die, seit dem ebenfalls vorzeitigen Absterben der Hausmutter, der armseligen Wirtschaft hatte vorstehen müssen, in die Seele nach. Um den Tag nicht verloren zu haben, wandte er sich wieder dem unseligen Brief zu und gab seiner Antwort eine neue und schroffe Fassung. Er habe das Schreiben der Absenderin empfangen und bemühe sich um Verständnis; für das Teuflische daran fühle er sich nicht zuständig. Offenbar sei die Schreiberin von einem Gewissenlosen betrogen worden, was ihn bei vorwaltender Verrohung der Menschen nicht erstaune. Jetzt unterlege sie ihrer Lage eine höhere, vielmehr sehr niedrige, sie weiter erniedrigende Deutung, deren sittlichen Kern zu respektieren sie ihm absichtlich schwermache. Wenn es ihr Zweck gewesen sein sollte, daß ihn diese Absicht (um ein Dichterwort zu borgen) *verstimme*, so habe sie denselben erreicht. Sie möge aber, auch wenn er Priester sei, nicht den Fehler begehen, sein Interesse am Teufel zu überschätzen. Sollte indes ihre Not so groß sein, wie sie ihn, wenn auch unter einem merkwürdigen Vorwand, fühlen lasse, so möge sie ihn in Gottes Namen prüfen. Nichts Menschliches sei ihm fremd, und ihre Scham, vorgetäuscht oder redlich, deswegen ganz unbegründet. Da, wie sie gewiß begreife, ein Austausch in der vorgeschlagenen

Form für ihn nicht in Betracht komme – er sei schließlich, wenn auch noch kein alter Mann, so doch kein romantischer Jüngling mehr –, werde er das Mauerversteck nur dies eine Mal benützen, damit sie nicht glaube, er sei unbereit, für eine Namenlose auch einmal einen seltsamen Gang zu tun. Sollte sie ernsthaft Lust haben, sich mit ihm über die letzten oder auch nur die persönlichsten Dinge zu unterhalten, so sehe die Kirche nicht nur die Ohrenbeichte, sondern auch die Begegnung von Mensch zu Mensch vor, für die sie ihn selbstverständlich gerüstet finde. Groß sei, wie er jeden Tag erfahren müsse, die Verwirrung der Welt, und angesichts derselben möge sich die Schreiberin ruhig ein Herz fassen. Für ihr Geheimnis sei dabei nicht das mindeste zu besorgen, und da sie ihn zum ersten Mal gefunden habe, werde sie ihn auch wieder zu finden wissen.

Am Ende schien ihm dieser Brief, den er sorgfältig siegelte, wieder nicht unzweideutig genug. Aber da der Sonntag nahe war und die kräftigen Worte, die er auf der Kanzel gebrauchen mußte, gut überlegt sein wollten, entschloß er sich, die Teufelssache kurz abzutun und ihr danach keinen Gedanken mehr zu widmen. Seufzend machte er sich im vollen Mondschein auf den Weg zum Kirchhof, fand auch das angezeigte Loch, das freilich so hoch lag, daß er es nur mit Anstrengung erreichte, was ihm die Vorstellung erweckte, daß die Adressatin von mächtiger Gestalt sein müsse. Ein Schauder packte ihn, den er dem plötzlichen Lautwerden eines Hundes sowie der Nähe der Gräber zuschrieb. Auf dem Heimweg, der von unaufhörlichem Hundegeheul begleitet war, beruhigte ihn der Gedanke, daß er von seinem Brief, zu seiner Sicherheit, nicht nur eine Abschrift genommen, sondern auch die Vorsicht gehabt hatte, von einer Unterschrift abzusehen.

Die Antwort ließ nicht auf sich warten. Am heiligen Sonntag in aller Frühe warf die Besorgerin dem Kaplan ein bläuliches Brieflein auf den Tisch, das er, nach kurzem Besinnen und starkem Herzklopfen, öffnete. Die Unbekannte ging mit ihm unmäßig ins Gericht. Es sei keine Rede davon, daß sie ihm im Fleische begegnen wolle. Sie habe aus geziemender Ferne um seinen Rat als geistlicher Mann gebeten. Der Teufel sei, was immer, jedenfalls keine Redensart, sondern ein Kerl, auf den sie, als solchen, nichts kommen lasse. Da sei keine Verkleinerung angebracht, und auch ein Pfaffe könnte seine Wunder erleben. Was man von einem solchen erwarten dürfe, sei bessere Kenntnis von den Gründen der Hölle, denn die habe ja wohl ihre Hintergedanken. Röse möchte zum Exempel wissen, was es zu bedeuten habe, daß der Teufel seit dem Tag, da sie dem Kaplan geschrieben, von seiner Heimsuchung abgelassen; sie habe ihres Wissens nichts getan, um ihm die Sache zu verleiden. Offenbar bringe der schwarze Rock kein Glück, wenigstens müßte er doch ein Mittel wissen, den Hund festzuhalten, einen starken Spruch, um die Sau zu zitieren. Wenn seine, des Kaplans, Frömmigkeit nicht hinreiche, den Teufel zu zwingen und der Röse dienstbar zu machen, so möge er die Antwort nur gänzlich unterlassen.

Der Kaplan griff sich an den Kopf, den er, trotz seiner hartnäckigen Verkühlung, zu bedecken vergaß, als ihn die Besorgerin aus dem Haus trieb. In der Tat, die Glocke läutete schon, und besinnungslos steckte er, statt seiner Predigt, den Brief der Hexe ins Wams. Niemand war ihm behilflich, als er sich in der Sakristei das Meßgewand überzog, und er bemerkte erst vor dem Altar einen häßlichen Fleck auf seiner Brust. Die Kirche war so gut wie leer, ein halbes Dutzend alter Frauen saßen wie Krähen in den Winkeln, der Organist war nicht vorhanden, auch nach einem Ministranten sah er sich vergeblich um. Dafür nahm er, durch einen Nebel, in der vordersten Reihe einen einzelnen Mann wahr, den er zu kennen glaubte. Er räusperte sich, um die Messe zu beginnen, aber in diesem Augenblick begann es wieder zu läuten. Der Kaplan stand mit zitternden Beinen und wandte sich nicht um, die grelle Glocke schlug alles nieder, er fühlte den Teufelsbrief auf dem Herzen, und es war nur noch ein Gedanke in ihm, nur ein Gebet übrig, es möchte niemals zu läuten aufhören. Da erhob sich der einzelne Gast, verließ die Kirche, jetzt täuschte sich der Kaplan nicht länger; ja, es war der Visitator. Die Glocke klang unregelmäßig, wie ein verendender Herzschlag, man hörte es vom Turm her laut schelten und fluchen; dann trat der Visitator wieder ein und setzte sich in die Bank wie zuvor. Der Kaplan begann, auf den Opfertisch gestützt, zu reden. Da nicht mehr gelte, sagte er mit rauher Stimme, was immer gegolten habe, solle auch dieser Gottesdienst nicht mehr gelten. Wo kein Herr sei, könne es auch keine Diener mehr geben, und wo die Worte fehlten, keinen Dienst am Wort. Gott lebe allein, er sei nicht mehr bei sich, er habe keinen Sohn. Darum gebe es nichts Furchtbareres als die frohe Botschaft, und sie müsse unhörbar gemacht werden. Der Rhein draußen fließe nur noch aus Gewohnheit, und auch diese sei furchtbar, und wir sollten beten, daß er rückwärts fließe. Denn es müsse eine Gegenbewegung in die Welt kommen, welche alle Bewegung zu ihrer Quelle zurückführe. Da sei nichts, aber das schade nichts; nein, das Nichts tue keinem Menschen mehr weh. Nicht mehr dazusein, das sei die wahre Nachfolge Christi, mit dem der arme Mensch, der Krüppel, Gott gleich werden könne, denn auch Ihm gehe es gut, es brauche ihn nicht mehr zu geben, er sei seiner Schöpfung wie immer vorausgegangen. Gelobt sei sein Name, und denkt daran, daß ihr heute ruhen sollt wie euer Herr, denn heute ist sein Tag.

Auf dem Heimweg führte der Visitator den tiefatmenden Kaplan beim Arm. Kühn, sagte der Visitator unerwartet freundlich, es sei kühn, dem neuen Wesen so unverblümt das Wort zu reden, aber klug sei es wohl auch. Offen gesprochen, habe er den Kaplan bisher nicht für einen weltklugen Mann gehalten, aber Paris habe ja nicht fallen wollen, der Braunschweiger habe vor Valmy umkehren müssen, und man müßte von Flucht reden, wenn der französische Schmutz nicht sogar das Fliehen unmöglich machte. Auch die Franken glaubten an keinen Gott mehr, und wenn der Teufel wolle, könnten sie nächstens am Rhein stehen. Bewegung, Gegenbewegung, nun ja, allerdings; es sei vielleicht kein Halten mehr, und wer klug sei, baue vor. Auch hierzulande ließen sich die Volksmänner offen vernehmen, darunter solche, von denen man sich's nicht versehen hätte. Sogar in ihm, dem Kaplan, habe er heute einen Patrioten kennengelernt und könne ihm nur viel Glück wünschen. *Ecrasez l'infâme*, auch der Kurfürst kenne seinen Voltaire, seine Reformpolitik habe seit Jahren gewissermaßen etwas Französisches gehabt. Für einen geistlichen Fürsten sei er weit gegangen, was ihm die Franken wohl anrechnen würden, in der Weltgeschichte hätten sich die Mächtigen immer besser zu salvieren gewußt als die Ohnmächtigen. Er habe, wie gesagt, die Courage des Kaplans bewundert, zumal es ja nicht so aussehe, als habe er sich bei seinen Pfarrkindern viel Anhang erworben. Wenn die Franken die Kirche schlössen, wäre nicht viel verloren, außer für den Kaplan, daher müsse man dessen Mut schon wunderbar nennen. Ob er gehört habe, daß in Paris damit begonnen würde, nackte Weiber auf Gottes Tisch zu setzen und als das Höchste Wesen zu verehren? Ha, ha, das könnte dem Kaplan wohl passen! Der Kaplan, der einer Ohnmacht immer noch nahe war, fand seinen Besucher in heiterer, wenn auch nicht ganz geheurer Laune; zu einem Imbiß wollte er sich aber nicht bitten lassen und schützte dringende Geschäfte vor. Der Kaplan gewann den Eindruck, daß er sich, mit dem übrigen Hof, zur Flucht rüste.

Den Nachmittag verbrachte der Kaplan in seiner Klause. Er wußte selbst nicht, warum er so gelassen war. Vielleicht hatte die Ruhe, die den Ort hatte verstummen lassen, damit zu tun. Auch die Köchin gab keinen Laut. Die Kohlfelder, die der Kaplan durch sein Fenster sah, standen in fahlem Sonnenschein und schienen gleichzeitig auf den Grund eines tiefen Meeres abgesunken. Der Kaplan schrieb der Röse: der Teufel sei gewiß ernst, aber doch nicht wörtlich zu nehmen. Als weltliche Männer und Frauen seien wir über die Höllenangst hinaus, wenn auch nicht über die Anfechtung, der einen teuflischen Namen beizulegen uns eine alte, aber doch nicht ehrwürdige Gewohnheit zwinge. Den Teufel nicht wörtlich zu nehmen heiße aber für den Briefschreiber keineswegs, daß er dem Gewissen die Stimme rauben oder gar menschliche Verstörung leichtnehmen wolle. Die Suche nach der natürlichen Quelle unserer Leiden sei keine Geringschätzung derselben, ganz im Gegenteil. Es sei die Anerkennung der Heiligkeit unseres Leibes, sie münde in einen Lobgesang auf die Würde unseres Geschlechts. Wodurch er sie ermutigen wolle, dem Teufel einen menschlichen Namen beizulegen beziehungsweise seinen bürgerlichen Namen in Erfahrung zu bringen, damit er zur Rechenschaft gezogen werden könne. Er hoffe, schrieb er mit feiner Feder dazu, die Tatsache, daß es sich bei diesem um ein durchaus irdisches Wesen handle, tue ihrem tieferen Interesse für denselben keinen Abbruch, und der Kaplan spreche ihr aus dem Herzen, wenn dieser Teufel gehalten werde, seiner offenbar paradiesischen Tüchtigkeit ein Stück kommune Verantwortung folgen zu lassen. Der Kaplan stehe lange genug im Leben, um seine Augen vor der Tatsache nicht zu verschließen: daß das fleischliche Einverständnis, welches der Namenlose sich bei ihr zu erwerben gewußt, eine unerläßliche, wenn auch nicht ausreichende Grundlage für den Ehestand abgebe. Er rate ihr deshalb, sich weniger um die jenseitigen als um die diesseitigen Verhältnisse des Teufels zu kümmern, damit sie die Begegnung nicht zu bereuen habe oder gar mit einem vaterlosen Kind bezahle.

Der Kaplan empfand, als er dieses schrieb, eine Herzensstille, als wäre das Ende aller Dinge eingetreten und lächelnd an ihm vorbeigegangen. Er hatte seine Seele wieder; wie ein Glücklicher ging er in die Dämmerung hinaus, deren Feuchtigkeit er einatmete, und besorgte das Schreiben an seinen Ort, der ihm diesmal weder unerreichbar noch merkwürdig vorkam. Die Dinge hatten ihre Stelle wiedergefunden, und auch die Hunde schwiegen. Einmal meinte er, von weit her Kanonendonner zu hören, aber vielleicht hatte nur ein Wetterleuchten, das über die Ränder des Himmels zuckte, Laut gegeben. Jetzt roch es nach Herbst.

Tage vergingen, die Röse antwortete nicht, und die Erkältung des Kaplans kehrte zurück. Eines Morgens gab der Junge des Küsters im Pfarrhaus ein kaum mehr lesbares, offenbar durch viele Hände gegangenes Papier ab. Der Kaplan erkannte, blaß geworden, seinen letzten Brief an die Unglückliche wieder. Der Junge, immerfort grinsend, gab an, sein Vater habe es im Kirchhof gefunden, als er das Grab ausgehoben habe. – Das Grab? welches Grab? fragte der Kaplan mit Schärfe, nun ja, versetzte der Bengel, die R. habe ja wohl begraben werden müssen. – Der Kaplan verstummte, solche Dinge wagten also nun ohne ihn zu geschehen. Er warf der Köchin einen bitteren Blick zu, er hatte Fieber, aber das war kein Grund, ihn an einer Toten etwas versäumen zu lassen. Er fragte den Burschen, wer denn am Grabe geredet habe; niemand, bekam er zur Antwort, die Tochter sei ja auch niemand gewesen. Der Kaplan legte sich zu Bett, er gehorchte einer merkwürdigen Schlafsucht. Am hellen Nachmittag schreckte er auf und hörte wieder die Glocke schlagen, freilich nur zwei oder drei Mal, wie bei der heiligen Wandlung, für ein Sturmgeläut oder einen Volksaufstand nicht heftig genug. Er setzte sich an den Tisch und nahm seine Gedanken zusammen, um einen Aufsatz über das Rosenkreuzer-Wesen zu schematisieren, umsonst, er füllte das Blatt mit gestrichelten Weiblein und Ungeheuern; plötzlich hörte er es im Pfarrhof lärmen. Der Küster trug auf seinen Armen eine Tote herein, man habe sie am Glockenstrick hangen gefunden, welchen sie sich um den Hals geschlungen. Die Dorfleute schlichen sich herbei, der Auflauf wirkte bedrohlich, aber man stand nur um die Leiche herum und überzeugte sich, daß sie fremd war. Sie wurde auf fünfzig Jahre geschätzt, war nicht vornehm, aber sorgfältig gekleidet und schien verlegen zu lächeln. Der Strick, sagte der Küster, sei ganz geblieben. Nachdem der Kaplan der Toten einen langen Blick gegeben hatte, befahl er, man möge sie entfernen und ordentlich aufbahren. Daß man ihre Identität ausfindig mache, war nicht zu hoffen, es war gegenwärtig jeder allem ausgeliefert und hatte, wenn er verlorenging, keinen Namen mehr. So stellte sich im fiebrigen

Kopf des Kaplans die Vorstellung her, er habe niemand anders als die Röse gesehen, die ihm auf diese Art ihre Aufwartung gemacht habe.

Aber wer schildert seinen Schrecken, als er zwei Tage später ein weiteres Schreiben der Person erhielt, des Inhalts: Der Teufel sei wiedergekommen und treibe es stärker als zuvor. Sie komme stundenlang nicht aus dem Bett und müsse um Gnade seufzen, die der Teufel aber nicht kenne. Er habe jetzt die Gestalt eines reichen Mannes in den besten Jahren und rede unaufhörlich von der Hölle als einem Ort, wo man der Liebe entbehre und darum Tag und Nacht – aber eigentlich seien Tag und Nacht dasselbe – von grausamer Lust getrieben werde. Röses Schoß sei der einzige Punkt des Weltalls, an dem er die Hölle so tief versenken könne, daß sie Ruhe gebe, und darum sei ihre beständige Hochzeit ein heiliges Werk. Die Röse trage daran nicht schwer, auch habe der Teufel versprochen, ihr einen schönen Knaben zu erwecken, dem es sein Leben lang an Gold nicht fehlen solle. Also sei es nur recht, wenn sie dem Teufel ihren Leib hingebe, für die Seele werde sie selber sorgen. Sie habe sich mit dem Herrn verlobt und begehre nun nichts weiter, als daß er, der Kaplan, dieses Band mit seinem Sakrament segne. Dazu werde der Teufel, da sie jetzt Gewalt über ihn habe, wohl zu bereden sein. Daß der Kaplan ihren letzten Brief nicht beantwortet habe, halte sie seiner Unpäßlichkeit zugute und wolle ihm dieserhalb auch nicht zumuten, den Verkehr am Friedhof aufrechtzuerhalten, da die Nächte nicht nur kühl, sondern auch durch Marodeurs unsicher geworden seien. Sie mache ihm in den nächsten Tagen ihre Aufwartung und wolle nicht ermangeln, ihm eine Latwerge mitzubringen, die ihn zeitlebens kurieren werde.

Eine wahrhaft Verwirrte! sprach der Kaplan in seine Wollbinde hinein, mit der er der aus allen Winkeln der alten Pfarrei herbeiziehenden Kälte zu begegnen suchte. Immerfort glaubte er beim Zusammenschlagen der Zähne sein eigenes Gebein klappern zu hören. Wären die Fieberhitzen nicht gewesen, die ihn Wollwickel und sogar Schlafrock wieder abzuwerfen zwangen, er hätte gefürchtet, in seinem Armsessel unterzugehen wie ein Stein im Wasser, und dachte mit Heftigkeit an den Tod. Denn seine Brust preßte sich, als er »die Verwirrte!« flüsterte, derart zusammen, daß er abberufen zu werden meinte und das Papier aus der Hand legte, um nicht mit solch verfänglichem Zeugnis vor seinen Richter zu treten. Aber die Anwandlung ging vorüber, und er nahm es wieder auf. Der Verwirrte war er. Woher wußte man von seiner Unpäßlichkeit? Spionierte man ihm nach? Hatte man es darauf angelegt, ihn lebensgefährlich zu treffen? Daß man die Stirn besaß, ihn heimsuchen zu wollen, war nicht geeignet, ihm die Last von der Brust zu nehmen. Zwar wußte er, daß sein Ruf vor der Person sicher war; aber wußte sie es auch? Täuschte er sich, wenn er die Gesichter der Leute wie Pistolenläufe in seinem Rücken fühlte? Warum blickte man weg, wenn er vorüberging? Er täuschte sich nicht. Das stille Begräbnis der Jungfrau war kein Zufall gewesen. Ihr Vater, der Seiler, hatte sich, wie die Köchin zu melden wußte, die Pfaffensprüche verbeten und den Schulmeister einige »vernünftige Worte« sprechen lassen. Dieser hatte sich nicht nur dazu hergegeben, er hatte auch bereits das Begräbnis der Selbstmörderin in seine Hand genommen und dem Kaplan ausgerichtet, er möge sich lieber nicht sehen lassen: die Armen und die Toten wünschten bei dieser Feier unter sich zu sein. Das war unbillig im höchsten Grad. Wie konnte der Kaplan seiner Herde beweisen, daß er ihr unter allen Umständen, auch denjenigen des Martyriums, die Treue halten würde? Ebendies konnte er vielleicht nur zu bald beweisen. Der Gedanke schreckte ihn nicht, er fühlte sich frei, mochte jetzt bei ihm einkehren, wer wollte.

Er schlief lange und saß lange in seinem Stuhl. Er hatte jetzt nichts mehr zu tun. Den Fürstbischof, das strahlende Licht, hatte er nie von Angesicht gesehen. Der hatte sein Volk hell machen wollen, aber er hatte es nicht gewärmt, und er hatte ihm keine Last gemildert. Es starrte auf Königsmaut und Herdschilling, Atz- und Ohmgeld, auf Leibhuhn und Glokkengarbe, alles wurde ihm zu schwer. Der Kaplan selbst hatte dem Volk in einer kleinen Schrift, unter Berufung auf die Alten, das Recht zu leiden zugebilligt; er hatte sie in Koblenz anonym drucken lassen. In Koblenz saßen die fränkischen Emigranten; der Kaplan konnte sich ihre Kopflosigkeit vorstellen, und sie erheiterte ihn. Er war um keinen Freiheitsbaum getanzt, das war nicht seine Natur. Er hatte der Bewegung auf seine Art Ausdruck gegeben und vieles *nicht* getan. Er hatte nie gespottet wie: die Bauern nähmen französisches Wesen an, ohne ein Wort Französisch zu reden. Oder: das sei nie bis Bretzenheim gekommen und wolle den Lauf der Welt ändern. Er war in Bretzenheim gewesen und hatte geschwiegen, als ihm der dortige Müller zugerufen hatte: Gute Nacht, Kraut- und Rübenzehnt! Daß er die Leute ungern anfaßte, hatte nichts mit Hochmut zu tun, eher mit frommer Scheu. Die hatten ja, anders als er, ihre Schicksale. Er selbst war nur strafweise angefaßt worden und war froh, daß er die Weihen hatte empfangen dürfen, denn einen Geistlichen schlug man nicht mehr, und außerdem konnte er sich mit der Feder wehren. Ein guter Pfarrer war er wohl nicht geworden; dennoch glaubte er an seine Gemeinde viel eher als an den lebendigen Gott. Ihr zuliebe hatte er es mit der Messe bisher genau genommen, denn sie schien daran zu hangen. Nun, das hatte sich jetzt, wie so vieles, als Täuschung erwiesen; seine Gemeinde hätte lesen können müssen, um ihn recht einzuschätzen. Nun blieb keine andere Sprache mehr, er mußte bereit sein, für die Leute zu sterben.

Seine Erkältung war ein Dauerzustand und vielleicht schon eine Art Auszehrung geworden. Aber die warmen, heftigen Augenblicke, die sie ihn manchmal genießen ließ, hatten eine unglaubliche Tiefe, und sein Fieber gab ihm die Empfindung von Gerechtigkeit ohne Vernunft. Eine andere Form von Gerechtigkeit, die Kopf und Stirn nicht so schwer machte, war vielleicht kommenden Geschlechtern vorbehalten. Jetzt überzogen die verbündeten Heere die Gegend; ihr Zustand war unbeschreiblich. Man kratzte sich den zähen fränkischen

Schmutz von den Schuhen, schöpfte Atem, versuchte zu remontieren und lebte von den Früchten des Landes, auch den frisch geernteten, bis man wieder vorrücken oder aber umkommen würde. Grüne Röcke zu Pferd flogen erst paarweise, dann in ganzen Trupps durch die Straßen, die Zehntscheune ging wieder auf, am Galgen fanden die Krähen frisches Futter, der Schulmeister blieb zu Hause, der Seiler lüftete wieder den Hut, die Messen waren wieder besucht, und die Köchin murrte nur leise, wenn sie das Brennholz vor dem Kamin ablud; einmal waren Stücke eines Freiheitsbaums dabei, kenntlich an Resten bunter Bänder. Der Kaplan war nicht froh und nicht traurig, er schrieb keine Schriften, empfing keine Briefe und las die Offenbarung Johannis im Bett, denn das Kaminfeuer erwärmte die kalten Vormittage nicht. Es war unbemerkt Oktober geworden, auf Wetter und Jahreszeit hatte er sonst nicht geachtet. Neuerdings beschäftigte ihn die Einrichtung der australischen Strafkolonie. Er hatte dem Journal für die Gebildete Welt entnommen, daß bei den Antipoden aus Tunichtguten rechtgesinnte Bürger geschmiedet wurden, man mußte ihnen nur die Hoffnung auf Rückkehr rauben. Es gab also eine andere Welt, wenn auch an ihrem Ende, und am Ende der Erwartungen. Um die Mittagsstunde meldete die Köchin ein vornehmes Frauenzimmer. Er hatte noch nicht den Kopf gehoben, da trat bereits eine hochgewachsene, verschleierte Dame ins Zimmer, begrüßte den Kaplan mit einem Knicks, küßte seine von Überraschung gelähmte Hand und ließ sich ohne Umstände im zweiten Sessel nieder. Als er sich erheben wollte, um ihr seinen bequemeren anzutragen, gebot sie ihm Stille mit einer Bewegung ihrer Hand. Sie trug ein gelbes Seidenkleid und einen breiten Reisehut mit einer frischen, ebenfalls gelben Rose, nach Rosen duftete sie selbst. Die Hand, mit der sie ihm gewinkt hatte, stak bis zum Ellbogen in durchbrochenen Handschuhen, und ihre Ärmel behielten auch im Sitzen etwas Fliegendes. Dann bemerkte der Kaplan, daß die Stiefel an ihren Füßen zerrissen und die Strümpfe beschmutzt und durchnäßt waren.

Was ihm die Ehre verschaffe? – Statt aller Antwort rückte die Unbekannte den Stuhl in seine Nähe, neigte sich vornüber und begann, die Stiefel aufzuknöpfen; die Anstrengung schien ihr Gesicht zu röten, auch glaubte er hinter dem Schleier ein unverwandt auf ihn gerichtetes Auge zu bemerken. Sie stellte die Stiefel ordentlich nebeneinander, wand sich die zerfetzten Strümpfe von den Beinen, streckte diese, sich aufrichtend, dem Kaplan in den Schoß und lehnte sich mit einem Seufzer zurück. Der Kaplan starrte abwechselnd auf ihr bedecktes Gesicht und auf die Füße in seinem Schoß, auf die er seine Augen und nach einer Weile auch seine Hände sinken ließ. So saßen sie lange. Unter dem Ticken der Standuhr schritt die Zeit mit schweren Schritten weiter; der Raum, ohnehin karg erhellt, verdunkelte sich zur frühen Dämmerung. Der Kaplan suchte unter den Lidern hervor die starke Bewegung zu deuten, die sich hinter dem Schleier des stillen Gastes abzeichnete, aber wohl nur ein Blendwerk des Kaminfeuers war, denn ihre Brust ging ruhig, und das Haupt mit dem Hut war gegen die hohe Lehne fortgesunken. Immer weniger vermochte oder versuchte der Kaplan das tiefe Befremden, das ihn gefangenhielt, von einem ebenso tiefen Behagen zu unterscheiden. Die schlaffen Stiefelschäfte auf dem Fußboden warfen einen scharf gestochenen Schatten und beschäftigten seine Augen, bis ihn die gewohnte Schlafsucht überkam. Bevor er ihr nachgab, zog er den Zipfel seines Schlafrocks über die bloßen Füße der Person und bemerkte schon fast bewußtlos, wie kühl sie sich anfühlten.

*

Es half dem Kaplan, Breitkopf mit Namen, vor dem erzbischöflichen Kammergericht nichts, als er sich auf den gänzlichen Verlust seines Gedächtnisses berief. Zu zermalmend waren die Beweise seiner Verfehlung; und wenn es nur zweier Zeugen Mund bedarf, um alle Wahrheit kundzutun, so wurde hier der Wahrheit durch sieben Zeugen im Überfluß gedient, auch wenn ihre Zunge durch natürliche Scheu gebunden war. Von Breitkopfs Köchin erfuhr das Gericht, in welchem Zustand sie ihren Herrn, und nicht allein, gefunden habe, als sie ihm, nach mehrmaligem Klopfen, worauf das tiefste Schweigen geantwortet, um die vierte Nachmittagsstunde seinen Glühwein zu bringen gesonnen gewesen, diesen aber, bei sich bietendem Anblick, stürzen zu lassen gezwungen war. Denn ihr Herr, den sie zuerst im Todeskampfe begriffen gewähnt, sei allerdings in eine schreckliche, aber nicht die vermutete Sache verwickelt gewesen: nämlich in die vollständige Umarmung mit einem unbekannten Frauenzimmer, das sie vor zwei Stunden in dessen Kammer geleitet habe. Der Schreck habe sich ihr in gänzlicher Lautlosigkeit dargeboten und sei auch durch das Zerspringen des Geschirrs nicht im mindesten zu erschüttern gewesen. Sie habe sich zuerst, wie schicklich, zur Flucht gewendet, dann aber ihre Geister gesammelt, nach mehrfachen dringenden Anrufen das Gelump zu entwirren versucht und dabei ihre Kraft nicht geschont, welche die Empörung verdoppelt habe. Aber am Zusammenhang des Unflats sei nicht zu rütteln gewesen, und da der Vorgang, dem sich Breitkopf mit geschlossenen Augen überlassen habe, während die Person ihr Gesicht mit einem Fetzen bedeckt gehalten, keinem natürlichen Gesetz mehr zu gehorchen schien, habe sie männliche Hilfe geholt. Der Totengräber, der Müller und sein Knecht, am Ende auch der Fuhrmann und der Schermauser hätten, nachdem sie erst ungläubig dagestanden, das Befreiungswerk fortgesetzt, nicht ohne sie beiseite treten zu heißen; was die Genannten dem Gericht bestätigten. Auch ihnen, sagten sie aus, habe es lange nicht gelingen wollen, dem Wesen ein Ziel zu setzen; das Paar habe in seiner Pflichtvergessenheit Kräfte entwickelt, wie man sie nur von schwer Berauschten gewohnt sei. Als man es endlich getrennt und einzeln festgehalten habe, sei unter ihnen nur eine Stimme gewesen: Breitkopf, den sie als eher dürftigen, jedenfalls trägen Mann kannten, müsse einer List der Hölle zum Opfer gefallen sein. Dafür habe auch das haltlose Schluchzen gesprochen, dem er sich, nach vollbrachter Rettung, überlassen habe, bei geschlossenen Augen; auch als sie ihn endlich zu Bette gebracht, sei er seiner Sinne nicht mächtig gewesen, sondern habe nicht aufgehört, nach der Heiligen Jungfrau zu rufen.

Dies der Sachverhalt, über den das fürstbischöfliche Gericht, ausgestattet mit zugleich geistlicher und weltlicher Vollmacht, zu befinden hatte, in geheimer Sitzung. Breitkopf, ärmlich, aber bürgerlich gekleidet, hörte sich Klage und Kläger mit blasser Miene an, wobei seine Augen vom einen zum andern gingen, als wäre das Schlimmste noch nicht heraus. Die Wehrlosigkeit seines Gesichts konnte, wer abergläubisch war, wohl für Hexenwerk halten. Der Vorsitzende des Konsistoriums, ein Ritter von Weinstein, war es nicht, er fand, es sei bei der Sache nur zu natürlich zugegangen. Als gebildeter Mann suchte er sogar ihren Humor zu retten und den Kaplan in ein hofmännisches Einverständnis zu ziehen. Wozu die Umstände, schien sein geschürzter Mund zu sagen, morgen sind wir tot, und du hast wenigstens dein Vergnügen gehabt, oder die Franken kommen und bringen uns eine andere Ordnung, in der die Dummheit straflos geht. Aber Breitkopf schien seinen Vorteil nicht wahrzunehmen, in seinem Gesicht war die Sonne untergegangen. Wer ihn sah, hätte ihn nicht für einen Mann des Wortes oder gar der Feder gehalten. Rauh, ja grob erkundigte er sich nach dem Schicksal der Dame, welche Bezeichnung bei den Bodenheimern ein Murren hervorrief, den Herren am Tisch Amusement entlockte. Es gab ja sonst nicht viel zu lachen. General Custine rückte näher, ein Mensch von Familie, was ihn offenbar nicht hinderte, die europäischen Fürsten gegen den Rhein zu werfen; die Canaille stand an der Grenze des Reichs und drohte da nicht stehenzu bleiben, ihr Grollen war im Westwind als Kanonendonner zu hören. Hatte man etwas Dringenderes zu tun, als über einen bodenheimischen Pfaffen zu Gericht zu sitzen? Pereat mundus, hatte der Fürstbischof, während seine Diener die Karossen beluden, dem Ritter von Weinstein mit schon abwesendem Lächeln gesagt, fiat justitia, wenn ihr einen Pfaffen hängt, werden sie mit euch desto glimpflicher verfahren. Da saß man in diesem hölzernen Saal mit seinen altfränkischen

Schildereien, und die Beamten sogen den Atem von Kienholz und Teufelsbann, Bauernzorn und Höllenangst mit krausen Nasen ein. Hier war die Welt gewohnt stillzustehen.

Die Dame? fragte der Schreiber, ein ältlicher Jüngling von Welt, nach einem Blick auf den Vorsitzenden. Wenn Breitkopf seine Hexe meine, die sitze im Turm, um dem peinlichen Verhör zugeführt zu werden, und da sie nicht rede, werde sie, zur Rettung ihrer Seele, um die Hingabe des Leibes schwerlich herumkommen, wofür sie durch die Art ihres Erdenwallens ja schon einigermaßen gerüstet sei. Breitkopf darauf: Sie sei keine Hexe! Das Volk, antwortete nun der Gerichtsvorsitzende, sei anderer Meinung, und die Stimme des Volkes müsse gehört werden. Im übrigen täte Breitkopf gut daran, sich um seine eigene Sache zu kümmern, sein Betragen bedürfe ausreichend der Rechtfertigung, und zwar das geistliche nicht minder als das weltliche. Er habe seine Gemeinde versäumt, die Amtspflicht vernachlässigt, Nonsens drucken lassen und Unfug gepredigt; er habe phantastische Briefchen im Friedhof hinterlegt, bevor er seinem Wahn die nackte Tat habe folgen lassen. Unter aufgeklärten Menschen möchte eine solche Verirrung Mitleid verdienen, aber er brauche sich nicht zu wundern, wenn sie das brave Volk für ein Werk des Bösen halte. Breitkopf: Die Röse habe ihm geschrieben, und er habe geantwortet. – Die Röse? Die Röse? warf Ritter von Weinstein kopfschüttelnd ein, ob er denn auch noch mit einer Röse zu tun gehabt? Breitkopf schwieg. Der Ritter lächelte. Es empfiehlt sich, sagte er, uns nicht *mehr* zu sagen, als wir schon wissen. Es gibt keine Röse, wir begehren keine zu kennen. – Warum quält Ihr sie denn? fragte Breitkopf. – Wir quälen, sagte der Vorsitzende mit ebenso leiser Stimme, niemanden, wir verhören eine Landstreicherin, die Euch zu nahe getreten, und sollte sie sich als die Spionin erweisen, die wir in ihr vermuten, so wird sie es an ihrem Halse spüren. – Die Röse? Eine Spionin? fragte Breitkopf, der sich belebte, wie man auf den Gedanken gekommen? ob man ihre Briefe gelesen habe? – Breitkopf! so der Ritter mit Schärfe, wenn Ihr an der Exkommunikation nicht genug habt, wenn Ihr das Irrenhaus durchaus von innen sehen wollt, so braucht Ihr mit Eurer Röse nur so fortzufahren. – Das Mensch im Turm sei eine französische Dienstmagd, die mit der Marquise von F. vor der Canaille nach Koblenz geflohen, dort aufsässig und an ihrer Frau zur Diebin geworden sei, sie habe deren Garderobe und Schmuck behändigt und das Weite gesucht, bis sich ihr das Pfarrhaus zu Bodenheim geöffnet habe, man wisse nicht wie; das Weitere freilich wisse man nur zu gut. Briefe? Um Briefe zu schreiben, müßte die Person schreiben können, was nicht der Fall sei; sie sei keines deutschen Wortes mächtig, anscheinend überhaupt keiner menschlichen Laute, und in Bodenheim frage man sich mit Recht, welcher Mittel sie sich bedient, um mit ihm, dem geistlichen Mann, so bald und so umfassend ins Einvernehmen zu geraten. Ihre sogenannten Briefe habe man mit Interesse gelesen, nämlich mit literarischem und psychologischem Interesse; denn sie seien ja unzweifelhaft von seiner, des Kaplans, eigener Hand. Man habe sich gefragt, welcher Teufel ihn geritten habe, diese Mystifikation zu inszenieren und, wie sich jetzt offenbare, bis zur Selbsttäuschung oder zur Verhöhnung des Gerichts zu treiben; etwas degoutiert sei man auch gewesen, denn sein Amt müsse doch andere, minder zweideutige Freuden für ihn bereithalten. In dieser Sache, die das Gericht mit dem Mantel des Schweigens habe decken wollen, sei Breitkopf nur zu beklagen, nicht anzuklagen. Dafür hätte man ihm keinen Hexenprozeß angehängt, ihn höchstens an einen stillen Ort gebracht, wo er vor sich selber sicher sei. Übersinnlich, sagte der Gerichtsherr nun wieder lächelnd, habe seine Gemeinde nur den jähen, durchaus anstößigen Ausbruch seiner Sinnlichkeit gefunden und ihn dafür, was er einsehen müsse, zur Rechenschaft gezogen.

Er wolle sie heiraten, sagte Breitkopf nach einiger Stille, zu seiner Frau machen, ja.

Ach, sagte der Vorsitzende, als er die Sprache wiedergefunden hatte. Heiraten, zu seiner Frau machen wolle er sie. Nicht die Röse, das Hirngespinst, sondern die leibhaftige Pariserin. Ob er sich von seinem geistlichen Stand, nur weil er ihn gröblich verletzt, schon entbunden glaube? Ob er meine, im heiligen Ehestand mit der Dirne genugsam gestraft zu sein? Ob er wisse, wer sie sei? Daß sie sich in Paris mit der Canaille eingelassen, nicht minder scham- und wahllos als mit ihm? Daß ihre Herrschaft, von der Geistesschwäche der Person überzeugt, sie aus lauter Erbarmen nach Koblenz mitgeführt habe? Daß sie zum Dank ihrem Beischläfer, einem nicht minder treulosen Lakai, Zutritt zum Salon verschafft, wo er sich geheimer Papiere bemächtigt habe? Daß dieser, beim Versuch, zum fränkischen Heer durchzubrechen, ergriffen und am nächsten Baum aufgehängt worden sei? Daß die Person darauf ihrerseits flüchtig geworden sei, nicht ohne die Garderobe ihrer Frau zu plündern? Da habe der Breitkopf seine Braut! Nur stehe leider einer weiteren Vereinigung noch einiges im Wege. Die Justiz mache gewisse Rechte auf die Hexe geltend und werde sich kaum damit begnügen, sie nur mit Ruten zu streichen. Schließlich sei das Vaterland in Gefahr. Außerdem wolle das Volk sein Opfer haben, und Breitkopf solle nicht den Fehler begehen, einen Hexenprozeß für unzeitgemäß zu halten. Die Bodenheimer verlangten Rache für ihr gesundes Empfinden, zu dessen Verletzung er sich hergegeben habe. Er könne von Glück reden, wenn der Verdacht auf Hexerei sich erhärte und ihn salviere. Das Volk rede mit mächtiger Stimme, man habe Grund, auf sie zu hören. Gerade habe in Posen eine Hexe gebrannt, und schwerlich die letzte, denn was den preußischen Ketzern recht sei, müsse guten Katholiken billig bleiben. Wenn das Vaterland in Gefahr sei, gerate auch die Toleranz ins Gedränge, von welcher der hiesige Fürst lange genug die leuchtendsten Zeugnisse abgelegt habe, ohne Dank zu ernten. Es sei eine Zeit für Tragödien, nicht für Romane, und der Weg zum Traualtar könnte für lebenslustige Priester länger werden als ihr Leben –

Breitkopf: Er wolle sie heiraten. Wenn sie ihn haben wolle.

Ritter von Weinstein flüsterte mit seinen Beiräten. War das Volk beeindruckt, befriedigt? Der Vorsitzende wandte sich an die Zeugen und sah einem nach dem andern ins Auge.

Landleute, getreue Bodenheimer, sagte er, ihr stehet in der Weinlese, nicht wahr? Und seid dennoch hergekommen, um euer Recht zu suchen! Das ist wacker. Will's denn ein gutes Weinjahr werden? Ihr habt ja sonst nicht viel Gutes gehabt dieses Jahr. Und wenn, Gott behüte, die Franken kommen, werden sie euch das Beste wegtrinken, Keller und Kasten räumen und euren Frauen und Töchtern das Schlimmste tun. Ihr habt schon erfahren, wie das fremde Wesen alle Stränge reißen, alle Zügel schießen läßt. Es ist recht, daß ihr's gemeldet habt, und ich achte die Überwindung, mit der ihr den ungetreuen Pfarrer eurer gerechten Obrigkeit ausliefert. Lasset uns nun zusehen, daß wir auch hier das Rechte tun, und ohne Verzug, denn ihr wollet in eure Weinberge zurück, wo ihr gebraucht werdet. Dieser war kein treuer Arbeiter im Weinberg des Herrn; ihr habt Gewähr, daß ihn der Fürst, der euch liebt und nicht verläßt, seine Strenge wird fühlen lassen und euch einen treueren sendet, sobald es die Arglist der Zeit erlaubt. Zuvor aber sollt ihr Zeuge sein, wie wir diesem Breitkopf die Augen öffnen. Er möchte seine Hexe wiederhaben; er will sie heiraten. Was meinet ihr? Er soll sie sehen!

Er winkte dem Schöffen, der sich, nach leiser Unterhaltung, entfernte; bald erschien er wieder in Gesellschaft zweier kräftiger Weiber, die ein drittes, das sich sträubte und das Gesicht mit den gefesselten Händen bedeckte, zwischen sich in den Saal zogen. Die Person war noch jung, doch mager und hinfällig und mit grobem Drillich bekleidet; die Bodenheimer waren nicht sicher, die Fremde aus dem Pfarrhaus wiederzuerkennen, zumal ihr Kopf gänzlich kahl geschoren war. Aber sie schrien auf, als es der Wärterin gelungen war, dem Weib die Hände niederzureißen; denn sie sahen kein Menschengesicht. Die linke Wange war eine einzige geborstene Narbe, die sich vom Mund über die leere faltige Augenhöhle bis in die Stirn hinaufzog und diese blutig zu spalten schien. Das vorhandene Auge aber war fest auf Breitkopf gerichtet, der sich erhoben hatte. Die Person dachte nicht mehr an Widerstand, so hatten sie die Wärterinnen fahrenlassen. Sie stand inmitten der verstummten Gesellschaft und hob wie lauschend den Kopf. Röse! flüsterte Breitkopf; sie nickte. Der Kaplan zog sich aus der hölzernen Bank; langsam, mit eingezogenem Haupt, als könnte der Himmel auf ihn niederstürzen, ging er auf die Richter zu, die sich, wie aus Furcht, gleichfalls erhoben hatten. Dann warf er sich der Entstellten in die Arme, die sie unmerklich geöffnet hatte, schlang die seinen um ihren Leib, und sie standen bewegungslos, obwohl ihnen die Füße zitterten. Die Richter setzten sich nach und nach; Ritter von Weinstein begann in einer Gesetzessammlung zu blättern; dann streckte er sich, gähnte und ließ den Blick zur Decke wandern. Die Fliegen summten, das Kaminfeuer knackte, er besann sich auf ein salomonisches Urteil, aber es fiel ihm auf der Welt nichts ein. Er betrachtete die Dorfleute mit ihren schweren Gesichtern, die die Scheu gefangenhielt; er konnte sich nicht vorstellen, daß von ihnen viel zu befürchten sei, wenn man ihnen den Rücken kehrte. Rührend, sagte er nach einer Weile, aber es wird Mittag, laßt uns enden. Das Urteil, sagte er dann, werden wir nach Tische beraten, wenn der Magen Ruhe hat, es wird diesen Unglücklichen verkündigt, vorläufig legen wir sie wieder, jedes für sich, in den Turm. Ihr aber, liebe Landleute, geht ruhig nach Hause, benehmt euch und hört nicht auf fremden Lärm.

Das Paar stand noch immer umschlungen, und die Gerichtsdiener, unschlüssig, wie sie es angreifen sollten, wollten eben Gewalt brauchen, als Breitkopf sich umwandte und den Finger auf die Lippen legte. Die Diener stutzten; diesen Augenblick benützte er dazu, den Kopf der Frau, der auf seiner Schulter liegenbleiben wollte, in beide Hände zu nehmen und auf die entstellte Stirn zu küssen. Er trat zurück und verbeugte sich, worauf sie bescheiden nickte; dann ließen sich beide, ohne sich umzusehen, widerstandslos abführen. Wir müssen uns beeilen, sagte der Ritter beim Abgehen, wir haben wenig Zeit, und diesen hier gehört die Geschichte.

Beim Kaffee meldete ein reitender Bote, Custine habe Creuznach genommen und rücke auf Wollstein. Die Herren wischten sich den Mund und verließen die Tafel, um ihre Häuser zu bestellen. Der Kurfürst, der sich bereits auf seinen nassauischen Gütern befunden hatte, setzte in der Dämmerung über den Rhein zurück, um den Staatsschatz und die Witwen- und Waisenkasse in Sicherheit zu bringen; seine schwarzen Karossen, von denen das Wappen abgekratzt war, verschwanden in der Nacht. Custine ritt durch dunkle Dörfer, die Wolken waren gerissen, es hatte gefroren, das machte den Boden auch für schweres Geschütz leicht; der Mond ging unter, und am hellen Tage war das Land genommen. Custine hielt am Rhein, der sich von Booten entvölkerte. Die Leute traten aus ihren Häusern, die Frauen steckten die Hände unter die Schürze, doch wenn der fremde General winkte, winkte die eine oder andere zurück. Custine strich sich den Bart, der ihm auf dem Feldzug verwildert war. Von jetzt an war der Mensch das Subjekt der Geschichte. Die Uniform der Franken hatte man sich schöner vorgestellt. Manche zogen wie Vaganten daher, doch sie waren manierlicher als befürchtet. Sie holten den Wein nicht eigenhändig aus den Kellern. Mit demjenigen, den man ihnen brachte, tranken sie auf das Wohl der Menschheit. Custine bezog die Residenz und bot den Bürgern eine Verfassung an. Wer unter einer Verfassung leben wollte, trug sich im Rathaus in ein rotes Buch ein. Die meisten trauten dem Glück nicht recht und fragten, ob sie jetzt Wünsche frei hätten. Die Perückenmacher wünschten, sie möchten »aussterben bis auf fünfunddreißig, und der Krebs soll unser Ratsherr sein«; die Lohnkutscher wünschten, daß sie kein Brückengeld mehr zahlen müßten, »dann mag unsertwegen Kurfürst sein, wer da will«. Man wußte nicht, was die Freiheit kosten würde, und mahnte einander zur Vorsicht. Die Kaufleute erinnerte die Größe der Franken an diejenige der alten Römer, »aber sie ist für uns unerreichbar«, schrieben sie dem Custine, »das Phlegma, womit die Natur uns belastet hat, und unsere Lage gestattet die Kraft nicht, ihr nachzufolgen«. Auf dem Land, in Oppenheim und ferneren Dörfern, wurde Brüderlichkeit gefeiert, in den

Clubs Gleichheit debattiert, die alten Schuldbriefe flogen ins Feuer, und die Kerker taten sich auf. Custine gab den Befreiten ein Bankett; die einzige Frau, die sich darunter befunden hatte, eine mißhandelte Invalide, versetzte dem General, der ihr den Arm hatte reichen wollen, einen leichten Schlag auf denselben, sprang unter die nächtliche Menge und ward nicht wieder gesehen.

*

Breitkopf, ein gewesener Priester, meldete sich zur Arbeit bei der nördlichen Schanze; dabei froren ihm zwei Finger ab. Über die Kollaboration mit den Franzosen war von Kaiser Franz die Reichsacht verhängt worden, aber Custine hatte dem Breitkopf ein lediges Majorat angewiesen, eine Wegstunde hinter Bodenheim; so konnte er leben. *Frimaire, Nivôse, Pluviôse*, so kam er durch den Winter und hielt das Gut in Ordnung. Sein Herz erstarkte an der kalten Luft, er meinte seine fünfzig Jahre leichter zu tragen als einst seine zwanzig. Die Nächte wurden kürzer, der Pariser Konvent beschloß die Aufnahme des Freistaats am Rhein in die unteilbare Republik. Es wurde noch *Germinal*, dann wurde es wieder April und Mai, denn die Franken wichen zurück, und es hieß, Custine habe sie verraten. Die alte Herrschaft kehrte wieder ein und bezog ihre Güter; Breitkopf wartete den Dank nicht ab. Er schlug sich unter unbeschreiblicher Mühsal nach Paris durch, wo er Uniformen zu nähen lernte. In den Schreckenstagen fiel er, da er um Brot ging, einem Volkshaufen durch ein Frauenkleid von gelber Seide auf; ihm fehlten die Worte, und man riß es ihm vom Leib. Da er nicht bestritt, ohne Tugend zu sein, wurde er auf den Platz der Bastille zur Hinrichtung geführt und hörte die Glocken von Paris läuten. Sie mußten dem General Custine gelten, der hinter ihm das Schafott betrat. Das Letzte, was Breitkopf sah, war eine kurze Bewegung, mit der sich der General die Binde vom Gesicht riß und, die Augen der Guillotine zugewandt, den Finger auf die Lippen legte.

Der Turmhahn

Nur die Dinge verdienten aufgeschrieben zu werden, über die man sich mit keinem Menschen zu reden getraue. Das war der Satz eines für seine trostlose, doch hinreißende Schärfe bekannten Kollegen, den sich R. gestern am Bahnhof, nach der Abreise seiner Frau, vorgesprochen hatte. Sie lasse ihn nicht allein; sie wolle nur, daß er wieder auf die Füße falle. Solange ich in der Nähe bin, schaffst du es nicht. Sie wollte ihm die Bewegungsfreiheit wiedergeben, die ihm ja eigentlich nicht fehlte; nur sitzen konnte er nicht mehr. Seinen Rückenwirbeln war im Röntgenbild nichts Auffälliges nachzuweisen: dennoch hatte er ein paar Mal ein ländliches Bad aufgesucht, das ihm auch nicht geholfen hatte. Er nannte seinen Zustand am Schreibtisch abgekürzt »Rückenweh«, aber eigentlich war er doch nur Elend, der körperlich gewordene Niederschlag vor dem leeren Papier.

Heute saß R. ohne Beschwerden am Steuer. Er fuhr ins badische Marktgottenau zu einer Lesung »aus neuesten Werken«. Die Landschaft hatte sich geöffnet, ließ die Nähe des großen Flusses vermuten. R. empfand es als Wohltat, daß seine Wahrnehmung nicht mehr gestört war. Über der dunstigen Weite lag plötzlich wieder etwas vom Schimmer der Kindheit. Nur pflichtschuldig erinnerte sich R. daran, daß unter den Wolken, die er vor kurzem noch durch die Glaswand der Liegehalle hatte blühen sehen, eine unsichtbare und tödliche gewesen war. Sie hatte sich aus der Ukraine erhoben und in aller Stille über Europa ausgebreitet, ohne einen Strich an der Landschaft zu ändern. Man wurde davor gewarnt, sich im Freien aufzuhalten; das Heilbad war in jenen Tagen so gut wie leer. Drüben, auf der deutschen Seite, war der Alarm schriller gewesen, mit einem Unterton beinahe der Hysterie, während man sich diesseits an die Zuversicht hielt, daß die eigene Grenze, wie im letzten Krieg, dichthalten würde gegen jede, also auch diese Gefahr.

Mit der deutschen Buchhändlerin hatte er schon früher wegen einer Lesung korrespondiert. Den ersten Termin hatte er in die Agenda einzutragen versäumt, den zweiten in einem Anfall tiefster Unlust kurzfristig abgesagt. Dafür hatte er sich gleich danach so vertraulich entschuldigt, daß sich die Adressatin ermutigt fühlen mußte, als »*Ihre* Inge Hadler« zu unterschreiben. »Du mußt es dreimal sagen«, hatte sie »Faust« zitiert und R. damit die Reaktion entlockt, der Teufel sei er denn doch nicht.

Diese Wendung konnte jetzt nur noch in eine heilige Zusage münden, die ihm Frau Hadler mit dem Honorar von tausend Mark, die sie im Postskriptum nannte, nicht wenig erleichterte. Er kündigte an, sogar einen Tag früher anzukommen, um sich in ihrer Stadt diesmal gebührend umzusehen, und bat um entsprechende Vereinbarung mit der »Krone«, einem historischen Gasthof, dessen ruhige Lage gerühmt worden war, mit Blick zum alten Turmhahn auf der Sebastianskirche, den der schwäbische Dichter Kerner in einem bekannten Gedicht besungen habe; R. kannte es nicht.

Das mittelalterliche Stadtbild versteckte sich, als er das Ortsschild Marktgottenau passiert hatte, noch einen weiteren Kilometer lang hinter weitläufigen Industrieanlagen, wobei R. an der Stirn eines Büro-Hochhauses der Schriftzug »Hadler« auffiel. Das Denkmal in der lindenverschatteten Stadtmitte gedachte eines Bürgermeisters und Eisenbahn-Pioniers gleichen Namens. Nachdem R. den Wagen im Hinterhof der »Krone« geparkt und im diskret renovierten Entree einen Schlüssel in Empfang genommen hatte, wies der Prospekt, in dem Kerners melancholische »Turmhahn«-Strophen abgedruckt waren (»dein Krähen ist verstummt«), auch für das Hotel einen Hadler als Besitzer aus. Offensichtlich ein Clan von Einfluß und Vermögen, der es kaum nötig hatte, sich von einer Buchhandlung zu ernähren. Die kleine Suite unter dem Dach, die ihn mit einem Strauß Sonnenblumen empfing – die Handschrift daneben war schon beinahe vertraut –, entzückte ihn mit einem weiten Blick über die verschachtelten Dächer.

Durch die Krone einer Silberweide, die sich bis zur Fensterhöhe erhob, gab sich auch der Turmhahn zu erkennen und zeichnete einen schwarzen, eher modern als biedermeierlich stilisierten Umriß in den fahlen Himmel.

R. legte ab, trat sich die Schuhe von den Füßen und entledigte sich der Uhr. Gedankenlos nahm er den »Generalanzeiger« in die Hand, der neben den Sonnenblumen lag, warf sich mutwillig auf das Doppelbett und begann in der dünnen Zeitung zu blättern. Auf der Rückseite des Kulturteils, in dem er sein eigenes Porträt erkennen mußte und sogleich überschlug, blieb er an den eng gesetzten Spalten der sogenannten Kontaktanzeigen hängen, und seine Augen erkannten zuerst nicht, was sie überflogen. DUNKLE, stand da fett auf gepreßten Zeilen, und dann *Freedom's just another word for nothing left to lose*, mit der Übersetzung: »Nur wenn du verloren genug bist, wirst du mich finden.« Auch diesen Satz glaubte er schon irgendwo gehört zu haben. Der Text setzte sich von den »ganz frischen Thai-Girls« und rutenschwingenden Herrinnen, die ihre Dienste vulgär-verschämt oder in gestelzter Unzweideutigkeit anboten, so auffallend ab, daß R., der sich jetzt auch von der Hose befreit hatte, der Versuchung nicht widerstand, sich zu den Phrasen der DUNKLEN einen Leib zu denken. Bald schweifte seine Vorstellung aus, dahin, wo dieser gefühlvolle, anspruchsvollen Kitsch summende Leib seine Öffnung verbarg und immer weniger zu verbergen sich bemühte. Wie von ungefähr, wortlos jetzt, trennten sich die breiten Schenkel, um die vom schwarzen Haarkranz eingefaßte Scham freizulegen, die ihres Namens zärtlich zu spotten begann. Rosagrau entfaltete sie lose Lippen zu einem verstellten Lächeln von tiefer und rettungsloser Abscheulichkeit. R. stellte fest, daß sich seine eigenen Lippen geöffnet hatten und O ja! o ja! zu flüstern begannen, während die Hand nach dem Geschlecht griff, das gegen seine Unterhose kämpfte. Er drehte sich auf den Rücken und legte die Hände hinter den Kopf. O nein! sagte er laut und hörte sich lachen.

Nicht so. (Aber wie?) O nein, er war keiner der grenzüberschreitenden Spießer, die sich auf der deutschen Seite mit einem Schnäppchen Frischfleisch versorgen. Er war einer, der es *wissen* wollte. Was, bitte? Das eben wollte er nicht gleich wissen, gerade nicht. Die DUNKLE hatte ihn angesprochen, jetzt antwortete er darauf. Nichts Bestimmtes. Offenbleibend. Er prüfte sich nur. Sie war zu allem bereit, notfalls auch zu einem Gespräch von Mensch zu Mensch, wofür hätte sie sonst solche Worte gewählt.

Wie spät war es überhaupt? Die DUNKLE hatte eine Telefonnummer angegeben, doch keine Arbeitszeit. Sie war bestimmt nicht frei. R. starrte mit abwesendem Blick am Turmhahn vorbei ins Verlorene. Er sah das Verlorene mit einer Deutlichkeit vor sich, für die es nur wüste Namen gab. Er verstummte, dafür krähte der Hahn. Und während er die Null wählte, die sein Zimmertelefon ans öffentliche Netz anschloß, erschrak seine Seele bis auf den Grund.

Er tippte eine Ziffer um die andere, konnte jederzeit aufhängen. Wollte nur gehört haben, wie die DUNKLE *klang*. Plötzlich fiel ihm ein, daß eine DUNKLE ja keine Schwarze sein müsse, zu spät.

Ja? meldete sich eine hohe gepreßte Frauenstimme.

Er hatte sich vorgenommen, erst Luft zu schöpfen.

Ja? fragte es leiser.

Nichts, dachte er. Bin gar nicht da. – Hättest du Zeit für mich? fragte er.

Nun glaubte er zu hören, daß auf der andern Seite der Atem stockte. Wer spricht? würde sie fragen.

Wo bist du?

In der »Krone«, Zimmer 44.

In einer halben Stunde, sagte sie und hängte auf.

In einer halben Stunde kann man das Badezimmer benützen, ohne sich im Spiegel zu sehen. Man kann die Zähne putzen und gurgeln. Man kann sich überlegen, daß im Eisschrank passende Getränke stehen müssen. Sie sollen aber kühl bleiben. Nur nichts vergessen. Während man sich anzieht, doch das Hemd etwas offenläßt, bis zum Ansatz des

Brusthaars, kann man seine Enttäuschung verschlucken: die DUNKLE kann keine Schwarze mehr sein. Keine Negerin. Das verbotene Kinderwort. Sprich es nicht aus, aber denk es ruhig: einmal wolltest du eine Negerin. Ruhig. Er hat kein Kondom dabei. Daran denken solche Frauen doch selbst. Der Gedanke, was passiert, wenn sie versuchen sollte, ihm ein Gummimäntelchen überzuziehen. Schon bei dieser Wortwahl schrumpft das Verlangen ins Bodenlose. Zehn Minuten noch. Immer mit der Ruhe. Sieh dir ruhig zu dabei. Wie das Abenteuer zum Vorsatz wird, dann zum Pflichtgefühl, und dieses zur Unlust. Tiefe Unlust. Gib dir Rechenschaft von ihrer Tiefe, in aller Ruhe. Jede Art Ruhe ist hilfreich, und wenn sie nur tief genug ist, läßt sie auch wieder Vorfreude aufkommen. Lust auf Abenteuer.

Noch drei Minuten, aber die wird doch nicht pünktlich sein. Eher kommt sie überhaut nicht.

R. schwitzte. Er ging ins Badezimmer und legte den Kopf ins Waschbecken unter fließendes Wasser. Hatte es nicht geklopft? Er fuhr empor und schlug die Stirn gegen den Wasserhahn. Als er sie abtrocknete, erschien eine Blutspur auf dem Frottiertuch.

Es klopfe wieder, ein schwacher Wirbel, wie das Flattern eines Flügels gegen die Tür. R. straffte sich, prüfte rundum den Sitz des Hemdes in der Hose und öffnete die Tür.

Eine große schlanke Person in Schwarz stand vor ihm, er blickte in ein weißgepudertes Gesicht auf gleicher Augenhöhe. Ihre Augen waren stark versetzt und wirkten bestürzt. Dunkles Haar fiel über die Hälfte der Stirn und dann in fließenden Strähnen bis fast auf die Schulter, eine etwas eckige, nicht eben weibliche Schulter. Die Oberlippe eingekerbt, beinahe gespalten, der Mund kleingeschminkt, das Kinn etwas lang und schwer. Das Kleid war, so viel er davon sehen konnte, schlicht geschnitten, nur über der Hüfte gebauscht. Ihr Busen ließ sich nicht übersehen. Sie trug flache Schuhe, sonst wäre sie größer gewesen als er.

Sie neigte schwach den Kopf, als sie, auf seine stumme Einladung, mit einem großen Schritt ins Zimmer trat. Sie ging zum Fenster und blieb davor stehen. Und noch immer kein Wort.

Ganz schön hier, sagte sie, gefällt dir die Aussicht? Der Turm gegenüber mit den Glyzinien?

Ja, es sind Glyzinien, sagte er linkisch. Er hatte sie bisher nicht bemerkt.

Die Blüten kommen vor dem Blättern.

Nur wenn die Pflanze nicht zu gut ernährt wird, sagte er.

Sie reden aus Erfahrung.

Als sie bemerkte, daß sie zur Höflichkeitsform übergegangen war, lachte sie zum ersten Mal.

Meine Glyzinien lernen immer nur grünen, sagte er, ich bin kein guter Pflanzenschulmeister.

Pflanzenschulmeister, wiederholte sie respektvoll, und das Lächeln dazu wirkte angestrengt, wie ein kleiner Krampf. Im Profil war ihr Gesicht zerbrechlicher, jünger. Zwischen Stirn und Nase gab es keinen Absatz.

Aber der Turmhahn, fuhr sie nach einer Pause fort. Bedeutend!

Er glaubte den Spott in ihrer Stimme zu hören, die tiefer geworden war, weniger atemlos. Ihr Körper war an der Grenze zur Hagerkeit, bis auf den Busen, der von der Seite noch mächtiger prangte; dabei stand sie etwas eingesunken und ließ auch die Schultern hängen.

Trinkst du etwas? fragte er.

Wasser, sagte sie.

Das Haus hat auch Sekt zu bieten, sagte er.

Sie blickte ihm flüchtig in die Augen; das linke war offener als das rechte und blickte hart, fast starr. Wasser für mich, sagte sie, aber deswegen brauchst *du* kein Wasser zu trinken.

Sie hatte sich gesetzt, während er sich am Eisschrank zu schaffen machte. Mit fünfzig sieht kein Mann, der sich bückt, vorteilhaft aus. Er füllte die Gläser, eines mit Mineralwasser, eines mit trockenem Weißwein.

Was hast du dir getan? fragte sie und deutete auf die Mitte ihrer Stirn.

Ich habe mich eben am Wasserhahn gestoßen.

Sie hielt das beschlagene Glas vor die Stirn und sah ihn unverwandt an.

Er schlug die Augen nieder. Wieviel? fragte er.

Tausend, sagte die Dame, ohne zu zögern.

Er schluckte. So viel verdiene ich erst morgen abend, sagte er.

Dann gib, was du kannst.

Er reichte ihr drei Hunderterscheine über den Tisch. Sie steckte sie in ihre Tasche, die hörbar zuschnappte. Dann öffnete sie die Lippen, fuhr durch ihr langes Haar und wischte es weg. Nicht nur aus der Stirn. Sie hatte die ganze Perücke abgehoben und legte sie vor sich auf den Tisch. Ihr Schädel wirkte klein, ungleichmäßig, wächsern, weniger weiß als das Gesicht. Auf der Seite des starren Auges wölbte sich ein glatter Buckel und ließ Augen und Braue – die Braue war nur ein dünner Strich – beschwert erscheinen, als wäre er der Sitz einer unerschöpflichen Traurigkeit. R. starrte sie an. Ihre Lippen zuckten.

Dann stand sie auf und begann sich auszuziehen, sorgfältig, doch ohne Umstände. Sie vervollständigte die Nacktheit ihres Kopfes. Als ihre Brüste den Büstenhalter sinken ließen, sah er eine Narbe unter der einen Brust bis unter den Arm laufen. Das gerötete Feld zwischen Schulter und Hals war kein Sonnenbrand. Als an ihrem Leib nichts mehr zu tun war, stand sie da und wartete.

Er war ungeschickt, aber es brauchte nicht rasch zu gehen und auch nicht gut auszusehen. Sie hatte sich hingelegt, atmete nicht mehr und ließ ihn gewähren, ohne ihn anzufassen. Sie streckte beide Arme seitlich auf dem Bett aus, während er, ohne die wunde Stelle an ihrer Schulter zu berühren, ihren Kopf in die Hände nahm und festhielt, kraftvoll ohne Gewalt. Er preßte ihn gegen seine Brust, eine ungemessene Zeit, in der sein Geschlecht sich erhob. Als er in ihren Leib eindrang, lief Gänsehaut über ihren Oberarm; und er bemerkte sie an seinem eigenen. Sie lagen jetzt Ohr auf Ohr und behorchten sich ohne Bewegung. Dann verlor sich ihr Frieren ineinander, und der Erschütterung drüber war immer noch etwas beizufügen. Im Augenblick der Gewißheit, daß es gut war, schlug sie ihre Zähne in seine Schulter und rüttelte daran. Ihr Kopf hielt sich nun selbst, und es tat weh. Er schrie. Er stützte sich so weit auf, daß er durch die Silberweide den Turmhahn sehen konnte. Es riß ihm den Mund auf, der durchsichtige Himmel über den Dächern färbte sich schwarz, aber er schrie weiter, bis es geschehen war, daß sie miteinander zusammenbrachen und sich mit ausgebreiteten Armen bei den Händen faßten. Jetzt lag sein Kopf an ihrer Schulter. Sie löste eine Hand aus der seinen und preßte ihn auf die versengte Stelle.

Eigentlich wußte er es ja schon.

Wenn sie ihn beim Eintreten in die Buchhandlung bemerkt hatte, gab sie es nicht zu erkennen. Sie fuhr mit einem Kunden zu reden fort, während sich der Raum mit Menschen füllte. Zwei Mädchen und ein junger Mann waren damit beschäftigt, Gläser auf Tabletts anzubieten, das Mikrofon zu überprüfen, die Sitzreihen mit Klappstühlen zu verlängern. Der Abend ließ sich vielversprechend an.

R. war näher getreten; jetzt kam ihm Frau Hadler entgegen, reichte ihm die Hand und stellte ihn ihrem Mann vor. Er war ein sportlich wirkender Sechziger im förmlichen Zweireiher; er redete altväterisch höflich, doch hatte seine Zurückhaltung gegenüber dem Schriftsteller nichts Provinzielles. Frau Hadler durfte die Männer, während sie an der Kasse zum Rechten sah, sich selbst überlassen. Hadler erkundigte sich nach dem Wohlbefinden des Gastes in der »Krone«. R. hatte nur Gutes zu berichten, lobte besonders den Stil der Einrichtung, das Bauhaus-Mobiliar, das gedeckte Grün der Wände. Dafür sei seine Frau, als Innenarchitektin, zuständig, erklärte der Industrielle mit leichtem Lächeln, auch wenn sein Betrieb die Ehre habe, gelegentlich Material dafür zu liefern. R. fragte nach der Ausdehnung von Hadlers Geschäft, der Bescheid gab ohne Weitläufigkeit; mit Ökonomie wolle er den Dichter nicht langweilen. R. erklärte, ebenfalls knapp, mit dem Dichten sei es gegenwärtig nicht weit her. *Writer's Block*? fragte der Hausherr. Ob es auch daran liegen könne, daß sich R. nicht gut trage? Auf R.s verblüffte Gegenfrage, wie er das meine, fuhr Hadler fort: Sie gehen, wenn ich das bemerken darf, ein wenig wie am Stock. Immer der fünfte Lendenwirbel; er wisse, wovon er rede. *Zu schwer* trage man aber nie, man trage nur *schlecht*.

Als R. vorzulesen begann, war er sich Frau Hadlers Gegenwart sehr bewußt und blickte, wenn er seine Sätze zu suchen schien, wie von ungefähr in ihre Richtung. Heute hatte sie ein weißes Kleid gewählt, das den Rücken frei ließ und vorn bis zum Hals geschlossen war; sie kam ihm schwereloser vor, fast mädchenhaft. Gestern hatte sie kein Parfum getragen, aber jetzt hatte ihn aus ihrer Nähe ein schwacher, sehr herber Duft angeweht. Allmählich verschwand der helle Fleck in der vordersten Reihe aus seinem Bewußtsein, und er überließ sich dem Sog des eigenen Textes. Er zeichnete Bilder einer problematischen Ehe, halb durchsichtig, halb schattenhaft wie Röntgenaufnahmen, und überließ sich der Wohltat, einen heillosen Befund in zutreffende Worte gesetzt zu haben, immer selbstvergessener, aber auch selbstbewußter. Über die Wahrheiten, die er produzierte, hätte er nicht einmal mit seiner Frau reden können; jetzt schienen sie ihm, vor einem unbekannten Publikum, nur so zuzufallen, als wäre die Kunst leichter als das Leben. Das wußte sein Rücken anders, aber auch ihn durfte er vergessen. Mochte er sich tragen, wie er wollte: in dieser Stunde trugen die wohlgebauten Sätze *ihn*.

Und als er sein Gesicht am Ende vom Buch in die Stille und dann in den herzlichen, lang anhaltenden Applaus erhob, glaubte er wieder an seinen Stern. Niemand, am wenigsten er selbst, brauchte zu wissen, daß er Lichtjahre entfernt, vielleicht längst erloschen war.

Beim Signieren hielt ihm eine alte Dame mit einer Entschuldigung seinen Erstling hin; er sei ihr von seinen Büchern doch das nächste geblieben. Sie bat ihn, den Satz herauszuschreiben, der sie immer begleitet habe. Als ihr R. den Gefallen tun wollte, stockte die Feder einen Augenblick, bevor sie es hinschrieb: »Nur wenn du verloren genug bist, wirst du mich finden.«

Vier Wochen später – R. lebte immer noch allein – erhielt er von A. Hadler, dem Industriellen, einen handgeschriebenen Brief folgenden Inhalts:

Man habe gestern, nach ihrem Wunsch, in aller Stille von Inge Abschied genommen. Sie habe, um den mehrfach verschobenen Abend mit R. möglich zu machen, nach der letzten Operation noch einmal alle Kräfte zusammengenommen. Sogar eine kleine Einführung habe sie vorbereitet, aber da sie wohl ihre Gründe gehabt habe, sie nicht zu halten, werde er, Hadler, R. keine Kopie davon senden. Gewiß sei einem Schriftsteller mit leerem Papier besser gedient, darum werde er mit getrennter Post eine Probe von Hadlers *Extra gris surfin* erhalten, das im freien Handel nicht zu haben sei.

In ihren glücklichen Tagen habe Inge ihm, Hadler, einmal ein *Long poem* von R. vorgelesen: »Der Raub der Locke«. Es habe sie beide amüsiert, wie der Dichter dem galanten Motiv eine biblische Wendung abzulisten wußte, und so habe man die Lektüre mit Simson und Delila, Saul, David und Absalom fortgesetzt. Auch auf ihr eigenes Haar sei Inge immer ein wenig stolz gewesen, »das Einzige, was mal von mir bleiben wird«, habe sie im Scherz geäußert. Sie würde es wohl nicht für Raub halten, wenn einem verehrten Autor ein Sträußchen von ihrem Kopf zum Andenken bliebe; und so habe er, Halder, ein solches gebunden und dem Brief beigelegt.

In einer Nachschrift bittet Hadler noch um Angabe von R.s Bankverbindung. Da sich in der Buchhaltung kein entsprechender Beleg gefunden habe, wolle man das Honorar von DM 1300,– zuzüglich Reisekosten (in der »Krone« sei er Gast gewesen) umgehend überweisen und bitte um Nachsicht für das Versäumnis.

Christel

Sie habe Schweres erlebt, war mir gesagt worden, ihre Eltern seien deportiert und ermordet worden, aber die beiden Töchter hätten sich noch rechtzeitig nach England gerettet. Nach dem Krieg seien sie nach Neuseeland emigriert, die ältere Schwester Isolde, die Ärztin geworden sei, habe eine Praxis in Auckland eröffnet, die Jüngere, Christiane, habe ihr die Büroarbeiten erledigt und den Haushalt geführt. Kurzfristig sei sie verheiratet gewesen mit einem Angestellten der französischen Botschaft; als er wieder nach Europa versetzt wurde, sei sie wieder in die Praxis ihrer Schwester zurückgekehrt. In den sechziger Jahren habe sich die Ärztin unerwartet das Leben genommen, von einem späten Kriegstrauma war die Rede, auch von einer unglücklichen Liebschaft. Christiane habe nicht mehr nach Europa zurückkehren wollen; sie bewohne das Haus auf dem Hügel nun allein und habe sich zuerst mit Gesangs-, dann mit Deutschstunden durchgeschlagen, bevor ihr ein kirchliches College ein kleines Lehrpensum anbot. Sonst lebe sie ganz zurückgezogen; daß sie abends noch zu einer Veranstaltung in die Stadt komme, sei eine große Ausnahme.

Ich reiste mit einem Vortrag über Robert Musil durch einige Orte der südlichen Hemisphäre, Auckland war meine erste Station. Es kam mir diesmal besonders verrückt vor, mit so wenig in der Hand so weit zu fliegen, um ein paar wenigen Leuten zu begegnen, die ungefähr die gleiche Sprache redeten oder aus undurchsichtigen Gründen bereit waren, Deutsch zu lernen. Nach der Veranstaltung lud ein österreichischer Arzt, der Frau Isolde von H.s Kollege am Spital gewesen war, eine kleine Gruppe in sein Haus ein, darunter auch ihre überlebende Schwester, damit sie, wie er mir noch im Auto zuraunte, »nicht ganz verlorenging«. Beim Umtrunk in seinem Salon versprach er mir von der Bekanntschaft »Christels« pikante Aufschlüsse, denn Musil habe einmal zum näheren

Umgang ihrer Mutter gehört, einer stadtbekannten Prager Schönheit, die leider die rechtzeitige Rettung versäumt habe. Christel sei »immer etwas in der Luft, aber ein Schatz, sehr lieb«. Auch diesen Hinweis gab er im Flüsterton ab, denn die Besprochene stand ganz in unserer Nähe. Zuvor hatte ich sie schon kurz angesprochen und mit einiger Verwirrung erlebt, daß sie auf meine Worte nicht einging, sondern mich nur prüfend anblickte, als hätte ich etwas anderes, womöglich Heikles gesagt. Die Grenzen zwischen uns waren schon im ersten Augenblick fließend gewesen, und »lieb« war nicht das erste Wort, das mir zu ihrer Erscheinung eingefallen wäre. Christiane von H. konnte nicht mehr jung sein, doch hatte sie etwas Altersloses, und, bei aller Offenheit des Ausdrucks, Scheues, ohne geradezu schüchtern zu wirken. Daß sie – wie der Gastgeber raunte – gerade *wieder* etwas sehr Schweres erlebt habe, über das man besser schweige, ließ sie als typisches Opfer erscheinen, aber der Anteil, den ihre Persönlichkeit daran haben mochte, blieb im ungewissen. Im fernen Ausland verschärfen sich nationale Spezialitäten zur Karikatur; der affektierte Gebrauch von *Queen's English* änderte nichts daran, daß ich den Gastgeber, Frauenarzt übrigens, als kakanische Mischung von Stehgeiger und Strizzi empfand.

Doch am Ende war er selbst Emigrant und hatte ein besseres Recht, sich mit Indiskretionen zu schmücken, als ich, daran Anstoß zu nehmen. Es blieb nicht aus, daß ich von ihm, nachdem er mich hinter den Flügel gezogen hatte, dennoch alles Nötige über »Christels« neuestes Mißgeschick erfuhr. Sie sei bei einer Fahrt über Land mit ihrem Auto liegengeblieben, auf einer Nebenstraße und in einer Gegend, wo man schlimmstenfalls tagelang auf das nächste Fahrzeug warten könne. Sie habe sich also zu Fuß auf den weiten Weg zur nächsten Farm gemacht, um Hilfe zu suchen. Unverhofft sei ein Pick-up mit drei Jugendlichen aufgetaucht, die hätten die einzelne Frau zwar mitgenommen, aber nur, um in die Wildnis zu fahren und sich an ihr zu vergehen, alle drei. Der Arzt redete sich, als wäre er dabeigewesen, in eine dubiose Empörung hinein; die Frau müsse sich glücklich schätzen, mit dem Leben davongekommen zu sein. Nach stundenlangem Umherirren sei sie, beim Dunkelwerden, von einem Fernfahrer »aufgegriffen« und in die nächste Stadt gebracht worden. Sie habe der Polizei eine bei ihrem Schockzustand doch erstaunlich genaue Beschreibung der Täter geliefert, so daß diese schon am nächsten Morgen gefaßt worden seien, alkoholisierte Maoris. Als Christel den Buben gegenübergestellt worden sei, habe sie um Nachsicht für sie gebeten; sie würden jetzt wohl mit einer Jugendstrafe davonkommen, und wenn sie im Lager etwas lernten, könne das ihrer Zukunft nur zugute kommen. Christel aber sei durch die Hölle gegangen, sagte mein Gastgeber, es mochte an seinem fleischigen Mund liegen, daß sein Entsetzen unglaubwürdig wirkte. Eine sechzigjährige Frau und drei Vierzehnjährige, was soll man dazu sagen! Typisch Christel, daß sie die Gewalttäter nicht einmal habe strafen wollen: nur ihnen in die Augen blicken.

Einige Wendungen später schloß der Arzt noch die Bemerkung an, wenn ich von Christel eingeladen werden sollte – Gäste aus Europa lade sie manchmal nach Hause ein –, möge ich doch »zugreifen«. Sie sei eine Verkörperung des alten Kakanien, über das ich, für einen Schweizer, erstaunlich feinsinnig berichtet habe.

Ich griff nicht zu, aber ich bedankte mich, als mich Frau von H. vor dem Abschied tatsächlich fragte, ob ich morgen bei ihr Tee trinken wolle. Sie lächelte mit halb geschlossenen Augen. Da ihr Auto zur Zeit nicht fahre, gab sie mir ihre Visitenkarte mit der Adresse, für das Taxi.

Nun saß ich auf ihrer Terrasse, wenn man ein mehr schlecht als recht mit Ziegeln gepflastertes Stück Erdboden so nennen wollte, und schaute in grenzenlose Weite; es schien die am wenigsten befangene Art zu schweigen, nachdem es uns mit *small talk* nicht hatte geraten wollen. Einige Vermutungen, die ich an den Untergang der Donaumonarchie knüpfte, waren auf ihren heftigen, dabei vagen Widerstand gestoßen; aber auch ihre Heftigkeit blieb unbestimmt, gedehnt, als redeten wir nicht recht bei Troste. Ich empfand die Verführung zum Poetischen, die davon ausging, als abscheulich, wenn man bedachte, *wovon* wir redeten, der verstaubten Kulisse eines Genozids. Genau besehen, war sie es, die mich durch loses Schweigen zu ausgiebigem Reden anstiftete, es schien ihr nichts auszumachen, wenn ich dabei den Faden verlor, die Verbindung zwischen uns ins Schwanken geriet. Danach fühlte sich mein Schweigen gerade so an, als summten unausgesprochene Geständnisse darin, zu denen weder Anlaß noch Verpflichtung bestand: als blieben sie mutwillig unausgesprochen, da sie, in Worte gekleidet, abscheulich zweideutig gewesen wären.

Als das Taxi mich am Signalberg in ziemlicher Höhe abgesetzt und der Fahrer auf das Haus, einen grauen Wohnschuppen mit weißen Fensterrahmen und Läden, gezeigt hatte, sah ich Frau von H. in einem hellgelben halblangen Kleid vor der Garageneinfahrt stehen, auf die ein riesiges schwarzes Hakenkreuz geschmiert war. Sie kam mir nicht einen Schritt entgegen. Der Wind, der hier oben sehr fühlbar war, zerrte ihr kurzes glattes Haar, das weder blond noch grau war, in alle Richtungen und drückte die Seide gegen ihre Schenkel, die unter dem kindlichen Oberkörper mächtig wirkten. Sie begrüßte mich mit ganz leichtem Händedruck, lud mich ein, auf dem gepflasterten Vorplatz zu sitzen, und blieb lange stehen, bevor sie sich dazusetzte. Zwar lag die sogenannte Terrasse einigermaßen im Windschatten des Hauses, aber es sauste immer noch kräftig genug, um das Reden anstrengend zu machen. Wenigstens war der Wind körperwarm. Ja, hier oben war es erträglich, während die Temperatur der Stadt drückend gewesen war. Ich fühlte mich wie bei der Rast auf einem Bergausflug, das Wort »Baumgrenze« war mir eingefallen, das Hemd klebte unangenehm auf dem feuchten Körper, der rasch abkühlte. Eine Erkältung am ersten Tag am andern Ende der Welt, das hätte mir noch gefehlt

Bei der Abendveranstaltung hatte Frau von H. – H. genügt,

sagte sie, der Adel ist nicht weit her und längst vorbei – nie ein Glas in der Hand gehalten. Sie hatte den ganzen Abend nicht getrunken, auch keine Gelegenheit dazu benützt, ihren Platz zu wechseln. Sie blieb stehen, wo sie war, mit der Folge, daß jemand, dessen Gesprächsstoff erschöpft war, einen Vorwand suchen mußte, sich loszureißen, gerade als hätte sie ihn festgehalten. Übertrieb diese Frau nicht ein wenig ihre Seltsamkeit? Aber nun hatte ich ihre Einladung angenommen und saß neben ihr, der Unendlichkeit gegenüber.

Unter uns dehnte sich die Stadt, die kein Zentrum hatte, nur aus Einzelhäusern wie diesem zu bestehen schien. Sie war die größte Stadt auf den Inseln, glich aber eher einem besiedelten weitäufigen Park, der die graugrünen, wie abgegrasten Hügel überzog. Die beiden Ozeane, die fast in der Stadtmitte zusammentrafen, wo das Wasser in Hafenbecken gefangen wurde, unterschieden sich mit ihrem fahlen Grau kaum von der Farbe des Himmels. Je weiter das Auge suchte, desto weniger war die Grenze zwischen beiden auszumachen. Die östliche, der Brandung ausgesetzte Küste wurde von den nahen Hügeln verdeckt; dort, hörte ich von Frau v. H., nisteten Albatrosse, krächzten Seelöwen in den geschützten Buchten, aber baden könne man nicht. Dafür sei die Westküste geeignet, dort gebe es Sandstrand ohne Ende, man könne auch im Hochsommer meilenweit ungestört sein, und jetzt im März, also zum Herbstbeginn, erst recht.

Die Landschaft wirkte, wie ein verwischtes Aquarell, ungefestigt; wir saßen der Leere ausgesetzt, dem eintönigen Wind, der uns die Worte von den Lippen wehte. Von Baumgrenze war natürlich keine Rede. In einigem Abstand von der Terrasse stand ein Pampelmusenbaum gedrängt voll gelber Früchte, das steife Blattwerk rauschte nicht, es raschelte, auch die Gruppe mißgestalteter Palmen oder gestielter Agaven – *Cabbage Trees* – knisterte bloß, die stahlgrünen Wedel wirkten wie Artefakte. Unten in der Stadt hatte ich vertraute Bäume gesehen, Buchen, Eichen, Ulmen, und doch nicht recht wiedererkannt. Aus Europa zu den Antipoden verpflanzt, führten sie, wie Frau v. H. sagte, ein »verdrehtes Leben«. Zwar ließen sie die Blätter fallen, doch ohne Not und nie alle zusammen, denn einen wirklichen Winter erfuhren sie hier nicht. Wir saßen auf der Nordinsel, die, anders als die südliche, schon tropische Züge hatte; wir blinzelten nordwärts, wo die Sonne, nach meinen Begriffen, nie stehen konnte, und doch als diesiger Brandfleck am Himmel zu erkennen war: immerhin wanderte sie auch hier immer noch von Osten nach Westen. Und doch, Luv und Lee waren verkehrt, auch meine Uhrzeit war, was man dem Zifferblatt nicht ansah, verrückt, Schlaf und Hunger waren es auch. Wir schwiegen.

Ob ich das Haus sehen wolle?

Sie führte mich durch die Zimmer, als gehörten sie ihr nicht. Ich sah ihr Arbeitszimmer, eine Wand gemischter Bücher, keine Bibliothek, nur ordentlich aufgereihtes Strandgut. Durch die Tür ihres Schlafzimmers ein schmales Bett mit grauem Überwurf, auf dem Hocker daneben eine Strelitzie in der Vase. In der Küche preßte Frau von H. Orangen aus, die sie von eigenen Bäumen geerntet hatte. Sie bat mich, Wodka dazuzugießen. Wieviel darf's denn sein? fragte ich, und sie antwortete, ohne Lächeln: Ich gebe mich in Ihre Hand.

Wir traten wieder ins Freie, ihr aschblondes Haar bedeckte den knappen Hinterkopf wie eine dichte Kappe, aber aus der Stirn hob der Wind kleine Strähnen und ließ sie wieder sinken. Ihr Blinzeln schien Gewohnheit zu sein, ihre grauen Augen standen zwischen den starken Jochbeinen weit außen, und ihr schräger Schnitt gab dem alterslosen Gesicht einen ungewollt humoristischen, leicht hündischen Zug. Der Mund über dem fliehenden Kinn wirkte hilflos herzlich, auch wenn sie nicht lachte; ihr fast lautloses Lachen pflegte sich immer ein wenig zu verspäten. Ihre langsamen Bewegungen schienen wie von einem immerwährenden Bedenken gehemmt; die Sprache hütete sie nicht, aber wenn sie etwas Saloppes sagte, schien sie darüber selbst am meisten erstaunt. Nichts war englisch an ihrem Ausdruck, wenn sie englische Worte gebrauchte, sie kamen ungeläufig, schulmäßig ausgeformt aus ihrem Mund und so, als traue sie der Ruhe nicht, mit der sie zu sprechen bemüht war. Manchmal zuckten ihre Lippen, und doch wirkte sie *gefaßt*. In dieser Haltung, sonst mit Trauerfällen verbunden, steckte ein Reiz, den ich als ungehörig empfand; davon ging er nicht weg.

Gewiß würde es noch Tage dauern, bis die Eindrücke hier aufhörten zu schwimmen. Mein Vortrag über Musil war fast das einzige, was an mich selbst erinnerte. Ich fragte nach dem Badezimmer, lernte die Salben, Essenzen, Parfüms kennen, mit denen sich Frau von H. pflegte. Als ich Wasser in die Schüssel laufen ließ, um meine Stirn zu kühlen, beobachtete ich eine Unregelmäßigkeit, auf die man mich vorbereitet hatte: der Wirbel im Abfluß drehte verkehrt herum.

Ja, ihre Mutter habe Musil gekannt. Bestimmt gelesen habe sie die »Drei Frauen«, denn von der »Grigia« habe sie bemerkt, es sei das schönste Stück, nur reichlich verlogen. So geheimnisvoll brauchten die Frauen gar nicht zu sein.

Ihre Mutter wäre gern eine große Dame gewesen, der man nichts vormacht, aber auch nichts nachweisen kann. Warum auch, wenn sie alles selbst auf den Tisch legt? Nicht auf *jeden* Tisch, ein Stilmöbel mußte es schon sein, und die Duftkerze dazu suchte sie am liebsten selbst aus. Sogar für den Transport habe sie sich fein gemacht, *weil* sie gewußt habe, wohin die Reise ging. Aber daß man ihr zuvor den Kopf kahl schneiden würde, hatte sie sich gewiß nicht vorgestellt. »Während noch die Jugendlocken ihre Schultern blond umgaben«, so wollte sie begraben sein. Wenn sich ein SS-Mann eine Locke abgeschnitten hätte: geschenkt. Aber so?

Ein verzweifelter Wutausbruch sei das letzte gewesen, was sie von Maman gesehen hatte. Isolde und sie hätten nämlich nicht weggehen wollen mit dem Attaché der britischen Botschaft, Isolde habe genau gewußt, daß er Mamans Liebhaber gewesen sei. Nun spannte sie ihn ein, im Frühling 39, für die schon verzweifelte Rettung der Kinder. Die hätten nicht gehen wollen, da habe Maman sie angeschrien wie ein Tier. Geht endlich, weg mit euch! Und unter Tränen hinzugefügt: in London sehen wir uns wieder! Daran glaubte sie selbst nicht mehr. Sie blieb bei Paps. Am Ende hat sie es mit der Treue genau genommen. Musil war damals schon in der Schweiz. Wenn er Maman Briefe geschrieben hat, sind sie verloren.

Frau von H. redete ruhig von diesem Abschied. Da Maman immer behauptet habe, sie komme im »Mann ohne Eigenschaften« vor, habe Christiane das Buch gelesen, zweimal. Keine Spur von Maman, aber vielleicht habe Christiane sie zu wenig gekannt, sie habe sich unerhört verwandeln können. Schwierige Bücher las sie nicht, hielt sich lieber an die Verfasser, die seien schon schwierig genug. Aber manchmal unterhaltsam. Paps war zwanzig Jahre älter, und Maman betrachtete es als ihre *Pflicht*, junge Genies zu inspirieren.

Es war offensichtlich, daß Frau von H. ihre Mutter nicht als Tote behandelte, immer wieder redete sie von ihr in der Gegenwartsform.

Musil in Ehren, sagte sie. Er war sportlich. Aber Maman hat noch ganz andere Geschichten gemacht. Ich bin nicht das Kind meines Vaters. Isolde ist es, darum war sie so streng mit mir.

Auch ein jüdisches Haus habe im Kaiserreich als gut gegolten, wenn die Familie getauft gewesen sei und vermögend genug. Schon ihr Großvater, der Bankier, sei kein Geldjude gewesen, sondern Grundbesitzer. Im Weltkrieg habe er sich als Generalzeugmeister verdient gemacht und sei 1916 geadelt worden. Die Frauen der Familie ließen sich taufen, die Männer machten sich die Mühe nicht. Ihre Schwester mußte Isolde heißen, dazu habe Paps Hand geboten. Wagner, Wagner über alles. Aber Christiane – das war des Guten zuviel. Mit diesem Namen konnte man ja gleich Klosterfrau werden!

Warum nicht, fand Maman. Für sie das Leben, die Kinder lernten beten mit schwäbischen Dienstmädchen, die für das Christentum zuständig waren. Ich sah wie eine kleine Walküre aus. Das fand Paps apart und nannte mich Kristallaweia. Daraus wurde dann Christel, in Neuseeland *Crystal*. Sie habe

Ballett und Geige gelernt, Isolde Dressurreiten und Chemie. Hausunterricht von Privatlehrern, Universitätsdozenten. Mit der Straße habe sie nie Bekanntschaft gemacht, außer beim Spazierenfahren in der Kutsche oder im offenen Cabriolet. Mit dreizehn habe man einen Fleck auf ihrer Lunge entdeckt, damals fast ein Todesurteil. Also mußte sie ins Sanatorium, das beste der Republik im Böhmerwald, natürlich jüdisch geführt. Das war im Winter 37, der Hitler machte sich schon laut bemerkbar, aber im Haus der von H. war er kein Thema, Paps hatte Verbindungen nach Übersee, wie konnte er die tollgewordene Provinz ernst nehmen? Der Hauptmann im Weltkrieg den kleinen Gefreiten mit der großen Klappe? Für ihn war Hitler nur »der Koofmich«.

Den Böhmerwald habe sie nur aus Liedern gekannt, und gegen Langweile seien Gustav Meyrinks Bücher probat gewesen. An denen hätte sie sich gesund schaudern müssen, wenn sie sich denn krank gefühlt hätte. Ob ich den »Engel vom westlichen Fenster« kenne? Bei der Kur in der gedeckten Liegehalle habe man nicht mal lesen dürfen, denn jede Tätigkeit des Kopfes habe als Angriff auf die schwache Lunge gegolten. Auf dem Ruhebett neben ihr habe immer ein noch nicht vierzigjähriger Mann gelegen, den sie zuerst für uralt gehalten habe. Er sei Arzt gewesen mit großen Ohren, die sie immer verstohlen betrachtet habe, denn sie seien, wie Edelstein, durchsichtig gewesen auf das Geäder. Er hatte die Augen immer offen, melancholische Augen in einem schmalen Gesicht mit einem schwarzen Knebelbart, wie sie die assyrischen Könige auf den Reliefs trügen. Natürlich sei beim Liegen auch das Reden streng verboten gewesen, darum habe er zu tuscheln angefangen, wie in der Schule, und damit gar nicht mehr aufgehört. Aber eigentlich sei es eher ein tonloses Singen gewesen oder ein melodisches Gewisper; dazu habe er sie nicht angesehen, sondern mit gespitzten Lippen, die er kaum zu bewegen brauchte, in die nahen Baumwipfel gestarrt, als käme seine Stimme von da. Er konnte mit dem Kehlkopf sprechen und brauchte fast keine Luft dazu. Er war ein Künstler, und seine Kunst war nur für mich. Er wollte mich zum Lachen bringen. Er wußte ja auch, wer ich war, aber ich wußte es nicht.

Wer waren Sie denn? fragte ich unbeholfen.

Seine Tochter, sagte sie, und lächelte nicht, als sie hinzufügte: Vielleicht bin ich es ja noch.

Er hat mir alles mögliche eingeflüstert, sagte sie. Er sei im Sanatorium, um sich einen Wunsch zu erfüllen. Warum müsse er immer nur Kranke versorgen? Diese Kranken hätten ja schon alles, manche hätten Frauen und eine Geliebte, sogar Kinder. Jetzt erlaube er sich, auch selbst einmal krank zu sein. Und es beginne ihm fast zu glücken.

Können Sie sich vorstellen, daß ich kein Wort verstand?

Das konnte ich mir vorstellen.

Manchmal habe er gehustet und das Blut im Taschentuch mit Interesse betrachtet. Er habe Figuren spucken können, Schmetterlinge, Teddybären, Elefanten. Er sei leider nie ein Kind gewesen, aber das einzige. Sein Vater sei Rabbiner, und seine Mutter eine starke Frau, die ihn am liebsten gleich als fertigen Arzt geboren hätte, und dann habe sie fünfundzwanzig Jahre nicht geruht, bis er einer geworden sei, und was habe sie dann gleich getan? Gestorben sei sie, als brauchte jetzt nichts mehr nachzukommen. Seit er mit Kranken zu tun habe, beneide er sie um das Wesen, das sie von ihrer Krankheit machen durften. So gut habe er es auch einmal haben wollen. Daß du mir nur nie krank wirst! sei fast das letzte Wort seiner Mamme gewesen. Solange sie lebte, habe er sich das Kranksein auch nie getraut. Aber gleich danach sei Schluß gewesen mit Gehorsam. Er habe eine Frau gesucht, bei der er endlich ein Kind sein durfte, aber so etwas ertrügen die wenigsten, und er habe einsehen müssen, daß die andern, die er auch getroffen habe, leider nicht die Richtigen seien. Die Falschen wären die Richtigen gewesen, aber die blieben einem Mann, der sich als Kind verrate, nicht treu. Über so einen könnten sie nur lachen. Wie hätte ich ahnen sollen, daß er von meiner Mutter sprach.

Wissen Sie, was ich damals dachte mit dreizehn Jahren? Ich will die Richtige werden für diesen Mann. Damals hatte ich gerade gelesen, daß der Prophet Mohammed seine Lieblingsfrau geheiratet hatte, als sie erst neun Jahre alt war. Aber sie war die Richtige. Ich wußte, ich war es auch. Nur ein bißchen spät war ich dran, und jetzt würde es wohl noch später werden müssen. Aber ich nahm mir fest vor, Salomon zu verzaubern, so daß die Zeit keine Macht mehr über uns habe. Ich mußte leider noch etwas älter werden, er aber nicht. Er sagte, im Sanatorium sei ihm ein Gedanke gekommen, der Gedanke seines Lebens. Er laute: ein Gesunder kann gar nicht mehr gesund werden. Das kann nur ein Kranker. Also sei er auf dem richtigen Weg.

Natürlich habe sie kein Wort verstanden, aber sie habe die Augen geschlossen und nur seiner Stimme nachgehört. Diese Stimme habe sie über alle Baumwipfel weggetragen. Heute komme es ihr vor, als habe sie in den ersten Jahren ihres Lebens überhaupt nur Bäume gesehen. Dabei habe man stundenlang fahren müssen, um von ihrer Stadtwohnung in den nächsten Wald zu kommen. Im Sanatorium habe sie plötzlich gewußt, daß sie im Wald geboren sei. Salomon habe zu ihr gesprochen, als wäre sie selbst ein Stück Waldesstille, seine Stimme sei über sie weggezogen wie der Bogen über einen Geigenkörper. Dabei habe er ihr gar nie etwas besonders Schönes erzählt. Eigentlich seien es nur Witze gewesen, jedenfalls habe sie viel lachen müssen, gegen ihren Willen lachen, grundlos, denn sie habe ihr Leben lang nie einen Witz verstanden, auch heute nicht. Sie lache immer noch grundlos und meistens erst lange hinterher. Salomon sei ja selbst gar nicht zum Lachen gewesen, das Lachen hatte sich in seiner Gegenwart einfach selbständig gemacht. Es müsse ein Lachen in der Welt geben, das einem erst begegne, wenn sich kein Grund mehr dafür finden lasse. Vielleicht seien alle Dinge insgeheim aus gefrorenem Lachen gebildet, und es taue auf, wenn man sie mit dem Herzen berühre.

Salomon hieß der Mann? fragte ich.

Doktor Salomon Pollack.

Sie haben ihn geliebt.

Wenn ich Menschen liebe, sagte sie, weiß ich normalerweise gar nichts davon. Bei ihm wußte ich es auf der Stelle. Das hat er geschafft. Er muß ein großer Verführer gewesen sein.

Einmal in der Woche kam Maman im Maybach angefahren, sagte Christel, das war der deutsche Rolls-Royce. Nur keine Angst, sagte sie. Im Sanatorium sprach niemand von Krieg, doch auf einem Nachbargebäude wehte schon die Hakenkreuzfahne. Die weht doch inzwischen überall, sagte Maman, es hat nichts zu bedeuten, davon geht die Welt nicht unter. Wir haben Güter in Rumänien und Istrien, was soll uns passieren? Paps ist mit dem Duce befreundet. Gut, jetzt hat der Koofmich Österreich geschluckt, und hast du gesehen, wie sie gejubelt haben? Sie verdienen es nicht besser. Aber wenn der Hitler etwas werden will, muß er Grundsätze entwickeln, seine Hunde an die Koppel nehmen, bellen darf er sie ja lassen. Die Tschechoslowakei ist nicht Österreich, sie ist zum Widerstand entschlossen, und sollte es wirklich losgehen, werden uns die großen Demokratien nie fallenlassen. Das weiß Paps aus erster Quelle. Außerdem sind wir getauft, und du bist blonder als Hitler, Goebbels und Göring zusammen. Mit dem sogenannten Reichsmarschall hab ich einmal getanzt. Er ist unappetitlich, aber nützlich und wird noch lange an mich denken.

Maman lag im Arm jedes Tänzers wie ein Blütenblatt. Sie weht, wohin ich will, mag er denken, aber in Wirklichkeit tut er keinen Schritt ohne sie.

Der einzige Mensch, den ich vom Hitler ganz anders habe reden hören, war mein Nachbar in der Liegehalle. Maman kam zu Besuch, wie jede Woche einmal – ohne Isolde, die sich vor Ansteckung fürchtete, dafür schrieb sie mir lange Briefe –, es war Frühling '38, ein Jahr schon war ich in der Kur, das Lachen hatte meine Lungen stark gemacht, aber das erzählte ich keinem. Ich wollte ein ganzes Leben lang neben

Dr. Pollack liegenbleiben. Maman riecht nach Patschuli und lacht, sie hat gerade einen Film mit Heinz Rühmann gesehen. Was soll an dem lustig sein? Wir treffen uns im Salon des Sanatoriums, wie immer, da kann sie mich vergessen und mit den Ärzten flirten. Aber jetzt will sie mich plötzlich zur Liegekur begleiten. Natürlich ist ihr Wunsch Befehl, und diesmal weiß sie ganz besonders, was sie will. Wir fahren mit dem Lift zum Dachstock, sie trägt die Wolldecken selbst, und als wir in die Liegehalle hinaustreten, fragt sie, wo ich liege, und befiehlt dem Personal, ihr Bett gleich daneben aufzuschlagen. Es ist die Seite Salomons, aber das leide ich nicht. Ich will, daß sie auf der andern Seite liegt. Sie staunt, aber sie folgt mir zum ersten Mal. Natürlich haben sich die beiden längst bemerkt, Salomon ist verstummt, aber Maman fragt mich: würdest du mich dem Herrn bitte vorstellen? Ich tue das wirklich, ich weiß ja nicht, daß das eine Komödie ist, aber für Salomon ist es keine. Er küßt Maman die Hand und ist blaß wie der Tod, und pssst! zischt es von allen Seiten. Man soll ja nicht reden, und Salomon redet auch nicht mehr. Ich liege eine ganze Stunde zwischen diesen zwei Menschen, die beide fast tot sind, Salomon vor Erschütterung, Maman, in ihre Decken gewickelt, vor Langeweile. Trotzdem habe ich das Gefühl, daß sie sich amüsiert. Isolde hätte es gleich gemerkt, ich glaube es nicht, daß Maman wieder zu einer Eroberung schreitet, ich kann ja nicht wissen, daß sie diese längst gemacht hat. Endlich der Gong, die Stunde ist vorüber, Maman eröffnet sofort eine Konversation, macht Herrn Doktor Pollack Komplimente, wie hinreißend er mich zu unterhalten verstehe. Von mir hat sie nie so etwas gehört, sie nimmt es einfach an, ich friere vor Aufregung und sterbe vor Scham. Nie, niemals will ich eine Erwachsene werden! So herrlich, flötet Maman, habe sie sich noch nie gelangweilt, hier müsse man ja vor lauter Langeweile gesund werden. Und nun schweigt Salomon nicht mehr. Er sagt, gnädige Frau, verlassen Sie dieses Land, lieber heute als morgen, nehmen Sie Christel mit. In ein paar Tagen kann es zu spät sein.

Maman nimmt erst ihre verdutzte Miene an, dann eine schmollende, aber ich sehe die Unsicherheit in ihren Augen. Wissen Sie, Frau von H., sagt er, daß der Direktor dieses Hauses gerade entlassen wurde, Knall auf Fall? Wissen Sie, daß die meisten meiner Patienten geflohen sind und – er begann zu husten, und ich sah, wie sich im Tuch, das er an den Mund drückte, ein Blutfleck bildete. Sie dürfen sich nicht aufregen, sagte Maman, und was ist mit Ihnen, warum sind denn Sie immer noch da? – Ich wußte, daß Sie heute kommen, ich habe darauf gewartet, hören Sie um Gottes willen, gehen Sie. Christel zuliebe, nehmen Sie das Kind ins Ausland, dann bin ich ruhig. – Ich habe noch ein Kind, Salomon Pollack, sagte sie mit Würde, und ich habe einen Mann. – Gehen Sie alle, gehen Sie! fieberte Salomon, aber Sie wissen, was mir Christel bedeutet. – Hoffentlich, sagte Maman wie strafend, *hoffentlich*. Ich gehe, Herr Doktor, ich gehe sogar auf der Stelle, ich nehme das Kind raus, dann beraten wir in der *Familie*, was jetzt zu tun oder zu lassen ist. *Aber*, sagte sie streng atmend, dann mache ich Ihnen auch eine Bedingung. Ich nehme das Kind mit, aber Sie gehen ebenfalls, und dann gebe ich Ihnen eine Adresse in der Schweiz: hoffentlich ist Ihr Paß in Ordnung. – Dr. Pollack verbeugte sich tief, dann *ergriff* er die Hand meiner Mutter und drückte sie kurz, bevor er einen Kuß darauf drückte, und in diesem Augenblick fuhr mir ein Gedanke durch den Kopf: er steckt sie an.

Ist er dann weggegangen? fragte ich.

Ja, sagte sie, er hat Wort gehalten, meiner Mutter gegenüber hat er Wort gehalten. Er ist nicht mit uns gefahren, aber am nächsten Tag auf eigene Rechnung, geradewegs in die Schweiz. Da wurde er interniert, aber er war gerettet. Er lebt immer noch, glaube ich, im Südwesten der USA, jedenfalls hatte er eine Praxis in einer kleinen Stadt in der Wüste, sie heißt Las Cruces.

Sie können ihn also erreichen, sagte ich.

Ach, sagte sie, es kam viel dazwischen.

Ich schwieg.

Meine Mutter kehrte mit mir nach Prag zurück, aber mein Vater – ihr Mann – weigerte sich, Hals über Kopf zu gehen. Der Koofmich hat Österreich, sagte er, und damit hat er, was er wollen kann, sein Großdeutsches Reich. Von jetzt an beißt er auf Granit. Einen Krieg riskiert er nicht. – Es kam die Konferenz von München, danach brauchte er ihn gar nicht mehr zu riskieren. Der Einmarsch in die Rest-Tschechei war nur noch eine Frage der Zeit, kurzer Zeit, und wir saßen in der Falle.

Sie und Ihre Schwester kamen raus, sagte ich.

Das habe ich Ihnen ja schon erzählt, sagte sie. Der angebliche Onkel aus England, den Mutter zwang, unseren Vater zu spielen mit falschen Papieren. Ich weiß nicht, wie viele Hände geschmiert, wie viele Augen zugedrückt werden mußten, bevor wir nach England kamen. Es war noch nicht im Krieg, aber es fehlten nur noch wenige Tage bis zum Einmarsch in Polen. Wenn Maman uns nicht angeschrien hätte, wir wären nicht gegangen. Isolde schon gar nicht. Sie hielt den Onkel wirklich für meinen Vater. Für Paps und Maman reichte es nicht mehr. Das wußten sie schon, als sie uns versprachen: auf Wiedersehen in London! Und wir wußten es auch.

Ich versuche mir diesen Abschied vorzustellen, sagte ich.

Wir haben in England im militärischen Hilfsdienst gearbeitet, sagte sie, und Isolde hat angefangen, Medizin zu studieren. Der falsche Vater hat gut für uns gesorgt, doch Isolde behandelte ihn immer noch mit Geringschätzung. Eigentlich war sie neidisch; dabei spürte ich sehr gut, daß er nicht mein Vater war, aber den richtigen erriet ich noch viel weniger. Von den Eltern kamen keine Briefe mehr, Europa war ja im Krieg. Aber nicht die Schweiz, und Salomon war in der Schweiz. Ich schrieb ein Tagebuch, in dem ich ihm jede Stunde meines Lebens widmete. Um sein Leben brauchte ich nicht zu beten, er war ja schon durch unsere Liebe gerettet, und ich hatte gehört, daß er sie erwiderte. »Christel bedeutet mir viel.« Endlich war der Hitler tot und der Krieg vorbei. Aber die Grenzen öffneten sich nicht so schnell. Schon im März 1945 hatte ich über das Rote Kreuz Salomons Adresse erfahren. Ich schrieb ihm, und ein paar Wochen später erhielt ich Antwort. Dazwischen kam die Gewißheit, daß unsere Eltern in Polen vergast worden waren. Meine Schwester und ich hatten so lange das Schlimmste befürchtet, daß wir glaubten, damit leben zu können – weil man kann, was man ja doch muß. Aber dann war das Schlimmste noch schlimmer. Es wurde uns bewußt, daß wir die ganze Zeit auch leben *gewollt* hatten. Und der Gedanke, daß Paps und Maman jeden Tag weniger zu wollen und am Ende gar nichts mehr zu wünschen geblieben war – dieser Gedanke lag uns plötzlich auf der Seele wie ein Berg, und da ist er nie wieder weggegangen. Isolde hat er erdrückt, fünfzehn Jahre später. Aber da kam noch etwas hinzu. Oder es fehlte etwas.

Wir wohnten bei Verwandten von Onkel Ben in Sussex, sagte sie, da gab es eines der ersten Fernsehgeräte. Ich sah die Leichenberge und wie Maschinen die skelettartigen Kadaver in die Grube schoben. Wären Paps und Maman darunter gewesen, wir hätten sie nicht wiedererkannt. Als Isolde studierte, zogen wir in die Stadt, ein Youth Hostel in Notting Hill. Sie müssen sich vorstellen: wir hatten zusammen ein kleines Zimmer und einen einzigen Arbeitstisch. An ihrem Tischende büffelte Isolde Anatomie, an meinem schrieb ich einen Heiratsantrag an Salomon. Ich versprach ihm die Ehe, in seinem Haus wollte ich als Frau leben, in seiner Praxis als Arztgehilfin. Und zusammen wollten wir so viele Kinder haben, wie wir Menschen verloren hatten.

Ich zeigte Isolde den Brief, bevor ich ihn zur Post trug. Sie sagte kein Wort dazu. Aber ein paar Tage später trat sie, wie sie sagte, eine Forschungsreise an. Als sie zurückkam, wirkte sie so erschöpft, wie ich sie noch nie gesehen hatte, und bat mich um eine Unterredung. So förmlich war sie auch noch nie gewesen. Wir spazierten durch den Regent's Park, es war Juli, und auf einer Bank erklärte sie mir, sie habe eine Nachricht von Salomon. Er habe sie gerufen, und jetzt hätte sie ihn gerade in der Schweiz getroffen. Er hätte mir lieber selbst gesagt, was nach meinem Brief zu sagen nötig sei, aber er bringe es nicht über sich. Er habe mich sehr lieb, aber er sei mein Vater.

An dieser Stelle von Christels Rede erhob sich eine Gruppe von Vögeln aus dem Pampelmusenbaum und begann in der Luft laut kreischend zu zanken; dann jagten sie einander auf der Erde humpelnd und flügelschlagend weiter. Es waren weiße Sittiche mit einem gelben Fleck auf der Stirn.

Wie kam Ihr Vater an die Adresse Ihrer Schwester?

Ist es nicht merkwürdig, sagt sie mit gleichmütiger Stimme, daß ich mich das damals überhaupt nicht gefragt habe. Ich werde wohl zu erschüttert gewesen sein. Sie müssen schon früher korrespondiert haben. Wahrscheinlich intim.

Hätte nicht er nach England reisen können?

Das wäre von der Schweiz aus noch nicht möglich gewesen, meinte Isolde, seine Papiere hätten dafür nicht genügt.

Aber Sie – Sie hätten zu Ihrem Vater reisen können, so gut wie Ihre Schwester.

Ich hatte das Gefühl, daß sie etwas versteckt. – Christiane lächelte. Dieses Gefühl habe ich immer noch, sogar nach ihrem Tod. Wäre ich damals hinter ihr Geheimnis gekommen, sie hätte sich gleich umgebracht. Dafür hatte ich einen Instinkt. Und Tote hatten wir schon genug.

Sie sprach in leisem, gleichförmigem Ton.

Als Isolde ihr Examen gemacht hatte, beschlossen wir, nach Neuseeland auszuwandern. Sie versprach, für mich zu sorgen. Ich hatte ja nichts gelernt. Sie eröffnete eine Praxis in diesem Haus, die ging bald sehr gut, Frauenheilkunde und Geburtshilfe. Ich war ihre Assistentin. Glauben Sie mir, inzwischen weiß ich, wie man ein Kind zur Welt bringt. Ich könnte es auch allein.

Das glaube ich.

Wir lebten gut miteinander, sagte Christel. Im Dezember vor fünf Jahren hatte Isolde Notdienst, es war unerträglich heiß und schwül. Wir wurden zu einem Bauernhaus im Busch gerufen, siebzig Meilen von Auckland entfernt, von einem kleinen Jungen. Der Hausvater war abwesend, Adresse unbekannt. Es war eine komplizierte Steißgeburt, mit Blutverlust für die Mutter. Wir waren fünf Stunden zugange. Aber wir schafften es, Mutter und Kind waren gesund. Nach Mitternacht kamen wir zu Hause an, Isolde schickte mich ins Bett, sie habe noch Krankengeschichten nachzuführen. Am nächsten Morgen fand ich sie in den Bürosessel gelehnt, tot. Zyankali. Sie hat nichts hinterlassen, keinen Brief, keine Nachricht.

Wo war die Praxis? fragte ich.

Im Untergeschoß, sagte sie. Ich habe alles geräumt und das Gerät verkauft.

Und von Ihrem Vater haben Sie nichts mehr gehört, fragte ich.

Er wird wissen, warum.

Und Sie wollen es nicht wissen.

Es ist, wie es ist.

Er wohnt in den USA, sagten Sie. Wenn Sie mir eine Phantasie erlauben? Sie machen hier alles zu und ziehen zu Ihrem Vater. Als Praxishilfe.

Sie lächelte. Das tue ich doch meinen Schülern nicht an, sagte sie. Ich bilde mir ein, sie brauchen mich, auch wenn niemand weiß, wozu sie Deutsch lernen. Und die Adresse in Las Cruces … die habe ich vor zehn Jahre gefunden. Er wird längst umgezogen sein, in Pension gegangen. Oder er ist tot. Das ist das wahrscheinlichste.

Einmal hat er Ihnen geschrieben, sagten Sie. Nach Ihrem ersten Brief aus England, das war noch kein Heiratsantrag. Was schrieb er Ihnen denn?

Lauter Dummheiten, sagte sie. Man behandle die Flüchtlinge in der Schweiz so schonend, daß man ihnen kaum Arbeit zumute. Hie und da lasse man ihn ein Fenster putzen, das schon vorher blitzsauber gewesen sei. Er habe gerade einen ganz neuen Typ Fliegenfänger entwickelt und der Leitung zum Gebrauch angeboten, aber von Ausländern nehme man in der Schweiz nichts geschenkt. Da bleibe ihm wohl nichts übrig, als ein Patent darauf anzumelden und selber reich zu werden. – Sie lächelte. – Auf der Liegeterrasse war er *besser*.

Und doch haben Sie ihm darauf einen Heiratsantrag geschrieben.

Stellen Sie sich das vor. Und seine Geliebte sitzt daneben, liest das und schweigt. Sie hat über alles geschwiegen.

Seine Geliebte? fragte ich, sind Sie so sicher?

Als ich ins Sanatorium kam, war ich dreizehn, sagte sie, Isolde achtzehn. Salomon könnte ihr erster Liebhaber gewesen sein. Vielleicht hat ihn Maman darum rausgeworfen. Den ersten Liebhaber vergißt eine Frau nie, habe ich gehört. Darüber weiß ich zu wenig. Ich habe nie einen Liebhaber gehabt.

Sie waren verheiratet, sagte ich.

Antoine interessierte sich nicht für Frauen, erwiderte sie. Als er mich heiratete, nahm er an, daß ich das wüßte. Leider bin ich keine Frau von Welt. Aber wir reden ja die ganze Zeit nur von mir, und ich habe Ihnen nicht einmal Tee gemacht. Dabei habe ich Sie zum Tee eingeladen.

Saft von eigenen Orangen, sagte ich, so etwas habe ich noch nie getrunken. Mit Wodka. Sie haben Ihr Glas nicht mal berührt.

Stoßen wir an, sagte sie.

Sie reckte das Glas so behutsam gegen mich, als scheue sie die Berührung mit meinem Glas. Der Klang war stumpf, doch hörbar, denn es war der einzige Laut im gleichmäßig sausenden Wind, der Papageienschwarm hatte sich verzogen. Sie trank nur einen winzigen Schluck und stellte das Glas wieder auf den Terrassenboden. Einen Tisch gab es nicht.

Ich muß langsam auf meinen Weg, sagte ich.

Haben Sie keine Frage mehr? fragte Christel.

Einen Wunsch. Haben Sie ein Bild Ihrer Mutter?

Sehen Sie, jetzt ist sie dreißig Jahre tot, und wer zu mir kommt, denkt unweigerlich an sie. Das hätte ihr gefallen.

Das Foto hing über dem Eßplatz in der Küche, einem Tisch, der kaum Platz bot für einen Gast. Ich hatte mir die Mutter breithüftig vorgestellt wie Christel selbst, eine Frau mit üppigen Bewegungen. Hier aber lehnte, ganz in Weiß, eine hauchdünne Person am Kotflügel eines Automobils, das gewaltig wirkte wie eine Lokomotive. Sie trug ein kurzes Fähnchen mit losem, tief abgerutschtem Gürtel, stützte das linke Bein nach hinten gegen das Trittbrett und blickte mit erhobenem Kinn und scharf gezeichnetem Kirschenmund unter dem Kübelhut hervor, der ihre Augen verschattete.

Finden Sie, daß sie jüdisch aussieht? fragte Frau von H. neben mir.

Ich habe nicht daran gedacht, sagte ich.

Niemand hat daran gedacht.

Sie hat etwas von einer Göre, sage ich.

Christel lächelte nicht. Sie hat mir das Leben gegeben, sogar zweimal, und sie hat mir den Liebsten genommen.

Sie hat Ihnen Ihren Vater gegeben.

Sie hat sich Männer genommen, und einer davon wurde mein Vater. Wollen Sie auch ein Bild meiner Schwester sehen?

Ich glaube nicht, sagte ich.

Warum sollte sie ihn nicht lieben, sagte Frau von H., er war ja nicht ihr Vater. Sie waren gar nicht verwandt. Als sie ihn in der Schweiz besucht hat, wird er über sie hergefallen sein. Deswegen hätte sie sich vor mir nicht zu schämen brauchen.

Christel, sagte ich, Sie sind eine bemerkenswerte Frau.

Aber die Männer bemerken es nicht, sagte sie.

Wenn Sie mir ein Taxi rufen würden.

Ich fahre Sie zum Hotel.

Ohne sich darum zu kümmern, ob ich folgte, ging sie aus der Wohnküche und mit großen Schritten an der Orangenpflanzung vorbei ums Haus. Jetzt standen wir vor dem Garagentor mit dem über die ganze Fläche geschmierten Hakenkreuz.

Wer tut so etwas? fragte ich.

Wenn Sie es mir öffnen würden, sagte sie.

Sie ging in die Garage und fuhr den Wagen heraus, einen Jaguar-Oldtimer, silbergrau mit Speichenrädern; im Windschutz, gut sichtbar, haftete der Kleber mit dem Äskulapstab.

Wer das tut? fragte sie. Wer nicht weiß, was er tut. Alles, was er weiß, ist, daß er die guten Neuseeländer mit nichts so schön ärgern kann wie mit diesem Zeichen. Was brauchen sie da noch zu wissen, was es bedeutet.

Während der Fahrt, als ich neben ihr auf dem tiefen Ledersitz saß, sagte sie, ohne die Augen von der Straße abzuwenden, die in weiten Kurven niederführte und zurück ins dichter besiedelte Gebiet: Sie haben die Geschichte gehört, die mir kürzlich passiert ist. Daraus mache ich mir nicht viel. Vom Lieben ist schon mancher gestorben, vom Ficken noch keiner. Nur eins müssen Sie sich bitte merken. Maori waren das nicht.

Plötzlich hatte ich den Ton ihrer Singstimme im Ohr, und sie hatte sogar die Fahrt verlangsamt, um mir ohne zu zwinkern in die Augen zu sehen, zum ersten Mal.

Orka, der Geograf

August Killer: mit diesem Namen ist einer gleich zweimal geschlagen. Er muß »Orka« als guten Tausch betrachten.

Wer ihm dazu verholfen hat, blieb im dunkeln. In den frühen sechziger Jahren fand sich »Orka« erstmals in einem Klassenbuch belegt. Damals war das Gymnasium, an dem Killer Geografie unterrichtete, noch eine reine Jungenschule gewesen. Der Klassenbuchführer hatte den Übernamen nicht erfunden, wie Orka erfuhr, von einer damals noch verschämten Klasse, auf keineswegs strenge Befragung.

Warum? hatte er wissen wollen. Das Wort sagte ihm nichts, und seinen Schülern noch weniger. Er hieß eben so, seit Schülergedenken. War er denn der einzige, der seinen Namen noch nie gehört hatte? Sie lachten, eher ungläubig als verlegen. Ein Name, der nichts bedeutete, konnte ja auch nicht böse gemeint sein.

Orka, der Killer-Wal. Jahre später gab es einen Film dieses Namens, in dem das schwarzweiß gescheckte Meerungeheuer, auf Hollywood-Maß zurechtgeschnitten, als rächender Ehegatte vorgeführt wurde. So ein Unsinn. Jetzt hatte Killers Übername erst recht nichts mehr zu bedeuten. Orka, Geografielehrer, war nicht der Mann zu diesem Film. August Killer fraß keine kleinen Fische und verging sich nicht an großen. An ihm war noch kein Schüler gescheitert. Er war kein Jäger und ließ sich wenn möglich nicht jagen. Schon gar nicht trat er in einer Meute auf. Er war ein einzelner. Vielleicht war er ein wenig schützenswert. Aber davon sprach er nicht. Wenn die andern so etwas nicht spüren, dann ist ihnen auch nicht zu helfen, wenn man es ihnen sagt.

Darum war er vielleicht etwas schweigsam geworden.

Seine Schüler hatten diesen Eindruck nicht. Für sie war er ein Mann der Monologe, besonders in Sachen Umwelt. Sie ließen ihn gerne reden, so ging die Stunde vorbei. Er hätte sich für beliebt halten können. Aber er machte sich nichts vor.

Seit jenem törichten Film glaubten sie jedenfalls zu wissen, warum Killer Orka hieß. Er wußte es jetzt noch weniger. Doch nun gefiel es auch Sonja und Lothar, ihren Vater so zu nennen. Und Jenni zog nach, erst halb im Spaß. Es war ihm schon klar, daß ihr »August« nie gefallen hatte. Es gab ja auch keine annehmbare Zärtlichkeitsform dafür, und jetzt erübrigte sie sich ganz. Er war immer noch lieber »Orka« als »Gusti«.

Manchmal träumte Orka wie folgt:

Einmal, vor undenklicher Zeit, hatte es in einer von Killers Klassen einen Schüler gegeben, dem sein Name nicht recht gewesen war. Er hatte sich einfallen lassen, daß »Orka« würdiger klang, passender und ein wenig geheimnisvoll. Dazu mußte er sich mit Zoologie beschäftigt haben, mit dem Leben des tiefen Meeres. Denn *Orca* war – wie Killer seiner alten Ausgabe von »Brehms Tierleben« entnahm – der Gattungsname für die schönste, wenn auch gefährlichste Delphinart. Es klang – besonders mit »c« geschrieben – besser als »Schwertwal«, von »Butskopf« oder gar »Mörder« zu schweigen. *Orca gladiator, Delphinus orca* – das eigentümlich Mannweibliche, dabei Kämpferische dieses Klangs mußte seinem stillen Verehrer, der außerdem ein Menschenkenner war, gefallen haben. Damals gab es noch Schülercharaktere im Gymnasium. Verhinderte kleine Erwachsene, die sich in ihrer Freizeit mit der Kultur der Inkas befaßten oder der Staatenbildung der Termiten. Sie machten im Unterricht den Mund nicht auf und erröteten leicht. Dafür gewannen sie eines Tages einen nationalen Forschungswettbewerb. Der Lehrplan wurde diesen einseitigen Begabungen nicht gerecht. Sie waren auf Verwandte unter den Lehrern angewiesen, Lehrer mit Einfühlungsvermögen und Phantasie. Lehrer, die, wenn es darauf ankam, für sie kämpften – *Orca gladiator*.

Schon jener Klassenbuchführer wußte nichts mehr davon, sonst hätte er Orka nicht mit hartem »k« geschrieben.

Du suchst in allen Klassen das Kind, das du selber gewesen bist, sagte Jenni.

Seit seine Frau sich in Psychologie fortbildete, wußte sie, daß dieser Wunsch verständlich war, aber unerfüllbar.

Außerdem, sagte Jenni, gehen Übernamen nie von Einzelgängern aus. Nur von Schülern, die auch sonst ankommen.

Wie wahr. Und gerade diese Schüler hielten sich nicht mehr mit dem Erfinden von Übernamen für ihre Lehrer auf. Dafür waren sie ihnen nicht mehr wichtig genug.

Wenigstens nennen sie dich nicht Killer, sagte Sonja. Ich höre jeden Tag hundertmal: Fräulein Killer.

Kaum. Heute werden Schüler und Schülerinnen von den Lehrern mit Vornamen angeredet, auch in den obersten Klassen. Und spätestens auf Schulreisen schlagen sie zurück. Aber für Orka blieb es beim Sie. Er wurde kein August. Dafür war er bald der einzige Lehrer mit Übernamen. Kollegen wie Wannenwetsch, Frauchiger oder Gygax bekamen keinen.

Wozu brauchen die noch einen, fragte Sonja.

Ich nehme mir ein Pseudonym, sagte Lothar.

Orka unterdrückte die Bemerkung, daß Leute, die sich ein Pseudonym nehmen, dafür auch etwas bieten müssen, Leistung zum Beispiel.

Man sprach längst nicht mehr über alles in der Familie. Lothars drohende Nichtversetzung, Sonjas jüngste Liebe waren zu Hause kein Thema – auf Jennis ganz entschiedenes Geheiß. Man schien ja doch im voraus zu wissen, was der andere dazu sagte. Der andere war Orka. In seinen Schulstunden mochte er auf das Wesentliche zu sprechen kommen, etwa, wie wir unsere Lebensgewohnheiten ändern müßten, um morgen noch zu existieren. Aber zu Hause hatten die Kinder größere Sorgen. Die liefen an Orka vorbei. Manchmal klang es wieder so, als wäre der Vater das einzige Problem. *Du* doch nicht, tröstete ihn Sonja, vor einem Jahr noch ein Kind und seine wuschlige Vertraute. Er aber hörte: Dafür bist du doch nicht mehr wichtig genug.

Du solltest die Zerstörung der Umwelt nicht gegen die Kinder einsetzen, sagte Jenni.

Das war es also, was er getan hatte, als er den großen Familienwagen abschaffte. Ja, damit hatte er seinen Kindern Eindruck gemacht. Terror! sagte Lothar. Du hast uns das Moped ausgeredet, weil, wenn schon, ein Auto sicherer sei! Er hatte seinen Kindern keineswegs ein Auto versprochen, wenn sie auf den Selbstmord mit dem Moped verzichteten. Er hatte Vernunft geredet, nicht mit Bestechung operiert. Aber nun war Sonja bald fahrprüfungsreif, und Lothar sparte seit zwei Jahren sein Taschengeld für die goldene Occasion. Er hatte vor, sie mit Freunden zusammen zu betreiben. Vielleicht bekam er so einmal einen richtigen Freund. Und nun rief Orka der Killer die Apokalypse aus, den Terror seiner Grundsätze. Predigte Wasser, nachdem er ein Leben lang Wein getrunken hatte. Schaffte den Luxus ab, damit ihn Lothar gar nicht erst kennenlernte. Wenn das keine Strafe für das letzte Schulzeugnis war!

Jennis grüner Mini stand nicht zur Debatte. Die Landschule, deren Bibliothek sie neuerdings versah, lag zu idyllisch für öffentliche Verkehrsmittel. Die Stunde, die sie mit dem Wagen täglich sparte, kam schließlich dem Haushalt zugute. Der Haushalt hätte noch mehr Jenni gebrauchen können. Das sagte Orka nicht, auch das war kein Thema zu Hause. Er sagte im Gegenteil: Im Notfall kann ich kochen, wie du weißt.

Jenni wurde still. »Im Notfall« hätte er nicht sagen dürfen. Es tat Orka leid, aber manchmal – wenn es sonst keiner tat – mußte er selbst daran erinnern, daß er seiner Familie auch schon unentbehrlich gewesen war. Jenni war nicht immer so emanzipiert gewesen wie jetzt.

Mochte sie ihren Wagen behalten. Orka zog ökologische Konsequenzen ausdrücklich nur für *sich*. Er stellte sie als persönlichen Gewinn dar. Er nannte die Zeit, um die der Schulweg für ihn länger geworden war, gewonnene Lebenszeit. Jenni gab ihm dafür nochmals einen kurzen Blick. In der Familie glaubte man nicht an Orkas Berufung zur Lebenskunst. Einmal sagte ihm Sonja ins Gesicht: Ich mach meinen Führerschein doch nicht zum Einrahmen. Und für Hobbies hast du deine Schule.

Seine Schule. Das war sie nicht mehr, jedenfalls, seit sie auch Mädchen aufgenommen hatte. Dafür hatte natürlich gerade Orka seit Jahrzehnten gekämpft. Die reine Jungenschule: ein historischer Anachronismus! Die Gemeinsamkeit der Geschlechter muß sich auf natürliche Art bilden können, im täglichen Arbeits- und Lernkontakt! Sie darf nicht auf ein paar überheizte Treffpunkte beschränkt bleiben. Unvertrautheit miteinander nährt Phantasien und Ängste: kein Nährboden für eine freie Menschlichkeit! Und nun war diese also nicht mehr gehindert, sich an der Schule auszubreiten. Sie war *cool.* Sie organisierte sich nicht nach Überzeugungen oder Leidenschaften – mittlerweile hätte Orka auch die heimlichen gelten lassen! –, sondern nach Frisuren, Trachtendetails und aufgesteppten Logos. Sie verständigte sich, die lockere Art, mit Hilfe von Automarken, T-Shirts, Urlaubszielen und Pop-Gruppen. Die politische Hoffnung, die er auf die gemischte Schule gesetzt hatte, kam an ihr nicht mehr vor. Manchmal vermißte er die Hoffnung überhaupt. Er malte ihnen doch nicht den Teufel an die Wand, damit sie vor ihm kapitulierten, sondern damit sie ihm entgegentraten!

Sie aber nannten ihn Orka und ließen ihn einen guten Mann sein. Er unterrichtete Geografie, weil es ein solches Fach gab und weil er dafür bezahlt wurde. Es war kein wichtiges Fach, sonst hätte er ihnen auch mal ein Ungenügend gegeben. Wenn er ihnen sagte, daß die Zukunft schließlich nicht seine, sondern ihre Sache sei, lachten sie geniert, hilflos. Und dann verschwand wieder einer in einer Drogenklinik, oder eine hatte versucht, sich das Leben zu nehmen. Oder Sonja erklärte, sie denke nicht daran, Kinder in die Welt zu stellen. Das war ja im Augenblick auch nicht das Nötigste. Aber nie –? Wenn er auf die Belastung des Planeten hinwies, machten sie ein Gesicht, als spräche er von seiner eigenen. Glaubten sie im Ernst, daß er ihre Freuden verachtete? Wenn es doch nur welche gewesen wären! Er nannte ihre Discos Horror-Shows, das Ende jeder Kommunikation, eiskalte Konzentrationskammern, bestückt mit Suchscheinwerfern, angetrieben von Hackmaschinen. Er sprach doch nur für den Menschen! In der Schule schrieben sie mit, was er diktierte. Zu Hause hörten sie kaum noch hin. Auch Jennis Augen nahmen einen abwesenden Ausdruck an, wenn er anfing zu reden, vom *wirklich Wichtigen*.

Im Sommer hatten sie noch einmal zusammen Urlaub gemacht. Lothar hatte nach Moskau gewollt, Gott wußte warum. Sonja sah nur noch Sand am Meer. Orka hätte gern einmal Prag erlebt oder Weimar. Jenni erklärte sich mit allem einverstanden, womit die andern gut leben könnten. Die Bedingung erwies sich als unerfüllbar. Schließlich hatte Orka entschieden: Jugoslawien! Sozusagen ein Kompromiß zwischen Süd und Ost. – Aber da gab es keinen Sandstrand. Dafür Quallen. Eine unfertige Ferienwohnung, deren Besitzer seinen Hund Tag und Nacht heulen ließ. Die Wohnung war, soweit überhaupt, im Geschmack der westfälischen BILD-Leser und Opelfahrer eingerichtet, die sämtliche Klippen bevölkerten und mit dem Stampfen aus ihren Ghetto-Blasters überzogen. Den Naturistenstrand war Jenni bereit das geringere Übel zu finden. Orka nannte den Vorschlag verfrüht, in Anbetracht der Kinder. Dabei vergrub sich Lothar, von Medusen gezeichnet, den ganzen Tag im verdunkelten Zimmer und las MAD. Die Neubauruine war hellhörig, und man hockte so dicht aufeinander, daß auch die eheliche Liebe kaum Gelegenheit fand, sich zu erfrischen. Außerdem war es zu heiß und die Mücken zu lebendig. Die tägliche Anstrengung, sich zu erholen, erschöpfte Nerven und Geduld. Sonja schien sich in ihrem Surfing-Kurs am besten zu unterhalten – ein wenig zu gut für Orkas Geschmack. Als sie eines Nachts überhaupt wegblieb, verfügte er den Abbruch des Urlaubs. Ein gerüttelter Familienwagen voll gereizt schweigender Leute auf einer flirrenden Autobahn – das wurde die bleibende Ferienerinnerung. Danach hatte Orka den Wagen abgeschafft, im Namen der Umwelt. Aber was heißt hier »Umwelt«? Das klingt nach Zuschauersport, dabei stecken wir mittendrin! Es ist nämlich die einzige Welt, die wir haben!

Davon wurde die Familie nicht gesprächiger. Zu Hause endete der Urlaub damit, daß Sonja sich einschloß, um den ganzen Tag »The The« zu hören – ihre Art, dem kroatischen Segelgott nachzutrauern. Und genau die Gruppe, die Lothar nicht *hören* konnte. *Er* hatte neuerdings die sechziger Jahre entdeckt. Aber davon, daß seine Eltern damals schon gelebt und seine Idole *live* gehört hatten, wollte er nichts wissen. Lothar hatte andere sechziger Jahre, eigene. Oldies. Besonders mit Orka teilte er Bob Dylan nicht, während Jenni *Desolation Row* immerhin mitsummen durfte, ohne daß er aufschrie. Lothar wäre diesen Herbst in die Geografieklasse des Vaters gekommen. Dagegen erklärte er Rekurs einlegen zu wollen, notfalls. Was Orka erzähle, habe er schon gehört. Und er wüßte ja nicht einmal, wie er ihn anreden sollte. Herr Lehrer vielleicht?

Jenni hätte Orka auch etwas anderes sagen können als: Weißt du eigentlich, wie stark du bist? Du bist viel zu stark für ihn! Also darum hatte sie sich immer geweigert, Orka etwas angedeihen zu lassen, was sie »Schonung« nannte, freundlicherweise. Orka war einfach zu stark. Man *mußte* das ja nicht besser wissen. Aber wenn *eine* es hätte besser wissen können, dann Jenni, seine Frau. Nun, er schwieg.

Also war Lothar nicht in Orkas Unterricht gekommen, sondern zu einem ganz frischen Hilfslehrer, dessen Stunden er total gut fand, ohne das Lob zu begründen. Er war ein empirischer Geograf, was immer das hieß. Jedenfalls hieß es: Orka war ein ideologischer Geograf. Orka, dem riesenstarken, blieb wieder nichts übrig, als seinen Sohn zu verstehen, ohne auf Gegenrecht zu dringen. Ärzte, sagte er sich, können ihre Familien ja auch nicht behandeln. Man lernt, froh zu sein um jeden Schüler, der einen nicht kennen will. So bleiben einem auch die Mißverständnisse erspart. Es kommt gar nicht erst zum Verständnis. Also auch nicht zum persönlichen Konflikt. – Manchmal sehnte sich Orka wenigstens nach einem sachlichen Konflikt. Die Schüler waren so umwerfend harmlos. Er verschwieg, daß er darüber nicht immer unfroh war. Es war *sein* Problem, wenn er bei diesem Mangel an Unfroheit ein wenig grau aussah. Das konnte inzwischen auch an den Haaren liegen.

Bei ihm lerne man viel, hatte ihm eine Schülerin kürzlich versichert. Aber sie konnte nicht sagen, was, und es klang schuldbewußt, wie ein Trost.

Es gibt Männer, die werden mit fünfzig erst ansehnlich. Man kann seine Würde gewinnend tragen, wenn man gelernt hat, mit ihr zu spielen. Das Alter ist dann keine Frage. Sein Gewicht verwandelt sich in Anziehungskraft. – Mit der Müdigkeit muß man sich allerdings vorsehen. Die kommt nicht mehr an wie früher. Melancholie trägt man mit fünfzig selten zu seinem Vorteil. Sie kommt als Griesgram heraus, als beleidigtes Besserwissen. – Es schadet einem Lehrer nichts, in die eine oder andere Schülerin verliebt zu sein. Man redet dann nicht so viel, nicht so eindimensional. Der Stoff beginnt zu schweben. Die Haut wirkt frischer. Nur nicht ins Schwitzen geraten. Wenn man sich jugendlich gibt, sieht man nicht mehr jung aus. Das muß man wissen, wenn man es nicht spürt. Man kann nicht mehr sicher sein, daß man hinreißt, wenn man hingerissen ist, von einem großen Thema. Der erste Lacher verdirbt schon alles. – Man darf sich nicht von der Erinnerung stören lassen, daß die einen oder andern Augen, die einen in der Klasse suchen – und leuchten, wenn man sich finden läßt –, einem Vater gelten, den das Mädchen nicht gehabt hat. Gern gehabt hätte. Aber so ist es, und es ist voller Reiz. Und bleibt immer ein wenig traurig. Denn Sonjas Augen haben aufgehört, ihn zu suchen.

Orka hatte »Brehms Tierleben« wieder zur Hand genommen.

Das am meisten in die Augen springende Merkmal ist die außerordentlich verlängerte, aufrechtstehende Rückenflosse, welche nicht mit Unrecht einem Schwerte oder Säbel verglichen wird.

Doch, mit Unrecht. Orka fühlte sich unbewaffnet.

Der Leib ist kräftig, der Kopf kurz, die Stirn schräg anstei-
gend, die Schnauze ziemlich breit, kurz, stumpf zugespitzt
und nicht scharf gegen die Stirn geschieden, der Oberkiefer
waagerecht über die Augenhöhlen ausgebreitet, das furcht-
bare Gebiß mit wenigen, aber sehr kräftigen Zähnen ausge-
rüstet.

Nichts von alledem. Und doch war er erschrocken. Plötzlich
erschien ihm der unbekannte Sonderling, der heimliche
Freund in seiner Klasse, der ihn Orka getauft hatte, in einem
anderen Licht.

Nein, sagte er. Mein Oberkiefer ist nicht waagerecht über
die Augenhöhlen ausgebreitet. Ich habe viele, noch fast alle
Zähne. Ich habe noch kein Gebiß. Das wäre furchtbar.

Orka hätte nicht Lehrer werden müssen. Er hatte Geologie
studiert und hatte als junger Mensch in Sizilien für ein multi-
nationales Konsortium Öl gesucht. Er hätte eine Karriere in
aller Welt machen können, in Trinidad oder Abu Dhabi. Oder
Dallas. Statt dessen hatte er eines Nachmittags bei Taormina
eine Augenöffnung erlebt, ein Damaskus. Warum verfolgst
du mich? hatte ihn die müde Erde gefragt. Sizilien ist gerade
die Landschaft, wo einem die Augen aufgehen können. Die
wüstenhaften Berge hatten einmal die schönsten Wälder getragen. Von den Kornfeldern, die ein Weltreich ernährt hatten, waren nur verdurstende Äckerchen geblieben. Hatte
Orka die millionenalte Geschichte der Erde nur dazu studiert, um die Schätze, die sie gesammelt hatte, in drei Generationen verschwenden zu helfen? Was war der Mensch eigentlich für ein Tier?

Orka war an die Universität zurückgekehrt, um Geschichte zu studieren. Er hatte sich mit dem Entziffern alter
Handschriften geplagt. Sie wurden Quellen genannt. Aber
die Weisheit, die er daraus schöpfte, kam seinem geologischen
Blick oberflächlich vor. Alle Menschengeschichte war nichts

anderes als der Kampf um einen Platzvorteil an den Zitzen der Mutter. Wenn man das wußte, konnte man die Namen von Reichen, Gründern und Helden wieder vergessen. Im Lauf der Jahrtausende – was für lächerliche Meßgrößen! – war der mühsam geordnete Bittgang zur Natur zum organisierten Entreißdiebstahl geworden. Der bescheidene Tauschverkehr zur systematischen Ausbeutung. Die Quellen wurden nicht mehr gehegt, sie wurden ausgeblutet. Da aber die Berechtigung unserer Existenz von unseren Umgangsformen mit der Materie nicht zu trennen war, entwickelten wir uns nur noch, um zu verkümmern. Die Organe der Ausbeutung erdrückten diejenige der Wahrnehmung. Wir versiegelten die Erde mit dem Ausstoß unserer Maschinen und nahmen ihr den Atem. Die letzten Löcher, aus denen sie pfiff, verwendeten wir als Zapfstellen unserer fatalen Energie. Da wir das Leiden der Erde nicht zu unserer Geschichte rechneten, verloren wir das Gefühl dafür, daß wir selber Erde waren, bevor wir wieder dazu wurden. Wir ruhten nicht, bis uns der Zusammenhang, den wir verleugnet hatten, einholte, als Kraft der Zerstörung. Wir hatten die Natur gegen uns aufgebracht, als wir die Kernenergie entfesselten. Wir hatten, mit der Spaltung der Materie, ein Verfahren entwickelt, das erdgeschichtlicher Zeiträume bedurft hätte, um wohltätig zu wirken. Indem wir es zur Explosion beschleunigten, war unsere Geschichte zum Sprengstoff geworden. Und es war nur eine Frage der Zeit, sehr kurzer Zeit, daß wir uns selbst von der Erde wegkatapultierten.

Du hast schon schlecht geträumt, als wir uns kennenlernten, sagte Jenni.

Die Frühlinge haben anders gerochen, sagte Orka.

Du mußt nur aufhören zu rauchen, sagte Jenni.

Orka fehlte nichts, im engeren Sinn. Er war fünfzig Jahre alt geworden. Er hatte, nach dem Tod seiner Mutter, mit dem Verkauf des Elternhauses gerade so viel Geld gemacht, daß er ein gleichwertiges Grundstück auf der andern Bergseite kaufen konnte. Es war etwas kleiner, dafür war das Haus zum

Wohnen wie geschaffen. Hier waren Sonja und Lothar aufgewachsen, hier fühlten sie sich zu Hause. Sie hätten es – wie Sonja bei der Konfirmation laut verkündete – auch mit ihren Eltern schlechter treffen können. Orka hatte Jenni während seines Geschichtsstudiums kennengelernt, als anerkannte Schönheit, und sie hatte es abgebrochen, als sie Sonja erwartete. Er hatte sich nicht vorstellen können, daß sie ihn heiraten wollte. Es gab Zeiten, wo er es noch immer nicht recht glaubte. Sie hatte ihr Studium eine traurige Art genannt, ihre Jugend totzuschlagen. Die Schwangerschaft sei ihr willkommen gewesen. Sie hatte eine unsichere Kindheit gehabt. Ihre Eltern lebten getrennt, sie verkehrte nicht mehr mit ihrem Vater und hielt Abstand zu einer wehleidigen und verwöhnten Mutter. Sie hatte Orka scherz- und schmeichelhaft ihren Erlöser genannt. Aber es war nicht Resignation gewesen, was er in ihren Augen gesehen hatte. Sie hatte ihn zugleich verlockt und ein wenig verstört. Als müßte noch etwas nachkommen, etwas Unbekanntes. Auch als sie sich, nach Sonjas Geburt, ruhiger zu kleiden, gelassener zu bewegen anfing und sich dem Nestbau widmete, war sie ihm immer als etwas Besseres vorgekommen, das er einem nicht ganz verläßlichen Zufall verdankte. Er hatte sein Zweitstudium nur noch aus Pflichtgefühl abgeschlossen, mit einer vergleichenden Arbeit über die Bewässerungstechnik, bei den alten Babyloniern und den Inkas. Dann hatte er eine Stelle als Geografielehrer am städtischen Gymnasium angenommen. Er verstand Geografie als Begegnung oder Zusammenstoß zweier Kulturen, der physikalischen – er nannte sie ausdrücklich: eine Kultur – und der anthropologischen. Er kam nicht darum herum, diese Geschichte als eine des Niedergangs zu beschreiben. Er redete vom Vertrauern, vom Verarmen der Topographie unter dem Druck des technischen Fortschritts.

Warum haben wir so wenige Freunde? fragte Jenni.

Früher hätte er gesagt: Wir haben uns. Früher wäre ihr auch die Frage nicht in den Sinn gekommen. Erwachsene Freundschaften fallen einem nicht mehr in den Schoß. Man war keineswegs isoliert – Orka hätte das Wort nicht gelten lassen. Er achtete darauf, ein guter Kollege zu bleiben. Dennoch brachte er seine Pausen lieber im Geografiezimmer zu, wo es ja immer etwas zu präparieren gab. Das Lehrerzimmer sagte ihm nichts. Da redete man ihm zu viel über Grundstückspreise und Reisetips. Es gab Lehrer, die beides zu verbinden wußten und sich ein Haus in Griechenland hielten oder an der Algarve. Sie unterrichteten nur noch im Nebenberuf, wenn man sie die Wertzuwächse ihrer Kapitalanlagen vergleichen hörte. Nur mit einem Physiker namens Kistler, der ein ernsthafter Wissenschaftler geblieben war, gab es ein Einverständnis, das an Freundschaft grenzte. Aber es blieb verläßlicher, wenn man es nicht auf die Probe stellte. Die Jugendfreundschaften hatte man wohl oder übel hinter sich gelassen und einige Befangenheit zu überwinden, wenn sie einem mit einem fremd gewordenen Gesicht wieder begegneten. Jenni hatte in ihrer entfernten Heimatstadt einen Freundeskreis gehabt, aber der ließ sich natürlich nicht verpflanzen. Besucher, mit denen Orka nicht rasch vertraut wurde, pflegten nicht so leicht wiederzukommen. Daß die Nachbarschaften sich auf Freundlichkeiten über den Zaun beschränkten, war immer so gewesen. Wenn es draußen eng ist, muß man innerlich Abstand halten. Muß man? fragte Jenni. Es war bekannt vom Revierverhalten der Tiere. Wenn du sie nicht töten kannst, ignoriere sie. Haben wir keine Alternative? fragte Jenni. Orka lächelte. Diese Leute sind inzwischen so viel jünger als wir, sagte er. Aber versuch's nur.

Wo er sich zeigt, ist er der Schrecken aller von ihm bedrohten Geschöpfe; wo er auftritt, verlassen diese, falls sie es vermögen, die Gewässer.

Als Sonja in die Pubertät kam, war Jenni plötzlich müde geworden. Sie konnte kein Einkaufsnetz mehr den Berg hinauftragen, ohne stehenzubleiben. Sie blieb ganze Morgenstunden lang im Bett liegen, ohne zu schlafen. Sie weinte grundlos, wie sie selbst fand – nein, er hatte ihr keinen Grund gegeben: Das hatte sie bestätigt, wenn sie ihm denn einmal zuhörte. Überhaupt schien es ihm, daß sein Verhalten für ihren Zustand gar keine Rolle spielte. Er war nicht schuld daran, und er änderte auch nichts. Sie machte ihre Hormone verantwortlich. Die sachliche Begründung erleichterte ihn nicht. Natürlich wäre ihm eine hysterische keineswegs lieber gewesen. Wechseljahre, sagte er, aber du. Davon kann doch bei dir keine Rede sein. Wie du noch aussiehst! Sie nickte und begann wieder zu weinen. Vielleicht ertrug sie es nicht gut, daß Sonja zur jungen Frau wurde. Dabei hatten sich die beiden nie besser verstanden. Sie tauschten ihre Kleider miteinander, sie hatten vorübergehend die gleiche Größe, und Sonja sagte: Wenn ich nur schon deine Figur hätte.

Ich gehe eine Weile, sagte Jenni eines Tages. Ich geh in ein Sanatorium. Ich glaube, das können wir uns leisten, und ihr kommt auch so zurecht. Tranquilizer sind ja kein Leben. Orka erschrak, aber überrascht war er eigentlich nicht. Es war ihm ja immer so gewesen, als müßte eines Tages noch etwas nachkommen. Eine Depression war vielleicht noch das Gnädigste. Jenni war jetzt bereit, sie beim Namen zu nennen. Ich muß kein schlechtes Gewissen haben, sagte sie. Natürlich nicht. Und so war sie zwei Monate lang im Schwarzwald verschwunden, untergetaucht, denn sie wollte nicht oft besucht werden. Sie freute sich dann doch, wenn die Kinder kamen. Du machst es sehr gut, danke, sagte Jenni zu ihm. Damals hatte er gekocht, Lothar aufs Gymnasium vorbereitet, obwohl dieser nicht einsehen wollte, wozu, und Sonja in Mathematik und Latein nachgeholfen. Alles neben seinem üblichen Pensum. Manchmal war er seinen Kindern auf dem Pausenhof begegnet, ohne sie anders als beiläufig zu grüßen. Sie wollten ja nicht die Kinder eines Lehrers sein. Einmal waren sie zusammen mit dem Rad in den Schwarzwald gefahren; Lothar war jetzt am Berg etwa gleich stark, aber zum Glück mußte man immer wieder anhalten, um auf Sonja zu warten. Sieh dir diese Fichte an, sagte Orka. Das sind Angsttriebe.

Jenni fand die Luft im Schwarzwald immer noch bekömmlich. Ihr braucht nicht jede Woche zu kommen, sagte sie, ich bin ja nicht krank.

Doch bleiben sie nicht während der ganzen Zeit mit dem Oberteile des Kopfes und Rückens unter Wasser, sondern »runden«, indem sie nach jedem einmaligen Blasen untertauchen, dicht unter der Oberfläche hinziehen, wieder einen Augenblick erscheinen, um zu blasen, und so fort, bis sie endlich in schräger Richtung in die Tiefe gehen.

Als sie wiederkam, änderte sich etwas. Jenni wollte arbeiten. Sie nahm Kurse, um sich zur Bibliothekarin ausbilden zu lassen. Sie kam unter Leute, auch wenn die übrigen Kursteilnehmer viel jünger waren. Sie kleidete sich wieder mehr wie zu ihrer Studentenzeit und ließ sich einen Lockenkopf wachsen. Er sagte nicht, daß ihm ihr glattes Haar besonders lieb gewesen war. Sie bestätigten einander, das Familienleben leide nicht unter so viel Weiterbildung. Im Gegenteil, jetzt wußte auch Jenni etwas zu erzählen. Die Kinder fingen ohnehin an, sich selbständiger zu machen. Auch wenn sich die Eltern einig waren, daß gerade Lothar in dieser Phase Zuwendung, die er sich natürlich verbat, besonders nötig hatte. »Phase« und »Zuwendung« waren Jennis Wörter, Orka sprach sie ihr zögernd nach, auch wenn ihm schien, sie hätte früher nicht so fachkundige gebraucht. Er hätte nicht gewußt, wie er sein Unbehagen an einem Wort wie »partnerschaftlich« hätte begründen sollen. Jenni war viel fröhlicher geworden. Wenn er sagte, wir leben ja nur noch mit dem Rücken zueinander, sagte sie: Man kann sich auch mit dem Rücken warmgeben. Daß Lothar sich neuerdings etwas vereinzelte und mit seinen »Sozialkontakten« nicht gut zurechtkam, war eben eine »Phase«, die man am besten mit »freundlicher Aufmerksamkeit« behandelte.

Dafür hatte Sonja lebhafte »Sozialkontakte« eröffnet. Jenni half bei der Dekoration im Wohnkeller mit, wenn Sonja mit

einem Tanzfest an der Reihe war. Sie fand nichts dabei, hingerissen mitzutanzen. Auch Orka, der oben mit der Vorbereitung des nächsten Schultags beschäftigt war, hätte nichts dabei gefunden, wenn er nicht plötzlich einen Laut gehört hätte,
der leiser klang als der Lärm, näher. Als er ihm nachging, lag
Sonja auf ihrem Bett und heulte. Sie habe Bauchweh, sagte sie,
das sei alles. Aber Orka war dann doch in den Keller gegangen und hatte Jenni, die fast nicht zu stören war, auf die Lage
aufmerksam gemacht. Jenni, erhitzt und keineswegs be-
schämt, hatte mit Sonja geredet. Danach waren beide nicht
mehr zum Tanzen gegangen, aber das Fest lief auch ohne sie
weiter, bis zum Morgengrauen.

*Gelegentlich findet man mehr oder minder große Stücke
von Fischbeinplatten im Meere schwimmen, welche, aller
Vermutung nach, nur vom Schwertwal abgerissen worden
sein können und wahrscheinlich zu der Erzählung Veran-
lassung gegeben haben, daß der gefürchtete Delphin es na-
mentlich auf die Zunge der Bartenwale abgesehen habe.*

Was hätte Orka fehlen sollen? Mit seiner Verdauung stimmte
etwas nicht mehr. Als er deswegen, auf Jennis gelassenen Rat,
einen Arzt aufsuchte und zum Spezialisten weitergeschickt
wurde, dachte er noch lange nichts Böses. Es kam ihm über-
trieben vor, daß er sich operieren lassen müsse – vorsorglich,
wie der Arzt versicherte. Die Ausstülpungen in seinem Darm
waren harmlos. Damit hatte Orkas Mutter lange gelebt, und
daran war sie, soviel man wußte, nicht gestorben. Immerhin
war die Besichtigung seines Darms, die ein Doktor Stehle
vornahm, so peinvoll gewesen, daß sie an einem bestimmten
Punkt hatte abgebrochen werden müssen. Das nannte der
braungebrannte junge Mensch eine Indikation. Der Punkt
war entzündet, die Stelle konnte sich verschließen, und dann
war mit ihr nicht mehr zu spaßen.
    Doktor Stehle war seinem forschenden Blick nicht ausge-
wichen, als er Orka auf der Stelle die Operation vorschlug

und sie in seinem Alter unbedenklich nannte. Man würde das entzündete Stück Darm herausschneiden, dann hatte man Ruhe und würde den Verlust gar nicht spüren. Als Orka fragte, wieviel Darm es denn sein dürfe, erschrak er denn doch ein wenig: wieviel Darm hatte man im ganzen? Ausreichend, sagte Doktor Stehle und erklärte, warum man eine Sicherheitsmarge brauchte. Er hätte noch vor wenigen Jahren Orkas Schüler sein können. Offenbar wurde aus Schülern doch etwas Ernstzunehmendes. Das Fach Geografie gab kein hinreichendes Bild von ihnen. Als Orka Jenni von der Operation erzählte, bemerkte er dazu: Jetzt bin *ich* an der Reihe. Er nahm jetzt gewissermaßen seine Depression und brauchte dafür nicht einmal in den Schwarzwald zu fahren. Dennoch hatten sich ihre klaren grauen Augen verdunkelt.

Schwimmen sie in bewegter See, so sieht es aus, als ob ihnen die aufrechte Haltung der hohen Rückenfinne viel Beschwerden verursache, weil dieselbe zu dem schlanken Leibe in keinem Verhältnis zu stehen scheint; der erste Eindruck aber verschwindet gänzlich bei genauerer Betrachtung.

Eine Operation ist eine Reise. Es gehört Spannung dazu, auch wenn man sie nicht gerade Vorfreude nennen wird, aber ein wenig sportliche Hochstimmung kann nicht schaden. Das Pflegepersonal ist dankbar für solche Patienten, es spielt gerne mit. Man benötigt für einen vorsorglichen Eingriff der gewöhnlichen Art keinen Star-Chirurgen, ein solider Oberarzt genügt durchaus. Und wenn er einen am Vorabend im frisch bezogenen Spitalzimmer besichtigt – man ist vorbereitet, man hat sich zwei Tage lang gründlich entleeren müssen und ist leicht wie ein Wölklein –, so sucht man einen Ton der Kameradschaft, auch wenn man sich zum erstenmal sieht. Der Oberarzt ist kein junger Mann mehr, er hat, wie sich herausstellt, den eigenen Jahrgang. Er könnte also weitergekommen sein, und man forscht in seinem Gesicht, unauffällig, nach Spuren der Verbitterung. Er raucht sogar am Krankenbett, aber das kann ja auch auf ein souveränes Naturell deuten; vielleicht trinkt er auch, seine Hand braucht davon nicht unsicher geworden zu sein. Immerhin ist es eine Erleichterung, daß auch Doktor Stehle den Oberarzt bei dieser Visite begleitet und morgen bei der Operation assistiert. Auch wenn er den Oberarzt jetzt reden und vermutlich schneiden lassen muß, es ist klar, daß Doktor Stehle der Mann mit besseren Aussichten ist. So oder so wird man sich in guten Händen befinden. Doktor Stehle hat schlanke, sehnige Hände; er segelt nicht nur, er spielt auch Geige; es tut für Orka etwas zur Sache, auch wenn es natürlich mit der Operation als solcher nichts zu tun hat.

Über solche atmosphärischen Beruhigungen, Imponderabilien spricht Orka, nachdem sie wieder allein sind, mit seiner Frau, angeregt, wie lange nicht mehr. Jenni bleibt an diesem letzten Abend an seiner Seite und ist mit ihm einig, was die Einschätzung der Ärzte betrifft: Da kann wirklich nichts passieren. Orka liegt in seinem neuen Trainingsanzug auf dem Spitalbett, die Kinder haben ihn ein wenig zu flott gefunden, aber es gibt ja keine mehr ohne Streifen, Krokodile oder andere Symbole der Exklusivität und Hochleistung. Natürlich sitzen die Kinder heute abend nicht da, das wäre noch schöner gewesen. Sonja hat Wichtigeres zu tun und Lothar eine Geschichtsprüfung vorzubereiten. Man hat selbst einmal Geschichte studiert, das darf einem heute abend schon einfallen. Jenni war ganz sicher gewesen, daß in der Nacht nach dem Sommerfest nichts zu befürchten war. Sie hatte nie ein Geheimnis aus ihrem Körper gemacht. Wieviel Erfahrung hatte sie eigentlich gehabt? Offenbar nicht genug, um eine Schwangerschaft zu vermeiden. Orka fiel es ein, an diesem letzten Abend im Spital von Jennis langjährigem Freund zu sprechen. Er hatte ihn gekannt und für viel männlicher gehalten als sich selbst. Es hatte ihn überrascht, daß Jenni damals keine Umstände gemacht hatte, als sie mit einem andern schlief, mit Orka nämlich. Er hatte sich nur als Stellvertreter gesehen, als Tröster vielleicht, aber Jenni hatte offenbar gewußt, was sie wollte; getröstet werden gehörte nicht dazu. So war sie rasch, fast überstürzt, seine Freundin und schon nach sieben Monaten seine Frau geworden, ohne förmliche Hochzeit. Man lebte schließlich nicht mehr auf dem Lande, und auf Jennis Familie war keine Rücksicht zu nehmen. Die seine hatte sich abzufinden. Der Freund von einst war jetzt groß im Immobiliengeschäft, ließ sich mit Schauspielerinnen oder Galeristinnen sehen und betrachtete sich noch eine Weile mit den Killers als befreundet. Er hatte sogar gemeinsame Ferien auf Mykonos vorgeschlagen, wo er eine Villa betrieb.

Nein, so viel freie Wirtschaft wäre wohl nicht Jennis Geschmack gewesen. Nach Griechenland fuhren sie lieber allein. Zwar war es bisher bei der Absicht geblieben, aber Orka, im Trainingsanzug, schwor an diesem Abend, die Reise werde im kommenden Sommer nachgeholt, oder vielmehr ausgeführt. Nach Jugoslawien hätten sie einen Sommer in Griechenland verdient. Jenni lächelte. Er war ja so unternehmungslustig! – Glich nicht dieser Doktor Stehle – vom Bauch abgesehen, der stand ihm noch bevor – ein wenig Jennis verflossenem Freund? Sie lachte verständnislos zu dieser Beobachtung. Natürlich war Doktor Stehle noch fest im Fleisch. Er war ja auch ein paar Jahre jünger. Im übrigen bedeutete das Lachen, daß Orka noch immer nichts von Jenni verstand.

Auch das war an diesem Vorabend ein Grund zur Heiterkeit. Am liebsten hätte Orka, federleicht und ausgehöhlt wie er war, auf der Stelle mit Jenni geschlafen. Das Nebenbett im Zweierzimmer war ja leer, aber die Schwestern kamen und gingen. Und als die Narkoseärztin kam, um zu bleiben und die nötigen Fragen zu stellen, verabschiedete sich Jenni und wünschte ihm alles Gute. Die Narkoseärztin war eine Frau, der man Orka getrost überlassen konnte. Er wurde rasch mit ihr über seine Allergien einig, denn er wußte von keiner einzigen. Er ließ sich nicht nehmen, dafür etwas mit ihr zu plaudern, über das Fachliche hinaus. Sie war Ägypterin und gab eine reizende Scheu zu erkennen, sobald die Konversation nicht mehr vom rein Fachlichen gedeckt war. Immerhin lachte sie, als er sie bat, seine Gehirnzellen zu schonen. Die seien noch das einzige, womit er seinen Schülern etwas vormachen könne. Schließlich sei die Narkose eine ausgemachte Vergiftung. Das wußte sie natürlich besser. Sie wußte auch, daß er ohne Tablette keinen Schlaf finden würde, und behielt recht. Er hatte das Schlafmittel, wie er beteuerte, nur der Ägypterin zu Gefallen auf dem Nachttisch liegenlassen. Aber nachdem ihn die frühe Stille im Spital, das vielfältige unterdrückte Geräusch wider Erwarten wach hielt, schluckte er die Chemie dann doch. Während er ihre Wirkung abwartete, gönnte er sich durch das offene Fenster einen beinahe vergnügten Abschiedsblick auf seine Schule, deren Zinne – sie sei dem Dresdner Staatsgefängnis nachempfunden, lautete ein alter Schulwitz – hinter der großen Blutbuche auszumachen war. Doch, fand er, hier lasse sich eine Weile leben, so oder so.

Auf die dämpfende Spritze am frühen Morgen hatte er sich gefreut. Als man ihm vor dreißig Jahren den Blinddarm entfernt hatte, war der Transport in den Operationssaal ein Hinüberschweben auf einem See von traumhafter Gleichgültigkeit gewesen. Er sah ihr gespannt entgegen, überwach schon im ersten Augenblick. Er hörte die Schwester vom »kleinen Stich« und von Vorbereitung sprechen. Sein Termin war nahe, schon kam er mit Räder- und Stimmengeräusch aus dem Korridor noch näher und trat in Gestalt zweier Pfleger ein. Aber diesmal wartete Orka umsonst auf die umfassende Besänftigung. Die Griffe, die seinen Körper anhoben, waren sehr spürbar, jeder Puff seines Rollbetts gegen die Türrahmen, die Wände, den Lift ging ihm durch und durch. Und als er schließlich durch die Milchglastür zum Operationssaal geschoben wurde, packte ihn, angesichts der bereits grün vermummten und leise sprechenden Täter, die helle Panik. Sie taten das Falsche! Er war ganz und gar nicht vorbereitet! Er fuhr mit weit offenen Augen geradezu in die Katastrophe! Nie mehr würde er diesen Raum voll höllischen Geräts lebendig verlassen! Auf einmal stand die Ägypterin neben ihm und schob die Maske aus dem Gesicht, das gestern noch fein gewesen war, jetzt zu allem entschlossen wirkte und abscheulich lächelte. Aber als sie seine Hand ergriff, geschah eine langsame Überblendung, das Lächeln ging ins Trostreiche über, man kannte einander doch. Alles war normal und auf bestem Wege. Er war nun einfach eine kurze Weile zum Objekt bestimmt, aber diese Frau würde sein Herz hüten und jedem seiner Atemzüge lauschen. Sie würde ihm nichts geschehen lassen. Auch Doktor Stehle gab sich mit einem Heben seiner starken Brauen zu erkennen: Nein, hier war keiner, der nicht wußte, was er tat. Noch ein Stichlein, sagte die Stimme aus Ägypten. Und er hatte nur auf ihr Wort gewartet, um sich zu verdunkeln und in einem Augenblick zu versinken wie ein Stein in ein Meer ohne Grund.

Sie halten sich gewöhnlich sehr lange unter Wasser auf, verweilen ungefähr fünf Minuten an der Oberfläche und blasen 3 bis 10 Mal kurz und scharf einen einfachen, dünnen und niedrigen Strahl.

Das Nächste, was er hörte, war wieder eine Frauenstimme, die hartnäckig seinen Namen rief, Herr Killer, Herr Killer, ALLES VORBEI, ALLES GUTGEGANGEN. Er war bis über die Augen, die er nicht öffnen konnte, verstrickt in Haftendes, Klebendes, Zerrendes, was ihn am Lächeln hinderte, aber offenbar war doch etwas durchgekommen. Wachen Sie auf, Herr Killer, sagte jemand. Er ist aufgewacht, sagte jemand anders, sehen Sie, sagte noch jemand. Und dann redeten sie wieder von einer Sommerskifahrt auf dem Morteratsch. Er hatte noch nie ein Wort wie Morteratsch gehört und erkannte es doch sofort wieder. Es zog ihm sogar ein wenig Gletscherwind gegen die Haut, die an allen möglichen Stellen nackt war. Etwas müßte ihm weh tun, fühlte er. Aber noch war es stumpf und stumm. Es wartete nur darauf, sehr bald sehr weh zu tun. Wo der Schmerz bereit saß, das war unten. Wo er zu grinsen versuchte, war oben. Das viele tote Gewicht an ihm würde sich erklären, im Kopf, im Magen, im ganzen Unterleib. Wozu war man Geograf, wenn man seinen Körper nicht beschreiben konnte, auch wenn er erst die grobe Skizze eines Körpers war. Plötzlich wußte er, daß ihm gleich entsetzlich schlecht sein würde. Aber dagegen würde es ein Stichlein geben, hier gab es gegen alles Stichlein. Und ja, es war ALLES GUTGEGANGEN, er war immer noch August Killer und durfte gerettet sein, rundum.

Eine unbestimmte Weile lag er, wo immer er lag. Die Wortwechsel über seinen Kopf hin galten ihm nicht mehr, er brauchte sie nicht zu verstehen, auch wenn jedes einzelne Wort in seinem Gehirn haftenblieb wie gestochen. Er lag, dabei durfte es bleiben. Dann aber wurde er angefaßt, keineswegs behutsam, es schien nicht nötig zu sein, und von irgendwo auf eine höhere, leicht nachgiebige Stufe gehoben. Dann ging wieder das stumme Fahren los, die Reise zurück durch unvertraut Vorläufiges und Vorbeilaufendes. Jetzt öffnete er die Augen spaltweise, um einen Verputz von nackter Helligkeit, die Knopfreihe eines Lifts hereinschießen zu lassen. Die Operation konnte nicht schwer gewesen sein, da er gleich wieder ins Zimmer gefahren wurde. Mein Zimmer, dachte er. Er hatte wieder etwas, was sein war. Also nicht die Intensivstation, dachte er, er konnte sich etwas denken, hoffentlich das Zutreffende, also hatte die Ägypterin sein Gehirn geschont. Er fühlte den Ruck, mit dem das Rollbett feststand, angelegt hatte an ein gewöhnliches Bett, das Manöver näherte sich seinem Abschluß. Als er hochgehoben wurde, sah er, das zweite Bett war belegt, von einem, der schwieg, sich nicht rührte. Oh, das konnte er auch, schweigen und sich nicht rühren. Es gab nichts Komfortableres in seiner grundlosen Welt, die wieder einen Boden hatte, auf dem er lag, sicher wie sonst im Leben nicht. Ja, er lebte, er durfte sich Zeit nehmen, weiterhin zu sich zu kommen, es war nicht nötig, übermäßig anwesend zu sein. Jetzt war er doch noch zu seinem Flug gekommen, und das Schönste war, daß er dazu liegenbleiben konnte.

So lag er, und in den nächsten Stunden stellte sich die Geografie seines Körpers wieder her, Scharfeinstellung an einzelnen Stellen. Das war es nun, eher dumpfer als gefürchtet, aber es war ja erwartet worden, und es war noch eine ganze Weile schön, gastlich zu bleiben für diesen Schmerz. Freilich lag die Stelle, die nun zu bohren begann, etwas zu tief für seine Vermutung. War da nicht die Blase, und was hatten sie mit seiner Harnröhre angestellt? Sie hatten ihm einen Katheter hineingeschoben, sein Wasser sollte von selbst abfließen, in einen flachen Beutel, den ihm Doktor Stehle vorzeigte, eine Frischhaltepackung voll gelben Safts; Scherzen war wieder erlaubt, auch wenn ihm schien, daß Doktor Stehle früher herzlicher dazu gelächelt hatte. Er erklärte ihm mit ernster Miene, daß alles gut ausgesehen hatte, daß das fragliche Darmstück natürlich geprüft worden sei, in einem sogenannten Schnellschnitt immer noch gut ausgesehen habe, und daß Herr Killer jetzt in Ruhe heilen könne.

Im Heilen sei er immer stark gewesen, flüsterte Orka mit trockenen Lippen. In dieser Verfassung bildet man leicht die größten Wörter, die einem einfallen. Auch nach seiner Blinddarmgeschichte sei er gleich wieder auf den Beinen gewesen. Seine Wunden hätten die Neigung gezeigt, sich ungesäumt zu schließen, das sei schon in seiner Kindheit so gewesen. Da hätten seine Knie das rasche Heilen aber auch nötig gehabt, denn er habe sie mit großer Regelmäßigkeit in jeder Schulpause aufgeschlagen, weil er herumgerannt sei wie verrückt. Vermutlich habe er den andern etwas beweisen müssen, und sich selber auch. Wenigstens sich selber heilen, das habe er gelernt. Er habe es immer als ein Geschenk empfunden, daß sein Körper so gutmütig und nicht nachtragend gewesen sei. Doktor Stehle schien zuzuhören. Jedenfalls sagte er nichts, und auch das tat Orka wohl. Wenn mir Ihr Katheter zu weh tut, kann ich Sie ja rufen, Herr Doktor. Ich werde rasch heilen, ich verspreche es Ihnen, ich weiß ja, Sie brauchen mein Bett.

Stillhalten im satten Frühling, in dem sich das arterielle Rot der Blutbuche draußen venös zu färben anfing: was für ein

Glück! Die Narkosestimmung schien lange vorzuhalten. Aber kein Blick zum Fenster führte an seinem Zimmergenossen vorbei, der den ganzen Tag stumm lag, ein alter Mann mit offenem Mund. Er hing am Tropf, seine Lebensfunktionen waren nur noch über allerhand Zu- und Ableitungen aufrechtzuerhalten. Meistens dämmerte er, und es wurde schwierig, sein Schnarchen nicht als Röcheln zu hören. Er schnaufte auch nicht leiser, wenn seine Augen offenstanden. Dabei schien er nicht zu leiden. Sein Gesichtsausdruck, wenn er sich, mit Mühe, Orka zuwandte, ließ sich als Lächeln lesen. Er sprach nicht, auch wenn die Schwester ihn anredete oder wenn Orka Besuch erhielt. Jenni war schon am ersten Tag gekommen, hatte seine Hand gehalten, als er dämmerte. Er konnte das Gewicht seiner Finger in ihrer Hand liegen lassen und den leichten Druck spüren, als sie wieder verschwand.

Er nahm sich Zeit, zu sich zu kommen. Er bewies Geduld mit dem Geräusch des alten Mannes, bis er sich sagen mußte, daß seine Ruhe dünner wurde, eigentlich schon Ungeduld war. Es hätte ihn nicht stören dürfen, dieses Kratzen und Gurgeln aus einer schon ungeordneten, sich zersetzenden Tiefe. Er gab ihm den Namen »Grundgeräusch« und wollte es als Naturphänomen hören, aber er gewöhnte sich nicht daran. Immer mehr kam es ihm vor, als kratze es an *ihm*, bringe seine Zuversicht aus der Ruhe, die er sich vorgenommen hatte. Herr Leemann, so hieß der andere Patient, war eigentlich nicht auszuhalten. Er gehörte nicht hierher, sondern auf die Intensivstation, in ein Heim für Chronischkranke, oder gleich unter die Erde. Orka mußte um ein zweites Schlafmittel bitten. Aber das erste, was er nach seiner Betäubung hörte, war wieder das Grundgeräusch. Es mußte ihn geweckt haben. Herr Leemann war eine Zumutung, Orka hatte es Jenni, die ihn am frühen Morgen auf dem Weg zu ihrer Bibliothek besuchte, als erstes wissen lassen, kaum noch im Flüsterton. Hoffentlich verstand sie ihn aufs Wort. Es war ihm schon egal, wieviel Herr Leemann verstand, der ihm und auch

Jenni sein trübes Grinsen zugedreht hatte. Beim nächsten Be-
such meldete Jenni zurück, daß Orkas Verlegung, oder die
Herrn Leemanns, nur eine Frage der verfügbaren Betten war.
Das Spital sei überlastet. Wenn sie befremdet war über Orkas
Gereiztheit, so zeigte sie es nicht.

*Obgleich der Schwertwal ... fast gar kein Fleisch besitzt,
sondern aus lauter flüssigem Fett besteht, wird doch nirgends regelmäßig auf ihn gejagt. Dies erklärt sich ... daraus,
daß dieser Wal wegen seiner verschiedenartigen und unre-
gelmäßigen Bewegungen jede Verfolgung erschwert, wie
aus dem geringen Nutzen, welchen er, eines der magersten
Glieder seiner Familie, nach seinem Tode gewährt.*

Bald begann Orka andere Sorgen zu haben. Es war ihm
schlecht. Er hatte nur flüssige Nahrung bekommen und auch
die wieder erbrochen. Aus dem Katheter in seiner Blase war
ein Stachel geworden, eine Quelle ständiger Zermürbung.
Orka wurde die Vorstellung nicht los, daß der Schlauch
grundverkehrt eingesetzt war, an die Blasenwand stoße, wenn
er sie nicht schon durchgescheuert hatte. Sein Unterleib bestand aus Empörung, Angst und bohrendem Elend. Die
zweite Spitalnacht wollte kein Ende nehmen, war durch keinerlei Stichlein in Bewußtlosigkeit zu verwandeln. Man
mußte ihn von diesem mörderischen Schlauch befreien, auf
der Stelle! Aber die Nachtwache, eine Jugoslawin, hatte sich
für nicht zuständig erklärt, nur eine weitere Spritze angeboten, die er wütend ausschlug, um sie nach einer Stunde trotzdem zu verlangen. Der Nachtarzt war durch keine Drohung
beizubringen, und als schließlich Doktor Stehle vor seinem
Bett stand, als Erlöser begrüßt, und die Erlösung verweigerte,
weil ein frisch Operierter, dessen nervöse Reflexe noch ge-
lähmt seien, den Katheter schon eine Weile ertragen müsse –
da kannte Orka kein Halten mehr. Er schrie nach dem Oberarzt. Er drohte dem Chef, als er zur Visite kam, vor seinem
ganzen Gefolge einen Prozeß an. Als dieser ihn fragte, ob er

ihn anbinden lassen müsse, verließ Orka jede Besinnung, und er brüllte wie ein Stier. Niemand kannte ihn so, auch er sich selbst nicht. Natürlich bekam er sein Stichlein, versank in einem farbigen Gewühl, in dem sein Schmerz sich allmählich glättete. Als er wieder zu sich kam, war keiner mehr da als Herr Leemann. Auf einmal sah der alte Mann wie der letzte Mensch aus, der ihm die Treue hielt, und es war fast ein Glück, daß er zu schwach war, sich über die Unhaltbarkeit der Welt aufzuregen.

Am Abend kam Doktor Stehle dann doch, um Orka mit einem kurzen schmerzhaften Ruck von diesem Katheter zu befreien. Er spielte den guten Kumpel, aber jetzt war es für Wohltaten zu spät. Orka hatte an einer neuen Stelle zu leiden begonnen. Eine Druckstelle an der linken Brustseite verdichtete sich zu einem giftigen Schmerz, der den Unterleib vergessen ließ, machte das Personal endlich einmal mobil, wollte abgeklärt sein. Als es dann doch nicht, wie befürchtet, eine Lungenembolie war, ließ man Orka wieder ungerührt weiterleiden. Doktor Stehle hatte nur die kundige Bemerkung beizutragen, das Ding würde auf englisch *Devil's Grip* genannt. Der Erregte war auch nicht mit der Frage zu beruhigen, wie ihm denn das »Mittagessen« geschmeckt habe, die erste halbfeste Nahrung, der jämmerliche Brei. Und ob er vielleicht schon »Wind« habe. Auch die Schwestern schienen sich nicht für seinen Schmerz, nur für seinen Wind zu interessieren. Orka war dazu verurteilt, vierundzwanzig Stunden eines endlosen Tages gegen erdrückenden Unverstand zu kämpfen, und das bei größter Schwäche. Er kämpfte auch gegen die Begütigungsversuche Jennis. Nur bei den Kindern, die sich wenigstens *einmal* blicken ließen, nahm er sich etwas zusammen, aber offenbar nicht so weit, daß sie wiederkamen. Bring mich hier raus, sofort! befahl er Jenni. Nein, Jenni, so viel Wut konnte nicht gesund sein.

In der dritten Nacht begann er bitterlich zu erbrechen, erbrach, als seine Galle erschöpft war, dünnen Kot, der ihm von den Lippen troff. Es war ein Exzeß von Elend und Demütigung, der das Personal nun doch wieder zu alarmieren vermochte. In zeitloser Frühe wurde er zum Röntgen gerollt, verstand so viel, daß der Darm an der Stelle, wo man ihn zerschnitten und vernäht hatte, eine Schwellung produzierte, ein Ödem, ja. Nun hatte die Operation also genau den Verschluß herbeigeführt, dem sie hatte vorbeugen wollen. Seine Alpträume, und dann auch Doktor Stehle, sprachen bereits von einer zweiten Operation; natürlich würde auch diese unbedenklich sein.

Wenn man vor Elend erbrechen muß und vor Rippenschmerz nicht erbrechen kann, ist der Tiefpunkt erreicht. Jenni hielt seine Hand nun in festem Griff. Jetzt kann es nur noch aufwärtsgehen, sagte sie. Sie war ihrer Bibliothek ferngeblieben, immerhin, um ihn, den Notfall, zu begleiten. Endlich, dachte Orka. Was muß noch passieren, daß sie diesen Scheißberuf ganz sausen läßt. Nur noch DA ist. Er war widerwärtig. Aber wenn von einer zweiten Operation die Rede ist, um die Folgen der ersten nur möglicherweise zu beseitigen und neue, unabsehbare zu produzieren, braucht ein Patient nicht auch noch nett zu sein. Nein, Herr Doktor, nein, Jenni. Das macht ihr mit mir nicht mehr. Blanke Wut statt angepaßter Heilung, das war etwas Neues, Orka genoß es nicht, die andern aber durften es sich schon einmal gefallen lassen. Es war ihm nicht ganz unlieb, daß er diese gnadenlos Gesunden verstörte. Sie kannten ihn nicht, Jenni und Doktor Stehle, jetzt sollten sie ihn kennenlernen.

Mitten in der vierten Nacht geschah etwas Merkwürdiges. Leemann, der niemals Besuch erhielt, redete, er redete unzweifelhaft mit Orka. Es macht nüt, sagte er mit halboffenem Mund lallend, aber verständlich. Es gaat Ihne doch immer na guet. Er lallte ins Halbdunkel des Zimmers hinein – das Nachtlicht ließ ja keine Stockfinsternis aufkommen – und hatte sein Gesicht herübergedreht; es zitterte von der kleinen Anstrengung, Orka meinte eine stille Heiterkeit darin zu lesen. Plötzlich hielt er es für möglich, daß der alte Mann für ihn betete.

So heilte er denn, noch zögernd zwar, aber die zweite Operation, die er glatt verweigert hatte, erübrigte sich wirklich. Er behielt seine Süppchen und Breie bei sich. Er hatte sogar Wind. Schamvolle Ewigkeiten auf dem Bettrand halb lehnend, halb sitzend, trotz der Wunde im Bauch, quälte er sich das erste Wasser ab. Einen Tag später bewies er seine Durchlässigkeit für das sogenannte Hauptgeschäft, und als eine alte Schwester von »Hungerstuhl« sprach, kamen ihm unerwartet Tränen. Als ihm der Chef erklärte, man habe ihm schon eine Gummizelle einrichten wollen, begann er zu lachen wie Rotkäppchens Wolf, den Bauch voller Steine. In der Nacht sang Leemann mit schütterer Stimme »Wo Berge sich erheben«; Orka hatte es zuerst für einen Hilferuf gehalten, aber es war ein Gesang. Am nächsten Morgen wurde Leemann aus dem Zimmer gerollt, zum Sterben, Orka wußte es nicht, aber seine Tränen sagten es ihm. Er hatte seit seiner Kinderzeit nicht mehr geweint, war nur manchmal mit nassen Augen erwacht, ohne zu wissen, warum. Jetzt haben Sie ein Einzelzimmer, sagte ihm die ältere Schwester. Er hat immer zur Blutbuche hinübergeschaut, sagte Orka. Ja, erwiderte sie, er hat einen Familiengarten gehabt. Aber keine Familie, sagte Orka. Die Schwester erwiderte: Wie so viele. Orka schwieg.

Er hatte wieder zu lesen begonnen. Jenni brachte ihm die Zeitung und dann ein Buch Alexander von Humboldts, über Reisen ins Innere Südamerikas. Orka hatte Hunger nach einer Sprache, die die Erde verstand, das schwer Verständliche mit Geduld berührte und verstreute Erscheinungen mit eigensinnigen, manchmal tastenden Sätzen verband. Der Schnitt in seinem Bauch sei schön, fand der Oberarzt, als er ihm die Fäden aus dem immer noch geröteten, geschwollenen Fleisch zupfte; es war unempfindlich, prickelte nur. Die Narbe wirkte fremdartig und obszön. *Orca gladiatrix.*

Der Schnitt verkleinerte sich, war mit einem einfachen Klebeverband zu bedecken; der Tag kam, wo er eine Hose darüberziehen konnte – es ging so leicht, er mußte abgenommen haben – und abgeholt wurde. – Sie haben mich noch einmal ausspucken müssen, sagte er zu Jenni, als sie ihn nach Hause fuhr, in ihrem Kleinwagen, der seinem Eingeweide allerhand zumutete.

Du hast dich nicht besonders beliebt gemacht, sagte sie.

Das klingt wie ein guter Anfang, erwiderte er.

Sie schien anderes zu denken und lächelte erst, als sie die nächste Kurve zu scharf genommen hatte und sich dafür entschuldigte.

Das Haus stand ja noch. Tagsüber blieb es nun leer. Es war nicht nötig, daß Jenni der Arbeit fernblieb, Orka zuliebe, und sie dachte auch nicht daran. Die Kinder gingen zur Schule. Orka schleppte sich mit kleinen Schritten auf die Terrasse in die Sonne. Er sah dem Hopfen zu, der die Stangen des Schutzdachs überwuchs; sein starkes Wachstum hatte sich verlangsamt, die Blätter aber waren fest geworden und dicht. Die Triebe suchten die Luft immer noch nach einem Halt ab, aber jetzt stieg er auf keine Leiter, um sie niederzubinden. In einer Woche wurde er wieder zum Unterricht erwartet. Er hatte keine Lust, sich darauf vorzubereiten. Er versuchte sich die Tage lang werden zu lassen, aber so lang wie in der Kindheit wurden sie nicht mehr. Die endlosen Sonntagnachmittage damals. Wann kam eigentlich die Lebenszeit, wo war sie hingekommen?

Mittags kochte er, ein leicht gebückter Mann am Herd; inzwischen hatte auch Lothar das meiste essen gelernt. Zehn von vierzehn Jahren hatte er von Vanilleeis, Pommes frites und Salat gelebt. Sonja lobte die Kochkunst des Vaters; auch wenn er wußte, daß ihr Junk Food lieber gewesen wäre. Sie redete jetzt wieder öfter mit Orka, auch über ihre Lehrer. Er fragte sie, ob sie angefangen habe, sich für alte Männer zu interessieren. Sie lachte, aber sie war errötet. Der Tag war lang genug für seltsame Gedanken. Beim Kochen gab er sich Mühe, jedes grüne Blatt einzeln für sich zu behandeln und jede Rippe zu spüren, wenn sie in seiner Hand lag.

Jenni schien seine Mühe gelten zu lassen, ohne sich recht zu freuen. Vielleicht übertrieb er in ihren Augen die Eßkultur.

Aber wenn sie die umständliche Sorgfalt, mit der er den Tisch deckte, als Vorwurf empfand, war es nicht seine Schuld. Sie verabschiedete sich wieder mit dem gewohnten Kuß. Der psychologische Fortbildungskurs war in eine intensive Phase getreten. Sie verspätete sich auch sonst ab und zu, dann war sie mit einer neuen Kollegin ins Kino gegangen. Aber sie ließ sich selten herbei, über den Film zu reden. Sie war fröhlich, manchmal reizbar, öfter abwesend; das eigene Leben beanspruchte ihre Kräfte, aber er begriff, daß es wichtig war für sie. »Wichtig« wurde ein häufiges Wort.

Über die Fortpflanzung der gefräßigen Räuber fehlen uns zur Zeit noch alle Nachrichten.

In Orkas Arbeitszimmer hing eine Reproduktion von Vermeers »Der Geograf«. Ein noch junger Mann stand in der Mitte seines Raums über einen Arbeitstisch gebeugt, aber sein Kopf war aufgerichtet, mit einem Ausdruck der Prüfung und des ernsten Unglaubens, der ihm etwas töricht zu Gesicht stand. Es trug die Unschuld des Weltmanns, des Kavaliers zur Schau. Das sollte kein vergrabener Gelehrter sein, sondern ein Gentleman-Student, dem zuzutrauen war, daß er ritt, sich schlug oder zur See fuhr. Ein Liebhaber der sachlichen Entdeckung, gut erzogen, von Stand. Mitten in der Arbeit mit Zirkel und Reißbrett hatte er sich unterbrochen, um, in Augenhöhe, etwas nachzuprüfen, was er ungeprüft nicht nachzeichnen wollte. Was mochte es sein? Orka unterhielt sich stundenlang damit, die Ebenen dieses Bildes so zu verschieben, daß die unsichtbare Wand, von der die Erleuchtung fallen mußte, sichtbar wurde. Er entwarf das Studierzimmer von hinten, von der andern Seite, er zeichnete seinen Grundriß auf. Aber der blinde Fleck blieb verborgen in jeder Perspektive. Was dem jungen Mann aufgegangen war, wollte sich Orka nicht zeigen. Es gelang auch nicht, das Gesicht des jungen Geografen als Spiegel zu betrachten, um darin zu lesen. Der Gegenstand seines sachlichen Staunens wollte nicht Gegenstand werden, auch wenn man gerade noch angeben konnte, wie weit entfernt er war.

Er ist ja auch jünger als ich, dachte Orka. Dazu fiel ihm noch ein, daß alle großen Welträtsel von Männern unter dreißig gelöst worden waren.

Sieht man diese Mörder in der ihnen eigentümlichen Schwimmweise durch das Wasser streichen und bei hochgehender See in schön gerundeter Bewegung Welle auf und ab eilen, so stellt man unwillkürliche Vergleiche mit dem kunstvollen Flug der Schwalben an, Vergleiche, welche durch die eigentümliche Art der Farbenverteilung nur an Berechtigung gewinnen.

Manchmal versuchte Orka von seinen Kindern zu hören, was sie in Geografie durchnahmen. Aber Sonja war dem Fach Geografie gerade entwachsen. Und Lothar sagte: Normal. Südamerika. Der Bewegungsradius der Gymnasiasten hatte das Fach Geografie entwertet. Sie konnten alles sehen, warum brauchten sie darüber noch etwas zu wissen.

Manchmal wäre Orka dem leeren Haus gern davongefahren, aber womit? Er hatte den Wagen verkauft. Er hatte den Kindern allerhand über Lebenskunst erzählt. Statt Zeit vor dem Rotlicht zu verlieren, könne man Zeit gewinnen durch die Geruhsamkeit des öffentlichen Verkehrsmittels. Das sei eine andere Zeit, eine freiwillige, in der man lesen könne, herumblicken, sich Gesichter einprägen, kurzum: leben. Man brauche nicht zu rütteln am Ablauf der Minuten, denn man zähle sie nicht. Das einzige, was rüttle, und zwar behaglich, sei der Zug. Schon vor der Operation hatte Orka öfter von seiner »Lebenszeit« gesprochen, die in fortgeschrittenen Jahren nicht mehr zu verlieren sei. Eile aber sei die übliche Form, sie zu verlieren.

Bei einem Philosophen hatte er gelesen, die halbe Lebenszeit eines Siebzigjährigen sei durchlaufen, wenn er neunzehn sei, subjektiv gemessen. Dann kam Orka wieder mit den endlosen Sonntagnachmittagen seiner Kindheit hervor. Sonja fragte, wie man subjektive Zeit objektiv messen könne. Das wußte Orka auch nicht zu sagen, aber er ließ sich nicht nehmen, sein Philosoph habe recht. Und die Kinder würden es schon noch erleben, wenn sie studierten, ohne Aussicht auf einen Job. Wenn sie dann nicht verzweifeln wollten, bleibe nur der Weg, das Studium als geschenkte Zeit zu betrachten. Auch mit der eigenen Zeit müßten wir ökologisch umgehen lernen. Es gäbe unterhalb der verrinnenden, auslaufenden Zeit eine stehende und verweilende. Was man zum Beispiel daran bemerke, daß man in spannenden Lebenslagen zwischen Kurzweil und langer Zeit nicht mehr unterscheide. Wenn man vom Urlaub zurückkehre, habe man das Gefühl, ewig fortgewesen zu sein. Zugleich aber seien die Tage im Flug vergangen. Das komme davon, wenn man sich nicht nur in eine andere Welt, in einen fremden Raum begebe, sondern auch auf eine tiefere Schicht der Zeit. Der *erlebten* Zeit! – Nie wieder, stöhnte Lothar, und auch Jenni machte ein Gesicht, als habe es nicht auch schon gelungene Ferien gegeben. Nun gut, jetzt würde man nie mehr im Familienwagen zu fahren brauchen. Er hatte ihn abgeschafft, bedauerte nur – es machte ihn aber nicht irre –, daß er diesen Gewinn allein zu vertreten hatte.

Um dem leeren Haus davonzufahren, fehlte ihm der Wagen jetzt doch.

Jennis neues Leben hielt sie in Atem. Von Depressionen keine Spur mehr. Sie hatte die Bibliothek ihrer Schule durch eine Videothek ergänzt. Kein Luxus. Gerade weniger begünstigte Kinder, hörte Orka, besäßen zu Hause ein Videogerät. Die kleinen Türken, Jugoslawen und Italiener blieben auf diese Art ihrer Kultur verbunden. Auch die Bibliothek, die Orka noch nie besucht hatte, mußte er sich offenbar als eine Mischung von Spielzeugladen, Disco und Boutique vorstellen. Jenni glaubte nicht daran, daß man für das Lesen anders werben könne als lustbetont. Von Haus aus lasen die meisten Schüler nicht mehr. Es ging zuerst darum, ihnen eine Atmosphäre des Vertrauens zu bieten. Sie sollten mit den Büchern spielen dürfen, sie in die Hand nehmen wie Klötzchen. Wenn *wir* lustig genug sind, machen wir ihnen auch Lust zu lesen, sagte Jenni. Sie kümmern sich doch nie darum, was wir ihnen erzählen. Nur um das, was wir ausstrahlen.

Jenni strahlte allerhand aus, das konnte Orka selbst sehen. Er gab sich Mühe, nicht als Griesgram darauf zu reagieren. Immerhin konnte er den Hinweis nicht ganz unterlassen, daß die Kinder auch *Abgrenzung* nötig hätten. Jenni habe ja gesehen, was aus Sonjas Fest geworden sei. Als ihre Mutter sich beim Mittanzen vergessen habe. So sagte er es gerade nicht. Aber es war klar, daß er es so meinte und daß die Erinnerung Jenni verstimmte. Sie benahm sich nicht wie eine Frau, deren Lebenszeit der Schonung bedarf. Orka stellte mit einer Spur Neid fest, daß sie ihre Arbeit liebte. »Liebe und tu, was du willst«, hatte er am Familientisch selbst verkündet. Er hatte damit den Kern des Christentums gemeint, aber nicht die Verkennung der eigenen Möglichkeiten. Und schon gar nicht einen kroatischen Segellehrer.

Mehr als früher hatte Orka in den Tagen seiner Genesung das Gefühl, daß die Dinge an ihm vorbeiliefen. Und daß er in Gefahr war, darüber kleinlaut zu werden oder, im Gegenteil (Lothars Sprache:) »große Töne zu spucken«. So war er froh oder beinahe, als am Montag auch für ihn die Schule wieder begann.

Bei dem holländischen Dorf Wyk op Zee strandete ein 5 m langes Weibchen und gab einem tüchtigen Naturforscher Gelegenheit, es zu beobachten. Als dieser es zuerst sah, prangte es noch in einem eigentümlichen Farbenspiel. Der schwarze Glanz spielte in allen Farben des Regenbogens, und das Weiß glich an Reinheit und Glanz dem Porzellane. Aber schon nach wenigen Tagen war von dem Farbenschimmer nichts mehr zu sehen; die oberste Haut trennte sich nach und nach ab, und nach Verlauf einer Woche war das Tier durch die eingetretene Fäulnis gänzlich verstümmelt und entstellt.

An seinem ersten Schulmorgen hatte er ein merkwürdiges Erlebnis.

Er stand am Fenster und diktierte; er bemerkte zum ersten Mal (obschon es nur logisch war), daß er auch von seinem Fenster zum Spital hinübersehen konnte. Er sah es, das Gebäude, das nun hinter ihm lag. Er würde es nicht so bald wieder betreten. In den Diktatpausen sah er drüben, vor dem Haupteingang, Taxis kommen und gehen. Er unterschied zwischen Fahrgästen, die kamen, um zu besuchen, und solchen, die bleiben mußten, die vielleicht zum letztenmal ein fremdes, *sehr* fremdes Haus betraten. Die einen blieben vor der Frau mit dem Blumenstand stehen, um sich Rosen oder Zyklamen zu kaufen, einen kleinen Ablaß für sich selbst, während die andern sich mit Blumen nicht mehr aufhielten. – Wenn es still wurde im Raum, das Gekritzel sich legte, galt es, sich zu fassen und weiterzudiktieren.

Er diktierte nicht ungern. Er glaubte nicht an das fotokopierte Material, das seine Kollegen stoßweise abgaben. Das Skript war kein Ersatz für das altmodische Diktat. Das langsam gesprochene, eigenhändig nachgeschriebene Wort hatte eine bessere Chance, haftenzubleiben. Zwischendurch starrte er auf ein Schülerheft nieder. Es war kein Wunderwerk mehr wie früher. Damals hatten sich die Schüler als Schönmaler hervorgetan, um sich beim Lehrer beliebt zu machen. Oder um einer Gefährdung in der Probezeit vorzubeugen, indem sie sein Auge bestachen. Sie hatten längst gemerkt, daß ihnen im Fach Geografie ohnehin nichts passieren konnte. Vielleicht, dachte Orka, sollte ich auch einmal strenger werden. Nein, ihre Augen hatten nicht geradezu geleuchtet, als er wieder, immerhin eine Spur behindert, vor die Klasse trat. Die ausgefallenen Stunden waren ihnen lieber gewesen als die chinesischen Bauern, als ihr aufopfernder Kampf mit dem Löß.

Gerade hatte er die Stimme wieder erhoben, da sah er weit weg eine bekannte Frau aus dem Haupteingang des Spitals treten. Sie ging schnell, sah sich nicht um und war nach ein paar Schritten hinter der Hecke des Parkplatzes verschwunden.

Was hatte Jenni um diese Zeit im Spital zu schaffen?

Plötzlich öffnete sich vor ihm ein Abgrund völliger Klarheit. Er hatte *gesehen,* er sah noch immer – es war so einleuchtend, was er sah, daß es ihm nicht einmal die Sprache verschlug. Er konnte sich zuhören, wie er den Absatz zu Ende diktierte. Seine Stimme war kaum heiser geworden. Er stand da, als wäre nichts gewesen – nichts, was er nicht schon immer heimlich gewußt hatte. Jetzt lag es auf der Hand, und endlich legte er auch sein Buch ab. Jetzt war es also »nachgekommen« und stand vor ihm, ungeheuer und still.

Orka mußte sterben. Nicht irgendwann, sondern bald, in nächster, in sehr absehbarer Zukunft. Die Operation war nicht harmlos gewesen. Sie hatte etwas zutage gebracht, was die Welt erschütterte, wenn auch nur für ihn. Sonst – auch das sah er in diesem Augenblick gestochen klar – sonst würde alles glatt weiterlaufen. Er fiel aus der Welt, aber ihr Faden riß nicht. Die Nächsten, die es anging – wie lange würde es sie angehen? – unterhielten sich bereits über die Zeit *danach.* Er aber sollte nichts wissen. Dieses Wissen wurde ihm nicht zugetraut. Er sollte seine Zeit noch – was denn? – genießen? Wenn er zu diesem Wort gelächelt hatte, spürte er es jetzt kalt werden in seinem Mund. Jenni war im Spital gewesen, um sich mit den Ärzten über das Unvermeidliche zu unterhalten. Und darüber, wie man vermeiden konnte, mit *ihm zu* reden.

Die Schüler durften ihn jetzt nicht ansehen. Also diktierte er weiter. Vielleicht hatte er einen Abschnitt übersprungen, darauf kam es jetzt nicht mehr an. Die Köpfe blieben gebeugt. Das dunkle, glatte Haar dicht unter seinen Augen hätte er an sich ziehen, sein Gesicht darauf legen können – warum denn nicht? Jetzt war er doch frei. Sein Leseton war ihm unvertraut und widerwärtig. Es waren nur noch Bruchstücke einer Stimme, die in seiner Kehle scheuerten. Hörten die denn nichts? Er spürte ein Verstummen sich ausbreiten, weit, bis an jenen Horizont, an dem Menschen standen, bewegungslos, Schatten, chinesische Bauern, mit einem einzigen Schlag in Abwesende verwandelt. Einem Schlag aus heller Luft, die ebenfalls aufgehört hatte, sich zu rühren. Kein Wind. Hier stand Jenni, verloren wie alle, verloren für immer. Abwesend. War sie nicht die ganze Zeit eigentümlich abwesend gewesen? In Gedanken verloren, um dann, überrascht, ertappt, in Herzlichkeit zu verfallen? Und während er weiter diktierte, nahm er das schwarze glatte Haar unter ihm in seine gefühllose und doch zitternde Hand, hob es an, legte den kindlichen Nacken darunter frei, beugte sich tief und biß, mitten im Diktat, hinein, ohne daß die Schülerin sich rührte. Sie kroch nur etwas in sich zusammen wie eine junge Katze, die bereit ist, den Kater zu dulden –

Das wäre noch schöner gewesen.

Statt dessen hatte er sich mit seinem Lehrerschritt wegbegeben, hörte sich noch immer LÖSS sagen, sein Geschlecht hatte sich erhoben, das Wort LÖSS war zu einem schlüpfrigen Lautkörper geworden, sein Mund wässerte. Er war nichts mehr als ein häßlicher alter Mann. Das hatte noch gefehlt.

Am Pult drehte er sich um, als hätte er ein Minenfeld durchquert. Er spürte Totenkälte in seinem Gesicht und sagte NEIN, ohne Ton.

Laut, halblaut sagte er, an dieser Stelle müsse er abbrechen, er habe noch etwas zu erledigen, sie möchten sich doch bis zum nächstenmal mit den Lößbauern beschäftigen und jetzt bitte keinen Lärm machen, BITTE.

Natürlich ließen sie draußen ihre frisch gebrochenen Stimmen sofort laut werden, posaunten den Ausfall ihres Lehrers durch alle Korridore. Er aber stand auf einem kaum fußbreiten Stück Boden zwischen zwei Bänken. Das Leben war gewichen aus diesem Raum. Er stand wie ein Denkmal mit der Inschrift GEWISSHEIT, stehen gelassen für immer. Jetzt konnte er ja auch gehen, irgendwohin, es machte keinen Unterschied. Überall war so gut wie anderswo und nirgends.

Er hätte noch eine Stunde zu geben gehabt, aber es gab keine Stimme mehr für diese Stunde. Er kritzelte eine Nachricht auf das erste beste Papier, an diesem Vormittag finde keine Geografie mehr statt. Oder wie mochte sie lauten, die passende Formulierung. Er brauchte ja nicht zu unterschreiben. Er klebte den Wisch draußen an die Tür, nicht ohne daß sich der abgerissene Kleber um seine Finger wand. Kaum beherrschte er noch die Wut und Ohnmacht, mit der ihn das störrische Objekt vergiftete. Schließlich aber klebte der Zettel nicht mehr an ihm, sondern am Türholz, schief; jetzt konnte er gehen, gemessenen Schritts. Er wunderte sich beinah, daß der Raum vor ihm nachgab. Eben war da doch noch eine Mauer gewesen, aber die Mauer wich zurück, und er folgte ihr, bis sie verschwand und er, geblendet, die Augen schließen mußte. Jetzt war er draußen, in einem schönen Tag.

Er ging langsam, unaufhaltsam, spürte die Wunde nicht mehr.

Unterwegs gingen seinen verlorenen Augen Bäume auf, hie und da ein Gesicht, ein fremdes Stück Fassade. Nach einer unbestimmten Zeit des Gehens – nicht einmal ein Gebet fiel ihm ein – war das Folgende deutlich:

Sie würden es ihm nicht sagen, wenn er fragte. Wenn sie es ihm bisher verschwiegen hatten, würden sie es nun, da er fassungslos war, erst recht tun. Sie glaubten ihn zu kennen. Er war einer, der die Wahrheit nicht ertrug. Sie wollten nicht schuld sein, wenn ihm alles zusammenbrach. Wenn er nichts weiß, macht's ihn nicht heiß. Dann lebt er noch eine Weile unbefangen. Jedenfalls ist es dann immer noch früh genug –

Sie würden sich wundern.

Er beschloß, sie zum Lügen zu zwingen. Und dann zu überführen.

Das Tier durchschwamm den Strom, als es schon sehr schwer verwundet war, immer noch mit einer Schnelligkeit von 8 Seemeilen in der Stunde und behielt seine volle Kraft lange bei, obgleich es bei jedem Auftauchen eine neue Wunde erhielt.

Er war noch nie zu Fuß nach Hause gegangen; und er war, wie ihm schien, trotz der Behinderung nie leichter zu Fuß gewesen. Selbst am Berg zeigte sein Herz keinerlei Wirkung. Es schien an seinem Todesurteil unbeteiligt. Es war Mittwoch, ein voller Arbeitstag Jennis, aber die Kinder hatten nachmittags schulfrei. Früher war es so gewesen, daß er sich mit ihnen im Hallenbad zum Mittagessen traf, nachdem sie eine halbe Stunde geschwommen hatten; Lothar schwamm neuerdings auf Zeit. Das Hallenbad stand auf der Höhe hinter Orkas Haus. Er war darauf gefaßt, das Haus leer zu finden, aber heute hörte er ein Geräusch in der Küche. Jenni stand vor dem Kühlschrank und schälte Spargel. Sie war nicht erschrokken, als sie ihn sah, hatte sich kaum nach ihm ungedreht. Ihre Schule habe schließen müssen, sagte sie. Jemand habe Buttersäure im Korridor vergossen, der Gestank habe das Gebäude unbewohnbar gemacht. Ein Demonstrant, man wußte nicht, wofür oder wogegen; neuerdings hatte es an ihrer Schule mehrere anonyme Anschläge dieser Art gegeben.

Du bist da, sagte Orka unter der Tür. Jenni war kleiner, als er sie in Erinnerung hatte, ihre bauschigen Schlotterhosen wirkten schon sommerlich und unternehmungslustig.

Jetzt gibt es Spargel, sagte Orka.

Sie habe plötzlich Lust gehabt, auf den Markt zu gehen.

Aber die Kinder wissen nichts davon, sagte Orka.

Jetzt sah sie ihn zum erstenmal an, sie hatten sich nicht geküßt. Wovon? fragte sie. Und dann: Was ist mit dir?

Nichts, sagte er, aber die Kinder wissen nichts davon, daß sie nicht ins Hallenbad, sondern nach Hause kommen sollten, weil es jetzt Spargel gibt.

Den gibt es zum Abendessen, sagte sie, aber wie redest du denn?

Wie rede ich denn? fragte er.

Förmlich, sagte sie, komisch.

Ich bin komisch, sagte er, aber wenn es die Spargel erst am Abend gibt, dann würde ich mich freuen, wenn du mich jetzt ins Hallenbad begleitetest.

Das wollte ich ja, sagte Jenni immer noch befremdet. Ja, sagte er, ich habe die letzte Stunde ausfallen lassen.

Wie geht es dir denn, fragte sie, schien sich erst jetzt daran zu erinnern, daß er zum erstenmal wieder unterrichtet hatte.

Ich bin zu Fuß nach Hause gekommen, sagte er.

Sie schüttelte ganz leicht den Kopf. Ich bin gleich fertig, sagte sie. Wenn du noch warten willst, hier ist die Zeitung.

Er rührte die Zeitung nicht an, wartete stehend unter der Tür auf Jenni, die nach einer Weile seinen Arm nahm und eigentlich schneller ging, als die Rücksicht auf seine Wunde geboten hätte. Er beschloß noch einmal zu schweigen. Auch Jenni sagte kein Wort. Sie nahm es hin, daß er ihr seinen Arm nach ein paar Schritten entzog.

Als sie im Hallenbad feststellten, daß sie keinen Appetit hatten – es sei zu heiß, fand Jenni –, lächelte er zum ersten Mal. Sie saßen im Zuschauerraum des Hallenbads und blickten auf die neue Anlage nieder, die der Stolz der Gemeinde gewesen war. Warum *gewesen*? fragte Jenni. Sie rentiere nicht. – Wir hätten heute auch schon zum See gehen können, sagte Jenni.

Der hohe, wie schwebende Wasserspiegel überflutete die abgerundeten Kachelwände bei jeder Bewegung im Becken. Es dauerte eine Weile, bis Orka im besten Schwimmer seinen Sohn erkannte. Lothar durchmaß mit zielstrebigen Crawlbewegungen eine Länge nach der andern, wendete an der Wand mit fachmännischem Überschlag und nützte die Energie des Abschnellens aus, bevor seine Arme wieder rund und taktfest zu kreisen begannen. So ging das also. Alles lief schon jetzt sehr gut ohne ihn. Mit steifem Lächeln begrüßte Orka die Tochter, die nur schnell bekanntgeben wollte, daß sie ihr Haar noch trocknen müsse. Auch sie hatte er nicht erkannt, als sie ihm noch den Rücken zudrehte. Sie war ja eine Frau. Jenni sah frisch aus, das charaktervoll zerarbeitete Gesicht, die neuerdings ungebändigten Locken machten sie jünger. Sie würde noch jünger werden in der kommenden Zeit, Orka wunderte sich, daß er keine Bitterkeit in sich entdeckte. Jennis Lebhaftigkeit war ohne Vorsatz, ohne Rücksicht. Es kostete sie keine Mühe, auf ihn keine Rücksicht zu nehmen.

Als die Kinder an der Theke waren, um sich einen Nachtisch auszusuchen, kam Orka ein Einfall: Wenn Jenni selbst etwas fehlte? Wenn sie gar nicht seinetwegen im Spital gewesen war?

Du siehst etwas angegriffen aus, log er, ist dir heute morgen etwas passiert? Außer Buttersäure?

Sie sah ihn überrascht an.

Was soll denn passiert sein? fragte sie.

Es könnte dir nicht gut gewesen sein.

Wie kommst du darauf? Ich glaube, du projizierst. *Dir* war nicht gut, hast du gesagt. – Geht es dir besser?

Danke, sagte er, ohne ihren Blick loszulassen; er hatte nicht erwartet, daß sie wegsehen würde, eine Spur errötend, aber sie tat es.

Was möchtest du mir *wirklich* sagen? fragte sie.

Jetzt blickte sie ihm wieder in die Augen, aber er glaubte die Anstrengung in ihrem Blick zu erkennen.

Du hast mir also nichts zu sagen.

Was soll ich dir zu sagen haben? fragte sie, und jetzt war ihr Blick lebhaft vor Empörung.

Es war schon eine Weile ihre Art, auf Fragen mit Gegenfragen zu antworten. Sie gebrauchte, seit sie diesen Fortbildungskurs besuchte, Wendungen wie »du projizierst« und »was willst du mir *wirklich* sagen«. Also fragte er nicht weiter, außerdem kamen die Kinder zurück, Lothar mit einem Stück Linzertorte, Sonja mit leerem Teller. Es war ihr eingefallen, daß sie keinesfalls zunehmen durfte. Jenni lächelte nicht dazu, und Orkas Lächeln wäre verübelt worden. Es mußte unklar bleiben, wie weit Sonjas Freundschaften reichten. Sie durften den Eltern nicht gleichgültig sein, zugleich hatten sie sich nicht im geringsten darum zu kümmern. »Die Eltern«, dachte Orka. Das funktionelle Paar. Jetzt waren sie durch eine verschwiegene Wahrheit getrennt.

Im Todeskampfe gab er seinen Schmerz durch klägliches Ächzen und Stöhnen zu erkennen.

»Normal«, nannten die Kinder ihre Vormittage in der Schule. Auch danach durfte bekanntlich nicht geradezu gefragt werden. Jenni hatte sie wohl über sein Schicksal im dunkeln gelassen. Also war auch ihre Abwehr seines Interesses normal. Alles normal.

Merkwürdig, wie beiläufig auch ein Schockzustand werden kann. Orka gab nicht mehr lange Schule, in den nächsten Tagen aber gab er Schule wie immer. Manchmal lauschte er seinen Worten nach. Was verrieten sie? Aber seine Erschütterung schwieg. Sie machte sich nicht bemerkbar, legte es auf keine Doppelsinnigkeiten an. Daß er letzte Worte redete, wußte er allein. Das Wort »allein« kam ihm häufiger in den Sinn als sonst, das war alles. Sein Unterricht war ja schon früher »apokalyptisch« gewesen, hatte ihm ein Inspektor gesagt, mit einem starken Lob für sein »Engagement«. Natürlich wußte Orka: das war ein Tadel. Der Staat bezahlte ihn nicht dafür, daß er das ökologische System unheilbar nannte und das Netz, in dem wir alle hingen, zerrissen. Bewußtseinsbildung bitte nicht zu Lasten des Lehrplans. Orka war ein guter Lehrer, und ein untragbarer. Er konnte von Glück reden, daß sein Fach nicht zählte.

Da konnte er sie ja auch leichtnehmen, die Zeichen an der Wand. Hatte er denn nicht ausgesorgt? Was ging ihn jetzt noch die Verwundbarkeit des Planeten an? Die Sorge um die nächste Generation? Die wollte seine Sorgen gar nicht, sie hatte ganz andere. *Ich* brauche das Haus einmal nicht, hatte Lothar verkündet. Der Sohn des Geografielehrers hatte für seine Zukunft eher Nepal im Auge, eventuell Feuerland. Beides hatte er durch die Erzählungen des Vaters kennengelernt, der selbst nie dort gewesen war. Aber dafür unterrichtete er ja Geografie. Andere Leute machen in seiner Lage die bekannte Weltreise. Orka ertappte sich dabei, daß er an die Erde keinen Wunsch mehr hatte. Er hatte sie gegen ihre

Ausbeuter vertreten. Kennenlernen wollte er sie nun nicht mehr.

Auch dafür hatte er immer Gründe gehabt. Der Tourismus in die Dritte Welt ist ein Selbstbetrug, Lothar. Die letzten Paradiese werden durch ihre Sucher zerstört, Jenni. Das erste Transistorradio in einem Dorf am oberen Sepik, Sonja, ist der Anfang vom Ende dieses Dorfes. Die Ursprünglichkeit, die sich der Besucher dort abholen möchte, wird zwei Jahre später bereits die Ware sein, von der das Dorf leben muß. Und wenn es sich davon etwas kaufen kann, merkt es erst, wie wenig es dafür bekommt. Hört ihr mich noch? Der erste Schritt zur Entwicklung ist die Einsicht in die eigene Rückständigkeit. Wird sie aber eingesehen, so ist sie unheilbar. Denn die Verkäufer ihrer Heimat erleben schnell, daß sie davon doch nie so prächtig leben werden wie die Käufer, und so weiter. Nur so weiter, liebe Familie, ich rede ja nur noch für mich *allein.*

Also keine Weltreise. Dafür sechs Schulstunden täglich wie immer, wie nicht mehr lange. Orka konzentrierte sich manchmal auf das Ende. Er konnte nichts davon kommen fühlen. Das war ominös, das wußte man aus der Ökologie. Die Bauchwunde heilte überaus gutartig. Sie verschloß ihr Geheimnis, das Wissen, das Orka gegen diejenigen hütete, die es ihm nicht zutrauten. Das Aussetzen des Blicks, wenn Orka etwas teuer Gewesenes ansah. Ein Bäumchen, das er noch selbst gepflanzt hatte. Sein Wachstum würde er nicht mehr erleben. Noch ein Frühling, noch ein schwerer Sommer? Wie schwer? Orka marktete nicht. Er brauchte es nicht zu wissen. Was er wissen wollte, war nur noch dies: wie weit war man zu gehen bereit, um ihn zu betrügen? Manchmal schien ihm diese Frage das einzige, was ihn vor dem sofortigen Zusammenbruch bewahrte. Ein belebendes Seelengift. Er hatte die schlimmste Karte gezogen und die stärkste: Er brauchte sie nur auf den Tisch zu legen, dann war das Spiel für die andern gelaufen. Für diesen Augenblick lohnte es sich beinahe noch zu leben.

Es hatte sich außerdem begeben, daß, in der Folge der bisher größten Kalamität in unserer Energieversorgung, eine strahlende Wolke über Europa aufgezogen war. Orka hatte sie längst kommen sehen, nun war sie gekommen und erfüllte ihn mit Gewißheit und Genugtuung. Freilich entzog sie seinem Sterben auch das spezifische Gewicht. Wovon man sich gestern noch ein wenig Heil versprochen hatte, junges Grün, frische Milch, gesundes Keuchen beim Jogging: all das war heute verboten, zu Gift geworden, ohne daß es zu schmecken oder zu riechen war. Junge Männer aus Sonjas Klasse waren, als Notfall-Kommissare getarnt, mit einem Geigerzähler durch mehrere Großverteiler gegangen und hatten, unter den kummervollen, aber nicht einmal mehr zornigen Blicken der Filialleiter, ganze Regale des frischen Angebots entwertet mit kleinen gelben Aufklebern. Käuferinnen hielten Blumenkohl, Spargel und Salat an das Gerät, um zu sehen, ob es zu keckern begann. Das Keckern der Geigerzähler mußte den Konsumenten Gesicht und Gefühl ersetzen und hatte das Lachen vertrieben. Orka ärgerte sich über die Dummen, die auf ein Ereignis, ein vergleichsweise mildes übrigens, hatten warten müssen, um zu erschrecken. Er war erschrocken seit Jahren. Aber auch bei seinen Schülern zog er keinen Gewinn daraus, daß er es hatte kommen sehen. Er glaubte eher, einer leisen Verachtung über sein Rechtbehalten zu begegnen. Als wäre ihm dafür jeder Preis recht gewesen. Daß Sonja nicht einschlafen konnte, hatte mit Tschernobyl übrigens nichts zu tun. Mit ihrem Freund »laufe« nichts mehr. Das war jetzt auch Jennis Sprache. Seine Tochter hatte also Liebeskummer, nebenbei ging die Welt unter. Und was sollte *er* sagen.

Jenni spielte sehr begabt. Wenn sie Schuldgefühle hatte, als Takt und Rücksicht kamen sie nicht zum Vorschein. Sie schliefen nicht mehr miteinander. Das *kleine* Aufatmen der Körper ineinander fand nicht mehr statt, auch nicht ein Vorspiel dazu, in Blick oder Wort. Gelegentlich redete Jenni von Sexualität als einer Sache, die man den *Kindern* vertrauensvoll überlassen könne. Dabei wurde Orka nicht einmal mitgeteilt, wofür sein Vertrauen beansprucht wurde. Sonjas Freund sei älter, so viel ließ Jenni durchblicken. So alt wie ich? hatte er einmal gefragt. Hier verstanden die Frauen keinen Spaß. Und vielleicht war es ja auch keiner gewesen. Im übrigen war alles unauffällig, Jennis Umgangston munter, ein wenig zu mädchenhaft vielleicht, Orkas Bauch aber schwieg, und seine Seele auch, abgrundtief.

Der Weißwal wie der Seehund stürzen bei seinem Anblick angsterfüllt der Küste zu, ersterer in der Regel zu seinem Verderben, der letztere keineswegs immer zu seiner Rettung.

Eines Vormittags zwischen zwei Stunden rief Orka im Spital an und verlangte den Oberarzt. Der operiere. Um vier Uhr könne er damit fertig sein, wenn nichts Unvorhergesehenes geschehe, das sei immer möglich. Also setzte sich Orka um vier Uhr vor die Milchglastür auf einen freien Stuhl. Er hatte kein Buch mitgenommen. Zahllose Leute in verschiedenen Spitaltrachten huschten herum. Sie scherzten, schoben leere oder besetzte Betten an ihm vorbei. Wie verloren einer gehen kann, wenn er nicht beachtet wird. Nach zwei Stunden ist eigentlich gar keiner mehr da, wo man sitzt.

Es wurde sieben Uhr, bis sich der Oberarzt zeigte, noch in grüner Verkleidung. Auf seinem Bauch hatte sich ein Blutfleck ausgebreitet. Er hielt bereits die Zigarette im Mund.

Ich muß mit Ihnen reden.

Der Oberarzt wirkte entnervt. Ich habe den ganzen Tag operiert, sagte er.

Ich weiß, sagte Orka, und ich sterbe den ganzen Tag.

Warum denn? sagte der Oberarzt, ohne ihn auch nur anzusehen, und setzte sich auf den nächsten Stuhl. Jetzt starrten sie beide in das Grün des Gartens. Der Oberarzt schien nicht recht gehört zu haben, was Orka gesagt hatte, oder er war darauf gefaßt gewesen, oder es kümmerte ihn nicht. Er zog seinen Rauch in die Lungen.

Sie erinnern sich an mich? fragte Orka. Sie haben mich operiert, vor drei Wochen.

Eine Divertikulitis, sagte der Oberarzt.

Ich weiß, sagte Orka, und jetzt möchte ich alles wissen.

Das ist alles, sagte der Oberarzt. Was soll denn noch sein? Er sah Orka noch immer nicht an.

Es war eine große Operation, sagte Orka.

Es geht, antwortete der Oberarzt. Eine Divertikulitis kann eine Begebenheit sein.

Größer als Krebs, sagte Orka.

Wenn Sie wollen, sagte der Oberarzt.

Warum haben Sie mir nicht gesagt, daß es Krebs ist.

Weil es keiner war, sagte der Oberarzt. – Dann schwieg er. Verzeihen Sie, sagte er, mir ist gerade einer gestorben, auf dem Tisch. – Er erhob sich mühsam. Kommen Sie. Ich zeige Ihnen Ihren Operationsbericht, und den Bericht der Anatomie, dann haben Sie Ruhe.

Das Sekretariat der Chirurgie war um diese Zeit nicht mehr besetzt; der Oberarzt zog mehrere Schubladen auf, suchte den Schlüssel zu einem Rollschrank, umsonst, gab Orka das Gefühl, ihn mit einer unnötigen Zwängerei aufzuhalten.

Morgen ist Fräulein Müller wieder hier, sagte der Graue schließlich, ich werde veranlassen, daß Sie die Papiere bekommen.

Danke, sagte Orka.

Orkas Verspätung war zu Hause keinem aufgefallen. Jenni war gar nicht da, und Lothar hatte Kopfweh. Jeder hatte sich irgend etwas zum Essen besorgt, niemand räumte auf. Der Haushalt verwilderte, Lothars Chips bröselten über alle Böden. Er hatte immer Kopfweh, wenn eine Prüfung drohte, vermied dadurch, sich noch vorbereiten zu können, und am andern Morgen ging er dann doch zur Schule, seinem sicheren Unheil entgegen. Vielleicht suchte er auch nur einen Vorwand, sich in sein Zimmer zu verkriechen. Wo war die Mutter? Es war *sehr* bequem, sich auf die Selbständigkeit der Kinder zu berufen, um ihnen die Hilfe schuldig zu bleiben.

Dazu also bildete man sich weiter in Psychologie. Jenni mußte wissen, daß sich Lothar von Orka keine Nachhilfe gefallen ließ. Aber Jenni fehlte, um sich fortzubilden, um am Ende irgendwelchen Leuten besser nachhelfen zu können. Leuten, die den Vorzug besaßen, Fremde zu sein, während zu Hause gelitten wurde. Lothars Versagen nahm sie leicht. Wenn er es nicht mehr aushält, wird er es ändern, sagte sie. Wir können es nicht für ihn ändern.

Spätabends, als Lothar nochmals in der Küche erschien, um eine neue Tüte Chips anzubrechen – Jenni fehlte immer noch –, hielt ihm Orka eine Standrede. Wenn er wenigstens den Mut hätte, morgen wirklich die Schule zu schwänzen! Das wäre natürlich keine Lösung, aber wenigstens ein klarer Fall! Es ließe auf andere, praktische Eigenschaften Lothars schließen, die man im Leben brauchen konnte! Als Lothar die Tüte stehen ließ und wortlos auf sein Zimmer verschwand, ging ihm Orka nach, kümmerte sich nicht um das Verbot, die »Baustelle« zu betreten, fand seinen Sohn auf dem Bett, die Arme um den Kopf gelegt. Orka legte noch einen weiteren Arm um Lothars Kopf. Weinen konnte er nicht.

So ging es nicht weiter! Wenn er tot war, würde Jenni anwesend sein müssen. Anwesend!

Dann schlief er vor dem Fernseher ein und hatte sie nicht kommen gehört. Als er erwachte, war er zugedeckt. Er beschloß, im Wohnzimmer liegenzubleiben. Nicht mehr ins Schlafzimmer zu gehen. Er mußte früh zur Schule, Jenni würde überschlafen, und am Abend hatte sie wieder einen Fortbildungskurs. Als sie sich später einmal in die Arme liefen, sozusagen, hatte er vergessen, worüber sie unbedingt hätten reden müssen.

Du siehst gut aus, sagte Jenni.

Jedenfalls muß man unter allen Walen gerade ihnen den Preis der Schönheit zuerkennen.

Du projizierst, war er versucht zu sagen. Aber dieses Wort würde Jenni von ihm nicht zu hören bekommen. *Sie* war es, die gut aussah, ein wenig verwühlt, dachte er, flattrig, aber gut, ja glänzend, wie eine unruhige Geliebte. Witwen blühen auf, das ist wohlbekannt. Offenbar auch werdende Witwen.

Natürlich kamen keine Unterlagen aus dem Spital, natürlich wußte Fräulein Müller, als er aus dem Schulhaus anrief, nicht genau, wovon die Rede war. Sie zürnte sich Mut an, als er insistierte. Ich habe das Recht, meine Akten einzusehen, sagte er kalt. Darüber müssen Sie mit dem Chef reden, antwortete sie.

Sind Sie noch da, fragte sie.

Ja, sagte er, stellen Sie sich vor, ich bin noch da.

Sie verstand keine Ironie, schon gar keine bittere. Aber es interessierte ihn, wie weit sie zu gehen bereit war.

Verbinden Sie mich bitte mit dem Chef, sagte er.

Er operiert, sagte Fräulein Müller.

Natürlich, antwortete Orka, wann operiert er nicht? Das war eine Frage, Fräulein Müller. Wann kümmert er sich um sein Operationsgut?

Ich kann versuchen, Sie mit Doktor Stehle zu verbinden.

O ja, versuchen Sie, sagte Orka.

Es klickte unaufhörlich im Hörer. Manchmal machte sich Orka das dürre Vergnügen, »hallo« zu sagen. Draußen hörte er es läuten für die nächste Lektion. Stunde um Stunde unterrichtete er, und jede verrann, und jede stand ihm bevor. Er würde sich verspäten. Er verkürzte neuerdings seine Stunden an beiden Enden.

Er wunderte sich nicht, daß die Verbindung nicht zustande kam. Schließlich betrachtete er den Hörer, der aufgehört hatte zu klicken, und legte ihn auf die Gabel, als wäre er zerbrechlich. Die Szene kam ihm bekannt vor. War das sein Film?

Tut dir etwas weh? fragte Jenni.

Noch nicht, sagte er.

Sie sah ihn fragend an.

Normal, sagte er, danke der Nachfrage.

Früher hätte sie nicht geruht, bis er sich ausgesprochen hatte, aber vielleicht hatte er sich schon früher getäuscht.

Du siehst gut aus! sagte sie mit Nachdruck.

Du muß mich verwechseln, sagte er.

Inzwischen war das Neueste über Sonja durchgesickert. Die Klasse hatte einen Aushilfslehrer in Englisch, der aussah wie Anthony Perkins. Sonja hatte mit einem kurzen Hohngelächter berichtet, es gäbe Mädchen in der Klasse, die die Türklinke küßten, nachdem Herr Mauser sie berührt hatte, der übrigens wirklich Tony hieß. Herr Mauser sprach *nur* Englisch mit den Schülern, war aber durchaus kein Engländer. Er affektierte nur die feine britische Art und stellte sich entgeistert, wenn ihm die Klasse mit amerikanischem Slang antwortete. Ein Clown. Hätte er nicht wie Anthony Perkins ausgesehen, sie hätten ihn Mauser genannt, und er wäre schon an seinem Namen gestorben. Jetzt aber nannten sie ihn Mausi, und neuerdings hatte jemand ein großes Herz an die Betonwand der Eingangshalle gesprayt: *Mausi makes up to S.*

Sonja bezieht es auf sich, sagte Jenni.

Was heißt das überhaupt, fragte Orka.

Was wird es schon heißen, lachte Jenni.

Wenn es hieß, was Orka annahm, daß es hieß, fand er es nicht zum Lachen. Jenni ja auch nicht. Aber Sonja nahm die Pille und war unterrichtet in ihrem Gebrauch. Orka hatte die Pille für Indien im Unterricht ein untaugliches Mittel genannt. Auf die Frage, welche Lösung er denn für Indien sehe, hatte er geantwortet: Keine. – Und jetzt mußte er froh sein, wenn seine Tochter unterrichtet genug war, um von ihrem Englischlehrer kein Kind zu bekommen. So viele Jahre lang hatte er geglaubt, für Sonja der Nächste zu sein. Frag sie nicht aus, sagte Jenni, damit änderst du nichts, du machst sie nur trotzig. »S.« konnte nämlich noch ein anderes Mädchen bedeuten.

Das wäre die wahre Tragödie! sagte Jenni.

Nein, dazu konnte er nicht grinsen.

Gefühle sind etwas Ernstes, sagte Jenni, unter allen Umständen. Auch wenn sie uns lächerlich vorkommen. Wir können nichts tun als Sonja lassen.

Ich weiß, sagte Orka. Er wußte inzwischen mehr, als er preisgab. Er hatte im Windfang einen gefalteten Zettel gefunden. Er mußte Sonja entfallen sein, als sie den Inhalt einer ihrer Beuteltaschen in die nächste umlud. Orka hatte ihn gelesen. Eine fest gefügte Schrift, die mit ihren Unterlängen entschieden männlich wirkte, versicherte die Adressatin, daß der Absender sich den ganzen Tag »auf uns« gefreut habe und sich auf Mittwoch freue, um fünf Uhr am gewohnten Ort. Der Zettel war weder datiert noch unterschrieben. Er enthielt eine schlichte Verabredung zum Beischlaf und setzte ausdrücklich Gewohnheit voraus. Sonja hatte, wie er an ihrem Stundenplan nachprüfte, am Mittwoch bis vier Uhr Schule; er versuchte sich zu erinnern, wann sie an früheren Mittwochen nach Hause gekommen war, aber die Tage gerieten ihm längst durcheinander. Jedenfalls war es *sein* schulfreier Nachmittag. Er würde Sonjas Gewohnheiten einmal nachgehen.

Hab Vertrauen, sagte Jenni, sie lernt jetzt mit ihren Gefühlen umgehen. Wir können ihr dabei nichts ersparen. Wir sollten es nicht einmal versuchen. Alles, was wir können –

Oh, ja. –

Wir könnten wieder einmal zusammen ausgehen, sagte sie bei einer anderen Gelegenheit, als wäre damit seine Frage beantwortet. Aber vielleicht hatte er ihr gar keine Frage gestellt.

Am Samstagnachmittag, als Sonja nicht zu Hause war, sah er sich unter ihren Heften um. Das Heft »English Compositions« war leicht zu finden. »*Sound reasoning, a pity you have missed the point*«, stand unter dem letzten Aufsatz in zierlicher, ja penibler Schrift. Sie hatte nichts gemein mit der Schrift auf dem Zettel. Mausi war es also nicht.

Jenni, die fröhliche, bestand darauf, daß man am Sonntag eine Radtour zusammen mache. »Wieder einmal«, sagte sie jetzt oft, wenn sie meinen mußte: noch einmal. Aber Lothar hatte Kopfweh, und Sonja bestand darauf, lesen zu müssen.

Sie lasen in der Klasse Storms »Schimmelreiter«. Sonja erzählte, Storm habe Krebs gehabt und verlangt, daß ihm die Ärzte die Wahrheit sagten. Als er sie erfuhr, brach er zusammen und konnte nicht mehr arbeiten. Darauf verabredete die Familie einen zweiten Termin beim Arzt, der den Bestürzten spielte. Er habe sich nämlich, wie die Nachprüfung ergeben habe, in der Diagnose geirrt. Sie sei nicht lebensgefährlich. Darauf habe Storm seinen Freispruch gefeiert und den »Schimmelreiter« schreiben können. Danach starb er natürlich, aber dafür hatten wir nun sein total gutes Werk. Die Täuschung hatte funktioniert.

Das glaube ich nicht, sagte Lothar. Er hat es schon gewußt, er war nur froh, daß er nicht quatschen mußte.

Vielleicht, sagte Orka. Vielleicht machte es ihn aber auch schon glücklich, daß sich seine Familie so viel Mühe gab, ihn zu täuschen.

Wie würdest *du* dich verhalten, fragte Jenni, wenn *dein* Befund bösartig gewesen wäre?

Orka vergaß zu kauen. Er hatte Jenni immer für listenreicher gehalten, als sie aussah, aber nicht für eine Hexe. Was hätte sie ihm in diesem Augenblick Klügeres sagen können, wenn sie ihn endgültig täuschen wollte? War das nun – mit Herrn Storm zu reden – »die größte Liebe«? Oder war es eher so: sie wollte seine Ruhe, um selbst auch Ruhe zu haben vor ihm – viel Platz für die freundliche Rücksichtslosigkeit, die sie neuerdings »erwachsen« nannte? Seltsamerweise war dieses Wort mit dem Wort »kindlich« sehr leicht vertauschbar. Jenni hatte gelernt, daß man nur als Erwachsener so recht kindlich sein kann. Gehen wir doch alleine radfahren, sagte sie zu Orka. Wieder einmal! Nein, dazu war er nicht in Stimmung. Dafür war seine Bauchwunde denn doch noch zu frisch.

So wurde es ein stiller Sonntag. Jenni las das neueste Werk auf ihrer Bücherliste. Es handelte von einem amerikanischen Therapeuten, der es vermocht hatte, auch schwerste Fälle durch unglaubliche Grobheiten zu heilen.

Wie würdet *ihr* euch denn verhalten, fragte er abends, um

die Sache mit Storm noch etwas weiter zu treiben. Die Kinder schwiegen, aber Jenni sagte: Wenn es um mein Leben geht, möchte ich die Wahrheit wissen. Aber nur, wenn es um mein *Leben* geht. Ich brauche ja kein Buch zu schreiben. Aber vielleicht ist es die Gelegenheit für mich, wirklich aufmerksam zu leben. Dann spielt es keine Rolle, wie lange.

Danach hatte er nicht gefragt. Er hatte ihr die Möglichkeit eines Geständnisses eröffnet, und sie redete wieder nur von sich.

Orka war, auch beim gemeinsamen Sonntagskuchen, allein. Jetzt war es klar, daß Jenni vor nichts zurückschrecken würde.

Die Färbung scheint vielfach abzuändern. Ein mehr oder minder dunkles Schwarz erstreckt sich über den größten Teil der Oberseite, ein ziemlich reines Weiß über die Unterseite, mit Ausnahme der Schnauzen- und Schwanzspitze, beide Farbenfelder sind zwar scharf begrenzt, jedoch bei den verschiedenen Stücken nicht gleichmäßig verteilt.

Am Abend hatte sie sich ins Bad gelegt, und er war hereingekommen, um ihr, wie früher, den Rücken zu waschen. Er hatte nicht viel gesagt, aber offenbar schon zuviel. Sie schrie auf. Sie schrie, seine Eifersucht sei schon schwachsinnig genug, aber wenigstens nicht so idiotisch, wie unaufhörlich mit seinem nahen Tod zu drohen. Die reine Erpressung! Das mache sie nicht mehr mit, ein für allemal! Es tat ihr sichtbar weh, so zu schreien, sie hatte es noch nie getan. Sie schien sogar vergessen zu haben, wie nackt sie war.

Als er später mit ihr schlafen wollte, begann sie zu weinen – nicht mit den stillen Tränen aus ihrer Depression, sondern laut, laut zu weinen wie ein Kind. Er wußte sich keinen andern Rat, als das Schlafzimmer zu verlassen und in seinem Arbeitszimmer zu übernachten, zu Füßen des »Geografen«, dessen Aufblick ihm jetzt nur noch leer vorkam, vom Maler gestellt, der einen dummen jungen Mann verkleidet und gebeten hatte, auf einen Punkt an der Wand zu starren, damit er sein Gesicht festhalten könne, preisgeben für alle Ewigkeit. Aber einer blieb Orka noch übrig: Doktor Stehle. Mit ihm hatte er sich verstanden.

Als er stillag, seiner selbst müde, horchte er eine Weile auf seinen rumpelnden Bauch; aber dort, so viel wußte man ja, würde sich das bösartige Wachstum nicht erklären. Es würde fortwandern, über Blut- und Lymphbahnen in seine Leisten, seine Blase, sein Geschlecht.

Er hatte Doktor Stehle über seine private Nummer erreicht; er hatte sich im Spital mit ihm verabredet. Orka hatte diese Stunde erwartet. Er hatte in dieser Erwartung seinen Unterricht fast locker gegeben, als wäre er wieder der alte, wie berauscht von der nahenden Gewißheit.

Jetzt saß er dem Arzt gegenüber, der sich in Orkas Eingeweide umgesehen hatte. Doktor Stehle war gar nicht mehr so jung, wie er ihn in Erinnerung hatte. Die Segelschiffahrt oder die Geige hatte seine Züge verschärft und auch ein wenig hohl werden lassen. Aber ein jugendlicher Mann wirkt noch stärker als ein junger. Orka hatte ihn auf sein gutes Aussehen angesprochen, als hätten sie nichts Dringenderes zu reden. Ganz vermochte der junge, der jugendliche Arzt, der im Berufsmantel hinter seinem Pult saß, die Nervosität nicht zu unterdrükken. Er konnte natürlich jederzeit zu einem Notfall gerufen werden. Was das Segeln betraf, so konnte man von Glück reden, wenn auf unserem See noch ein Ankerplatz frei wurde. Zum Glück hatte Doktor Stehle den seinen vom Vater geerbt –

Kommen wir bitte zur Sache, sagte Orka.

Bitte, sagte auch der jugendliche Arzt. Er bemühte sich sichtlich, Orkas Augen standzuhalten, seinem endgültigen Gesicht.

Ich möchte jetzt die Akten sehen, sagte Orka. Die Akten meiner Operation.

Er hatte gewußt, daß Doktor Stehle erschrecken würde, aber auf Unverständnis war er nicht gefaßt gewesen. Doktor Stehle ließ sogar den Mund offenstehen.

Ihre Akten? fragte Doktor Stehle. – Moment.

Er drehte sich auf dem Stuhl und griff in die Registratur. Dann mußte er aufstehen, um auch noch den Metallschrank im Hintergrund zu öffnen. Orka sah ihm zu, Doktor Stehle pfiff ganz leicht durch die Zähne, ohne die Lippen zu spitzen. Schließlich hatte er das Konvolut zusammen und legte es vor Orka auf den Tisch. Orka begann zu lesen. Er las sein Alter, seine Größe, sein Gewicht, sein Geschlecht. Er las die Berichterstattung über sein Blut, die nur aus Kreuzen bestand. Er las die Fremdsprache des Operationsberichts, er las den Bescheid der Anatomie.

Das meiste war zu verstehen. Die ärztliche Sprache nannte Eventualitäten nicht beim Namen, aber sie setzte die schlimmste mögliche Wendung der Dinge voraus, um sich dann in diplomatischen Wendungen davon abzusetzen. Orka las die Beschreibung seiner Anatomie, die Offenbarung ihrer Harmlosigkeit, die verschleierte Sprache des Verdachts, die zurückhaltende Sprache seiner Widerlegung.

Soll ich auch die Röntgenbilder besorgen? fragte Doktor Stehle. – Sie sind im Archiv.

Nicht nötig, sagte Orka leise.

Sie müssen nicht sterben, sagte Doktor Stehle einfach.

Doch, sagte Orka, nur nicht gleich.

Das ist ein Unterschied, sagte Doktor Stehle schwach lächelnd.

Ich bin Ihnen verbunden, sagte Orka.

War es das? fragte Doktor Stehle nach einer Weile, denn Orka machte keine Miene, von seinen Akten aufzusehen.

Bitte, sagte Orka.

Genügt es Ihnen? fragte Doktor Stehle.

Ich danke Ihnen, sagte Orka, für Ihre Zeit.

Doktor Stehle konnte sein Räuspern nicht unterdrücken. Dann sah ihn Orka wieder an. Sie wußten beide nicht, was für ein Gesicht sie machen sollten, darum verzichteten sie auf ein bestimmtes Gesicht. Orka verabschiedete sich, ohne Doktor Stehle die Hand zu geben.

Es war Montagabend, Jenni besuchte ihren Kurs, Lothar

hatte einen Freund in die Karatestunde begleitet. Orka war mit Sonja allein; miteinander betrachteten sie einen japanischen Film im Fernsehen, der einen jungen Insektenforscher zeigte. Er war in eine Dünenlandschaft geraten, aus der es, wie sich herausstellte, kein Entkommen gab. Die Düne sank ein bei jedem Vesuch, festeres Land zu gewinnen, und ließ den Flüchtling einbrechen und zurückrutschen zur Hütte einer Frau, deren Mann früher in der Düne umgekommen war. Die Frau war aus Gründen, die man sich symbolisch denken mußte, dazu verurteilt, am Fuß der Düne in ihrer immer von Sand bedrohten Hütte auszuharren. In Abständen wurde sie von oben, von einer halb bäurischen, halb dämonischen Dorfbevölkerung mit Lebensmitteln versorgt. Nachdem der Insektenforscher seine Fluchtversuche aufgegeben hatte, wurde er der Mann dieser Frau in der Düne. Bevor es zum Geschlechtsverkehr zwischen beiden kam, war ihr Verhältnis eigentümlich sachlich, reizlos gewesen, und daran schien ihre Intimität kaum etwas zu ändern. Der Film machte deutlich, daß die Geschlechter nicht anders zueinander getrieben wurden, als der Sand nachrutscht, wenn man ihn betritt. Die Sexualität war eine andere Form der Unwegsamkeit, eine nur vorübergehend hilfreiche. Solche Filme laufen erst um Mitternacht im Fernsehen; Orka schlief ein, bevor der Mann sich zu retten vermochte. Im Halbdämmer dachte er noch einmal flüchtig daran, was seine erdrückende Müdigkeit wohl zu bedeuten habe; aber es war ihm jetzt gleichgültig. Es war schon ein Uhr vorüber, als er erwachte, im dunklen Wohnzimmer. Auch diesmal hatte ihn jemand zugedeckt. Er machte Licht. Draußen ging gelassen ein stetiger Regen nieder, von einem überfließenden Dachrohr plätscherte es kräftiger auf die Blätter. Es hätte an diesem Haus noch dies und jenes zu reparieren gegeben. Orkas Blick fiel auf das Telefon, er suchte eine Nummer aus dem Buch und wählte sie.

Kistler, meldete sich die Stimme eines Mannes.

Killer, sagte Orka. – Bernhard, könntest du mir am Mittwoch deinen Wagen leihen?

Er redete nur noch wenig, dann bedankte er sich, hängte auf, löschte das Licht und zog wieder die Decke über sich. Er fror, und er war seltsam ruhig. Er war mit Kistler befreundet gewesen, am Anfang ihrer Lehrerzeit. Damals hatte sie etwas verbunden, was mit ihren Erfahrungen zu tun hatte. Kistler war Physiker an der Schule, Wetterspezialist, der sich geweigert hatte, an der Universität Karriere zu machen, obwohl er dort immer noch einen Lehrauftrag besaß und auch Titularprofessor geworden war. Manchmal bat er die Schule um Urlaub, um einen internationalen Kongreß zu besuchen, aber er hatte ihr die Treue gehalten. Unser Land ist klein, sagte er, so viel darf unser Wetter nicht zu reden geben, daß ich mich zu wichtig fühle für meine Schüler. Kistler war Junggeselle. Er unterrichtete nur nachmittags, denn er arbeitete nachts, an einem Buch über Unbelehrbarkeit des Wetters, seinen Einfluß auf den Gang der Geschichte, auf die Gewohnheiten der Kultur und auf den Charakter wirklicher und erfundener Personen. Er nannte das Wetter eine niedere Göttin, eine Spottgeburt des Fatums, deren Unberechenbarkeit und Irreführungen er liebte. Er führte ein frugales Leben, nur als Autobesitzer war er närrisch. Er legte seine Erbschaft in sonderbaren Fahrzeugen an, fuhr einen Jaguar der späten fünfziger Jahre, dem er um so mehr verbunden war, je mehr Ärger er ihm machte. Das Gefährt war noch nicht historisch genug für einen Oldtimer und zu alt für den üblichen Garagenservice; so waren Ersatzteile nur auf schwierigen Wegen zu beschaffen. Aber es machte Kistler Spaß, sie selbst einzubauen und dabei ein wenig zu frisieren.

Orka hätte nicht sagen können, worauf seine Verwandtschaft mit Kistler beruhte. Sie hatten einander in den letzten Jahren selten, kaum noch bei den sogenannten Notenkonferenzen gesehen. Aber Kistler war der einzige Mensch, den Orka kannte, den er um ein Uhr früh anrufen konnte, um sich für einen Zweck, den er nicht zu nennen brauchte, einen Wagen zu leihen.

Wie er ihn kannte, hörten sie jetzt beide dem Regen zu.

Bald versteckt er sich in dem Schatten großer Schiffe, welche vor Anker liegen, und lauert, bis jemand die Lust ankommt zu baden, bald steckt er den Kopf aus dem Wasser und sieht sich nach Fischkähnen um, schwimmt dann heimlich hinzu und wirft sie um.

Es war Mittwochnachmittag, als er den Jaguar unter einem verblühten Goldregenbaum zum Stehen brachte. Das Grün der kleinen Vorortstraße wirkte schwarz vor Nässe und Schwere, in Abständen fielen immer noch satte Tropfen auf das Dach des Gefährts; Orka hatte das Radio abgedreht. Durch die geschlossenen Fenster drang kein Laut herein. Orka sah sein Haus. Der Tulpen- und der Korkbaum, die er letztes Jahr gepflanzt hatte, würden dieses Jahr ihre Kronen zusammenfügen und einen Schirm gegen die Straße bilden. Es herrschte ziemlicher Verkehr auf der engen Straße, seit die letzten freien Grundstücke in Überbauung begriffen waren. Die Lastwagen kamen an dem geparkten Jaguar nur knapp vorbei. Das kleine, mit den Jahren etwas schäbig gewordene Einfamilienhaus erhob sich wie unberührt oder vergessen vor seinem Blick. Jennis grüner Kleinwagen stand vor dem Gartentor, das die weißen Rosen in lockerem Bogen überwuchsen. Jennis selbstgezogener Triumphbogen. Es hatte in all den Jahren, als Lothar und Sonja klein gewesen waren, hier keine anderen Kinder gegeben. Erst seit wenigen Jahren hatten die älteren Leute der nächsten Generation Platz gemacht. Plötzlich wimmelte es von Kleinkindern in dieser Straße, unterdessen aber waren Sonja und Lothar zu groß geworden, um mit ihnen zu spielen, und ihre Eltern zu jung für August und Jenni. Man vermutete keinen Bekannten in dem geparkten Jaguar unter dem Goldregenbaum. Man ging daran vorbei, ohne ihm einen zweiten Blick zu gönnen.

Als die nahe Schule aus war, bildeten sich kleine Gruppen von heimkehrenden Kindern vor den Eingängen, faßten den Jaguar ins Auge, der Fahrer interessierte sie nicht. Schließlich kamen drei junge Radfahrer vorbei, einer von ihnen war Lothar. Er war keck genug, den Fuß auf das Trittbrett des Wagens abzustützen, aber auch er kam nicht auf den Gedanken, hineinzusehen. Orka hörte ihn beinahe neben seinem Ohr laut und deutlich mitreden über ein Sportresultat, über die fragwürdige Art, wie es zustande gekommen war; ja, Lothars Meinung war hier ganz entschieden. Einmal überschlug sich seine Stimme, als er sich das Wort nicht nehmen ließ. Das also war sein stiller Sohn, Orka freute sich, als er sich mit einem Witz durchsetzen konnte. Schließlich verabschiedete er sich formlos, faßte sein Rad, um es die Stufen zum Haus hochzutragen. Auf der Treppe stieß er mit Jenni zusammen. Orka, in Lothar vertieft, hatte sie das Haus nicht verlassen sehen.

Die beiden grüßten sich wie Gleichaltrige. Sie trug einen Arm voll Bücher, ging mit raschem Schritt zu ihrem Wagen, ohne sich umzusehen. Gestern hatte er sie noch über diesen Büchern arbeiten sehen, die sie im Arm hielt und jetzt hinten in den Wagen warf. Als sie die Gurte festzog, war ihr Gesicht Orka so deutlich zugewandt, daß er in Versuchung kam, ihr zuzulächeln. Sie biß sich auf die Lippen, der Motor rumpelte nur, sprang erst beim dritten Versuch an. Sie war blaß, als sie an ihm vorbeifuhr, den Blick vor sich auf die Straße gerichtet.

Jetzt ließ Orka seinen Motor an, kurvte rückwärts in die Garageneinfahrt des Nachbarn, das Manöver hatte er im Kopf vorbereitet. Es dauerte immerhin so lange, daß er einen Lastwagen voll Kies vorbeilassen mußte. Das Gefährt rumpelte umständlich vor ihm her, nahm ihm die Sicht, aber Orka wußte, daß er vom Wagen seiner Frau nicht getrennt werden konnte. Er hatte sogar Zeit, das Abbiegen des Lastwagens (»Ich fahre für Sie«) auf die Baustelle abzuwarten. Die Straße war gerade wieder zu übersehen, als der kleine Grüne bei der Einmündung nach rechts abbog; nicht in der gewohnten Richtung von Jennis Schulweg. Der Jaguar folgte der Maus mit einem Sprung, bald hatte er sie zum Greifen nahe vor sich, ja, Orka hatte das Gefühl, in einem Comic strip zu fahren, konnte gut zwei, drei Wagen den Vortritt lassen. Wenn er dich ahnt, folgt er nach. Offenen Auges. *The Private Eye.*

Landschaft und Verkehr waren nur noch eine diffuse, sich beim Fahren weiter verflüssigende Kulisse für das bewegliche grüne Objekt, in dem eine Frau saß, die er kannte.

Die Erstarrung der letzten Wochen hatte einer weitläufigen Leere Raum gegeben. Diese Leere erfüllte ihn, und zugleich fuhr er in sie hinein, wie gezogen an einer Schnur, die zwar beliebig unterbrochen werden, aber nicht reißen konnte. Es zog ihn durch die ordentliche Wüste einer Neubausiedlung, dann auf ein offenes Stück Stadteinfahrt, vages Ödland, gesäumt von Autowerkstätten, Tankstellen, Cash-and-Carry-Buden, einem Motel, von dem er sich auch schon gefragt hatte, wer denn hier absteige.

Jetzt konnte er es sehen. Der Mini signalisierte, daß er links abbiegen wolle, und fand eine Lücke im Gegenverkehr, bevor der Jaguar aufgeschlossen hatte. Gleich war die entgegenkommende Kolonne wieder dicht, und Orka konnte das grüne Spielzeug nur noch mit den Augen verfolgen. Es war halb fünf Uhr, der Parkplatz vor dem Motel fast unbesetzt. Der Mini kam, wie zögernd vor zu viel Raum, vor dem langgezogenen Gebäude zum Stehen. Orkas Bahn wäre inzwischen frei gewesen, aber er fuhr nicht an. Er sah auch den grünen Mini wie ratlos auf dem Platz stehen. Hinter Orka war schon der nächste Abbieger aufgefahren, Orka sah den Fahrer im Rückspiegel den Kopf schütteln, reagierte auch nicht auf ein kurzes Hupsignal. Schließlich mußte ihn der Nachfolger umfahren, es war ein riskantes Manöver, bei dem Doktor Stehle nicht dazu kam, sich bei dem Jaguar optisch zu beschweren. Vielleicht hatte er Orka erkannt. Vielleicht erschien der Jaguar aber auch so leer, wie Orka sich fühlte. Er wunderte sich, daß der junge oder jugendliche Arzt den schwedischen Wagen fuhr, der größte Sicherheit versprach. Orka sah ihn die Gegenfahrbahn überqueren, neben dem Mini parken, von dessen Fahrerin noch nichts zu sehen war. Der Arzt sprang aus seinem großen Wagen und öffnete, sich herunterbeugend, die Tür des kleinen. Jenni stieg heraus, stand einen Augenblick unschlüssig, aber dann lag, nein, stand sie in seinen Armen, in den Armen des Arztes. Sie küßten sich nicht.

Orka betrachtete das Paar. Der Verkehr schoß mit törichtem Geräusch rechts und links an ihm vorbei. Er sah immer noch zu, als der Mann sich – mit einer zögernden Bewegung – von der Frau abgewandt hatte, um zum Empfang hinüberzugehen, sich einzutragen, den Schlüssel zu holen, während die Frau allein auf dem Platz stand, in die Sonne blickte, über die Straße. Er sah ihr Gesicht, ein entferntes Zeichen, nicht für ihn bestimmt. Er versuchte nicht, es zu lesen. Er wartete die Rückkehr des Mannes nicht ab, er mußte keine der folgenden Bewegungen kennen. Noch blieb die Leere unerschütterlich. Er drehte den Motor wieder an, wartete auf die nächste Chance, sich in die alte Spur einzuordnen, sie bot sich gerade, also fuhr er, fuhr geradeaus, immer geradeaus. Die Richtung war ihm gleichgültig, in jeder würde sich etwas Sichtbares zeigen.

Eschtricht *entnahm dem Magen eines 5 m langen Schwertwales 13 Meerschweine und 14 Robben, dem Rachen aber den 15. Seehund, an welchem das Ungetüm erstickt war.*

So einfach werden die Geschichten, wenn einem nicht erspart bleibt, sie zu erleben. Man könnte sie lächerlich nennen, aber Orka fühlte sich zu keiner Bezeichnung verpflichtet. Keine hätte ihn erleichtern können, wozu denn, er fühlte sich ja leicht. Er hatte den Ort gesehen, der »der gewohnte Ort« gewesen war. Er konnte ihn sich jetzt vorstellen, und auch daran war schon nach wenigen Kilometern Fahrt nichts mehr gelegen. Es geschah überall nur das Gewohnte, auch wenn er nichts Gewohntes in Jennis fernem kleinen Gesicht gelesen hatte, aber auch nichts Unvorstellbares. So war sie also, wenn man sie von außen sah. Vielleicht genügte es zu sagen: wenn man sie sah. Denn was man gewohnt war, »von innen« zu nennen, ergab kein Bild mehr, bedeutete nur: Ich stelle mir etwas vor, aber ich sehe dich nicht. Was ich an dir sehe, ist nur noch, was ich sicher bin zu wissen, meinen Tod. Ich denke, daß du mich verrätst oder daß du mir etwas geheimhältst. Aber es ist ganz anders, du verschweigst mir gar nichts, du redest nur nicht mit mir. Du sprichst für dich. Jetzt habe ich ein Gesicht gesehen, das nicht einmal daran gedacht hat, mich nicht zu sehen.

Etwas Nackteres brauchte er sich nicht vorzustellen. Er hatte versucht, Jenni mit seinem Tod bekannt zu machen. Hatte er gewünscht, daß sie sich dagegen empöre? Sie hatte sich geweigert, um sein Leben zu kämpfen. Sie hatte sich sein Leben nicht wünschen können, wenn er selber es nicht tat. Sie hatte immer weniger um seinetwillen gelassen oder getan, und das hatte er für das Ende der Liebe gehalten. Er hatte ihr gezeigt, daß er es nicht überleben wolle, und auch das hatte sie behandelt als *seine* Sache. Hatte ihm seine Ehe nur dazu gedient, Jenni nicht kennenlernen zu müssen? Hatte er den Menschen strafen wollen, der sie ohne ihn war?

Er fuhr geradeaus, die Strecke hatte sich bewaldet. Er bemerkte es nicht. War er neugierig? Er hatte nicht wissen wollen, wer sie war, dafür hatte ihm seine Todesangst gedient. Sie war falsch, und doch war sie nicht gelogen. Sie hatte ihn sozusagen der Richtung zugeschoben, in der Jenni frei sein würde von ihm; in der er sich vorstellen mußte, daß es ein Leben gab ohne Orka, in der es vielleicht *nur* ohne Orka ein Leben gab. Nun hatte sie seinen Tod nicht abgewartet, um sich ihr Leben zu nehmen. Nun mußte es gehen, auch für ihn, ohne seinen Tod.

Und es ging ja schon weiter, von einem Ortsschild zum nächsten. Wozu hatte ihm seine Todesangst gedient? Er wußte es nicht, aber jetzt war es ein ruhiges Nichtwissen geworden. Er konnte so weiter fahren, gleichgültig wohin. Er war nicht einmal neugierig, wie lange sie ihm ihre Geschichte verschwieg. Wenn sie es tat, würde er ihr Geheimnis hüten, besser als er das seine bei ihr gehütet glaubte. Aber war es denn ein Geheimnis, daß er sterben mußte? Es war so wenig ein Geheimnis wie die Liebe, die ein Mensch nicht aufhören will zu suchen, bevor er stirbt. Und zugleich waren das die einzigen Geheimnisse, die gehütet zu werden verdienen vor der eigenen Ungeduld. Die Angst aber hütet sie nicht. Sie vergiftet sie nur, sie verkleinert, was sie ausplaudert, und sie entwürdigt, was sie unterschlägt. Orka fragte sich, ob er Würde gesehen habe im Gesicht seiner Frau; vielleicht. Es durfte einem schon einfallen, solche Wörter auszuprobieren, aber es kam nicht auf sie an. Auch Wörter wie Zerbrechlichkeit oder Unsicherheit hätten gepaßt; nichts daran brauchte falsch zu sein, es war nur nicht wichtig. Er hatte Jennis Bedürftigkeit gesehen, aber weil er sie gesehen hatte, brauchte er ihr keinen Namen zu geben, ihre Bedürfnisse bedurften des Zusatzes nicht mehr: Das hat sie mir getan – *meine* Frau.

Einmal mußte Orka anhalten, weil die Straße vor seinen Augen undeutlich geworden war. Die Frau auf dem Parkplatz vor dem Motel hatte ihn auch an Sonja erinnert.

Es war vor zehn Uhr, als er zurückkam. Jenni saß draußen auf der Terrasse, es war noch hell genug, daß sie lesen konnte. Orka erzählte, er habe sich den Wagen eines Kollegen ausgeliehen, um wieder einmal in die Berge zu fahren, auf einen Paß, der in seiner Kindheit noch für Autorennen gedient habe. Sein Großvater habe jedes Jahr auf dem Urnerboden gestanden, um Caracciola vorbeidonnern zu sehen.

Jenni hatte in dem Buch, das sie in ihrem Fortbildungskurs besprachen, einen kuriosen Fall gelesen. Da hielt ein Mann seine Frau mit seiner Todesangst in Atem. Er fürchtete, jeden Augenblick vom Herzschlag getroffen zu werden, verbat sich jede Aufregung und verschaffte sich eben so ein unaufhörlich spannendes Leben. Als sich seine Frau nicht mehr zu helfen wußte, besorgte sie sich, auf Anraten jenes bekannt ruppigen Therapeuten, Material eines Bestattungsinstitutes und ließ es in der Wohnung herumliegen. Er warf es weg, aber sie ließ immer mehr davon kommen und bestand auf ihrer Pflicht zur Vorsorge. Die Aufregung des Mannes nahm kein Ende. Schließlich war sein Zorn auf die Frau groß genug, daß er sein Herz vergaß.

Und dann?

Davon wußte das Buch nichts zu berichten. Wahrscheinlich fanden sie den Mut, sich zu trennen, oder entschlossen sich, neu zusammenzukommen, sagte Jenni. Früher hatte die Frau die Angst ihres Mannes wahrscheinlich nicht weniger gebraucht als er.

Als ich in den Bergen war, sagte er, und in der Landschaft herumging, fiel mir auf: Ich habe jahrelang nie mehr etwas gesehen oder etwas richtig angesehen, keinen Bach, keinen Baum. Dabei ist alles so gut eingerichtet, und jedes Blatt hat einen Sinn, auch wenn es nicht wissen muß, was für einen.

Das hast du schon einmal gesagt, antwortete sie, damals, als du sicher warst, daß du sterben mußtest und daß wir dir die Wahrheit verschwiegen.

Davon habe ich aber nie etwas gesagt, antwortete er überrascht.

Du hast von nichts anderem gesprochen, sagte Jenni.

Dann kann es sein, meinte er nachdenklich, daß ich auch heute keinen Baum gesehen habe, kein Wasser und keinen Berg. Ich wollte es so gern, darum kam es mir so vor.

Ich habe mich heute von Patrick verabschiedet, sagte sie.

Warum? fragte er.

Ich wollte so gern geliebt werden, sagte sie, darum kam es mir so vor.

Du hast es nicht meinetwegen getan, sagte er.

Nein, sagte sie. Ich bin nicht mehr so jung. Sie hatte Tränen in den Augen.

Wo sind die Kinder? fragte er nach einer Weile.

Sonja ist bei ihrem Freund, sagte sie, und Lothar auf seinem Zimmer. Er muß einen Hausaufsatz machen, eine Bildbeschreibung. Er hat gefragt, ob er dein Bild mit dem Geografen verwenden dürfe.

Mal sehen, sagte Orka.

Auf Jennis müdem Gesicht erschien der Anfang eines Lächelns.

Er stieg die Treppe hinauf und klopfte an die Tür seines

Sohnes. Das gelbe Schild, das Unbefugte vor dem Betreten der Baustelle warnte. Ja, hatte Lothar gesagt. Als Orka eintrat, bedeckte Lothar sein offenes Heft mit einem leeren Blatt.

Vor ihm, gegen die Wand gelehnt, stand das Bild des Geografen.

Orka kam nicht bis zum Schreibtisch seines Sohnes. Er setzte sich auf den Stuhl aus Drahtgeflecht und betrachtete das Bild von weitem.

Was sieht er? fragte Orka.

Er ist am Zeichnen, sagte Lothar. Er zeichnet einen Plan oder eine Karte. Da kommt jemand zur Tür herein, und er schaut auf.

Er wird also gestört, sagte Orka.

Vielleicht wird er zum Essen gerufen, sagte der Junge.

Dann bist du das, sagte Orka.

Oder du, sagte Lothar.

Sie lachten, ohne einander anzusehen.

Ich habe dir nämlich Birnbrot mitgebracht, sagte Orka, Glarner Birnbrot.

Später, sagte Lothar.

Mach nur, sagte Orka. Als er wieder im Wohnzimmer war, sah er, daß Jenni auf dem Sofa eingeschlafen war. Das offene Buch lag neben ihr. Er legte es auf den Tisch, ohne eine Seite umzublättern, holte die Schottendecke und breitete sie über Jenni aus. Dann ging er in die Küche und schnitt das Birnbrot an.

Der Leib ist kräftig, der Kopf kurz, die Stirn schräg ansteigend, die Schnauze ziemlich breit, kurz, stumpf zugespitzt und nicht scharf gegen die Stirn geschieden, der Oberkiefer waagrecht über die Augenhöhlen ausgebreitet –
die Zähne
das furchtbare Gebiß mit wenigen, aber sehr kräftigen Zähnen ausgestattet.

Noch kein Gebiß, Gott sei Dank. Nur Körner zwischen den Zähnen. Furchtbar.

Nicht mehr so jung, sagt er, du, Jenni. Quatsch.

Aber vielleicht wußte sie wieder mehr als er.

Abschiedsbrief an einen Lebensretter

Sie haben mir nur einen Block und einen Bleistift dagelassen – ich darf nicht zittern, so weich ist die Mine, sie bricht beim leichtesten Druck. Ein Spitzer kommt natürlich nicht in die Zelle – er könnte ja eine Klinge haben. Ich glaube, dies ist ein Zeichenstift – für wen soll ich noch etwas zeichnen? Beschäftigungstherapie, damit mir die letzten Stunden nicht zu lang werden? Oder soll ich ein Testament schreiben? Das überlegt man sich gut. Dafür macht man jede Menge Entwürfe. Nur die Endfassung muß dann in Reinschrift sein. Und das Datum darf man nicht vergessen! Was haben wir denn für ein Datum, Lordan?

Ich habe noch nie ein Testament geschrieben. In meinem Alter denkt man nicht daran. Aber als ich vor dem leeren Block saß, bist du mir in den Sinn gekommen. Beim Wort »Reinschrift« steht mir gleich dein Gesicht vor Augen. Du bist schon darum Klassenbester gewesen, weil du so gut ins reine schreiben konntest. Was, spielte keine Rolle. Hauptsache, am Ende sah es sauber aus. Du hast mir ja auch einmal sauber das Leben gerettet!

So schreibe ich dir, so schön ich kann. Mein Vormund hat mir schon vor zwanzig Jahren vorausgesagt, für meine Handschrift verdiene ich den Strick. Aber einmal im Leben sollte mich jemand doch richtig lesen können. Und jetzt zittere ich auch noch. Hoffentlich zittern die Kameraden nicht, sonst schießen sie vorbei. Wenigstens einen guten Freund brauche ich noch, der mich mitten ins Herz trifft. Erinnerst du dich an das schöne Lied? Wir mußten es im Internat singen. Was wir wohl von diesem Lied lernen sollten? Daß man den Anstand haben muß, einen Freund ins Herz zu treffen, wenn man schon auf ihn schießt?

Überhaupt sind mir aus unserer Internatszeit viele Fragen geblieben. Da gab es den Wandspruch in der Aula, über den wir einen Aufsatz schreiben mußten: »Der eine fragt: was kommt danach? Der andre fragt nur: ist es recht? Und also unterscheidet sich Der Freie von dem Knecht.« Dein Aufsatz wurde vorgelesen, du wußtest natürlich die richtige Antwort. Der Freie ist derjenige, der vorausdenkt. Der, was er tut, sogleich im größeren Zusammenhang sehen kann. Darauf kam ich nicht, denn solche Leute habe ich nie gemocht. Ich habe geschrieben: ich weiß nicht, ob einer, der weiter nichts als sein Ding tut, frei ist oder nicht; er gefällt mir nur besser. Blöd finde ich, daß er dann noch fragen muß. Aber vielleicht tut er es dem Lehrer zuliebe.

Diese Antwort fand der Lehrer ungenügend, und entsprechend war meine Note. Dich sollte ich fragen, sagte er, denn wir waren Banknachbarn. Du erklärtest mir, wer nicht schon die nächste Herausforderung ins Auge fasse, sei subaltern. Ich ersuchte dich, das Wort zu erklären. Du sagtest: So wirst du nie ein Chef. Du bleibst deinem kleinen Leben verhaftet, ein Knecht das Augenblicks.

Wir könnten die Frage jetzt für erledigt halten, Lordan, denn verhaftet bin ich definitiv und habe wieder nicht gefragt, ob es recht war, was ich tat. Meinen Chefs kann es nicht gepaßt haben, sonst würden sie mich nicht erschießen lassen. Feuer! Für ein so kurzes Kommando genügt auch ein Subalternoffizier, und die Frage: was kommt danach? habe ich hinter mir. Der Pfarrer, den sie mir vorbeigeschickt haben, wollte sie noch einmal aufwerfen, gewiß in tröstlicher Absicht. Ich habe ihn fortgeschickt. Jetzt wird er ganz alleine für mich beten müssen. Aber vielleicht kommen noch härtere Prüfungen auf ihn zu. Schließlich ist der Krieg erklärt.

Hätten unsere Chefs damit nur einen Tag zugewartet, so wäre ich leichter weggekommen, vielleicht mit scharfem Arrest. Das Gericht sah in meiner Tat ohnehin keinen Sinn. Unter »Fahnenflucht« stellt man sich etwas Großartigeres vor. »Pflichtvergessen«, das war ich wohl. Ich habe mich »von einem kriegswichtigen Auftrag weggestohlen«, den »Abmarsch meiner Einheit« versäumt – aus »haltloser Triebhaftigkeit« steht im Protokoll. Statt der Fahne zu folgen, habe ich mich bei einer Frau versteckt. Daß mir dafür auch eine Invalide recht war, bezeugt meinen besonders verwerflichen Charakter. Das Gericht nennt sie, von ihrem Rollstuhl unbeeindruckt, eine »Straßenbekanntschaft«. Außerdem hätte ich mich bei meiner Festnahme so angestellt, daß meine Gesinnung verächtlich genannt werden müsse. So einer ist nicht gut genug, für sein Land zu sterben.

Vorgestern hätte ich noch vor einem Militärgericht gestanden, Lordan, aber da gestern der Krieg erklärt wurde, war es jetzt ein Kriegsgericht, das mein Verlassen der Truppe in anderem Licht betrachten mußte. Marschiert ist sie zwar noch nicht, und doch trifft sie morgen früh auf ihren ersten Feind: mich. Man statuiert ein Exempel, und ich falle tot um.

Tot. Mein Bleistift schreibt das Wort nicht gern, schon wieder bricht die Spitze, und ich muß sie mit den Zähnen herausnagen. Weißt du noch, wie das schmeckt: Graphit und Zedernholz mit Spuren von Lack? Nach Holzkohle und Herdfeuer im Freien. Ich habe ein bißchen Herbst auf der Zunge. Wenn man ihn nicht mehr erlebt, ist das besser als nichts. Ich war immer ein Knecht des Augenblicks, und jetzt sterbe ich daran. Ich glaube, mir geschieht ganz recht. In der Nacht bevor ich festgenommen wurde, ist mir viel Rechtes geschehen, mehr als anderen in einem langen Leben. Stirbt man nicht immer zur falschen Zeit, zu früh mit Neunzig, zu spät mit Zwanzig? Ich sterbe zur richtigen Zeit.

Warum schreibe ich gerade dir? Vielleicht, weil du mir einmal das Leben gerettet hast. Jedenfalls warst du dir dessen ganz sicher. Ich stand schon seit einer Stunde an der Brüstung der Brücke von Trubar; das war der erste Viadukt aus freitragendem Eisenbeton im Hochgebirge, und uns Internatsschüler beschäftigte der Viadukt enorm. Sechzig Meter, ein klarer Fall, eine todsichere Sache. Vor zehn Jahren hatte er einem jungen Geistlichen den letzten Dienst getan. Er war gesprungen, und sein Hund ihm nach. Über diesen Hund haben wir einen Abend lang diskutiert. Seine Treue war stärker als sein Selbsterhaltungstrieb, darum fandest du es ein Verbrechen, daß der Pfarrer den Hund zur Brücke mitgenommen hatte. Den Selbstmord als Ausdruck freien Willens nanntest du vertretbar.

Damals wolltest du Starverteidiger werden – mit falscher Bescheidenheit hast du dich nie aufgehalten. Ich hätte dich gestern gut brauchen können. Einmal hast du mir das Leben ja schon gerettet. Deines, sagtest du, würdest du wegwerfen, gegebenenfalls. Was gegeben sein mußte, war eine große Sache. Dann habe der Freitod einen Sinn. Eine Frauengeschichte: nie. Natürlich hatte das Leben an und für sich keinen Sinn. Aber einen geben könne man ihm, nur müsse es dann der größte sein. Und als du mich in jener Nacht bei der Brücke fandest, warst du ganz sicher, daß der Sinn, den ich meinem Tod zu geben drohte, nicht ausreichend war.

Gib zu: du bekamst es mit der Angst, als du mich im Dunkel an der Brüstung lehnen sahst. Angst um mich, vielleicht, aber auch Angst vor mir. Wenn ich Schluß machen wollte, kam es mir vielleicht nicht darauf an, noch einen mitzunehmen. Wenn der jetzt nicht jedes Wort wog. Zum Glück war das deine Stärke, Starverteidiger. Zehn Schritt vor mir bliebst du stehen, zum schnellen Rückzug bereit, wenn ich ausrasten sollte. Aber jetzt nahmst du das Wort und fingst an, mir den ungenügenden Vorsatz auszureden. Ich hörte dir zu, gebannt wider Willen. Deine Dialektik war lückenlos, dein Plädoyer schwebte wie der Geist Gottes über den Wassern. An den du ausdrücklich nicht glaubtest, nicht einmal mir zuliebe. Man hatte Gott nicht nötig, um seinem Leben einen höheren Sinn zu geben. Entscheidend war: ich hatte meine Schuldigkeit gegen mich selbst noch nicht getan. Du aber kanntest sie, und das machte dir zur Pflicht, mich unter die Lebenden zurückzurufen.

Lordan, ganz unter uns: du hattest keine Ahnung. Dazu hättest du meine Geschichte kennen müssen, und dir hätte ich sie nicht erzählt. Aber es rührte mich, wieviel Mühe du dir gabst. Schon wieder warst du Klassenbester – und nur für mich allein. Das schmeichelte mir nicht wenig. Du hast mich weichgeredet bis in die Knie, und es war nicht mehr zu vermeiden, daß ich mit dir zurückschlich ins Internat.

Wir haben uns aus den Augen verloren, ich glaube, nicht ohne gegenseitige Erleichterung. Aber gestern habe ich dein Gesicht gesehen, gerade als der Divisionsrichter mein Urteil sprach – dazu nahm er seinen Hut ab, und eine Fliege setzte sich auf seinen Schädel. Er mußte sie verscheuchen, und ich blickte ihr nach, wie sie gegen das verschlossene Fenster stürzte, immer wieder, und dabei ein närrisch entrüstetes Brummen hören ließ. Es war ganz still geworden, und da vernahm ich deine Stimme. *Das Leben ist größer als du. Du hast es nur geliehen. Wenn du es zurückgibst, mußt du das Größte daraus gemacht haben.* Mit solchen Sätzen im Rücken fühltest du dich sicher genug, auf die Brücke zu treten und meine Schulter anzufassen. Du ließest sogar die Hand darauf liegen.

Brav, Lordan, das mußte doch einmal gesagt sein. Inzwischen habe ich mein Leben nicht nur geliehen. Ich habe es geschenkt. Eine halbe Nacht reichte aus, meinem Leben den Sinn zu geben, den du vermißt hast. So groß, wie du ihn gern gehabt hättest, ist er vielleicht nicht. Dennoch habe ich mich mit Zähnen und Klauen für mein Leben gewehrt. »Haltlos«, hieß es im Protokoll, hätte ich bei meiner Verhaftung geheult. Aber nicht mehr wie ein Kettenhund, Lordan, sondern wie ein Mensch, der seine Stimme gefunden hat.

Ich wurde in flagranti ertappt, darum benötigte das Gericht von mir kein weiteres Geständnis. Dir aber mache ich jetzt eins. Ich dachte damals gar nicht daran, mich von der Brücke zu werfen. Ich wollte mich nur von jemandem finden lassen. Dieser Jemand sollte mir beweisen, wie teuer mein Leben sei. Aber du warst es nicht, auf den ich gewartet habe.

Erinnerst du dich an die junge Französischlehrerin, die Vertretung des alten Vodnik, den der Schlag getroffen hatte? Bis auf die Lehrersgattinnen und ein paar extern wohnende Mädchen gab es keine andere Frau im Internat. Majda aber trat uns fast jeden Tag vor die Augen. Sie trug sich mit strenger Anmut in ihrem langen Kleid, das wir für indisch hielten.

Darin stak sie wie in einem engen Futteral, und auf der rechten Seite war es etwas geschlitzt, damit sie überhaupt gehen konnte. Und das tat sie bedächtig, als müßte sie das Gehen mit jedem Schritt neu erfinden. Ihr dunkelblondes Haar hatte sie über dem Kopf zu einem Nest aufgesteckt, das sie so hoch trug, als sollten die Vögel des Himmels darin brüten. Wir aber lauerten nur darauf, daß sie sich verriet.

Ja, ihr Geschlecht. Unseres verriet uns ja auch, Tag und Nacht. Wir träumten davon, die Fassung der hohen Frau zu zerbrechen, die ihre blauen Augen über uns leuchten ließ. Zwar spielte sie unsere Lehrerin, und das mit aller Strenge. Aber zugleich duftete sie stark und hatte einen Sprachfehler: sie stockte. Nein, sie stotterte nicht, das Französische hüpfte ihr geläufig von den Lippen. Aber dann kam es vor, daß es ihr die Sprache verschlug, oft mitten im Satz. Sie errötete, lächelte ein wenig, und wir konnten zusehen, wie tief sie Atem holte; einmal, zweimal. Dann hielt sie ihn an, und während sie ihn ausströmen ließ, kehrte ihr Französisch zurück, zuerst ein wenig überstürzt, dann geläufig wie zuvor. Der Zwischenfall ereignete sich in jeder Stunde zwei oder drei Mal. Ich wartete darauf, und wenn er eintrat, sah ich nur noch ihre Brust. Denn das war die Stelle, wo sie sich verriet.

Da war sie unsere Gefangene, unser Spielzeug. Wir scheuten ihren Blick, solange sie parlierte. Schlug sie ihn aber nieder, wanderte er zur Seite, atmete sie nur noch: so stürzten sich unsere Augen auf die Verwirrte, weideten sie aus, griffen nach dem fremden Leib, um ihn zu entblößen, bis darunter der Mechanismus des Geschlechts zum Vorschein kam. Hätte sie uns sehen können, wie wir sie sahen, wir hätten tot umfallen müssen. Was wir Liebe nannten, konnten wir uns nicht ohne Zerstörung denken. Was tuschelten die Mädchen denn immer? Weswegen wurden sie rot? Sie waren eine einzige Verschwörung. Wir deckten sie auf, wenn die Lehrerin ihren Faden verlor. Wir starrten in den Abgrund der Wahrheit, und er sah aus wie ein blutiger, zuckender Schoß. Im nächsten Augenblick schloß er sich wieder zur Gestalt der Französischlehrerin zusammen, und wir spielten ihre Schüler, ließen uns aufrufen und wußten nichts, setzten uns aufreizend langsam wieder hin, hängten die Beine aus der Bank, erwarteten Zurechtweisung. Auch wir stellten unsere Körper aus, herrisch verlegen, und lachten grimmig, wenn sie uns ihren Subjonctif vorsprach: *il permettait que je passasse.*

War es so, Lordan, oder war es nur für mich so?

Aber ich wußte mehr. Ich hatte mich des Geheimnisses bemächtigt, das Majda vor uns verbarg. Ich allein konnte sehen, daß sie ein Krüppel war. Ist dir aufgefallen, daß sie sich auch an heißen Sommertagen nie im Schwimmbad zeigte? Nie sah man sie ohne ihr langes Seidenkleid mit dem Schlitz auf der Seite, der zwar nicht das ganze Bein zeigte, aber doch ein Stück weiße Haut aufblitzen ließ. Warum gab es nie mehr davon zu sehen?

Ich habe ihren Lieblingsplatz ausgekundschaftet. Er lag auf halber Höhe des Hangs, abseits der Wege, in einer kleinen Lichtung, die eigentlich nur durch zwei Baumreihen gebildet wurde, Eschen, Ahorn und eine ausgewilderte Linde. Die kleine, von hohem Gras bewachsene Terrasse wirkte verwunschen: ein junges Paar hatte den Platz für seinen Freitod ausgesucht, ein Lehrersohn und die Küchenhilfe, die er geschwängert hatte. Seither steht ein hölzernes Kreuz in der Lichtung. Sie liegt außerhalb des Sperrbezirks, in dem sich die Schüler bewegen durften.

Majda mußte sich sicher fühlen, wenn sie den Weg zur Lichtung unter die Füße nahm, ein Buch in der Hand. Sie stieg so langsam, daß ich kaum Deckung fand, wenn ich ihr nachschlich. Hinter dem letzten Stall, von dem der Weg über offenes Feld führt, mußte ich lange verweilen, um sie den nötigen Vorsprung gewinnen zu lassen. Endlich war sie im Hain verschwunden. Ich schlich mich an wie ein Indianer, und als ich das Gebüsch auseinandertat, saß sie so dicht unter mir, daß ich aufhörte zu atmen. Zum Glück rauschten die Bäume.

Sie saß auf einem gefallenen Stamm und hielt sich das Buch dicht vor die Augen. Den Rock hatte sie zurückgeschlagen, und das eine Bein war ein von roten Striemen gezeichneter Stumpf, der über dem Knie abbrach. Daneben lag ein abgetrennter Unterschenkel mit einem hochhackigen Schuh daran; das andere Ende steckte in einem käfigartigen Scharnier, an dem Bänder und Schnallen hingen. Auch den zweiten Schuh hatte sie von dem gesunden Bein abgestreift, ihr Fuß, klein wie der eines Kindes, krümmte die Zehen, und der Oberschenkel verdunkelte sich erst ganz nahe der Stelle, wo er am Leib angewachsen war. Ich starrte eine ganze Weile; dann zog ich mich, wie ich hoffte, geräuschlos zurück.

Glaubst du mir, daß ich in den nächsten Tagen von Sinnen war? Ich errötete, wenn ich Majda begegnete; sicher sah sie mir an, daß sich meine Phantasie nur noch mit ihren Beinen beschäftigt hatte, dem verdunkelten Winkel, in dem sie zusammenliefen, dem rohen Stumpf, der, nur für mich hörbar, in einem geschnürten Käfig ächzte, wenn sie über den Schulhof ging, hoch und starr, wie eine gefaßte Trauernde. Der Schaden an ihrem Leib hatte sie für mich ganz und gar zum Leib gemacht und diesen zu meiner Beute. Ich umklammerte ihn und schlug mich mit Klauen, Zähnen und Schweif in ihr entkleidetes Fleisch. Ihr Atem stockte, wenn sie mich umschlungen hielt, und während ich ihren Kopf mit grenzenloser Behutsamkeit vom Rumpf löste, mit dem Messer, Schnitt für Schnitt, sah sie an sich herab und prüfte, wie wir uns vereinigten, und ihre Lippen öffneten sich zu einem blutigen Lächeln.

Elle permettait que je passasse!

Ich war für die Schule ganz und gar verdorben. Ich war sicher, daß sie meine Wünsche kannte und teilte, heimlich, rettungslos. Gierig erwartete ich ihre Atemlosigkeit. Ich hatte sie in ihrer wahren Gestalt gesehen: sie war eine zerstörte Nymphe, auf weitere Zerstörung begierig. Und ich, ich allein war der Mann dazu.

In drei Tagen wurde ich siebzehn. Das brauchte sie nicht zu wissen. Ich schrieb ihr, mit vollem Namen – aber den Nachnamen strich ich gleich wieder durch –, ich liebe sie, müsse sie lieben, so bald wie möglich, und es gebe nichts, nichts, was sie mit mir nicht machen könne. Sie könne mich mit jeder Zensur strafen, aber ich brauche sie mit Haut und Haar. Der Brief war so ungeheuerlich, daß ich mir einbilden konnte, ihn nicht geschrieben, nur geträumt zu haben. Aber ich hatte ihn in ihren Briefkasten geworfen. In der nächsten Stunde wagte ich sie kaum anzusehen. Sie unterrichtete wie immer, nur kam ich mit keiner Frage an die Reihe. Einmal musterte sie mich, und ich erblaßte; dabei glaubte ich einen Hauch von Scham über ihre weiße Stirn fliegen zu sehen.

Sie traute sich also nicht. Da wagte ich noch mehr. Ich schrieb ihr einen zweiten Brief. Ich wisse doch alles, ich sei der einzige, der es wisse, und würde lieber sterben, als sie zu verraten. Es gebe nichts, was sie mir verbergen müßte. Selbst wenn sie sich gar nicht bewegen könnte: ich wolle mit ihr fliegen. Jede schmerzhafte Stelle an ihrem Leib mit meinen Lippen bedecken. Ich wolle ja gar nichts … als an ihr verbrennen, in ewiger Seligkeit. Habe sie aber keinen Mut … dann müsse sie mich jetzt verraten. Dann verlange ich, daß sie meinen Brief *auf der Stelle* dem Direktor übergebe. Dann sei ich ein Verbrecher und müsse von der Schule fliegen.

Offenbar tat sie nichts dergleichen. Daraus schöpfte mein Wahnsinn neue Hoffnung. Sie wollte mir nichts geschehen lassen. Sie wollte mich aufheben in ihren Armen, wie ich war, ein nackter Sünder – erinnerst du dich an ihre Arme?

Dann kam der Tag meiner Vernichtung. An diesem hielt sie keine Französischstunde. Sie sprach bewegt, doch ohne einmal zu stocken, über Behinderte und ihre Empfindlichkeit gegen die Phantasien der anderen. Sie wolle jetzt nicht von Widerwillen oder Ekel sprechen, nur von Hilfsbereitschaft, denn auch die sei eine bittere Wohltat. Behinderte beanspruchten keine Rücksicht, es genüge, wenn die andern diese Rücksicht *stillschweigend* nähmen. Auch sie selbst wäre dankbar dafür. Damit schlug sie ihren Rock so weit auseinander, daß wir ihre beiden Unterschenkel sehen konnten, den gesunden und die Prothese.

Damit hatte sie unser Geheimnis mit der Klasse geteilt. Sie hatte ihre Beine in Worte verwandelt, und jedes einzelne davon vernichtete mich.

Damit konnte ich nicht leben. Das schrieb ich ihr und knüpfte eine Drohung daran. Wenn sie mir diese Last nicht bis morgen Mitternacht von der Seele nähme, spränge ich von der Brücke.

Am nächsten Tag hatten wir Französisch. Ich fehlte. Ich versteckte mich an ihrem Lieblingsplatz; vielleicht kam sie nach der Schule dahin. Also nicht. Dabei hatte ich Geburtstag. Aber gut, dann kehrte ich auch nicht zum Nachtessen zurück. Es wurde dunkel, nun mußte man mich vermissen, und Eine wenigstens wußte, wo ich zu finden war.

Aber du warst es, der mich gefunden hat.

Hast du den Lordan zur Brücke geschickt? habe ich sie gestern nacht gefragt.

Wegschieben konnte sie mich nicht, dazu waren ihre Arme zu schwach. Aber ich sah ihren Augen an, daß ich sie loslassen sollte. Sie hatte das Licht nicht gelöscht, denn sie wollte, daß ich sie sehe. Langsam schob sie sich zum Rand des Bettes, und als ich sie stützen, ihr beim Verlassen des Bettes behilflich sein wollte, wies sie mich mit einem Blick zurecht. Sie ließ sich auf ein Knie nieder und tastete nach den Krücken, und als sie die Stützen untergefaßt hatte, schwang sie sich gewaltsam auf die Füße und humpelte zu ihrem Arbeitstisch, wo sie sich auf den Stuhl fallen ließ. Dann tippte sie einen einzigen Satz in ihre Maschine:

Von mir aus hättest du springen können.

Als der Kommandant die Kriegserklärung verlesen hatte, wurden uns noch zwei Stunden zur Erstellung der Marschbereitschaft gegeben. Als Meldefahrer bekam ich den Auftrag, einen Plan, der abhörsicher sein mußte, mit dem Motorrad von A nach B zu bringen.

Ich beeilte mich nicht, vielleicht war ich zum letzten Mal in dieser Stadt. Die Straßenbahn fuhr nicht mehr; der Verkehr beschränkte sich auf Polizeistreifen und Militärfahrzeuge. Auf dem leeren Paradeplatz fiel mir ein Rollstuhl ins Auge. Im Vorbeifahren bemerkte ich eine eingesunkene Gestalt darin. Ich hielt an, stieg ab und ging auf sie zu. Wir erkannten einander sofort.

Nein, *sie* war es, die mich erkannte, trotz Helm und Uniform, während ich das helle Lächeln, mit dem sie mich begrüßte, noch nie gesehen hatte. Aber es waren ihre blauen Augen, die sie zu mir erhob, nur waren sie weiter geöffnet als vor zehn Jahren. Sie wollte reden und konnte es nicht. Von ihrer Stimme war fast nur noch das Stocken übriggeblieben.

Wohin? fragte ich.

Sie deutete mit einem Finger – den Arm konnte sie kaum noch heben – zur nahen Brücke, dann drückte sie auf einen Knopf, und der Rollstuhl setzte sich summend in Bewegung.

Ich ließ das lärmende Motorrad stehen, die Uniform, den Krieg. Ich hatte den Rollstuhl angefaßt und folgte ihm zur Brücke und über den Fluß. Wer mir zusah, konnte mich für einen Retter halten, aber es war der Rollstuhl, der mich zog. Wir gelangten in eine leere, gepflegt wirkende Straße, die von Akazienbäumen beschattet war. Ein Backsteinhaus, eine hölzerne Rampe; sie deutete auf die Tür dahinter. In diesem Augenblick hielt ein Motorradfahrer auf der anderen Straßenseite an und beobachtete, wie ich dem Rollstuhl die Tür offenhielt und diese, nachdem er ins Haus gerollt war, hinter uns beiden verschloß. Ich hatte gerade noch die Kennzeichen des Motorrads gelesen. Es war mein eigenes.

Also waren wir schon verraten, aber die Feldgendarmen kamen erst um vier Uhr morgens. Ich bestreite nicht, daß ich bei meiner Verhaftung jede Würde vermissen ließ. Ich hatte etwas Besseres kennengelernt.

Waren Sie sich der Wichtigkeit des Auftrags bewußt, zu dem Sie kommandiert waren? fragte mich der Vorsitzende des Standgerichts. – Ich schwieg, ich beantwortete keine Frage zu diesem Krieg. Erst als er wissen wollte: Was haben Sie bei dieser Frau gesucht? sagte ich: Sex. Bei einer Invaliden? genieren Sie sich nicht? Ich schüttelte nicht einmal den Kopf. Sex, das war alles? fragte er angewidert und doch fast mitleidig. Alles. Und Sie kannten die Dame nicht von früher? Ich habe sie erst in dieser Nacht kennengelernt. Hätte ich sagen sollen: Sie war einmal meine Französischlehrerin?

Das nahmen sie als Kriegserklärung, Lordan, und damit verspielte ich jede Aussicht auf mildernde Umstände. In ein paar Stunden werden meine Kameraden auf mich schießen, zur Strafe, daß sie meine Unzurechnungsfähigkeit nicht rechtzeitig erkannt haben. Ich werde wohl nie erfahren, warum der Mann, der mein Motorrad in Sicherheit gebracht hat, sich ein paar Stunden Zeit ließ, bevor er meldete, wo ich zu finden war. Feuer! wird das letzte Wort sein, das ich höre. Ich werde es mitsprechen, aber nicht zu Ende, so kurz es ist. Wo sie Feuer sagen, sehe ich Licht.

Majda blieb sitzen, nachdem sie ihren Satz eingetippt hatte. Ich sah den Beinstumpf auf dem schwarzen Leder liegen, während sie den gesunden Fuß haltsuchend oder verspielt um das stählerne Stuhlbein gewunden hatte. Sie blickte auf ihren Schoß und schien gar nicht mehr zu atmen, als ich, hinter ihr stehend, den Satz wieder und wieder las; schließlich sprach ich ihn laut. Ihre Schultern zuckten, und sie zitterte vor Kälte. Als ich sie vom Sessel hob und zum Bett zurücktrug, deutete sie mit ihren schwachen Armen den Flug eines Vogels an.

Lordan, ich weiß deinen Familiennamen nicht mehr; ist das nicht merkwürdig? Als mir Majda ihren Namen ins Ohr sagte, muß sie alle anderen gelöscht haben. Auch an meinen eigenen erinnerte ich mich erst wieder vor Gericht, als meine Personalien verlesen wurden.

Ob der Krieg, den sie erklärt haben, von dir eine Adresse übrigläßt? Sie werden dich zu finden wissen, wenn sie wollen; ob sie es noch wollen, wenn sie diesen Brief lesen? Vielleicht enthält er ja ein militärisches Geheimnis, von dem ich nichts ahne und das trotzdem keiner wissen darf. Aber wie ich dich kenne, bist du inzwischen ein hoher Offizier; dem wird man auch ein sensibles Dokument herausgeben. Wenn es dir als letztes Wort nicht gut genug ist, Lordan, schreib es ins reine. Ich blieb ein Knecht des Augenblicks, und als Staranwalt – der mich nicht mehr zu verteidigen braucht – wirst du abschätzen können, ob ich das Leben für den besten möglichen Sinn weggeworfen habe. Solange ich die Liebe gesucht habe, bin ich an ihr verzweifelt. Jetzt, da sie mich gefunden hat, bin ich zum Leben erschreckt, ein für allemal.

Was wird aus Majda?

Ihre Krankheit ist weit fortgeschritten. Trotzdem hat sie für sich sorgen gelernt. Damit sagte sie, daß sie sich immer weniger Sorgen macht, und wenn ihr auch das wenige zuviel werden sollte, wird sie keinen Arzt nötig haben, um sich weiterzuhelfen. Sie hat mir das weiße Pulver gezeigt. In diesem Augenblick waren wir unsterblich.

Sie redete fast nichts, und ich sprach französisch mit ihr. Wenn sie mich korrigierte, dicht an meinem Ohr, kehrte ihre Stimme zurück.

Als man mir die Kleider über den Leib zerrte, um mich ordentlich abführen zu können, war auf dem Bildschirm immer noch zu lesen:

Von mir aus hättest du springen können.

Also springe ich, und auch die Angst wird schon leichter. Und du, Lordan, nimm jetzt deinen Arm von meiner Schulter. Er ist mir nicht leicht genug.

Ash and Carry

Wir brauchen noch Katzenfutter, sagte sie mit rauher Stimme.

Die Ausfahrt zum Einkaufszentrum war schon fast über-
fahren. Er stellte den Blinker, sah in den Rückspiegel, trat auf
die Bremse und riß den Wagen aus der Bahn des Schnellfah-
rers, welcher, ohne Geschwindigkeit wegzunehmen, vorbei-
heulte, wobei der Dopplereffekt von Hupe und Motor kaum
zu unterscheiden war. Erst als Sutter über eingezäunte Wie-
sen auf die beleuchtete Gebäudegruppe zusteuerte, schoß der
Schreck in seine klammen Finger nach. Wir brauchen noch
Katzenfutter. Es war erst Ruths dritter Satz auf der Fahrt von
L. nach Hause.

Das war die letzte Kontrolle, hatte sie gesagt, als sie ins Restaurant zurückgekommen war, wo er das Ende ihrer Konsultation abgewartet hatte. Ruth trat durch die Tür, ging geradewegs zu seinem Tisch und blieb davor stehen. Nicht
ablegen, keinen Kaffee. Nach Hause. Sie zog den offenen
Mantel um sich, ihre Hände wußten nicht mehr, wie ein Mantel zuzuknöpfen ist. Schließlich strichen sie nur über den
Saum und fanden an dem schweren Wollstoff immer noch etwas zu glätten.

Die letzte Kontrolle.

Er hatte nach der Bedienung gerufen und dabei den lokalen
Anzeiger um die Holzstange geschleudert, in die er festge-
klemmt war. Kaum beherrschte er die Wut über die betonte
Säumigkeit, mit der sich das Dämchen herbeiließ, nachdem
sie zuerst den Nebentisch umständlich abgeräumt hatte. Er
hörte die Zurechtweisung, mit der sie das Rückgeld unter ihrem Spitzenschürzchen hervorkramte, nicht ohne ihm – die
Frau im Mantel übersehend – am Ende »ein gutes Täglein« zu
wünschen.

Sutter hatte mit einer Stunde Konsultation gerechnet, wie
alle früheren Male. Er übereilt sich mit keinem Wort, hatte

Ruth Dr. Clemens gelobt, den ältlichen Oberarzt des großen Krankenhauses, in das Ruth, zur Abklärung, vor einem Jahr eingewiesen worden war. Der Chefarzt hatte den Befund der Biopsie »leider nicht ganz gut« nennen können und die fällig gewordenen Strategien erläutert. Danach hatte Ruth das Sprechzimmer ohne ein Wort verlassen. Aus einer Nische des Korridors trat der Oberarzt auf sie zu, der die Darmspiegelung durchgeführt hatte. Er begleitete das Paar zum Ausgang, und erst vor der Drehtür sprach er einen Satz, der an Sutter gleich abgelaufen war. Mitten in der Nacht war er ihm wieder zugefallen, und er hatte ihn lautlos nachgesprochen: »Krebs ist nie gleich Krebs.«

Am folgenden Tag war Ruth heiter und blieb es mit so viel Festigkeit, daß er darin eine Warnung vernahm. Es gebührte ihm nicht, sich ihre Gedanken zu machen, auch nicht im Schutz der Behauptung, es sei zu ihrem Besten. Sie hatte vor dreißig Jahren ein Medizinstudium angefangen. Warum sie es abgebrochen hatte, wußte er nicht, ahnte nur so viel: wie sie damals keine Ärztin geworden war, wurde sie jetzt keine Patientin. Ruth hatte in Indien und Arizona gelebt, bevor sie sich, Mitte Dreißig schon, zur Niederlassung entschlossen hatte. So drückte sie sich aus, als wäre sie ein Wandervolk. Als älterer Gerichtsberichterstatter, der, außer in seinem Kopf, nicht viele Grenzen überschritten hatte, konnte er sich nie recht vorstellen, was die Vielgereiste bei ihm suchte. Für Ruhe war es zu früh, am Gemeinschaftsleben beteiligte sie sich kaum, das die vor zwanzig Jahren noch junge Siedlung versprochen hatte. Inzwischen waren die Zukunftsbauer weitergezogen und Unternehmer in eigener Sache geworden. Ruths und Sutters Ehe hatte kein »Projekt« werden wollen, aber auch unhinterfragt bestand sie noch, und mit den Jahren als einzige am alten Ort. Kinder hatten sie nicht. Einmal im Jahr machten sie Urlaub im oberen Engadin. Ruth beschäftigte sich mit einer indianischen Sprache und saß oft stundenlang am Computer, ohne die Tastatur zu berühren. Über ihre Arbeit, die sie »das Buch« nannte, redete sie nur mit ihrer

Katze. Auf das Kochen verwendete sie viel Zeit und fuhr weite Wege, um Zutaten und Gewürze einzukaufen. Standen die Speisen aber auf dem mit aller Sorgfalt gedeckten Tisch, nahm sie nur versuchsweise davon und unterhielt ihn, während er aß, mit merkwürdigen Beobachtungen, die sie tagsüber gemacht haben wollte und die, wenn man ihr glauben durfte, auf die wahre Geschichte deuteten, die sich unbemerkt vom allgemeinen Nachrichtenwesen ereigne. Sie bestand aus Zeichen, die andere Lebewesen – zu denen sie auch die Steine rechnete – untereinander austauschten. Wenn Ruth recht sah, so bereiteten die übersehenen Dinge eine neue geräuschlose Schöpfung vor, welche die Eigenschaft besaß, sich von derjenigen des Menschengeschlechts, die Ruth den »blinden Fleck« oder auch den »toten Winkel« nannte, nicht länger stören zu lassen. Dabei wollten die Dinge einstweilen keine Zeugen. Es mußte gelingen, sich unbemerkt unter sie zu versetzen und ihresgleichen zu werden. Dann verflüchtigte sich der Anstoß, den sie nahmen, und man konnte zusehen, wie sie damit beschäftigt waren, aus immer weniger immer mehr zu machen. Es geschehe nämlich, so Ruth, alles, auch das kleinste, zum ersten Mal, und zwar in jedem Augenblick. Es komme nur darauf an, diesen Augenblick abzuwarten. Nichts daran sei geheimnisvoll, nur dem Schein müsse man trauen. Und je weniger Zeit man zu haben glaube, desto mehr werde Dasein zu einer Sache der Geduld.

Ich weiß, daß du für einen Geheimdienst tätig bist, sagte Sutter, und sie antwortete: aber erst, seit ich dich kenne. Vorher habe ich nur so getan. Du weißt gar nicht, was ich dir hinter deinem Rücken alles in den Mund lege. Iß, Sutter, überlaß das Reden mir. Du hast ja nie richtig essen gelernt. Findest kein einzig Blättelein.

Es schien ihr zu gefallen, wenn sein Appetit stärker wurde als seine Scham; es kam auch vor, daß er vor Lachen nicht weiteressen konnte. Ist es recht? pflegte sie zu fragen, im Stil einer ländlichen Saaltochter. Darf es noch etwas mehr sein vom Linsengericht? von der Blutsuppe? vom Bienenbock?

Für sich selbst kochte sie aus den sogenannten »Care-Paketen«, welche die Post mit einem belgischen Absender ins Haus brachte, einen grauen Brei, den er »dein Katzenfutter« nannte. Stimmt, sagte sie, ich muß es vor ihr verstecken, sonst ließe sie mir gar nichts zum Essen übrig. Doch machte sie ein Geheimnis aus der Zubereitung und verlegte diese immer mehr in die späte Nachtzeit, so daß ihr Bett im gemeinsamen Schlafzimmer unberührt blieb. Er lag wach und stellte sich vor, daß sie ihm ihre Schmerzen verberge. Mit der Zeit ergab es sich, daß Sutter für den Einkauf des wirklichen Katzenfutters zuständig wurde, und er begann darin eine Absicht zu wittern. Sollte sich die Katze an den neuen Ernährer gewöhnen?

»Krebs ist nicht gleich Krebs.« Diesem Satz war Ruth, fast ein Jahr nach der Entdeckung ihres Befunds, nachgereist und hatte Dr. Clemens wieder aufgesucht, als dieser, zur Beförderung nicht mehr fähig oder willens, aus der Universitätsklinik ausgeschieden war, um in seiner kleinen Geburtsstadt L. fünfzig Kilometer entfernt eine Allgemeinpraxis zu eröffnen. Sie war von spartanischer Einfachheit, wie Sutter bemerkt hatte, als er seine Frau noch ins Wartezimmer begleitete; das tat er inzwischen nicht mehr. Er lernte damit leben, daß seine Frau die Sprechstunde jedenfalls nicht zum Sprechen mit ihm benützte; um so mehr den gemeinsamen Tisch, den sie für ihn allein gedeckt hatte. Als es Frühling geworden war, erzählte sie ihm das Neueste von den Knospen, die draußen im Garten gerade hätten aufbrechen wollen, aber angesichts ihres forschenden Blicks darauf verzichtet hätten; »sonst hätten sie mir ja verraten, wohin«. Die Steingruppe am Teich dagegen habe sie noch nie so still stehen sehen wie heute. Doch als sie ein Sonnenfleck getroffen habe, seien sie einen Augenblick ins Wanken geraten, leider genau demjenigen, in dem Ruth habe zwinkern müssen. So sei aus dem Bild nichts geworden. Danach aber hätten sich die Steine eine Spur *zu* unauffällig gemacht, auch dunkler ausgesehen, untrügliche Zeichen der

Scham, beim Wanken ertappt worden zu sein. Ist das kein Indizienbeweis, Gerichtsreporter? Jetzt müsse Ruth fürchten, daß sich die Steine die Steinwidrigkeit, die sie sich hätten entschlüpfen lassen, zu Herzen nähmen, und dies könne nicht gesund sein, auch wenn es über das Herz der Steine erst Vermutungen gebe. Gut erforscht sei erst ihr Geschrei.

Es kam vor, daß ihn Ruths Possen hilflos machten, auch wütend. Dann war sie imstande, ihn ernsthaft anzusehen: Sutter, deine Verbrecher haben doch immer Geliebte gehabt, oder immer wieder. Du siehst aus, als brauchtest du auch eine. Warum machst du mich nicht dazu? Du hast es bei unserer Hochzeit versprochen, in guten und in schlechten Tagen.

Krebs ist nicht gleich Krebs.

Nach seiner Entdeckung hatte sie gesagt: Bisher habe ich immer den Kopf für mein falsches Ende gehalten. Und jetzt zeigt mir die Medizin das richtige. Wo es alle andern auch haben. Wo man drauf sitzt. Aber da hat auch meine blöde Stelle gesessen, schon früher, als ich noch diesen Schwanz hatte. Schuppen trug ich aber auch damals keine. Die sind nur für die gemeinen Wasserjungfern. Glatte Haut hatte ich, wie ein Mensch, und zur Zeit, wo der Eisvogel brütet, zeigte sie diesen Silberton, wie bei richtigen Fischen. Darauf bildete ich mir etwas ein. Und die Schwanzflosse hättest du sehen müssen! Die war fast so breit wie beim Tümmler und schlug wie ein doppelter Flügel. Jetzt weißt du, warum ich so große Füße habe. Das ist stehengeblieben, als ich mich trennen mußte, auftrennen von unten nach oben. Aber nur bis zur Hälfte. Die Beine wollte ich aufmachen können, aber die andere Hälfte sollte mein Prinz ganz bekommen, zum Umarmen. Aber wenn du mit Reißen erst anfängst … innerlich geht das dann immer so weiter, bis hinauf in den Kopf. Und zwischen den Beinen so reißfest zu bleiben, daß sie auch richtig aufgehen … vorn habe ich das ordentlich hingekriegt, nicht wahr? Aber wer denkt an hinten? Da bleibt etwas Blödes. Da schlüpfen dann niedere Tiere hinein. Im Wasser wäre es bei einem Poly-

pen geblieben. Aber an Land ist alles gröber. Da wird ein
Krebs daraus.

Er selbst war es gewesen, der sie »Seejungfrau« genannt
hatte, und sie hatte ihn forschend angesehen. Ich habe keine
Seele, willst du sagen. Er erschrak bis auf den Grund. Du hast
ganz recht, antwortete sie sich selbst, ich will auch gar keine,
denn mit einer Seele wäre ich nicht auszuhalten. Im Wasser
kennen sie auch kein Wort für »Liebe«. Dafür können sie
schwimmen. Schwimmen fiel mir spielend leicht, unter Wasser konnte ich sogar tanzen. Aber niemand fand etwas dabei.
Da stach mich die Eitelkeit, ich wollte mit einem Menschen
tanzen, du hast dich dafür hergegeben, und das haben wir
jetzt davon. Du kannst immer noch nicht tanzen, und ich
kann nicht mehr schwimmen. Ich bin glücklich, Sutter, aber
etwas blöd sind wir schon.

»Die blöde Stelle«. »Blöd« hieß in Sutters Mundart ein
Tuch, das, dünn gewetzt, demnächst durchscheuern wird. Die
»Seejungfrau« wäre ihm ohne Lortzings »Undine« nicht in
den Sinn gekommen – am Abend nach Ruths erster »Spiege-
lung«. Diese war, trotz aller Vorsicht des Oberarztes, peinlich
und schmerzhaft gewesen, doch wenn der Befund schon klar
war, blieb er verschwiegen. Angesichts von Ruths Erschöpfung hatte Sutter die Karten für die Oper zurückgeben wollen. Sie protestierte: Da wollen wir hin! Im stillen erleichtert,
daß sie den Abend nicht zu zweit verbringen mußten, hatte er
neben ihr in der Loge gesessen, auf das sie ein von ihrer Tante
geerbtes Abonnement besaß. Vornehm geht die Welt zugrunde! Aber das pflegte sie schon in ihrer Verlobungszeit zu
sagen, als das Mittagessen noch aus Pellkartoffeln bestand,
oder wenn sie im Zugabteil 2. Klasse deutlich hörbar die »ge-
diegenen« oder auch »erfahrenen« Holzbänke vermißte, die
es in der – längst verschwundenen – 3. Klasse gegeben hatte.

Sutter, im etwas zurückgezogenen Samtsessel, hatte seine
Frau betrachtet, die ihm, in Lortzings treuherzigen Klang
vertieft, nur die Andeutung ihres Profils zu sehen gab. Die
Zerbrechlichkeit ihres Halses unter dem schweren schwarzen

Haar ließ seinen Atem stocken. »Dein eitel Sehnen / Ist nun gestillt, o kehr zurück!« Sie saß regungslos, als Kühleborn, ein dicklicher Baß, das verlorene Kind der Tiefe zur Absage an ihre unselige Menschenliebe aufrief.

Kaum zu Hause, forderte er noch in Abendkleidern, gewalttätig wie ein Wegelagerer, den Zoll dieser Liebe ein, und so entfesselt war sie ihm noch nie entgegengekommen. Doch als er im Schutz des Rausches an die »blöde Stelle« rührte, zuckte sie zurück und hielt seine Hand fest. Nachdem sie sich ordentlich ausgekleidet hatten, blieben Ruths Augen naß, wie in der ersten Zeit ihrer noch ganz fremden Liebe.

Laß dich nicht stören, hatte sie das erste Mal gesagt, als er sie hatte trösten wollen: Ich weine wie Cäsar, aus Stolz.

Ich habe doch keinen Frauenkrebs, Sutter, sagte sie später, ich muß einen Menschenkrebs haben. Aber ich glaube, reif wird der nie. Er ist so kindisch. Vom Tod weiß er nichts. Er ist im Trotzalter, möchte mir nur weh tun. Wir müssen ihm etwas nachsehen.

Der Chefarzt hatte gleich von einer Operation gesprochen, dafür sei es nicht zu früh. Doch erst als es wahrscheinlich zu spät war, wußte Sutter: Ruth hatte den Eingriff nie auch nur in Betracht gezogen. Am ersten Schnitt, Sutter, war es genug. Die Meerjungfrau hat es für dich getan, aber gehen lernen wollte sie ohnehin, und das will ich immer noch. Was kannst du dafür, daß es mir nicht bekommt.

Wie antwortet ein Partner darauf?

Du bist kein Partner, Sutter, mit einem Partner macht man ein Geschäft auf. Dafür hätte ich das Wasser nie verlassen. Du bist mein Liebster, und wenn du nicht aufpaßt, wirst du noch mein Eigen. Auch für ein Kind hätte ich dich nicht hergegeben. Die Seejungfrau ist schon Kind genug. Kannst du sie wie einen Menschen behandeln?

Kein Vorwurf, kein Hilferuf. Eine Frage.

Das war die letzte Kontrolle.

Auf der Rückfahrt saß sie stumm auf dem Vordersitz. Der

Januartag begann schon einzunachten. Sie und Dr. Clemens, der Hüter der blöden Stelle, mußten einander aufgegeben haben – warum?

Auf der Hinfahrt war sie heiter gewesen, hatte sich von der Musik im Auto tragen lassen, einer Nocturne Chopins. Heute abend liest du mir vor, hatte sie beim Einlegen der CD gesagt. Und dann jeden Abend, von heute an. Maushärchen.

Maushärchen?

Der Brüder Grimm.

Hausmärchen. Die lese ich dir vor?

Kindermärchen läßt du weg. Nur Maushärchen. Da hat auch die Katze etwas davon.

Weitergehende Versuche, Ruths Leben zu erleichtern, ließ sie nicht zu. Übernimm dich nicht, Sutter. Du hast eine Bandscheibe, und ich bin eine Last, das paßt nicht zusammen. Wir ja auch nicht. Das verbindet uns. Denn zu andern Leuten würden wir doch sehr ungern passen. Verwöhn mich nur nicht, spar deinen Atem. Eines Tages brauchst du ihn für zwei.

Jedem Stück Gegenverkehr war er so weit nach rechts ausgewichen, daß Ruth plötzlich fragte:

Soll ich fahren?

Das war ihr zweites Wort.

Er schüttelte nur den Kopf. Er kämpfte gerade mit dem Verdacht, Dr. Clemens habe Ruth ein zuverlässig wirkendes Gift mitgegeben.

Sie war sechs Jahre alt gewesen, als ihre Eltern in der Cessna (»Phoenix III«), die ihr Vater gesteuert hatte, in der Ägäis »überfällig geworden« waren. Sie sind abgeflogen, ohne anzukommen, mehr weiß man nicht, sagte Ruth. Danach war sie bei einer unverheirateten, sehr vermögenden Verwandten als Einzelkind aufgewachsen und streng gehalten worden. Nach dem Tod der Tante hatte sie das Medizinstudium abgebrochen, um, mit ihren Worten, wie Hänschen klein in die weite Welt zu laufen. Indien war in den siebziger Jahren ein bevorzugtes Ziel von Pilgerreisen. Sie habe sich an einen Ort gewünscht, wo alles aufhöre, aber so viel war das bei mir gar nicht. Hänschen hat seinen Lohn gekriegt, und dann wurde er alles wieder los, Pferd, Kuh, Schaf und Gans und am Ende sogar den Schleifstein. Der ist ihm in den Brunnen gefallen, er brauchte nie mehr ein Messer zu wetzen und hat einen Luftsprung getan: ich muß in einer rechten Glückshaut geboren sein! So ist er Hans im Glück geworden und heimgesprungen zu seiner Mutter.

Zur Ehe hatte sich Ruth schon nach zwei Spaziergängen entschlossen gezeigt: Möchten wir heiraten? Vollkommen verblüfft hatte er zuerst gar nichts gesagt, dann: ja – und dann wieder lange nichts. Dann müssen wir uns verkündigen lassen, erklärte sie ernsthaft, es könnte jemand Einspruch erheben. Es klang fast so, als warte sie nur darauf. Bevor sie ihr Jawort auch einem Beamten gaben, wollte Sutter, als der Ältere, einmal das Nötige gesagt haben: Ich passe doch gar nicht zu dir. Das macht nichts, hatte sie heiter erklärt, ich passe zu keinem, aber ich kann mit jedem. Da sie gerade nackt nebeneinanderlagen, war Sutter zusammengezuckt.

Zwei Sätze auf dreißig Kilometer sind nicht viel. Einmal hatte sie mit einem Knopfdruck die Nocturne zum Schweigen gebracht, die er wieder angespielt hatte. Danach zischte nur noch Wind um ihr Gehäuse. Die Gegend hatte sich zum Ballungsraum verdichtet, Fensterlicht brannte über abgezäunte Felder in fahlen Zeilen und ließ die Häuserblocks nur durchlöchert erscheinen, nicht bewohnt. Die Hügel dahinter wurden unscharf, die Landschaft trat zurück, während bunte Lichter durch die Dämmerung zappelten, Verkehrsampeln, Reklameschriften, orange verstrahlte Kreuzungen, reflektierende Pfützen. Von links näherte sich die Schneise der Autobahn, ein Strahl, der weiterstiebende Partikel wie Leuchtmunition verschoß. Dahin drängte jetzt auch ihr Sträßchen, und seine Schilder gaben die Geschwindigkeit an, die man aufzunehmen hatte, um sich in die Massenflucht einzugliedern.

Die Vorsicht dieses Manövers entlastete Sutter von der

Aufmerksamkeit für das Gesicht an seiner Seite. Jetzt wurden sie zur Strecke gebracht oder konnten in zwanzig Minuten zu Hause sein. Als Sutter das Rasen so weit in Fleisch und Blut übergegangen war, daß sich sein Griff am Lenkrad gelockert hatte, hob Ruth eine Hand.

Wir brauchen noch Katzenfutter.

Der Volvo stand schon auf der Parkfläche still, als Sutter begriff: Ruth, die er keuchen hörte, hätte die Autobahn keine Sekunde länger ausgehalten. Sie saß mit offenem Mund, und ihr Gesicht trug den Ausdruck der Panik.

Möchtest du Schnippenkötter heißen, fragte sie.

Dann noch lieber Sutter, sagte er.

Schnippenkötter stand in der Zeitung, die du gelesen hast, sagte sie heiser. Eine Todesanzeige, drei Mal. Wie kommt ein Schnippenkötter nach L., um da zu sterben?

Katzenfutter, sagte Sutter nach einer Weile.

Viel, sagte sie. Nimm eine Tüte aus dem Kofferraum.

Warum gehen wir nicht zusammen, wollte er sagen, doch er traute seiner Stimme nicht. Er öffnete die Tür und blieb einen Augenblick sitzen, abgewendet.

Das Innenlicht des Kofferraums zeigte ihm einen Stapel säuberlich gefalteter Papiertüten. Als er die oberste an den Griffen schüttelte, entfaltete sie ein Alpenpanorama und inmitten baumhoher Enziane den Schriftzug eines Käsegeschäfts. Er drückte die Heckklappe nieder und ging mit eingezogenem Hals über die leeren Parkfelder. Der Beutel schlenkerte an seiner Hand, ein kühler Luftstrom fuhr ihm ins Gesicht und durch die dünnen Kleider. Er war froh, die Deckung der Autos zu erreichen, die sich vor dem offenen Portal des Einkaufszentrums zusammendrängten.

Aus dem Inneren zirpte Streichermusik, ein unaufhörlicher Gehöraufstrich, in den sich eine italienische Tenorstimme mischte, die nicht dazu paßte und keinerlei Takt hielt. Sie ging von einem einzelnen Mann aus, der auf dem Marmorpodest starken Schrittes hin und her ging, für sich allein in eine heftige Unterhaltung vertieft. Dabei klemmte er das Telefonino zwischen Schulter und Kinn, um die Arme zum Gestikulieren freizuhaben. Jedesmal, wenn er die Reihe der Einkaufswagen erreicht hatte, packte er die Griffstange des vordersten, riß daran und stieß ihn dann klirrend zurück.

Wider Willen fasziniert sah Sutter dem Mann zu. Er redete italienisch, trug einen dunklen Borsalino und schwarze Nappalederhandschuhe; aus dem Halsausschnitt des kurzen Kamelhaarmantels blickte ein silberfarbener Seidenschal, aus diesem ein Schlips in hellem Grün. Obwohl er wie ein Raubtier an den angeketteten Gitterwagen rüttelte, trat er galant beiseite, wenn einer leer zurückgebracht oder neu abgeholt werden sollte, war der Kundschaft behilflich, ihn flottzumachen, und dienerte noch einen Schritt hinterher, während sein Mundwerk keinen Augenblick aussetzte. Die teilnahmslosen Augen fixierten sich jetzt auf Sutter; dazu wiegte er einen Wagen, als läge ein Kind darin.

Unvermittelt kam Sutter Ruths Lage im erkaltenden Volvo zum Bewußtsein, und er hastete durch den Wärmevorhang, der ihn wie Spülicht überlief. Von allen Seiten drängten Regale heran, auf denen sich Genußmittel stapelten. Sutter versuchte sich an den schwebenden Transparenten zu orientieren, und zu spät kam ihm in den Sinn, daß auch er dem Tenor einen Einkaufswagen hätte abnehmen sollen. Im Inneren des Supermarkts gab es nur Körbe aus gelochtem Plastik, die für das viele Tierfutter nicht ausreichen würden. Als er zwei davon herausriß, kam er sich augenblicklich so knäbisch vor, daß er sie gleich wieder zurücksteckte. Ratlos empfing er die Botschaften der Ware, die, wie Spielzeug auf Glanzkarton geheftet und mit Klarsichtfolie verblendet, nach immer weiterer Verpackung zu schreien schien. Er irrte herum und verzweifelte schon daran, das Gesuchte je zu finden, als ihm das Bild einer lippenleckenden Katze gleich reihenweise in die Augen sprang. Die violette Dose hatte das von der Katze bevorzugte »Kalb mit feinen Nüdelchen« zu bieten, und Sutter brauchte nur abzuräumen.

Beim Füllen der Papiertüte fühlte er sich beobachtet. Hinter einer stillstehenden Wagenfuhre stand eine ältere Dame mit magerem Hals und geröteten Augen. Ihr Kinn bebte.

Sie haben keinen Korb, sagte sie.

Das sehen Sie richtig.

Was Sie da kaufen, ist ein Risiko für Ihr Tier.

Darum brauchen wir es nur für uns selbst.

Haben Sie Plusminus nicht gesehen? Das Fleisch ist nicht geprüft.

Wenn Sie mir verraten, wo ich geprüftes Menschenfleisch finde, sagte Sutter.

Die alte Dame errötete und begann sinnlos zu lächeln. Dann verschwand sie hinter dem nächsten Regal, und ihre Rädchen entfernten sich hastig quietschend.

Sutter hörte schon die Kassen piepsen, aber die Nische mit dem Tierfutter war als Sackgasse angelegt, und der Fluchtweg führte in die Gegenrichtung und in die Reizflut zurück. Von schlafwandlerisch wirkendem Gedränge zum Hindernis reduziert, fühlte Sutter Panik in sich aufsteigen; er zitterte noch, als er hinter der letzten Befestigung – Werkzeug und Gartengerät – das Ende der Warteschlange erreicht hatte. Er zog eine kurze Axt mit blau angestrichener Schärfe aus der Halterung und ordnete sich ein. Endlich war es so weit, daß er eine Dose nach der andern auf das Fließband legen konnte. Die Kassendame führte jede einzeln über den Lichtspalt und wendete sie, bis sich der Piepston vernehmen ließ. Als er den Geldschein hinüberreichte, nahm sie ihn nicht an.

Ist was? fragte er.

Sie haben noch etwas in der Hand, sagte sie und deutete mit dem Kopf auf die Axt.

Ist beschädigt, sagte er, und legte sie auf das Fließband.

Wortlos nahm sie die Axt weg und schob sie unter die Kasse, während er die Dosen hastig in die Tragtasche warf.

Verloren lag das weiße Fahrzeug weit draußen auf dem Platz, und als Sutter darauf zuging, fürchtete er es leer zu finden. Doch dann zeichnete sich hinter den beschlagenen

Scheiben eine aufrechte Gestalt ab. Mit jedem Atemzug stieß Sutter eine Dampfwolke aus, die im Flutlicht verzog.

Er nahm sich Zeit, den Einkauf im Kofferraum zu verstauen, bevor er die Vordertür öffnete und sich hinters Steuer schob. Der Wagen war kalt. Einmal mußte Ruth den Scheibenwischer betätigt haben, denn zwei Felder im Windschutz waren reingefegt. Als er ihrem starren Blick folgte, bemerkte er eine dunkle Fassade mit blauer Leuchtschrift. Der erste Buchstabe, ein großes C, erlosch immer wieder sekundenlang: ASH 'N' CARRY.

Als der Motor warmlief, sagte Ruth:

Der Mond.

Unscheinbar, eine dünne Sichel hing er über dem Gebäudemassiv. Auf Kranen, Hochhäusern und dem Hügelkamm dahinter zuckten Rotlichter, die dem Flugverkehr ein Hindernis signalisierten. Ruth sagte:

Quorum fortissimi sunt Belgae.

Den Satz aus Cäsars Gallischem Krieg zitierte sie immer, wenn es gelungen war, die Tücke eines Objekts zu überlisten, etwa den elektrischen Büchsenöffner für das bevorzugte Katzenfutter, mit dem Sutter noch nie zurechtgekommen war. Diese Büchsen gab es nicht mehr, doch Ruth hatte – »für festliche Gelegenheiten« – einen Vorrat davon angelegt. Die Katze war ihre Katze, und jetzt bekam sie Futter, das leichter zu bedienen war. Er sollte es lernen.

»Die Belgier waren die Tapfersten von allen.« Ruth hatte eine belgische Mutter und war in Brügge geboren. Bruges-la-morte, sagte sie. Als Brügge tot war, spürtest du noch etwas von seiner Größe. Jetzt floriert es und ist eine Stadt wie jede andere. Als kleines Mädchen wollte ich eine Begine werden. Mir gefiel das Wort »Beginenhof«. Damals lag er gleich neben dem Continen-Tal. Das war die Aufschrift auf dem Plakat, das unser Schuhmacher über dem Ladentisch aufgemacht hatte. Während er meine Kinderschuhe mit eisernen Halbmonden beschlug, studierte ich das Continental. Es war eine maigrüne Hügellandschaft, in das eine Straße mit vielen Kurven hineinlief, und darauf rollten vier große schwarze Räder. Kein Auto, nur die Räder, mit geheimnisvollen Zeichen beschrieben. Ich wußte noch nicht, daß sie nur »Profil« bedeuten.

Meine Mutter, hatte Ruth gesagt, wußte nicht einmal, wieviel Geld sie hatte, als sie einen Schweizer heiratete. Der konnte fliegen, aber Banker werden wollte er nicht. Er vergrub sein Geld auf griechischen Inseln und war glücklich über ein paar Scherben, die er dafür zurückbekam. In Kreta gibt es die Scheibe von Phaistos, deren Schrift noch kein Mensch entziffert hat. Die hätte er gern als erster gelesen, bevor er starb. Den letzten Funkspruch hat das Flugzeug über Athen abgesetzt: EVERYTHING DANDY.

Ob sie den richtig entziffert haben? hatte Sutter gefragt, und sie hatte geantwortet: Das hätte auch nicht mehr geholfen.

Sutter wollte nicht auf die Autobahn zurück. Suchend fuhr er an den Rändern der Parkfläche entlang. An einer halbdunklen Stelle fand er die Lücke im Gebüsch. Dahinter führte eine Wegspur in das anstoßende Schrebergartengelände. Mit jeder Windung schien sie enden zu wollen und zog sich doch immer weiter hin, eine vergraste Fährte unter leeren Baumgerüsten, die als Spazierweg markiert war, als sie in den Wald eintauchte, für Fahrzeuge verboten, doch immerhin fahrbar. Fußgänger brauchte man um diese Stunde nicht mehr zu erwarten. Immer seltener zündete Straßenlicht durch die kahlen Baumkorridore. Der Wagen holperte über Wurzelwerk hinter der Lichtbahn her, die seine Scheinwerfer zwischen die Stämme warfen.

Sutter verlor das Gefühl für die Richtung. Bei Kreuzungen suchte er die Fahrbahn, die am meisten Festigkeit versprach, doch versumpfte sie immer wieder, und auf den Pfützen glänzte eine dünne Eisschicht. Wenn er sich nicht täuschte, hatte der Weg an Höhe gewonnen, doch erst im schwarzen Nadelholz begann er scharf zu steigen. Das schwere Gefährt schien sich nur halten zu können, solange es fuhr, an Umkehr war nicht mehr zu denken. Ab und zu drehten die Räder durch, und Sutter behandelte Gas und Kupplung wie ein Pianist die Pedale. Das Bergaufschleichen nahm kein Ende, doch waren hier, soviel er wußte, weder Klippen noch Abgründe zu befürchten. Schon eher gefallenes Holz. Am Fuß gesplitterter beinweißer Stümpfe lagen die Stämme kreuz und quer, die der Sturm »Lothar« geknickt hatte. Noch hatte keiner den Weg versperrt, nur Zweige schlugen nach dem Wagen, der durch das unaufgeräumte Dickicht immer höher stieg, zugleich nahm die Hitze zu, die der gequälte Motor in die Kabine strömen ließ. Die Lichtkegel schnellten auf und ab, stürzten sich auf eine Efeuranke, eine Brombeerstaude, die aufglühten, als warnten sie vor jedem weiteren Schritt.

Sutters Rücken tat weh, während er sich über das Lenkrad beugte. Nur nicht zum Stillstand kommen. Vor seinen Augen hüpfte etwas, und wenn es nicht die Anstrengung war, mußten es Schneeflocken sein. Auf der Fahrbahn – war sie nicht flacher geworden? – hatten sich Bänke von zartem Weiß abgesetzt.

Belgae, sagte es neben ihm. Als wären die Belgier alle weiblich gewesen. Der Lehrer redete von einem »grammatischen Geschlecht«. Ich glaube, das hat ihn geniert. Dichter dürfen ja noch weiblich sein. Aber Bauern, aber Seeleute? *Agricolae, nautae!* Und jetzt auch noch die Belgier. Kein Wunder, daß sie so tapfer sein mußten. Sieh nur, die Höhe gähnt nicht mehr. Auch du hast es geschafft.

Über den Berg sind wir noch nicht, sagte Sutter.

Aber ganz oben, sagte sie.

Der Weg war jetzt ein Sträßchen, das fast eben geradeaus führte. Auf beiden Seiten fiel das Gelände ab, aus der Tiefe blinkten vereinzelte Lichter. Sutter öffnete das Fenster einen Spalt; im Luftzug spürte er den kalten Schweiß auf der Stirn. Sein Herz hämmerte, und nur langsam kehrte Gefühl in die Finger zurück, die das Lenkrad umklammert hielten. Am liebsten hätte er angehalten, aber er wagte es nicht. Es schneite stärker, und feine Schleier überwehten den Boden.

Sutter, sagte Ruth, von mir erbst du nichts. Ist das schlimm?

Nein, sagte er.

Du solltest noch einmal leben, sagte sie. Du bist doch ein Mann.

Nur ein Strichmann, erwiderte er und glaubte sie im Augenwinkel zittern zu sehen. Doch es war ein lautloses Lachen, was sie erschütterte.

Wenn ich tot bin, hörte er sie sagen, schicke ich dich auf den Strich.

Den kenne ich schon. Ich bin Journalist.

Du hast die Menschen immer nur verteidigt, sagte sie. Einmal solltest du sie noch mögen.

Er trat auf die Bremse. Vor ihnen, in der Straßenmitte, standen zwei Rehe, wie gebannt vom Scheinwerferlicht. In ihren erhobenen Köpfen glimmten rote Löcher. Flocken taumelten durch den Strahl. Sutter ließ den Leerlauf dröhnen; die Tiere rührten sich nicht.

Ruth beugte sich herüber und löschte das Licht. Plötzliche Finsternis; er fühlte ihre kalte Hand auf seinen Augen. Sie hatte sich zu ihm herübergelegt. Er faßte sie um den Leib und hob sie über die Gangschaltung halb auf seinen Schoß, fühlte einen Stich im Rücken und erschrak zugleich über die Leichtigkeit ihres Gewichts. Sie verbarg das Gesicht an seiner Schulter.

So muß man Rehe betrachten, sagte sie kaum hörbar.

Sie sind weg.

Dann erst recht.

Er drehte die Zündung ab und preßte die Lippen gegen ihr Haar, das nach frischem Brot roch. Die Augen behielt er geschlossen. Draußen knackte der Frost, und in der Luft hing das Knistern fallender Flocken.

Als Ruth auf ihren Sitz zurückkroch, senkte sich, mit zuckenden Lichtern, der Schatten eines Flugzeugs über sie hinweg und zog eine Schleppe grollenden Lärms hinter sich her.

Autosex wäre schön, sagte Ruth.

Sie hatte das Fenster auch auf ihrer Seite geöffnet. Jetzt saßen sie wie in einer offenen Schneehütte. Der unbekannte Ort war nur von einer Wildspur bezeichnet, und der fallende Schnee verwischte sie vor ihren Augen. Hie und da schwebte eine Flocke herein, ließ sich auf das Armaturenbrett nieder und verging nicht sogleich. Ruth hatte zu summen begonnen: In einer alten Konditorei, da saßen wir zwei, mit Pulver und Blei.

So alt sind wir schon? fragte er.

Wir wollten es werden, sagte sie.

Beim ersten Versuch sprang der Motor an. Sutter legte den Gang ein und betätigte die Schweinwerfer. Sein Kopf summte, und als er die Stimmbänder mitschwingen ließ, wurde ein Weihnachtslied daraus. Es ist ein Roß entsprungen.

Pferde, sagte sie, hätte ich mit dir gestohlen. Aber Rosse hätte ich nicht geschafft.

Ich auch nicht, sagte er.

Schweigend fuhren sie durch eine Allee starker Buchenstämme, dann trat das Sträßchen aus dem Wald und wurde von Ebereschen begleitet; einzelne Blätter hingen wie Wimpel im Geäst, und da und dort eine Dolde roter Beeren. Dann wurde das Land offen, und die Fahrbahn führte durch schwarz gepflügtes Feld. Sutter kam es vor, als hätten sie den Winter hinter sich gelassen und führen über eine Hochebene in eine andere Welt. Von der Mondsichel hing ein Schleier wie eine abgeschnittene Locke. Lichter einer Siedlung flimmerten aus der Tiefe, und bald mündete das Sträßchen in eine ausgebaute Straße. Über einige Kurven führte sie zu den ersten Häusern. Einzelne Fenster hatten Licht. Der Name auf der Innerortstafel kündigte ein Dorf an. Er war noch nie da gewesen, aber sein Name war ihm wegen der vier »t« im Namen geläufig. Er kam in einem Abzählreim seiner Kindheit vor. Der Weg nach Hause konnte jetzt nicht mehr zu verfehlen sein.

Das letzte Stück Fahrt legten sie wortlos zurück. Die

Dichte der Überbauung nahm zu, der Himmel trübte sich wieder zum verwaschenen Hintergrund. Als sie auf den Zubringer zu ihrer Siedlung einbogen, sagte Ruth:

Ich muß noch straffällig werden, damit du mich nicht vergißt.

Die Zufahrt zur Siedlung führte durch offenes Brachland, bevor die verschachtelten Atelierdächer zwischen den Bäumen auftauchten; schon das erste Haus war ihr eigenes. Plötzlich schoß etwas Lebendiges aus der Hecke auf die Fahrbahn. Sutter riß das Steuer herum, drückte auf die Bremse und spürte den Boden weichen. Auch der Zug an der Handbremse änderte nichts daran, daß der Wagen unaufhaltsam in den Graben rutschte. Er legte sich an den entgegenkommenden Hang und blieb daran liegen, als müßte das so sein.

Ruth, höher gelagert, hielt sich am Gurt fest und lächelte zu ihm herab. Ein verspätetes Insekt irrte durch die Lichtkegel, die sich in der Höhe zu einem fahlen Schein verdünnten. Ein Gesträuch am Grabenrand erglühte feenhaft.

Eine Goldrute, sagte Ruth, damit hütet man Silberfasane.

Im Hafen gestrandet, sagte Sutter.

Soft Shoulders, sagte sie und lehnte sich auf ihn.

So vereinigt, sahen sie den Kopf der Katze über die Böschung wittern. Die Pupillen zu Ritzen verengt, schnupperte sie am Überfluß der Helligkeit, nahm aber Abstand, dem im Leerlauf brummenden Gefährt näher zu treten. Mit erhobenem Schweif stakte sie zwei Schritt beiseite und setzte sich ins Halbdunkel, schmal, undurchsichtig, ein Bild der Erwartung.

Duende

Eins, zwei, drei, Sie können reden, Frau Schnippenkötter, Band läuft.

Einszweidrei, so läuft das nicht bei mir. Ich bin eine Señora. Als Frau Schnippenkötter wäre ich keine geworden. Wie ich ihn kennengelernt habe? Er hat *mich* kennengelernt, mein Gatte Schnippenkötter, Curd, mit weichen D. Dafür, was Sie mit der Kleinen gemacht haben, gibt es zehn Jahre Zuchthaus, danach Landesverweisung, und Ihre Praxis können Sie vergessen. Die Kleine war ich. Klein bin ich auch noch mit fünfzig. So alt war er damals schon, und schon in Berlin hat er Frauen von sich abhängig gemacht. Erst als er seines Lebens nicht mehr sicher war, floh er in die Schweiz. Er schrieb Gutachten fürs Sozialamt. Als ich ihm zugeteilt wurde, hatte er die Niederlassung noch nicht. Unzucht in Ehren, aber mit Abhängigen nicht. Wenn ich erzähle, was Sie unter einem besonderen Gewaltverhältnis verstehen, dann ist fertig lustig mit Ihrem Weltruhm. Da wurde er weiß, so weiß hat ihn erst wieder die Gerichtsmedizin gesehen.

Jetzt rauche ich. Danke.

Berufsverbot, oder wir heiraten, habe ich Schnippenkötter damals gesagt, und dann bringen Sie mich zum Schweigen, wenn Sie können. Er hat das kleinere Übel gewählt. Zwanzig Jahre lang haben wir viel voneinander gelernt. Mit Siebzig war er der Größte. Er saß an den Schreibtisch gelehnt, von der Druckwelle verblasen, die Augen aufgerissen, gelb wie ein Plantagenbesitzer aus Hinterindien. Doch seiner Mähne war kein Haar gekrümmt. Er stellte immer noch was vor.

Ich habe ihn gewarnt. Invernizzi macht ernst, habe ich gesagt. Um so besser, sagte er, seit er sich einbildet, eine Bombe zu sein, langweilt er mich nicht mehr. Sprenggürtel, von wegen. Er trägt wieder sein Kindergeschirr, es drückt, aber es hält ihn zusammen, und allmächtig ist er noch dazu. Er braucht nur am Schnürchen zu ziehen, dann fliegt seine Welt in die Luft, dann ist er frei, Anne Li, und wir sind reich und haben ein Haus auf Lanzarote.

Natürlich dürfen Sie das schreiben. Man darf, was man kann, wie Schnipp zu sagen pflegte.

Invernizzi ließ tausend pro Stunde liegen, nicht Pesos, Dollars. Aber am Ende strandete Schnipp am Schreibtisch, und Invernizzi beherrschte den Raum. Er lag auf dem Rükken, als nähme er einen ganzen Himmel auf den Arm. Die Blätter seiner Krankengeschichte hatten sich auf ihm niedergelassen wie ein Schwarm weißer Tauben: *Invernizzli, schlaf es bitzli.*

Läuft es noch einszweidrei, Ihr Band? Ja, wir blieben beim Sie, Schnippenkötter und ich. Notfallmäßig zugeteilt, wie ich ihm war, brauchte er mich als Rote Würgerin, und dazu gehörte die Höflichkeitsform. Er nannte mich Anne Li, meine Alraune. Alraunen sind Wurzeln in Menschengestalt, und sie wachsen an der Stelle, wo der Same von Galgenvögeln hingetropft ist.

Ich bin eine Wurzel aus dem Dorf und hatte ein helles Köpfchen. Von Rot noch keine Rede. Ich trug einen strohblonden Zopf, und als Kind hatte ich zwei. Geflochten hat sie Sonja, aber nie ohne mich zu rupfen. Sonja servierte, mein Vater vögelte sie, das sollte ich nicht merken, aber ich spürte es an den Haaren. Wer nichts wird, wird Wirt. Als ich drei Jahre alt war, hat er meine Mutter umgebracht, das sollte ich auch nicht merken. Ihr Befund war einwandfrei: Krebs. Sie hatte mich nach einem Schlager der fünfziger Jahre getauft. Warum weinst du, kleine Tamara. Ich weinte gar nicht. Ich war frech, und mehr als einmal hat mich nie ein Bub an den Zöpfen gerissen. Als ich zehn Jahre alt war, kriegte auch Vater seinen Krebs. Er hatte mich umgetauft, Annemarie, das war sein Traumname, und er sagte ihn vor sich hin, als ich an seinem Spitalbett saß, stumm. Auch Annemarie weinte nicht. Ich wußte nur: an Krebs sterbe ich nie.

Sonja hat meinen Vater noch schnell geheiratet, aber als sie nur Schulden erbte, hat sie die Wirtschaft verkauft und ist zu einem Gast gezogen. Da ging ich nicht mit, lieber ins Waisen-haus. Ich bekam einen Vormund, den Lehrer, und wohnte bei ihm. Ich war das einzige Mädchen in der Klasse, das las. Und da war auch noch ein Bub. Der hieß Invernizzi, Lauro. Wir redeten über alles, was wir gelesen hatten. Fahrten ins Pack-eis, Expeditionen durch die Kalahari-Wüste. Er hatte keine Freunde und lebte mit seiner Mutter. Sein Vater sei Millionär in Südamerika. Der schickte teure Geschenke: einen Chrono-meter, eine Taucherausrüstung, eine Polaroid-Kamera mit Blitz. Invernizzi zeigte mir, wie sich die Bilder noch feucht vor unseren Augen entwickelten.

Ich war die einzige der Klasse, der es fürs Gymnasium reichte. Invernizzi stand am Morgen früher auf, um mich zum Bahnhof zu begleiten. Wenn ihn sein Vater nach Argen-tinien hole, brauche er doch nicht mehr zur Schule zu gehen. Seine Mutter habe jetzt auch Krebs, sagte er, als wir ihr Bild betrachteten, aber sie stirbt nicht daran. Sie war immer schwarz gekleidet und redete fast nichts. Einmal drückte er mir ein Geldstück in die Hand, bevor ich in den Zug stieg. Damit du dir etwas Süßes kaufst. Wenn man miteinander geht, darf man voneinander auch etwas nehmen. Ich war so überrascht, ich warf ihm das Geld erst aus dem Zugfenster wieder nach. Er hat es nicht aufgehoben.

Machen Sie ruhig Gebrauch von dieser Geschichte.

Das Gymnasium war damals nur eine Töchterschule. La-tein war mein Lieblingsfach, weil der Lehrer so nett war. Er hieß Hablützel wie Sie und hatte eine polierte Glatze. Er dik-tierte immer neben meinem Platz. Wenn er den Fuß auf die freie Vorderbank stellte, spannte sich sein Beinkleid vor mei-nen Augen, und seine Stimme ließ die Bank zittern, auf der ich saß.

An warmen Tagen unterrichtete er im Schulgarten und strich hie und da einer über den Kopf: *Du bist wie eine Blume so schön und hold und rein.* Als ich mit einer Aufgabe früher fertig war, winkte er mich in die Gartenecke, allein, um mir ein Vogelnest zu zeigen. Damit ich auch die Eier sehen könne, hob er mich an und keuchte gegen meinen Nacken. Einmal stürmte er von der Tafel auf meinen Platz zu und riß das Heft weg, mit dem ich das Rote Schülerbüchlein zugedeckt hatte. Darin stand, wie Schüler eine Revolution machten, alles klein geschrieben. Schau an, stöhnte Hablützel, die rote Annemarie!

In der Bibliothek meines Vormunds fand ich hinter dem Lexikon eine Beige zerblätterter Pappbändchen. Auf Holzpapier waren illustrierte Geschichten gedruckt, zum Beispiel diejenige einer jungen Tante mit Bubikopf, die zu schlafen schien, wenn ihr Neffe, ein Bub wie Invernizzi, mit ihr spielte. Deutlich war in der offenen Hose der Stachel zu sehen, den er in den Bauch seiner Tante stecken konnte, ohne daß sie aufwachte. Das war nun also Liebe. Das las mein strenger Vormund.

Invernizzi sah ich nur noch selten, aber sein Spitzname kam mir zu Ohren. Vor einer Radtour seiner Klasse, erzählte die Nachbarin, hatten die Buben ihre Gangschaltungen geölt; dabei habe Invernizzi einen Kollegen um das Ölspritzkännchen gebeten. Stitzli sagst du dem? Stitzli? fragt der andere in die plötzliche Stille hinein. Stitzli! fällt ein dritter ein, so sagt man vielleicht bei den Tschinggen. Invernizzli, schreit ein vierter, *zeig dis Stitzli*, und schon hat ihm einer die Hose heruntergerissen. *Invernizzli, hät käs Stitzli, hät es Schlitzli, Invernizzli.* Sie brüllen vor Lachen, es reimt sich ja, und sie können immer so fortfahren, *Invernizzli, han es Hitzli, steck das Stitzli i mis Ritzli susch vergitzli,* plötzlich sind sie alle Dichter. Die Nachbarin wußte auch nicht, was Stitzli zu bedeuten habe, aber Invernizzi war gezeichnet, und ich wußte jetzt, warum er sich nicht mehr blicken ließ.

Vor den Sommerferien hatte uns Hablützel aus der »Odysee bärndütsch« vorgelesen: »Nousikaa mit de goudige Züpfe!« Dazu lüpfte er meinen Zopf – ich hatte jetzt nur noch einen – und ließ ihn fallen wie ein totes Gewicht, immer wieder. Annemarie! sagte er dann und schaute in die Luft, *wettisch du mi, chönntisch guet läbe, vergäbe mit mir.* Ich wurde feuerrot. Ach, Annemarie, sagte er, bleiben Sie nach der Stunde noch einen Augenblick da. Ich hielt die Hand vor den Mund und rannte aus dem Zimmer. Draußen verlegten Handwerker einen Nadelfilz, ich griff ein Teppichmesser und lief zur Toilette. Dort säbelte ich mir den Zopf herunter, es gab einen zweiten Spiegel, in dem ich mich auch von der Seite sehen konnte. Ich schabte immer weiter und stand am Ende wie von Motten zerfressen da. Dann ging ich in die Klasse zurück und legte den Zopf auf Hablützels Pult. Um Gottes willen! flüsterte er, und dann läutete die Glocke.

Ich rührte mich nicht, als die Mitschülerinnen das Zimmer verließen. Hablützel setzte sich auf das nächste Pult und hob seine Hand, aber er rührte mich nicht an. Ich höre, Ihr Vater ist gestorben. Das tut mir sehr leid.

Und jetzt? fragte ich.

Er seufzte. Bei Ihrem Stand in Mathematik und Geschichte können Sie nicht versetzt werden. Wir müssen über Ihre Leistung reden.

Aber nicht hier, sagte ich.

Er spitzte den Mund und hob die Brauen.

Wo denn? fragte er.

Im Schulgarten, morgen abend um zehn, sagte ich, wo Sie mir das Vogelnest gezeigt haben.

Er hielt gerade meinen Kopf mit beiden Händen fest, als es zum ersten Mal blitzte. Da biß ich zu. Als er sich krümmte, traf ihn der zweite Blitz taghell. Er tat einen Schritt gegen das Gebüsch, aus dem jemand davonrannte, ich spuckte und rannte hinterher. Aber ich holte Invernizzi nicht ein, und im Zug war er nicht.

Am nächsten Abend klingelte ich an der Etagenwohnung, wo er mit seiner Mutter wohnte. Er sah mich kaum an und führte mich in sein Zimmer, das mit Postern tapeziert war: eine Fußballmannschaft, Eva Perón, Che Guevara, eine Herde jagender Mustangs, ein Gaucho zu Pferd, der das Lasso nach einem fliehenden Rind schwang. Er setzte sich auf

einen drehbaren Sattel; für mich blieb nur die niedrige Bett-
couch. In seinem blauweißen Nationaltrikot war er blaß und
machte ein störrisches Gesicht. Auf seiner Arbeitsfläche
stand das Bild eines bärtigen Heiligen, der zwei Finger erhoben hatte, und am Stehrahmen lehnten Familienfotos und
Postkarten mit der Muttergottes. Er war barfuß. Ich trug das
kurze Kleid mit dem Ringelmuster wie im Schulgarten.

Hast du die Bilder? fragte ich.

Er hielt mir zwei Fotos vor die Nase, ohne sie loszulassen.
Was willst du damit? fragte er.

Hablützel fertigmachen, sagte ich. Hier sind die zwanzig
Franken. Ich hatte den Schein zu einem winzigen Paket gefaltet.

Er zog die Bilder zurück. Ich will kein Geld. Ich will mit
dir vögeln.

Wo ist deine Mutter? fragte ich nach einer Weile.

Im Spital.

Stirbt sie?

Er antwortete nicht.

Und dann gehst du nach Argentinien?

Nach Invernizzi. Die Stadt heißt auch so. Sie gehört meinem Vater. Er deutete auf das Bild mit einer niedrigen Häusergruppe.

Zeigst du mir ein Foto von deinem Vater?

Nachher.

In seinen Schläfen, die dünn waren wie Papier, pochte der
Puls.

Läuft Ihr Band noch, Herr Einszweidrei? Wir waren vierzehn. Im Kino hätten wir noch nicht sehen dürfen, was wir
taten, und Schnippenkötter hat es nie erfahren.

Du hast es mit dem Professor gemacht, sagte Invernizzi,
dann kannst du auch mit mir. Ich sah, wie er zitterte.

Ich bin müde, ich muß jetzt schlafen, sagte ich, streifte das
Höschen herunter, legte mich nach hinten und schloß die Augen.

Nach einiger Zeit hörte ich seine Jeans knistern. Du mußt aber klein sein, sagte ich. Sonst geht es nicht bei mir.

Ich blinzelte. Wollte er mich immer nur ansehen?

Es geht nicht, sagte er.

Da packte ich ihn am Hals und zerrte ihn zu mir herunter. Meine Finger schlossen sich um seine Kehle. Dann töte ich dich, sagte ich und drückte zu. Schrei, sagte ich, lauter, daß deine Mutter es hört! Wenn du richtig vögelst, kriegst du keinen Krebs! Das hatte ich im Roten Schülerbüchlein gelesen.

Als wir uns wieder in Kleidern gegenübersaßen, war auf der Couchdecke ein großer Blutfleck zu sehen, und auf seinem blauweißen Leibchen ein kleiner.

Das wird nie mehr gewaschen, sagte er.

Dann gibst du mir jetzt die Bilder.

Nein, sagte er, das ist meine Sache. Ich lege ihn um.

Sein Gesicht war spitz und streng. Dich sollte ich auch umlegen, sagte er, für das, was du mit ihm gemacht hast.

Ich stand auf, nahm die Bilder und ging weg.

Eins zwei drei, dreißig Jahr vorbei, dann begegneten wir uns wieder. Er erkannte mich nicht, da bin ich sicher.

Ich habe dem Rektor die Bilder geschickt, mit meinem Namen dabei. Er bestellte mich in sein Büro und wies mich von der Schule, das Luder, das dem Klassenlehrer eine Falle gestellt hatte. Ich ging aus dem Lehrerhaus weg und zog bei Leuten ein, die ich bei einer Demo kennengelernt hatte. Denen machte ich die Küche. Dazu ging ich bei einem Büchsenmacher in die Lehre und lernte mit Waffen umgehen, auch mit Sprengstoff. Für die Rote Hilfe hätte ich alles getan. Als denen nicht mehr zu helfen war, nahm ich ein Zimmer und wechselte die Stelle. Mein neuer Chef machte in Elektronik, sein Hobby waren Abhörgeräte. Ich bekam mein Diplom an dem Tag, als die Stammheimer Schluß machten. Da ging ich wieder zur Schule und holte die Matura nach, aber zum Studieren kam ich nicht. Ich reiste nach Rhodos mit meinem Liebsten damals, der war ein linker Jurist. Ich wollte an die

Sonne und kam in eine Urschreigruppe. Um wiedergeboren zu werden, mußte jede mit jedem schlafen, und wir zogen uns alles rein, was Gott verboten hat. Das ist verjährt, junger Mann. Von den Klassikern, die man zitieren mußte, ist mir am Ende nur ein Wort geblieben: Ent-Täuschung. Ich war dreiundzwanzig, als ich das erste Mal versuchte, mir das Leben zu nehmen. Danach kam ich zu Schnippenkötter. Endlich einer, den ich noch weniger leiden konnte als mich selbst.

Er hatte den Ruf, er könne auch Tote lebendig machen. Unsere Beziehung blieb eine Katastrophe, aber unsere Ehe war gar nicht schlecht. Die Praxis ödete ihn an, darum nahm er nur hoffnungslose Klienten oder reiche. Invernizzi war beides. Hätte ihn Schnipp ernst genommen, er wäre noch am Leben und schriebe auf Lanzarote an seinem Buch.

Glauben Sie, wenn Sie nicht Hablützel hießen, würde ich Ihnen all das erzählen?

Die Schweiz ist ein sauberes Land. Invernizzi erinnerte sich daran, als er Heilung suchte. Schnippenkötters Adresse hatte ihm ein alter Nazi in Buenos Aires vermittelt. Er hatte einen Tic und zog ein Bein nach, als er zum ersten Mal die Praxis betrat. Sein olives Gesicht lag im Schatten des schwarzen Lackhuts, doch ich erkannte ihn gleich. Er saß etwas zu fest in seinem rohseidenen Anzug, den er auch auf der Couch nicht aufgeknöpft hätte. Auch die blauweiße Krawatte lockerte er nie. Zu sehen bekam er mich aber nicht. Ich saß zwei Zimmer entfernt an der Abhöranlage. Schnipp verarbeitete das Material zu Novellen, die er Krankengeschichten nannte. Notizen machte er keine. Er saß hinter der Couch und döste. Begann er zu schnarchen, so erwachte er daran und gab dem Laut eine Wendung ins Fragende: Ach? oder Aha?

Diesmal blieb er munter, auch wenn er Invernizzi auf den ersten Blick als Mafioso taxierte. Doch der hatte ihm eine Therapie auf unbestimmte Zeit vorgeschlagen, in spanisch gefärbtem Hochdeutsch, und für den Fall des Gelingens eine Millionenprämie. Selten habe ich Schnippenkötter, Curd, meinen Gatten, sprachlos erlebt. Er muß die weiße Villa auf

Lanzarote zum Greifen nahe vor sich gesehen haben. Einen solchen Klienten vergrämt man nicht.

Was war es denn, was den Caballero herführte? Ein chronisches Leiden am Unterleib, das Stigma einer *ungeheuren Schuld*. Für tausend Dollar die Stunde war Schnippenkötter auch bereit, über eine *ungeheure Schuld* mit sich reden zu lassen. Schon das Wort verzog ihm den Mund.

Kindheit bleibt das erste, was man in einer Analyse hören muß. Invernizzi wurde hinter Neapel in der Hitze geboren, ehelich, auch wenn der Vater damals schon in der Schweiz arbeitete, auf dem Bau. Im Sommer kehrte er nach Gesualdo zurück, um mit Kumpanen zu trinken, mit dem kleinen Lauro Sandburgen zu bauen und ehelichen Pflichten obzuliegen. Der Ferienvater verschwieg, daß er keineswegs ausgehungert aus dem Norden kam. Er hatte auf einer Baustelle in Gstaad eine Señora aus Übersee kennengelernt. Sie kurierte ihre Blutarmut, dabei hatte ihr der Südländer in die Augen gestochen, der vor ihrem Fenster seine Muskeln spielen ließ, und sie hatte ihn an sich gezogen. Die jung verwitwete Dame lebte in freien Umständen, und bald wurden es auch gesegnete. Da wünschte sie sich von ihrem Liebhaber ein Eheversprechen. Als sie im nächsten Jahr wiederkehrte, hatte sie das Kind verloren, aber den Mann wollte sie nun erst recht.

Darauf begann Invernizzi Señor ein Doppelleben. In Argentinien stellte ihn die Braut schon als Latifundienbesitzer aus der Kampana vor, während er Frau und Kind noch in die Schweiz nachkommen ließ. Dazu mußte er Aufenthalt und Arbeitsplatz nachweisen. Beides hatte er inzwischen nach Argentinien verlegt. Doch scheint es ihn außer Geld – das Geld seiner Juana – nichts gekostet zu haben, Tatsachen gütlich zu ordnen. Er heiratete zum zweiten Mal und trat ins Geschäft seiner argentinischen Sippschaft ein, das vom damaligen Regime so wohlwollend gedeckt war, daß seinem Gedeihen nichts im Wege stand.

Dafür ließ ihn das Familienglück im Stich, denn Frau Juana überlebte die zweite Fehlgeburt nicht. Aber er besaß in der

Schweiz ja noch einen Stammhalter in Reserve. Das Still-schweigen der Mutter hatte er sich zu kaufen gewußt. Als sie gestorben war, sandte der zweifache Witwer seinen Schwager Ribaldo über den Ozean, um den 16jährigen Lauro ins Reich seines Vaters zu geleiten. Das war Weideland am Fuß der An-den, wo freie Herden grasten, wenn sie nicht im Corral zu-sammengetrieben und gebrandmarkt wurden. Dabei durfte man mitreiten. Man lernte ein Lasso schwingen und fluchen, und im Sattel brauchte man keine Hausaufgaben zu machen. Die Lehrer kamen in die Hacienda, wo auch Feste gegeben wurden. Die jungen Damen schwebten in Tüll herein, unbe-rührbar außer beim Tanz, zu dem man sie stilgerecht führen mußte. Die Schönste, Dolores, war einem zum Heimführen bestimmt, aber erst am fünfundzwanzigsten Geburtstag. Man nennt wirklich eine Stadt sein eigen, in der die Straßen von Bäumen und Wasserläufen begleitet sind. Man gehört zum Fußballclub, der dem Vater gehört. Da ist man der Beste, und es ist gar nicht nötig, daß man am besten spielt. Das können Arme, die man dafür bezahlt.

»Ich« hatte Invernizzi schon in meinem Kopfhörer nicht gesagt. Obwohl er stockend erzählte, brachte er das Dorf un-serer Kindheit zügig hinter sich. Eine Annemarie schien es nicht gegeben zu haben, selbst vom Tod der Mutter war kaum die Rede. Wenn man ihn hörte, war er erst in Argentinien zur Welt gekommen, und über den Vater allein führte der Weg zu seiner *ungeheuren Schuld.*

Zwanzig Jahre Allmacht blieben Invernizzi dem Alten, und als seine Krankheit entdeckt wurde, war es schon zu spät. Die argentinische Spitzenmedizin ließ nichts unversucht, seine Qual zu verlängern. Der Sohn saß stundenlang am Bett eines klinisch Toten, und als der letzte Puls auf dem Monitor zum Strich werden durfte, sah Invernizzi selbst wie ein sol-cher aus. Er war nun 45.

Bei der Trauerfeier ging er, jetzt ein Don Lauro, wie ausge-blutet hinter dem Sarg, seine verschleierte Frau am Arm. Es war Dolores, denn er hatte sie wirklich heimgeführt. Die

Jahre schienen sie noch verjüngt zu haben. Jahrelang unfruchtbar, war sie endlich doch noch niedergekommen. Was Invernizzi von dieser Ehe zu erzählen hatte, kam wie einstudiert, die Geschichte eines ganz andern, Unbekannten.

Doña Dolores lebte ihrem Mutterglück im Frauenflügel des Herrenhauses, und das Personal hielt jede Störung von ihr fern, auch die durch den Ehemann. Sie waren nämlich von Don Iñigo bestochen, dem jungen Herrn der Nachbardomäne, einem Mann ohne Fehl und Tadel. Ganz ohne Furcht konnte er nicht sein. Denn als Señora Dolores am Arm ihres Gatten hinter der schwarzen Lafette herschritt, war sie schon seit drei Jahren Don Iñigos Geliebte. Ein Geständnis ersparte sie sich, denn sie hatte aus ihrer Abneigung gegen den Gatten, Don Lauro, nie ein Hehl gemacht. Er sollte wissen, daß das Kind nicht sein eigenes war. Verreiste er zur Jagd oder in Geschäften, so kam Don Iñigo in den Hof gesprengt, warf der Dienerschaft eine Handvoll Silbermünzen zu, schwang sich aus dem Sattel und schon fast auf die Señora, die ihn unter dem Torbogen sehnsüchtig erwartete. Das weiße Kleid sank ihr schon halb vom Leib, wenn sie Mund auf Mund die Treppe hinauf in ihr Schlafgemach stürzten. Kaum war die Tür zugeworfen, fielen alle Hüllen, sie stürzten ineinander, und danach war des Stürzens kein Ende.

Schreiben Sie das ruhig. Alles verjährt. *Ars longa, vita brevis,* das Leben ist kurz genug, da dürfte wenigstens die Liebe ein bißchen länger dauern, sagte Hablützel, mein Lateinlehrer, Ihr Großvater.

Wenn Invernizzi beleidigt war: er ließ sich nichts anmerken. Eine Beleidigung schändet erst wirklich, wenn sie zur Sprache kommt. Onkel Ribaldo war es, der sie ansprach, in einer Männerrunde beim Wein, gleich am Abend nach der Totenfeier. Er müsse, da dem Vater das Herz nun nicht mehr brechen könne, den Sohn mit seiner Schande bekannt machen. Da ihnen, den hier Anwesenden, die Gnade des Unwissens leider nicht vergönnt sei, seien sie schuldig, sich von ihrem Wissen zu reinigen, und zwar durch die Tat. Und so legte er die Schande des Hauses auf den Tisch, ohne etwas zu verschweigen. Außer daß er selbst versucht hatte, der Señora nahezutreten, und mit allen Zeichen der Verachtung abgeblitzt war.

Don Lauro erklärte pflichtgemäß, kein Wort zu glauben. Nach dieser Kränkung hatte Don Ribaldo Anspruch auf eine Probe seiner Glaubwürdigkeit. Man einigte sich darauf, Doña Dolores eine unverhoffte Verpflichtung anzuzeigen, die Don Lauros Abwesenheit unvermeidlich mache, wenn auch nur für eine Nacht. Zwölf Caballeros boten sich als Zeugen an für das Ereignis, dessen Eintreten bei dieser Gelegenheit zu befürchten war.

In dieser Stunde, sagte Invernizzi, wichen alle Engel von meiner Seele, und ihrer bemächtigte sich *Duende*, der Geist des Bösen, mit Haut und Haar.

Es schlug Mitternacht, als die Examinatoren in den Hof ritten, dabei verhüllte sich der volle Mond. Der Jubel aus dem Innern des Hauses war so laut, daß man sich keine Mühe gab, das Sporenklirren auf der Treppe zu dämpfen. Zwei Stimmen hatten sich gerade zum Höhepunkt des Glücks verschlungen, da drangen die Männer ein. Doña Dolores ritt auf Don Iñigo, als ihr jemand das Messer in die Kehle stieß; gleichzeitig fuhr Don Iñigo eine Kugel ins Herz. Die Leiber zuckten kaum noch, als sie sich trennten. Jemand steckte der Frau ein Messer in die Scheide und drehte es um, damit ihre Schande noch sichtbarer werde. Jemand trennte das prangende Gemächte vom Leib Don Iñigos und warf es den Hunden vor. Der Säugling wimmerte neben dem Betthimmel in der Hängewiege, und so begann jemand diese zu schleudern. Er drehte sie am Strang so lange um sich selbst, bis dieser ein Drittel kürzer geworden war; dann ließ er sie rasend zurückwirbeln. Danach wimmerte das Kind nicht mehr.

Um das Ehrenhafte ihrer Tat nicht zu verbergen, riefen sie das schreckensbleiche Gesinde her und befahlen, eine Fuhre zu rüsten. Die Leichen waren in die Stadt zu schaffen, auf ein Gerüst zu binden und nackt, wie sie sich gemacht hatten, der allgemeinen Verachtung preiszugeben. Ihre Hüte in die Stirn gezogen, ritten die Ehrenmänner neben dem Karren zur Stadt Invernizzi und sahen zu, daß bis zum Morgengrauen alles seine Richtigkeit bekam.

Diese Geschichte habe ich doch schon irgendwo gelesen, sagte Schnippenkötter. Aber so geht es: sein wirkliches Leid hat dem Manne noch kein Mensch abgenommen, am wenigsten ein Arzt. Da hilft er sich mit einer Phantasie, je blutiger, je lieber.

Sie sehen, wie Schnipp auf Kollegen zu sprechen war. Wenn ein Musiker sein Piano behandeln würde wie Ärzte ihre Patienten, käme der Tierschutz. An Ärztekongressen drückte er sich diplomatischer aus. Wir behandeln unser Krankengut nicht da, wo es ihm fehlt, sondern da, wo wir Licht haben. Kein Wunder, daß ihm die Zunft keinen Kranz gewunden hat, nicht einmal zum Begräbnis.

Siebzig ist er geworden, Ihr Herr Großvater? Jung stirbt, wen die Götter lieben. Als ich von der Schule flog, bekam er nur sechs Monate – Erholungsurlaub im Tessin. Danach brachte er ein Lyrikbändchen heraus: »Ein Schmetterling weiß nichts von Schnee.«

Latein ist immer noch mein Lieblingsfach.

Item, seit jener Blutnacht litt Invernizzi am Unterleib, jetzt schon das neunte Jahr. Ein akutes Leiden war es nicht, es war ein *Unbefinden*, eine anhaltende Misere, ein chronisches Elend. Beim Erwachen war der Unterleib noch unauffällig. Aber kaum erinnerte er sich an gesunde Tage, begann schon die Erinnerung in ihm zu nagen. Die Organe – Invernizzi kannte sie einzeln, er war oft genug ultrabeschallt, szintigraphiert, tomographiert, in die krachende Röhre geschoben worden – drückten ihre Empfindlichkeit immer quälender aus. Er wurde innerlich wund. Das Wundsein begann im Bekkenboden, verschärfte sich beim Wasserlassen, stieg zur Lendenwirbelsäule auf und verallgemeinerte sich über den Vormittag zu einem Grade des *Unbefindens*, das in nackte Panik umschlagen konnte. Invernizzi lief um den Block, in Parks, offene Gegenden wurden grenzenlos, Plätze zogen sich zum Ersticken zusammen; vor beidem floh er in die Irre und *befand* sich dabei immer weniger. Sein *Unbefinden*, nicht schmerzhaft, war darum alles andere als schmerzlos, nur dingfest machen ließ es sich nicht. Das Leiden war schwer; aber von ihm zu reden, noch schwerer. Denn die Sprache machte es lächerlich.

Gegen Mittag versuppte Invernizzi. Er konnte Leute noch grüßen, aber es wurde ihm unmöglich, mehr als fünf Worte mit ihnen zu wechseln. Sein Unterleib sperrte sich gegen jeglichen Zusammenhang. Eine Schonhaltung gab es nicht. Gehen wurde unmöglich, Sitzen drückte, im Stehen schwindelte ihn. Liegen war am gnädigsten, da war er bei sich. Doch wo war er dann?

In Argentinien war sein Ich ohne Körper, sagte Schnippenkötter, jetzt ist er ein Körper ohne Ich. Er hat ein Vexierbild aus sich gemacht und versteckt sich darin. Er beweist mir jede Stunde: mich findest du nie. Wozu muß ich Sie finden, Señor? Nur weil Sie mich bezahlen? Sie interessieren mich nicht.

Das sagte er ihm, nach seiner Art, auf den Kopf zu. Invernizzi lächelte. Es scheint, Herr Doktor, wir haben etwas gemeinsam. Ich interessiere mich auch nicht mehr. Nur: ich habe eine Geschichte, und sie interessiert sich für mich. Weiß ich, was sie von mir begehrt, bin ich gesund. Aber offenbar leide ich noch nicht genug.

Mir würde es reichen, sagte Schnippenkötter.

Er schläft einwandfrei, Anne Li, sagte er, er verdaut, zeigt sich unter Leuten, hält den Room Service auf Trab, masturbiert vor der Glotze, er führt das unauffällige Leben eines invaliden Hotelgastes. Natürlich *befindet* er sich nicht. Erstaunlich immerhin, wieviel Energie er für sein *Unbefinden* aufwendet. So viel tut kein Gesunder für seine Gesundheit. Wenn er die Ärzte fragt: ihm fehlt nichts. Wie sollen sie glauben, daß ihm alles fehlt. Kriegen wir ihn dahin, daß ihm *etwas* fehlt, haben wir gewonnen.

Invernizzi sühnte. Wie viel er zu sühnen habe, sei ihm

schon vor dem *Unbefinden* bewußt gewesen. Vielleicht sei es die Antwort, der Anfang einer Antwort, ein Buchstabierversuch mit dem Unterleib. Dolores: die Schmerzen. Er müsse sie wiedergebären. Hätte er eine Ungetreue hingerichtet, wie vergnügt könnte er sein. Er würde längst wieder springen. Aber er habe eine Treue gemetzelt, die Treue selbst, auch wenn sie nicht *ihm* treu gewesen sei. Liebe ist man nicht schuldig; aber an nichts kann man schuldig werden wie an der Liebe. Ich liebe nur *einen* Mann, habe sie Don Ribaldo gesagt, als er sich bei ihr einschwärzen wollte. Und weil ich, Lauro, dieser Mann so wenig gewesen bin wie er, brachte er es fertig, mich zum Mörder zu machen.

Aber in Wirklichkeit war doch *sie* es, Dolores, die uns bewaffnet hat! Denn ihre Liebe war so vollkommen, daß ihr nur noch blieb, auf ihrem Gipfel zu sterben. Und wir Knechte haben ihr diesen Wunsch erfüllt. Wir haben sie ins Feuer geworfen, und ebendieses Feuers bedurfte sie zu ihrer Verklärung. Bist du ein Lakai oder bist du ein Mann? hatte sie Don Iñigo gefragt, als er sie davor gewarnt hatte, ihre Liebe lichterloh brennen zu lassen. Aber so brannte sie nun in Gottes Namen – denn sie war gottgefällig, und mit der Seele begnügte sie sich nicht. Es verlangte sie nach einem doppelten Leib, um ihn zu verzehren. Haben wir ihn der Schmach bloßgestellt? Die Schmach war ganz auf unserer Seite. Wir haben dem gepaarten Leib das Geschlecht ausgerissen und glaubten ihn damit zu schänden. Nun leuchtet er wie ein antiker Torso, der aus Licht Stein machen kann und aus Steinen Licht. Wie wäre ich würdig gewesen, mich an Dolores zu vergehen? Ich war es, Herr Doktor, der vor ihr hätte vergehen müssen. Und nun bin ich vergangen. Der Rest ist *Unbefinden*. Mein Vater hat immer noch gelitten wie ein Mensch. Und ich? Ich leide wie kein Tier.

Wie welches Tier möchten Sie denn gerne leiden? fragte Schnipp.

Das war ein Genieblitz meines Gatten, und als er Invernizzi erbleichen sah, zündete er gleich den nächsten.

Ich verschreibe Ihnen jetzt eine Schmerzhose.

Was ist das? fragte Invernizzi.

Ein Unterleibskorsett, sagte Schnippenkötter, es entlastet ihre Bauchdecke. Es hält Sie zusammen, unterstützt Ihre Phantasie und fördert die Geburt. Aber ich brauche Ihre Maße. Bitte machen Sie sich frei.

An mir ist ein Schneider verlorengegangen, sagte er in der Kaffeepause. Übrigens, sein Schritt ist unauffällig, wenn Sie wissen, was ich meine. Dafür hängt ihm ein Medizinbeutel vom Hals, eine Reliquienkapsel, darin ist ein Fetzen Tuch mit einem alten Blutfleck. Er will es in den Schoß seiner Gattin getaucht haben. Warum sehen Sie mich so an, Anne Li?

Als Tüftler ist Schnipp groß gewesen. Die Hüftzwinge, die er im Spezialatelier für Hängen und Würgen anfertigen ließ, wurde mit einem Schloß zusammen angelegt, das nur eine bestimmte Buchstabenkombination öffnete. Schnippenkötter verriet sie nicht. Beschäftigungstherapie, Señor! Das Leibstück bestand aus Büffelleder und war mit Blattgold lamiert. Invernizzi konnte stehen und liegen, sitzen nur mühsam, sich waschen kaum noch, baden gar nicht.

Und doch empfand er die Schmerzhose als Wohltat. Sie drückte, aber nicht da, wo er es gewohnt war. Sie brachte ihn auf neue Ideen, sich im Leben zu befestigen. Die Sitzungen wurden zoologisch. Er stieg bei den niederen Tieren ein. Er phantasierte sich zur Miesmuschel, deren schutzbietende Schale die fragwürdige Stütze des Skeletts ablöst, den alles durchbohrenden Pfahl des Rückgrats entkräftet. Er setzte als Auster fort, ohne den sich anbietenden Weg zur Perlenbildung einzuschlagen. Dafür lag ihm an den Anfängen eines Bewegungsapparats. Also machen wir ihm Beine! sagte Schnipp, und bald hüpfte Invernizzi als Floh. Ein großer Sprung! Als Schnecke hätte er das schützende Häuschen verlassen müssen.

Die nächsten Sitzungen machten eine Grille aus ihm, die ihre Beine auch zum Musizieren gebrauchte. Darum assoziierte er ihr einen Saitenwurm ins Eingeweide, der es alsbald auszuhöhlen begann. Wahnsinnig vor Durst stürzte sich die

Grille ins Wasser, um den Wurm loszuwerden, und eben darauf hatte er's angelegt. Denn nur im Wasser konnte er sich knäuelweise paaren und dann in Eier auflösen. Diese wurden von Larven verschlungen, die, zu Mücken fortgebildet, wiederum die Beute von Grillen werden konnten, in denen die Würmer ausschlüpften, um ihre Wirte abermals auszuzehren, und so immer fort.

Immerhin, sagte Schnipp, die Bilder bewegen sich, der Film läuft, der Zoo schreitet zur Evolution.

Aber bei der Krabbe geriet sie ins Stocken. Sehen wir das nächste Tier nicht kommen, Anne Li? freute sich Schnippenkötter. Aber in der nächsten Stunde kam es nicht, und Invernizzi erklärte brüsk, nicht weiterspielen zu wollen. Auch gut, sagte Schnippenkötter, dann machen wir ernst. Und sagte ihm auf den Kopf zu:

Dann haben *Sie ihn jetzt endlich, Ihren Krebs!*

Das ist Schnippenkötter. Die größte Angst des Klienten – er nennt sie auch: die Krypta –, das ist seine Spezialität. Was sie am meisten fürchten, dem verlangen sie am meisten zu begegnen. Eher geben sie keine Ruhe. Dabei müssen sie selbst darauf gestoßen sein. Er, Schnipp, hat nur den letzten Schleier gelüftet. Da liegt's, das Medusengesicht, das nackte Grauen. Und siehe da: es ist ihr eigenes Gesicht. Warum schreckt es denn so? Weil es eine Maske ist, Anne Li – das versteinernde Bild ist immer noch ein vorgeschobenes. Von einem Größenwahn, der sich mit dem letzten Schrecken schützen möchte vor dem allerletzten. Und was wäre das allerletzte? Daß der Herr Klient das reine Nichts ist, der nackte Niemand, und kein bißchen weit her. Da *hat* er doch lieber etwas – und natürlich ist das, was er hat, genau das, was ihm fehlt. Und wenn's Krebs wäre – hat er den endlich, so bleibt für seine Wichtigkeit gesorgt. Besser als nichts, *viel* besser, Anne Li. Aber wissen Sie auch, wann wir die Million wirklich verdient hätten? Wenn uns das Medusengesicht ins Gesicht lacht. Nur kriegen wir sie dann nicht mehr.

Und das werden Sie zu verhindern wissen, sagte ich.

So viel Geld gibt er nur in seiner Angst, sagte er, von seiner Freiheit können wir uns nichts kaufen.

Dann haben Sie ihn jetzt doch endlich, Ihren Krebs.

Krebs. Das Wort machte Invernizzi so gut wie tot. Ein einziges Wort kann die Schöpfung zurücknehmen, als wäre sie falsch. Also muß es wahr sein.

Und was jetzt? fragte er tonlos.

Jetzt schreiben Sie den Scheck aus, sagte Schnippenkötter, und dann gehen Sie in Ihr Hotel zurück. *Hasta luego.*

Seine Mutter ist daran gestorben, und sein Vater auch. Die Ohnmächtige und der Allmächtige. Kein Kind, Anne Li, mit vierzehn oder vierzig, faßt den Krebstod seiner Eltern, jedes schreibt ihn einer eigenen Missetat zu. Dafür will einer drankommen. Krebs will sagen: jetzt bist du dran. Denn woran stirbt einer, der an Krebs stirbt? Daran, daß seine Zellen größenwahnsinnig geworden sind. Sie wollen unsterblich sein. Und daran stirbt er nun jeden Tag, und dabei hat er den Krebs gar nicht, er fürchtet ihn nur. Der faulste Kompromiß zwischen Himmel und Hölle! Der Mann zeigt mir seinen Unwert, nur bemerken soll ich ihn nicht.

Das war Schnipp. Warum soll ich Sie von Ihrem Minderwertigkeitskomplex heilen, konnte er sagen, Sie haben ihn zu Recht. Sie *sind* minderwertig.

Als Invernizzi wiederkam, wirkte sein Schritt beflügelt, bis in meinen Kopfhörer. Ich *wußte*, was er Schnippenkötter auf den Tisch legte: die Schmerzhose. Sie war intakt.

Aha, sagte Schnippenkötter, Sie brauchen die schon nicht mehr.

Sie stört, sagte Invernizzi, ich habe eine Geliebte.

Ach? Und wie haben Sie das Schloß aufgekriegt?

Mit dem Code, sagte er. ARS. Drei Buchstaben, keine Kunst.

Es geht Ihnen also besser, sagte Schnipp. Und was macht Ihr Krebs?

Ich muß sterben, Sie haben es gesagt.

Wir sind sterblich, sagte Schnippenkötter.

Aber ich werde jemanden mitnehmen, sagte Invernizzi.

Pause. Um Gottes willen, flüsterte Schnippenkötter. Ich sah vor mir, was Invernizzi tat. Er entledigte sich seiner Krawatte – immer noch die Streifen Argentiniens –, zog Jacke und Hemd aus, dann das Unterhemd, und legte alles säuberlich auf die Couch. Vor seiner Brust baumelte der Talisman. Auf der Hüfte trug er einen Gürtel aus Dynamitpatronen, und in der Mitte hing eine Zündschnur.

Erst eine Schmerzhose, jetzt ein Sprenggürtel, sagte Invernizzi.

Sie machen Witze, sagte Schnippenkötter. Wollen Sie sich in die Luft jagen?

Nicht allein, sagte Invernizzi.

Sie *haben* keinen Krebs, Señor.

Den können Sie nicht mehr zurücknehmen, Herr Doktor.

Invernizzi, sagte Schnippenkötter, da kommen wir durch. Nächste Woche will ich Sie jeden Tag sehen. Dann erzählen Sie mir von Ihrer Geliebten.

Ich bin Argentinier, sagte Invernizzi, bei uns gilt: ein Gentleman genießt und schweigt. Er griff in das abgelegte Jackett, zählte aus einem Bündel zehn Scheine ab und legte sie auf den Tisch. Dann kleidete er sich an, verbeugte sich und ging durch die Tür.

Da gibt es diesen Patienten, sagte Schnippenkötter, der seine Zahnbürste an der Leine führt, denn sie ist der Hund Waldi. Der Direktor begegnet ihm im Park und fragt: Müller, wie geht es Ihrem Waldi. Was meinen? fragt der Patient. Dem Hund da, sagt der Arzt. Das ist doch kein Hund, das ist eine Zahnbürste. Da staunt der Arzt, und als er dem Patienten nachgeht, hört er ihn sagen: Waldi, den haben wir schön reingelegt.

Warum sind Sie so ernst, Anne Li?

Immer wenn Schnipp sich fürchtete, sagte er: warum haben Sie Angst?

Woher wußte der Direktor, daß er eine Zahnbürste vor sich hatte und keinen Hund? fragte ich.

Er war nicht *vollkommen* verrückt, sagte Schnippenkötter.

Invernizzi kam wieder, nicht jeden Tag, aber zu den vereinbarten Stunden. Schnipp stellte fest, daß seine Sorge unbegründet gewesen war. Der Sprenggürtel war nur ein Spielzeug, und Invernizzi hinderte sich sogar selbst daran, die eingebildete Bombe zu zünden. Nie war die Gesellschaft dafür die richtige. Zwar hatten die jungen Mädchen in der Straßenbahn ihren schrecklichen Gummi in sein Gesicht hinein gekaut, aber dann hatten sie ihn freundlich gegrüßt. Ein Invalider im Rollstuhl hatte ihn um Feuer gebeten, doch als er ihn den Rauch in die Lunge ziehen sah, dachte er: der kennt schon einen Genuß, für den er zu sterben bereit ist. Eine Greisin mit einem steinernen Gesicht habe er durch einige Straßen verfolgt und plötzlich habe ihr Hals dem seiner Mutter geglichen.

Er fängt an, Menschen zu *sehen*, sagte Schnippenkötter, jetzt kann er ihnen nichts mehr tun.

Haben auch Sie angefangen, *ihn zu* sehen? fragte ich. Aber wie sollten Sie auch? Er entblößt sich eben nicht vor *jedem*.

Er sah mich vollkommen verständnislos an. Da tat er mir nicht mehr leid.

Einszweidrei, einszweidrei. Danke, ich rauche nicht mehr. Nein, ich habe ihm den Sprengstoff nicht besorgt. Glauben Sie, daß er mich dazu nötig hatte?

In Argentinien war ich allmächtig, sagte er, und ganz und gar ohnmächtig. Ich fand kein Gericht, das mich verurteilt hätte, bis heute.

Wenn du Dolores noch geliebt hättest, sagte ich, aber ich glaube dir nicht einmal, daß du sie getötet hast. Du hast nur zugeschaut. Und jetzt erschrickst du. Zu spät, Invernizzi.

Dich liebe ich, sagte er.

Invernizzi, sagte ich, du kennst mich noch nicht.

Das erste Mal haben wir uns am frühen Nachmittag getroffen. Ich ließ mich beim Portier mit seinem Zimmer verbinden. Ja? fragte er mit müder Stimme. Ich bin die Frau Ihres Therapeuten, sagte ich. Ich habe eine Nachricht für Sie persönlich.

Ist er tot? fragte er.

Noch nicht, sagte ich. Darf ich hinaufkommen?

Ich bitte, sagte er nach einer Pause.

Ich setzte mich in die Lobby, zwei Minuten, drei. Als ich ruhiger war, ging ich zum Lift, fuhr ins Dachgeschoß und klopfte an seiner Suite. Er öffnete nicht gleich. Vielleicht hatte er schon aufgehört zu glauben, daß jemand kam.

Er empfing mich im rohseidenen Anzug, küßte mir die Hand und bat mich herein. Ich nahm auf dem Sofa Platz, hinter mir das Fenster mit Blick über das Industrieviertel. Das erste, was mir ins Auge fiel, war das Heiligenbild über dem Fernsehgerät, jetzt ein Original. Der Salon war in weißem Schleiflack gehalten; neben dem Eßtisch ein Schreibtisch, leer. Durch eine getäfelte Passage blickte man auf die offene Schlafzimmertür. Die Klimaanlage rauschte. Invernizzi stand noch immer. Das Sonnenlicht zwang ihn zu blinzeln, sein Gesicht war spitz wie in unserer Kinderzeit. Er erkannte mich nicht, die Frisur der Roten Würgerin machte mich fremd genug. Ich konnte die getönte Brille abnehmen. Mit hohen Hakken wirke ich nicht so klein, nur meine Stimme ist immer noch kindlich. Das hören Sie, nicht wahr, Señor Hablützel?

Was trinken Sie? fragte Invernizzi.

Nichts, danke, sagte ich. Wie geht es Ihren Schmerzen?

Kaum der Rede wert, sagte er förmlich. Ich bitte um Verzeihung, wenn ich mich nicht setze, aber ich muß zur Zeit ein Korsett tragen.

Wenn Sie es nicht mehr brauchen: das Codewort lautet ARS.

Er starrte mich an, die höfliche Maske auf seinem Gesicht verrutschte.

Wo kann ich die Hände waschen? fragte ich.

Wortlos deutete er auf den Zwischengang.

Im Badezimmer zog ich mich aus und legte die Kleider auf den Rand der Wanne. Ich betrachtete mich im Spiegel. Dann ging ich in den Salon zurück, setzte mich auf das Sofa und blickte Invernizzi in die Augen. Er rührte sich nicht.

Hätten Sie eine Zigarette? fragte ich.

Ich rauche nicht, sagte er, aber da müßte doch... Er öffnete eine Schublade. Ach, dies ist eine Etage für Nichtraucher, sagte er, sich mühsam aufrichtend. Aber ich kann welche kommen lassen... Warten Sie, ich gehe selbst.

Schon gut, sagte ich. Ihre Frau raucht nicht?

Sie ist tot, sagte er, aber das muß Ihnen Ihr Mann erzählt haben.

Schnippenkötter erzählt mir nichts.

Señora, sagte er leise. Sie würdigen mich Ihres größten Vertrauens. Ich gestehe – ich weiß nicht, womit ich es verdient habe.

Mit Verdienen ist nichts getan, sagte ich, hoffentlich trete ich Ihnen nicht zu nahe.

Steif antwortete er: Ich bin Ihnen sehr verbunden.

Sie sind der erste Mann, dem ich mich nackt zeige.

Das ehrt mich, sagte Invernizzi, und es kleidet Sie, wenn ich mich so ausdrücken darf.

Sie dürfen alles, sagte ich. Ich bin gekommen, um mit Ihnen meinen Mann zu betrügen.

Der Hauch eines Lächelns war vergangen, sein Mund hatte sich geöffnet.

Señora, ich muß Sie enttäuschen. Ich bin krank.

Sie sind ein Mann des Todes, sagte ich. Ich auch. Ich bin eine Frau des Todes.

Jetzt musterte er mich Zoll für Zoll. Ich setzte mich so, daß er mich besser sehen konnte.

Sie sind schön, sagte er.

Dann wird es höchste Zeit, daß ich mich wieder anziehe, sagte ich. Ich fühlte seinen Blick im Rücken, als ich zum Badezimmer ging. Als ich zurückkam, schritt er im Zimmer auf und ab. Er drehte sich um.

Lieben Sie Ihren Mann denn gar nicht? fragte er heiser.

Ich habe ihn keine Sekunde geliebt, sagte ich.

Warum haben Sie geheiratet?

Aus Interesse, sagte ich.

Aus Interesse, wiederholte er mechanisch, und nun interessieren Sie sich für mich?

Señor, sagte ich, wenn Sie fragen müssen, weiß ich nicht, ob ich wiederkomme.

Als ich ihm unter der Tür die Hand zum Kuß reichte, sagte ich: Sollten Sie in den Fall kommen, mit meinem Mann über Ihr Verhältnis reden zu müssen, verschweigen Sie, wer die Dame ist. Das sollte Ihnen nicht schwerfallen. Denn Sie wissen nicht, wer ich bin.

Auch als er es wußte, hat er geschwiegen, bis zum letzten Atemzug. Oder nicht? Sollte er, als er an der Strippe zog, meinen Namen geschrien haben? Dann hätte ihn Schnippenkötter noch gehört.

Der Tag, an dem Invernizzi mich erkannte, war sein letzter. Er verließ das Zimmer mit einer Verbeugung, wortlos. Als ich angekleidet war, setzte ich mich in die Lobby, zwei Stunden oder drei. Lesen konnte ich nicht, aber ich habe geraucht, zum ersten Mal seit dreißig Jahren. Die Angestellten können gegebenenfalls beschwören, daß ich da saß, denn ich habe Tee bestellt, drei Mal.

Als ich nach Hause kam, war die Sperre bereits aufgebaut, und die Polizei führte mich in die Praxis, damit ich die Toten identifiziere. Ja, sagte ich, dieser war mein Mann. Und dies ist mein Geliebter.

Ich weinte nicht.

Invernizzis Mund stand immer noch offen. Könnte er meinen Namen gejubelt haben, so wie er, auf der Treppe, seine Dolores hat jubeln hören?

Was können Sie mir dazu sagen, Schnipp?

Anne Li, wenn es für seine Sühne nötig war, daß er sie seinerseits mit einem Ehebruch krönte – ja, dann könnte er Ihren

Namen geschrien haben. Er dürfte ihn aber nicht geschrien, würde überhaupt nicht geschrien haben, wenn er mit seinem Tod beweisen wollte, er habe im Leben nur die Eine geliebt, Dolores.

Danke, Schnipp. Sie sagen mir nur, was ich schon weiß. Sonst säße ich nicht hier. Er hat mich nicht mitgenommen, nicht *mich*. Aber eine Señora überlebt es und schweigt.

Dennoch, Schnippenkötter, Curd, mein Gatte: bilden Sie sich auf Ihr Ende nicht zuviel ein. Es war ein Mißverständnis, Sie gehörten gar nicht auf die Bühne. Sie haben sich ins falsche Stück verirrt. Dafür waren Sie eine große Besetzung, das gebe ich zu. Was ist Wahrheit? pflegten Sie zu fragen. Aber für den Bruchteil einer Sekunde haben Sie zur Kenntnis nehmen müssen: Liebe ist wahr. Wenn Invernizzis Geschichte erfunden sein sollte: jetzt hat er sie wahr gemacht.

Ich habe ihn nie gefragt, wessen Blut es war, auf dem Fetzchen in seinem Talisman. Ich hätte die Wahrheit nicht ertragen. Aber noch weniger wollte ich, daß er lügt.

Fangen wir klein an, sagte ich, hoffentlich bist du immer noch klein genug für mich. Da stutzte er zum ersten Mal. Erkannt hat er mich noch nicht. Körper sind leicht zu vertauschen, und nach 36 Jahren verlieren sie die letzte Spur von Gedächtnis. Wie gern hätte ich mit vierzehn auch einen Sattel als Bürostuhl gehabt, sagte ich.

Er erinnerte sich an nichts.

Die Melodie habe ich doch schon gehört, sagte er, als ich an seinem Ohr, doch ohne Worte, das Kinderlied summte: *Invernizzli, häsch es Stitzli, chumm es bitzli mach es bitzli susch vergitzli.* Einmal möchte ich dich im Trikot der argentinischen Nationalmannschaft sehen! Er lachte: die war auch schon besser. Fragt dein Mann nie, wo du nachmittags hingehst? – Nachmittags schreibt er, sagte ich, an seinem Buch über Eifersucht.

In der Zeitung, die der Bellboy durch den Türspalt geschoben hatte, standen Schreckensmeldungen aus Jerusalem: ein Attentäter hatte sich vor einem Supermarkt in die Luft gesprengt und fünfzehn Menschen mitgenommen, sechs davon Kinder. *Duende*, sagte Invernizzi.

Beim letzten Wiedersehen hatte ich meine Tage. Vielleicht könnte ich noch ein Kind bekommen, sagte ich, aber du bist mir schon Kind genug. Ein Gentleman brauchst du aber auch heute nicht zu sein. Ich hatte das Kinderkleid mit dem Ringelmuster an. Nett, sagte er und betrachtete es; der Blutfleck war nicht mehr frisch und ließ ihn kalt. Darm töte ich dich jetzt, sagte ich. Er lachte. Ich nahm seinen Hals in beide Hände und drückte die Finger zusammen. Seine Augen öffneten sich weit, wie später im Tode. Er bäumte sich auf, riß mich am Haar und hielt die rote Perücke in der Hand. Mein kleiner feuchter Kopf, die grauen Stoppeln, das Äffchengesicht.

Wenn du gut vögelst, kriegst du keinen Krebs, sagte ich. Annemarie! schrie er zurück.

Die Tränen liefen mir über die Backen. Da begann er zu wüten; wütender können sich Menschen nicht lieben. Annemarie! Er stürzte auf mich, konnte mit Stürzen gar nicht mehr aufhören, und ich verschlang ihn mit Haut und Haar.

Ars longa, vita brevis. Noch etwas, Herr Hablützel? Das Kästchen an seinem Hals schwang wie eine Glocke, und später drückte es wie ein Knoten gegen meine Brust. Er hat es nie abgelegt. Die Sprengkörper waren Attrappen, aber die Kapsel war scharf, als er zu Schnippenkötter ging. Den hat die Ladung einfach verblasen. Aber sie reichte nicht aus, Invernizzi zu zerstören. Sie hat nur sein Herz herausgebrannt.

Noch etwas? Nichts mehr für Sie, nichts mehr für mich. Eine Million, was ist das heute noch. Wenn man miteinander geht, darf man voneinander auch etwas nehmen. Lanzarote – nein, für meine Blutarmut wäre das nicht das Wahre. Gstaad vielleicht – warum nicht Gstaad? Da dürfen Sie mich dann besuchen. Aber nicht so Einszweidrei, junger Mann. Ich bin eine Señora.

Nicht mal Fernsehen

Wie lange noch?

Oh, er hält es aus, auch wenn ihn niemand bemerkt. Gleich bei der Tür ist er in Deckung gegangen, halb hinter der schwarzen Kommode. Drückt sich an die Schmalseite des Möbels, die nach innen gewölbt ist wie ein hohler Bauch. Er sieht sie, sie sehen ihn nicht. Sie tänzeln um Gabi herum, Max steht. Hier kann er stehenbleiben, bis sie schwarz werden.

Aber das sind sie ja schon, schwarz und weiß wie Kellner. Drängeln und mauern mit ihren fetten Ärschen, wissen nicht, daß er sie immer noch von vorn sehen kann, gespiegelt im Fenster, aber muß er sie eigentlich sehen? Drei Kahlgeier, die ihre Schnäbel über Gabis bleiche Schulter beugen – war es nötig, daß sie gerade das Meergrüne anzog? Krank sieht das aus. Aber sie hat ihn ja nicht gefragt, fragt immer nur, wenn sie schon sicher ist, was sie will. Hock doch nicht immer auf dem Maul, Sascha. Wo denn sonst, wenn auf jedem Stuhl deine Noten liegen.

Benedetti, so sieht er aus. Den knöpft er sich doch mal im Spiegel vor. Unheimlich scharf sieht er den, aber nur von hinten. Von vorn wackelt er ziemlich. Im Fensterglas ist er durchsichtig wie *Luft*. Durch seinen Frack sieht man eine Palme – und die Lichter von der anderen Seeseite. Nick ist in Disneyland gewesen, Anaheim, CA. Da setzt du dich in einen Scooter und siehst einen Saal voll Gespenster tanzen. Und plötzlich sitzt so eine Braut neben dir, fast auf deinem Schoß. Tut so, als wolle sie dich beißen. Oder küssen, aber das ist nur ein Special Effect. Laser. Du kannst durch sie hindurchsehen, und im nächsten Scooter sitzt auch eine, in jedem Scooter schwebt eine virtuelle Tante. Und Gabi redet und redet. Ist doch kein Girl mehr. Zwitschert und zuckt mit der Schulter, und der Wind rüttelt am Glas.

Schau dir jetzt den Kleinen an. Reckt den Schnabel, als wolle er die Künstlerin gleich fressen, pumpt sich auf wie ein

Mistkäfer. He Mann, Mistkäfer können nicht fliegen. Mach dich so breit, wie du willst, ich sehe Gabi immer noch, sehe alles, was ich will.

Italienisch reden sie. Gabi und italienisch!

Daß *Polizia* Polizei bedeutet, hätte Max beinahe vermutet. Der Gotthard hieß plötzlich San Gottardo, wurde aber auch nicht berühmter davon. Das ganze Tessin war nicht berühmt. Es regnete, und die Berge standen dumm in der Gegend herum, genau wie auf der anderen Seite der Röhre. Und jetzt mußte Gabi auch noch von der Autobahn runter. Schlich durch die Dörfer, um sich nur ja nichts entgehen zu lassen. *Pasticceria Nessi Albergo Bellavista Rodi Fiesso.* Jedes Ortsschild ein Begeisterungsausbruch. Und Max: las immer bloß *Schär, Messerli, Haubensak,* nicht mal mit »ck«. Daß sie hier nicht Deutsch konnten, war das einzige Italienische am Tessin. Paß lieber auf, Gabi, daß die *Polizia* dich nicht schnappt, wenn du eine Sicherheitslinie überfährst. Oder ein Straßenbord ritzt. Und alles für ein Konzert. Das erste seit zwölf Jahren! Sie war ja mal ein Wunderkind gewesen.

Als ich dich bekam, habe ich aufgehört. Aber jetzt bist du bald elf. Da möchte ich es doch wieder mal wissen. Das Konzertchen ist nicht öffentlich, weißt du, eigentlich spiele ich nur aus Gefälligkeit. Und das Hotel war früher sehr berühmt. Da wollten die Leute mal ganz neu leben lernen, Sonnenbaden, Freikörperkultur, aber das ist längst vorbei. Der Hotelier arrangiert nur noch eine Ausstellung hie und da oder eben ein kleines Konzert für seine Gäste. Ich kenne ihn noch vom Konservatorium her, war mal ein begnadeter Flötist. Aber dann hörte er auf, mußte den Familienbetrieb übernehmen.

Begnadet. So sieht er aus.

Ich bin ja auch weg vom Fenster. Übe seit Jahren nicht mehr.

Max hat wohl nicht recht gehört. Seit er denken kann, übt sie wie blöd, scheuert ihre Geige stundenlang, hundertmal die gleiche Folge von Tönen, zu jeder Tageszeit, und nach einem Krach mit Roland ging das auch in der Nacht so weiter. Oft fing sie schon um vier Uhr morgens wieder an, ganz leise, aber Max hat es gehört, alles hat er gehört. Als Roland auszog, spielte sie nicht mehr, das stimmt, bis Max in die Schule mußte, aber dann kam wieder die Geige dran. Da kochte sie nur noch seinetwegen, und wenn er im Bett war, trank sie und begann zu spielen. Erst als dieser Brief aus dem Tessin kam, spielte sie nur noch und trank nicht mehr. Da lebte sie nur noch für ihre singende Säge.

Den Brief kennt Max auswendig. Sie ließ ihn überall herumliegen, als könne Max nicht lesen.

Verehrte, liebe Gabriella, ich habe eine Überraschung für Sie. Ich halte einen Vivaldi in den Händen, der als verschollen galt. Ich habe die Handschrift in Pavia von einem Antiquar erworben. Er wußte nicht, was er hat, aber ich sah es auf den ersten Blick und hatte Mühe, meine Erregung zu verbergen. Es ist die D-Moll Sonate für Violoncello und Basso continuo, die das Register unter der Nummer 38 führt, mit dem Zusatz: »perdita«.

Sie ist nicht verloren, Gabriele! Nichts geht verloren! Darf ich Ihnen ein Geständnis machen? einen Herzenswunsch äußern? Ich möchte, daß Sie es sind, die uns die Perdita wiederschenkt. Ich habe die zauberhafte Stimme Ihrer Geige noch im Ohr: Nach zwanzig Jahren ist es nicht mehr zu früh, daß sie wieder erklingt. Ich ahne, daß Sie es nicht leicht gehabt haben – kommen Sie unter mein Dach, schöpfen Sie Atem, erholen Sie sich, verweilen Sie einige Tage! Aber zuerst werden Sie, müssen Sie spielen. Den Cello-Part habe ich bereits für Violine gesetzt, und den Basso übernimmt mein Freund Lauro am Klavier. Eine Weltpremiere, Gabriella! Doch lassen Sie uns vorläufig ein Geheimnis daraus machen. Sie spielen ohne jeden Druck in meinem kleinen sympathischen Kreis. Danach können wir immer noch vor die große Welt treten! Meine Gäste sind ein Liebhaberpublikum, ein anderes käme mir gar nicht ins Haus. Es wird wenigstens ahnen, daß wir ihm ein doppeltes Ereignis schenken: die Perdita – und Sie! Nein, das können Sie mir nicht abschlagen. Gönnen Sie mir auch ganz persönlich das Ereignis des Wiedersehens: die Musik ist zeitlos, doch wahre Empfindungen sind es auch.

In freudiger Erwartung grüßt Sie Ihr –

Und dann dieser Name wie Tuttifrutti.

Ein Konzert, Sascha – das kommt eigentlich viel zu spät für mich. Oder gehen wir zusammen? Würdest du mich begleiten?

Auf der Maultrommel? hat Max gefragt. Oder mit Pfannendeckeln? Da nahm sie ihn in den Arm und sagte gleich noch mal Sascha zu ihm. Bitte! Er heißt Max, wie sein Vater. Roland Max. Roland Emm. Und niemand hat ihn eingeladen. Der begnadete Flötist weiß nicht einmal, daß es Max gibt.

Sascha! Du bist gar nicht im Bett? Hast du den Comic schon durch? Kannst du nicht schlafen?

Nicht mal Fernsehen, sagt Max.

Das ist Ihr Bub, Gabriella?

Jetzt kann er plötzlich Deutsch. Alle drei haben sich nach Max umgedreht und zeigen ihm ihr steifes Hemd mit der Fliege. Der Mistkäfer, der Kahlgeier, das Haifischmaul. So alt, wie die aussehen, werden sie nie.

Sascha, sagt die Dame, sag guten Abend.

Gute Nacht, sagt Max.

Nicht aufs Maul gefallen, gibt das Haifischmaul zurück. Sascha heißt du? Was hast du für eine hinreißende Mami! Und jetzt möchtest du hören, wie sie spielt?

Hört man es bis ins Zimmer? fragt die Dame und errötet. Auf ihrer Stirn schwitzt der Puder. Auf der Nase ist er schon weg.

Nichts hat man gehört, sagt Max.

Wie soll er schlafen können, bei dem Sturm, schlägt der Kahlgeier vor.

Sie will er hören, Gabriella, fistelt das Haifischmaul. – Es hält ihn einfach nicht in seinem Bett. Kein Wunder!

Das glaube ich weniger, sagt die Dame und lächelt zum Erbarmen. Sascha, du weißt, daß man ein Konzert nicht stört. Das wäre nicht *fair*.

Lassen wir ihn doch, Gabriella, keucht der Mistkäfer Tutti-frutti. Der Bub hat sich angezogen, für *Sie* hat er sich angezogen. Komm, junger Herr, wir finden einen Platz für dich. Im ersten Rang!

Das ist Herr Benedetti, Sascha, er hat diesen Abend möglich gemacht. Ich glaube, du hast ihm noch gar nicht die Hand gegeben.

Als da nichts läuft, sagt das Haifischmaul aufmunternd: Benedetti wie Michelangeli. Den kennst du ganz sicher.

Bitte, sagt Gabi.

Als sie im Hotel ankamen, mit dem Taxi, stand kein Benedetti in der Tür. Er rief erst an, als sie das Zimmer bezogen hatten. Er erwarte sie zu einem Glas Champagner im Foyer. Würdest du mich begleiten, Sascha? hat sie nicht gesagt. Bin gleich wieder da, Max, hat sie gesagt, lies doch so lange den Comic.

Jetzt reicht er dem Herrn keinen kleinen Finger. Da nimmt der die ganze Hand und will ihn aus dem Künstlerzimmer ziehen. Keine Chance. Wo Max steht, steht er gut.

Sascha, schnaubt es über ihm. Dann mußt du Alexander heißen.

Das muß ich nicht.

Eigentlich heißt er Max, flüstert die Dame.

Max? fragt Benedetti, streicht ihm übers Haar und läßt seine Pfote darauf liegen. Das ist schön. Sascha wäre aber auch schön. Ich habe selbst einen Sascha. Und der heißt eigentlich Alexander. Ist schon ein ausgewachsener Maschineningenieur. Was willst *du* einmal werden?

Kein Maschineningenieur, sagt Max.

Welches Instrument spielst denn du?

Er hat mit Cello angefangen, sagt die Dame schnell. Max, du bist jetzt so gut und gehst mit Herrn Benedetti in den Saal. Oder wieder auf dein Zimmer. *Bitte!* Die Pause ist vorbei.

Da faßt ihn der Mistkäfer beim Arm. Kein Polizeigriff, wenn Max auch mal *bitten* darf. Gehen kann er allein. Und geht jetzt so schnell, daß Benedetti gar nicht mehr mitkommt. Da ist der Saal. Die Leute sitzen schon wieder, einer neben dem andern, wie in der Schule. So brav sind sie alle, und alle uralt. Die Männer hundert Jahre, die Frauen noch mehr. Und grinsen auch noch, die Sonntagsschultanten, die Totenköpfe. Er steht da, Benedetti hat ihn wieder am Arm erwischt.

Der Sohn unserer Künstlerin, meine Damen und Herren. Sascha, ein vielversprechender Cellist.

Und da fängt jemand zu klatschen an. Noch einer, und jetzt klatschen alle, daß die Knöchelchen klappern.

Bitte.

Max spürt sich dunkelrot anlaufen. Er taucht weg, als ihn Benedetti auf einen Stuhl in der ersten Reihe drücken will. Läuft und setzt sich auf einen Stuhl zuhinterst, ganz am Rand.

Vor ihm sind noch drei Reihen leer. Das nächste Altertum ist ein Lichtjahr entfernt. Von hinten sind alle grau. Oder kahl. Bis auf ein paar bunte, und die sind gefärbt, das sieht ein Blinder. Auch Gabi hat diesen Schimmer drauf, orange, an ein paar Stellen violett, wie eine Benzinpfütze. He, nicht mal alle Plätze verkauft, Benedetti, du falscher Italiener mit deinem Liebhaberpublikum.

Und was tut er jetzt? Steht vor dem Podest, schneidet Gesichter wie der Weihnachtsmann, legt einen Finger auf den Mund und beginnt zu dröhnen.

Hiermit herzlich willkommen zum zweiten Teil unseres Programms, liebe Freunde Gabriellas. Gabriella Aschmann und Antonio Vivaldi: wir erleben ein Traumpaar. *Sonata in Re minore*, Nummer 38, unsere kleine Ausgrabung für Sie exklusiv. Lauro Nötzli begleitet unsere Solistin. Wir beginnen *Molto vicace.*

Molto interessante, Arschloch, sagt Max vernehmlich, doch sie klatschen ja schon wieder. Die Dame steht auf dem Podest und neigt den Kopf. Dazu läßt sie die Arme hängen, mit der Geige dran, den Bogen in den langen Fingern. Sie zittern, Max sieht es, alles sieht er. Das Haifischmaul hat das Podium nur betreten, um herunterzuwieseln, der Mistkäfer folgt ihm in die erste Reihe und getraut sich dabei kaum noch richtig aufzutreten, als ginge er auf Eiern oder hätte gestohlen. Jetzt halten sie ihre Glatzen still, während das Haifischmaul die Bühne betritt, als hätte er sich darauf verirrt und dürfte von Gabi gar nicht bemerkt werden. Dann aber setzt er sich an den Flügel, setzt sich gleich noch mal und streicht sich die Schwalbenschwänze vom Hintern weg, bis sie über den Hokker baumeln. Erst jetzt scheint ihm Gabi aufzufallen. Augenblicklich sieht er nur noch sie und versinkt in Anbetung.

Sie lächelt, atmet schwer auf, setzt die Geige ans Kinn, wühlt die Backe hinein, klemmt sich eine Falte ins Fleisch. Da kennt auch Lauro Nötzli gar nichts mehr. Er hebt die Klauen, spreizt sie und macht den Rücken steif. Beide geben sich einen Ruck. Los geht's.

Gabi ist einen Sekundenbruchteil zu früh gestartet, aber niemand pfeift sie zurück. Viel zu schmerzhaft windet sie sich schon mit ihrer Geige, der Bogen feilt und fegt auf und ab, und der Geier behämmert seine Tasten, Feldherr total. Nur wenn er ganz kurz nach der Dame schielt, dienert er und schaudert ein bißchen, verkriecht sich in seine Schultern, als erwarte er einen Schlag. Lauro Nötzli ist nichts, gar nichts mehr als der gehorsamste Diener einer entfesselten Geige. Plötzlich bäumt er sich doch wieder auf, als täte ihm so viel Wohllaut einfach zu weh. Dann spielt er wieder drei Takte lang den Herrn der Welt und bleckt seine falschen Zähne. Sucht mit ihnen in der Luft herum, als wolle er Gabi beißen. Sie dehnt den Hals, so gut das geht, muß ja immer noch diese Geige einklemmen. Reckt sich zur Decke, spreizt die Brust, wölbt den Bauch, ein Bild der Qual. Nur die Finger bleiben locker, mit denen sie den Bogen auf- und niederfahren läßt. Und plötzlich ganz quer, als müsse sie dem lauten Ton, der ihr entschlüpft ist, sofort den Weg abschneiden, aber der nächste wird gleich noch lauter.

Kennt er schon alles. Muß er es auch noch sehen? Er hört es doch, das reicht.

Er entschließt sich, die falschen Kerzen des Leuchters zu zählen. Sieben Stummel an drei Leuchtern. Dazu fünf Lampen an der Wand, von denen das Licht trichterförmig zur Decke strahlt. Das ist bald ausgezählt. Max versteckt sein Gähnen nicht. Kneift er die Augen zu, wird das Licht düster. Die Bilder an der Wand sind wie verdunkelte Fenster, die nackten Frauen darin sind eben noch zu erkennen, mit ihren langen, verdrehten Gliedern. Kunst. Wenn er blinzelt, kann er sie hüpfen lassen. Er versucht, im Takt der Musik zu blinzeln, da wollen sie nicht mehr tanzen, machen nur noch müde.

Roland konnte es schon nicht mehr hören, dieses Jauchzen und Weinen aus Gabis Zimmer. Sie hatte es schon lange für sich allein. Max hat sie nie darin schlafen sehen. Dafür schlief sie tagsüber auf der Couch, aber wenn er vorbeischleichen wollte, hielt sie ihn sofort an. »Ich habe auf dich gewartet. Wie war's in der Schule?« Max ist sich nicht sicher, ob sie in all diesen Jahren je einmal richtig geschlafen hat.

Roland blieb immer öfter weg, vor drei Jahren ganz. Gabi tat, als wäre gar nichts dabei. Roland machte eine Fortbildung in den Staaten, das würde seiner Karriere zugute kommen. Geschrieben hatte er auch früher nicht. Eine Freundin hatte er schon im ersten Ehejahr. Max hat die Mutter laut genug schreien hören, sie brauchte ihm nichts vorzuspielen, und als Roland aus Amerika zurückkam, dann nur, um sich scheiden zu lassen. Gabi sagte: vielleicht wird er eines Tages erwachsen. Mit mir nicht.

Dafür hatte sie ihre Geige, und eine Weile hörte er gar nicht mehr auf, dieser falsche Jubel aus ihrem Zimmer.

Benedetti mit seiner Weltpremiere, und kriegt nicht mal ein Sälchen voll. Und das mit Leuten, die Nick nicht mal mehr Gruftis nennen würde. Das sind schon Kompostis. Ötzis. *Festnetzbenützer. Liebhaber!* Und für die gibt Gabi das Letzte. *Molto vivace, molto interessante.* Für Häkeltanten und Kukidentlöwen steigt sie fast aus dem Kleid, und das ist auch noch das meergrüne. Bei der Scheidung hat es noch gepaßt. Dabei ißt sie ja gar nicht. Nascht nur heimlich, aber wie.

Kaum glaubt sie ihn versorgt, hört er die Tür des Eisschranks gehen, immer, alles hat er gehört. Und jetzt soll er nicht schlafen können. Und Alexander heißen. So etwas macht müde, extrem. Und das Stück, so viel weiß er auch schon, dauert zu lang.

Nächsten Sonntag fährt er mit Nick snöben. Nick kriegt von seinen Eltern immer das coolste Board, aber was Max in der Pipe bringt, bringt Nick noch lange nicht. Und redet von Free Style. Er braucht ein Handy, für wenn er von einer Lawine verschüttet wird. Und muß sonntags immer noch zur Kirche. Sollte Gabi mal mit ihm probieren. Aber sie hat ja ihren eigenen Gottesdienst.

Grade hat es nach Aufhören geklungen. Zu früh gefreut. Beim Vivaldi klingt das immer nur so. Dem fallen immer neue Tricks ein, Gabi nach seiner Geige tanzen zu lassen. Wenn man Max fragt: sie quält sich doch nur. Aber zugeben würde sie das nie.

Max schläft nicht ein, das könnte denen so passen. Er sucht sich jetzt Feinde aus. Im Saal ist ja kein Mangel daran. Feinde picken, ein rechter Liebhabersport. In der Not frißt der Teufel Fliegen, hätte Roland gesagt. Mit Sprüchen war er immer stark. Ihre Geige und seine Sprüche, das konnte nicht funktionieren.

Die Lichter des Lago Maggiore im Fenster, tief unter den jungen Palmen, denen man die Blätter zusammengebunden hat, gegen den Schnee, meinte Gabi. Gabriele, das nervt schon genug. Aber Gabriella! das ist das Letzte. Wenn er der Vivaldi Mafia hier auch die Haare zusammenbände? Nur, woher nehmen und nicht stehlen? Stehlen, hätte Roland gesagt. Was fängt der kleine vielversprechende Sascha mit den paar Fransen an, die sich die Happy Alzheimers um ihre Glatzen geklebt haben? Zündschnur drum rum, und Feuer dran. Hoppla! Da hätten sie ihren Heiligenschein. Direkt auf die Glatze gebrannt. Da ginge das Konzert erst richtig los, quietschende Tenöre, orgelnde Bässe. Nur mal scharf hinsehen, und hoppla! sitzen sie mit ihren Totenköpfen da. Und die Da-

men mit ihren falschen Haartürmen, die brennen wie Stroh.
Da ginge auch der Schädel gleich mit weg.

Da weckt ihn Applaus. Sie klatschen schon wieder. Klatschen
sich nicht grade die Seele aus dem Leib. Pfeifen nicht, trampeln nicht, grölen nicht mal zur Bühne hinauf, wie in der Ton-
halle: da ist Max auch gewesen, einmal und nie wieder. So gut
kann Gabi ja doch nicht gewesen sein. Hoffentlich reicht die
Gage mal für ein anständiges Kleid. Von einem neuen Board
will Max gar nicht reden. Wenn die Liebhaber noch Eintritt bezahlt hätten. Aber ohne Gratisbuffet wären die gar nicht erst
gekommen. Damit hat sie Benedetti geködert, das sollte Gabi
nur nicht merken. Aber Max, dem macht niemand was vor.
  Und was kommt jetzt? Du glaubst es nicht. Eigenhändig
zieht sie diesen Lauro Nötzli hinter dem Flügel hervor. Sie
hebt seine Geierklaue, als hätte er Wunder vollbracht. Er
fletscht sie an, knickt zusammen, und sie versinkt in sich
selbst. Können gar nicht mehr vor Glück, hören nicht auf,
sich zu verbeugen, voreinander, vor dem Publikum, und wieder voreinander. Für Benedetti ist das längst zuviel. Nichts
hält ihn auf seinem Stühlchen. Er stellt sich auf die Zehen und
klatscht wie blöd in die Luft, bis Gabi auch ihn endlich aufs
Podium zieht. Aber auch der Haifisch ist hochgeschnellt, ein
Bukett in der Hand, der Mistkäfer reißt ihm's gleich weg und
drückt es Gabi aufs Herz, und sie versinkt damit in den Boden. Er hebt sie auf und stößt ihr den Rüssel ins Gesicht, einmal links, einmal rechts, und das Ganze noch mal. Diesmal
hält er sie so fest, daß sie nicht mehr sinken kann. Gerbera!
Roland nannte sie Drahtastern. Jetzt drängt auch der Haifisch
der Künstlerin seine Zähne auf. Und das Publikum meldet
sich unaufhörlich. Wer nicht zu sehr wackelt, steht und
klatscht, und Gabi versteckt ihr Gesicht in den Blumen, als
rieche sie daran. Gerbera sind geruchlos, man soll nur nicht
sehen, daß sie heult. Max sieht alles.
  Aber sie sieht ihn nicht.
  Das Klatschen hört nicht auf, und Max ahnt es schon, das

Unvermeidliche. Das Encore, die Zu-ga-be. Nicht mit ihm. Ihm reicht's. Er geht.

Nun grade nicht.

Du tust mir nichts, lacht er laut. Ich bin so durchsichtig wie du! Aber da streicht es ihm über den Kopf, und er fährt auf.

Wo ist er überhaupt? Der Saal befindet sich in Auflösung. Neben ihm steht Gabi mit den drei Herren. Ihre Hand liegt auf seinem Haar.

So lieb, daß du geblieben bist, sagt sie. Aber geh jetzt nur ins Bett.

Und du? fragt Max.

Ich komme bald, sagt sie.

Er erwacht von einem schwachen Geräusch. Ist eine Tür gegangen? Hat ihm nicht Herr Benedetti erzählt, es spuke in diesem Haus? Da – steht es neben dem Bett. Steht eine ganze Weile, dann dreht es sich um, schwebt aus dem Zimmer. Sein Auge, ans Dunkel gewöhnt, hat auch die Schulter gesehen, die eine bleiche Schulter. Dann klickt eine Tür ins Schloß.

Er liegt, bleibt liegen, das Bett neben ihm ist leer. Sein Herz hat wieder zu klopfen angefangen. Jetzt klopft es dumpf und schwer wie ein Wachposten, der auf und ab marschiert, auf und ab. Ohne Licht zu machen, steht Max auf, geht am Badezimmer vorbei zur äußeren Tür, drückt die Klinke, schleicht hinaus. Der Korridor liegt im ödesten Licht der Welt. Die Wände ziehen sich grünlich hin wie in einem Krankenhaus. Kein Mensch.

Er horcht.

Das ist der Wind. Das ist sein Herz. Und das ist etwas anderes.

Er hört es gedämpft, von weit her. Jetzt bricht es ab. Doch er hat es gehört und geht durch den hohlen Gang darauf zu. Da ist es schon näher. Jetzt schlägt sein Herz so laut; daß es das Jammern fast übertönt, das gedehnte, dann in kurze Stöße abbrechende Jammern. Da ist ein Kind, das weint in der

Nacht. Er hat das Kind nicht gesehen und weiß ganz gut: da ist kein Kind. Er ist das einzige im ganzen Hotel. Und geht immer noch näher. Hier, wo der letzte Laut grade verstummt ist, hier bleibt er stehen. Er hält den Atem an. Da fängt es wieder an. Es ist ganz fremd, aber er kennt es. Da kommt das Schluchzen her, hinter dieser Tür. Es ist kein Schluchzen.

Maxens Kopf will platzen – er muß wieder atmen. Dabei schlagen seine Zähne aufeinander.

Er beißt sich auf die Lippen, davon wird sein Herz nicht leiser, doch lauter ist es hinter der Tür, das Stampfen, das Jammern. Das Ohr an das Holz gepreßt, will er es wissen. Ob da noch etwas ist, das keucht, grunzt oder stöhnt. Aber da stampft es nur, hämmert dumpf, regelmäßig. Nur eine einzige Stimme, die immer kürzer, immer heftiger jammert. Dann ruft sie noch einmal, seufzt, zirpt nur noch, schweigt. Max klebt mit einem Ohr an der Tür. Nichts mehr. Gar nichts. Bis sich eine Männerstimme räuspert. Dann beginnt sie zu reden, tief, langsam, trocken. Max versteht kein Wort. Da redet einer, als läse er etwas vor, wie in der Schule. Er macht Pausen, einmal lacht er auf. Niemand lacht zurück. Das hätte Max gehört.

Unbedingt, sagt die tiefe Männerstimme jetzt dicht an seinem Ohr. Unbedingt. Du bist noch jung.

Max zieht sich zurück, daß es knackt. Im Ohr, oder war es die Tür? Die Lehrerstimme spricht unerschütterlich fort, immer fort, weiter weg. Max starrt auf die Zimmernummer. 303, sagt er mit stummen Lippen auf, sagt noch einmal Dreinulldrei, als er die Treppe hinunterläuft, und redet mit jedem Absatz lauter. Endlich steht er im verdunkelten Entree. Hier steht ein Telefon auf der verlassenen Theke. Max hebt ab, wählt 303, es klingelt, bevor er fertig gewählt hat. Dreimal klingelt es, dann wird der Hörer abgenommen.

Pronto? sagt eine Männerstimme.

Max holt Luft. Dann sagt er dumpf, hinter vorgehaltener Hand: *Polizia. Attenzione. Polizia!* Und hängt auf.

Dann setzt er sich eine ganze Weile. Die Uhr auf der Theke

zeigt drei viertel drei. Sie muß drei zeigen, bevor er ins Zimmer zurückschleicht.

Die Mutter steht darin, im Abendkleid, als er die Tür aufgedrückt hat. Das Nachtlicht beleuchtet ihre eine Schulter und das doppelte Bett, von dem nur die Hälfte durcheinander ist. Der Regen draußen rauscht gelassen.

Wo kommst du her? fragt sie.

Ich? sagt er. War ein bißchen unten. Konnte nicht schlafen.

Sie schaut ihn an. Max, sagt sie nach einer Weile, du bist ein Miststück.

Durst, erwidert er, und schon hat er die Minibar geöffnet. Da steht eine kleine Reihe Flaschen. Er holt einen Saft heraus, schwarze Johannisbeere, drückt den Deckel ab, dreht zwei Gläser um. Er gießt ein Glas halb voll, dann das andere. In beiden ist genau gleich viel. Eines reicht er der Mutter.

Danke, sagt sie nach einer Weile. Danke, Max.

Sie hat nicht ausgetrunken, sitzt immer noch vor dem Glas, als er schon wieder im Bett ist und die Augen schließt.

Nicht mal Fernsehen, sagt er. Super Hotel! Gute Nacht.

Gute Nacht, Max, sagt sie. Und dann hört er sie trinken, so geräuschlos wie möglich, aber er hört es. Jeden Schluck.

Quellen

Papierwände, Bern: Kandelaber 1970
    Atsuko soll heiraten (1964)

Fremdkörper, Zürich: Arche 1968
    Der Ring (1966)
    Schluß mit der Tierquälerei (1967)
    Besuch in der Schweiz (1967)

Liebesgeschichten, Frankfurt am Main: Suhrkamp 1972
    Ein ungetreuer Prokurist (1969)
    Der Zusenn oder das Heimat (1970)
    Der blaue Mann (1970)
    Playmate (1971)
    Großvaters kleine Freude (1971)
    Der Wiedergutmacher (1971)

Entfernte Bekannte. Erzählungen, Frankfurt am Main:
Suhrkamp 1976
    Brämis Aussicht (1973)
    Für den Anfang auf jeden Fall (1974)

Leib und Leben. Erzählungen, Frankfurt am Main:
Suhrkamp 1982
    Der Zweitsitz oder Unterlassene Anwesenheit (1976)
    Diskant (1976)
    Baß (1977)
    Ein Glockenspiel (1979)

Der Turmhahn und andere Liebesgeschichten,
Frankfurt am Main: Suhrkamp 1987
    Der Turmhahn (1980/2001)
    Christel (1981/2006)
    Orka, der Geograf (1984)

Gehen kann ich allein, Frankfurt am Main: Suhrkamp 2003
    Abschiedsbrief an einen Lebensretter (1996)
    Ash and Carry (2001)
    Duende (2002)
    Nicht mal Fernsehen (1996/2002)